日文研叢書

BUNGEISHUNJU OVERSEA SUPPLEMENT

『Japan To-day』研究

鈴木貞美 編

戦時期『文藝春秋』の海外発信

作品社

『Japan To-day』研究
―戦時期『文藝春秋』の海外発信
目次

序 | 日中戦争期『文藝春秋』の海外発信／鈴木貞美

1938年4月号

20 **Contemporary Japanese Literature ／ Kan Kikuchi**
【原典】日本の現代文学／菊池寛
【解説】近代文学史観を狂わせた元凶／鈴木貞美

27 **The Westernization Trend And The Japanese Woman ／ Tōson Shimazaki**
【翻訳】西欧化の風潮と日本女性　島崎藤村／野間けい子訳
【解説】文明開化世代の女性論の試み／佐藤バーバラ

33 **Pearl Buck and Japan ／ Itaru Nii**
【翻訳】パール・バックと日本　新居格／鈴木貞美訳
【解説】『大地』の翻訳あれこれ／鈴木貞美

40 **Peace Returns to North China,**
International Friendship in "War-Time" Japan ／ Photos by Jiro Monna
【翻訳】中国北部の平和回復　「戦時」日本の国際友好／堀まどか訳
【解説】中国北部の平和回復　表象された国際親善／孫江

45 **Arbeitsdienst in Japan ／ Jirō Yamamoto**
【翻訳】日本における勤労奉仕　やまもと・じろう／ローマン・ローゼンバウム訳
【解説】国家労働奉仕団とは？／ローマン・ローゼンバウム

52 **La Vie Actuelle à Tokyo; Lettre de Tsuguji Fujita à Pablo Picasso ／ Tsuguji Fujita**
【翻訳】東京での今の暮らし―藤田嗣治がパブロ・ピカソに宛てた手紙　藤田嗣治／林洋子訳
【解説】1938年春―ピカソ《ゲルニカ》と藤田「作戦記録画」のはざまに／林洋子

61 **Japan Is Preparing to Hold 1940 Games ／ Kainan Shimomura**
【翻訳】日本は1940年オリンピック開催にむけて準備中　下村海南／牛村圭訳
【解説】危ぶまれる東京オリンピック開催／牛村圭

1938年5月号

68 **Japan And Her Foreign Critics ／ Masamichi Rōyama**
【翻訳】日本と海外の批評家　蠟山政道／有馬学訳
【解説】誰に向かって語るのか？―東亜協同体論者の自己意識／有馬学

74 **Die Japanische Musikwelt ／ Ginji Yamane**
【翻訳】日本の音楽世界　山根銀二／野村しのぶ訳
【解説】山根銀二と日本の音楽界／片山杜秀

82 **Recollections of My Student Days ／ Fumimaro Konoe**
【原典】学生時代の思い出／近衛文麿
【解説】なぜ、河上肇への傾倒の個所が選ばれたのか／鈴木貞美

91 **Spring in Tokyo／Yaso Saijō**
【翻訳】東京の春　西條八十／堀まどか訳
【解説】1938年前後の西條八十／堀まどか

97 **Architectural Sights of Modern Tokyo**
【解説】帝都の夢と影―1930年代の東京と都市景観のモンタージュ／西村将洋

103 **Sporting Youth of Japan**
【解説】日本の若人とスポーツ／牛村圭

105 **Ce que l'Europe ignore／Akio Kasama**
【翻訳】欧州の知らぬこと　笠間杲雄／園部暁子訳
【解説】文人外交官の限界／戸部良一

111 **Japan And America／Kan Kikuchi**
【翻訳】日本とアメリカ　菊池寛／鈴木貞美訳
【解説】開国記念日を提案／鈴木貞美

115 ［Topics of To-day］
The Way To Law And Order
【翻訳】法と秩序回復への道／牛村圭訳
【解説】支那事変解決の道は／牛村圭

Literary Prize
【翻訳】文学賞／堀まどか訳
【解説】菊池寛賞の創設／鈴木貞美

Monument To Puccini
【翻訳】プッチーニ記念碑／堀まどか訳
【解説】プッチーニ記念碑の企画／堀まどか

Italian Mission in Japan
【翻訳】イタリア使節団訪日／牛村圭訳
【解説】防共協定の下で／牛村圭

1938年6月号

120 **Liberalism as a Japanese Problem／Kōtarō Tanaka**
【原典】自由主義問答／田中耕太郎
【解説】自由と権威―カトリック思想家・田中耕太郎の自由主義論／瀧井一博

127 **Opera and Kabuki／Ichizō Kobayashi**
【原典】オペラと歌舞伎／小林一三
【解説】小林一三の歌舞伎の近代化と海外進出／堀まどか

135 **Sehr Unwahrscheinliche Geschichten／Klaus Pringsheim**
【翻訳】大いにありそうもない話　クラウス・プリングスハイム／野村しのぶ訳

【解説】日本音楽界の中のクラウス・プリングスハイム／片山杜秀

141 **Les Peintures Modernes Au Japon ／ Tari Moriguchi**
【翻訳】現代日本絵画　森口多里／稲賀繁美訳
【解説】1937年時点の美術界と森口多里／稲賀繁美

149 **When Will the War Finish? ／ H. G. Brewster-Gow**
【翻訳】いつ戦争は終わる？　ブルースター＝ガオ／ジョン・ブリーン訳
【解説】「武力以外の方法」：陸軍と日中戦争／ジョン・ブリーン

153 **An Appeal For Co-operation ／ Wang Kehmin**
【翻訳】協力への要求　王克敏／川端麻由訳
【解説】「協力」ということ／孫江

158 **Recent Books on Japan（Why Meddle in the Orient／Japan over Asia）／ Chū Saitō**
【翻訳】最近の日本論（『なにゆえ極東に干渉するのか？』『アジアを制覇する日本』）　斎藤忠／牛村圭訳
【解説】日本関係書籍の書評を概観する／牛村圭

164 **［Topics of To-day］**
Yasukuni Shrine Festival
【翻訳】靖国神社のお祭り／ジョン・ブリーン訳
【解説】昭和天皇と靖国神社／ジョン・ブリーン

No More Illiteracy
【翻訳】文盲をなくそう／ジョン・ブリーン訳
【解説】徴兵検査考／ジョン・ブリーン

Father of the Ainu
【翻訳】アイヌの父／ジョン・ブリーン訳
【解説】宣教師ジョン・バチェラーの遺産／ジョン・ブリーン

Promoter of Sportsdom
【翻訳】スポーツ界の指導者／ジョン・ブリーン訳
【解説】嘉納治五郎と日本のオリンピック・ムーブメント／ジョン・ブリーン

1938年7月号

174 **The Living Art of Japan ／ Nyozekan Hasegawa**
【翻訳】日本の生活美　長谷川如是閑／鈴木貞美訳
【解説】如是閑流「伝統の発明」／鈴木貞美

182 **The New Government ／ H. Vere Redman**
【翻訳】改造内閣　ハーバート・ヴィア・レッドマン／有馬学訳
【解説】知日派イギリス人が観た昭和10年代の日本政治／有馬学

192 **Architectures ／ Marcel Robert**
【翻訳】建築　マルセル・ロベール／園部暁子訳

【解説】神々の建築―ラフカディオ・ハーンとマルセル・ロベール／西村将洋

202 **11,651KM World Record Flight by "the Wings of the Century"**
【翻訳】「世紀の翼」号、11,651kmの飛行距離世界記録
　　　　―日本人飛行士による傑出した記録達成／戸部良一訳
【解説】民間航空機の技術開発と国威発揚／戸部良一

207 **Sommer ／ Sōnosuke Satō**
【翻訳】夏　佐藤惣之助／林正子訳
【解説】日本の夏へのオマージュ／林正子

214 **Leading Figures of Contemporary Japanese Literature 1: Tōson Shimazaki ／ Kei moriyama**
【翻訳】日本現代文学の主要作家1：島崎藤村　森山啓／野間けいこ訳
【解説】世界に並びうる日本人像の海外発信／石川肇

221 **Book Review（When Japan Fights）**
【翻訳】書評（『日本が戦うとき』）／牛村圭訳

1938年8月号

224 **Europe's Problems and the Japanese Angle ／ Kōjirō Sugimori**
【翻訳】ヨーロッパの諸問題と日本の視角　杉森孝次郎／有馬学訳
【解説】「社会国家」論から「広域圏」論へ／有馬学

231 **Goethe in Japan ／ Shōshō Chino**
【翻訳】日本におけるゲーテ　茅野蕭々／林正子訳
【解説】森鷗外の訳業と日本におけるドイツ文学研究の意義／林正子

239 **Relief for China's Sufferings**
【翻訳】中国の受難への救済／孫江訳
【解説】宣伝戦の論法／孫江

247 **Land of Youth ／ Land of Sports**
【翻訳】若者の国、スポーツの国／牛村圭訳
【解説】銃後の国民の体力向上を目指して／牛村圭

250 **Le Sentiment esthétique dans la Civilisation Japonaise ／ Bunzaburō Banno**
【翻訳】日本文明の審美的感情　伴野文三郎／稲賀繁美訳
【解説】伴野文三郎、パリ事情通による「日本文明の概略」／稲賀繁美

256 **Leading Figures of Contemporary Japanese Literature 2:Riichi Yokomitsu ／ Kenzō Nagajima**
【翻訳】日本現代文学の主要作家2：横光利一　中島健蔵／石川肇訳
【解説】協調性を重んずる感性豊かな日本人像の海外発信／石川肇

263 **Recent Books on Japan（War in the Pacific/Children of the Rising Sun）／ Chū Saitō**
【翻訳】最近の日本論（『太平洋での戦争』『旭日の子どもたち』）　斎藤忠／牛村圭訳

1938年9月号

266　Our Political Philosophy ／ Kiyoshi Miki
【翻訳】我々の政治哲学　三木清／鈴木貞美訳
【解説】隘路の隘路を行く希望の原理／鈴木貞美

273　Japanese Architecture ／ Hideto Kishida
【原典】日本の建築／岸田日出刀
【解説】日本建築とモダニズム以後─岸田日出刀とブルーノ・タウト／西村将洋

281　La Calligraphie comme Elément de notre Education ／ Ikuma Arishima
【翻訳】我々の教育の一要素としての書道　有島生馬／稲賀繁美訳
【解説】有島生馬の書道文明論／稲賀繁美

285　Reiseland Mandschukuo! ／ Yoshio Nagayo
【翻訳】観光の国、満洲国！　長与善郎／依岡隆児訳
【解説】白樺派作家は満洲に何を見たか／依岡隆児

297　From the Editor's Desk ／ Kan Kikuchi
【原典】編集者のデスクから／菊池寛
【解説】「話の屑籠」を抜粋編集／鈴木貞美

304　Leading Figures of Contemporary Japanese Literature 3:Yūzō Yamamoto ／ Tomoji Abe
【翻訳】日本現代文学の主要作家3：山本有三　阿部知二／石川肇訳
【解説】人道的な日本人像の海外発信／石川肇

309　Recent Books on Japan（Nippon/Japans Seemacht, Der schnelle Aufstieg im Kampf um Selbstbehauptung und Gleichberechtigung in den Jahren 1853-1937）／ Hans Erik Pringsheim, Chū Saitō
【翻訳】最近の日本論（『NIPPON 日本』『日本の海軍力─自己主張と権利平等をめぐり勢いを増す闘争1853-1937』）　ハンス・エリック・プリングスハイム、斎藤忠／牛村圭訳

312　To-day's Topics in Pictures
【翻訳】写真版今日のトピックス／堀まどか訳
【解説】国際交流と国威発揚と／堀まどか

1938年10月号

316　Miscalculations ／ Hitoshi Ashida
【翻訳】誤算　芦田均／戸部良一訳
【解説】蔣介石へのメッセージ？／戸部良一

321　Influence de la Littérature Française sur la Littérature Japonaise ／ Kenzō Nakajima
【翻訳】日本文学へのフランス文学の影響　中島健蔵／稲賀繁美訳
【解説】韜晦あるいは装った文人趣味？─中島健蔵の文学談義／稲賀繁美

326　Recent Books on Japan（The Struggle for the Pacific/The National Faith of Japan）

【翻訳】最近の日本論（『太平洋を求めて』『日本の国家信仰』）／牛村圭訳

329 **Autumn ／ Seigo Shiratori**
【翻訳】秋　白鳥省吾／堀まどか訳
【解説】叙情的自然美のなかにあらわれる精神／堀まどか

336 **Japanese Fine Arts To-day ／ Hidemi Kon**
【翻訳】最近の日本美術　今日出海／稲賀繁美訳
【解説】将来の初代文化庁長官　日中戦争期の展覧会評：今日出海の場合／稲賀繁美

340 **Der japanische Film von Heute ／ Haruo Kondō**
【翻訳】最近の日本映画　近藤春雄／佐藤卓己訳
【解説】「一億総博知化」メディア論者の文化映画論／佐藤卓己

349 **Leading Figures of Contemporary Japanese Literature 4: Shūsei Tokuda ／ Seiichi Funahashi**
【翻訳】日本現代文学の主要作家4：徳田秋声　舟橋聖一／石川肇訳
【解説】ありのままの日本人像の海外発信／石川肇

356 **Correspondence（Sympathy with Japan）**
【翻訳】通信「日本への共感」／堀まどか訳
【解説】『Japan To-day』の海外での反響／堀まどか

358 **To-day's Topics in Pictures**
【翻訳】写真版今日のトピックス／鈴木貞美訳
【解説】文士も皇族も／鈴木貞美

360　執筆者紹介

363　あとがき／鈴木貞美

364　人名索引

374　本書執筆者一覧

　　　【コラム】
17　『Japan To-day』と外務省／戸部良一

66　日本の読者からの反響／堀まどか

222　挿絵アラカルト／石川肇

凡例

『Japan To-day』の欧文；当時の欧文にない直訳的表現、誤記、誤植等すべてそのまま掲載し、いちいち指摘しない。ただし、タイトル日本人名には長音符号を付した。

原典；原典があるものについては、原典表記のままとした。ただし、漢字については、一部の人名を除き、常用漢字を原則とした。

日本語訳；原則として、現代仮名遣いとし、算用数字にはアラビア数字を用いた。訳文中に原語を入れる場合等、訳者による注記には〔　〕を用いた。
また、不適切な差別用語をふくんでいても、当時の文献の翻刻ゆえ、そのままとした。人名や引用文中の漢字などには適宜、ルビを振った。以上は、解説中も同じ。

解説；引用符合は「　」を用い、「　」内の「　」は『　』に。

『Japan To-day』研究
―戦時期『文藝春秋』の海外発信

人間文化研究機構
日本関連在外資料調査研究プロジェクト

序
日中戦争期『文藝春秋』の海外発信

鈴木貞美

『Japan To-day』とは？

1938年、『文藝春秋』は、4月号（3月18日印刷、4月1日発行）から10月号まで、海外向けにタブロイド版（新聞全紙の半裁、夕刊紙の判型）、欧文（英独仏）の『Japan To-day』（8頁）を挟みこんだ。4つ折にして、本誌の最終ページと表3（裏表紙の裏）のあいだに、取り外しの容易な簡易糊づけをして配布された。そのかたちで保存されていたものが国内で見つかっている[1]。【写真参照】

題字は大きく白抜きのデザイン文字を用い、その上に、"BUNGEISHUNJU OVERSEA SUPPLEMENT"、題字の左横には、正方形の飾り囲みのなかに、"Literature"、"Arts"、"Politics"、右横には、同じく飾り囲みのなかに "English"、"French"、"German" と入れてある。題字下は、左隅に "Nr" を入れ、中央に "Edited by Kan Kikuchi" と太ゴチ、更にその下に罫線を入れて、"Editorial Office" として文藝春秋社の住所と電話番号を入れる。簡素で実質的、戦時にふさわしいデザインといえよう。発行日は、同じ月号の本誌と同じ日付で、第一面の題字下、右隅に、"April 1, 1938" のようにイタリックで入っている。（各号のトップページを本書中扉に掲載）

なお、『Japan To-day』の "To-day" にハイフンが入っているのは、古い英語の表記（意味は「この日に」）を活かしたもので、菊池寛の英語の知識から出た発案だろう。ちょっと気取ったつもりではなかったろうか。

各号トップページに目次を飾り囲みで掲載、また多く最終ページに「編集ノート」を囲み記事とし、主要な執筆者について簡単な解説を付している。4月創刊号であれば「2頁の執筆者、島崎藤村は、著名な詩人、小説家で日本ペンクラブの会長。3頁の執筆者、新居格は、文芸批評家で、パール・バック『大地』の全訳版を編集。7頁の執筆者、藤田嗣治は、最初にヨーロッパ、とくにフランスで絵画の日本派を主唱した一人。この隣に再掲載したコラムの執筆者、下村海南は、貴族院議員で、オリンピック

---

1 2010年11月、彦根市立図書館内舟橋聖一文庫で石川肇氏が見つけた。

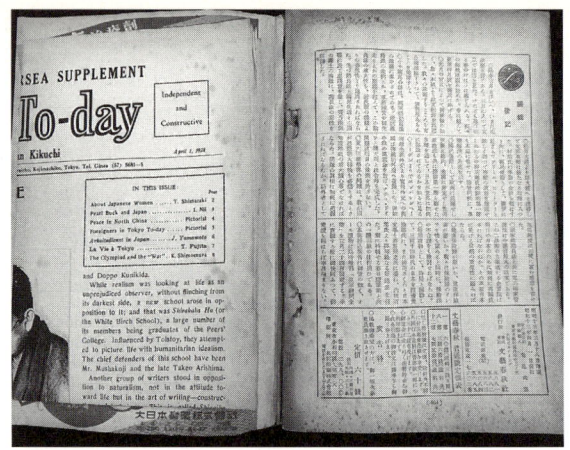

『文藝春秋』1938年4月号最終頁（奥付）の後に簡易糊づけされた『Japan To-day』創刊号（彦根市立図書館・舟橋聖一記念文庫所蔵）

組織委員会の副会長」とある（本書p.360-361に全号翻訳掲載した）。

新居格を『大地』全訳版の「翻訳者」と記しておらず、事情によく通じていることがわかる（「新居格「パール・バックと日本」解説を参照されたい）。また下村海南の記事が再掲載であることもわかる。英文紙に既発表のものの転載だろう。なお各記事の、その頁に収まり切らない分は、多く8頁目に送っている。

欧文本文は、なかにネイティヴによるものか、と思われるものもないではないが、多くは日本人の翻訳によるものらしく、直訳体が目立つ。うろ覚えの誤った単語や言いまわしを散見するが、改めずに、そのまま翻刻した。

創刊の意図

『Japan To-day』本紙に創刊宣言のようなものはない。かわりに、1938年4月創刊号第2頁目に「『文藝春秋』海外版付録『Japan To-day』は、本号をもって創刊号とし、以降、毎月刊行する。『文藝春秋』は1923年に、日本で最も人気のある作家のひとり、菊池寛が創刊したもので、その編集によって、日本の知識層のあいだに親しまれ、最大部数を誇るようになった。広い視野と独立した立場によって書かれる記事は権威をもち、それによって多くの読者を獲得し、今日、日本の月刊誌の筆頭と言ってよい」（鈴木訳）という簡潔な紹介記事が掲載されている。

創刊の前月、『文藝春秋』3月号の「話の屑籠」は、外国語の付録をつけることを予告。「国家の非常時に当って雑誌社は雑誌社なり、国家の目的に協同した方が、いいと思って始めるわけである」「我が国にある海外宣伝のパンフレットなどを見ると、甚だ心細

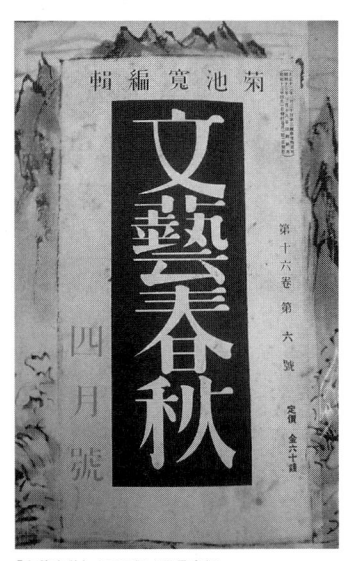

『文藝春秋』1938年4月号表紙
（彦根市立図書館・舟橋聖一記念文庫所蔵）

い」、その「付録丈を増刷して、アドレスの判る限り、世界の新聞社及び著名な政治家文筆家に、発送したい」と書いている。『Japan To-day』が、実際に本誌とは別に、海外諸機関、知識人にも送られたことは、アメリカの図書館に保存されていたことからわかる。

『文藝春秋』3月号に、刊行をつげる宣伝チラシが挟みこまれていた。これが創刊宣言にあたるものだろう。大きく「海外へ送れ」と呼びかけている。が、本誌の読者のなかに、実際に海外へ送ったものがいたかどうかは疑問である。

その宣伝チラシは、表面は全面朱色。兵士たちのシルエットを背景に、『文藝春秋』は「日本ジャーナリズムを代表する最大の言論機関」と標榜し、「斬新独特な境地」の開拓を予告している。裏面は白に藍の文字で、政府機関による国際宣伝の拙劣さに対して、「民間の自主的活動」を主張している【後掲】。

日中戦争をめぐって、とりわけ蔣介石国民党を支援するソ連が反日の宣伝戦を国際的に繰りひろげていた。また1937年12月の南京虐殺事件以降は、米英も反日姿勢を強め、国民党支援を強化していた。『Japan To-day』は、それらに民間から対抗しようとするものだった。全体として日本文化の国際性、多様性、そして中国に平和が回復していることをアピールすることを狙っている。

これまで『Japan To-day』に僅かにでもふれた評論は、「『九・一八』以後、急速に右傾化を強めつつあった『文藝春秋』は、全面戦争と同時にファッショそのものになった。その第一歩が『Japan To-day』の発行であった」[2]と、菊池寛の姿勢を、そして『文藝春秋』本誌の性格も「ファシズム」と決めつけている。欧文付録『Japan To-day』の刊行にあたって、1938年4月号の菊池寛「話の屑籠」が、「国家目的に協同する」姿勢を明らかにしていること、そして、宣伝チラシの兵士のシルエットなどから憶断したものだろう。その憶断の根が、日中戦争期の総動員体制を、定義もせずに「ファシズム」と規定してすませる態度にあることはいうまでもない。これまでに、『Japan To-day』の内容に立ち入ってふれたものは皆無である[3]。

なお、総合雑誌に英文付録がついたのは、博文館の『太陽』（1895年創刊）が最初だが、その号の内容紹介が主で、中断期間もある。その後も類例はいくつかある。能楽雑誌が英文翻訳欄を設けている例もある。が、雑誌本体とは切り離して企画されたことはない。その意味では菊池寛の新機軸だった。ただ、この時期、対外向けに民間ないしは半官半民の雑誌がかなり出されている。ライカの賞を獲り、国際的に活躍した写真家、名取洋之助が中心になって、日本をとりまく国際情勢の悪化を背景に、日本文化の国際性をアピールすることを基調としたグラフ雑誌『Nippon』（季刊、四六4倍判、定価1円50銭。1934～44）を刊行していたのが先駆けといえよう。発刊は、第2次日本工房、1939年より国際報道工芸株式会社、1941年には（内閣）情報局の管理下に置かれ、国際報道発行、鐘紡が出資し、丸善が発売元だった。土門拳、藤本四八などの写真家、山名文夫、河野鷹思、亀倉雄策などのグラフィックデザイナーを用い、フォトモンタージュを駆使した高水準の誌面づくりを行ったことで知られる。『Japan To-day』の誌面づくりに参考にされたにちがいない。

そして、『Japan To-day』の刊行は、この機運を高めたにちがいない。民間の対外友好組織の刊行物には、総合雑誌記事の翻訳紹介も行われていたが、それらに記事を提供した（本書p.56-60、林洋子「解説」参照）。明確に国策協力の姿勢をもつものとしては、ほかに、同じ1938年に日本青年外交協会研究部が三木清の講演録を英文のパンフレットで刊行するなどしている。

---

2 高崎隆治「株式会社・文藝春秋の戦争中と現在を考える」『南京事件を考える』大月書店、1987、p.210

3 残存状態は、2010年春に、国内の国公立図書館に調査依頼をしたところ、4月号と7月号が別々のところに保管されていただけだったが、アメリカの「3つの図書館（大学および市立）に全部が保管されていることがわかった。その後、彦根市立図書館舟橋聖一記念文庫から、当時の状態のまま、4月号、5月号が保管されていたのが見つかっており、今後も出てくる可能性はある。高松市菊池寛記念館の菊池寛蔵書中には含まれていないとのこと。なお、株式会社、文藝春秋は保管蔵書類の調査に応じてくれたことはない。

のち、対米英戦争期、1942年から1945年には、東方社から、ソ連の国際宣伝を参考にした、やはり高水準のグラフ雑誌『FRONT』が刊行される。その創刊号では、本文が15カ国語に翻訳掲載され、他の号も英語、中国語、東南アジア諸国語などの翻訳掲載を行った。

内容

『Japan To-day』は、日中戦争期のさなか、1938年の春から秋にかけて、菊池寛率いる『文藝春秋』周辺の知識人や文学者たち、総じていえば自由主義思想の持ち主たちが、どのような考えを海外に向けて発信していたかを端的に示すものである。すでに1937年12月の「人民戦線事件」と同時に、戦争を忌避する言論も文芸作品も厳しい弾圧にさらされていた。

海外に向けて発信されたものだが、『文藝春秋』など雑誌記事の翻訳掲載があること（たとえば菊池寛「日本の現代文学」4月号、田中耕太郎「日本の課題としての自由主義」6月号など）、また既刊本からの抜粋もある（近衛文麿「学生時代の思い出」5月号）。ダイジェストしたようなもの（たとえば舟橋聖一「徳田秋声論」9月号）もあり、必ずしも当初から海外向けを意識して書かれたものばかりではない。むしろ、菊池寛と周辺の人びとが、海外向けにふさわしいものを選び、また依頼して、翻訳掲載したものがほとんどといってよい。

記事の内容を便宜的に分けてみると、文芸関係12（うち作家論4、散文詩ないしは随筆3、外国文芸関係3、他2）、芸術関係12（美術・芸術論5、建築2、音楽2、演劇1、映画2）、国際政治11、時事的トピックス7、社会風俗6、出版関係3、写真記事5、その他短評など6（計62本）で構成されている。外国人の寄稿も6人（内、中国人1）を数える。

そのうち、かなり著名な執筆者のもので、これまで知られていなかったらしいのは、島崎藤村「西欧化の風潮と日本女性」（4月号）、菊池寛「日本とアメリカ」（講演録、5月号）、蠟山政道「日本と海外の批評家」（5月号）、長谷川如是閑「日本の生活美」（7月号）、三木清「我々の政治哲学」（9月号）などがある。藤田嗣治「東京での今の暮らし—藤田嗣治がピカソに宛てた手紙」（公開書簡）は、これが初出と判明。また散文詩的随筆として、西條八十「東京の春」、佐藤惣之助「夏」、白鳥省吾「秋」も依頼したものようだ。

だが、この時期には極めて多様な活字メディアが出されており、目録類も整備されているとは言い難い。どこに原典ないしはそれに類するものが潜んでいないとも限らない。それにしても、当然、これには「冬」が予定されていたはずだ。が、その前に『Japan To-day』が終刊となった。となると、現代作家論シリーズも、森山啓「島崎藤村」、阿部知二「山本有三」、中島健蔵「横光利一」、舟橋聖一「徳田秋声」のあとにも続編が考えられていたにちがいない。

『Japan To-day』の刊行は、高だか7カ月間である、文化史の進展にとっては、ほんの一コマというべきだが、文芸、芸術関係について、日中戦争期の批評の様相は、概して注目されることが少なかった。ここに選ばれ、依頼された短い記事から意外な一面が伝わってくることもあるだろう。第2次世界大戦後の論調にまで響くものもある。

刻々と変わる国際情勢を背景においてみると、国際関係記事も、北京の親日政権を担っていた王克敏「協力の訴え」（6月号）など、生々しい。また、東京オリンピックが予定されていたこと（下村海南「日本は1940年オリンピック開催にむけて準備中」4月号）や、IOCに出席した嘉納治五郎が帰りの船で残した記事（6月号）、「『世紀の翼』号……飛行距離世界記録」（7月号）が伝える飛行機熱など、一部のファンを除けば、案外忘れていたり、あらためて気づかされたりすることも多い。

次に、『Japan To-day』が刊行されるまでの経緯と背景、菊池寛の思想的立場を見ておこう。

刊行の経緯と背景

菊池寛は、『文藝春秋』1938年9月号「話の屑籠」に、「北支において、日支が戦端を開いたことは遺憾である」と書いている。長期戦になれば日本と中国が仇敵関係になり、「東洋に於る平和や文化のために、一大障碍となる」、軍事的勝利ののち、「日支国交の根本的調整に対して、深甚な考慮を払って貰いたい」と[4]。早く和平を結べ、という意味である。

1938年7月7日の盧溝橋事件ののち、不拡大方針により、停戦交渉がつづけられたが、銃撃はおさまらず、北京（北平）周辺が全面的な戦闘状態に入ったのは7月28日（北支事変）、上海で中国軍によって火蓋が切られるのは、8月13日（第2次上海事変）である。これによって戦線が中国中央部（中支）に拡大した。

先の9月号「話の屑籠」の記事は、第2次上海事変勃発前に書かれたものだろう。他方、そこに菊池は、

---

[4] 『菊池寛全集』第24巻、高松市菊池寛記念館、1995、p.360

徳川光圀の命によって水戸藩が編纂した『大日本史』も頼山陽『日本外史』も、南北朝の争乱に南朝方の参謀をつとめた北畠親房の『神皇正統記』に鼓舞されたもの、これが「遠く明治維新の動因になっている。この人などこそ、もっともっと顕彰されてもいい」と書いている。また戦局を報道する臨時増刊「日支の全面激突」の売れ行きがいい、とも告げている[5]。菊池寛の心のなかで、和平を望む気持と天皇制の国体尊重と社主としての商売気が同居しているのがよくわかる。

対中国戦争の本格化に、不況と不安にあえぐ大衆は沸いた。文藝春秋社は戦争報道に力を注ぎ、37年8月からは「時局増刊　現地報告」と名前を変え、12月まで毎月刊行した。38年1月は休んで、2、3月までに7冊を刊行、5月には名前を「時局月報」第8号とする。様ざまな宣伝イヴェントを支えてきた、くだけた話題の記事を多く掲載し、本誌と並んで売り上げに貢献していた雑誌『話』を1940年4月に廃刊にして、「現地報告」の刊行を続けた。戦争報道で儲けるのは新聞、雑誌の常である。博文館は『日清戦争実記』で大当たりをとり、出版、印刷、通信社、流通にわたるコングロマリットに成長する基礎をつくった。そして、日露戦争期はもちろん、欧州大戦（第1次世界大戦）にも月刊でシリーズを出した。

1937年、『改造』も11月に「支那事変増刊号」、12月には「上海事変記念増刊号」を出した。戦争の現実を直視する記事が多いが、上海事変については、ジャーナリズム全般に抗日勢力の非道ぶりを「鬼畜」とののしる論調が目立つ。反ファシズムの論陣を張っていたマルクス主義労農派の論客、山川均でさえ、「支那軍の鬼畜性」（『改造』1937年10月号）というタイトルで、半ばその論調に乗るような記事を書いている。ただし、人間の裏面に潜む「鬼畜性」が表に出るものとして、排外主義を戒める内容である。

なお、『文藝春秋』は、前年1936年秋から毎号、山川均の原稿を掲載していた。もちろん、政治過程がファシズムに傾斜することに警告を発する内容である。菊池寛の標榜する「中道」は、中間派の記事を載せるという意味ではない。左右両翼にまたがって偏らないという意味である。

ところが、山川均が『文藝春秋』11月号に寄せた「着弾圏外」を編集部がボツにしている。日中戦争に対する様ざまな疑問を記したものだった。これは編集部が言論統制の強化を察知してのことらしい。『改造』9月号では大森義太郎の論文が、『中央公論』9月号では経済学者の矢内原忠雄の論文が、それぞれ全文切り取り処分を受けていた。矢内原は東京帝大を辞職する。そして、それ以降、『文藝春秋』に山川均の執筆はない。

だが、その後も、菊池寛の戦争拡大に反対する姿勢は、急速に変わったわけではない。『文藝春秋』の誌面では、11月号に「支那事変を批判する国際座談会」を掲載している。日本人の「支那評論家」が事変の正当性を、イギリスなどが行ってきたことと同じと主張するのに対して、アメリカの大学教授、イタリアの銀行中国支社長、カナダの生命保険会社の極東代表、イギリス、フランス、デンマーク、ソ連の記者たちが、かつての植民地文明化論や帝国主義時代とは国際情勢が変わっていることなど反論を述べ、とくに大陸沿岸部を日本が封鎖していることに対して危機感を吐露している。見通しとしては、中国経済が立ち行かなくなるという点で、ほぼ一致している。この座談会のタイトルもそうだが、外国人の口から出ているとはいえ、日本の姿勢を非難する論議をふくむ座談会を掲載すること自体、この時期では、戦争拡大に走った国策に同調しない姿勢を示すものと見てよい。

11月には大本営が設置され、いよいよ、本格的な戦争体制づくりに入る。12月、反戦運動の機運を画策したとして労農派の労組幹部と学者たち400人が一斉検挙された（人民戦線事件）。内務省警保局は、それまで飛び交っていた戦争反対論を一切封じ込める策に出た。まず、戦争気分を揶揄する石川淳「マルスの歌」を掲載した『文学界』1938年1月号（1937年12月10日印刷）が発禁処分をくらった。編集長、河上徹太郎、石川淳ともに警察に呼ばれ、罰金刑を下された。罰金を払ったのはスポンサー、菊池寛だった。そして、『文藝春秋』2月号「話の屑籠」は言論弾圧に抗議している。「話の屑籠」は、以後も、言論の自由を守る姿勢をしばしば示している。

1937年9月に開始された国民精神総動員運動はダンスホールなども閉鎖に追い込んだ。1938年1月号「話の屑籠」は「娯楽機関、遊興機関の弾圧に反対」を表明している。失業者が増える一方ではないか、という理由である。

国際情勢はどうか。1937年12月9日、日本軍は南京城を包囲、翌日正午を期限とする投降勧告を行った。中国軍が応じなかったため、12月10日より総攻撃がはじまり、12月13日に南京は陥落した。国

5　同前。

内の大衆は南京陥落に沸いた。人びとの心のなかには、これで和平が来るという期待が大きかった。その過程で、上海の激戦をくぐってきた日本の部隊が「人民の海」に紛れ込む中国軍のゲリラ戦術に悩まされ、多くの非戦闘員を殺し、暴虐の限りを尽くした。これが南京大虐殺である。この事件は、当初数日を除き、国内では全く伏せられた。

しかし、これが国際世論の反発を招いた。それまで対ソ戦略から戦局を静観していた米英が蔣介石への援助を強化してゆく。和平交渉の機会は失われ、長期化は避けられなくなった。

外国語の付録をつけることを予告した『文藝春秋』1938年3月号の「話の屑籠」は、別に「本社の営業はいよいよ好調」と書いている。5月には、資本金を30万円にする。1928年に文藝春秋社を株式会社にしたときには資本金5万円。32年ころに成長著しく、35年8月に10万円に倍増し、36年末に15万円に増資した。それから1年半弱で一挙に倍増したわけだ。菊池寛は雑文雑誌として創刊した『文藝春秋』を、ほぼ10年で売上トップの総合雑誌に育てたことになる。その最後のジャンプは戦争報道によるものだった。

菊池寛の立場

菊池寛は、リベラリズムと平和を望む気持から日中戦争の拡大に反対していたが、その心には、天皇制の国体尊重と社主としての商売気とが同居していた。もうひとつ見逃せないのは、政権の担い手として近衛文麿がベストと考えていた点であろう。

近衛文麿と『文藝春秋』グループのつきあいは、第一高等学校時代にさかのぼる（本書「学生時代の思い出」解説を参照されたい）。『文藝春秋』では、1933年7月号「話の屑籠」に「近衛文麿公が、貴族院議長になったのはよい。聡明で進歩的であり、時代が現在の政治家より一時代若いだけ頼もしく思われる」[6]と登場する。そして、1934年9月号に、近衛文麿「新日本の姿を示せ──アメリカから帰って」という寄稿を受け、1936年7月号では「近衛文麿公閑座談会」を催している。1936年、2・26事件ののち、西園寺公望を筆頭に、ファシズムの高揚を警戒する陣営から近衛文麿を首相にという声が高まっていたことを受けたものだった。ただし、皇道派勢力も近衛文麿を支持しつづける。

1937年6月4日、近衛文麿内閣が誕生すると、7月号「話の屑籠」は、「近衛内閣の出現は、近来暗鬱な気持になっていた我々インテリ階級に、ある程度明るさを与えてくれたことは、確かである。少なくとも、日本に於ての最初のインテリ首相である。近衛さんに依って、初めて我々と同世代の人が、総理大臣になったと云えると思う」[7]、8月号にも「ひいき眼で見るわけでもないが、近衛内閣の政治は、従来の内閣に比し、大衆的であり、文化的であり、合理的である」[8]と書いている。「祭政一致」という神がかった綱領を掲げ、陸海軍寄りの政策を進めた林銑十郎内閣（1937年2月〜6月）が、さらに親軍部政権を企てて総選挙に大敗したのちのことだった。総選挙では社会大衆党が上げ潮ぶりを示し、菊池寛には明るい光が見える思いだっただろう。

しかし、日中戦争は本格化し、南京事変を期に日本は国際的非難の集中砲火を浴びた。1938年2月、徳富蘇峰『皇道日本の世界化』は、「支那事変」が起こってしまった以上しかたがない、これを「皇道世界化の機」「白禍一掃の運動」にせよ、反共産主義を第一に掲げ、次いで反アングロサクソン戦争に進むべきだと訴えた。これを受けとめたのが、日本と提携することで、インド独立運動を推進しようとするチャンドラ・ボースだった。彼も、反共産主義、反アングロサクソンの旗を掲げる。

菊池寛が『文藝春秋』3月号の「話の屑籠」に、外国語付録をつけることを予告して記した「国家の非常時に当って雑誌社は雑誌社なり、国家の目的に協同した方が、いいと思って始めるわけである」も、これに類した動きと見てよい。1937年9月号「話の屑籠」で、北支事変の勃発を遺憾と述べ、日中和平の実現から、「日支国交の根本的調整」の道を探ろうとする姿勢を示していたが、その根本まで揺らいだわけではない。起こってしまったことをとやかく言ってもしかたがない、反対論が一切封じられるなかで、和平への道を推し進めなければ、という態度である。

かつてマルクス主義の論客として鳴らした三木清は、「知識階級に与ふ」（『改造』1938年6月号）で、「起こってしまったことをとやかくいってもはじまらない」、日本の歴史に「理性」に立つ大義を与えよ、そのために知識人は政治参加すべきだと説いて、近衛文麿のブレーン・トラスト、昭和研究会に招かれ、「資本主義の弊害の解決」「東洋の統一と調和」「侵略戦争になることを極力防ぐこと」を内容とする講演を行い、常任委員として参加してゆく。これも、よく

---

6 同前。
7 同前、p.356
8 同前、p.359

似た気持からだったと推測される。もちろん、日中戦争を「皇道世界化の機」とせよ、と説く徳富蘇峰と、「資本主義の弊害の解決」すなわち帝国主義戦争としての中国侵略に歯止めをかけよ、という三木清とでは立場がまったくちがう。三木の思想は、皇国思想と縁がない（三木清「我々の政治哲学」解説を参照されたい）。

菊池寛は、1933年7月号の「話の屑籠」に、佐野・鍋山が獄中から出した転向声明にふれて、「共産党の巨頭達が、日本民族の優秀性を認める点に於て、転向したことが新聞に出ている。我々も、資本主義制度の欠陥を認むる点に於て、人後に落ちないつもりであるが、日本の国体を尊重し、日本民族の団結を保ちながら、悠々その弊を救い得ることを信じている」[9]と書いている。菊池寛は早くから同業組合主義の立場に立っていた。演劇家協会を組織し、文芸家協会の設立へ、そして1936年に協会が会長を設けたときに会長に就任した。無産者への同情も人一倍強い。他方で国体尊重の立場もある。近衛文麿への親近感も隠していない[10]。そして、これらは相矛盾するものではない。蘇峰と三木の中間あたりの立場を考えればわかりやすいだろう。

終刊まで

少し遡る。1938年4月には、国家総動員法が制定される。帝国在郷軍人会、全国神職会、全国市長会、労働組合会議などの多くの団体を集め、これがのちの大政翼賛会の母体になる。そして、電力国有化など戦時を理由に国家社会主義政策を次つぎに展開してゆく。唯一の合法的無産階級である社会大衆党は、日中戦争に突入すると「聖戦協力」を訴え、電力国有化など、戦時における国家社会主義の政策を後押ししていた。

そして、『Japan To-day』6月号に、北京の親日臨時政権（1937年12月～40年3月）の担い手、王克敏「協力への要求」が掲載されている。これは、中国大陸に親日政権による「和平地区」を拡大してゆく戦略的立場といってよい。この年、3月頃から、国民党内の汪精衛（兆銘）ら「抗戦」による民衆の被害に心を痛め、和平に進もうとするグループと日本の和平派との接触がはじまっていたといわれる。

1938年8月、菊池寛は、文芸家協会会長として作家を率いて中国大陸の戦地、漢口を見学に行くように内閣情報部から懇請され、自ら赴くことを決意し、親しい人びとに声をかけた。作家としては吉川英治、小島政二郎、久米正雄、佐藤春夫ら、劇作家の岸田国士、詩人の佐藤惣之助、女性作家は吉屋信子が加わり、総勢22名の「文士部隊」が編成された。この報告は、『文藝春秋』10月号の「話の屑籠」に掲載される。「文士部隊」の派遣は、文芸家を「国家が大々的に認めてくれた」[11]証左と喜ぶ。ここには、文芸の社会的地位の向上のためなら、また言論の自由のためなら、もともと意に反していた戦争にも国家体制にも協力するという姿勢が露わである『Japan To-day』10月号には写真を掲載。

その前の月、『Japan To-day』9月号、三木清「我々の政治哲学」は「東亜協同体論」の先駆けともいえるものだ。2カ月後、『改造』1938年11月号（10月下旬刊行）に昭和研究会の蠟山政道が「東亜協同体の理論」を発表。そして、1938年11月3日には、近衛文麿首相が日満支3国の「互助連携、共同防共、経済結合」をうたう「東亜新秩序声明」を、12月22日には、国民政府との和平3原則として「善隣友好」「共同防共」「経済提携」を言明する「日華国交正常化大綱」を発表する。そして、1939年には「東亜協同体論」がさかんに論議されるようになる。これが、のちに「大東亜共栄圏」構想へと拡大してゆくことは、あらためて言うまでもない。

ただし、この間に『Japan To-day』は10月号をもって終刊している。1938年8月、菊池寛が「文士部隊」を率いて漢口に赴いた月に、商工務省が新聞用紙制限に加えて、雑誌用紙の節約を通報した。9月号「話の屑籠」は「与えられた条件の下に、最善を尽くす」[12]と書いていた。そして、1939年11月号「話の屑籠」は「海外版が、紙の統制のため、廃止の止むなきに至ったことは、残念千万である。しかし、現在の部数を維持するためには、海外版を廃止する外なくなったのである。折角海外からの反響も、盛んになった今、廃止することは、残念であるが、仕方がない」と告げている。これは額面通りに受け取ってよい。こうして『Japan To-day』は終刊になった。

『Japan To-day』の中身は、日本文化の国際性をアピールすることを基調に、日本軍の大陸侵出により平和が回復していることを国際的に訴え、日本の国内における和平を求める勢力の存在を示すものだっ

9　同前、p.259
10　鈴木貞美『「文藝春秋」とアジア太平洋戦争』武田ランダムハウスジャパン、2010、p.33～を参照されたい。
11　『菊池寛全集』第24巻、前掲書、p.387
12　同前、p.384

『Japan To-day』の宣伝のビラ（『文藝春秋』1938年3月号挟み込み）表（上）は朱色、裏（下）は藍色

た。和平への道とは親日政権の勢力を拡大する方向だった。これが「国家目的に協同」する、この時期の菊池寛の対外宣伝戦略だった。それは、国内的には、軍事拡大路線や神がかった国粋主義の台頭に対抗する意味をもっていた。

やがて、1940年、菊池寛は、汪精衛による「国民党政府」樹立式典（4月26日。王克敏の北京臨時政府は南京政府に合流）に参列する。『文藝春秋』6月号「話の屑籠」は、「南京へ行って、新中国政府の要人と会った感じは、たいへんよかった。表面だけでなく、心からの融和さえ感じた」。「日本が誠心誠意、彼等の志を援け、日支の恒久平和を樹立することが、日支の共存共栄の大道であると思った。そして、自分は、その可能性を信じることが出来た」と書くことになる。「我々日本人が反省をし、支那を尊敬することから、恒久の日支親善が生まれるのではないか」「支那人の事を支那人と呼ぶことも、その際改めたらいいのではないかと思った。やはり中国人と云うべきではないか」とも書いている[13]。

これは、汪精衛政権に対して、政府が「中国」という語を用いたことを受けての言だろう。その意味で、菊池寛の対中国戦争に対する姿勢は一貫していたことになろう。自由主義ないしは中道の立場が、なぜ、当初反対していた日中戦争の拡大に深くコミットするようになっていたか、菊池寛の軌跡は、それを典型的に示す例といえよう。そして、それを『Japan To-day』は、如実に示すものだったのである[14]。

---

13 『菊池寛全集』第24巻、前掲書、1995、pp.431-434

14 本稿3節以下は、鈴木貞美『「文藝春秋」とアジア太平洋戦争』（前掲書）で論じたことを再編集したが、目的にあわせて、より詳述したところもある。その後の菊池寛については、同書（p.143～）を参照されたい。

『Japan To-day』と外務省

戸部良一

　『Japan To-day』が支那事変（日中戦争）に関する対外PR（宣伝）の役割を担っていたとすれば、政府、特に外務省はこれにどのように関わっていたのだろうか。資金的な面を含めて何らかの援助をしたのか。それとも『文藝春秋』ないし菊池寛は、政府に援助を要請しなかったのか。政府の援助を潔しとしなかったのか。

外務省文化事業部

　外務省で対外広報を担当したのは情報部だが、情報部関係の文書の中には『Japan To-day』に関連した記録は見当たらない。アジア歴史資料センターの記録をウェッブ上で検索して唯一関連史料として取り出すことができたのは、文化事業部の記録である。

　文化事業部とは、1923年（大正12）に設置された対支文化事務局の後身である。同年、対支文化事業特別会計法が制定され、中国政府から受領すべき義和団事変賠償金と山東省関係の弁済金を基金として、中国に対する「教育学芸救恤衛生」事業を実施することが定められた。その所管部局として、外務省に対支文化事務局が設置されたのである。なお、山東省関係の弁済金とは、第1次世界大戦に参戦した日本がドイツの租借地であった青島を含む山東省を占領し、占領期間中に山東鉄道をはじめ諸種の事業に投資したことの見返りとして、中国政府から受け取ることになったものであった。実は、これに関わる所謂山東問題はパリ講和会議では決着がつかず（ちなみに中国ではこの問題に対する反撥から五・四運動が発生した）、1922年、ワシントン会議と並行して行われた日中間の直接交渉でようやく妥協が成立した。

　1924年に日中間に成立した協定によれば、基金の使途として北京に図書館と人文科学研究所を、上海には自然科学研究所を設立すること、山東省内の病院や学校等に補助することが合意された。対華21カ条要求（1915年）から尾を引き山東問題でこじれた日中関係を「文化」的側面から改善しようという試みであったと見られよう。

　その後、行政整理の一環として、対支文化事務局は亜細亜局内の文化事業部に縮小された。中国側が「対支」という表現に不満だったので「対支」は削除されたが、さらに亜細亜局内に置かれていることも誤解を招くため、1927年（昭和2）、亜細亜局から独立して他の部局と並立することになった。また、基金を利用した事業として、東京と京都に東方文化学院を設置することが決められ、日本への中国人留学生に対する経済的な助成も行われるようになる。そして1935年（昭和10）、文化事業部は事業を拡大し、中国に対する文化事業（1932年より満洲国に対する文化事業を加える）だけでなく、一般的な国際文化事業も担当することになった（以上、対支文化事務局と文化事業部については、外務省百年史編纂委員会編『外務省の百年』上、原書房、1968年を参照）。

文藝春秋の依頼

　このような背景のもとに文化事業部と『Japan To-day』との関わりが出てくる。この関連記録は、外務省外交史料館所蔵のファイル『東方文化事業関係雑件』第3巻（H.0.0.0.1-3）に綴じ込まれた「支那事変ニ際シテノ我対支文化事業〔文藝春秋海外版（英文）原稿〕昭和13年6月」という表題の文書（アジア歴史資料センター JACAR:B05015006700）である。

　この文書によれば、6月某日、文藝春秋編輯部記者の安藤直正が外務省を訪れ、「文藝春秋社発行英文海外版ニ対支文化事業ニ関スル記事掲載致度ニ付資料提供セラレ度」と依頼し、枚数は原稿紙7、8枚程度、英文翻訳は文藝春秋社で行うので、6月27日までに資料を提供してほしいと語ったという。応対したのは、文化事業部所属の領事、米内山庸夫であった。この文書には、『Japan To-day』の7月1日号も綴じられているが、これはおそらく安藤が説明のために持参したものだろう。

　安藤の要望に応じて書かれた原稿案が、外務省用箋にタイプ打ちされた「支那事変ニ際シテノ我対支文化事業」だが、文化事業部の誰が執筆したのかは分からない（米内山かもしれない）。この文書の欄外には7月1日に安藤に「別紙原稿送付済」と記されているので、この原稿案から一部修正されたものが「資料」として送付されたのかもしれない。

外務省原稿案と掲載記事

　内容から判断すると、この原稿案は『Japan To-day』8月1日号所載の「華北・華中へ派遣された438名の日本人医師」と題する無署名の記事の資料

COLUMN

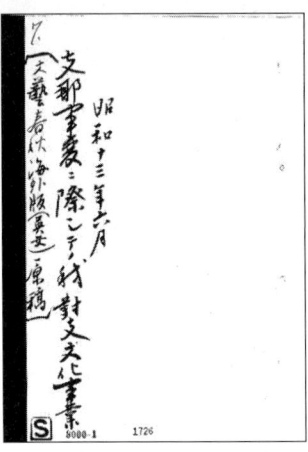

外務省記録『東方文化事業関係雑件』第3巻

になったものと思われる。安藤の訪問の趣旨に関して上に直接引用した箇所の下線部「対支文化事業」は、もともと「防疫事業等」と書かれてあった文字が消されて書き加えられたものである。

送付された「別紙原稿」がファイルに綴じられている原稿案にどれほど修正を施したものか判然としないが、どうも外務省が提供した原稿がそのまま英訳されて実際の記事になったわけではないようである。記事になったのは原稿案の半分程度に過ぎない。あまりにお役所的な物言いや宣伝臭の強い部分はカットされたのだろう。カットされたことに対する外務省側の反応を示す記録は見当たらない。もともと文藝春秋側からは「資料」提供を依頼されたのだから、文句を言える筋合いではなかったのかもしれない。

いずれにせよ、この文書から判断されることは、『Japan To-day』が必ずしも官民一体の事業として実行されていたのではない、という事実だろう。文藝春秋は外務省に資料提供を求めた。ただし、提供された資料は、文藝春秋側が対外的効果を考慮して取捨選択した上で翻訳掲載した、ということになるのだろう。

なお、この後間もなく、1938年12月に内閣直属の機関として興亜院が設置され、「対支文化事業」は外務省から興亜院に移管された。外務省文化事業部は「対支文化事業」ではなく「対外文化事業」を所管することになった。そして1940年（昭和15）に内閣に情報局が新設されると、文化事業部は廃止されるに至る。

BUNGEISHUNJU OVERSEA SUPPLEMENT
Japan To-day

1938年4月号

Contemporary Japanese Literature
Kan Kikuchi

The English playwright, Israel Zangwill, has likened America to a melting pot—the melting pot into which all races of the world have been thrown and out of which a new race is emerging. This simile may be applied to the contemporary literature of Japan. The world of letters of present day Japan is a literary melting pot that has absorbed all literatures of the world and has produced, and will produce, a new literature out of its chaos.

Tolstoy, Dostojewsky, Turgenieff, and Chechoff have been representative of Russian literature and have swept over the reading public of our country.

The literature of Northern Europe has been known to us through Ibsen, Strindberg, and Björnson. I doubt if anything has been left untranslated of the work of Strindberg.

The literature of Germany and Austria, too, has been thoroughly familiarized to us, from the classic Goethe down to more recent men like Hauptmann, Schnitzler, Hofmannsthal, and Thomas Mann.

The name of Maupassant has become quite as hackneyed as that of Tolstoy; so much so that a clever pun has been invented: "Maupassant, Mo Takusan" —meaning, "No more of Maupassant," or "Enough of Maupassant." Such has been his popularity. Flaubert's MADAME BOVARY is known to every young aspirant in letters, while Romain Rolland's JEAN CHRISTOPHE is no less well-known. More recently, André Gide seems to be enjoying the largest following.

Turning to the English writers, I should like to mention incidentally that Bernard Shaw, who visited our country a few years ago, professed with not a little of his usual braggadocio that the only Japanese words he knew were *yen* and *samurai*. Our knowledge of his English, however, is in inverse ratio with his Japanese vocabulary. For, we have been reading his works for the past twenty years. Together with him, Oscar Wilde, George Meredith, John Galsworthy, and others who are too many to enumerate, have enjoyed a fair popularity. And to-day James Joyce is the literary fashion in our country.

Edgar Allan Poe, and more recently Theodore Dreiser and Upton Sinclair, are a few of the American authors that have been more than mere names to us.

Thus, into the melting pot have been crammed promiscuously a countless number of Western writers and their productions. And eagerly the pot has swallowed the hodgepodge. But the melting pot was not empty to start with: there the pure ingredients of our traditional literature had been seething and bubbling over. Consequently, what we have to-day is a mixture of Western elements and our own. Nor are the latter in themselves unmixed stuff. The tradition of Japanese literature, it must be remembered, was modified by the influences of India through the channel of Buddhism, and by those of China. We believe, therefore, that our contemporary literature is more universal in its elements and more colorful in its background than the literature of any other nation.

The output of the pot, however, is not a mere confusion of all these ingredients, European and Japanese. Some of the productions are peculiarly Japanese. But more about this later.

What European literature has brought to us, through the writers above mentioned, are (1) realism (naturalism) ; (2) the ideal of the brotherhood of men (humanistic idealism), and (3) a new technique in story writing and, especially, in short-story writing.

Realism was introduced to us through the writings of Zola, Maupassant, Flaubert, and others, reaching the height of its popularity about 1910 after the Russo-Japanese War and under the leadership of Katai Tayama and Doppo Kunikida.

While realism was looking at life as an unprejudiced observer, without flinching from its darkest side, a new school arose in opposition to it; and that was *Shirakaba Ha* (or the White Birch School), a large number of its members being graduates of the Peers' College. Influenced by Tolstoy, they attempted to picture life with humanitarian idealism. The chief defenders of this school have been Mr. Mushakoji and the late Takeo Arishima.

Another group of writers stood in opposition to

naturalism, not in the attitude toward life but in the art of writing—construction and technique. This is Called *Shingiko Ha* (or the New Technique School), mainly consisting of graduates of the Imperial Universities. I myself am affiliated with this movement.

Dissatisfied with the naturalists whose concern was only to picture life as it is and who had no regard either for the plot or the theme, the *Shingiko Ha* writers have attempted to create art with plot and theme.

Both these schools were started some twenty years ago, and not a few of the men of either school are still active in the field of creative literature.

Proletarian literature was a later development. Affected by Russian communism, proletarian authors viewed life as class struggle. Naturally, their concern was to help bringing about the desired social upheaval. When literature is thus employed for other purposes than for its own, Pegasus is tied fast at the plough, and no good literature can be expected. As proletarian literature became a type—with always the same purpose, the same theme, and the same character—the reading public began to lose interest, and with the interference of the State, it has faded into a thin shadow.

To-day, with no new stimulus being felt from the West, and with no writers coming forward with unusual gifts, our literature is, so to speak, in a state of stagnation, concerned only with technical novelties. The contemporary literature of Japan is, after all, the result of the overwhelming pressure of the contemporary literature of Europe on our own literary traditions.

There is, however, one type of novel that is typically Japanese. This may be termed the "personal novel," or the "introspective novel." In the personal novel, the world reflected is the microsmic world of one's own; an attitude that reminds the reader of the mood of stoic resignation undercurrent in the Japanese *haiku*, where all interests are focused on a self quite detached from society. An antithesis of the social novel, the personal novel is the account of the author's conduct of life, his various frames of mind, or his ethical conceptions. The story is liable to be very trivial, and yet its feeling may have great depth. Hence the name *"shinkyo-shosetsu"*, or the novel of personal feelings and thoughts. When the Japanese sensitiveness typified in the haiku is expressed in novel form with the aid of the techniques and points-of-view borrowed from realism, then you have the shinkyo-shosetsu. In this class of novel, the hero is none other than the author himself incognito. Neither theme nor plot is to be found. Nor is novelty or romance felt necessary. Only ordinary events of every day life take place. But there is a depth in the living and thinking of the hero —that is the author—in the midst of stolid happenings. There is felt the naked form of living humanity.

The *shinkyo-shosetsu* is peculiarly Japanese, and it seems almost hopeless for this type of novel to be appreciated by Western readers. But in the eyes of the Muses, I believe, it has a high place of its own.

As I have pointed out, our literature has added much to its elements from the literature of the world. It is often the case that a Japanese translation is first made of outstanding French books before they are done into any other tongue. The same is true, more often than not, of English, American, or German literature. No people is as anxious for foreign literature as the Japanese. But, unfortunately, very little of what *we* have has been known abroad. The reason for this is not far to seek. The difficulty is in the language. We have twenty or thirty words for the first person singular. Each one of these twenty or thirty I's has a peculiar shade of connotation as to the class, rank, and personality of the speaker. It is impossible to substitute for all these only one word I or *ich*. Take another example: there are over twenty names for rain. Rain is called by different names according to the season and the manner of its raining. And each is rich in literary associations. "*Harusame*" is translated as "spring rain." But in the Japanese word, *harusame*, there is to us an infinite wealth of poetry and vision. The word itself is an artistic expression.

A great many Japanese words share the same misfortune when translated, and we are desperate over the impossibility of our literature being properly interpreted. The chances seem too small for its appreciation by the Westerners across the dreadful language barriers—barriers as fateful as the Great Wall of China. No wonder Bernard Shaw could only learn two things, *yen* and *samurai*, of all things Japanese. And is it not, a sad contradiction that, as if in an ironic contrast with his utter indifference and ignorance, we have read all his writing? It looks, however, as if the contradiction is an eternal one.

It would be too superficial to ignore Japanese literature on the ground that no Japanese man of letters has won the Nobel Prize. If a literary Olympiad could be materialized without language stumbling-blocks, we should certainly make the games hard for the other competitors.

日本の現代文学

菊池　寛　　　　　　　　原典

英国の戯曲家 Israel Zangwill の戯曲 "The Melting Pot" の中にアメリカの事を、坩堝にたとへ、茲には世界各国のいろいろの人種が投げ込まれて、そして一つの新しい民族として錬え出されると書いてある。日本の文壇に就いても同じ事が云へる。日本の文壇は、文芸的な坩堝だ。茲には、世界各国の文学が投げ込まれて、新しい文学が作られ、また将来に於いても作られると思ふ。

ロシア文学は、トルストイ、ドストエフスキイ、ツルゲネフ、チエホフをその代表的作家として、日本の読書界を風靡した。

北欧の文学は、イプセン、ストリンドベリ、ビヨルンソンなどを代表作家として、日本文壇に紹介された。ストリンドベリのものなどは、一作として翻訳されないでゐるものはないだらう。

独墺文学も、古きゲーテを初として、近代のハウプトマン、シュニッツラア、ホフマンスタールなど、悉く読まれてゐる。

仏文学では、モウパッサンなどは、露西亜のトルストイと匹敵するほど、日本ではファミリアな名前でモウパッサンに対して（モウ沢山！）と云ふ洒落が生れた位、日本では読まれた。フローベールの「マダム・ボヴァリィ」などは、日本の文学青年は誰でも、その名前を知つてゐる。ロマン・ローランの「ジャン・クリストフ」などに就いても同じ事が云へる。最近では、アンドレ・ジイドが日本では流行してゐる。

英国に就いても、同じ事が云へる。先年来朝したバーナード・ショウは、日本に就いては（円と武士）と云ふ二つの言葉しか知らないと豪語してゐたが、我々はバーナード・ショウの作品は、二十年前から

読んでゐる。その他、オスカー・ワイルドやジョージ・メレヂスやジョン・ゴールズワアジイ、最近ではジエイムス・ジョイスなどは、日本では、随分読まれてゐる。

米国に就いても、ポーや最近のドライザーやアプトン・シンクレヤーなどは、可なり読まれた。このやうに、西洋の多くの作家と作品は、無数に日本の文学的坩堝に投げ込まれた。この坩堝は、eagerly にあらゆることを貪り喰つた。しかし、元来この坩堝は、空しい坩堝ではない。そこには、日本の伝統的文学が、可なりの高熱でたぎつてゐたのである。だから、当然欧州の文学的要素とこの伝統の文学的要素とが、結合するわけである。日本の文学的伝統には、支那から来たものと仏教に依つて印度から来たものとがある。だから、現代の日本文学位、世界各国の文学的要素を持つてゐるものはないと、私達は信じてゐる。

欧州文学に日本文学の伝統が加つてゐる。そこに、日本独持の新しい文学があると思ふ。それについては、後で話す。

以上述べた作家を通じて欧州の近代文学が、日本にもたらしたものは、

一．Realism（Naturalism）
一．人類愛の思想。
一．新しい小説殊に短編小説の手法。

その内、自然主義は、ゾラ、モウパッサン、フローベールなどの作品に依つて、日本に紹介され、日露戦争後明治40年頃に、自然主義の全盛時代を現出した。

田山花袋、国木田独歩などが、その代表的作家である。

この自然主義が、人生をあるがまゝに観て、その暗黒面ばかりを見るのに対して、反抗して立つたのが、白樺派の作家である。貴族学校である学習院の出身者が多い彼等は、トルストイの影響を受け、人道主義的理想を以て、人生を描かうとした。この中に、武者小路実篤、有島武郎などがゐる。

この外に、小説の構成、手法などの点に於て、自然主義に対抗して立つた作家がゐる。これが新技巧派と呼ばれ、帝大の出身者が多かつた。僕なども、その一員である。自然主義が、人生をありのまゝに描くため、plot や、theme を排斥することに慊らず、plot もあり、theme もある作品を書かうとしたのである。

これは、いづれも今から二十年前位の出来ごとで、この二つの派の作家は、今でも活躍してゐる人が多い。
　その後に出たのが、プロレタリヤ文学である。これは、ロシアの共産主義の影響を受けて、人生を階級闘争的に見て、それを描き出すことに依つて、社会革命をもたらすことに協力しようとしたのである。しかし、文学が文学以外の目的のために、奉仕することは、pegasus を plow に繋ぐことで、いゝ文学が出来る筈はなく、同一の目的のために常に同型の主題や人物が描かれるために、一般読者の興味を失ひ、それに国家の弾圧もあつて、今は見る影もなく衰へた。
　現在では、日本文学は欧州からの新しい刺激もなく、新しい才能ある作家も輩出せず、たゞ技巧的に新奇を追つてゐる位で、どちらかと云へば停滞状態にある。
　要するに、日本の現代文学は、欧州の近代文学の圧倒的な影響を受け、それと同じ伝統と結びついて生まれたものである。
　その中で、日本文学の特色と云ふのは、私小説乃至は、身辺小説と云はれるものである。
　これは、日本の俳句に現はれてゐるあきらめに似た静かな気持ちで非社交的な自己中心の世界に於ける生活を描いた小説である。社会小説とは、凡そ縁遠いもので、自己の日常生活に於ける生き方、心持、もしくは道徳的態度を報告したやうな小説である。事件は、非常に trivial である。しかしそこに現はれた心持は、可なり深いものである。だから、心境小説とも云はれてゐる。これは俳句に現はれてゐるやうな日本人の心持が、近代文学の Realism の手法や物の見方を借りて、小説に現れたものである。
　かう云う手法では、主人公は、作者の仮名に過ぎない。そこには、テーマもなければ、plot もない。むろん、何の novelty もなければ romance もない。たゞ日常生活に起るやうな事件がある丈である。しかし、その事件を廻ぐつて現はされてゐる主人公（即ち作家）の生き方、心境に深いものがあるのである。現実的な人間の本当の姿が感ぜられるのだ。
　かうした小説は、世界中独持なものである。さうして、到底外国の読者に依つて、その価値が理解されることは、至難であらうと思ふ。しかし、私は芸術の神様の眼から見れば、相当高く価値されるものだと思つてゐるのである。
　前に、申した通り日本文学は、その要素として、

菊池　寛（E・スキャタグッド＝カークハムによるスケッチ 1938）

世界のあらゆる文学を受け入れてゐる。フランス文学の傑作は、世界各国の中で、一番目か二番目かには日本へ訳される。英国文学に就ても、ドイツ文学に就ても同じである。日本位、他国の文学を貪食する国民はないのである。しかし、悲しいかな日本の作品は、少しも紹介されてゐない。それは、日本語が至難であるからだ。日本には第一人称を現はす言葉が、二、三十ある。しかも、その一つ一つが、それを使ふ人の階級や性格を現はすことになつてゐる。それが、一つの I 若しくは Ich に訳されることは、不可能事である。又雨と云ふ言葉でも、日本は四季に依つて、またその降り方に依つて、二十幾つの名前がある。そして、その名前の一つ一つが皆文学的伝統を持つてゐる。春雨は Spring rain であるが、しかし「春雨」と云ふ言葉の中には、日本人は無限の夢と詩とを感じてゐるのである。その言葉そのものが、一つの文学的言葉である
　あらゆる言葉に就いて、同じ事が云へるのである。だから、我我は日本文学の翻訳に就いて、絶望してゐる。我々は、この万里の長城のやうな日本語を越えて、我々の文学が欧米に理解されるとは思はない。だから、何時が来ても、バーナード・ショーは、日本に就いて（円と武士（エンとサムラヒ））としか知らず、我々はショーの作品を全部読んでゐると云ふ悲しい矛盾がつゞくものと思つてゐる。
　だから、ノーベル賞が日本文学に與へられないからと云つて、日本文学の価値を軽蔑されては困る。もし、国語と云ふ障壁がなしに、文学オリムピックが開催されるならば、我々は優勝旗を幾つかは獲得する自信を持つてゐる。

近代文学史観を狂わせた元凶

鈴木貞美　　解説

　菊池寛「日本の現代文学」の英訳は『Japan To-day』創刊号のトップを飾った。原典は『文藝春秋』1935年10月号に掲載されたものである。「現代のアメリカは人種の坩堝だが、今日の日本の文芸は世界の文芸の坩堝のようだ」とはじまる。日本文化の国際性をアピールする『Japan To-day』の巻頭を飾るのにふさわしいものとして菊池寛が自ら選んだのだろう。

　なお、今日では、アメリカは「人種の坩堝」でなく、「人種のサラダボール」と言い換えられている。「坩堝」は、みな溶かしてひとつの液状にするが、サラダはひとつひとつの素材がそのまま活きるからだ。「人種」は "race"、人類は、本来は一種のはずだが英語も、その訳語も、その点、曖昧だ。

　そして、菊池寛「日本の現代文学」は、明治期からの海外小説の受容史を略述し、それが「リアリズム（自然主義）」、ヒューマニズムの理想主義、「短篇小説の新たな技法」に結実したとまとめ、さらに「社会的平等の欲望をかきたてるプロレタリア文学」も起こったが、よい作品は生まれていないとし、今日では「私小説」と「心境小説」が特徴をなし、それらに俳句の影響が大きく働いているという。とくに「心境小説」は日本独特のもので、作者が同時に主人公で、日常生活の出来事を語るだけなので、西洋の読者の関心を引かないだろうが、そこには赤裸々な人生の表れがあり、質が高いものだと評価する。そして、今日の日本の文芸は、不幸なことに言語の壁によって海外に知られていないと述べて結ぶ。日本語は、人称も雨の呼び名にも何通りもあり、翻訳が難しいからだという。

　「日本の現代文学」とタイトルがついているが、これは、まず、あくまでも当代日本の小説の特徴を菊池寛流に大雑把にまとめたもの。詩歌も戯曲も割愛し、小説も尾崎紅葉や幸田露伴、森鷗外、夏目漱石、そして「通俗小説」「大衆文学」にもふれず、モダニズムも無視している。本人は、そんなことは百も承知だったはずだが、にもかかわらず、ここに示された小説史観や「私小説」「心境小説」中心の見方が、敗戦後にも、日本近代文学史観のひとつの骨格となり、ひろく流布した。国木田独歩や田山花袋によってヨーロッパのリアリズムや自然主義の受容がなされたと語られ、また志賀直哉の「心境小説」など、西洋人には理解できないと決めつけることが長くつづいた。戦後の日本近代文学観を大きくゆがめるもとになったと言わざるをえない。菊池寛の影響は実に大きい。端が見えないほど、かもしれない。

　たとえば、菊池寛は、テーマのはっきりした作品をモットーにしていた。これは「文章経国」のような漢学の考えが身にしみついていたからだ。そして、そのテーマについて、小説の「主題」とは "what to say" ――作家の言いたいこと――だと、「主題小説論」第一回（『文藝創作講座』第8号、1929）などで主張しつづけた。菊池寛のせいばかりではないだろうが、この考えは、今の日本でも、いつまでもひろがっている。中学校の国語の先生たちなども菊池寛の意見に染まっていたように思われる。

　近代芸術では、テーマは、ふつう題材を指している。「何をいかに」書くかの「何を」がそれにあたるわけで、教会を描いて荘厳さを際立たせることも、ゆがんだタッチで風景に溶け込ませることもできる。だから、逆に、フランスの作家、フローベールのように、何をよりも、いかに書くかしか問題にしないという芸術家も出てくるわけだ。作者の考えとは、何を題材に選ぶかをふくめて、作品の方法に現れると考えた方がよい。そして作者の考えがそのまま作品に実現されているとは限らない[1]。このような、ごく基本的なことを無視した菊池寛の考えが、ひろく流通したのである。菊池寛、恐るべし。

　次に「リアリズム（自然主義）」、ヒューマニズムの理想主義、「短篇小説の新たな技法」という文学史のまとめ方について。菊池寛「文芸上の諸主義」（『文藝講座』1925）には、理想を求めるイリュージョン（幻想）を書く「ロマン主義」のあとに、現実を突きつけて幻滅させる「自然主義リアリズム」が来て、それが行き過ぎたので「ヒューマニズム」の時代になったという見取り図を描いている。これもあくまで、彼自身が歩んだ道から組み立てた、彼自身の理解だ。「ロマン主義」も「自然主義リアリズム」も、菊池寛の雑駁な用語法に惑わされると、実態を見失うことになる。彼の見取り図に従うと、近代文学について、とんでもない迷い道に入り込む。のちに述べるように、実際、迷いこんだのが第2次大戦後の文芸批評家た

1　鈴木貞美『「文藝春秋」とアジア太平洋戦争』（武田ランダムハウスジャパン、2010）p.38を参照されたい。

ちだった。

　菊池寛のいう「リアリズム」は、理想を捨てて世界をリアルに見ることを意味する。それは国木田独歩、田山花袋らによってもたらされたとし、これではニヒリズムにおちいってしまうので、『白樺』派の人道主義の作風に向かったという構図である。国木田独歩や田山花袋が「自然主義」だというのは、とんでもない誤解だ。印象主義絵画の影響を受けた独歩や正岡子規が狙っていたのは、外界から受けた印象を鮮明に再現することである。そして、国木田独歩「武蔵野」(1901) は、自然の光景の移ろいや自然と溶け込んでしまったような気分を頂点に結んでいる。たしかに田山花袋「露骨なる描写」(1904) は、旧弊な技巧に対して「何事をも隠さない大胆な露骨な描写」の姿勢を打ち出した。そのとき花袋が例示したのは、ドストエフスキー『罪と罰』(Prestupleinie I nakazanie, 1866) である。フランスのエミール・ゾラの「実験小説」(Le Roman experi-mental, 1880) は、個々人は遺伝と環境によってつくられるという実証主義の影響下に、小説上でそれを実験するという宣言だった。が、デンマークの文芸批評家、ゲオルク・ブランデスの『19世紀文学主潮』(Hovedstrømninger i det 19 de Aarhundredes Lieteratur, 1872-90) が、ブルジョワ社会の欺瞞性を突くイプセン「人形の家」(Et dukkehjem, 1879) などまでを加えたために、「自然主義」の概念があいまいなものになってしまっていた。

　ゾライズムと呼ばれた作風の時期の永井荷風でさえ、評論「エミール・ゾラと其の小説」(1903) を、ゾラの全生涯をたどって書いていた。そして、ヨーロッパでは、イプセンもそうだが、もう自然主義は衰退し、全般に自然の背後や内奥の神秘に向かい、またとくにドイツでは気分や情調をかもし出すことを狙うメルヘンや象徴主義の全盛期にさしかかっていた。

　このことは、ヨハネス・フォルケルト『美学上の時事問題』(Ästhetisce Zeitfragen, 1895) を紹介した森鷗外『審美新説』(1900) が説いていた。花袋も印象主義から「平面描写」を説き、また宗教的神秘にひかれてゆく。高村光太郎「緑色の太陽」(1910) は、地方色とともに「もし、太陽が緑色に見えたら、緑色に描いてもよい」と主張した。そして、感覚こそが人間の認識の基礎、印象こそ個性的表現をつくるという考え方がひろがっていった[2]。

　菊池寛のいう「リアリズム」と「ヒューマニズム」の関係については、たとえば志賀直哉「范の犯罪」(1913) についての広津和郎との意見のちがいを考えるとよくわかる。曲芸のナイフ投げで舞台の上で妻を殺してしまった中国人の范が、それが故意なのか事故なのか自分でも分からないと正直に裁判官に告げ、それによって無罪になる話だが、菊池寛「志賀直哉氏の作品」(1918) では、范が正直を貫き、それで無罪になったという運びに志賀直哉の「正義に対する愛」[3]を読みとり、高く評価する。それに対して、広津和郎『志賀直哉論』(1919) は、范が自分に正直であることを貫く態度は是とするが、それゆえにそれを無罪にした志賀直哉に違和感を示している。あくまで客観的な見方を大事にする広津の考え方を菊池寛は「自然主義リアリズム」のように受けとったのである[4]。

　菊池寛のいう「短篇小説の新たな技法」とは、彼の若いときからの批評から推定すると、初期の谷崎潤一郎、芥川龍之介、志賀直哉らのそれを指すと推測される[5]。

　菊池寛が「私小説」「心境小説」に俳句の伝統が働いていると述べているのは、菊池寛編「文藝講座」シリーズに久米正雄が書いた「『私』小説と『心境』小説」(1925) などを参照してのことと思える。この考えは、芭蕉俳諧を日本の象徴主義の頂点として考え、自我の葛藤を書く近代小説を超える道を説いた佐藤春夫「『風流』論」(1924) あたりに対して言われたことだ。その淵源は、蒲原有明の象徴詩集『春鳥集』(1905) 序文がフランス象徴詩を説明するのに芭蕉を引き合いに出したことに発し、萩原朔太郎「象徴の本質」(1926) で「世界に冠たる日本象徴主義」のような高い調子を帯び、やがて1935年を前後する時期に「日本的なるもの」の代表格として「わび、さび、幽玄」が唱えられるに至る。つまり俳句の伝統を象徴芸術のように再解釈する大きな流れのなかで考えなくてはならない。

　「心境小説」とは、ヨーロッパの "Ich Roman" を受け取り、作家自身の懺悔録やそのパロディーとして自己戯画化を伴う「私小説」の流れに対して、白樺派などに、中国でもヨーロッパでもおよそ小説の範疇に入れられない随筆形式のものをいう。それは小説とはいえないと排撃していた宇野浩二が「『私小説』

2　鈴木貞美『生命観の探究―重層する危機のなかで』(作品社、2007) 第5章4節、同『「日本文学」の成立』(作品社、2009) 第2章2節などを参照されたい。

3　『菊池寛全集』第22巻、高松市菊池寛記念館、1995, p.400

4　鈴木貞美『『文藝春秋』とアジア太平洋戦争』(前掲書) p.157-159を参照されたい。

5　同前、第1章2節を参照されたい。

私見」(1925)で、それも変種ではあるが「私小説」と認めたことから、文壇で公認されていった。だが、当時、文学青年たちを虜にした佐藤春夫『田園の憂鬱』(1919)なども作家の心境を開陳する「心境小説」のように見なされたために、ふたつの形式上の区別が曖昧になり、戦後まで混乱した議論が続くことになった[6]。区別を曖昧にしたのは、小林秀雄「私小説論」(1935)がどちらも作家の経験によるものと説いて同一視を促したから、菊池寛の責任ではない。

菊池寛は俳句が養ったはずの「私小説」「心境小説」の高い境地を買っていた。それに対して、小林秀雄「私小説論」は、印象主義絵画などにヒントを得た正岡子規によって近代的に改革され、また近代象徴美学によって再解釈された俳句を伝統的要素のように考え、「要らない肥料が多すぎた」[7]と断じた。小林は、このころ高まっていた「日本的なるもの」の合唱、日本主義の高まりに対して、「近代化すなわち西洋化」の図式によって対抗しようとしたからである。「私小説」「心境小説」についての評価こそ対照的だが、小林秀雄も、菊池寛の「現代小説」観と同様、西洋の影響を重んじ、西欧の近代小説を受け取る際に、たとえば坪内逍遥、尾崎紅葉、幸田露伴らは戯作を土台にして、その改良を目指したことを忘れられているのも同じである。落合直文が新体和歌に今様の形式を借り、北村透谷がロマンティックな劇詩を移そうとして謡曲により、蒲原有明がフランス象徴詩を受け取る際に、芭蕉俳諧を引きあいに出したのも同じようなことなのだ。それらのことどもは、実際、「接ぎ木」などの比喩をもって、また西洋と東洋の調和や融合として、明治後期には積極的に語られていた[8]。

それなのに小林秀雄の世代の多くの人びとは、日露戦争後、産業構造が重化学工業化に向かい、労働者階級が、また新中間層が形成され、民衆の生活様式にも大きな変容が起こってきたことを受けて、「近代化という言葉と西洋的という言葉が同じ意味をもっている」(「故郷を失った文学」1908)[9]と感じていた。それゆえ、このころには日本主義、伝統主義が盛んになっていることに反対したのだった。だが、資本主義を社会主義へと転換することを説くマルクス主義から様ざまな影響を受けたことも手伝い、やがて彼らは、西洋「近代の超克」へと進んでゆくことになる。「西洋化すなわち近代化」が裏返しに陥ったわけだ。そして、敗戦後ふたたび、その図式がもう一度、逆転し、「西洋化すなわち近代化」という図式が長く文化史を支配することになる。

なお、ここに菊池寛のいう翻訳の困難さは、どんな言語のあいだにもあることだ。意味の分節化の程度はその民族の風俗習慣によって決まる。日本語で記された文芸に限った問題ではない。

菊池寛は、随筆形式の「心境小説」は、国際的には小説として認められず、随筆か散文詩に分類されるような形式だということを考えてみるべきだった。菊池寛が「作家の言いたいこと」を主にし、小説の方法や形式を軽んじていたことは先に述べた。

また、『Japan To-day』は、アメリカではハーバード大学やニューヨーク市立図書館に保存され、目録にも載っている。日本文学を研究する人びとが覗いてきた可能性もある。『Japan To-day』には、日本の代表的作家として徳田秋声、島崎藤村、横光利一、劇作家として山本有三を紹介しているのだが、もしかしたら、日本のモダニストは横光利一だけ、というような認識が長く続いてきた一因になったかもしれない。

---

6 鈴木貞美『生命観の探究』(前掲書)第8章1節、6節を参照されたい。
7 『小林秀雄全集』第2巻、新潮社、2002、p.382
8 鈴木貞美『「日本文学」の成立』(前掲書)の随所を参照されたい。
9 『小林秀雄全集』第2巻、前掲書、p.374

The Westernization Trend And The Japanese Woman

Tōson Shimazaki

P.2

Nobody can do anything about this present trend of Europeanization — especially the Europeanization of the urban life. Nowadays, even the girls going to school wear shoes and foreign-style dresses. Also the habits of women are steadily changing. It seems necessary to think about the question of how far this trend is going to advance. Just as the time comes when the pendulum of a clock swinging to the left will tend back to the right with exactly the same momentum, —does not this trend of Europeanization, in its very self, originate already the germs of a reaction? Nevertheless, we have now to think up to which point we are going to adapt European things and, moreover, up to which point we are able to adapt them — in our country which differs from others with regard to geographical features, differs with regard to the intensity of sunbeams, differs with regard to the temperature, the degree of humidity, the weather, the quantity of dust contained in the air, and other matters.

There are few things which reveal to us more bluntly the trend of a period and the level of the current taste, than the habits of women. What seems to show distinctly the difference of age, the distinction between poor and rich, and the local peculiarities, is the habits of women. In this sense, a glance at the habits of women to-day will give us a good gauge to judge up to which point we are going to adapt European things.

I believe there is a need to recognize that among the many things on the European side, there are things easy to adapt as well as things hard to adapt for us Eastern people. This is a phenomenon which is necessarily bound to come up, as soon as we are adapting European things to our own life. Naturally, we are inclined to think highly of the things easy to adapt, and to think ill of those hard to adapt. However, we must also take in mind that a thing we might find hard to adapt and easy to despise, might just as well be a solid, good thing. Speaking, for instance, of painting, even if Cézanne is easy to adapt, Delacroix is hard. And speaking, for instance, of literature, even if Maupassant is easy to adapt, Hugo is hard.

I have seen in the World Geography published by the Edition Larousse of Paris, an illustration given as "Woman of Japan." It was a picture of a real prostitute; however, it just as adequately characterized the somewhat questionable type of such women as one is likely to find in the taverns around Yokohama. I instinctively frowned at the idea that such a picture should be published in a geography as representing the habits of women in our country.

But, at close consideration it becomes evident how difficult it is to convey an adequate idea of the real state of things in any one country. If we think about the question of how the habits of the women of Paris are likely to be reflected in the eyes of Japanese travelers, this will probably not be those of the girls of good families, but rather those of the women of questionable character, with their showy and colorful make-up. Most probably, if it comes to the habit of women in our country, what strikes first the eyes of French travelers will be women of such type as the one depicted in that geography.

Japanese silk is famous all over the world. It is also well known that large quantities of silk produced in the silk-manufactories in Nagano prefecture are an important article for the oversea export. It is being said with regard to the silk produced in our country, that in weaving such textiles as crêpes and others, which are put on sale in the markets at home, not always the best material is being used, and that the silk of the finest quality and therefore of the highest price is mostly exported oversea. Now, this silk which is produced in our country goes to the factories oversea and is woven and dyed, it becomes a manufactured good; then, it becomes a foreignmade handkerchief, a foreign-style umbrella, or a shawl, and eventually it offers the strange spectacle of being re-imported into our country. The women of our country who ask for these foreign-made goods are made to pay extremely high taxes for them. And then, they do not even know that the material of which that umbrella or shawl was made is a product of our own country. If we try to find out the real state of all things, we shall very often encounter difficulties in cases like this.

Once, in a boarding-house in Paris, I attempted in a letter I was writing home, to give the following account:

"What's all the talk about 'imitation'. Here, they imitate many things Oriental. It is an imitation which aims to make life more rich by picking up from all parts of the world just those things which may be picked up. Presently, Annam, India and Egypt are only being imitated everywhere. These countries do not have in themselves enough ability to imitate the good things of the others.

"There is no need to worry much about imitation. Rather must it be regretted if the ability to imitate is too weak; if it is, one cannot really adapt the good things of others, nor make them one's own possession."

It is very interesting to compare this present-day trend of Europeanization to the influx of Chinese culture and the adaptation of Chinese habits during a long-past period of our history. It seems that among our ancestors there were some admirers of China who were by no means backward in comparison with the present-day admirers of Europe. These people were so fascinated by the continental things that they wrote like the Chinese and sang like the Chinese. But rather than the Chinese writings and Chinese poems which these people wrote at great pains, it is the diaries written by the hands of women in every-day language, or the spontaneously recited "waka" poems, or the burlesques and romances or puns, of which there are left many that still to-day move our hearts.

西欧化の風潮と日本女性

島崎藤村　　　　　　　　　翻訳

　現在の西欧化の流れは手のうちようがない。都会生活の西欧化は特にそうだ。最近では女学生ですら洋装に靴という姿で通学している。また、女性の習慣も確実に変化してきている。どうやらこの風潮がどこまで先へ進むのか考える必要がありそうだ。左へ触れた時計の振り子がまったく同じ勢いで右へ振り戻ってくるのと同じように、この西欧化という流行そのものも、反動の芽生えから生まれたものなのではないか。それでもなお、私たちは今、どこまで西欧のものに適応するつもりなのか考えなくてはならないし、どこまでそれに適応できるのか考えなければならない。日本は地理的条件でも、太陽光線の強さでも、気温や湿度、天候、空気中の粉塵の量などでも、ほかの国とは異なっているのだから。

　時代の趨勢や最近の嗜好の程度を知る上で、女性の習慣ほどわかりやすいものはない。女性の習慣には、年齢の違い、貧富の差、地方色が色濃く表れる。そういう意味で、現在の女性を見れば、我々が西欧のものをどの程度まで受け入れるつもりなのかを判断する絶好の目安となる。

　西欧のもののうち、我々アジア人とって、適応し

日本の高等女学校の学生

やすいものと、適応しにくいものがあるということを認識しておくべきだろう。これは日本人が自分たちの生活に西欧のものを取り入れようとした途端に直面するに違いない現象である。当然のことながら、我々は簡単に取り入れやすいものを高く評価しがちで、手こずるものに対しては悪く思いがちである。しかしながら、適応しにくいがために嫌ったもののなかにも良いものがあるかもしれないということを念頭に置かなければならない。たとえば、絵画についていえば、セザンヌはわかりやすいが、ドラクロワは難しい。文学についていれば、モーパッサンはわかりやすいが、ユーゴーは難しい。

私はパリのラルース出版社の出した『世界の地理』の中で「日本女性」と題されたさし絵を見たことがある。それはまさしく娼婦の絵であった。しかし、横浜の酒場あたりで見かけるようないかがわしいタイプの女性の特徴をまことによく捉えていた。この手の絵が我が国の女性を代表するように地理の本に掲載されたことに、私は本能的に眉をひそめた。

しかし、じっくり考えてみれば、ある一つの国の実情を適切に伝えるのがどれほど難しいことであるかは明らかである。日本人旅行者の目にパリの女性がどのように映るかを考えると、おそらくは良家の女性たちの姿ではなく、けばけばしい化粧をしたいかがわしい感じの女性たちではないだろうか。そして、日本女性についていえば、日本を訪れたフランス人旅行者の目を最初に釘付けにするのはこの地理の本に描かれたタイプの女性だろう。

日本の生糸は世界的に有名である。そして長野県の生糸工場で生産されている絹の大半が重要な輸出品であることもよく知られている。我が国で生産される生糸に関していわれているのは、国内市場に出回るちりめんのような布地を織る際には最高品質のものは使われず、最高級の生糸、そして当然値段も最高級の商品は海外に輸出されているということだ。我が国で生産された生糸は今や海外の工場へ運ばれ、そこで織られ染色され、商品となるのである。そして外国製のハンカチ、外国風のスタイルの傘、あるいはショールとなって、我が国に再輸入されるという奇妙な光景が展開されるようになる。こうした外国製品を求める我が国の女性たちは、すこぶる高額な税金を払わなければならないのである。そして、その傘やショールの素材が自分たちの国で作られているとは知りもしないのである。あらゆるもの

家庭では和服を着ている——が、ミシンで縫っているのは西洋式の「テイラード・スーツ」と思われる。
写真：日本工房

の実態を知ろうとすると、こうした場合のように困難に直面することだろう。

パリの下宿にいた時、私は日本への手紙の中で次のように書いた。

「"模倣"がなんだというのだろう。ここでは東洋のものを数多く模倣している。世界中から選ばれそうなものを手に入れることで生活をより豊かにするための模倣である。現在、アンナン、インドとエジプトのものはあらゆるところで模倣されているだけである。これらの国は他国の良質なものを真似する才能を持っていないのである」

「模倣についてあまり悩む必要はない。それよりも、模倣する能力があまりに劣っている場合にこそ残念に思わなければならない。もしそうであれば、ほかの人たちの良いものを取り入れることも、それらを自分たちの所有物にすることもできないからである」

この現代の欧風化という流行を、我が国の歴史の中で過去長きにわたってあった中国文化の流入と、中国の習慣の適応と比べるととても興味深い。我々の先祖には中国の崇拝者がいくらかおるようで、彼らは現代の欧州の崇拝者と比べても非常に積極的であった。こうした人々は大陸のものに魅了されたあまり、中国人のように書き、中国人のように歌ったのである。しかし、彼らが苦労して書いた中国語の文章や詩歌よりもむしろ、女性が日常の言葉で書いた日記や、のびのびとした文体の「和歌」や、演劇や恋愛小説やだじゃれの方が今日でもまだ我々の心を動かすのである。

（野間けい子訳）

文明開化世代の女性論の試み

佐藤バーバラ

解説

『Japan To-day』創刊号では、巻頭を飾る、発行者菊池寛の「日本の現代文学」に続いて、島崎藤村のエッセー「西欧化の風潮と日本女性」が2ページ目に掲載されている。大作『夜明け前』を完成させたばかりの藤村は、すでに堂々たる大家と目されていたから、創刊される刊行物を権威づけるには当然の起用かもしれない。ただ『Japan To-day』が意図した日本文化の西欧への発信という役割を考えると、より大きな意味をもっていたのは、彼が3年前から日本ペンクラブの会長に就任していたことではないか。就任した翌年には、外務省が設立した国際文化振興会の支援を受け、国際ペンクラブ大会の東京誘致という使命を帯び、長途ブエノスアイレスまで出かけている。ペンクラブ大会に出席した後、ブラジル、アメリカ、フランスを歴訪し、各処の文化人と親交をあたため、1937年1月に帰国した。欧米世界に日本の同時代文学の存在がほとんど認識されていなかった時代、ペンクラブ会長の藤村は、『Japan To-day』創刊号に欠かすべきではない、日本の数少ない国際派作家と受け止められていたに違いない。ちなみに、次頁にパール・バックについて書いた新居格もまた、日本ペンクラブの会員である。

他方、藤村が日本の現代女性について論じる適任者であったかについては、いささか疑問の残るところである。何十万人もの読者を抱える女性雑誌は、社会における役割、生き方から趣味、流行にいたるまでさまざまな話題を、記事やルポ、あるいは座談会など多種多様な形で提供し、読者のためのフォーラムの役割を果たしていた。それにつれ、女性雑誌が輩出する大正中期以降、女性をめぐっての各種の論議が、女性に限らず男性識者も加わる形で活発になっていた。藤村については、女性雑誌の寄稿者としてはせいぜい『婦人之友』、『婦人公論』に日常身辺の雑記を数編寄稿したぐらいで、現代女性について何か論じたことは、婦人雑誌上に限らずこれまでなかった。そのせいか、この『Japan To-day』の短い記事は、ほぼ完璧な英語に訳されてはいるものの、種々雑多なことに言及し、内容が一貫していない。また、1年前に勃発した日中戦争下の「非常時」を反映するような記述もなく、この記事が『Japan To-day』のために書き下ろされたものかどうかについても不明である。

日本、とくに都市部の西欧化に急激に傾斜しつつあることから文章を書き起こす藤村は、「現代女性の日常生活を見れば、我々が西欧のものをどの程度まで受け入れるつもりなのかを判断する絶好の目安となる」と、最初に女性の変化に着目する重要性を指摘する。『Japan To-day』は、日本の社会や文化がいかに国際化＝西欧化し、さまざまな面で価値や認識を欧米と共有しているか伝えることを使命の一つとしていた。その点で、女性の西欧化を論じるのは的確な判断だったが、具体的な論議には入らないまま、すぐに文学や絵画など西洋の事物一般を受容することの難しさへと話題を転じてしまう。続いて、フランスのラルース社の地理書に付された日本女性のイラストが、いかがわしい職業を思わせるさまに描かれ、日本女性の真のイメージを伝えていないことに苛立った記憶を紹介する。フジヤマ、ゲイシャ、ハラキリというステレオタイプのイメージは、欧米が日本にたいして抱く異質性の象徴だったから、藤村のこの記述は『Japan To-day』の使命と軌を一にしていたとも言える。しかし藤村は、パリへの日本人旅行者を引き合いに出して、「けばけばしい化粧をしたいかがわしい女性」に惹かれるのはいずこも同じだと、旅行者の陥りやすい傾向だと一般化してしまい、そうしたステレオタイプと関連づけようとしない。

記事の後半では、もうそれ以上女性については言及せず、日本から輸出された生糸が、洋傘やショールとして逆輸入される例をとって、西欧化といっても一方的に受け入れるだけの単純なものでないと主張する。舶来品を身近な西欧化の例に挙げたのだが、藤村のような明治初年生まれの世代が、最初に頭に浮かぶ舶来品はそうした高級絹製品だった。洋画家で随筆家の木村荘八も、モダンに先立つ明治のハイカラを象徴する舶来の洋品として、ハンカチーフ、それにネクタイを挙げている[1]。木村より20歳ほど年上の藤村には、ハイカラとモダンとをあえて区別する必要はなかった。女性の西欧化といえば、1930年代に生きた大半の人々にとっては、なによりまずモダンガールを思い起こしたろうが、藤村が彼女たちについてまったく言及しないのも、そのためと考えられる。

1　木村荘八『随筆女性三代』河出書房、1956、p.116-118

最後に、藤村は昔の自分の手紙を引用して、世界には模倣すらできず、外国から優れた事物を受け入れられない人々がいることを指摘する。それに比して日本には中国大陸から文化を受容した長い歴史があるとするのだが、にもかかわらず、最も心を動かすのは、ひらがなの日記や和歌のように、オリジナルなものだと結ぶ。この結論を演繹すると、日本女性にどれほど西洋化の傾向があるとしても、一番価値をもつのは本来もっているオリジナルな性質や美徳であるということになるが、藤村がそこまで主張しようとしたのかどうか、明らかではない。
　「西欧化の風潮と日本女性」という見出しにもかかわらず、藤村の関心は、女性より西洋化のほうに、より大きな関心があるように見受けられるが、それを埋め合わせるかのように記事に添えられたのが、2枚の写真である。記事の上部の大きな写真は、白いブラウスに黒スカートの制服を着用した女学生が行進をしているもので、「日本の高等女学校の学生」と題されている。もう1枚、右下にやや小さく掲載されているのが、和装の若い女性がミシンに向き合っている写真で、「家庭では和服を着ている――が、ミシンで作っているのは純洋風の『テーラード・スーツ』と思われる」というキャプションが付けられている。写真の女性は、和服姿であるものの、パーマをかけていることをうかがわせるような洋風の髪型をしている。藤村が十分に説明し得なかったメッセージ、日本の女性は西欧の人々が思っているほど遅れてもいないし、昔のままの生活を守っているわけではない、西洋の事物を積極的に受け入れているということを、この2枚の写真はしっかり伝えていた。
　日本女性が新しいものを受け入れると同時に、世界に広く活躍し、「国際化」して来ているという見方は、欧米向けに限らず、日本のジャーナリズムが国内読者にも強調してきたことである。女性雑誌は西洋の流行やファッションを紹介するだけではなく、投稿欄に、朝鮮、中国、台湾、さらには北米からの読者の手紙を好んで紹介していた。女性雑誌とならんで多くの読者を誇った、『読売新聞』「婦人欄」もまた海外の女性の動向や話題をしばしば取り上げ、その中には日本女性が外国でどのような事を行い、そしてどのような評価を得ているかなどの記事も数多くあった。やや時代をさかのぼるが、「晴れの舞台に正しき日本娘として大任を果してきた藤田代表の令嬢」という見出しで掲載された1928年の記事を一例として挙げてみよう。

　藤田真佐子嬢（一九）はジュネーブに於て開かれたた第九回労働会議に資本家代表として出席された厳父藤田健一氏の<u>通訳として</u>渡欧し去る廿五日夫君と共に任を果して帰朝しました。真佐子嬢は今春府立第六高女を卒業した人、純日本式のつゝましさの中に溌剌たる近代的色彩を把持し、その清楚たる姿はたちまち彼地の社交界の評判となり、正しき意味の日本ムスメの為に気焔を挙げ、<u>外人の誤解</u>を訂正してきました。下蛇窪のお宅で感想を伺ひます。全く赤毛布なので心細くて色々失敗がありはしまいかと始めは心配してゐましたがベルリンに着きました時、長い間シベリアのきたない処を辿つて行つたせいか、一寸美しいと感じたのみで他はロンドンでもパリーでも大して特別の感じは抱きませんでした。そして日本はよほど進んでゐると思ふことが多くありました。（中略）会議は私達が着いた翌日（五月廿六日）から始まつたので、大変忙しい思ひをしました。各国からも婦人の方がかなりお見えになつてゐて、みな重要なお仕事をしてゐるやうでした。[2]
（引用者注：傍線部分は原文では太文字）

＊

　日本商工会議所の初代会頭として国際労働機関の会議に出席した父親に同行し、通訳としての務めを果してきた女性を紹介するこの記事からは、当時の日本人の誇りとコンプレックスの両面を読み取ることができる。まず、女学校を卒業したばかりで通訳が果たせるほどの日本の女子教育のレベルの高さ、そして、ベルリン、ロンドン、パリという欧州の大都市でも物おじしない日本の発展ぶり、それが自信となって欧米の女性と対等にふるまうことが可能となった、などなどである。反面、この記事が『Japan To-day』と共有している心情は、「外人の誤解」を解かねばならないという被害者意識であり劣等感だった。西欧の人々は、いまだ日本が異質で遅れていると信じている。その典型例が「ゲイシャ」を日本女性の象徴とする見方だと考え、それに懸命に反論しようという意図がこの記事に見て取れる。さらに、それとともに確認しておかねばならないことが、日本女性が西欧の言語に通じ、西欧的に、あるいは知的に進歩しようとも、「純日本式のつゝましさ」は失いはしないという、愛国的な自負である。
　西欧化すればするほど、ナショナルなものの価値

---

[2] 『読売新聞』1928年8月28日、「婦人欄」。

がいっそう明らかにされるべきだという考え方は、いつの時代にも存在する。ただ1930年代には、日本人はどんなに西欧化しようとも、西欧化しきれない、というよりも、西欧化してはいけないものがある、いう主張がますます強調されるようになっていた。『Japan To-day』の藤村の記事の論調も、そうした主張からはずれるものではない。ただ、それを日本の現代女性の現状に即して書くことは、藤村の手に負えることではなかった。菊池寛はなぜ日本女性の現状を伝える役を、自分ではなく、藤村に託したのだろう。『Japan To-day』が創刊される数カ月前、講談社が発行する『婦人倶楽部』昭和13年新年号の付録のために、菊池は『新女大学』を著しており、その冒頭で彼は、「普通の人々に比し、女性の生活を知り、女性の姿を描いた丈に、人生に就いて、女性に就いて、比較的に多くの知識を持つてゐるつもりだ」と、自信ありげに語っていたからである[3]。藤村より16歳若い菊池は、1920年代からの日本女性の顕著な変化に、もっと敏感だったのだろうか。たしかに教育関係者を除けば、菊池より上の世代で女性雑誌の常連寄稿者は数少ない。ただ、慶応年間に東京下町で生まれた内田魯庵は、1920年代の日本社会の変化にもっと着目し、肯定的評価をしたのだから、必ずしも世代のせいだけにはできない。この短い記事に表れているのは、やはり島崎個人の関心の所在であるというほかはない。

3　菊池寛『新女大学』、『婦人倶楽部』新年号付録、1938年1月、大日本雄弁会講談社、見開き。

Pearl Buck and Japan

Itaru Nii

As far as I know, it was Sesshu Hayakawa who has made known to us Pearl Buck's THE GOOD EARTH. At the time when he returned to Japan from America and was interviewed by reporters, he mentioned that THE GOOD EARTH had become very popular in America.

Before I read any of Mrs. Buck's literary works, it was her newspaper articles about China that aroused my interest, and therefore, I started reading her books.

In May of 1934, I went on my second trip to China; and my only purpose in visiting Nanking was, to meet Madam Buck. Yet, when I arrived in Nanking, I learned that she had left the shores of China and had returned to America. When I asked an American correspondent why she had left China, he answered that she had done so out of bad feeling about the trouble which the Nanking Government had caused her on the occasion of her novel THE GOOD EARTH, which had brought world fame to her, being filmed by the Metro-Goldwyn-Mayer. It is true that Mrs. Bessie A. Ochs who at that time was staying in Shanghai as a liaison officer between the Metro company and the Nanking Government told that the company had not been troubled by the Nanking Government during the filming work, but I found it hard to believe her words. And I felt that it was unbearable that an author's work should suffer the fate of being distorted on account of the film version being subjected to pressure and censorship. Moreover, I felt sorry for the author, thinking that one day another version, distinctly different from the original work, might be filmed and be exported to Japan, and that the public might receive it with the impression that THE GOOD EARTH was such a worthless book. Therefore, I thought that it was necessary to let the Japanese reading public know that the original work, apart from the film version, was a very outstanding book. With this in mind, I decided to make a translation of THE GOOD EARTH, and after returning from China I translated the book with the help of a friend, Mr. Seisaku Fukazawa.

We had heard from the manager of the Metro that the film was to be completed by the end of 1934, and wishing to come out with our translation before, we failed to adopt the proper procedure of obtaining the author's understanding. This certainly was not in keeping with moral principles, but I think that Madam Buck should fully understand that what I did was with the intention of making her original work properly understood.

Now, at the time the name of Madam Buck, which was of course popular in America, but also in other countries, was not yet familiar to the reading public of Japan. Therefore, I was not very hopeful as to what publisher would agree to print my translation. Fortunately, the Daiichishobo, to my great joy, willingly undertook the publication.

Anyhow, as her name had not impressed itself on the Japanese reading public yet, I was unable to make out with what attitude this translation would be received, but personally I am convinced that this translation has some meaning for the following two reasons.

For one thing, the real quality of a good book will, after all, be understood at some time; and secondly, as the Japanese have got to know more accurately the conditions of China and the real facts about her life, they should read Pearl Buck's works. Moreover, it could be expected that at least those who would read this translation, would rectify the wrong passages of the, supposedly distorted, film version at the time when the film would be released. At any rate, I was satisfied with this third argument. However, since the film THE GOOD EARTH, when it actually was ready, was quite excellent, the very motive which caused me in Nanking to engage in this translation, has been eradicated.

The Sino-Japanese incident broke out. This has contributed toward a sudden increase of the interest for China on the side of the Japanese; and, in this sense, it has become an opportunity for Pearl Buck's works to be read largely.

It so happened that the picture THE GOOD EARTH was released in Japan at a time when the incident had already broken out. Just the same as in America, the picture became very popular in Japan as well. This was due also to the success of the picture itself owing to the great histrionic art of Paul Muni in particular, and also

itician who had never read any novel before, said after reading a work by Pearl Buck: "If all novels were like this one, we would gladly read them."

Still more than arousing the interest of the literary circles, Pearl Buck has in a broader sense appealed to Japanese society at large. In her introduction to Lin Yutang's MY COUNTRY AND MY PEOPLE, Pearl Buck writes "Suddenly, as all great books appear, this book appears, fullfilling every demand made upon it." And it might be said that her name and her works have appeared in Japan in just the same manner and have aroused interest.

At the time when Sesshu Hayakawa spoke about Pearl Buck to the reporters, and when I read her books in trains or on boats while traveling in China, only few people in Japan knew about her. Also after the publication of the translation of THE GOOD EARTH, it was probably but very few people among the literary circles which appreciated it. But, to use a metaphor, just as a fountain-head springing up in the mountains swells to become a small river and grows into a big stream which flows into the ocean—by a similar process, the name of Pearl Buck has become known within Japan. Then, like a big stream engulfing a wide territory, her name has come to be known to the general public in Japan. Without doubt, what contributed most toward propagating strongly and widely Pearl Buck's name and her novel THE GOOD EARTH in Japan, was the moving picture. Those who were not fully satisfied with the picture, read the novel. And the established opinion was that "the picture was good, but the original work was still better."

After the time of the picture THE GOOD EARTH had past; there have been several instances of its being dramatized and performed on stage, and more projects of the kind are still being contemplated. Moreover, a number of picture studios are considering to film the story in Japan.

Many Japanese know that Pearl Buck is strongly pro-Chinese in her thinking, and this is quite selfevident in her case. Inspite of this, the Japanese are strongly sympathizing with her. She knows only China, but does not know Japan, we should say. A highly popular Japanese novelist, Junichiro Tanizaki, has made the following, very interesting assumption with regard to her: "What

of Luise Rainer; but, additional impetus came from the interest of the Japanese public which was willing to understand properly the real aspects of China, in connection with the Sino-Japanese incident.

In such a way, since 1937 the name of Pearl Buck attained to that remarkable brightness of fame like a flower in full bloom, not only with the reading public but generally in Japan at large; and I think for good reasons.

Pearl Buck knows China well, and through her understanding of the East, she has ingeniously depicted the rural life of China. Secondly, as said above, there has arisen a natural necessity for the Japanese to understand China from a new angle. Thirdly, as the psychology of the Chinese, being Eastern people, has something in common with the psychology of the Japanese, being Eastern people as well, the books by Pearl Buck are easy to understand for us. To give one example, those female readers of Japan who read THE MOTHER were apt to be deeply impressed as they would realize that there was the same feeling as that of a Japanese mother. Finally, Pearl Buck's works are plain and simple and lacking of any tediousness. For this reason, they have won many reading fans in Japan.

There is a rumor that a certain veteran Japanese pol-

would be the result if she (Pearl Buck) would, as she did in China, stay long time in Japan and then set out to write a novel having as its subject the rural society of Japan?"

This certainly is a very individual and interesting idea.

I can imagine that the Japanese writers have more or less received a strong stimulus from the manner in which Pearl Buck, as a non-Oriental, has depicted in such a novel the sphere of our neighbour. It is true that she is an American by birth, but she could just as well be called a blue-eyed Chinese. But, however this may be—seeing how the American Pearl Buck has written this work, everyone must realize that we Japanese writers, being Orientals just the same, have neglected to depict China.

The literary circles of Japan appreciate rather highly the literature of Europe, and in recent years especially French literature has become very popular. Also American authors are being read to some extent, and their works are being reviewed. But most of this has not spread very much nor very far beyond the narrow sphere of the literary circles. As from this point of view, must it not be said that the way in which Pearl Buck, as representing American literature, was received in Japan, is a very remarkable instance?

We believe that Pearl Buck would be very warmly welcomed if she would visit Japan now, even if it was only for sightseeing.

It may be true that in Japan, and more particularly in the literary circles, the real appreciation of Pearl Buck's works has not developed very highly, nor very deeply, yet. In other words, it is something roughly different from the idea we entertain about, for instance, Paul Valéry or André Gide. It is apparent that Pearl Buck is not being accepted in this sense.

However, it is a fact that Pearl Buck's books are largely read, that the screen version of her novel was very popular, and that she is very well known to, and admired and praised by, Japanese of all strata of society; to the least, this is true at this moment as I am writing this. At this moment, the novel YOUNG PEOPLE, by the Japanese author Yojiro Ishizaka, and the works by Pearl Buck are much read by the Japanese reading public. Apart from any literary valuation, it seems to me that in the same sense and to the same extent as the novel HOTOTOGISU, by the late Japanese author Tokutomi Roka, and as Toyohiko Kagawa's PASSING THE DEADLINE, which, as I remember, were read by many Japanese, also Pearl Buck's works are popular in Japan. But the reason why they are read is different. And the impression which they convey is of a different taste.

As to my critical opinion regarding Pearl Buck's literary works, there is no need nor reason to speak of it on this occasion. For, the purpose of this article was merely to write about Pearl Buck insofar as it concerns Japan and the echo she has found in Japan and to sketch out briefly the phenomenon of Pearl Buck such as it appears as seen from Japan.

パール・バックと日本

新居 格　　　　　翻訳

私の知る限り、パール・バックの『大地』(The Good Earth)を著名にしたのは早川雪舟である。彼がアメリカから帰国し、報道記者のインタビューに答えたときに、『大地』がアメリカで人気を博していると述べた。

パール・バックの文藝作品を読む前に、私は彼女が中国について書いた新聞記事を読んで興味をひかれた。彼女の本を読んだのは、それからだった。

1934年5月、私が南京だけを目的地にして、二度目の訪中をしたのは、パール・バックに会うためだった。でも、彼女は、すでに南京を去り、アメリカに帰ったあとだった。アメリカ人の連絡係に、なぜ、彼女が支那を離れたのかを訊くと、彼は、彼女を世界的に有名にした小説、『大地』をメトロ・ゴールドウィン・メイヤー商会が映画化することについて、南京政府が起こした悶着に嫌気がさしたからだ、と答えた。実際、メトロ社と南京政府との連絡係であったベッセル・A・オックス夫人は、そのとき上海にいたが、映画製作のあいだに南京政府がトラブルをもたらしたことはなかったと語った。が、私は、その言葉を信じられなかった。ある作家の作品が映画化される際に圧力や検閲を受け、その主題が歪められるいきさつは、明らかにしえないと感じた。そ

映画『大地』の一場面

ればかりか、ある日、原作と明らかにちがうヴァージョンの映画がつくられ、日本に輸出され、『大地』は、こんなに価値のない本なのか、という印象を公衆が抱くことを思うと、作者のために残念に思った。このように考えて、私は『大地』の翻訳書をつくることを決め、支那から戻ったのち、友人の深沢政策氏の助けを借りて翻訳したのだった。

私たちは、メトロ社の支配人（manager）から映画が1934年に完成したことを聞いており、公開される以前に翻訳を出版したいと思ったので、作家の了解を得るための正規の手順を踏まなかった。これは道義の原則を守らなかったのではなく、原作が正しく理解されるためにしたことである。その意図をバック夫人は、きっと充分理解してくれると信じている。

さて、そのころ、バック夫人の名前はアメリカのみならず、その他の地域でも人気を獲得する途上にあったものの、日本の読書階層（reading public）には、まだそれほど馴染みがなかった。それで、私は出版社が簡単には翻訳を引き受けてくれないと思っていた。幸運にも、第一書房が出版を引き受けてくれ、たいへん歓んだ次第である。

どんなふうに受け取られるか明確にできなかったものの、私自身、個人的には次の二つの理由で、この翻訳には意義があると確信していた。

第一に、良書の実質は、結局のところ、いつかは理解されるということ。第二に、日本人は、支那の状態や事実、その生活ぶり（life）をより的確に知っており、パール・バックの作品をきっと読むにちがいないこと。さらには、少なくとも、この翻訳を読んだ人びとには、映画が上映されたとき、干渉を受けて変になったところを訂正することが期待できること。とにかく、私は、この3番目の理由だけでも

満足だった。だが、映画『大地』は、実際にできあがったときには、まったく素晴らしいもので、南京でわたしが翻訳にとりかかった動機など消し去ってくれたのだった。

支那事変が勃発した。これが日本で、中国に関する関心を突然に高めることになった。それでパール・バックの作品群は広く読まれることになり、その意味では幸運だった。映画『大地』が日本で公開されたのは事変が起こったあとだった。アメリカでも同様で、日本でと同じく人気を博した。映画自体の成功の理由は、そのほかに、とくにポール・ムニやルイ・レイナーらの偉大な演技によるところも大きいが、日本の観衆にはそれらに加えて、日支事変によって中国の真実の姿を知りたいという願いが関心の高まる起動力になった。

こうして、1937年からパール・バックの名は、読書層のみならず、日本では一般公衆のあいだでも眼を見張るほど大輪の花が開いたように輝かしいものになった。良い理由が重なったためだと、私は思う。

その第一は、パール・バックは、東洋を理解し、支那をよく知っており、支那の農村を描く才能をもっていること。第二に、それに加えて、日本人には、新しい角度から支那を理解しなければならないという欲求が高まったこと。第三に、東洋人である支那人の心理には、同じ東洋人である日本人のそれと相通じるものがあり、パール・バックの本は、我々には理解しやすいこと。一例をあげるなら、『母』を読んだ日本の女性読者は、日本の母親に感じるのと同じ深い感動を得やすい。そして最後に、パール・バックの作品は、単純明快で、冗長なところが少しもない。それが彼女の作品が日本で多くのファンを獲得した理由である。

小説というものを一つも読んだことのない、あるベテランの政治家がパール・バックの作品を読んだあとで言ったそうだ。「もし、全部の小説がこんなふうなら、我々は喜んでそれらを読むだろう」と。

パール・バックは、文壇の関心を高めるより、日本社会に広くアピールしたのだった。林語堂『我国土・我国民』の序文で、パール・バックは「すべての偉大な書物がそうであるように、この本も突然に現れ、需要を満たす」と書いている。日本において彼女の名前と仕事は、まさにこのような具合に、関心を引いたのだった。

早川雪舟が報道記者に語ったとき、そして私が中国を旅するあいだ、彼女の本を汽車や船の中で読ん

でいたとき、日本人の誰も彼女について知らなかった。『大地』の翻訳が出たあとでも、それを評価した人は文壇でもほんの一握りしかいなかった。比喩的にいえば、ちょうど、山頂の泉から湧き出た水が小川から大河になって海にそそぐような具合に、パール・バックの名前は日本で広く知られるようになっていった。そして、大河が広大な領域に流れでるように、彼女の名前は日本の一般大衆のあいだに知れ渡った。日本においてパール・バックの名前と彼女の『大地』とを広く知らしめた力は、映画にあったことは間違いない。映画では十分満足しなかった人びとが小説を読んだ。そして、「映画はよいが、原作はもっとよい」という評判が確立した。

映画『大地』が去ったのち、それを戯曲にし、舞台に乗せたいという要求が起こり、いまなお、その手のいくつかの企画が進行している。そればかりか、日本では、いくつもの映画会社が映画化を考えている。

多くの日本人が、パール・バックが強い親中国思想をもっていることを知っている。彼女の場合、それは自明である。にもかかわらず、日本人は彼女に強く共感している。彼女は中国しか知らず、日本を知らないと言わねばならない。日本で高い人気を誇る作家、谷崎潤一郎は、彼女に敬意を払いながら次のような想定をしている。「彼女（パール・バック）が中国でのように日本に長く滞在するなら、日本の農村社会をテーマにした小説を書き出すのではないだろうか」。この確信は、個性的、かつ、大変興味深い考えである。

非東洋人であるパール・バックが我々の隣人の本領を、このような小説に活写した方法に日本の作家たちが程度の差はあれ、強い感化を受けたことは想像に難くない。彼女はアメリカに生まれたが、まさに青い目の中国人と呼びうる。だが、それがどんなものか——アメリカ人、パール・バックが、どんなふうにこの小説を書いているか——を見るなら、同じ東洋人でありながら、我々日本人が支那を活写してこなかったということを誰もが認めなくてはならない。日本の文壇は、ヨーロッパの文学をより高いものとして評価し、最近ではとくにフランス文学の人気が高い。アメリカの作家たちもいくらかは読まれ、書評もされてきた。が、それはひろがることなく、文壇の狭い範囲をはるかに超えたことなどなかった。この観点から見れば、パール・バックのやり方が、アメリカ文学を代表するものとして日本で受けとめられたことは、たいへん注目すべき実例というべきではないか。

もし、彼女が今日、日本を訪れるなら、たとえ観光のためだけでも、温かく迎えられることを我々は信じている。

日本では、とくに文壇でのパール・バックの作品に対する理解は、まだ非常に高くなっているわけでも、深くなっていないのも確かである。言い換えると、たとえばポール・ヴァレリーやアンドレ・ジィドを我々が楽しむのとは、何かかなりちがっている。パール・バックは、その意味では受け容れられているわけではないようだ。

だが、パール・バックの本が広く読まれているのは事実である。映画化された小説は、とても人気を博した。日本のあらゆる階級においてよく知られ、尊敬され、称賛されているのも事実だ。少なくとも、わたしが、この文章を書いている今は、本当だ。いま、日本の作家、石坂洋次郎の小説『若い人』と同じくらいパール・バックの作品群は日本の読者層には読まれている。文学的価値を別にしていえば、私の記憶による限り、多くの人びとに読まれた日本の作家、徳冨蘆花の『不如帰』や賀川豊彦の『死線を超えて』と同じような意味、同じくらいのひろがりをパール・バックの作品はもったように思える。だが、それらは読まれる理由がちがう。それらのもたらす味わいもちがう。

ここで、パール・バックの作品群に対する私の批評を述べる必要も理由もない。この論文の目的は、ただ、日本に関する限りでのパール・バックについて、日本での彼女の反響や日本からパール・バック現象がどのように見えるか、その概略を簡単にスケッチすることにおいている。

（鈴木貞美訳）

『大地』の翻訳あれこれ

鈴木貞美　　解説

新居格は、東京帝国大学政治学科でサンディカリズムを研究、卒業後、『読売』『大阪毎日』『東京朝日』の新聞記者を転々とし、フリーライターになって、評論集『左傾思潮』（1921）を出版後、徹底した自由

主義から左翼思想、先端風俗などを軽い文体でこなして活躍した。「左傾」という語は、彼の発明によるもの。辻潤、吉行エイスケの雑誌『虚無思想』にも寄稿、理論的な著作としては「新芸術論システム」第3巻『アナキズム芸術論』(天人社、1930)がある。アナキズムがボルシェヴィズムに蹴散らされたのちに、彼の反骨精神を示したものといえよう。賀川豊彦と従兄弟同士で、消費者組合運動とも取り組んでおり、思想の根は組合主義にあったと見てよいだろう。

　海外作品の翻訳も手掛け、1935年にパール・バックの『大地』、翌年、『分裂せる家』『息子達』を第一書房から刊行している。この三部作は1935年にアメリカで再刊されている。『大地』は本文中にあるように、MGMで映画化され、ヒットした。

　本文中には、翻訳権について、正規の手続きをとっていないことが明かされている。『大地』序文では1934年初夏に、パール・バックに会うために南京に行ったが会えなかったとしており、本文では、それを二度目の訪中としている。

　一度目の訪中は、1929年に上海、大連、蒙古を訪れたとき(『街の抛物線』)。そして、新居は、この二度目の訪中時に、上海、香港、広州へ旅行し、上海では内山書店を訪ね、魯迅とその周辺の作家たちに会っている。『心のひびき』(道統社、1942)所収の魯迅追悼の2本のエッセイに詳しい。

　本文中にある上海でMGMの連絡員に会った記載は、『大地』序文に、より詳しく記されている(p.3～4)。ニューヨーク・タイムズの記者の話も出てくる。南京政府の検閲問題が、取りざたされていたのはまちがいなさそうだ。

　なお、1939年に新居は、この『大地』の翻訳について、本文中に登場する深沢政策から著作権侵害で訴えられた。要するに印税折半の約束で下訳に出したということだが、この手の話は、戦前はいくらでも転がっていて、名義のみの場合もある。『大地』は普及版が大いに売れたが、深沢政策は印税を新居に渡さずにおり、新居の方は、普及版は印税外だと思っていたので、裁判の結果、逆にかなりの印税を手にすることになったというオマケがついて、決着した。

　なお、本文中に見える林語堂『我国土・我国民』(Lin Yutang, *My Country and My People*, Reynal & Hitchcock, Inc., A John Day Book, 1935)の翻訳(豊文書院)は1938年に刊行。

*

　この記事が出た1938年、パール・バックは、アメリカ人の女性作家としてはじめてノーベル文学賞を受賞し、新居は『ありのまゝの貴女 パアル・バック』「ノーベル賞文学叢書」今日の問題社(1940)も刊行している。

　パール・コンフォート・サイデンストリッカーは、南長老ミッション派宣教師の両親のもとに、ウェスト・バージニア州ヒルスボロで生まれ、生後3カ月で中国江蘇省の鎮江に渡った。英語と中国語の両言語を話すバイリンガルとして育ち、中国名は賽珍珠(サィ・チンシュ)。1917年に帰国して、農業経済学者のジョン・ロッシング・バックと結婚、ランドルフ・マコン女子大学に入学、1924年に卒業して、母校で心理学の講師をしていたが、母の病気の知らせを受けて中国に戻った。一時期、南京のミッション・スクール(のち南京大学、東南大学)で英文学を講義したこともある。1932年、ニューヨークの講演が長老派伝道委員から非難され、宣教師の地位を辞していた。

　『大地』は、王龍という農夫が阿蘭と結婚するいきさつに幕をあける。田舎の年中行事を織り込みながら、王龍が飢饉で南に出稼ぎに行き、暴動に巻き込まれたりしながら、帰郷を果たし、豊作に歓び、洪水に見舞われ、愛人をつくったりと有為転変を書く長篇物語。パール・バックは、アメリカの農民の生活を題材にとったスタインベック『怒りの葡萄』などの系譜の上に、中国を舞台にとった異国色あふれる作品をつづりつづけたといえよう。

　なお、新居は、パール・バックは親支那と決めてかかっているが、必ずしも、そうとはいえない。1937年秋、日本軍による南京爆撃が開始され、合衆国大使が南京を引き揚げたことに対して、パール・バックがアメリカの雑誌『エシア』1937年11月号に書いた「砲煙下の在支那欧米人──誤てる抗議への抗議」という記事が『改造』12月号に翻訳掲載されている。そこでは、武力行使抜きに日本に抗議することは意味がないこと、不関与なら不関与に徹底すべきであり、また外国で暮らす人びとは本国政府による被護を期待すべきでないことを、きっぱりした論調で述べている。もちろん、これは南京大虐殺事件以前のこと。南京虐殺のニュースが世界を駆け巡ると、日本への非難が一挙に高まることになる。

PEACE RETURNS TO NORTH CHINA

Fotos by DOMEI TSUSHINSHA

Japanese soldiers on guard.

Peking returns to normal life: the famous Chien-men Gate has again become a traffic centre of the city.

Also the foreign residents' children are safe again to play in the streets of Peking; but still the sandbag barriers remind of the recent fighting.

As everywhere in North China, also in Shihchiachwang (Hopei province) the Japanese troops were accorded a warm welcome by the Chinese population.

With the utmost precaution the Japanese soldiers have endeavored in their military operations to preserve the ancient monuments of Chinese culture. Also the famous Buddha statue of Tatung, situated near the fighting zone in Shansi province, has been saved from destruction.

Japanese soldiers are making good friends with the native children in North China.

Linguistic "understanding" is the first step toward political understanding: with the North-Chinese population eagerly studying the Japanese language, Sino-Japanese friendship is being re-established on an even firmer basis.

Peace Returns to North China

中国北部の平和回復

翻訳

①Japanese soldiers on guard.

②Also the foreign residents' children are safe again to play in the streets of Peking; but still the sandbag barriers remind of the recent fighting.

③With the utmost precaution the Japanese soldiers have endeavored in their military operations to preserve the ancient monuments of Chinese culture. Also the famous Buddha statue of Tatung, situated near the fighting zone in Shansi province, has been saved from destruction.

④Peking returns to normal life: the famous Chien-men Gate has again become a traffic centre of the city.

⑤As everywhere in North China, also in Shihchiach-wang (Hopei province) the Japanese troops were accorded a warm welcome by the Chinese population.

⑥Japanese soldiers are making good friends with the native children in North China.

⑦Linguistic "understanding" is the first step toward political understanding: with the North-Chinese population eagerly studying the Japanese language, Sino-Japanese friendship is being re-established on an even firmer basis.

①歩哨に立つ日本兵

②外国人居住者の子どもたちも、北京の通りで再び安全に遊び始めた。だが、依然として砂袋のバリケードが、最近の戦闘を思い出させる。

③最大限の警戒体制で、日本軍は中国文化の古代遺跡を保護する軍事活動に努めた。また、山西の戦闘地域に近い、有名な大同の仏像遺跡は、破壊から守られた。

④北京は通常の生活に戻っている。有名な前門は、再び町の交通の要所になった。

⑤華北のほかのところと同じように石家荘（河北地方）でも、日本軍は中国人民に暖かく迎えられていた。

⑥日本兵は華北の現地の子どもたちと仲良くしている。

⑦言語的「理解」は、政治的理解の最初のステップ。華北の人々は、熱心に日本語を学び、日中の友好関係は、より強固な基盤のなかで再び復興している。

（堀まどか訳）

中国北部の平和回復

孫江　　　　　　　　　　　解説

　図1に写っているのは警戒中の日本兵の姿。背景は華北農村でよく見かける樹木である。兵士の銃口は「平和」を脅かす中国の抗日勢力に向けられているに違いない。

　図2においては、西洋人女性と見られる人が自転車を引いてバリケードと軍車の間を通りかかっている。説明文によれば、ここは「北京の通り」(the streets of Peking)であり、「最近の戦闘を思い出させる」(remind of recent fighting)。しかし、実際には、広安門での戦闘を除いて、北京市内は戦闘がなかっ

た。

　図3は北魏時代の仏教の遺跡。1937年10月、日本軍は山西省の大同を占領した後、遺跡保護の告示を出した。日本の仏教研究者たちが次々とこの地を訪れ、仏像遺跡に関する研究を行った。

　図4は人影の少ない北京の南の玄関である前門のひっそりした光景。

　図5は陥落後の石家荘の一角。横断幕には右から左へ中国語で「石家荘清真回教歓迎」と書かれ、垂れ幕には「回教同行歓迎」と書かれている。「清真回教」はイスラム教の中国名で、「同行」は同業ギルドを意味する。この写真は1937年10月10日の石家荘陥落後に行われた日本軍の入城式の際に撮影されたものとみられる。

　図6は日本兵が二人の中国人の子どもの手をつないで歩く姿。写真の右にはチャイナドレス姿の女性、右下には一人の男の子が写っている。二人の視線はカメラマンに向けられている。

　図7の説明文によれば、これは中国人が日本語を学習する光景である。

　以上の7枚の写真はいずれも同盟通信社のカメラマンが撮影したものである。しかし、写真の撮影時期はいずれも不明である。また、図3、4、5を除く4枚の写真がどこで撮影されたかも記されていない。それゆえ、参考文献に挙げられた3つの写真集に比べ、これらの写真は資料的価値が低い。

【参考文献】
『支那事変写真全輯』上，支那戦線、朝日新聞社、1937
『北支事変画報』、『支那事変画報』、大阪毎日、東京日日特派員撮影、1937

April 1, 1938 Japan To-day

International Friendship in "WAR-TIME" Japan

"Japan at War" — the term has become a political catchword played up by political propagandists who try to make the world believe that nationalistic hatred has swept over the country.

But, how does, in reality, look Japan to-day? Foreigners visiting Japan in these days are surprised to find perfect peace and order, with the population engaging in their ordinary activities. Moreover, whereas foreign papers report that Japan is closing her frontiers to foreign artists and that anti-foreign-feeling is running high, foreigners are not only living in Japan un-molested, but in close friendship with the Japanese population.

As shown in the most recent pictures reproduced on this page, foreign teachers and missionaries are carrying on their teaching work as usually; foreign and Japanese children are enjoying their play-time side by side in the court-yard of a school in Tokyo; foreigners are freely mingling with Japanese in the stylish tea rooms on Tokyo's fashionable Ginza street; and foreigners are enjoying golf and other recreations amidst the beautiful Japanese landscape, as the first cherry blossoms of spring make their appearance.

But nothing could better reveal the mentality of the Japanese people and at the same time more clearly demonstrate Japan's true attitude toward China, than the cordiality with which the Japanese have received in these days a party of Chinese movie actresses arriving from North-China to co-star in a new Japanese talking picture with Japanese screen players.

Fotos by JIRO MONNA

Peerless Mount Fuji in Spring
Foto by HIDEKI KAKIZAWA

比類なき春の富士山　写真：カジザワ・ヒデキ

International Friendship in "WAR-TIME" Japan

Fotos by JIRO MONNA

"Japan at War" -the term has become a political catchword played up by political propagandists who try to make the world believe that nationalistic hatred has swept over the country.

But, how does, in reality, look Japan to-day? Foreigners visiting Japan in these days are surprised to find perfect peace and order, with the population engaging in their ordinary activities. Moreover, whereas foreign papers report that Japan is closing her frontiers to foreign artists and that anti-foreign feeling is running high, foreigners are not only living in Japan un-molested, but in close friendship with the Japanese population.

As shown in the most recent pictures reproduced on this page, foreign teachers and missionaries are carrying on their teaching work as usually; foreign and Japanese children are enjoying their play-time side by side in the court-yard of a school in Tokyo; foreigners are freely mingling with Japanese in the stylish tea rooms on Tokyo's fashionable Ginza street; and foreigners are enjoying golf and other recreations amidst the beautiful Japanese landscape, as the first cherry blossoms of spring make their appearance.

But nothing could better reveal the mentality of the Japanese people and at the same time more clearly demonstrate Japan's true attitude toward China, than the cordiality with which the Japanese have received in these days a party of Chinese movie actresses arriving from North-China to co-star in a new Japanese talking picture with Japanese screen players.

「戦時」日本の国際友好

写真：もんなじろう　　翻訳

「交戦中の日本」——この言葉は、日本に国家主義的な憎悪が湧き上がっていると世界の人々に信じ込ませようとしている政治的宣伝者の、スローガンになっている。

しかし、実際には、日本の今日はどのように見えるのか？　最近日本を訪問する外国人は、通常の生活を送る日本の完全な平和と秩序とに驚いている。また、外国の新聞の報道では、日本は外国人芸術家たちを国境から閉め出しているとか、外国人への反感を強めているとか言われているが、外国人は日本でなんの妨害も受けずに暮らしているばかりでなく、むしろ日本の人々と友好的に暮らしているのである。

このページに再現されたごく最近の写真にもみられるように、外国人教師や宣教師たちは、いつもと変わらず教育活動を行っている。外国人や日本人の子どもたちは、東京の学校の校庭で一緒になって遊んでいる。外国人は自由に、東京銀座通りの洒落た喫茶店で日本人たちと交際している。また、外国人は、桜の花が開花しつつある美しい日本の春の景観に囲まれて、ゴルフやさまざまな娯楽を楽しんでいるのである。

しかし、日本人の心情をあきらかにし、同時に日本の中国に対する本当の態度を表したものとしては、最近、日本人俳優と日本映画の新作で共演するために、華北からやって来た中国の映画女優の一群を出迎えた際の日本人の真心のこもった対応ほど、良いものは無かった。

（堀まどか訳）

表象された国際親善

孫江　　解説

7枚の写真。下の写真にある富士山は日本の原風景の象徴であり、上の6枚の写真は日本の都市のモ

ダンなイメージを表している。男と女、子どもと大人、東洋人と西洋人、室内と戸外、外国人を主役とした空間である。これら6枚の写真のうち、3枚は花見をする西洋人、街角で談笑する男たち、校庭で遊ぶ子どもたちを写している。これに対して、他の3枚はいずれも喫茶店や居酒屋で撮影されたと見られる。写真の解説文によれば、チャイナドレスを身に纏った女性たちは「最近」(in these days) 華北からやって来た女優である。彼女たちはだれなのか、なぜこの時日本にやってきたか。知る由もない。

　解説文のタイトルは「戦時日本の国際友好」である。「戦時」とは、本来、非日常の空間であるはずだ。しかし、写真においては、「日常」の「国際親善」として表象されている。1937年7月、世界を震撼させる盧溝橋事件が起きた後、「(欧米からの) 観光客ハ全然寄港ナク一般船舶モ観光客少ナ」かったと[1]、欧米社会は日本に背を向けた。解説文の著者によれば、それは「政治的宣伝者」が日本を「国家主義的な憎悪」(nationalistic hatred) に満ちた国として描いたためだった。

　一方、「暴支膺懲」の嵐のなかで、排華行為の標的となった華僑たちは恐怖に陥った。7月28日、東京の中国大使館が本国の外交部に宛てた電文のなかで、「華北事変発生後、日本の内務省および各植民地の官庁が、華僑の生命と財産を保護し、警察に起因する事件の発生を極力未然に防ぐよう各機構の当局に訓令した。故に在日の華僑は皆安心して生活し働いている」、と報告している[2]。しかし、華僑が多く居住する地域からの報告をみれば、状況は決して楽観的ではなかった。これより先に、在神戸中国総領事館は本国政府外交部に送った電文のなかで、「盧溝橋事変発生後、地元の新聞が頻繁に号外を出すほか、数多くの刺激的な言葉およびきわめて大きな文字を使って(戦況を)報じている」[3]。こうしたなかで、多くの華僑が日本を離れ、帰国の途に着いた。8月9日、第一陣140名の華僑が上海に到着した[4]。事変前に在日の3747名の華僑のうち、全体の3分の1強の1319人が帰国した[5]。12月、首都南京が陥落した後、北京に親日の中華民国臨時政府が成立した。1938年、臨時政府が国民政府に取って代わり、中国を代表する政府として日本で活動を開始したころ、華僑たちの帰国も一段落した。しかし、外務省の調査データからみれば、欧米からの観光客の人数は依然足踏み状態であった[6]。

---

1 「支那事変下ニ於ケル外事警察ノ一般情況」、外事課、1939年3月。アジア資料センター。
2 「東京同盟電」、台湾・中央研究院近代史所檔案館所蔵、1937年7月28日。
3 「快郵代電」、台湾・中央研究院近代史所檔案館所蔵、1937年7月20日。
4 『申報』、1937年8月10日。
5 前掲、「支那事変下ニ於ケル外事警察一般情況」。
6 同前。

Arbeitsdienst in Japan

Jirō Yamamoto

Die Geschichte des Arbeitsdienstes in Japan ist durchaus nicht neu; es gibt in Japan eine gesinnungsmässige Tradition des Arbeitsdienstes.

Zwar hat die Entwicklung der kapitalistischen Produktion in Japan die Errichtung vieler Fabriken in den Städten sowie die Konzentration der Bevölkerung in den Grosstädten mit sich geführt; aber noch immer bildet die Bauernschaft den grösseren Bestandteil der Bevölkerung. Ferner haben zwar die städtischen Lebensformen sich sehr stark im westeuropäischen Sinne entwickelt, aber die althergebrachtjapanischen Sitten und Gebräuche in den Dörfern haben keinerlei Veränderung erfahren und sich in ihrer ursprünglichen japanischen Form erhalten. Gewise mögen die japanischen Ueberlieferungen reformbedürftige Mängel aufweisen, aber zugleich besitzen sie Vorzüge, die wert sind, genützt und erhalten zu werden.

Im japanischen Dorf wird der einzelne Mensch nicht als Einheit des Gesellschaftslebens betrachtet; vielmehr ist es die Familie, die die Einheit des Gesellschaftslebens bildet. Daher besteht der Brauch, dass innerhalb einer Familie Gewinn oder Verlust des Einzelnen nichts gilt und einer für den anderen, einsteht. Da weiterhin die einzelnen Familien sich zur Einheit einer Dorfgemeinde fest zusammenschliessen, ist es das absolut Uebliche, dass die Menschen innerhalb einer solchen Dorfgemeinde einander freiwillig helfen. So werden zum Beispiel bei Krankheitsfällen in einer Familie die Nachbarn bestimmt bei der Feldarbeit mithelfen, und bei Strassen- oder Brückenreparaturen innerhalb, der Dorfgemeinde werden die Dorfbewohner unentgeltlich arbeiten. Diese in Japan von altersher bestehende Tradition der gegenseitigen Hilfe bildet das Fundament, auf dem die japanische Arbeitsdienstbewegung fusst.

Da, geschichtlich betrachtet, der taditionelle Geist der gegenseitigen Hilfe sich ursprünglich spontan entwickelt hat, fehlt es ihm an Planmässigkeit und Systematik. Die in jüngster Zeit in Japan aufgekommene Arbeitsdienstbewegung greift diese schöne, von selbst entwickelte Tradition auf, indem sie ihr zugleich ein bestimmtes Ziel und eine gewisse Systematik verleiht. Es ist offensichtlich, dass wir bezüglich der Methode dieses Systems viel vom Nazi-Deutschland gelernt haben, und es ist ebenso offensichtlich, dass wir vom Nazi-Deutschland einen ausserordentlich starken Ansporn erhalten haben; und doch ist es das Erbe der von altersher in Japan bestehenden gegenseitigen Hilfe, das die Arbeitsdienstbewegung weiterführt.

Die Teilnehmer der Arbeitsdienstbewegung sind in Japan, genau wie in Deutschland, grösstenteils Jugendliche. Und es muss darauf hingewiesen werden, dass diese Bewegung sich im selben Verhältnis weiterentwickelt, in dem die als Auswirkung des Chinakonflikts emporkommende patriotische Bewegung in Japan ansteigt. Also ist die Arbeitsdienstbewegung eine Art patriotische Bewegung, eine Art Gesinnungsbewegung. Aebr sie beschränkt sich keineswegs auf eine blosse Gesinnungsbewegung. Die Arbeitsdienstbewegung ist aus einer wirklichen Notwendigkeit heraus zwangsweise entstanden, und in der gegenwärtigen Kriegszeit erfüllt sie beständig eine gesellschaftlich bedingte Notwendigkeit.

Nämlich, seit Ausbruch des Chinakonflikts werdon viele junge Leute aus den Dörfern an die Front geschickt, um das Vaterland zu verteidigen. Diese jungen Leute sind auf dem Lande die wichtigsten Arbeitskräfte. Den um des Vaterlands willen ihrer Arbeitskräfte beraubten Familien zu helfen, ist dis hauptsächliche Aufgabe dieser Bewegung. Wenn den Familien der Soldaten geholfen wird, können die Soldaten umso unerschrockener kämpfen, ohne sick in Gedanken um ihre Familien zu sorgen. So tragen die Teilnehmer an der Arbeitsdienstbewegung mittelbar zur Erhöhung der effektiven Kriegsstärke Japans bei.

Die japanische Arbeitsdienstbewegung ist jedoch, wie gesagt, aus den angeführten Beweggründen heraus spontan entstanden, und sie untersteht nicht der Führung seitens der Regierung, aber verdiente wohl deren Förderung. Man könnte eher sagen, dass sie der Regierung führend vorangeht. Und fast ausnahmslos sind die eifrigen, freiwilligen Führer der Arbeitsdienstbewegung unzufrieden mit der passiven Haltung der Regierung, von der sie eine aktivere Führung erwarten.

Aber in jüngster Zeit ist die Regierung daran gegangen, die über das ganze Land verstreuten Körperschaften einheitlich zusammenzufassen, zu organisieren, selbst die Führung zu übernehmen und so ein einziges grosses Organ zu schaffen. Ich glaube, dass die Zukunft der japanischen Arbeitsdienstbewegung Aufmerksamkeit verdient.

Die hier wiedergegebenen Bilder zeigen Phasen aus der Tätigkeit der Arbeitsdienstbewegung in der Provinz Miyazaki, wo sie der Führung der dortigen Sokokushinkokai (Patriotische Vereinigung) untersteht. In deren Programm heisst es:

Wir sind erfüllt vom Geist der Loyalität und des Patriotismus und entbrennen in Treue und Pflichterfüllung.

Wir wollen unsern Fleiss verdoppeln und dem Aufstieg des Vaterlands eine Stütze sein.

Die Sokokushinkokai wurde im Dezember vorigen Jahres in der Provinz Miyazaki begründet und hat in den zwei Monaten seither 80.000 Mitglieder gewonnen. (Darunter: Mittelschüler 12.000; Volksschüler 23.000; junge Männer 33.400; Frauen 9.000; sonstige 2.000). Sie bezweckt die gesinnungsmässige Ertüchtigung und körperliche Stählung ihrer Mitglieder durch Arbeit und die Erweckung der Arbeitsfreude in ihnen und will so zum weiteren Aufstieg Japans das Ihre beitragen.

Ihre Arbeiten umfassen: den Grundbesitz der Provinz sowie das von Schulen verwaltete öffentliche Gelände unbar zu machen, Waldungen anzupfianzen, sowie Deich- und Strassenanlagen zu konstruieren oder zu reparieren. Es ist geplant, noch im Laufe dieses Jahres das unbebaute Land in 85.000 Dörfern und Gemeinden unbar zu machen.

Gegenwärtig gibt es in Japan über das ganze Land verstreut eine Unzahl derartiger Körperschaften. Nun hat in jüngster Zeit die Regierung beschlossen, in den Sommerferien die gesamte Schuljugend des Landes zu mobilisieren. Man rechnet mit der Durchführung dieses Plans in den kommenden Sommerferien.

Japan vollbringt heute auf dem Kontinent in China eine ungeheure Aufgabe mit der Errichtung eines unerschütterlichen Walls gegen den Kommunismus. Wenn diese Aufgabe erfolgreich vollbracht ist, wird sich das Bild Asiens grundlegend verändern. Aber dann darf das Japan, das dieses Asien führen wird, nicht mehr sein wie das alte Japan. Wenn Japan diese harte Aufgabe vollauf erfüllen will, muss es sich selbst ändern.

Das Gemeinwohl voran, das Eigenwohl hintan—Schritt für Schritt schreitet Japan fort auf dem Wege zur Verwirklichung einer festen einheitlichen Gesinnung, die auf dem traditionellen japanischen Geist der gegenseitigen Hilfe basiert. Auch die Arbeitsdienstbewegung tut ihr Teil zur Verwirklichung dieser grossen Aufgabe.

日本における勤労奉仕

やまもと・じろう　翻訳

日本における勤労奉仕[1]の歴史は、決して新たに開始されたものではない。日本には、勤労奉仕を信条とする伝統が存在する。

日本における資本主義生産の発展は、町に数多くの工場の建設と都市への人口集中を引き起こしたが、今なお、農村人口が最大の比重を占めている。また、

---

[1] Arbeitsdienst を「勤労奉仕」と翻訳したが、歴史的に独特なニュアンスを持つドイツ語である。詳しくは解説を参照されたい。

都市圏の生活様式は極めて欧化されたものの、村では、伝統的な風俗習慣がほとんど変化することなく、もとの日本的な形態が受け継がれている。むろん継承されている習俗には、いくらか改善の余地は見受けられるが、他方、保存すべき有利な点も少なくない。

日本の村では、個々人より、家族全体が社会的生活の構成単位と見なされる。それゆえ、古い習慣どおり、家族内では個人の損得は重んじられることなく、それに代わって、一致団結の精神により、すべてが皆の責任になる。村が共同体を成すためには、それぞれの家族がより強い一つの単位になり、また村落の成員が互いに自発的に助け合うのがごく当然のことになっている。そのため、一家が病気にかかったときには、必ず近隣が畑の手伝いをしてくれるし、村落内の道路や橋の修理にも村の者は無償で働く。このような、昔からの互助の伝統が、日本の勤労奉仕の土台を成している。

歴史的に見るなら、日本では、かかる伝統的な互助精神が自然発生的に発達してきたため、制度性と計画性を欠いている。最近日本に登場した勤労奉仕運動は、自発的に発展してきた善き伝統を利用し、それに制度と目的を与えるものである。この制度的方法に関して、我々が多くをナチス・ドイツから学んだことは、いうまでもない。さらには、ナチス・ドイツから大変強い動機づけを得たことも明白である。とはいえ、昔から日本に受け継がれてきた互助精神の遺産こそが運動を推進しているのである。

日本における勤労奉仕運動の参加者は、ドイツと同様、多かれ少なかれ青年である。ここで明示しなければならないのは、この運動の発展は、支那事変（Chinakonflikts）の影響を受け、高まる愛国心の運動に左右される点である。つまり、勤労奉仕運動は、一種の愛国心の運動であり、かつ信条の運動でもある。だが、単に信条の運動に限定されるものでもない。真実必要に迫られて発現し、戦時である今日の社会的要請に絶えず答えるものなのである。

言葉を換えるなら、支那事変が勃発して以来、多くの青年たちが祖国防衛のため村から戦線へ派兵された。これら青年たちは田舎の最も大切な労働力でもある。祖国のために労働力を奪われた家族を助けることこそ、この運動の最重要課題である。兵士たちの家族に援助の手を差し伸べることができれば、兵士は家族のことを心配せずに、より心おきなく戦うことができる。それによって、勤労奉仕運動の参加者は、日本の戦争に、より有効な役割を果たすことができるのである。

しかし、日本の勤労奉仕運動は、先に論じた理由により、自発的に成長してきたものである。政府の指揮下に置かれてはいないが、今後は、当然、その助成を受けてしかるべきである、というより、むしろ政府に先んじているというべきであろう。

ほぼ例外なく、勤勉で自由な意志を持つ勤労奉仕運動の指導者たちは、政府の消極的態度に不満を抱いており、もっと積極的な姿勢を期待している。だが、つい最近、政府は全国的に散在した団体（Körperschaft）を一元的に結びつけ、自ら指揮権を握って、一大機関を作ろうと働きかけている。私は日本の勤労奉仕運動の将来を注視すべきであると思う。

ここに掲載した写真は、宮崎県における祖国振興会（愛国連合）が指導する勤労奉仕運動の活動の様子を示したものである。彼らのプログラムには次のように書かれている：

我等ハ尽忠報国ノ精神ニ満チ義勇奉公ノ赤誠ニ燃ユ
我等ハ勤労ヲ倍化シ誓テ祖国振興ノ柱石タラン

祖国振興会は、昨年12月に宮崎県で創設されて以来、2カ月間で8万人の会員を獲得し得た。その内訳は、中学生1万2000人、小学生2万3000人、青年3万3400人、女性9000人、他2000人である。祖国振興会の目的は、労働によって会員の精神と肉体を鍛錬し、会員に勤労の喜び（Arbeitsfreude）[2]を喚起し、もって日本の興隆に独自の一翼を担うものである。

会員の労働は、以下からなる。県の所有地及び学校の経営する公共地域の開墾、植林の他、道路や堤防の建設、修理。さらには本年中に、8万5000の町村が有する未開墾地の開拓を計画している。

今日の日本には、かかる組織が全国的に数限りなく存在している。先頃、政府は、夏季休暇に全国の児童生徒を動員することを決定した。その計画は次

---

[2] "Arbeitsfreude"は、ナチ・ドイツのプロパガンダに表れる重要なキーワード。これと密接な関係を持つ標語"Arbeit macht frei"（働けば自由になれる）は、19世紀後半のドイツ人作家、ロレンツ・ディーフェンバッハが小説のタイトルに用いたのが最初とされ、20世紀前半、ワイマール共和国期に用いられた際には失業対策のための公共事業拡充の標語であったが、1933年に政権を獲得したナチスが強制収容所のスローガンに用い、強制収容所の門にこの文言が記され、よく知られるようになった。アウシュヴィッツ＝ビルケナウなどの収容所にこの語を掲げることを提案したのは、アルベルト・シュペーアであったが、彼の言によると当時よく知られた労働標語を掲げたに過ぎないとしている。

(左) Miyake（三宅）農場で働く労働業務ボランティア
(右) Akaemura（赤江村）の労働業務野営所から

の夏季休暇から実施に移されると予測される。今時、日本は中国大陸に堅固な壁を築き上げ、共産主義に対する壮大な使命を達成した。その使命完遂の暁には、アジアの現状は根本的に変わるに違いない。しかし、その時、アジアを指導する日本は、過去の日本と同様であってはならない。その困難な使命を完遂するには、日本こそが変わらなければならないのである。

滅私奉公[3]である。日本は伝統的互助精神を根底に置き、断固たる挙国一致精神の実現に向けて着実に歩を進める。勤労奉仕運動もかかる大使命を実現するための一翼を担うものなのである。

（ローマン・ローゼンバウム訳）

国家労働奉仕団とは？

ローマン・ローゼンバウム　解説

海外の読者に手を伸ばした『文藝春秋』欧文付録『Japan To-day』の刊行は、1937年の日中戦争の本格化と日本の軍事拡張政策がきっかけとなっている。従って、その各言語に書かれた文章は、いうまでもなく、プロパガンダの役割を果たしたのだが、1938年4月号に「Arbeitsdienst in Japan」の題名で掲載されたこのドイツ語の記事は、プロパガンダ的な要素以外に、欧米に対応できる文化のマーケティングとその伝統について広告をする、いわゆる「たけくらべ」作業の一翼も担っている。[1]

題名がよく示しているように、この記事全体に"Arbeitsdienst"がキーワードの役割を果たしている。まず、この語について記しておこう。1929年に始まった経済不況（The Great Depression）に見舞われたヨーロッパには、おびただしい失業者に雇用機会を与えるための組織がたくさん存在していた。ワイマール共和国時代のドイツでは、社会民主党内閣が失業者対策として、社会福祉的な農業や都市建設などを行うために労働奉仕団を組織した。そのなかで、1931年に、国家から後援を受けた労働組合のリーダーになったコンスタンチン・ヒールが、新たに組織したのが"Arbeitsdienst"の初めである。"Arbeitsdienst"は、二つの名詞から作られた複合語で、最初の"Arbeit"の本来の意味は「仕事」または「労働」であるが、今日の日本語でよく使われるアルバイト（短期間の仕事）の意味に近い。そのあとの"Dienst"は、「業務」または「軍務」のことで、特に「行政事務」の「務」にあたる語である。この二つの名詞を組み合わせた「アルバイト・ディンスト」には、「労働業務」、「国家労働」など様々な訳語をあてることができるが、"Arbeitsdienst"という言葉は、歴史的に独特なニュアンスを持つドイツ語ならではの単語となった。

なぜなら、その2年後、1933年にナチス（国家社会主義ドイツ労働者党）が政権を獲得すると、様々な同党の勤労奉仕団などを統合し、1935年6月6日

---

[3] ドイツ語は「社会福祉を優先し、個人の儲けを後回しにせよ」というスローガンを用いている。

[1] 特に、1938年10月号の「Der Japanische Film von Heute」（最近の日本映画）、または、8月号の「Goethe in Japan」（日本におけるゲーテ）などのドイツ語で書かれた文章にも文化や伝統の競争意識がよくうかがえる。

に公布した国家勤労奉仕法で、国家組織として、"Reichsarbeitsdienst"（RAD）と名づけたからである。RADにふさわしい訳語をあてるなら、「国家労働奉仕団」となるだろう。この歴史は、どのドイツの歴史教科書にも記されていることである。

この"Arbeitsdienst"の独特な意味合いは、1936年（昭和11）の日本でも、よく知られていた。たとえば、当時、大阪府労務課長を務めていた池田欽三郎は、政府代表の顧問としてジュネーヴで開かれた第2回国際労働会議[2]に出席し、欧米の視察を終えたところで、『大阪毎日新聞』（1936年12月21日）に、労働奉仕団の事情についてつぎのような記事を寄稿している。

> これは社会民衆党内閣の当時失業救済事業として、失業者に道路運河の開設をやらしていたのがヒットラー内閣となってから国民統一にこれを利用し階級観念打破の目的で、青年層と失業者達に労働体験をさす奉仕団に内容を変更、青年はたしか20歳から25歳までで大学へ入るものは義務として労働の体験を得るため入団する、期間半ヶ年で失業者も救済されるが賃銀は総て煙草銭位で来年からは一般女子も義務として入団することになっている。[3]

池田欽三郎が報告している通り、ドイツの国家労働奉仕団は、1931年に発足した当初は、"Freiwillige Arbeitsdienst"（FAD、自発的な勤労奉仕、または社会奉仕）という志願制度だったが、1935年に、"Arbeitsdienstpflicht"（ADP、義務的な勤労奉仕）という強制制度に変わっていた。

1938年、日中戦争が深刻になった日本国内でも、これに似た改革が目立っている。この記事の中にも、次のように記されている。

> この制度的方法に関して、我々が多くをナチス・ドイツから学んだことは、いうまでもない。さらには、ナチス・ドイツから大変強い動機づけを得たことも明白である。とはいえ、昔から日本に受け継がれてきた互助精神の遺産こそが運動を推進しているのである。[4]

ドイツと日本の勤労奉仕団員は、戦争状況が悪化していくにつれて、様々な市民サービス、軍事建設、農業計画に携わっていったが、結局のところ、だんだん若い世代の自由の領分が侵害され、様々な戦争目的のために搾取されるようになっていった。

さて、この「国家労働奉仕団」に関する『Japan To-day』の記事は、当時の日独同盟関係の事実について論じているというより、あきらかに理想論であり、神秘的な伝統に基づく観念論が濃厚である。記事の中の日独同盟は"Arbeitsdienst"という制度について、次のように述べられている。

> つい最近、政府は全国的に散在した団体（Körperschaft）を一元的に結びつけ、自ら指揮権を握って、一大機関を作ろうと働きかけている。私は日本の勤労奉仕運動の将来を注視すべきであると思う。[5]

この日独の交友関係を宣伝するような論調は、1936年の日独防共協定（Anti-Comintern Pact）によって制度化していたともいえよう。2つの国の懸け橋となったのは、領土問題、特に「満洲国」設立に関するドイツの承認と、顕著な反ソ連思想である。しかし、日中戦争以降は、次のような理由から両国の同盟関係は実効性を失っていたことはあきらかである。第一に、両国の地理的な隔たりが大きな障害になっていた。第二に、両国の連合が植民地的な支配圏を欠いていたこと。第1次世界大戦の遺産として、ドイツは以前「山東問題」[6]から極東を含む海外領土を失い、アジアでの軍事上の足がかりや重大な利害関係をもたず、また日本の欧州におけるそれも同様であった。第2次世界大戦期を通して、日独両国のイデオロギー上の共通性、経済的な運命共同体といった固定観念がしばしば打ち出されたが、実際上は相互関係が不在であり、日独両国の不調和は認めざる

---

2 国際労働機関（International Labour Organization、略称：ILO）は、世界の労働者の労働条件と生活水準の改善を目的とする国連最初の専門機関。本部はジュネーヴ。ILOは第1次世界大戦後、1919年に、当時の社会活動家が国際的な労働者保護を訴える運動や、貿易競争の公平性の維持、各国の労働組合運動など、ロシア革命の影響で労働問題が大きな政治問題となっていたため、国際的に協調して労働者の権利を保護すべきであるという機運が高まり、ヴェルサイユ条約に条項が組み入れられ、国際連盟の姉妹機関として設立された。日本は設立時から参加しており、国際会議には政府・使用者・労働者のそれぞれ代表を送っていた。1938年に脱退。サンフランシスコ講和条約調印の1951年にILOに復帰した。

3 池田欽三郎「新興ドイツの統制された躍動―探検に巨費を費すロシヤ」、大阪毎日新聞、昭和11年12月21日、p.5

4 『Japan To-day』1938年4月号、p.6

5 同前。

6 第1次世界大戦中、中国は、山東半島のドイツ領土を中国に復帰させる条件によって、連合国を支えた。しかし、ヴェルサイユ条約によって日本が山東半島の領有権を継承し、五・四運動という全国に広がった反日大衆運動の高揚の結果、山東半島は中国側に還付された。

を得ないものであった。[7]

　では、日本の明治から昭和前半にかけての国家労働奉仕団の歴史はどのようなものであったのか。上記のように、"Arbeitsdienst"という概念は、ドイツ文化圏に限った独特なニュアンスをもつものであるが、日本にはそれに対応する組織として農村における産業組合運動、各種奉仕団体、そして青年団などの歴史があった。1938年当時、様々な近代的制度について伝統主義的に理論化する傾向が強くなり、産業組合運動についても同じ傾向が見られるという。それが、この引用中の「古来日本に由来する相互扶助の遺産」という言葉にも見られる[8]。ここでは青年団の歴史に目を向けてみたい。

　明治維新により近代国家の建設と共に自給自足的な村落が解体し、同時に伝統的な若者制度も消えていった。だが、自由民権運動の影響を受ける世の中で、「青年団運動の先覚者」として名声を得た山本滝之助が広島で青年会を起こすなど、青年組織結成の機運が広まっていった。それらの組織は、大正時代には青年団および処女会（女子青年団）と称されるようになった。それから、山本滝之助に影響を受けて青年講習運動を実践し、「青年団の父」と称される大正期及び昭和初期の社会教育家・田澤義鋪は、明治神宮を造営するために奉仕作業を全国の青年団に呼びかけ、日本中より280団体・1万5000人の青年団員が動員された。これを契機に、全国の青年団を一つに結びつける組織、大日本連合青年団が結成された。昭和時代に入ると日本社会は、天皇中心主義による天皇制ファシズム体制の世の中になり、青年団も国策のために利用されるようになった。最終的には、戦局の悪化に伴い青年団は学徒隊に編入された。さらに、1936年に日独防共協定を締結し、日本とドイツの同盟を強化しながら、両国の青少年相互訪問を図った。1938年、この「日本におけるArbeitsdienst」という記事が書かれた当時、ヒトラー・ユーゲントが来日し、大歓迎を受けた。たとえば、北原白秋がその歓迎歌を作るなど、親ドイツ気分を醸成するのに大きく寄与した。当時の労働奉仕団や青年団で利用された「少国民」という言葉は、この「ユーゲント」の訳語である。のち、戦後の焼け跡世代に属する作家、小田実は、「小さな武器」であった「少国民」時代の自分を軸に、老若男女を問わず、全ての「人民」を「小さな武器」として戦争に動員しようとしていたアジア太平洋戦争下の日本を小説の中に具現化したのである。[9]

　この記事は、日本とドイツの"Arbeitsdienst"を対照して、その設立と統計数字を記すことに力を注いでいる。それゆえ日本における"Arbeitsdienst"が社会的な福祉から軍国的な支援団への変容について、つまり当時の日本社会の軍国主義化の実状について、現在の読者にとって、重要な資料を提供するものになっている。"Arbeitsdienst"は、もともとドイツ語の概念であり、歴史的に独特な意味を持つものだが、日本の青年団にも似通った点が幾つかあると思われる。特に、「大東亜戦争」の状況が悪化し、様々な青年団が社会福祉的な面から、軍国的な役割を果たすようになることは、日本とドイツに共通している。日本の例を取り上げるなら、「学徒動員」がある。労働力不足を補うために、中等学校以上の生徒や学生が軍需産業や食料増員に動員されるということを指す。さらに、第2次大戦末期の1943年（昭和18）以降、兵力不足を補うため、それまで26歳までの大学生に認められていた徴兵猶予を文科系学生については停止して、20歳以上の学生を入隊・出征させた（学徒出陣）。学生を組織した軍国の支援団の中では予科練（air force training school）という海軍飛行兵養成制度が特に目立つ。予科練は志願制で、高等小学校卒業者のうち、満14歳以上20歳未満の者が厳しい試験を受け、合格した者のみ採用される、中堅幹部育成のための教育組織であった。1944年（昭和19）に入ると特攻隊の搭乗員の中核としても利用され、戦死率も非常に高く、多くの少年が命を落としている。

　青年団の中で、学徒隊は、第2次世界大戦末期に戦没した日本の学徒兵の遺書を集めた遺稿集『きけわだつみのこえ』で有名であり、良く研究されている。また1944年12月に沖縄県で日本軍が中心となって行った看護訓練によって作られた女子学徒隊「ひめゆり学徒隊」と、沖縄戦で従軍看護婦として活躍して犠牲になった女子学徒隊の「白梅学徒隊」とが

---

[7] こういった、事実と異なって、日独同盟の理想的なつながりをうたう観念は、他の『Japan To-day』に掲載されたドイツ語で書かれた記事にも見られる。たとえば、1938年9月号「Reiseland Mandschukuo!」（「観光の国：満州国」、4ページ）では、自然に恵まれた「満洲国」が日本の影響を受けなかったら、独立独歩ができなかったとか、文化的遺産が日本の科学技術によって救われたなどのように、日本帝国の優越感を示す文章が含まれている。

[8] 国際日本文化研究センター、鈴木貞美教授の教示を得た。歴史的には二宮尊徳の教えなどに基づく農村の互助組織が、資本主義の浸透に対する産業組合運動として明治後期から展開されていた。鈴木貞美『文藝春秋』とアジア太平洋戦争』、2010、p.34などを参照。

[9] 小田実の未完長編「寸兵尺鉄」（『人間として』1号-4号、1970年、3月、6月、9月、12月）。解説・黒古一夫『小田実「タダの人」の思想と文学』、東京、勉誠出版、2002、p.80

良く知られている。だが、このような賛美された特例以外にも、戦争を支援するために駆り出された若い世代の「国家労働奉仕団」がたくさん存在している。いまだに、こういった学徒隊の遺産は包括的に研究されていない。『Japan To-day』の中に掲載されている様々な記事は重要な資料といえよう。

　さて、最後に、同時代の日本から海外に向けて発信されたグラフ誌の範疇に属するものに、『NIPPON』がある。これは、名取洋之助を中心に1934年に創刊されたときには、英、独、仏、スペインなどの4カ国の外国語を使用する海外向け季刊雑誌という体裁をとっていた。しかし、1937年からの日中戦争の本格化によって、たとえば、1939年9月に「Manchoukuo」の特集などが刊行されるなど、戦争イデオロギーへの傾斜が見られる。結果的には、内閣情報部による対外宣伝の役割を主に果たし、1934年10月から1944年9月までに36冊（特別号『日本の手仕事』含む）が発刊されている。

　これと比べて、『Japan To-day』は総合雑誌の付録であり、写真中心というよりは、日本の伝統文化を言葉によって読者の胸に訴えようとする面も強くもっていた[10]。このYamamoto Jirōによって書かれた「日本における労働業務」もその一つである。この記事は、優れたドイツ語を使用しており、ドイツ語を母国語とした書き手によるものと思われる。日本文化をよく知りながらも、ドイツ語特有の言い回しやことわざなどをみごとに使い切っている。残念ながら、Yamamoto Jirōが「山本次郎」か「二郎」なのかなどは特定できないし、もともとこの記事がドイツ語で書かれたものか、あるいは、日本語で書かれたものが別の者によって翻訳されたのかもわからない。ただ、書き手が日本に対する愛国心が強く、ナチ・ドイツの民族的な優越性を信じていない傾向は伝わってくる。

　日中戦争の勃発をきっかけとし、第1次近衛内閣によって1938年（昭和13）3月24日に制定された国家総動員法（National Mobilization Law）は、総力戦遂行のために、国家のすべての人的・物的資源を政府が統制運用できる旨を規定したものである。これは「Arbeitsdienst in Japan」に示されたように、日本の伝統的な村落共同体をも利用し、ドイツと同じように自発的な勤労奉仕（FAD）、または社会福祉への志願制度から、義務的な勤労奉仕（ADP）という強制制度への変遷を意味するのであった。『Japan To-day』に掲載されたこの記事は、表面的な時代描写だけではなく、全面戦争の時期の日本の心理的な面をも、さらには当時の日本社会の深層構造にいたるまでの変遷をドイツ語で示した重要な資料である。

【参考文献】

Benz, Wolfgang. 'Vom Freiwilligen Arbeitsdienst zur Arbeitsdienstpflicht（自発的な勤労奉仕から義務的な勤労奉仕へ）', Vierteljahrshefte für Zeitgeschichte, 16. Jahrg., 4. H. (Oct., 1968)：pp.317-346

池田欽三郎「新興ドイツの統制された躍動―探検に巨費を費すロシヤ」、大阪毎日新聞、昭和11年12月21日、p.5

鈴木貞美『「文藝春秋」とアジア太平洋戦争』東京、武田ランダムハウス、2010

田澤義鋪『青年団の使命』、東京：日本図書センター、1991

Yamamoto Jiro,「Arbeitsdienst in Japan」,『Japan To-day』1938年4月号、p.6

『山本滝之助全集』（復刻版）東京、日本青年館、1985

---

[10] その他、当時、日本で刊行されていた日刊英字新聞には、1897年（明治30）創刊の『The Japan Times』、毎日新聞社発行の『Mainichi Daily News』（1922創刊）がある。在日外国人をおもな読者とし、そのほか学生、商社関係などの日本人を対象として、リンガ-フランカの英語を利用している新聞を指す。

La Vie Actuelle à Tokyo
; Lettre de Tsuguji Fujita à Pablo Picasso

Tsuguji Fujita

Tokyo, le 2 Mars 1938.

Mon cher ami.

Savez-vous comment je passe mes journées et heures au Japon ? Pouvez-vous vous imaginer de quelle manière je vis ici malgré qu'il me soit impossible d'oublier les nombreuses années que j'ai passées si heureusement et si gaiement à Paris en compagnie des charmants amis laissés là-bas ?

Je demeure dans une maison japonaise, de pur style nippon : ma chambre où je travaille est bâtie en beaux bois ronds du style de Kyoto que j'adore; il n'y a pas de salon, pas une table, pas une chaise; je m'assieds sur le tatami comme tous mes compatriotes ; je porte le kimono, notre costume national, qui n'a aucun bouton; je l'attache à mon corps par une ceinture qui entoure plusieurs fois ma taille. Je m'assieds ainsi devant ma table de travail en laque. Je mange du poisson frais de l'Océan Pacifique, de beaux légumes. Afin de rattraper les longues années de mon absence du sol japonais, je mène actuellement une vie simple et calme autant que possible à la japonaise, comme nos anciens littérateurs, poètes, peintres l'ont vécu.

Ah ! quel pays gracieux, ce Japon!

J'ai retrouvé le nouveau Japon qu'on ne trouvera nulle part dans le monde, pays de courtoisie et d'ordre malgré le mélange de la culture moderne et, d'une tradition toute particulière. Il vous faut absolument venir une fois au Japon. Chez vous, malheureusement on ne nous connaît pas assez. Le Japon n'est un pays ni incompréhensible, ni mystérieux. Nous vous attendons les bras ouverts. Ni M. Claude Farrère qui a visité le Japon tout récemment, ni M. Rolf de Marè n'ont trouvé, dans les rues de Tokyo, rien de particulier de nature à leur rappeler les événements qui se déroulent à présent en Chine. Ils m'ont interrogé : où trouver dans la vie des Japonais des changements particuliers provenant de la guerre actuelle?

En effet, le calme complet règne à Tokyo, on n'y sent aucune gêne, rien n'y manque ; le métro, le tramway, l'autobus, les taxis circulent comme d'habitude dans notre ville.

Rappelez-vous les heures tragiques que nous avons passées ensemble à Paris lors de la Grande guerre européenne? N'y voyions-nous pas des blessés se traînant dans les rues à l'aide de cannes ou de bequilles et de nombreuses femmes en robes noires de deuil? Je me rappelle que nous faisions tous les jours la queue pendant une demi-journée pour acheter du tabac, du pain, de la viande et d'autres choses avec les cartes délivrées par la Mairie. Nous avons vécu les cinq longues années pénibles grâce à notre volonté de vivre.

Voyez maintenant Tokyo et les autres villes du Japon! Où trouve-t-on le manque de vivres et d'autres produits?

Chacun est occupé de sa besogne quotidienne joyeux et heureux malgré que le Japon soit obligé de se battre pour défendre la justice et la paix.

Moi-même je peux me consacrer tous les jours fidèlement à ma profession, à mes peintures.

J'ai des nouvelles de Paris, nouvelles de mes amis. Il me fait une grande joie d'apprendre que la grande capitale de France est toujours belle et conserve sa patine historique.

Il fait beau aujourd'hui; c'est le printemps qui nous est revenu. A défaut du mimosa et du lilas, nous avons les fleurs du prunier, qui ne craint pas le froid encore rigoureux; elles nous envoient le parfum classique du Samurai.

Demain, trois mars—c'est la fête des petites filles japonaises. On installe de jolies poupées sur un stand recouvert d'un tapis pourpre; on y met des fleurs de pêcher.

En avril, nous aurons les fleurs de cerisier qui peuvent être considérées comme symbole de l'esprit japonais. Elles éclosent belles mais elles meurent vite sans regret et avec courage. Malgré leur courte vie, les fleurs de cerisier sont nos idoles. Nous les adorons. Ce sont vraiment de jolies fleurs qui sont comparables à la silhouette noble du mont Fuji. Bien qu'on se soit peut-être trop servi d'elles comme réclame, elles sont quand-même belles sans contestation. Chaque année lorsque les cerisiers sont en fleurs, je les admire avec un cœur d'enfant et je tourne mon regard ébloui vers le mont Fuji majestueux. Savez-vous qu'on peut voir de Tokyo cette montagne sacrée ? Si c'était en été, nous pourrions y monter. Elle est entourée de nombreux lacs qui reflètent sa noble silhouette.

Au mois de mai, il y a une fête pour les petits garçons. Les toits des maisons où il y a des enfants mâles sont couverts d'énormes carpes en papier.

Chez nous on est très fidèle même aujourd'hui à la tradition. Dans les villes, en province, dans les villages, partout vous rencontrerez les mœurs et coutumes anciens qui se sont conservés depuis des temps immémoriaux et vous les trouverez certainement très curieux.

Il n'y a pas un seul pays dans le monde comme le Japon où on peut voyager en toute sécurité. Vous serez enchantés d'être entourés partout à la campagne des gens aimables et courtois, de jeunes filles intelligentes, douces, souriantes et heureuses. Vous ne trouverez nulle part ces petites créatures sans personnalité, pleurantes opprimées comme autrefois; ce ne sont d'ailleurs que dans les romans qu'on les peignait de la sorte. Tous mes amis européens et américains, par exemple M. Cocteau, en étaient pleins d'enthousiasme. Il a trouvé les marques de notre caractère national même dans les écritures des enseignes qu'on voit dans les rues. Il s'est étonné de voir des vitrines remplies de tant d'objets artistiques de travail manuel.

Je connais un Anglais qui en venant au Japon a pris avec lui son lit en pensant qu'il n'y avait probablement pas de lit chez nous. Mais allez voir les hôtels des grandes villes comme Tokyo ou Osaka; vous y verrez des installations modernes telles que vous n'en trouveriez pas même à Paris. J'ai habité longtemps les pays étrangers, mais il y a bien des choses qui m'ont surpris à les voir pour la première fois de retour au Japon.

La seule différence entre Paris et Tokyo, c'est peut-être qu'on se couche de bonne heure ici. Nous dînons vers 6 h 1/2 et les distractions de nuit se terminent plus tôt qu'à Paris. C'est d'ailleurs très bon pour la santé et pour le travail du lendemain. Chose banale, vous n'y rencontrerez guère les visages fatigués des garçons de Montmartre.

A ce moment, nous traversons une crise nationale: tout le monde est donc sérieux; nous menons une vie calme et pacifique. Voulez-vous que je vous raconte des histoires fort amusantes ? Récemment, j'étais en voyage. Le train était bondé; j'étais obligé de m'asseoir dans le coin d'un wagon de troisième classe et je m'y étais endormi. Vers deux heures, tout à coup, j'ai entendu un réveil qui sonnait dans la poche d'un voyageur voisin. Tout le monde s'était réveillé naturellement. Ce bonhomme ramassa tranquillement ses valises et quitta le train, cinq minutes après, à la gare suivante, sans inquiéter autrement les autres voyageurs. Personne n'a dit un mot et tout le monde s'endormit de nouveau. Quel pays heureux ! En utilisant un appareil donné par la civilisation, le bonhomme n'a pas voulu demander de service à personne.

L'autre jour, à Tokyo, au milieu d'une ruelle, un garçonnet d'environ cinq ans accroupi lisait un livre illustré. Les automobiles qui venaient de droite et de gauche ont passé doucement en évitant l'enfant pour qu'il continue sa lecture; tout cela se passa sans l'intervention de l'agent de police. J'avais envie de montrer cette scène aux chauffeurs de Paris, doués d'esprit, de génie en mauvaise langue. Vous serez certainement satisfait de la joie de voir et de sentir des choses délicates qu'on ne peut guère connaître par des livres et des photographies, sans faíré le voyage.

Venez donc au Japon. Tous ceux qui y sont venus

deviennent de vrais japonophiles; ils quittent notre pays en regrettant leur court séjour et nous promettant de revenir.

Le théâtre Kabuki intéresse les Etrangers tout particulièrement. M. Jean Cocteau m'a dit: "Ces jeux me paraissent descendre doucement de la Tour Eiffel par le poids d'une tradition vieille de cinquante, cinquante et cent ans." Il m'a dit encore : "Les filles japonaises ne sont pas légères comme des papillons; elles sont dociles comme des vers à soie dans leurs cocons."

Il y a beaucoup d'autres choses à vous montrer. Mais, il serait peut-être préférable de ne pas dire tout; le reste sera réservé en surprises pour vous.

Voici encore ce qui m'est arrivé aujourd'hui. J'ai pris un taxi. Le chauffeur inconnu m'a parlé en ces termes : "Quelle voix douce vous avez et vos cheveux sont assez blancs; ils seront certainement très beaux lorsqu'ils auront complètement blanchis. Quelle jolie cravate! Où l'avez vous achetée ? Et votre chapeau, de quel style? Comment ! vous l'avez acheté à Paris! Je voudrais y aller une fois. Quelle bonne odeur rend votre cigare ! Je n'en ai jamais fumé, mais j'aime à les sentir." A ces mots, il a fermé les fenêtres de sa voiture. Ces jeunes gens sont curieux; ils veulent connaître tout ce qui est nouveau. Ils désirent tous aller voir les pays étrangers.

Je voudrais que vous veniez au Japon afin de connaître à fond notre pays et voir par vos yeux d'artiste que ce pays n'est pas seulement puissant militairement mais qu'encore son peuple a un doux caractère.

Au revoir, cher ami, et mille choses amicales.

Votre Fujita

©ADAGP, Paris & SPDA, Tokyo, 2011

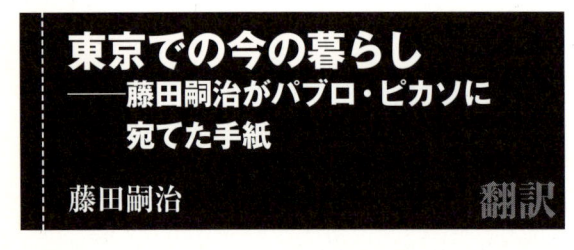

東京での今の暮らし
――藤田嗣治がパブロ・ピカソに宛てた手紙

藤田嗣治

翻訳

東京、1938年3月2日

親愛なる友へ

私がどのように日本で過ごしているか、あなたはご存知でしょうか。友人たちに恵まれ、パリで過ごした幸福な、楽しい日々を忘れ難いにもかかわらず、私が今、ここでいかに暮らしているか、想像がつきますか。

私は日本家屋に住んでいます。純日本式です。私の仕事部屋は大好きな京都式の美しい丸木でできています。家にはサロンはありませんし、テーブルも椅子もありません。ほかの日本人同様に畳に座っています。着物という、日本独自の衣服を着ています。この服にはボタンというものがありません。着物は帯を体に何回も巻いて留めます。そして、漆塗りの机で仕事をします。太平洋でとれた生魚や色艶のいい野菜を食べます。長年日本にいなかった時間を取り戻そうと、私は目下、昔日の文学者や詩人、画家がしたような、できるだけ日本らしい質素で穏やかな生活を送っています。

日本はなんと優美な国なのでしょう！

私は生まれ変わった日本に戻ってきました。このような国は、世界中どこを探しても見つからないでしょう。現代的な文化と特殊な伝統が入り交じりながら、折り目正しい、秩序のある国です。あなたは日本に是非一度おいでにならなくてはなりません。あなたの国では、残念ながら日本のことが十分には知られていません。日本は理解しがたい国でも、ミステリアスな国でもありません。われわれは両手を広げて、あなたのおいでをお待ちしております。最近日本を訪れたクロード・ファレール氏も、ロルフ・ド・マレ氏も、東京の街頭で、目下、中国で進行中の出来事を連想させるような特別なことはまったく見つけられませんでした。二人は私に尋ねました。「いったい日本の生活のどこに、今の戦争からくる特別な変化を見出せるというのだい？」

実際、まったくの平穏が東京を包んでいます。なんら不便も、足りないものもありません。地下鉄も、路面電車も、バスも、タクシーもこの街では通常通り動いています。

ヨーロッパを襲った大戦争の時、パリで一緒に過ごした悲惨な日々を思い出してください。杖や松葉杖を支えに街頭を歩く傷痍軍人や、黒の喪服を身に着けたたくさんの女たちを見たでしょう？　日々、市役所から配られる配給切符を持って半日ほど並び、煙草やパンや肉やほかのものを買わざるを得なかったことを思い出します。われわれは、生きる希望を持ち続けたからこそ、あの5年もの長期に及んだ耐え難い日々を生き延びることができたのです。

ですが、今の東京やほかの日本国内の都市をご覧ください。どこにも日用必需品に困っているところ

はありません。

　日本は正義と平和を守るために戦わざるをえない状況にありますが、人々はそれぞれの日常の仕事に愉快に、幸せに邁進しています。私自身も、自分の職業——絵画に毎日専念できています。

　私の元にはパリのニュースや、友人たちの近況が伝わっています。私にとって、フランスの偉大なる首都がいつも美しく、歴史的な古色を守り続けているのを知ることは大きな喜びです。

　今日はよい天気です。春が再びやってきました。日本にはミモザやリラはなくとも、梅の木があります。梅の花はまだ厳しい寒さをものともせず、サムライのいた古きよき時代の香りを届けてくれます。

　明日は3月3日。これは日本の女の子たちのお祭りです。緋色の毛氈をかけた台にかわいらしい人形を並べ、桃の花を飾ります。

　4月には桜の花が咲きます。日本精神の象徴とみなされているといっていい花です。美しく花開きますが、惜し気もなく、勇敢に、さっと散っていきます。その花の命は短いものですが、桜の花はわれらの熱愛の対象です。われわれはその花を崇めています。たいへん優雅な花で、富士山の高貴なシルエットと肩を並べるものです。宣伝に使われすぎたきらいはありますが、それでもなお異論なく美しいものです。毎年、桜が満開の時、私は子どものようにその花を礼賛し、壮麗な富士山に眼を向けます。東京からもこの聖なる山を眺めることができるのをご存知ですか？　夏であれば、ご一緒に富士山に登ることができます。富士山のまわりにはたくさんの湖があって、山の高貴なシルエットを映し出しています。

　5月には、男の子のお祭りがあります。男の子がいる家の屋根の上には、紙で作った巨大な鯉が飾られます。

　わが国では、今日でもなお伝統をしっかり守っています。ここにおいでになれば、都市部でも地方でも、村落部でも、はるか昔から伝わる古い習俗や風俗に出会うことでしょう。あなたはそれらに興味をお持ちになるはずです。

　日本のように、まったく安全に旅できる国は世界中にほかにはありません。田舎に行けば、親しみやすく、礼儀正しい男たちや、知的で、優しく、にこやかで、心持ちのよい若い女たちに取り囲まれてうれしくなることでしょう。昔のように虐げられてめそめそしている没個性のつまらない人物などどこにもいないでしょう。そんなものは小説にしか存在しません。たとえばコクトー氏のような私の欧米の友人たちはみな、感激していました。彼は街頭で見かける看板の文字にすら、われわれの国民性の特徴を見出しました。手仕事による芸術的な品々がいっぱい並んだショー・ウインドーを見て驚いていました。

藤田嗣治　1938　京都

　日本に来ればベッドがないものと思い込んで、ベッドを持参して来日したイギリス人を知っています。ですが、東京や大阪のような大都市のホテルをご覧ください。パリでもお目にかからないようなモダンなしつらえがなされているのです。私は長年海外で暮らしてきましたが、日本に帰国して初めて見て驚かされたものがかなりあります。

　パリと東京の唯一の違いといえば、ここでは早い時間に就寝するということぐらいでしょうか。夕方6時半ごろから夕食を取り、夜遊びもパリに比べてずっと早く終わってしまいます。もっとも、それは健康のためにも、翌日の仕事にもよいことなのですが。ありふれたことですが、モンマルトルの男たちのような疲れた顔はここではお目にかからないのです。

　目下、われわれは国家的な危機に直面しています。ですからみな真剣です。われらは平静で、平和を望みながら暮らしています。いくつか、たいへん愉快な話をしましょうか？　最近、私は旅をしました。列車は満員で、私は三等車の隅に座るしかありませんでした。そしてそこで私は眠ってしまいました。夜中の2時ごろ、突然、となりの旅行客のポケットで目覚まし時計が鳴りだしたのです。みんな自然に起きてしまいました。この善良な男は、それ以外はほかの客を邪魔することなく、その5分後、到着した駅で旅行鞄を持って、さっさと列車を降りて行きました。誰もひとことも発しもせず、またすぐに寝入りました。なんという国なのでしょう！　文明によって与えられた利器を使って、この善良な男は他人の助けを借りないようにしていたのです。

　別の日、東京の路地で、5歳くらいの男の子がしゃがんで絵本を読んでいました。バスが右からも左か

らもやってくるのですが、子どもが読むのを邪魔しないよう気をつけて通り過ぎて行きました。警察の指示なしです。私はこの光景をぜひとも、エスプリに富み、悪口の天才であるパリの運転手たちに見せたいものと思います。あなたはこうしたささやかなことを見たり感じたりすることできっと満足されるでしょう。こればかりは実際に旅することがなければ、本からも写真からもわからないものです。

ですから、日本においでください。日本に来た人たちはみな真の日本愛好者になっていきます。彼らは短期間で滞在を終えることを惜しみ、再来日を誓うのです。

なかでも歌舞伎は外国人のこころをつかみます。ジャン・コクトー氏は私にこういいました。「歌舞伎の演技は、古くからの伝統の重みによって50年から100年もかけてエッフェル塔からゆっくり降下するかのように感じられるよ」。さらに以下のようにも。「日本の若い女性は蝶のように軽薄ではなく、繭の中の蚕のごとく従順だね」。

ほかにもたくさんお見せしたいものがあります。しかしながら、今はすべていわないほうがいいでしょう。あなたを驚かせるためにとっておきます。

以下は、今日おこったこと。タクシーに乗りました。見知らぬ運転手が私にいいました。「なんて素敵なお声なのでしょう。あなたの髪は相当白いのですが、完璧に白髪になったら、間違いなくもっと美しいことでしょう。素敵なネクタイですね。どちらでお買いになったのですか。それにあなたのその帽子も、なんというスタイルなのでしょう。え、パリで買われたのですか。私もパリに一度行ってみたいものです。葉巻の香りもなんていいのでしょう！ 私は一度も煙草を吸ったことはありませんが、香りをかぐのは好きです」。彼はそういって、車の窓を閉めました。こうした若い男たちはたいへん好奇心旺盛です。彼らは新しいことに興味津々で、みな、海外を見に行きたいと願っています。

私はあなたに、われわれの国を深く知っていただき、この国が単に軍事的に強力であるだけでなく、国民がいかによい資質を持っているか、あなたの芸術家としての目で見てもらうため、日本においでいただきたいのです。

さようなら、わが友よ。親愛を込めて。

あなたの藤田より

（林　洋子訳）

1938年春―ピカソ《ゲルニカ》と藤田「作戦記録画」のはざまに

林　洋子　　解説

「東京の今の暮らし」は『Japan To-day』創刊号（1938年4月）に掲載されたもので、この号全体のなかで、グラフページを除けば、挿絵も入ってもっとも気楽な読み物といえる。ほかに美術系の記事もあるが、書簡形式では唯一のもの。「手紙」は「1938年3月2日」に東京で書いたと冒頭にある。1920年代のパリで独自の絵画技法「乳白色の下地」に描いた裸婦で一世を風靡した画家・藤田嗣治（1886-1968）は、明治の半ばに東京に生まれながら、全人生80年余の半分以上をフランスで過ごした。戦後にはフランス国籍を得て日本国籍を放棄して、フランス人として亡くなった。そんな藤田がなぜ東京で書いた手紙かといぶかられるかもしれないが、1933年末から49年3月までのちょうど「アジア太平洋戦争」前後の時期、彼は母国に定住し、数多くの「作戦記録画」を描くことになる。この記事内容の日本語での刊行は、今回が初めてとなる。

ここで考えておきたいことがいくつかある。まず、なぜ「画家」である藤田が『Japan To-day』創刊号に寄稿しているのか。なぜその手紙の宛て先がピカソなのか。そして、一歩進んで、藤田記事や創刊号に限らず、日本発の欧文媒体として『Japan To-day』に海外でどのような用途があったのか。

それにしても不思議な手紙である。これまでいくつも藤田の私信に目を通してきたが、これはそうしたプライヴェートなものではない。公表を前提としていたのが明らかである。日本の日常生活の魅力を紹介して、30年代半ばのフランス系文化人の来日例――作家クロード・ファレール、スウェーデン・バレエ団のパトロンであるロルフ・ド・マレ、劇作家で詩人のジャン・コクトーなど[1]――を挙げつつ、相手＝ピカソを誘っている。ピカソと藤田は1910年代のパリ以来の知り合いだった。そこでは日中戦争下の日本国内の平静さを繰り返しているが、これこそ「衣の下に鎧が見え隠れ」というものである。要するに「この国が単に軍事的に強力であるだけでなく、国

1　クロード・ファレールの来日は国際文化振興会の招聘で、コクトーは自ら企画した世界一周の旅の途上だった（旅費はフランスの新聞社が負担）。

民がいかによい資質を持っているか」を知らせることが、この記事の主題と思われる。

いずれにせよ、パリ生活が長い藤田ではあっても文章力は至らず（フランス人の妻に宛てた手紙は残っているが）、「ピカソへの手紙」の文面は第三者が翻訳したものだろう。いかにも正確で平易な仏作文で、親しい友人間で使われる二人称「tu（きみ）」ではなく、一貫して目上に使う「vous（あなた）」を用いるなど、パリで旧知の友に対してなんともよそよそしい。「第一次大戦下をパリで過ごした」体験を除けば、当時、パリにいた芸術家であれば誰に宛てられたとしても不思議でない内容である。

ピカソと藤田

では、なぜピカソに宛てられているのか、宛てる必然性があったのか。そもそも、ピカソは「フランス人」ではない。スペイン・バルセロナの出身の「異邦人」で、両大戦間の「エコール・ド・パリ」系統の美術家たちが東欧出身のユダヤ系が多かったこともあってフランス国籍の取得を志向したのとは対照的に、ピカソはその生涯、フランスに住みながらも元の国籍を保ち続けた。ここではパリで活躍する美術家の象徴として取り上げられているのだが、ほかの美術家——藤田が滞仏中にそれなりに親しく、かつ日本で知名度のある者——では誰が考えられるだろう。モディリアーニとパスキンはすでに亡く、ほかにマティス、ドラン、ユトリロ、彫刻家ザッキンが挙げられよう。マティス、ドラン、ユトリロはフランス人だが、それでもピカソを選んだのはひとえに日本での知名度あってのことだろう。

大正初期から少しずつ日本でも一部に知られるようになったピカソだが、1930年代前半には作品展示や、画集の出版、美術雑誌での特集などが続き、ある種のブームが見られたといってよい[2]。20年代に渡仏経験を持った者たちの知識やネットワークが生かされたものである。さらに、藤田自身が自らのパリ成功譚に必ずといっていいほどピカソとの接点を挙げていた[3]。1913年夏に念願のフランス留学を果たした藤田が、「滞在2日目にピカソのアトリエを訪れて、パリの前衛美術界の洗礼を受け、日本でのそれまでの美術教育をかなぐり捨てた」とか、「1917年の初個展の際にピカソが会場にやってきて、何時間も作品を観察していた」などという逸話が、1929年に東京で刊行したエッセイ集『巴里の横顔』（実業之日本社）以降、しばしば繰り返されていた。「神話化」の度合いが強いにせよ、第1次世界大戦下のパリを生き抜いた「異邦人」、1880年代生まれの同世代の美術家仲間として、共通の思い出を持っていたのは間違いないだろう。

とはいえ、1938年春というタイミングが微妙である。ピカソは前年1937年5月から開かれたパリ万国博覧会で、母国スペイン館に大作《ゲルニカ》を出品していた。同年4月のスペイン、ゲルニカの街の無差別攻撃の報に接して、わずか2カ月で描きあげたもの。全体主義国家による無差別攻撃に抗した緊急制作、アピールを、パリを離れて5年以上が経過していたにせよ、現地とのさまざまなつてを持っていた藤田が知らなかったとは思えない。しかも、美術雑誌『アトリエ』1938年1月号で、画家・伊原宇三郎がこの作品を図版入りで詳しく紹介していた。だが、この手紙はそうした緊迫した状況にはまったく触れず、なんとも旧友への毒のない内容なのはどうしてだろうか。

『Japan To-day』の広がり
——『France-Japon』への転載

実は筆者がこの藤田のピカソ宛の手紙文の存在を初めて知ったのは、以前に1930年代にパリで出ていた雑誌『France-Japon』[4]を通覧した際である。第1巻1号（1934年10月15日）から第7巻第49号（1940年4月）まで刊行された、日仏の文化交流を目指したフランス語による月刊誌である。読売新聞社パリ特派員の松尾邦之助と民族史博物館員のアルフレッド・スムーラが責任編集者となり、日仏同志会を発行元としていた。同事務所は満鉄パリ事務所と同じ住所にあり、初期から満洲関連の記事、広告が目立ち、途中から満鉄職員も編集に関わることになる。同誌の第29号、1938年5月15日号に、この記事が掲載されたのである。

あらためて、『France-Japon』の誌面を見直すと、冒頭に以下のリード文があった（林訳）。

われわれは、高名な小説家・菊池寛によって

---

2 日本でのピカソの受容は、展覧会カタログ『ピカソと日本』（徳島県立近代美術館、1990年）を参照。
3 藤田とピカソの関係については以下を参照されたい。林洋子「フジタとピカソ——《パラード》から《ゲルニカ》まで」『ユリイカ』〔特集：パブロ・ピカソ〕2006年5月号、p.129-142

4 『France-Japon』の現物を国内で通覧しうる公共機関は、国際交流基金情報センターなどに限られる。和田桂子編『ライブラリー・日本人のフランス体験-ジャポニスムと日本文化交流誌』（柏書房、2010年）に初期の号の復刻と、全号の目次が掲載されている。

編集された『Japan To-day』（文藝春秋海外付録）の創刊号を受け取ったばかりである。ページ数は少ないものの、この冊子はそれなりの内容を備えている。実際、菊池寛による日本の現代文学についての記事や、島崎藤村の「西洋化の風潮と日本女性」、新居格「パール・バックと日本」、下村海南によるオリンピックの記事など、それからとくに、有名な画家・藤田嗣治がその友人パブロ・ピカソに宛てた手紙が掲載されている。ピカソはわれわれの世代の中でもっとも偉大な画家の一人であろう。パリにいる藤田の友人たちは、この手紙で彼の近況を知ることが出来て喜ぶことだろう。この藤田の手紙は、題して「東京の今の暮らし」である。

JTの原文と照合したところ、1938年に京都で書いたとサインのある芸者のカットを含め全文が転載されている。なかに明らかに誤植と思われる部分や分かりにくい形容詞が最低限、変更されているが、主旨に変更はない。熱の入ったリード文を書いたのは、20年代から30年代にパリで日仏間の通訳や翻訳、コーディネーターを務め、「文化人税関」とも評された、藤田とも親しい編集担当の松尾邦之助（1899-1975）に違いない。[5]

後続の号にも当たってみると、『France-Japon』には『Japan To-day』の仏文記事が次々と転載されている。仏文に限ったのは、翻訳の手間がないという実質的な理由は当然で、英独文からの例はない。2誌の相関関係は以下の通りである。

JT, 1号、1938年4月「東京の今の暮らし」
　⇒ FJ, 29号、同年5月15日
JT, 2号、1938年5月「欧州の知らぬこと」
　⇒転載なし
JT, 3号、1938年6月「現代日本絵画」
　⇒ FJ, 31号、同年7月15日
JT, 4号、1938年7月「建築」
　⇒ FJ, 32号、同年8月15日
JT, 5号、1938年8月「日本文明の審美的感情」
　⇒転載なし
JT, 6号、1938年9月「我々の教育の一要素としての書道」
　⇒転載なし

JT, 7号、1938年10月「日本文学へのフランス文学の影響」
　⇒ FJ, 35号、同年11月15日

内容で時事的なものはなく、いずれも文化関連だが、基本的に翌月号に掲載されている。こうした転載の先は『France-Japon』第2号以来続く「Revue de Presse」欄で、欧米での欧文の新聞（『Le Temps』、『Le Matin』など）や雑誌での日本関連記事や、日本国内での英文メディア（『Japan Times』など）からが中心だった。ちなみに「Sommaire de Revue Japonais」という日本の雑誌の目次の仏訳紹介の欄もあって、ここでは『文藝春秋』『改造』『中央公論』などが常連だった。文化関連の選択は、松尾のテイストが強く反映されていると思われる。『Japan To-day』は海外の出版社や研究機関に送られたといわれるが、今回、その利用例をひとつ確認できたことは有効であり、ほかのメディアでの発見も今後、期待される。

なお、藤田の欧文著作は数が限られるが、30年代の日本での類例として、1934年10月創刊の対外宣伝グラフ雑誌『Nippon』誌の記事が挙げられる。第3号（1935年4月）に仏文で「着物」、第27号（1941年8月）に英文で「戦争を描く」を、いずれも挿絵入りで掲載している。前者「着物」は着物の着付けを藤田による挿絵もつけて説明する内容で、対外文化宣伝という意味では『Japan To-day』のピカソへの手紙に近いねらいを持つものといえる。

柳澤健というフィクサー？

では、この1938年春の段階で、藤田にピカソ宛の手紙を書かせる段取り、企画をしたのはそもそも誰なのか。「洋行」経験のない菊池がそこまで日仏の美術界の動向に通じていたとも思えない。「詩人外交官」として戦前知られ、今日ではほぼ忘れられた存在ともいえる柳澤健（1889-1953）の関与が考えられる[6]。柳澤は会津出身で、一高、東京帝大仏法科に学んだあと、大阪朝日新聞社を経て、1922年に外務省に入省した人材である。学生時代に島崎藤村らに師事し、詩作を続け、文学、音楽、演劇、美術など多彩な分野に通じた外交官だった。20年代半ばのパリの日本大使館に駐在して多様な人間関係を取り結んだ柳澤は、北欧や中南米への派遣を経て、1933年春に東京の本省に戻って、文化事業部を担当するようになっていた。外郭団体の国際文化振興会（日本が

---

[5] 松尾邦之助については、以下に詳しい。土屋忍編『ライブラリー・日本人のフランス体験―松尾邦之助』、柏書房、2010

[6] 柳澤健『印度洋の黄昏』（遺稿集）、柳澤健遺稿刊行会、1960

国際連盟を脱退後の1934年に設立された、日本で最初の国際文化交流事業のための機関）[7]とも組んで、日本の文化人の海外派遣と海外からの招聘など人物交流に尽力する。3歳年長の藤田とは20年代のパリ以来の付き合いで、1936年3月には柳澤の文章と藤田の挿絵による画文集『紀行　世界図絵』（岡倉書房）を刊行し、対外文化宣伝を目的とした映画「風俗日本」の藤田への制作依頼も柳澤が関与したものである。藤田の30年代前半の中南米滞在も、もとはといえば現地の日本大使館に勤務していた柳澤の熱心な誘いがきっかけだったらしい（結局、藤田が現地入りしたのは、柳澤が本国へ帰国した後となるが）。

こうした柳澤の外交官としての方向性（文化交流、対外文化政策）や藤田との親密さからも、ピカソ宛の手紙自体、翻訳だけでなく、執筆段階から柳澤が仕組んだ可能性が考えられるのではないだろうか。この手紙の日本紹介はかなり一般的だが（庶民の暮らしの細部(ディテイル)への関心の持ちようが、いかにも藤田らしいが）、第1次大戦下の経験や当時のフランス文化人の来日についての情報通ぶりから、フランス関係者ではないと書きえない内容ではある。推測の域を出ないが、藤田と柳澤の合作、もしくは柳澤が藤田の名を借りて書いたといっても不思議ではない。とはいえ、1938年春の段階で、国際派の二人がピカソの招聘を本気で考えていたとはやはり考えにくい。単なる、日本で知名度の高いフランス文化人の招聘事業の一環とみなすには、《ゲルニカ》後の1938年春は遅すぎるのである。

この年の秋、藤田は初めて海軍からの使命を帯び、戦線取材のために中国大陸を訪れる。その地で合流したのは、「内閣情報部派遣文士海軍班」、通称「ペン部隊海軍班」の班長だった菊池寛であり、帰国直後の『文藝春秋』1938年12月号に、藤田は従軍記「聖戦従軍三十三日」を寄せることになる。藤田と二歳年少の菊池の関わりは、画家がパリより17年ぶりに初めて母国に一時帰国した1929年まで遡る。早速、『文藝春秋』誌上で「藤田嗣治　巴里座談会」が掲載され、その後、彼が東京に戻ってからはエッセイや座談会、挿絵でしばしばこの雑誌に登場している。1936年の上半期には同誌の表紙絵を担当しただけでなく、競馬好きの菊池が個人で出した『日本競馬読本』（モダン日本社）の装幀も手がけている。翌年

---

[7] 国際文化振興会については、以下を参照。芝崎厚士『近代日本と国際文化交流——国際文化振興会の創設と展開』有信堂高文社、1999
五十殿利治『「帝国」と美術　1930年代日本の対外美術戦略』国書刊行会、2010

夏、両者は麹町・六番町で島崎藤村らとともに隣人ともなっている。

どうも、『Japan To-day』の執筆陣は、当時の菊池や文藝春秋社をめぐる人脈に、柳澤健という外交と文化をつなぐ人材がフィクサー的に関与していたように思われるが（柳澤本人は執筆していない）、それが今回の復刻と解説全体を通覧することにより浮かび上がってくることを期待する。

おわりに

鈴木貞美氏が指摘するように、『Japan To-day』は、1938年の時点での日本文化の国際性を強調するものだった。その創刊号を飾る日本人美術家としては、確かに藤田が誰よりもふさわしかった。国内の序列はどうあれ、当時のフランスで知名度のもっとも高い現存日本人美術家は、横山大観ら日本画家でもなく、東京美術学校の教授陣でもなく、梅原龍三郎や安井曾太郎ら短い渡仏経験の画家でもなく、明らかに藤田だったのである。そしてその宛先としてピカソが選ばれた。結果として、この手紙は1938年春という時点の、日本側の価値観を濃厚に反映したものとなった。すでに前年に《ゲルニカ》を発表していたピカソは、遠からず日本では特高や軍部が警戒する対象となる。1941年1月、美術雑誌『みづゑ』は鈴木庫三を交えた座談会録「国防国家と美術——画家は何をなすべきか」を掲載する。さらに、同年3月の画家・福沢一郎と評論家・瀧口修造の検挙によって、戦前の前衛美術傾向——シュルレアリスムと抽象美術はいったん終焉を迎えることになる。

結局、この手紙＝『Japan To-day』をピカソが手にし、読むことがあったのかどうかは定かでない。いずれにせよ、1973年まで生きたピカソは、生涯、アジアどころかアメリカにすら出かけることがなかった。そして、逆に藤田の方が里ごころでもついたのか、手紙掲載の約一年後、翌1939年4月に急遽、再渡仏を果たす。9月には第2次大戦が勃発し、翌春早々に帰国することになるが、この一年にも満たない滞在中に彼がピカソと会った形跡はない。《ゲルニカ》自体、万博での公開後、北欧、イギリス、アメリカへと巡回していて、パリでは不在だった。しかも、ピカソはいっそう政治性を強め、1944年にはフランス共産党に入党する。一方、母国に戻った藤田が邁進したのは「国家目的に協同する」対外文化活動や作戦記録画の制作であり、1943年2月号の雑誌『改造』に「欧州画壇への決別」というマニフェスト文を

発表するに至る。「欧州」とあるものの、事実上は日独伊軍事同盟下、敵国となったフランス画壇との決別宣言である。この年の夏、彼は戦争画の代表作となる、最初の「玉砕図」《アッツ島玉砕》を描く。最後の「玉砕図」となる《サイパン島同胞臣節を全うす》(1945) は、不思議なほどに《ゲルニカ》の構図や人物のポーズと通じるものがある。

　二人の再会は、戦後、藤田が永住した1950年代のパリでのことである。

　注記：ここでの著者名、「藤田嗣治」の表記は「Tsuguji Fujita」となっている。ヘボン式のローマ字では藤田は「Fujita」だが、本人がフランス語の「fou（おばかさん）」という言葉を含んだ「Foujia」という綴り方を好んで1910年代の渡仏以来、愛用していた。戦時中のみ「Fujita」と表記されている例がある。名前については、戸籍上「嗣治」にはふりがなはないが、本人は「つぐはる」「つぐじ」両方を使っていた。なお、1955年にカトリックの洗礼を受けた藤田は、その後、洗礼名である「レオナール」から「レオナール・フジタ　Leonard Foujita」と名乗り、作品にもサインするようになる。

Japan Is Preparing to Hold 1940 Games

Kainan Shimomura

On account of the Sino-Japanese incident, the holding of the XII. Olympiad in Tokyo has become a problematical matter. Certain quarters opine that a country at war has to forfeit the title to hold the Games. It is even being said that, because a country at war should not have the right to dispatch an athletic team to the Games, a proposition will be made to change the Olympic Statutes fundamentally.

It is not my intention to discuss here the question from the viewpoint of international law; sports and politics are necessarily different problems. The only point of importance is, whether or not the Games can be held. In case the incident would be aggravated and Japan would lose, Japan could not hold the Games even if she wanted. This would amount to just the same thing as though something of the kind of the big earthquake that shook Eastern Japan in 1923 would happen again, but we cannot imagine such a thing to happen. Next, there is the argument that on account of the Sino-Japanese incident it might be dangerous to send athletes to Tokyo; but this argument is baseless as there cannot even be imagined any disturbance affecting the European and American steamship lines to arise out of the incident; this is quite out of the question.

Others argue that it must be feared lest the Japanese athletes might be unable to participate in the Games on account of the Sino-Japanese incident. An unexpected sensation was caused in Manila recently, when scores of Japanese wrestlers, boxers and golfers left for the Philippines; for, rumors had it that in Japan all young people had been enlisted for military service and sent to China. But the real state of affairs in Japan will again become apparent when four Japanese contestants for the Davis Cup will shortly be dispatched to Canada. Asked by a certain foreign reporter about my opinion regarding a cable report, questioning whether the Japanese contestants would be cared for at all in Canada, I answered that it certainly was a false report; that, if on the contrary in a case like this a foreign athlete came to Japan, he would be accorded even a greater welcome, and that this is true sportsmanship.

The only problem is, whether the preparations for the Tokyo Games will be ready in time. Of course, it cannot be helped if on account of the China incident the preparations are not progressing as speedily as had been expected and if everything will be on a somewhat smaller scale than originally planned. But even if, for instance, the main stadium for the field and track events will accomadate only 75.000 spectators instead of more than 100.000, this will not in the slightest way hamper the contests as such from being held in strict accordance with the regulations.

I wish it to be fully understood that we ourselves are hoping for the soonest possible return of peace. And as the wish of the City of Tokyo was fulfilled and we have got the support of all countries of the world, we only bear in mind to keep our promise given to the other countries, and to come up to all expectations. The facts will be explained at the Cairo meeting by our representatives. Moreover, our Olympic Organizing Committee is now acting together with the City of Tokyo to speed up the preparations.

Maybe, there has temporarily arisen a certain politi-

p.8

cal resentment, but there are many false reports regarding the real facts, and it is earnestly being desired that such will be corrected. We hope that the XII. Olympiad will be held in pursuance of the prescribed plan and the original object; at the same time, it is hoped for the sake of international goodwill in the future, that on this occasion the real conditions of Japan and the other nations of the Eastern sphere will be understood by the world's nations. It is in this spirit that we are looking forward to the opening day of the Tokyo Olympiad.

日本は1940年オリンピック開催にむけて準備中

下村海南　　　　　　　翻訳

　支那事変（the Sino-Japanese Incident）のせいで、東京での第12回オリンピック開催が厄介なことになってきた。戦争中の国家は五輪開催資格を返上すべきだ、という論も出ている。また、戦争中の国は五輪に選手派遣の権利を有する筋合いはないので、五輪規約を根本的に変えるべきという提言がなされるのでは、とさえ世上いわれている。

　本問題を国際法の視点から論ずるのは、論者の意図するところではない。スポーツと政治は必然的に別ものだからである。重要なのは、果たして五輪は開催可能か、ということに尽きる。事変がわが国に不利に展開し万一負け戦となれば、日本はたとえ望もうとも五輪を開催することはかなわないであろう。これはちょうど、1923年に日本東部を襲ったような大震災が再び起こるのと同じであろうが、斯様なことが起こるとは想像できぬ。さらに、支那事変が起こっているのだから、参加国が東京へ選手を派遣するのは危険ではないか、という議論もある。だが、斯様な論には根拠がない。選手を乗せて欧米から日本へ向かう蒸気船に悪影響を及ぼすが如き問題が、事変のせいで起こりうるとは想像かなわぬ。全く、あり得ぬことだ。

　支那事変のため、万一日本選手が五輪に参加できなくなるかもしれない場合を案ずる必要がある、と論じる向きもある。最近フィリピンのマニラでは思いがけない騒ぎが起こった。何十人もの日本のレスリング、ボクシング、そしてゴルフの選手たちがフィリピンに向けて日本から旅立ったためである。というのは、日本の若者は一人残らず徴兵され支那へと送られる、という噂が立ったからだ。しかしながら、4名の日本のテニス選手がカナダで開催されるデビスカップに向けてほどなく派遣される折、日本の真の現状は明白となろう。とある外国人記者から、私はこの件に関し取材を受けた——日本人選手たちはカナダで果たして歓迎されるであろうか、と。こういう予測は誤ったものであり、反対にもし故国が同じような境遇にある外国人選手が日本にやってきた場合、普段よりもいっそう歓迎されるであろう、そしてこれこそ真のスポーツ精神である、と返答しておいた。

　ただ一点問題なのは、東京五輪の準備が間に合うか、ということである。支那事変のせいで準備は予想されていたほど速やかに進行しておらず、当初の計画よりも万事規模が縮小するとしても致し方ない。とはいえ、たとえば陸上競技が開催されるメインスタジアムが当初見込まれていた10万人以上ではなく7万5千人しか収容できないものとなっても、諸競技が規則に厳密に則って実施されることをいささかも妨げるものではないであろう。

　可能な限りすみやかに平和が戻ることを吾人が願っていることをわかっていただきたい。（オリンピック開催地選定を願う）東京市の願いはかなえられ、世界の国々の支持を得たのだから、約束を履行しあらゆる期待に応えることを吾人は銘記せねばなるまい。わが国代表により、カイロで開かれる会談で諸事実の説明がなされよう。また、オリンピック組織委員会（Olympic Organizing Committee）は東京市と相携えて、開催準備をいっそう進めている。

　ひょっとすると一時的ながらも政治の場面ではわが国に対する憤慨が実際にはあったのかもしれないが、真相に関してはあまたの誤報が伝えられてきた。かかるあやまった報道が正されることを切に願う。吾人は、第12回オリンピックが当初の計画と目的に則って開催されることを願う。同時に、将来の国際社会の友好のため、日本と極東地域諸国の現状について、この機に世界の国々の理解が得られることをも願っている。この思いに立ち、吾人は東京オリンピック開会式の日を待ち望む。

（牛村　圭訳）

危ぶまれる
東京オリンピック開催

牛村　圭　　　　　　　　　　解説

　解決の糸口が見つからない支那事変は国内外の政治に大きな影響を及ぼしていたが、2年後に開催が迫っていた国を挙げての一大行事である東京市を会場とする第12回夏期オリンピックについても、実施の規模の再検討ばかりか開催そのものの是非をめぐる議論が、この事変により起き始めていた。『Japan To-day』に掲載された下村海南の記事「日本は1940年オリンピック開催にむけて準備中」を見る前に、1940年で12回を迎える予定だったこの近代オリンピックについての前史を概観し、「東京オリンピック問題」を時系列に沿ってまとめておくこととする。

*

　近代オリンピックは、1896年4月にギリシャのアテネでの第1回大会から始まった。このオリンピック復興に功あったのは、今日近代オリンピックの祖と呼ばれるフランス人ピエール・ドゥ・クーベルタン（Pierre de Coubertin）である。クーベルタンは、1892年、オリンピック復興計画を初めて発表したものの、普仏戦争以来のドイツとフランスとの国民感情の対立などもあり、当初は反対意見が大勢だった。紆余曲折を経て、1894年のフランス、アメリカ、イギリス、ギリシャ、ロシア、スペインなどが参加した国際会議の場で、オリンピック復興案は満場一致で可決された。その折、第1回大会を1900年にパリで開催する考えをクーベルタンは示したが、熱意が冷めぬうちに予定を繰り上げ、古代ギリシャの栄光に敬意を表して1896年4月にアテネで開催されることとなった。この記念すべき第1回大会には、13か国が参加し、水泳、体操、テニスなど9競技が行なわれた。

　オリンピックはその後、パリ（第2回、参加国数19カ国）、セントルイス（第3回、12カ国）、ロンドン（第4回、20カ国）と回を重ねた。日本は第5回のストックホルム大会（28カ国）から参加した。この日本参加に関して国際オリンピック委員会（IOC）からの日本政府への招待を受け、国内での選考会を実施するなどして準備を進めた中心には、柔道家として知られる嘉納治五郎がいた。ストックホルム大会に日本は参加したとはいえ、選手は陸上競技短距離の三島弥彦（東京帝大学生、三島通庸の末子）、長距離・マラソンの金栗四三（東京高等師範生）の2名に過ぎず、成績も振るわなかった。その後、1916年にベルリンで予定されていた第6回大会は第1次世界大戦のため中止となったが、第7回アントワープ（1920年、29カ国）、第8回パリ（1924年、44カ国）、第9回アムステルダム（1928年、46カ国）、第10回ロサンジェルス（1932年、37カ国）、第11回ベルリン（1936年、49カ国）と続いた。日本も次第に選手数を増すだけでなく、各国選手を相手に活躍できるようになった。初めての金メダルは第9回大会の織田幹雄（三段跳）であり、この種目ではその後第10回（南部忠平）、第11回（田島直人）と3大会連続して金メダルを獲得し、日本のお家芸とも形容されさえした。田島が初めて16メートルに達する世界新記録で金メダルを獲得したベルリン大会では、日本は計6個の金メダルを得た。

*

　クーベルタンの時代以来、理念の上ではスポーツ競技は政治とは無関係とされたとはいえ、開催国はオリンピックを国際社会に向けて自国を宣伝する絶好の機会となし得た。オリンピックは開催国による全世界に向けての国威発揚の場ともなっていた。その最たる例が1936年のベルリン・オリンピックだった。ヒトラー総統のもと、第11回オリンピックはナチスによるプロパガンダの場と化したのだった。

　後発の近代国家として国際政治の舞台に加わった日本は、オリンピックに参加するだけでなく、開催することも目指し始めた。日本の場合、折しもベルリン大会の次にあたる第12回オリンピック開催予定年の1940（昭和15）年は、皇紀2600年にあたるため、いつしか日本での初めてのオリンピック開催を是非ともこの昭和15年に実現させたいという思いが国内で高まっていった。そして利便性や諸施設の建設等を考えるならば、国内の候補地としては東京市（当時）しかなかった。こうして第12回オリンピックの開催を希望する地として東京市は名乗りを上げた。ほかには、ローマ、そしてヘルシンキがあり、この3都市は1935年のIOC総会で正式に立候補を表明した。

　このIOCオスロ総会で、日本には地の利の悪さ（欧米からの選手派遣に時間と費用がかかりすぎる）などを理由に反対の意見が出された。日本は、水面下の交渉で日本に好意的なイタリア首相ムッソリー

ニからローマの立候補を辞退するという言質を得たものの、IOC総会での議論は紛糾し、第12回大会開催地の決定は翌年のベルリン大会時の総会へ持ち越された。その間、日本側はIOC会長のアンリ・ド・バイエ=ラトゥール (Henri de Baillet-Latour) の来日にあたり精一杯の歓待と開催への自信のほどを示すことに努めた。1936年のベルリン総会では、ストックホルム大会で団長を務めた日本オリンピック界の重鎮であり、日本初のIOC委員でもある嘉納治五郎が演説を行なった。投票の結果、ヘルシンキを大差で破り、悲願の東京市へのオリンピック招致は成功した。

次期オリンピック開催地に選ばれたものの、東京市でのオリンピックを実現するためには国内に多くの未解決の問題が存在した。まず、オリンピックをどうとらえるかという基本姿勢の不統一があった。ベルリン大会のような国家主導の大事業とする立場と、純粋な国際競技の場と見なす立場とに二分できた。日本選出のIOC委員の中においても、嘉納治五郎は前者、副島道正は後者、というように意見は分かれた。加えて、軍部とりわけ陸軍の発言も看過することなどかなわない時代だった。お祭り気分の軽佻浮薄なものではなく質実剛健な大会であること、そして皇紀2600年を祝うに相応しい国民精神の発揚の場とすることを、時の陸軍次官梅津美治郎中将は陸軍の希望として強く求めた。さらに、陸上競技を行なうほか開会式や閉会式の会場ともなるメインスタジアムをどこに設置するか、またいかなる種目を実施するかについても、意見はまとまらなかった。既存の神宮外苑の競技場を10万人収容可能な競技場へと改築拡大するのか、それとも月島に別の競技場を新たに建設するのか、招致決定から半年を経た翌1937 (昭和12) 年になっても定まる気配はなかった。また実施競技種目については、日本に馴染みのないフェンシングや近代五種競技を除外することは果たして可能か、などの問題もあった。組織委員会こそ出来上がったものの、準備期間がすでに4年を切っているにもかかわらず重要な案件がこうして未決定だった。一方で日本は、同年6月のIOCワルシャワ総会の場で、1940年の冬季オリンピックを札幌で開催する決定をも得るにいたった。

難問山積の国内状況をさらに厄介にしたのは、軍部の中国大陸での軍事行動だった。具体的には1937 (昭和12) 年7月の盧溝橋事件に端を発する宣戦布告なき戦い、支那事変の勃発だった。この衝突当初、事変の長期化・拡大化をおそらく誰も予想はしなかったであろう。小規模な軍事衝突で終息するかに見えたものの、戦線は次第に拡大していった。事変の当事者である陸軍が、オリンピック問題にまず反応を示した。1932 (昭和7) 年のロサンジェルス大会馬術競技で金メダルを得た西竹一騎兵大尉をはじめ、馬術の選手たちの競技準備を中止させる旨を8月下旬発表した。事変拡大という時局のもと、現役将校にオリンピックの準備をさせることはできない情勢となった、という理由だった。政友会代議士の河野一郎も、軍人が馬術の練習を止めるならば、国民もオリンピックを止めなければならない、としてオリンピック反対を公然と主張し始めた。こういうなか、大日本体育協会会長の大島又彦が8月末、辞任した。

後任の大日本体育協会会長はなかなか決まらず、ようやく11月末になって下村宏 (号・海南) が会長職を継ぐこととなった。下村はオリンピック組織委員会副会長をも兼ねた。就任にあたり下村新会長は、大会返上は国際信義にもとる、という立場を明瞭にした。これは嘉納治五郎にも通じる姿勢だった。一方、さきに名を挙げた副島道正はもし返上するのであれば、代替実施国にとって準備期間が必要だろうから、少しでも早く返上することこそ国際信義にかなう、という姿勢を説いた。

明けて1938 (昭和13) 年1月、近衛内閣は「帝国政府は爾後国民政府を対手とせず」と宣言し、ますます支那事変解決の道は遠のいた。海外からは、解決の見通しの立たない支那事変を抱える日本に果たしてオリンピック開催をする資格はあるのか、という疑問が呈され始めた。中国大陸でのたくさんの利権を有するイギリスを先頭に、交戦国日本によるオリンピック開催に批判的な意見が相次いだ。幸い、アメリカのIOC委員アベリー・ブランデージ (のちのIOC会長) はスポーツ競技と政治との二分論の立場から、日本を擁護する議論を展開した。こうした国際世論を背景に、IOCはこの年の3月にエジプトのカイロで総会を開催し、東京オリンピック問題を討議することに決めた。日本からは、嘉納治五郎たちが参加した。バイエ=ラトゥール会長はカイロ総会の冒頭、アジアでの初の開催となる日本でのオリンピックの意義を強調した。日本の準備の遅さや財政力の不確かさを理由に予定通りの開催を不安視する委員も少なくない中、東京でのオリンピックの日程は1940 (昭和15) 年9月21日から10月6日まで、と

総会の席上、正式決定を見た。何とか開催中止とはならずに済んだものの、78歳の嘉納治五郎は疲労の極みだったのであろう、帰路の氷川丸の船上、肺炎のため帰らぬ人となった。

　開催を主張する日本オリンピック界の重鎮を失った上に、6月22日の閣議で戦争遂行以外の資材の使用を制限する需要計画が決定され、そこにはオリンピックの中止が明記されていたため、オリンピックの開催中止は内定したも同然だった。そして7月14日、所轄官庁である厚生省の木戸幸一大臣は、オリンピックの中止を発表した。『東京朝日新聞』の同年7月14日付号外は、「オリンピック東京大会　遂に返上に決定す　木戸厚相中止を声明」の見出しを掲げて中止を伝える記事を載せた。IOCでは、これを受けて東京の代替開催地をヘルシンキに決定した。だが、このヘルシンキ五輪も翌1939（昭和14）年に始まる第2次世界大戦のため、中止を余儀なくされることとなるのだった。

＊

　『Japan To-day』が掲載する下村海南の署名入り記事には、「わが国代表により、カイロで開かれる会談で諸事実の説明がなされよう」との一文があることから、書かれたのはIOCカイロ総会の前、つまり1938（昭和18）年の2月までと判明する。前年11月に大日本体育協会会長兼オリンピック組織委員会副委員長に就任した、オリンピック開催推進派の下村による、公式見解と読める記事である。

　最後に海南下村宏について触れておく。下村海南の名を昭和史において不朽のものとしているのは、『終戦秘史』（大日本雄弁会講談社、1950年）の著者としてであろう。1945（昭和20）年4月に組閣された鈴木貫太郎内閣に、国務大臣兼情報局総裁として入閣、終戦にいたる数度の御前会議にも出席し、その場での昭和天皇が語った「聖断」の言葉を、自らの記憶をもとに文章とした。その一節を『終戦秘史』は含む。1875（明治8）年和歌山県出身の多彩な経歴を持つ下村を、『国史大辞典』は「大正・昭和前期の官僚、新聞人」と形容する。東京帝大法科大学を卒業したのち官界入りし、逓信省で活躍、のちに大阪朝日新聞社の村山竜平の懇請を受け同社に入社、専務取締役、副社長を歴任した。その後1937（昭和12）年、貴族院議員に選出された。翌年5月には日本放送協会会長にも就任している。佐佐木信綱門下の歌人としても知られた。1957（昭和32）年12月に82年の生涯を終えた。

【主要参考文献】
『近代オリンピック100年の歩み』ベースボールマガジン社、1994
『近代体育スポーツ年表（三訂版）』大修館書店、1999
橋本一夫『幻の東京オリンピック』日本放送出版協会、1994

COLUMN

日本の読者からの反響
堀まどか

『文藝春秋』1938年4月号の、菊池寛の「話の屑籠」の隣に、「本誌海外版に対する読者の反響」と題した小さなコラムがついている[1]。これは、前号の『Japan To-day』予告案内を見て賛同した日本人たちからの反響である。『Japan To-day』に対する外国からの反応については10月号 "correspondence" (p.356–357) にある。残念ながら『Japan To-day』の発行以後の実際の反響の記事ではないものの、『Japan To-day』企画に対する一般からの期待がうかがわれる。

紹介されているのは、3件の書簡。ひとつは、鉄道局関連で国外派遣されている日本人を通じて、『Japan To-day』をひろく配布したいと考えている旨の書簡である。紹介しよう。

菊池寛様
二月二三日　相武愛三拝
拝啓　面識もない者が突然手紙を差し上げる失礼をお許し被下度候。文春三月号を見て四月号より海外版を御発行のことを承り、仰せの如く「空前の快挙」と存じ微力ながら小生もこれに協力させて戴きたくこの書相認め申候。実は小生、門司鉄道局の機関紙「きてき」の編集を致居候。それ故「きてき」紙上にて広告し、門鉄管内（九州一円）の鉄道人中よりこの海外版を集め、これを外国に親送し、一人でも多く外人に真の日本を理解させたく存候。外国と申しても、鉄道より派遣されて居る人々は、ニューヨーク、ロンドン、パリー、ベルリンに候。そこに居る先輩知人の手を通してその国の人々へ配布して貰はふと存候。小生は十余年文春を見て居候へど小生一人では海外版も一部しか手に入らぬわけ故友人より貰ひ集めて、三部になるか五部になるか、これは今より約束は出来ねど、折角、国家のために御企てなされしことなれば、微力なれど之に協力致すつもりに候。頓首。

この相武愛三という人物は、門司鉄道局に在籍しながら、機関紙を編集し、小説や随筆を書いていた人物。著書には、『門鉄茶話』（1937年、道庵書房）、『黄浦江』（1938年12月、博文堂）[2]、随筆『昼席』（1939年1月、日本鉄道社）[3]、『七賢』（1940年11月、日本鉄道社）[4]がある。門司や中国大陸を舞台にした、ユーモアと人情と正義感にあふれる相武の作品には、一部に熱烈な愛読者がいたようである。

また彼の昭和6年から11年の日記は、『去年の日記（1・2）』（1941〜42年、日本鉄道社）に収録され刊行されている。作者の身辺雑記であるが、実名で事実の記された日記で、当時の政治家たち、世界各地の外交官たち、軍関係者たちと鉄道との関係が浮き彫りとなっている、資料的な価値の高い文献である。

残念ながら、この書簡で触れられている門司鉄道局の発行していた機関紙『きてき』については存在が確認できないが[5]、鉄道局の広報部員のもつネットワークにのって『Japan To-day』が国際的に広く頒布されようとしていたことは特筆に値する。

この相武愛三の書簡以外に、「井口生」との署名で《御社益々御隆昌にて御祝ひ申上ぐ。三月号の出来栄等、我等読者に思はず快哉を叫ばしむるに充分でした。殊に新プランの海外版発行は大賛成です。精々良いものにして下さい。文藝春秋社万歳です。》というものや、《実に絶大なる感激にうたれたるは、御社が此度海外版発行の事に御座候。今や祖国日本の真の使命と姿とを全世界に知らしめ、我が大使命達成の為全雑誌界に率先此の快挙を企てらるる事に対し、満腔の感謝を捧げ、且全力をあげて声援致す者に御座候此の快報に接し乱筆拙文をもって激励まで。》といった「一読者」という匿名の記事が紹介されている。

1　「本誌海外版に対する読者の反響」『文藝春秋』1938年4月、p.255、p.458
2　1938年刊行『黄浦江』には、「或る物語」と「黄浦江」の2編の小説が収録されている。特に後者は、1918年ごろの比較的平穏だった上海杭州を背景とした作者の半自伝的小説。主人公と3人の女性たちとの恋愛模様が主な主題だが、当時の抗日暴徒の群衆、戒厳令、人種の異なる人たちによって織りなされる魔都上海の姿がいきいきと描かれている。日本語の会話には中国語の発音でルビがふられ、さまざまな趣向のなかにトランスナショナルな時代の空気が感じられる作品。
3　相武愛三の独自の性格と独特の目でみた世相の様々が、軽妙に描かれた随筆。
4　「門司新報」から小説を頼まれて書いた作品。門司や中国大陸を舞台に殺人事件が起こるという物語。全篇がほとんど7人の登場人物の会話だけで作られている小説。筆者がこの一篇のために調べ上げた文献は、《優に「大菩薩峠」十八巻を書くに匹敵するほど膨大なものであった。所謂「面白き文学の絶えて少なき現代」に、この稀代の一篇を送る。》と、『去年の日記』の広告欄に紹介されている。
5　門司の北九州市国際友好記念館図書館や九州鉄道記念館においても、機関紙『きてき』は蔵書がないとのこと。

BUNGEISHUNJU OVERSEA SUPPLEMENT

Japan To-day

1938年5月号

BUNGEISHUNJU OVERSEA SUPPLEMENT

Literature / Arts / Politics

Japan To-day

Edited by Kan Kikuchi

English / French / German

Nr. 2　　　　　　　　　　　　　　　　　　　　　　　　May 1, 1938

Editorial Office: Bungeishunjusha, Osaka Building, Uchisaiwaicho, Kojimachiku, Tokyo. Tel. Ginza (57) 5681–5

JAPAN AND HER FOREIGN CRITICS

BY MASAMICHI ROYAMA

IN THIS ISSUE:

		Page
Musik in Japan	G. Yamane	2
Recollections	Prince F. Konoe	3
Modern Tokyo	Pictorial	4
Spring in Tokyo	Y. Saijo	4
Sports	Pictorial	4
L'Europe et le Conflit	A. Kasama	6
America and Japan	K. Kikuchi	7
Topics of To-day		8

Foreign critics and observers of Japan who profess to know about the problems of this country usually point at the various phases of "Westernization" in her changing fabric, but they usually overlook one important point, which is, in fact, the kernel of the whole complexity of problems facing this Far Eastern nation. What they fail to recognize is the inner process working within the Japanese mind.

Admittedly, the methods and standards relied upon by those foreign critics may usefully be applied for a superficial inquiry into things and events of contemporary Japan, but they cannot be helpful in any investigation into the realities underlying her problems. In dealing, for instance, with the phenomenal recent growth of Japan as a world power, the self-appointed critics will necessarily be led to the superficial conclusion, perhaps unsatisfactory to themselves, that Japan's problems, political as well as cultural, are "complex"; some of them may conclude that Japan's growth was "ill-proportioned." But they fail to check up on the method of observation whereby they lead themselves to such ambiguous conclusions.

What our foreign critics are prone to overlook is the mental process working deep within the mind of the Japanese people in its reactions to international situations and their internal repercussions. Neither the politics nor the culture of Japan can be understood properly without a circumstantial study of the intricate process which moulds them into a new shape. This process is more important than the form that eventually emerges. It may be true that we have modeled our political system and certain phases of our cultural life after patterns taken from the most important countries of the West. But such proneness to imitate the strong features of others makes up only one aspect of the Japanese attitude of mind. The important point to be noticed is, that this attitude is double-edged; one aspect must not be mistaken with the other. The true spirit of our race, which is the more significant aspect of our mental attitude, consistently functions toward the consolidation of our national consciousness and toward the awakening of our unique national polity. This is a reality which is apparent throughout the history of our nation, from the Empire's foundation down to the present day.

The author of a recent book on Japan critically referred to "the dual life" of the Japanese, which is in evidence in public places as well as in private houses, and thus tried to point out that the personality of the modern Japanese is split like a house divided against itself. As one example, the author refers to a Japanese cabinet minister, in frock coat and silk hat, riding in a motor-car of the most modern type, proceeding to the Grand Shrines of Ise to go through the time-honored rite of reporting to the Spirits of the Imperial Ancestors his assumption of office. I believe the author is wrong in his attempt to judge the inner life of the Japanese by their outward modes of living. Whereas the mechanical or technological aspects of daily life have changed rapidly and will ever change also in future, the rites and forms of religious homage have been maintained and, as long as they are of some meaning for the public interest and for the preservation of our national characteristics, they will be kept alive for the future, too—no matter how much the outward conveniences may change in accordance with the advancement of civilization. We recognize but the performance of a public function when a cabinet minister reports to the Grand Shrines of Ise his appointment to a high post in the State. It is of no importance whether he rides in a modern motor-car or not—it is a mere matter of convenience.

Foreign critics taking notice of the "cultural complexity" and the "split in the national personality" do so as though this meant a discovery of great importance for the study of modern Japan. We do not conceive our problems in this way—not because of lack of cultural philosophy, nor because of inability to understand our necessity to catch up with the Occidental civilizations. Rather, it is because in the course of our long history we have acquired much experience in dealing with alien cultures and their influences. And instinctively, we are quite open to alien cultures and thoughts, as we have self-confidence in our ecletic ability as well as in our immunity against unwholesome influences.

What is the Japanese spirit, or the "Nippon seishin"? I definitely wish to state that the Japanese mind is originally serene and progressive; this is also shown in various ways, in our ancient poetry and literature. In the run of history, we gradually acquired a self-imposed, disciplined national spirit, moulded also by our international contacts; and finally we have emerged as a self-conscious nation, independent not only in a political sense, but in a cultural sense as well. It is only natural to expect from us high respect toward alien cultures; but, it is no less reasonable that we should also react against the alien cultures. This, seemingly contradictory, phenomenon in Japanese culture and politics can only be explained by tracing the process which changes our national mentality and our attitude toward international situations. Such a mental development has clearly made itself felt in every critical period of Japanese history, such as the periods of the Taika Reform or the Meiji Restoration.

Once one has recognized the characteristics of the Japanese attitude toward international situations, one will readily, and adequately, assume that the recent growth of Japan is only internally "ill-proportioned," and internationally too "nationalistic"; a problem which could adequately be propounded in terms of a recurring phenomenon in the history of Japan. But, the problems of Japan to-day could not be well interpreted by any Western standard, nor by whatever criterion which ignores the historical experiences of the Japanese people. And, another point which most of the foreign critics of present-day Japan fail to take into consideration, is the time which will be required to make Japan's rapid growth secure and stabilized.

As beforesaid, the Japanese reacts very quickly and intelligently toward changes in international situations. The situation prevailing now in Europe and America, chiefly as the result of the aftermath of the Great War, has disclosed the elements of injustice to be found in the Occidental civilization which is based on the system of world capitalism. The moral prestige of the Western powers gradually showed decline, and their civilizations have been discredited in the eyes of the Japanese. Particularly, since the outbreak of the Manchurian Incident, it seems that the leading powers within the League of Nations have appeared to the Japanese to be a mere defensive alliance for the protection of nothing but their own interests. They seemed to lack any plan and positive energy to envisage any reshaping of the world order and renovating the civilization of mankind.

The political systems of most European countries have broken down, or are still shak-

(Conclude on page 6)

Japan And Her Foreign Critics

Masamichi Rōyama

Foreign critics and observers of Japan who profess to know about the problems of this country usually point at the various phases of "Westernization" in her changing fabric, but they usually overlook one important point, which is, in fact, the kernel of the whole complexity of problems facing this Far Eastern nation. What they fail to recognize is the inner process working within the Japanese mind.

Admittedly, the methods and standards relied upon by those foreign critics may usefully be applied for a superficial inquiry into things and events of contemporary Japan, but they cannot be helpful in any investigation into the realities underlying her problems. In dealing, for instance, with the phenomenal recent growth of Japan as a world power, the self-appointed critics will necessarily be led to the superficial conclusion, perhaps unsatisfactory to themselves, that Japan's problems, political as well as cultural, are "complex"; some of them may conclude that Japan's growth was "ill-proportioned." But they fail to check up on the method of observation whereby they lead themselves to such ambiguous conclusions.

What our foreign critics are prone to overlook is the mental process working deep within the mind of the Japanese people in its reactions to international situations and their internal repercussions. Neither the politics nor the culture of Japan can be understood properly without a circumstantial study of the intricate process which moulds them into a new shape. This process is more important than the form that eventually emerges. It may be true that we have modeled our political system and certain phases of our cultural life after patterns taken from the most important countries of the West. But such proneness to imitate the strong features of others makes up only one aspect of the Japanese attitude of mind. The important point to be noticed is, that this attitude is double-edged; one aspect must not be mistaken with the other. The true spirit of our race, which is the more significant aspect of our mental attitude, consistently functions toward the consolidation of our national consciousness and toward the awakening of our unique national polity. This is a reality which is apparent throughout the history of our nation, from the Empire's foundation down to the present day.

The author of a recent book on Japan critically referred to "the dual life" of the Japanese, which is in evidence in public places as well as in private houses, and thus tried to point out that the personality of the modern Japanese is split like a house divided against itself. As one example, the author refers to a Japanese cabinet minister, in frock coat and silk hat, riding in a motor-car of the most modern type, proceeding to the Grand Shrines of Ise to go through the time-honored rite of reporting to the Spirits of the Imperial Ancestors his assumption of office. I believe the author is wrong in his attempt to judge the inner life of the Japanese by their outward modes of living. Whereas the mechanical or technological aspects of daily life have changed rapidly and will ever change also in future, the rites and forms of religious homage have been maintained and, as long as they are of some meaning for the public interest and for the preservation of our national characteristics, they will be kept alive for the future, too—no matter how much the outward conveniences may change in accordance with the advancement of civilization. We recognize but the performance of a public function when a cabinet minister reports to the Grand Shrines of Ise his appointment to a high post in the State. It is of no importance whether he rides in a modern motorcar or not—it is a mere matter of convenience.

Foreign critics taking notice of the "cultural complexity" and the "split in the national personality" do so as though this meant a discovery of great importance for the study of modern Japan. We do not conceive our problems in this way—not because of lack of cultural philosophy, nor because of inability to understand our necessity to catch up with the Occidental civilizations. Rather, it is because in the course of our long history we have acquired much experince in dealing with alien cultures and their influences. And instinctively, we are quite open to alien cultures and thoughts, as we have self-confidence in our ecletic ability as well as in our immunity against unwholesome influences.

What is the Japanese spirit, or the "Nippon seishin"? I definitely wish to state that the Japanese mind is originally serene and progressive; this is also shown in various ways, in our ancient poetry and literature. In the run of history, we gradually acquired a self-imposed, disciplined national spirit, moulded also by our international contacts; and finally we have emerged as a self-conscious nation, independent not only in a political sense, but in a cultural sense as well. It is only natural to expect from us high respect toward alien cultures; but, it is no less reasonable that we should also react against the alien cultures. This, seemingly contradictory, phenomenon in Japanese culture and politics can only be explained by tracing the process which changes our national mentality and our attitude toward international situations. Such a mental development has clearly made itself felt in every critical period of Japanese history, such as the periods of the Taika Reform or the Meiji Restoration.

Once one has recognized the characteristics of the Japanese attitude toward international situations, one will readily, and adequately, assume that the recent growth of Japan is only internally "ill-proportioned," and internationally too "nationalistic"; a problem which could adequately be propounded in terms of a recurring phenomenon in the history of Japan. But, the problems of Japan to-day could not be well interpreted by any Western standard, nor by whatever criterion which ignores the historical experiences of the Japanese people. And, another point which most of the foreign critics of present-day Japan fail to take into consideration, is the time which will be required to make Japan's rapid growth secure and stabilized.

As beforesaid, the Japanese reacts very quickly and intelligently toward changes in international situations. The situation prevailing now in Europe and America, chiefly as the result of the aftermath of the Great War, has disclosed the elements of injustice to be found in the Occidental civilization which is based on the system of world capitalism. The moral prestige of the Western powers gradually showed decline, and their civilizations have been discredited in the eyes of the Japanese. Particularly, since the outbreak of the Manchurian Incident, it seems that the leading powers within the League of Nations have appeared to the Japanese to be a mere defensive alliance for the protection of nothing but their own interests. They seemed to lack any plan and positive energy to envisage any reshaping of the world order and renovating the civilization of mankind.

The political systems of most European countries have broken down, or are still shaking. Especially, the countries of Central and Eastern Europe, who had modeled their constitutional reforms to West European patterns, have turned the table before much time elapsed. The constitutions reformed on the basis of mechanical and contractual conceptions were replaced by systems based on more or less totalitarian and corporative principles. As to constitutional reform in Japan, this country has effected it after the Meiji Restoration and has, in all these fifty years, managed the form of constitutional government quite skilfully, chiefly because into the Japanese Constitution there had been incorporated more organic and historic elements of national polity, than had been the case in most Western democracies. This is why Japan and her political structure have been safely tiding over the recent international disorders and have been functioning well in spite of the internal topsyturvy of these years.

It is true that Japan should always be ready to learn from the Occident; but, she comes of age now, and that in good time to take over the great task of reconstructing the world order—at least in East Asia. Japan, I believe, is entitled to play her part in the cultural and political life of this part of the world.

日本と海外の批評家

蠟山政道　　　　　　　　　翻訳

日本の諸問題に精通している海外の批評家や観察者は、日本の構造変化の中に西欧化の様々な側面を強調するのが通例だが、一つの重要なポイント、すなわちこの極東の国が直面する諸問題の複雑さの核心を見ようとはしないものだ。彼らが認識しそこなっているものは、日本人の心に生じている内的なプロセスである。

実のところ、これら海外の批評家が依拠する方法

や基準は、現代日本の事物を表面的に調べるには役に立つかもしれないが、日本が抱える問題の根底にある実体を分析するのには役立たない。たとえば、最近の日本が世界のビッグパワーとして驚異的な発展を遂げていることに関して、批評家をもって任じるものは、必ずや表面的な、彼ら自身にとっても不満足であろうような結論、日本の諸問題は文化的のみならず政治的にも"複雑"なのだという結論を導くだろう。さらに批評家のあるものは、日本の発展は"ゆがんだ"ものだと結論づけるかもしれない。しかしそのとき彼らは、そんな曖昧な結論を導いた彼らの観察手法は検討しようとしないのだ。

　海外の批評家が見過ごしがちなのは、国際環境やその国内的な反響に反応する日本人の心にはたらく精神的なプロセスである。日本の政治も文化も、それらを新しい姿に形づくる込み入ったプロセスに関する詳細な検討なしには、適切に理解することはできない。結果的に出現する形よりも、このプロセスの方が重要なのである。我々日本人が政治システムや文化のある形を、西欧の有力な国家のパターンをお手本にして造ってきたというのは正しいかもしれない。しかし他者の強力な姿を模倣しようとする傾向があるというそのような指摘は、日本人の精神的な態度を一面的に描いてしまう。注意すべき重要なポイントは、日本人の精神的な態度は二様に解釈できるということである。ある一面が他の面と見誤られてはならない。日本民族の真の精神は、日本人の精神的な態度のより重要な面なのだが、一貫して我々の国民意識を強固にする方向に、そして我々の無比なる国体を覚醒させる方向に作用する。それが肇国のはじめから今日に至る我国の歴史を通して明らかな実体なのである。

　最近日本について書かれたある本の著者は、公的な場所においても私的な空間においても明らかな、日本人の"二重生活"に批判的に言及し、現代日本人の人格は分割された家のように引き裂かれていることを指摘しようとしている。一例としてその著者は、フロックコートとシルクハット姿で最新型の自動車に乗った日本の閣僚が、天皇家の祖先の霊に就任の報告をするために、伊勢神宮の由緒ある儀式に赴く姿に言及している。私は、日本人の表面上の生活様式によって内面的な生活を判断しようとするこの著者の企ては誤っていると確信する。日常生活のメカニカルな、あるいは技術的な側面は急速に変化しているし、これからも変化し続けると思われるのに対して、宗教的な崇敬に関する儀礼や形式は保持されてきたし、公共の利益や国民性の保持に意味がある限りは、将来も生きたものとして保持されるだろう。いかに外面的な利便性の側面が文明の進歩とともに進もうともである。我々は、閣僚が伊勢神宮に就任を報告するのを、ただ公的な行為として認識する。彼がモダンな自動車に乗っているかどうかは重要ではない。それは単に便利かどうかという問題である。

　日本人の文化的な複雑さや国民性の分裂に注目する海外の批評家は、それが現代日本研究における重大な発見であるかのように、それらに注意を払う。我々は我々の問題をそのようには了解しない。それは我々に文化的な哲学がないからでもなければ、西洋文明に追いつく必要性が理解できないからでもない。そうではなくて、長い歴史を通じて、我々が外国の文化やその影響に対処する多くの経験をつんできたからである。そして我々は、不健全な影響に対する免疫力と取捨選択の能力に自信を持っているがゆえに、本能的に、外国の文化や思想にオープンである。

　日本人の精神、"ニッポン セイシン"とは何だろうか。私は明確に言いたい。日本人の心はもともと澄みきった、そして進取の気性に富んだものなのである。それはまた日本古代の詩や文学の中に、様々な形で表されている。歴史の流れの中で、我々は徐々に自ら課した規律ある国民精神を獲得したが、それは同時に外国との接触の中で形作られてきたものである。そしてついに我々は、文化的にも政治的にも自立した、自意識の強い国民として立ち現れたのである。我々に外国文化への高い敬意を期待するのは自然なことである。しかし同時に我々が外国文化に反撥するかもしれない事も、無理からぬことである。この、表面的には正反対に見える日本の文化や政治の現象は、日本人の国民的な精神性や国際状況への態度が変化してきたプロセスをたどることによってのみ説明可能である。そのような精神的な発達は、大化の改新や明治維新のような、日本史上のあらゆる重大な画期においてはっきりと感じ取れるものである。

　日本人の国際状勢に対する態度の特徴を知れば、最近の日本の発展は内的には"ゆがんだ"、そして国際的には過度にナショナリスティックなものであると決め込んでしまうものかもしれない。日本の歴史の中で繰り返される現象という言葉が、妥当かもしれないと思われる問題である。しかし今日の日本の

問題は、どんな西欧のスタンダードによっても、また日本国民の歴史的経験を無視するようないかなる判断基準をもってしても、翻訳不可能であろう。そして、現代日本に対するほとんどの海外批評家が考慮しようとしない他の視点は、日本の急速な発展を確かなものにし、安定させるのに必要な時間についてである。

　前述のように、日本人は非常に速やかに、また賢明に国際情勢の変化に対応した。主に世界大戦の戦後処理の結果としてもたらされた、現在のヨーロッパやアメリカに一般的な状況は、さまざまな不公平が、世界資本主義システムに立脚した西欧文明に具わったものであることを曝露してしまった。西欧列強の道義的な威信は下り坂にあることが明らかとなり、彼らの文明は日本人の目には信用に価しないものになってしまった。とりわけ満洲事変の勃発以降、国際連盟の指導的な大国は、日本人には、彼ら自身の利益のみを守るために同盟を結んでいるだけだと見える。彼らは、世界秩序の再建や人類文明の革新を構想するいかなるプランもエネルギーも持ち合わせていないようだ。

　ほとんどのヨーロッパ諸国の政治システムは機能不全に陥るか、依然として混乱の中にある。特に西欧のやり方に倣って憲法改革を行ってきた中・東欧諸国は、あまり時間が経たないうちに局面を逆転させてしまった。唯物的、契約的な概念に基づく憲法改革は、多かれ少なかれ全体主義的、組合主義的な原則に基づくシステムに取って代わられた。日本の憲法改革についてみれば、この国は明治維新の後でそれを成し遂げ、そしてこの50年の間、立憲的な政府という形態をきわめて巧みに運用してきた。その主な理由は、ほとんどの西欧デモクラシーの場合に比べて、日本の憲法には国体のより有機的、歴史的な要素が組み込まれていたためである。それが、日本とその政体が、近年の世界秩序の混乱を安定的に乗りきり、ここ数年の国内的な混乱にもかかわらずうまく機能し続けた理由である。

　日本が常に西欧から学ぶ用意がなければならないのは事実である。しかし日本は今や成熟に達しており、しかも世界秩序の再建という重大な任務を、少なくとも東アジアのそれを引き受けるのに時をえている。日本はこの地域の政治的、文化的生活の中で、その役割を演じる資格があると私は信じる。

（有馬　学訳）

誰に向かって語るのか？
―― 東亜協同体論者の自己意識

有馬　学　　　　　　　　　　解説

　蠟山政道のこのコラムは、エッセイ風の短いものだが、非常に興味深いものである。にわかに断定することは避けたいが、1930年代の蠟山の言説を検討する上で、新たな史料となりうるかもしれない。そのように考える根拠は、この文章が、かの「東亜協同体の理論」を考える手がかりになるのではないかと思われるからである。以下ではその点について検討してみたい。もちろんこのコラムは、量的にも、またそのスタイルから見ても、それだけで本格的な分析を可能とするものではない。したがってここでの検討は、一つの視点の提示を試みるにすぎない。

　おそらく蠟山自身によって最初から英語で書かれたと思われるこの文章は、今日の目から見ると、過剰に防衛的であり、不必要に攻撃的である。もちろん日中戦争期に日本人によって書かれたそのような文章は、いくらでもあるだろう。しかしここでは筆者が蠟山であることで、改めて注意を払うに値する素材となっている。何故にそう判断するのか。どのように評価するかは別にして、少なくともこのコラムに至るまでの蠟山を読むものが、そこに本コラムのように情動的な言辞を見いだすことは困難ではなかろうか。その意味で、この文章はかなり特異なものであり、その特異な部分はそのまま「東亜協同体の理論」の用語法につながっているように思われる。

　分かりやすい例をあげてみよう。蠟山は、日本人の精神的「二重生活」を指摘する外国人の論評に反論する[1]。批判者は、フロックコートとシルクハット姿で最新式の自動車に乗った新任閣僚が、伊勢神宮に就任の参拝におもむく姿を、西洋化によって引き裂かれた日本人の精神的二重性を象徴するものとしてとりあげたらしい。これに対して蠟山は、日本人ならそれは単なる公的な行為として認識するだけであり、自動車に乗っていくかどうかは利便性の問題にすぎないと述べる。蠟山によれば、そのようなところに日本人の精神生活の二重性を見ようとする外国

---
[1] コラムの文章は、全体として海外の日本批評に対する反批判という形式をとっている。具体的に誰のどのような論評が念頭にあったかは興味深い問題であるが、ここでは明らかにできなかった。

人の視点は、皮相なものにすぎない。

いうまでもなく、この議論（？）の当否を論じることに積極的な意味はない。宗教的な崇敬が生き続けることと、近代的な技術が受容されることは矛盾でも何でもないという蠟山の主張も、別に間違いではないだろう。蠟山がここで、あくまでも論理の問題として語る態度を貫こうとしているのも、認めることができる。だが実際には、シルクハットの新大臣が最新式の自動車に乗って伊勢神宮に就任の報告に向かうのは、単に便利さの問題にすぎないと主張するとき、事務的なロジックを語っているようで、実は蠟山は感情的な不快感を語っているのである。

ここで論者は、フロックコートとシルクハットを着用した伊勢神宮参拝が、外国人に奇異な印象を与える可能性は認めてもかまわないはずである。だから、ことさら力を込めて反論する意識については、俎上に上げるに値するかもしれないのだ。ここでの蠟山は、外来文化に対処する日本人の歴史的経験という、特に珍しくもない論点を持ち出して、日本人がいかに外国文化や思想にオープン・マインドであるかを力説してみせている。議論の形式からみれば、ここでの蠟山は結局のところ、日本特殊論しか語っていないのかもしれない。しかしそれだけでは我々の読みのゴールにはならない。重要なのは、そこから導かれる他者としての西洋批判の、形式と内容である。

蠟山は次のように問題を設定する。日本は急速に発展を遂げ、国際情勢の変化に賢明に対応してきた。それに比して、問題はむしろ西洋的なシステムの側にあるのではないか。資本主義システムは本質的な不公平を露呈してしまったし、大国による対外政策は世界秩序再建の理想を欠いた利己的な現状維持にすぎない。西洋の立憲的政治システムは機能不全をおこして全体主義に取って代わられようとしている。そのような中で、日本のみが立憲制を巧みに運用し、世界秩序の混乱を安定的に乗り切ろうとしているのはなぜか。

蠟山によれば、それは日本の立憲制に、日本の国体の有機的、歴史的要素があらかじめ組みこまれているからである。そしてそのような日本は、少なくとも東亜における国際秩序の再建という使命を担う能力と資格を有するのである。

蠟山はやはり日本特殊論に立て籠もっているのだろうか。ここでの蠟山は、自分自身は決して傷つかない陣地を構築しようとしているのだろうか。むしろこれらの文章を通して見て取れるのは、西洋人に自己自身を説明しようとするときの、日本知識人の苛立ちである。彼はそこで、西洋人の批評に対してもさることながら、それ以上に自分自身の反論に、あるいはその形式に苛立っているように思える。

そのような観察を前提に、このコラムからほぼ半年後に発表された「東亜協同体の理論」を見てみよう。この論文は、1938年11月3日の近衛声明（いわゆる東亜新秩序声明）に歩調を合わせるかのように、『改造』の同年11月号に掲載された[2]。1939年をピークとする「東亜協同体論」ブームのさきがけとなったことは、周知の通りである。今日の研究においては、東亜協同体論を単なるイデオロギー的な粉飾として扱う態度はもはや見られない。どのように評価するかは別にして、それが日本の戦時思想における核心的な問題の一つであることに、異論はないだろう[3]。

しかし蠟山の「東亜協同体の理論」についてみれば、国際秩序論の構造として以上に（それと無関係ではないが）、そこでのターミノロジーが、読むものをとまどわせるのも事実である。それ以前の蠟山の文章にはなじまない、文体というよりは用語の問題である。冒頭から飛び交う「東洋の東洋としての覚醒」、「大同世界への使命」[4]などの用語は、それを定義しようとする努力も放棄されたかのように連呼される。

岡倉天心の「アジアは一つだ」はまだしも、愛国行進曲の歌詞まで持ち出して、「東洋の地域的民族協同体の理論は正に民族と大地とから生れて来たものである」[5]ことを主張されると、今日それを読むものはいささかならず鼻白んでしまう。

言葉の定義がなされないのは、言葉の意味を自明のものとして共有する共同体の存在が前提とされているからである。これらは、そのような共同体の内部に自身も存在するという前提を抜きには、書き得ない文章なのだろう。だがそうであるとしても、「東亜協同体の理論」には、意味の共有を自明のこととする確信が充ち満ちているとは思えない。他方でそのターミノロジーは、複雑な問題を解きほぐして説明しようとする冷静さとも無縁である。

蠟山は論理による説得をあきらめたのだろうか。

---

[2] のち『東亜と世界』（改造社、1941）に収録。

[3] 近年の成果として、小林啓治『国際秩序の形成と近代日本』（吉川弘文館、2002）、酒井哲哉『近代日本の国際秩序論』（岩波書店、2007）、石井知章・小林英夫・米谷匡史編『一九三〇年代のアジア社会論―「東亜協同体」論を中心とする言説空間の諸相』（社会評論社、2010）などがあげられる。

[4] 前掲『東亜と世界』、p.4

[5] 同、p.25

ターミノロジーの転換は、自信のなさの表れであろうか。しかしながら、これらを指して、論証を経ない倫理的断定であると言ってみてもはじまらない気がする。それはここでの用語の問題が、蠟山自身や日本の知識人にとっては、自ら自意識を言語化するしかないような領域の問題だからではないだろうか。

　東亜協同体論は単純化して言えば、アジアに対して語るより以上に、自己説得の形式として理解すべきものである。日本の知識人はまずもって、自らの内なる声に訊き、内なる思考回路に語らねばならなかっただろう。しかしその時、彼がそれに照らして語ろうとしている内なる引照基準は、実は西欧由来の学問によって形成されているのである。こうして、日本の知識人の内部で、日本・アジア・西洋の三局は複雑な絡み合いを見せる。

　ここで、コラムが直接欧米人に向けて書かれたものであることを、もう一度思い出してみるべきだろう。以上を前提にすれば、そこに見られた、論理の隙間から感情がにじみ出すようなトーンに注目することの重要性が、理解できるのではなかろうか。それは、日中戦争の長期化が誰の目にも明らかとなり、国内外の政治的・経済的システムを再構築することが課題化された時期に、欧米の日本観に直接反批判を試みたとき、自然ににじみ出た自己意識の表出と考えるべきだろう。その意味で、「東亜協同体の理論」が書かれる直前における、蠟山の意識のありようを示すものとして、このコラムは貴重な史料たり得るのである。

「東亜協同体の理論」のような時としてエモーショナルに語られるものの内的構造を、あくまでも国際秩序論の論理の問題として検討することは必要であるし、最も重要な課題であることも間違いない。註に掲げた先行研究は、そのような努力の成果である。だがそれは同時に、日本知識人の自意識の構造を明らかにしようとする作業と並行していなければならないだろう。何らかのエモーショナルなものを解放しなければ「東亜協同体の理論」が書き得なかったかどうかは分からない。しかし、国際秩序論の歴史的展開を論理内在的に追求するだけで、突然変異のごとき蠟山におけるターミノロジーの転換を理解できるとも思えないのである。

【参考文献】
松田義男編「蠟山政道著作目録」http://www5.ocn.ne.jp/~ymatsuda/
小林啓治『国際秩序の形成と近代日本』吉川弘文館、2002
酒井哲哉『近代日本の国際秩序論』岩波書店、2007
石井知章・小林英夫・米谷匡史編『一九三〇年代のアジア社会論「東亜協同体」論を中心とする言説空間の諸相』社会評論社、2010

Die Japanische Musikwelt

Ginji Yamane

Um den Gesamtzustand des japanischen Musiklebens zu erkennen und zu verstéehen, muss man um jene besonderen Gegebenheiten wissen, unter denen dieser Zustand sich in dem verhältnismässig kurzen Zeitraum von rund einem halben Jahrhundert ausgebildet hat — Gegebenheiten, die sehr verschieden sind von denen, unter welchen sich das Musikleben in den Ländern Europas und Amerikas entwickelt hat. Unter einem höheren Gesichtspunkt der weltmusikalischen Entwicklung, oder allgemein musikgeschichtlich betrachtet, lässt die Musik im Japan vor der Meiji-Restauration sich der europäischen Musik im Ausgang des Mittelalters, im Uebergang von der Blütezeit der Vokalmusik zur Aera der Instrumentalmusik, vergleichen. Die instrumentale Nachahmung der Vokalmusik führte in Europa zur Etablierung der Instrumentalmusik, die sich dann zu jener grossen und glanzvollen Kunst der klassischen Periode entwickelte. Die sogenannte „japanische Musik" der Vergangenheit war auf einer früheren, vokalen Stufe stehengeblieben, und so war es nur selbstverständlich, dass sie der seit der Meiji-Aera rasch entwickelten modernen Gesellschaft nicht mehr zeitgemäss erschien; auch die Musik musste sich ändern und erneuern, sollte sie innerhalb dieser neuen Gesellschaft als kultureller Faktor eine Rolle spielen. Und was sich in Europa in dem langen Zeitraum von vier, fünf Jahrhunderten vollzog, das musste in Japan im zehnten Teil dieser Zeit vollbracht werden: hierin liegt der Grund für die besondere Beschaffenheit der heutigen japanischen Musikwelt.

Das erste Ziel, das es für die Musiker und musikinteressierten Kreise Japans zunächst zu erreichen galt, war ein rein rezeptives sich-Aneignen fertiger Entwicklungen; die in Europa bereits erzielten reifen Früchte der modernen kunstmusikalischen Entwicklung galt es, in Japan einzuführen und hierher zu verpflanzen. Das musste in erster Linie Aufgabe des nachschaffenden Künstlers sein, und so wurde als Organ für die Ausbildung nachschaffender Musiker die Kaiserliche

P.2

Musikakademie als unmittelbar staatliches Institut begründet; aus ihr sind seither viele hervorragende Musiker und Musikerzieher hervorgegangen. Im Lauf der Zeit erweiterte sich der Wirkungsbereich der nachschaffenden japanischen Musiker und blieb nicht auf solistischen Vokal- und Instrumentalvortrag beschränkt, sondern griff auf das Gebiet beständiger Orchesterpflege über. Die Leistungsfähigkeit der japanischen Musikwelt hat auf diesem Gebiet heute bereits einen beträchtlichen Grad erreicht und kommt allmählich dem europäischen Durchschnittsniveau immer näher. Heute gibt es fast restlos alles, von Bach, Beethoven und Brahms über Debussy und Fauré bis zu den Werken der sogenannten modernen Meister, in Konzerten japanischer Musiker zu hören; ihr Verhältnis zu den Modernen ist nicht weniger enthusiastisch als zu den Klassikern, und in jüngster Zeit fällt besonders ihre Gründlichkeit im Werkstudium auf. Um die nachschaffende Musikerschaft Japans haben sich die an der Kaiserlichen Musikakademie und den privaten Musikschulen wirkenden ausländischen Musiklehrer ein bleibendes, grosses Verdienst erworben; ohne ihre Anleitung hätte sich in Ermangelung jeder traditionellen Grundlage in Japan schwerlich die Ausbildung eines guten, selbständigen musikalischen Aufführungsstils verwirklichen lassen. Führend vorangegangen sind Dr. Koeber, der zu Beginn der Meiji-Aera wirkte, sowie August Junker und andere. Später wirkten als Pianisten vor allem Scholz, Kochansky, Bardasz, Weingarten und gegenwärtig noch Leo Sirota und Leonid Kreutzer; als Gesangspädagogen Hanka Petzoldt, Margarethe Netke-Loewe, Maria Toll und gegenwärtig vor allem das Ehepaar Hermann und Irma Wucherpfennig; als Geigen- und Cellolehrer Robert Pollak, Werkmeister, Schiferblatt und gegenwärtig Willy Frey und Alexander Moguilewski.

Von den ansässigen ausländischen Musikern abgesehen, waren es die grossen Solisten von internationalem Ruf, deren häufige Gastspiele unser Konzertwesen belebt und den japanischen Musikern die stärksten Anregungen gegeben haben. In den letzten Jahren zählten wir die Pianisten Godowsky, Friedmann, Moisewitsch, Brailowsky, Rubinstein, Kempff und andere; die Cellisten Feuermann, Mardchal, Piatigorsky; die Geiger Goldberg, Thibaud, Kreisler, Szigeti, Elman; die Sänger Chaliapin und Galli-Curci — fast alle wurden von der verdienstvollen Konzertdirektion A. Strok in Japan eingeführt. Die individuellen Interpretationsstile dieser grossen Künstler haben als Vorbilder auf uns tiefen Eindruck gemacht. Verschiedene repräsentative Schulen des nachschaffenden Stils wurden bei uns auch durch japanische Musiker, die im Ausland studiert haben, eingeführt.

Als von einem Faktor, dem im japanischen Konzertwesen besondere Bedeutung zukommt, ist nun vom Orchesterspiel zu reden. Auf diesem Gebiet spielen seit langem das Orchester der Kaiserlichen Musikakademie sowie die Militär- und Marineorchester eine wesentliche Rolle; doch hat sich die Form und Institution der ständigen Symphoniekonzerte erst im Lauf der letzten zehn Jahre entwickelt und stabilisiert. Es ist dos besondere Verdienst des zur Zeit in Bangkok(Siam)wirkenden Klaus Pringsheim, das Orchester der Kaiserlichen Musikakademie in Ueno auf dem Wege zu innerer und äusserer Vollendung ein entscheidendes Stück vorangeführt zu haben; durch ihn erst gestalteten sich die Orchesterkonzerte zu künstlerischen Ereignissen und wurden somit ein wichtiges Gut unseres kulturellen Lebens. Ausserhalb der staatlichen Akademie besteht als Japans fähigstes Konzertorchester das Neue Symphonie-Orchester(„Shinkyo"), das mit monatlich mindestens einem Abonnementkonzert sowie in den regelmässigen Orchestersendungen der Station Tokyo JOAK hervortritt. Von vornherein wurde es als Konzertorchester aufgezogen und ist als solches heute für unsere repräsentativen Musikveranstaltungen in Japan unentbehrlich. Es entstand vor etwa zehn Jahren auf dem Fundament des von Kosaku Yamada und Hidemaro Konoe begründeten Japanischen Symphonie-Orchetsers(„Nikkyo"), das sich infolge eines Konflikts zwischen den beiden Gründern auflöste und dann von Viscount Konoe allein reorganisiert wurde; im Herbst 1935 ging die Leitung an einen von den Orchestermitgliedern aus ihrer Mitte gewählten Orchestervorstand über, was schliesslich zur Lösung des Verhältnisses zwischen dem Orchester und Viscount Konoe führte. Daraufhin berief das Orchester seinen jetzigen ständigen Dirigenten, Generalmusikdirektor Joseph Rosenstock, dessen Führung es nun schon die zweite Saison hindurch untersteht; der ausserordentliche Fortschritt, den das Orchester seither gemacht hat, ist allgemein anerkannt. Im Laufe dieser zwei Spielzeiten hat das Orchester in hoher künstlerischer Gewissenhaftigkeit eine die gesamte Musikgeschichte umfassende Reihe von Meisterwerken herausgebracht; unter anderem Bach's „Brandenburgische Konzerte," sämtliche Symphonien und Konzerte von Beethoven, Symphonien und Konzerte von Schubert und Brahms, Strauss' „Till Eulenspiegel" und „Salomes Tanz," Mahlers Erste und Dritte Symphonie, Werke von Wagner, Debussy und Tschaikowski, ferner an zeitgenössischer Musik Strawinskys „Petruschka," Bartoks „Tanzsuite" und „Zwei Bilder," Alban Bergs „Wozzeck"-Fragmente, Prokofieffs „Liebe zu den drei Orangen," Hindemiths „Mathis der Maler," Schönbergs „Verklärte Nacht," Schostakowitschs Erste Symphonie...

So vollzieht sich als allgemeiner Prozess die Uebernahme und Aufnahme fast der gesamten europäischen Musikkultur, und als Ergebnis ist festzustellen, dass sich in unserem eigenen Leben eine moderne Musikempfänglichkeit ausgebildet hat, die uns früher völlig fehlte. Und so empfinden wir die Meisterwerke der europäischen Musik nicht als fremdes Kulturgut sondern als Schätze unseres eigenen Geisteslebens. Um etwa von Beethoven zu reden—unsere Musikliebhaber haben sich angewöhnt,

Beethoven nicht einfach als einen deutschen Komponisten anzusehen, sondern als Pionier all-humanistischer Geisteskultur zu verehren: Beethoven selbst ist zu unserem Besitz geworden.

Die Einwirkungen dieses Assimilierungs-und Absorbierungsprozesses, freilich auf entgegengesetztem Weg, sind auch auf dem Gebiet des produktiven musikalischen Schaffens nicht mehr zu verkennen; und es war nur selbstverständlich, dass auf dieser Stufe der Musikkultur auch das Komponieren einen plötzlichen Aufschwung nehmen musste und ihm die gebührende, doch in Japan bisher versagte Bedeutung zugewiesen wurde. Das Komponieren in Japan hatte sich bisher auf ziemlich bedeutungslose kleine Stückchen beschränkt, denen so gut wie jeder wesentliche Zusammenhang mit der schöpferischen Kultur Japans fehlte. Heute ist es nicht mehr schwer, japanische Komponisten zu finden, deren Schaffensgebiet sich vom kleinen Lied bis zur grossen Symphonie erstreckt. Schon früher hat, als Pionier, Kosaku Yamada einige eigene Orchesterwerke herausgebracht und mit ein paar Suiten und anderen symphonischen Stücken, die den unmittelbaren Einfluss der deutschen Spätromantik erkennen liessen, an das Publikum appelliert. Neben ihm ist die ältere Generation hervorragend durch Kiyoshi Nobutoki vertreten, der hauptsächlich Gesangswerke geschaffen hat. Alle anderen Komponisten gehören meist moderneren Richtungen an. Unter ihnen gibt es eine Schule, die sozusagen die überlieferte japanische Kultur musikalisch auszudrücken und die abgeklärten, edlen Gefühlswerte der japanischen Vergangenheit als Grundstimmung ihren Kompositionen unterzulegen sucht: Shukichi Mitsukuri, Tomojiro Ikenouchi, Kishio Hirao und andere. Von Mitsukuri gibt es eine hervorragende Liedersammlung: seine Vertonungen der „haiku"- Verse Bashos, eines der grössten Dichter der japanischen Vergangenheit. Ikenouchi, Sohn des zeitgenössischen haiku-Meisters Kyoshi Takahama, verwendet hauptsächlich die Verse seines Vaters als Texte für seine Lieder oder als stimmungsmässigen Hintergrund für seine Orchesterstücke. Hirao, der als Komponist ähnliche Stimmungen bevorzugt, schrieb kürzlich ein Werk für zwei Singstimmen und Orchester, „Sumidagawa" („Der Sumida-Strom"), nach dem gleichnamigen No-Drama. Eine andere Richtung, durch Kojiro Kobune und Toshitsugu Ogihara vertreten, verarbeitet in japanisierenden Kompositionen die kerkömmlichen Wendungen der „japanischen Musik," wobei sie im wesentlichen Elemente unserer alten Samisenmusik, volkstümliche Weisen und Stimmungen der ausgehenden Tokugawa-Aera assimiliert. Wieder andere Absichten verfolgen Bunya Ko, dessen Musik das barbarische Brauchtum Formosas wiederspiegelt; Yasuji Kiyose, der sich um betont naive, bukolische Schlichtheit bemüht; Yoritsune Matsudaira und Ichiro Ishida, die einem französisierenden Geschmack zuneigen, und Hisato Osawa, der mit ihnen manches gemeinsam hat, doch sich durch die Länge seiner Kompositionen auszeichnet. All diesen Richtungen gegenüber behauptet sich eine in der Satzweise weitgehend europäisch orientierte Schule, die auch im Stil unmittelbar an europäische Vorbilder anknüpft; ihr gehören vor allem Saburo Moroi, Sokichi Ozaki, Taro Hara, Komei Abe, Akira Ogura, Shiro Fukai und Kazuo Yamada an. Durch Ueberwindung und Sublimierung des spätromantischen Stiles und der ihm folgenden „neuen Musik" suchen sie zu einer verinnerlichten Ausdrucksfähigkeit zu gelangen, die der abgestandenen Begriffswelt der herkömmlichen japanischen Musik fremd war: das ist das Ziel ihres ernsten künstlerischen Wollens. Moroi, Abe und Fukai haben mehrere erfolgreiche symphonische Orchesterwerke geschrieben; die übrigen befassen sich hauptsächlich mit Kammermusik.

Das ist, im grossen und ganzen, das gegenwärtige Bild der japanischen Musikwelt. Wesentlich ist vor allem, dass das japanische Musikleben das Stadium einer für Auge und Ohr des ausländischen Touristen exotisch-interessanten Kuriosität überwunden hat und heute auf der soliden Grundlage eines eigenen Geisteslebens seinen selbständigen, sicheren Weg zu gehen beginnt: und das bedeutet, dass es sich in die universale Musikkultur eingereiht und im Lobgesang auf die Menschheitskultur seine eigene Stimme erhoben hat.

日本の音楽世界

山根銀二

翻訳

　日本での音楽生活の概況を見極め、理解するには、その特殊な事情を知っておく必要がある。とりわけ、およそ半世紀という比較的短い期間に発育したという事実を忘れてはならない。これは、欧米における音楽生活の進展ぶりとは、大いに異なっている。世界音楽の進歩を歴史的視点から、もしくは、包括的に音楽史的に眺めるならば、明治維新以前の邦楽は、洋楽では中世の終わりごろ、声楽の最盛期が終焉を迎え、器楽に移行していく時代に比較される。欧州では、楽器による声模写が器楽音楽を確立させ、クラシックの時代の華麗で偉大な芸術へと開花した。過去に「邦楽」といわれた音楽は、旧い声楽の域で停滞していたから、明治時代以降、急速に進歩を遂げた近代社会が、その音楽を時代にそぐわないと感じたのも無理がないことである。この新しい社会の中で、音楽も文化的要因としてのなんらかの役割を担いたいのなら、変身を遂げ、一新される必要があった。そこで、欧州では4、5世紀もの年月をかけて進歩してきたことを、日本では、その10分の一の時間でやり遂げねばならなかった。現在の日本の音楽世界が置かれる特殊性は、ここに起因する。

　日本の音楽家や音楽愛好家の間で、まず初めに達成すべき目標は、すでに達成している進歩を純粋に受容し、己のものとすることであった。すなわち、近代的な芸術音楽の発展がもたらした欧州での成果を、日本へ移入し、移植することであった。これが、指揮者や演奏家など楽曲解釈者の第一の課題であり、それら楽曲解釈者を養成するための組織として、官立機関である東京音楽学校が設立された。この学校は創立以来、数多くの優秀な音楽家と音楽教師を輩出した。時が経つにつれ、日本の再現音楽者の活動範囲は徐々に拡大し、独唱や独奏に留まらず、常設管弦楽団を育成するまでに至った。日本の楽壇の実力は、今日、この分野においても、かなりの域に達し、欧州の標準レベルに迫っているといえよう。現在では、日本人音楽家の演奏会では、バッハ、ベートーヴェン、ブラームスをはじめとし、ドビュッシー、フォーレ、さらには、近代音楽の巨匠といわれる人たちの作品までほぼ漏れなく聴くことができる。近代音楽も、クラシック音楽に匹敵するほど熱心に受容され、近年では、とりわけ、作品を習得する際の徹底性が際立っている。東京音楽学校や民間の音楽学校で教える外国人教師が、日本の楽曲解釈者たちへもたらした功績は大きく、けして消えるものではない。伝統的な基礎理念に欠ける日本において、彼らの教導なしでは、上質で自律的な演奏様式を作り上げていくことは非常に困難であった。その第一人者としては、明治時代初めに活動されたケーベル博士やアウグスト・ユンケルなどが数えられよう。彼らに続き、ピアニストでは、ショルツ、コハンスキー、バルダス、ワインガルテン、現職のレオ・シロタやレオニード・クロイツァーがあげられる。声楽教師としては、ハンカ・ペッツォルド、マルガレーテ・ネツケ＝レーヴェ、マリア・トルと、現職のヘルマンとイルマ・ウヘルプェニヒ夫妻、そして、バイオリンとチェロ教師のロベルト・ポラーク、ヴェルクマイスター、シフェルブラット、現職ではウィリー・フライとアレクサンダー・モギレフスキーなどのおかげである。

　在邦外国人音楽家以外にも、幾多の国際的に名高いソリストたちの客演が、わが国の演奏会業界を活性化し、日本人音楽家にも、大いなる刺激を与えてくれた。近年においても、ピアニストのゴドフスキー、フリードマン、モイセイヴィッチ、ブライロフスキー、ルービンシュタイン、ケンプなど、チェロ奏者では、フォイアーマン、マレシャル、ピアティゴルスキーなど、バイオリン奏者のゴールドベルク、ティボー、クライスラー、シゲティ、エルマン、歌手のシャリアピン、ガリ・クルチなどが来演したが、そのほとんどは、演奏会元締のA.ストロークの尽力で実現した。これら秀逸な音楽家個々人の解釈は、見習うべきものとして、我々に強い印象を残した。様々な再現様式の代表的楽派も、外国で学んだ邦人音楽家によって導入された。

　日本での演奏会業界における、とりわけ重要な要因に、管弦楽団演奏がある。この分野では、東京音楽学校管弦楽団と、陸軍軍楽隊、海軍軍楽隊が長い間、重要な役割を担っていた。しかし、定期交響楽団演奏会という形態と制度は、ようやくここ10年ばかりの間に成長し、安定してきたのである。これには、上野の東京音楽学校交響楽団を内外両面の充実に向けて、決定的な前進をもたらし、現在バンコク（シャム）で活躍するクラウス・プリングスハイムの

功績が大きい。彼のおかげで、交響楽団演奏会が芸術的催し物の形をなすようになり、我々の文化的生活における重要な財産ともなったのである。官立学校以外にも、日本の実力ある交響楽団としては、月に最低一度は定期公演を行い、また、東京JOAK局での交響楽団定期放送に出演する新交響楽団（新響）がある。これは元々演奏会交響楽団として育成され、今日では、日本を代表する音楽会には欠かせない存在となった。この交響楽団は、ほぼ10年前に山田耕筰と近衛秀麿が創設した日本交響楽協会（日響）を基盤とするも、両創設者の間に諍いが起こり、その結果、近衛子爵一人の力で再結成された。1935年秋、楽団内部から楽員によって選ばれた楽団理事会へ指揮が移り、このことが、最終的には、楽団と近衛子爵との関係解消を引き起こした。そこで、楽団は現在の常任指揮者であり、音楽総監督のヨーゼフ・ローゼンシュトックを招聘し、彼の指揮下で、すでに2期目を終了した。それ以来、この交響楽団が異例ともいえる上達を遂げたことは、誰しもが認めるものである。この2期の間に楽団は、音楽史全体を網羅する傑作の数々を、芸術性あふれる正確さで演奏した。バッハの「ブランデンブルグ協奏曲」、ベートーヴェンの交響曲と協奏曲総て、シューベルトとブラームスの交響曲と協奏曲、シュトラウスの「ティル・オイレンシュピーゲルの愉快ないたずら」と「サロメの踊り」、マーラーの交響曲第1番と第3番、ワーグナー、ドビュッシー、チャイコフスキーの作品、さらに、現代音楽では、ストラヴィンスキーの「ペトルーシュカ」、バルトークの「舞踏組曲」と「二つの映像」、アルバン・ベルクの「ヴォツェック」断章、プロコフィエフの「三つのオレンジへの恋」、ヒンデミットの「画家、マティス」、シェーンベルクの「浄められた夜」、ショスタコヴィチの「交響曲第一番」などである。

このように、洋楽文化のほぼ総てを受容吸収するような一般的な流れがあり、その結果、我々自身の生活の中に以前には欠如していた、近代的音楽感受性が育成されたのであった。我々は、洋楽の傑作を、異文化のものとは受け取らず、自身の精神生活上の財産と見なすのである。ベートーヴェンを例にとるなら、日本の音楽愛好家は、ベートーヴェンをドイツ人作曲家としてのみ受け取るのではなく、人道的精神文化の先駆者として崇拝することに馴染んできたのだ。ベートーヴェンすら我々の所有に帰したのである。

このように同化吸収が進行したということは、逆からいえば、生産的音楽創造領域への影響も見逃せないということである。音楽文化がこの段階に達したなら、作曲も急速な飛躍を遂げ、日本ではそれまで重要視されていなかったこの行為に、応分の意義が付与されたことは当然至極といえよう。日本での作曲といえば、それまでは、取るに足らない小作品に限られており、日本の創造的文化の文脈が本質的に欠けたものであった。今日では、歌曲の小作品から重厚な交響曲まで、広範囲にわたって日本の作曲作品を見つけることは、さほど困難なことではない。まだ早い時期に、先駆者である山田耕筰は管弦楽曲を幾曲か作り、ドイツ後期ロマン派の影響が顕著である組曲や交響曲などの作品で、聴衆の注意を喚起した。山田以外では、主に歌を創作した信時潔が旧世代の代表格である。その他の作曲家は、殆ど全員が新しい流れに属す。その中の一楽派は、伝承日本文化を音楽的に表現し、楽曲の基調に、いにしえの日本の静寂で高貴な情感が流れる作品作りを模索している。箕作秋吉、池内友次郎、平尾貴四男などがその楽派に属す。箕作は、傑出した過去の詩人の一人である芭蕉の俳句に曲をつけて、秀逸な歌集を世に出した。池内は、現代俳句の巨匠である高浜虚子の息子で、父親の俳句を多く自曲の歌詞に用いたり、管弦楽曲の情緒的背景に使ったりしている。平尾も作曲家として似たような情感を好み、先頃、能楽作品「隅田川」を原作として、同題の2人の独唱者と管弦楽の作品を作った。これとは別の楽派は、小船幸次郎、荻原利次により代表され、日本的作曲の中で、「雅楽」の伝統的表現を、古い三味線音楽の要素と、江戸時代末期の俗謡と情緒に同化させる。さらに異なる指向性を示すのが、江文也で、その音楽はフォルモサ（台湾）の蛮習を投影する。清瀬保二は、とり

ベートーヴェン『第九』――東京・帝国音楽アカデミー

わけ、素朴で牧歌的な簡潔さを目指す。松平頼則と石田一郎は、フランス風の趣に傾倒し、大澤壽人はこの両者と共通する点もあるものの、作品の長さで際立っている。これらの方向性に対して、楽章の組み合わせでは概してヨーロッパ調を指向し、その表現法もヨーロッパを直接模範にする楽派もある。諸井三郎、尾崎宗吉、原太郎、安部幸明、小倉朗、深井史郎、山田一雄などがこの楽派に属する。後期ロマン派様式と、それに続く「新音楽」を超克、昇華することで、従来の邦楽における黴臭い観念世界には馴染みのない内面化された表現力を獲得するべく努める。これが彼らの真摯な芸術的欲求の目指すところである。諸井、安部、深井は交響管弦楽曲を作曲し、何作も成功させているが、彼ら以外は、主に室内楽を作曲している。

これが大まかな現在の日本の音楽世界像である。何より肝心なことは、日本の音楽生活は、異国情緒に溢れて面白い珍奇なものとして異邦人旅行者の視覚や聴覚に訴える段階をすでに超え、自己自身の精神生活の確固とした土台の上に、自己の足で立って、着実な歩みを進み出したのである。つまり、普遍的な音楽文化に肩を並べ、人類文化への賛歌を、己の声で歌い出したということなのである。

（野村しのぶ訳）

山根銀二と日本の音楽界

片山杜秀　　　解説

　山根銀二は1906年1月27日、東京市神田区仲猿楽町に生まれた。父親は資産家だった。山根は東京高等師範の付属小学校と中学校を経て、第一高等学校理科乙類に進み、高校時代に西洋クラシック音楽にかぶれた。ＳＰレコードを買いあさり、ヴァイオリンを弾いた。とりわけ愛好したのはベートーヴェンである。この楽聖と呼ばれる大作曲家の生涯と創作をいかに解釈すべきかが、ついに山根の一生の課題となった。そして1925年には東京帝国大学文学部美学美術史学科へ。もちろん西洋クラシック音楽の美学もしくは芸術哲学が興味の対象であった。

　ときは「左傾時代」である。山根も学科の後輩の亀井勝一郎に特に教導されて、マルクス主義に惹かれてゆき、1927年には新人会にも入った。新人会は1918年に赤松克麿や宮崎龍介ら、当時の東大生によって組織された思想運動団体である。初期に於いては大正デモクラシー的諸思潮の影響を幅広く受けたが、次第にマルクス主義一色へと向かい、日本共産党と密接な関係を取り結び、1928年の3・15事件、1929年の4・16事件では、逮捕者が続出して、1929年には解散へと追い込まれた。山根が所属したのは、会の末期ということになる。

　1928年に大学を卒業すると、山根はフリーランスの音楽批評家を目指した。唯物論的立場によるクラシック音楽批評の日本での確立を使命とした。1929年にはワーグナーの『芸術と革命』とシェーンベルクの『和声学』、翌年にはマックス・ウェーバーの『音楽社会学』の翻訳を出版。1932年には作曲家の諸井三郎らと雑誌『音楽芸術研究』（のち『音楽研究』と改名）を創刊して同年中に4号まで出し、1933年には作曲家の箕作秋吉らと雑誌『音楽評論』を創刊し、主筆となる。同年から3年間、クラウス・プリングスハイムに音楽理論を師事してもいる。

　1934年には東京朝日新聞で音楽批評を担当し、1935年から1942年まで東京日日新聞の音楽批評家を務める。1935年頃には、彼の物書きとしての地位はだいたい固まっていた。大田黒元雄（1893年生まれ）や野村光一（1895年生まれ）に続く世代の批評家であり、大田黒と野村が大正の文化主義や教養主義を背景にしていたとすれば、山根は昭和初期からの「政治主義」というか「音楽文化の社会化・政治化の時代」を象徴したと言ってよいだろう。

　すると、山根の唯物論的な音楽批評の立場とは具体的にはどのようなものだったか。雑誌『唯物論研究』の1933年4月号に掲載された山根の論文「音楽における唯物論の諸問題」から引いてみよう。

　　唯物的音楽が真にその写実的精神に徹底せんとするならば、それは弁証法によって貫かれなければならなかった。客観的現実を一面的にではなく全面的に、即ち具体的に捉えるためには弁証法が必要である。社会も自然もその生き生きとした姿で描かれるためには、それが必要であった。（中略）われわれは弁証法によってのみ、自然を含めてのすべての存在の無限に複雑な屈折を認識することが出来る。かくて唯物弁証法的音楽のみが、現実の最もすぐれた音楽的認識を生むのである。それのみが最もよく現実を反

映し、模写する。それのみが最も完全なる音楽的認識であり、即ち作品である。

それは何よりも先ず社会的人間を、即ち生きた人間を描かねばならない。それは客観的認識の最も忠実なる描写でなければならない。それは客観的現実の音楽的認識として、真理に肉迫しなければならない。それは階級闘争の真只中に鍛えられるプロレタリアートの武器である。

山根によれば、音楽は生きた現実の複雑な屈折、屈曲を描いてこそ値打ちがある。この世は矛盾している。真の幸福は実現されていない。そこで、幸福を邪魔する矛盾を客観的に認識しなくてはならない。そして、その矛盾を乗り越えるべく試行錯誤し煩悶しつつ少しでも前進してゆかねばならない。音楽が矛盾に満ち溢れた現実を正確に抉るならば、人々は音楽を聴くことで矛盾の実相を理解できるだろう。しかも音楽は学問やルポルタージュではなく人々に情熱を喚起しうるものである。優れた音楽はただ客観的に矛盾の存在を教えるのではなく、それを克服するエネルギーをも供給する。そうした役目を果たす音楽が山根の求めるものとなる。

はて、実際にそんな都合のよい音楽があるのだろうか。そこで山根が規範として持ち出すのが、彼の愛してやまないベートーヴェンである。この大作曲家は、主題の旋律を、ああでもないこうでもないと七転八倒させながら懸命に労作し、決してスムースでなくゴツゴツと、しかしあくまで意志的に、前へ前へと進めてゆく。フランス革命直後の、人間が自由や幸福を何としても摑もうと身悶えはじめた時代に、ベートーヴェンは、主題を苦悶しながら無理矢理展開させてゆくような、あのスタイルを作り出したのだ。その展開過程は、矛盾に満ちた現実を客観的に認識し、それを克服するための方途を懸命に探るドラマそのものにもみえる。

山根によると、こんなベートーヴェンの流儀こそ、音楽史の中で、唯物論的で弁証法的で人間に矛盾の真相を伝え教え、それを打ち破る意志の力まで供しうるものである。といっても、やはりベートーヴェンは19世紀人であり、今、作品をそのまま演奏しても、20世紀の生きた現実をまるまる反映することには当然ながらならない。我々はベートーヴェンをモデルにして、現代の生活に適合したアクチュアルな新しい音楽を不断に生み出してゆく必要がある。そういう作曲家が日本にもあらわれなければならない。

なぜなら生きた現実は国や民族の置かれた状況によって偏差してこざるをえず、したがってそれぞれの時代と地域には、各々の生きた現実を写し出す作曲家が居てくれないと困るのだ。そういう作曲家を持てないと、人々は、少なくとも音楽を通じて矛盾を知ることができない。矛盾を超克する意欲をかきたてられることもない。だからこそ山根は作曲家に期待した。諸井三郎や箕作秋吉と共闘したのも、そのへんと関係があるだろう。

しかし、山根のめがねにかなう「現代日本のベートーヴェン」はなかなか登場してくれない。山根は苛立ち、怒れる批評家になっていった。

具体的にみよう。1939年5月、山根は『都新聞』に「古典の創造」という評論を短期連載し、その中で日本の作曲家たちになかなか痛烈な批判を加えている。

まず、俎上に乗せられるのは、荻原利次と小船幸次郎と清瀬保二だ。民族主義者と目された人々である。

例えば荻原利次や小船幸次郎の如き日本的旋律の無批判的な導入のチャンピオンをとって考えて見よう。彼らの音感はわれわれにどこか寛ぎを与える。幼い時から血の中に浸み込んでいる音感が、何の堰もなく縦横にはねまわっているからだ。しかしここではわれわれの生活はごく僅かしか映じて来ない。清瀬保二のものになると八百万の神が舞出でる太古の面影がある。（中略）そこらの村の祭にかかる神楽に近い。むしろそのお神楽の方が素朴でよい。

山根の判断によれば、日本の民族主義的作曲家たちは、現代の日本人を描くには古い素材を使いすぎるうえに、矛盾に満ちたドラマを描き出すための、主題を展開し葛藤させる技術も有していない。だから駄目なのだ。

ついで山根は、民族主義者たちと「対蹠的な地点に立つ」作曲家として諸井三郎を取り上げる。

ここには現代的感性が綴られ、その生活が探索されている。彼の交響曲が音感の魅力を犠牲にしてまでも若い知識人に迎えられるのは、島木健作的な探求が窺えるからである。しかしそこには実際の生活に訴える迫真力が欠けている。裸の人間像が、その影だけを残してどこかに去っていて、われわれはその貧血に長く耐える

ことが出来ない。

　諸井の音楽は現代の矛盾を感じさせはするが、それはブルジョワないしインテリゲンチャの虚脱にとらわれていて、民衆に力を与えることができない。その意味で不完全である。山根はそう考えているのだろう。

　さらに山根は「これら両極のあいだ」で「各人各様の道」を探している作曲家として、次の人たちを挙げる。

　　この間隔をフランス風の洒落で覆おうとする流派、例えば池内友次郎、平尾貴四男、そのギャップを日本風音感の理論化によって補おうとする箕作秋吉、あるいは（中略）我武者羅な非知性的猪突で局面を煙幕化する大木正夫。誇大妄想のうちにわれを忘れる呉泰次郎、それから若い連中では現代音楽の巨匠を真似てその技法のうちに問題の解消を目論む山田和男、音声誘導の抽象的技術に無我夢中で嵌まり込んでる尾崎宗吉、若さの押し一手で突貫中の小倉朗、抜くぞ抜くぞでなかなか抜き切れない三尺の秋水みたいな原太郎等々いずれを見ても広大無辺な大穴のまわりで首をひねってるに変りはないのだ。

　どれも誰も、山根の目からは物足りない。山根の理想からすれば、「現代日本のベートーヴェン」は現代日本そのものを写し出す主題旋律の作り手であり、しかもその主題をベートーヴェンの水準で七転八倒させられなくてはいけない。ところが現実のこの国には、アナクロニスティックな昔懐かしき日本の代弁者や、「フランス風の洒落」で真の問題をごまかす者や、ペダンティックな難解さに逃げ込む者や、意味不明な攪乱的人物ばかりが目立つ。唯一、脈のありそうな諸井三郎も、残念ながら多くの人々を引っ張ってゆく革命的な力を欠いている。

　この「古典の創造」に示されたのとだいたい同じ認識の布置を、しかし極めて価値中立的なかたちに偽装し尽くして、約1年先んじて述べたのが、『Japan To-day』での日本楽壇紹介文ということになるだろう。日本に於いて器楽への認識が深まり、演奏水準も上がり、オーケストラ運動も高まり、ベートーヴェンの交響曲やソナタを鑑賞し理解できる状況が出来上がってきた。つまり「生産手段」や「受容環境」は整いつつある。けれども肝腎の「現代日本のベートーヴェン」が現れない。山根はそのような時代への診断を事典的記述の中に忍ばせている。

　こうした山根の焦燥感は、けっきょく戦時期も戦後も変わらなかった。ついに最後まで、山根は絶賛しうる日本の作曲家をひとりも見つけられず、文句や小言ばかりいっていた。無名時代の武満徹のピアノ曲を「音楽以前」と酷評した話は有名である。そうして彼は改めてベートーヴェン研究へと沈潜してゆき、大作曲家に関する三巻本の大著を遺して、1982年9月14日に逝った。

Recollections of My Student Days

Fumimaro Konoe

The first president of the House of Peers was Prince Hirobumi Ito, who was followed by Marquis Shigeaki Hachisuka; the third one was my father, Atsumaro Konoe, and the fourth one Prince Iesato Tokugawa. The presidency changed from my father to Prince Tokugawa, early in December, 1903, when my father's term of office expired.

In the summer of that year, 1903, my father had entered the University Hospital on account of an uncurable disease. Prince Tokugawa, on the day he assumed the presidency, came to my father's sickroom to extend formal greetings to his predecessor. At the time, I was thirteen years old.

I was also present in the bed-room on that day; and, at that time, who would have imagined that thirty years after Prince Tokugawa, I was to become the fifth president of the House of Peers!

In the beginning, it was Prince Ito who had put hopes on my father, and it was also at the proposition of Prince Ito that my father traveled abroad, accompanying Prince Saionji to Europe. As to father's ideas after his return to Japan, he had adopted constitutionalism for inner politics, whereas in foreign affairs he was in favor of a policy of national prestige. Therefore, he became intimately connected with the so-called chauvinists, and gradually estranged from Prince Ito and Prince Saionji. Thus, for example, he organized, before the Russo-Japanese war, the Kokumin-Domei-Kai and the Tairo-Doshi-Kai and unfolded activity to oppose the peaceful foreign policy of the Seiyukai party.

One of the consequences of father's political activities was, that he incurred debts, and when at the age of fourteen I was bereaved of my father, my family was not rich by any means.

As long as father lived, there were always all kinds of people coming and going from morning till night, and also, there was much fuss being made about us children. But, after father had died, it was as though the fire had gone out; and not only that : some people who had so long relied on father's help in a political sense, suddenly showed up and, as though everything had changed now, said that they wanted their money back . And as some rich people are,they would come back two and three times and suggest that, if I could not pay back in cash, I should raise money on a painted scroll or whatever it might be.

It is from such things that in my mind, unconsciously, there was fostered an antagonistic spirit directed against society. In my middle and high school age, I buried myself in incentive European literature and was a biased and melancholy youth.

Count Tsugaru, father's younger brother, who had studied law in Germany, was afraid lest I might become a writer, and when I took the examamination for the First High School, he urged me to enter the law course, but resolutely I entered the literary course. Yuzo Yamamoto was in the same class. One class lower were Yuzuru Matsuoka, Kikuchi, and Kume[1], and our two classes were always in close connection,when playing baseball together.

The language studies in the literary course included eight hours of German and eight hours of English per

---

1 the author refers to Masao Kume and Kan Kikuchi, the two famous novelists.

week. Never during the twelve years of my student life did I work so hard as in my first year at high school, chiefly in German and under Professor Iwamoto.

His teaching was as follows: during the first term he treated the complete course of German grammar; during the second term we studied some novel out of the Reclam series, which the teacher read aloud himself, four or five pages in two hours. In the beginning, we could hardly follow, and rarely knew at all what line the teacher was reading; and in this way, we went through a voluminous tome of some four-hundred pages.

Thus, during the second term, half of the class got no marks, and I got twenty points at great pains. So, when we entered the third term, I realized that continuing in this way I would fail in the examination, and started working earnestly. Indeed, half of the class failed. But as the remaining half was replenished by those who had failed in the upper class, practically, the number of students remained the same as before. Really, it was a most reckless system of teaching.

However, I had high respect for the teacher's personality. It is being said that it was after him that Soseki Natsume modeled the figure of Professor Hirota in his novel SANSHIRO. But he was a man of a far more fierce character than the person described in that book, a bachelor and a great reader, who valued books above everything. He would never fail to put a cover on a book; even. foreign books, he would put horizontally into a Japanese-style bookshelf, and when he started reading, he always used to wash his hands.

His ideal was Plato, and sometimes it was as though, in him, another Greek philosopher had been born to this world. Apparently, I was strongly influenced by this teacher, and at that time, I believed that the most vulgar thing in the world was a politician, and the most noble, a philosopher.

That teacher had a high opinion of himself as ascholar and would hardly give in to anybody, and he often had quite a raw with other university professors. But I remember that he was passionately devoted to Professor Koeber and also admired Ikutaro Nishida. Having thought of becoming a philosopher, under the influence of Professor Iwamoto, from the third year of high school I started to feel an interest for social sciences, and I gradually became familiar with the writings of Shotaro Maida and Hajime Kawakami, of Kyoto Imperial University.

It was for this reason that I enrolled for some time at the philosophic department of Tokyo Imperial University, where I heard among others the lectures by Tetsujiro Inoue, but did not find them interesting. So, I became eager to go to Kyoto Imperial University, where Maida and Kawakami were teaching; and about October, I stopped going to Tokyo Imperial University. As I went to Kyoto, the time limit for enrolment had already elapsed, so I bothered the school authorities to be admitted to the law course, and finally I got in.

It was at the time when Dr. Man Oda was one of those in charge of the law department; and as it had not been my intention to study law, I almost hardly ever attended the lectures. Consequently, my marks were poor, and I barely passed the examinations.

Already during that period, Kawakami was studying the writings of Marx, and he always told us that we had to reach the point where we could understand his writings; but, he was not extremely leftist, it seems. When I called at the professor's house, he would show me in to his library where we sat together around the charcoal-brazier, and smoking quietly he talked with me as long as I liked to stay with him.

At that time, I had got two books from Professor Kawakami. One of them was Spargo's KARL MARX, and the other one, CONTEMPORARY SOCIAL PROBLEMS, by the Italian Professor Loria, of the University of Torino. About the latter, when he gave it to me he said "It is a very interesting book, and I read it all night through." And I remember that I was equally getting excited about it and, without a break, I read it from beginning to end.

Probably, this was also the time when Professor Kawakami was himself engaged in the study of Marxism. Of course, he never participated in any political agitation. But he occasionally said such things as "People must always be prepared to be expelled from the country for the sake of their ideals."

While I was going in and out of the professor's library in Kyoto for about one year, he received an order to go to Europe to pursue his studies. Before going to Europe, he introduced me to his most intimate friend; this was Masao Taki, later a member of the House of Representatives.[2]

However, Mr. Taki's ideas also have changed gradually, since that time. When, in 1917, he first ran in the general elections for a seat in the House of Representatives, it seems that also Mr. Kawakami aided in his election campaign. In the meantime, however, the deas of both men have more and more grown apart, and it is said that when in a later election Mr. Taki asked for Mr. Kawakami's support, he was sternly refused.

Besides, I still consider myself fortunate that, as I went to Kyoto, I had the chance of being taught by Mr. Ikutaro Nishida and Mr. Kaiichi Toda.

---

[2] now president of the Planning Board of the cabinet.

学生時代の思い出

近衛文麿　　　　　　　　　　原典

貴族院議長は初代が伊藤博文公、二代が蜂須賀茂韶、三代が父の近衛篤麿、四代が徳川家達公の順で、父から徳川公に代つたのは明治三十六年十二月の初めであつた。

それは父の議長任期が満期になつたためである。

その三十六年の夏から、父は不治の病で大学病院に入院してゐた。徳川公は議長に就任した日に父の病室まで新任の挨拶に来られた。それは私の十三歳のときだ。

私もその時病室に居合せたが、此徳川公の後を継いで三十年後の今日、私が五代目の議長になるなどと、其時誰が想像したらう。

父は最初伊藤公に嘱望され、洋行をしたのも伊藤公の推挽により、西園寺公に伴れられて渡欧したのであるが、帰朝後の父の思想は、内政問題では立憲主義であつたが、外交問題では国権主義であり、随つて其時代の所謂対外硬論者との交りが深く、伊藤公、西園寺公とは次第に離れて行つた。日露戦争前に国民同盟会、對露同志会等を作つて平和外交主義の政友会を向ふにまはして活動した如き其一例である。

父の政治運動は一方借財をつくる結果となり、私が十四歳で父と死別した頃は、私の家は決して豊かではなかつた。

父の在世中は、朝から晩まで色々の人が出入し、私なども子供ながらチヤホヤされてゐたものだ。が、父がゐなくなつてからは、まるで火が消えた様になり、それだけならまだしも、今まで父に政治上の意味で世話を受けた人などが掌を返へすやうに金を返へせと云つて来る。ある金持の如きは、こちらが現金で返せぬので掛軸などをかたにすると、二度も三度もつきかえして来る様な始末であつた。

こんな事から私の心の中には、知らず知らずの間に、社会に対する反抗心が培はれてゐた。中学から高等学校にかけての私は、西欧の奇激な文学を讀み耽るひがみの多い憂鬱な青年であつた。

父の弟で独逸で法律を修めた津軽伯は、私が文学青年になるのを心配して、一高受験の際は法科に入れと勧めてくれたが、断然文科に入つてしまつた。同じクラスには山本有三がゐた。松岡譲、菊地、久米等が一級上で、この二つのクラスは始終ゴム鞠のベースボールをやつて親しかつた。

文科の語学は独逸語八時間、英語八時間であつた。私の二十年間の学生生活中、高等学校の一年生の時ほど、苦んだことはなかつた。それは主に岩本先生の独逸語だつた。

その頃の先生の教授法は一学期に独逸文法を全部やり、二学期にはレグラム本の小説を先生が独りで読んでゆくのだが、二時間で四五頁はすゝむので、最初のうちは先生が何処を読んでゐるんだか見当がつかない、そして四百何頁といふ部厚なものをすつかりやつてしまつた。

そのために二学期はクラスの半分が零点、私はやつと二十点だつた。そこで三学期にはコレヤ落第するぞといふので、ほんとうに勉強したが、クラスの半分は落ちた。しかし其半数だけ、上のクラスから又落ちて来て結局クラスの人数は同数になつた。實に乱暴極る教授法だつた。

併し先生の人物には頭が下つた。世間のうわさによると夏目漱石の三四郎に出てくる広田先生がそのモデルだと云ふ。あすこに描かれてゐる人物よりも、遥かに激しい性格の人で、独身主義者で讀書家で、本を大切にすることは非常なものであつた。本には必ずカバーをかけ、洋書でも日本式の本箱に横にねかして入れて、読書の際は必ず手を洗つて読むといふ風だつた。

先生の理想はプラトーで、先生はさながらギリシヤの哲学者がこの世に生れて來たやうな感がした。

学生時代の近衛文麿公（スキャタグッド＝カークハムによるスケッチ　1938）

私は余程先生の感化を受けたものと見え、其当時、世の中で一番俗悪なものは政治家、一番高尚なものは哲学者だと思ひ込んでゐた。

先生に学者として自らく持し、中々人に許さぬ方で、大学の先生等も先生の口にかゝつては滅茶苦茶だつた。只ケーベル先生には痛く心服し、又西田幾太郎氏を推称してゐた事を覚えてゐる。

岩本先生の感化で哲学者にならうと思つて居た私は、高等学校の三年頃から、今度は社会科学に興味を感じ始め、京都帝大の米田庄太郎氏や、河上肇氏の書いたものに親しむやうになつた。

そんなわけで一時東大の哲学科に入り、井上鉄次郎氏あたりの講義を聞いて見たが面白くない。そこで米田氏や河上氏の居る京都大学に行きたくなり、十月頃東大をやめた。京都へ行き、入学の期限がすぎてゐるのに法科に入れてくれと学生監にすわりこんでやつと入れて貰つた。

その頃の法科は織田萬博士などの時代であつたが、法律の勉強が目的ではなかつたから、法律の講義等には殆んど出ない。従つて点もわるく、やつと落第しない程度だつた。

当時の河上氏は、已にマルクスの研究をしてゐて、我々に、マルクスが読めるようにならなければだめだと始終云つてゐたが、極端に左傾してはゐなかつたようだ。氏の宅を訪問すると、書斎に通され、火鉢を囲み刻煙草を吹かしながら、もの静かな気持ちでいつまでも話相手になつてくれた。

その頃私は河上氏から二冊の本を貰つた。一つはスパルゴーの『カール・マルクスの生涯と事業』であり、一つはイタリアのトリノ大学のロリア教授の『コンテンポラリー・ソシアル・プロブレムズ』であつた。

後者に就ては特に『とても面白い本でやめることが出来ず徹夜して読んだ』と云つて渡された。私も亦昂奮して、一気呵成にそれを読み了つた事を今も記憶してゐる。

思ふに其頃は、河上氏もマルクス主義の勉強時代であつたらう。実際運動には勿論携はつてゐなかつた。然し時々『人は其志の為には国外に追放される位のことは始終覚悟してゐなくてはならぬ』等と云つてゐた。

京都で一年程、氏の書斎に出入りしてゐる中に、氏は海外留学を命ぜられて渡欧した。其渡欧に先立ち唯一の親友だとして、一人の友人を私に紹介してくれた。それが今の代議士瀧正雄君だつた。

併し其後、だんだん瀧君の思想も変つて今日に及んでゐるが、大正六年同君が最初に代議士の選挙に立つた時は、河上氏も応援に出掛けて行つた筈だ。其後両氏の思想は益々遠ざかり、何度目かの選挙の時に、瀧君が応援を頼みに行つたらキツパリと断られたさうだ。

そのほか、京都に行つた為に西田幾多郎氏や戸田海市氏に教を受ける事が出来たのは、今も尚仕合せだつたと思つてゐる。

（原典を新字とし、ルビの誤植を訂正した。）

なぜ、河上肇への傾倒の個所が選ばれたのか

鈴木貞美　　　　　　　　　解説

この「学生時代の思い出」は、近衛文麿が幼少期や青少年期の回想をまとめた『近衛文麿公清談録』（千倉書房、1937、以下『清談録』）の第1篇「身辺瑣談」冒頭「身辺瑣談」[1]を、そのまま英訳したものである。ただし、原典の「ゴム毬野球」が、ただ"baseball"になつていたりするところもある。

『清談録』は、近衛文麿が貴族院議長の職にあったときの口述筆記をまとめたもので、近衛文麿を首相にという世間の期待が高まっており、それに応える意味をもっていた。その冒頭、すなわちこの英訳の

---

[1] 前半は、伝教大師奉賛会「会報」1938年第4号に執筆したものがもとになっている。

冒頭は、彼の「血筋」と立憲主義とをアピールする意味をもっていた。今日のわれわれは、戦前の議会制度や貴族院の基盤をなす華族について、ますます疎遠になるばかりだから、ここでは基礎知識を補い、読者の助けにしたい。

ただ、この一節は、彼の若き日の反社会的、反抗的な態度を焦点にしている。近衛文麿は、若いときから、世間の耳目を引くエピソードの多い人だった。『清談録』の刊行は、そうした興味に応える意味もあった。若き日の反社会的、反抗的な態度について、自ら弁明することが社会的に必要とされていたのであり、また、そのような態度が彼の支持基盤の心情に訴えるところがあるということを、彼自身、よく知っていたのだろう。

それにしても、なぜ、社会主義者として知られる河上肇に親炙した一時期のことを記した一節が、ここに選ばれたのか。『Japan To-day』に、この一節が掲載されたのは、近衛文麿にとっても日本の命運にとっても実に微妙な時期にあたっており、その時代背景について述べておく必要もあろう。

貴族院と近衛家のこと

まず華族は、1884年の華族令で、江戸時代の公卿、諸侯に加え、維新および国家に勲功のあった政治家、軍人などに与えられた公・侯・伯・子・男の5つの爵位の総称である。これが貴族院の基盤である。貴族院は、大日本帝国憲法下における帝国議会の一院として、1890年11月29日に成立。イギリスの "The House of Peers" にならったもので、貴院と略称され、非公選の皇族議員・華族議員・勅任議員によって構成され、解散はなく、議員の多くが終身任期だった。他に、有識者が勅任により議員となる制度もあった。貴族院の議長及び副議長は、議院の意思によらず、内閣の輔弼により勅任され、任期は7年。衆議院 (The House of Representatives) と同格だが、予算先議権は衆議院がもっていた。

貴族院議長は、初代、伊藤博文 (1890年10月24日～1891年7月21日) ののち、第2代が蜂須賀茂韶 (～1896年10月3日。本文では "Shigeaki" と記されているが、これは『清談録』のルビにならったもので、「もちあき」が正しい)。阿波国徳島藩の第14代 (最後) の藩主で、1882年から1886年まで駐フランス公使 (スペイン・ベルギー・スイス・ポルトガル公使も兼務)、帰国後、第11代東京府知事 (1890-91) ののち就任。第3代が文麿の父、近衛篤麿 (～1903年12月4日)。第4代、徳川家達は、旧徳川将軍家の16代当主。慶喜のあとを継ぎ、「十六代様」と呼ばれた人。藩籍奉還後、静岡藩知事だったが、1877～82年、イギリスに留学、1890年の貴族院開設に伴い、公爵議員となった。貴族院議長の間、1921年、ワシントン会議全権委員、日本赤十字社社長などをつとめ、内外に活躍したが、5期目の半ばで辞職した (～1933年6月9日)。これを近衛文麿が継いだので、本文には第5代とある。が、任期で数えれば、第9代となる。

次に血筋について。近衛家の本姓は藤原氏で鎌倉時代に成立した藤原北家近衛流の嫡流、公家の家格の頂点に立つ五摂家 (近衛家・九条家・二条家・一条家・鷹司家) のひとつである。文麿は、その第30代目当主で、後陽成天皇の12世孫にあたる。

篤麿の父、すなわち文麿の祖父、近衛忠熙は、公武合体派として活動した幕末の公卿で、維新政府とは距離をとり、しばらくは京都に留まっていた (明治天皇の説得により、1878年に東京に移住)。その子、文麿の父親、篤麿の号は霞山。1884年、華族令の制定に伴い公爵に叙せられ、1885年にオーストリアからドイツに渡り、ボン大学・ライプツィヒ大学に学んだ。1890年、帰国して貴族院議員となった。

近衛篤麿は1885年、渡欧直前に、旧加賀藩主で侯爵・前田慶寧の三女・衍子と結婚。1891年 (明治24) 10月12日に衍子は長男・文麿を産み、1週間後に歿した。その1年余り後、篤麿は衍子の妹・貞を後妻に迎えた。文麿はこの叔母にあたる継母を実母と慕って成長したが、のち、成人して事実を知り、「この世のことはすべて嘘だと思うようになった」ほどの衝撃を覚えたという (『清談録』)。貞は「文麿がいなければ私の産んだ息子の誰かが近衛家の後継者となれた」と公言し、文麿との仲はよくなかったらしい。が、文麿は、成人後には孝行したと述べている。

篤麿と貞との間には、長女・武子 (1898年生まれ。公爵大山柏の妻)、次男・秀麿 (1899年生まれ。音楽家)、三男・直麿 (1900年生まれ)、四男、忠麿 (1902年生まれ。水谷川家を継ぎ、春日大社宮司) の五子があった。文麿は、よく異母弟妹たちの面倒を見たらしい。

近衛篤麿は、ヨーロッパの貴族社会に学び、皇室を守り、社会の指導者の役割を果たす役割を強く自覚し、1895年には第7代学習院長となり、華族の子弟の教育に力を注いだ。華族の子弟には外交官がふさわしいという信念をもち、一時期、学習院に大学を設けた。第3代貴族院議長に就任後も、藩閥政府には常に批判的で、特に日清戦争後、西欧列強の

中国分割の動きを警戒し、積極的に中国問題に関わってゆく。

帝国主義の時代に早くから「東亜保全」を唱え、日本の権益保護と日清、日韓の保護連携を打ち出し、民間諸団体を糾合して、アジア主義大同団結運動を展開、外務省・軍部とも提携しつつ、清朝の地方長官の劉坤一(両江総督)や張之洞(湖広総督)らと親交を結んだ。清国との留学生の往き来を奨励して、1898年、同文会を設立。これは、やがて犬養毅の東亜会と合併し、東亜同文会の会長に就任、1900年に南京同文書院(のち、上海に移転。東亜同文書院、後身は現・愛知大学)を開いた。清朝改革に失敗した康有為、梁啓超らの日本での亡命活動も助けた。1898年、中国の華北や満洲に義和団事変が勃発、これに乗じたロシアが満洲を占領したことに強い危機感を抱き、対露強硬策を説いて、伊藤博文らと決別し、犬養毅、陸羯南、頭山満、中江兆民らと同志を糾合して、同年9月に国民同盟会を結成、「満洲開放」案を唱え、事変の早期妥結に力を尽くした。なお、「満洲開放」案は、のち中華民国臨時大総統、袁世凱が採用、日露戦争後には、日本の権益独占を阻む壁として働くことになる[2]。このあたりが原典中「所謂対外硬論者(英訳ではChauvinist)との交わり」の内実である。

篤麿は、1903年9月、任期満了を期に貴族院議長を辞任し、枢密顧問兼学習院長に任命されたものの、中国で感染した伝染病を抱えており、帝大病院に入院し、そのまま1904年1月1日に死去した。享年42(満では40歳)(なお、本文に「私の十三歳の時」とあるが、文麿は満年齢を用いた)。

このような祖父の代からの清朝帝政派とのつきあいは、近衛文麿の対中国、対朝鮮意識に影を落としつづけることになったと考えてよい。『清談録』には、一高時代、日韓併合期の朝鮮に叔父を訪ねて遊びに行き、寺内正毅の武断政治を見て、「亡国の民を憐れむ詩を作り、武断政治を呪う文を草したことを記憶している」という一節がある。ここは、寺内の人柄について「此頃になってやはりいい人だったと思う」(p.17)とおさめているが、このあたりも世情を意識した記述ととれよう。

また文麿は近衛邸が東京、飯田町にあったときに生まれ、貴族院議長官舎などで育ったが、彼の京都への親近感の原因も、これらに由来する。彼は京都帝大の学生のとき(1913年、数え23歳)、豪勢な結婚式をあげ、吉田山裏の新居で結婚生活に入っている。相手の千代子(数え18歳)は、一高時代に文麿が電車の中で見染めた人で、華族女学校で一番の美女だったという。恋愛結婚、学生結婚のはしりを演じたわけだ。

千代子とのあいだに長男、文隆(1915年)、長女、昭子(1916年)をもうけた。次女、温子は、1937年(昭和12年)4月、当時まだ京都帝大在学中だった細川護貞(旧肥後熊本藩主細川家の第17代当主)と結婚。長男の護熙と、次男の忠輝(近衛家の養子となった)をもうけたのち、温子は早死にした。細川護貞は、第2次近衛内閣で内閣総理大臣秘書官となり、1943年(昭和18年)、昭和天皇の弟宮高松宮宣仁親王の御用掛として、終戦工作などにつとめた。細川護熙は、のち総理大臣となる(1993)。

西園寺公望とのあいだ

本文は、父親が借金を残して歿した後、苦境におちいったことにふれている。それを救ったのは、西園寺公望だった。西園寺公望は徳大寺家の次男に生まれ、同族の西園寺家の養子となり、家督を相続。幼少時には、祐宮(のちの明治天皇)の遊び相手をつとめた。両家とも藤原北家閑院流の家系で、西園寺家は、近衛家の格下にあたる。それゆえ、近衛文麿が学生時代に西園寺のもとを初めて訪れたとき、西園寺が近衛文麿を「閣下」と呼ぶので、「ムヅかゆい様な気がして、人を馬鹿にしているんじゃないかとすら思へた」と『清談録』で回想している(p.9)。格式張った公卿社会の一面が残存していたことを語るエピソードである。

西園寺公望は、伊藤博文を補佐して明治政府を軌道に乗せ、日露戦争後、伊藤歿後には、桂太郎と交代で内閣総理大臣を務め、その後も「最後の元老」として、日本の政治を裏側でリードしたことはよく知られる。本文では、近衛篤麿が「伊藤博文や西園寺公望と疎遠になった」と記されているが、篤麿は、対中国、対ロシア政策に強硬路線をとったので、彼らとは政敵というべき関係だった。だが、皇室を支える華族(「皇室の藩屏」)を形づくるという点では、まったく一致していた。西園寺が文麿の聡明さを見抜き、援助を惜しまなかったのも、その点にかかっていた。

西園寺は第1次世界大戦後のパリ講和会議(1919)に日本全権として赴いた際、近衛文麿を秘書のひとりとして連れていった。『清談録』では、文麿が自ら「随

---

2 矢部貞治『近衛文麿』上(近衛文麿伝記刊行会、1951)、一「生い立ち」を参照。

行を願い出た」(p.10)と述べているが、西園寺としては、文麿に国際政治の場を経験させ、国際協調の実際を勉強させるためだっただろう。

その前年の1918年、文麿は、三宅雪嶺の率いる雑誌『日本及日本人』に論文「英米本位の平和主義を排す」を執筆し、現状維持のためにする平和主義は、必ずしも社会正義にかなっているとは限らないという理屈を論じて問題視されたことがあった。なお、三宅雪嶺も近衛篤麿の国民同盟に参加していた。

1936年に2・26事件ののち、総選挙で社会大衆党が躍進するなど、反ファッショ・ムードが高まった際、西園寺公望は近衛文麿を首相に推そうとした。が、文麿が健康を理由に辞退した。これについて、『文藝春秋』1936年7月号座談会「近衛文麿公閑座談会」で、文麿は、一時は説得されかけたと語っている（88頁）。座談会からは、いずれやがては、と期待がかけられていたこともわかる。その後も、文麿を担ぐ新党結成など画策されたが、文麿は、それにも乗らなかった。そして、1937年に、ついに西園寺の推奨となった。

文麿は、1927年ころから貴族院内改革派の中心人物の道を歩みはじめたと言われている。近衛文麿の支持基盤、いわば軸足の片方は、いわゆる皇道派勢力にあり、結局のところ、西園寺は近衛文麿に裏切られるかたちになった。西園寺は最期まで、悔んでも悔やみきれなかったらしい。

学生時代

華族の子弟は、泰明尋常小学校、学習院中等科を修了後、学習院高等科に進学するのが習いだが、文麿は、第一高等学校を受験して進学した。学力優秀でなければかなわないことで、しかも、後見役の叔父に勧められた法科でなく、文科。すでに型破りであった。

なお、文麿が学習院中等科のとき、乃木希典が院長（1907–）で、なにかと心にかけてくれたらしい。が、文麿は『清談録』では、規律にうるさい人と反発を覚えたと語っている。実際、反抗心の強い青年になっていった。そのまま高等科に進まなかった一因もそこにあろう。

一高では、当時の校長だった新渡戸稲造の感化も受けた。そして、山本有三らと同級になった。寮に入り、1学年下の菊池寛、久米正雄と親しく交わったことは本文にあるとおり。『文藝春秋』1936年7月号「近衛文麿公閑座談会」には、その雰囲気がよく出ている。とくに久米正雄は、文麿をまるで友達扱いしている。文麿の異母弟で、音楽関係で国際的に活動していた秀麿も加わって、闊達な会話が弾む。

が、楽しい高校生活の反面、自分自身は嫌っても、特権階級であることは変わらない。屈折した思いが、世をすねたような心に向かわせもした。高山樗牛の評論や小山内薫の演劇に入れあげた時期があるらしい。志は、やがて哲学に向いた。

「座談会」では、一高時代のドイツ語の先生、岩元教授の話題でも話が弾んでいる（79頁）。この原典で「岩本」と表記されているが、座談会も他の級友の回想など、みな「岩元」。その岩元先生が心服していたケーベル先生は、ロシア生まれのドイツの哲学者で、シェリング、ハルトマン、ショーペンハウアーらを研究、1893年から1914年まで帝国大学で哲学を講じ、日本の知識人に多くの信奉者を生んだことで知られる。

「座談会」は、近衛家の遠祖にあたる藤原道長の自筆日記、いわゆる『御堂関白記』のことにも及ぶ（80頁）。この座談会の翌々年、1938年、近衛文麿は、京都市街地の北西、仁和寺の近くに陽明文庫を設立し、代々伝わる文書、巻物の類を納めることになる。ここには、戦時中、篤麿の後妻で、秀麿の母、貞が疎開した。

「座談会」では、文麿が1912年に京都帝国大学法科に進んでのち、1914年、第三次『新思潮』5月号、6月号に、オスカー・ワイルド『社会主義下における人間の魂』(The Soul of Man under Socialism) を翻訳し、「社会主義論」という表題で発表したこと、その5月号が発売頒布禁止処分になったことにふれている。久米正雄が、警察に呼び出され、注意を受けたことも語られている。出版物は、中央では内務省警保局が検閲し、警察が執行にあたるしくみだった。

1910年の大逆事件ののち、社会主義関連の文献が徹底的に弾圧を受けた時期のことで、「社会主義論」というタイトルで載せること自体が権力に対する挑発的な行為であり、華族の地位にあって、かなりの社会的悪戯である。そこで、これが『新思潮』5月号の発禁処分の原因と見られてきた[3]。が、座談会で山本有三は、のち東宝の社長となり、丸木砂土の筆名で艶もの随筆に活躍する秦豊吉が、貴族階級の不倫をテーマにしたシュニッツラーの戯曲『輪舞』(Reigen,

---

3 中西寛「近衛文麿『英米本位の平和主義を排す』論文の背景―普遍主義への対応」『法学論叢』132巻4–6号（1993）が、発禁理由が近衛の翻訳文によるという確たる証拠があるのかどうかはっきりしないことを、すでに指摘している。

1897)を翻訳して載せたせいで、風俗壊乱にひっかかったと述べている。山本は「その上、近衛文麿のものがあったので」と付け加えているが、翌6月号には「社会主義論」下篇が掲載されている。発禁は『輪舞』訳のせいだろう。

ワイルドの社会主義論は、すでに、1891年に、英文翻訳で知られる増田藤之助(とうのすけ)によって「美術の個人主義（ヲスカル、ワイルド氏論文抄譯）」（『自由』5月28日）として発表されていた。私有財産制の廃止により、他人のために生きる卑しむべき必要から解放され、不毛な争いと競争に精神を浪費することがなくなり、個人の十全な発展が可能となり、芸術が花開くという観念的なユートピア論である。危険思想の内だろうが、不敬にあたる内容ではない。この時期、1915年には「ウィリアム・モリスと趣味的社会主義」をふくむ岩村透『美術と社会』も刊行されている[4]。社会主義という語そのものが禁圧されていたわけではない。ただし、翌年、岩村透は東京美術学校を解雇されることになる。その理由には社会主義思想との関連が推測されている。そして、実は1913年から、挿絵をふくみ、風俗壊乱の発禁処分が相次いでいた。1916年のことになるが、久米正雄「醜男」（『帝国文学』4月号）も発禁になっている。

近衛文麿が東京帝国大学に進まなかったのは、すでに哲学界の大御所としての道を歩む井上哲次郎に魅力を感じなかったからと、このあたり近衛文麿の革新好みの姿勢ははっきりしている。そして、本文は、文麿の河上肇への傾倒を語る。

本文中、「スパルゴーの『カール・マルクスの生涯と事業』」は、イギリス出身のアメリカの社会主義者、ジョン・スパルゴーによる Karl Marx: His Life and Work.（New York: B.W. Huebsch, 1908) のこと。スパルゴーは、当時、一部の社会主義者が関心を寄せ、島中雄三訳『社会主義と宗教』（Marxian socialism and religion: A Study of the Relation of the Marxian Theories to the Fundamental Principles of Religion, 1915, 文化学会出版部, 1920) が刊行されることになる。

もう一冊の『コンテンポラリー・ソシアル・プロブレムズ』は、Achille Loria, Problemi sociali contemporanei (Milano, 1896) の英訳本だろう。アキレ・ロリアは幅の広い著作をもつが、機械論的進化論の立場から、それが多様に発現することを論じ、カール・マルクスの経済決定論に対して、最も早い時期に批判した一人として知られる。1919年、大日本文明協会叢書に、ロリア他（村岡清次訳）『戦争と経済関係』が入っている。そのロリアのものは『社会の経済的基礎』（Les bases ecnomiques de la justice international）の英訳版（The economic causes of war, tr. by John Leslie) からの重訳。

つまり、この部分は、河上肇も自分も、このとき社会主義に関心をもっていたが、マルクス主義の信奉者になっていたわけではないという含みをもっている。文麿は、1914年に京都帝大哲学科の学生で、のち社会学者として知られる高田保馬（1883-1972）とジョン・スチュアート・ミル『経済学原理』（Principle of Political Economy, 1948）を読んでいる[5]。ついでに述べておくと、近衛文麿のブレーン・トラスト「昭和研究会」を率いた後藤隆之助との親交も京都帝大に進んでからのものである。[6]

河上肇は、1922年、労農派の櫛田民蔵からマルクス主義解釈の誤りを指摘され、発奮して『資本論』第1巻の一部などマルクス主義文献の翻訳を進め、1928年には、京都帝大を辞職、大山郁夫の率いる労働農民党の結成に参加する。1930年、京都から東京に移り、1932年、日本共産党に入党、「コミンテルン1932年テーゼ」を翻訳。1933年、治安維持法違反で豊多摩刑務所に収監され、小菅監獄に移って、共産党活動の敗北を認める声明を発し、共産党は壊滅状態に陥った。前年6月、獄中にあった日本共産党幹部、佐野学・鍋山貞親が32年テーゼに反発を示して発した転向声明に共鳴するところがあったと見られる。

ここで近衛文麿は、そのような経歴をもつ河上肇について、その穏健で真摯な学究肌をあらためて思いださせるように、かつて親炙したときの様子を語っている。同時に、それは自らの革新好みや、社会主義に対する一定の理解を示すことにもなっている。近衛文麿は、ヒトラーの仮装をして人びとを驚かせたこともあるし、また1934年、アメリカを訪問した際には、ニューディールの資料を集めてきたと述べている（「新日本の姿を示せ―アメリカから帰って」『文藝春秋』9月号）。近衛文麿が日中戦争の本格化を機に、国家社会主義へと大きく舵をきってゆくのは、それなりの下地があったのである。

---

4 中山修一「岩村透の『ウィリアム・モリスと趣味的社会主義』を再読する」『デザイン史学』第4号（2006) p.65を参照。

5 注2に同じ。
6 同前。

発表時期について

　この回想が『Japan-Today』に掲載される前年、近衛文麿は、元老・西園寺公望の奏薦を受け、45歳と7カ月、伊藤博文に次ぐ史上2番目の若さで、第34代内閣総理大臣に任命され、1937年6月4日に組閣した。前任の第33代内閣総理大臣は、軍人出身の林銑十郎（任期；1937年2月2日-同年6月4日）で、首相就任後、「祭政一致」をぶちあげて問題視され、予算が成立した3月末に、理由もなく突然、衆議院を解散（「食い逃げ解散」）し、政局の混乱に拍車をかけただけに終わった。

　内閣総理大臣になった近衛文麿には、いよいよ、混迷のつづく政局を安定させる期待が集まった。マルクス主義労農派の論客、山川均も、近衛文麿内閣成立を日本のファッショ化の一段階ととらえつつも、知識人である近衛文麿のもつ明朗性については一定の評価をしている（「近衛内閣の明朗性」『文藝春秋』7月号、6月下旬刊行）。

　内閣発足の1カ月後、7月7日に勃発した日中戦争（支那事変）に対して、近衛は当初、不拡大方針を閣議決定し、事態の早期収束を図ったが、数次に及ぶ和平交渉は結果として失敗に終わった。軍の特務機関が停戦協定を結んでいたのに、7月11日に近衛文麿が3個師団の派兵を発表し、また26日には軍事予算の増額を閣議決定するなどして戦争拡大に導いたという見解があるが、これらは戦の備えをとってこそ和平に導けるという考えによると見てよい。蒋介石と共産党とのあいだを裂こうと、8月8日に蒋介石とのあいだに防共協定を取り決めるまでにもっていったものの、8月13日に国民党軍によって第2次上海事変が引き起こされ、全面戦争に突入し、和平への道が閉ざされた、と見るのが妥当だろう。

　9月には「国民精神総動員運動」に着手、翌1938年（昭和13年）1月には、「爾後国民政府を対手とせず」という、いわゆる第1次「近衛声明」を発表、同年4月には国家総動員法を制定して電力の国有化など戦時国家社会主義への体制を整え、7月には、中国革命の古参幹部、汪精衛（兆銘）の擁立工作に出ていた。ただし、この回想が『Japan To-day』に掲載されたときには、まだ近衛文麿ブレーン・トラストである昭和研究会も「東亜協同体論」を打ち出すまでの用意はなかったと思われる。「東亜協同体論」は、三木清「我々の政治哲学」（『Japan To-day』9月号）、蠟山政道「東亜協同体論」（『改造』11月号）、三木清「政治と文化」（パンフレット『戦時文化叢書』日本青年外交協会、1938年11月）などによって、打ち出されてゆく（本書、三木清「我々の政治哲学」解説を参照）。

　つまり、この「学生時代の思い出」は、昭和研究会が東亜協同体論を準備している最中に、内外に向けて発信された。実に微妙な時期である。そして、近衛文麿内閣が、日・支・満の提携をうたう「東亜新秩序」建設を打ち出すのは、この年11月3日。国民政府との和平3原則として「善隣友好」「共同防共」「経済提携」を言明する「日華国交正常化大綱」を発表し、「対手とせず」声明を撤回するのは、12月22日のことである。

　はっきりさせておきたいが、それまで対外的に意味をもつ対中国戦略は「防共」の1点のみだった。それに「東亜新秩序」建設、すなわち東亜ブロック形成を加えたことは、大きな戦略転換というべきである。もちろん、その実際は、王克敏の北京傀儡政権、汪精衛による「親日」政権を結ぶ「和平地区」の拡大を狙うものだった。

　ただし、この戦略は、まるで汪精衛が北京を脱出したのを見計らったように、1939年12月に近衛文麿自らが首相の座を降りてしまい、次の政権が汪精衛にとっては屈辱的な条件を突きつけたため、一時期は頓挫した。汪精衛南京政府（北京も統一）ができるのは、1940年3月のことである。そして、第2次近衛文麿内閣は1940年7月に発足する。

Spring in Tokyo

Yaso Saijō

Tokyo in spring—it starts with the cherry blossoms. From far away, the cherry blossoms look like blazes of pink. Looked at more closely, it is a faint whitish color, bashful and tristful…

When the clouds of these blossoms, shining mildly like smoke or mist, make their appearance over the city, the differences between Tokyo's uptown and downtown sections make themselves distinctly felt. The downtown people look at the blossoms from the windows of the high office buildings. In the residential sections uptown which have been preserving a certain bucolic atmosphere, they view the flowers from a distance. The beautiful young ladies coming out of their houses gracefully to go shopping in the fashionable stores on Ginza Street composedly fit in the picture.

The girls no longer wear the *haori* coats of heavy grey silk, as they did in winter ; the *haori* has gone with snow and ice. Now, through the light silk of their *kimono*, the sunshine caresses their tender and elastic bodies. Around their slender waists, the *obi* sashs of undreamed-of beauty, resembling the seven-colored rainbow, are softly tied.

At cherry-blossom time, it often rains in Tokyo. It is a light and limpid, sentimental rain. It bathes the blossoms in a sudden shower, and soon it clears up again. As soon as the flowers get wet in the rain, their color fades out, and in the spring breeze they fall down, as though a beautiful woman was clipping her finger nails. At the corner, hidden behind the letter-box, a maiden is attentively waiting for the sound of her lover's footsteps ; even her fragrant black hairs reflect an opalescent beam.

In the temple gardens, the charming voices of singing children are being heard. April 8—it is the birthday of Shaka, the Saint of the Orient. On a bright round stage, surrounded by a basin filled with sweet brown tea, a small bronze statue of Shaka is enshrined. With tiny dippers singing religious hymns, the children cheerfully dash the sweet tea upon the Buddha image. They do not cease to praise the glory of the Saint.

Have I talked too much about nothing but blossoms ? Walking with you in the spring rain, I shall lead you now to a residential street in the uptown section. Put down the paper umbrella to pass through the old-fashioned, roofed gate and drop in at these mansions ! See the refined style of the detached room over there; inside, nightingales are now holding a concert. Bamboo birdcages decorated with scarlet tassels are hung up one beside another. Rich old gentlemen and refined ladies listen to the singing contest of these little birds, in the same absorbed spirit in which, at another time, they will take in the fragrant odor of burning incense.

In the streets of modern Tokyo, phonograph records of the voices of nightingales are selling well at this time of the year ; they are used to teach the nightingales singing. Smart young people buy the records, and in spring, they listen to the delightful songs of these birds, instead of the sound of the alarm clock, when they get up at daybreak.

A *kabuki*-theatre downtown. Also here, everything is in full bloom at this season—branches of trees dyed in all colors. A floral symphony to look at—beautiful as a picture scroll. The vivid scenes of the classical drama performed on the stage are like souvenirs to the tourists to take back to their native place, as a branch from the flowered trees of the capital. Even the critics, so hard to please, keep silent as deaf-mutes and gaze at the beautiful silken garments of the female spectators, intoxicated by the bouquet of luxurious perfumes.

The old Tokyo in the vast Musashino plains... There is a beautiful old legend telling of the flows of water running in the plains. If you go there to look what it is alike—it is a shapeless flow of the grasses : or was it a faint white vapor rising over the bright young herbs of spring, which a traveler mistook for a running stream of water ?

Now, there is nothing left of the flowing stream ; but in spring, the green of the old plains which was trampled down by the settlers there rises against man. When the clouds of cherry blossoms have gone, everything is green, green, and green... the apartment windows, the square, the entrance of the bar in the back-street, the roofgarden of the department store : the skies of the capital are wrapped in fresh green all over.

At this time, the festival at the Yasukuni Shrine is being held. In this country. the spirits of all those who have died for the fatherland are being enshrined and become deities. An imposing festival is celebrated to pay homage to the spirits of 120,000 loyal soldiers enshrined together in this Shinto Shrine. On this day, also His Majesty the Emperor graciously proceeds to the Shrine and worships.

Tradition has it that it always rains on the day of this festival. They say it is the tears shed by the people mourning for the souls of the heroes, or, that it is the rain of tears of the bereaved families remembering their lost sons.

This year, the souls of many heroes who died in China will be enshrined together. In the white clouds over the big bronze shrine gates, the brave souls will appear in the shape of former days and to the sounds of the solemn songs rising to the skies they will descend. When the sacred fire in the shrine gardens burns, the thousand trees of the sanctuary will open their arms and, like loving mothers, will take the new deities to their bosoms.

When the green of the leaves darkens, everywhere all over Tokyo cloth carps may be seen floating in the air. It is the festival for the families to unite in wishes for the future of the male children. The fishes which swim upstream vigorously are taken as symbols of male courage and energy. In the *tokonoma* alcoves, dolls representing the mythological heroes are displayed. On this day, leaves of the sweet rush are thrown into the hot water in the public baths, and you can see the old men taking their towels and going there, believing that a bath in this water will remedy all kinds of illnesses.

The mountains you can see from Tokyo, the Fuji, the Tsukuba, the Chichibu... when the snow on top of them melts away, people think of traveling.

Those still young drive their car to the near-by harbor of Yokohama to view the sea in spring-time. From the plateau of the Nogeyama Park, they look over the sea and trace the ocean liners painted in many colors like cakes ; over there, where the white wings of the sea-gulls are beaming in the sun-shine, are bushes of fragrant roses which were transplanted from Seattle. Once a daughter of this island told me at length that on a spring day, when she was smelling the odor of the roses and contemplating the endless blue sea, she felt a longing for a remote country...

Before we can think of making a gay trip into the fields and mountains, and before we can enjoy the sports, we have first to brave the melancholic raining season in June.

Outside, the seed-pedlar sings his old melody. In the small garden behind the house, the chestnut tree comes into bloom.

Listen. Hear the frail voices of our old women who make the vegetation their calendar. Listen to what they say : "Till the flowers ain't gone, the rain won't go either."

東京の春

西條八十　　　　　　　翻訳

　東京の春——それは桜の花と共にはじまる。遠くから見ると、桜の花は、燃え立つようなピンクにみえる。淡い白っぽい色彩で、恥じらうような、物憂

いような……。

　これらの雲のような花が、煙か霧かのように穏やかに輝いて街を覆うと、東京の山の手から下町の地域差はあきらかになる。街の人々は、高層ビルのオフィスの窓から、花を見る。田園的な雰囲気が残っている山の手の居住区では、人々は遠くから花を見る。銀座の流行の店に買い物に出かけるために優雅に家を出る美しい若い女性は、しっとりとその風景に調和する。

　少女たちは、もはや冬の装いである重たい灰色の絹の羽織を着てはいない。羽織は雪や氷と一緒に消え去ったのである。今は、軽やかな絹の着物を通して、太陽の光が彼女らの柔らかでしなやかな体を愛撫する。彼女たちのほっそりとした腰回りは、七色の虹に似た、「帯」という思いもよらないほど美しいベルトで柔らかく絞められている。

　桜の花の季節には、東京はたびたび雨が降る。明るく透明な情緒的な雨である。いきなり桜に降り注いだ雨は、まもなく上がる。雨にぬれるとすぐに花の色は失われ、春の風の中に散って行ってしまう。まるで美しい女性が指の爪を切っているかのように。街角で、郵便ポストの後ろに隠れて、恋人の足音を今か今かと待ちわびている乙女のかぐわしい黒髪に、乳白光の春の光が映っている。

　寺院の庭に、子どもたちのかわいい歌声が響くのは４月８日──東洋の聖人・釈迦の誕生日である。茶色い甘茶を満たした水たらいの中央の輝く丸い台の上に、釈迦の小さな銅像が安置される。小さなひしゃくを手にして、宗教的な歌をうたいながら、子どもたちが朗らかに仏像に甘茶を浴びせかける。子どもたちは聖人の栄光を称賛するのをやめようとはしない。

　花のことばかりを話しすぎただろうか。春の雨の中を歩きながら、あなたを山の手の住宅街へ連れて行こう。紙の傘〔唐傘〕をたたんで、古い屋根のある門をくぐり、これらの家に立ち寄ろう。離れ座敷の洗練された様式をご覧なさい。中ではうぐいすがコンサートを開いている。あかね色の飾り房で装飾された竹の鳥かごが、傍らに掛けてある。お金持ちの老紳士と洗練された女性たちがこの小さな鳥たちの歌声を聴く。別の時にはそれと同じ熱心さで、彼らはお香を聞いて楽しむだろう。

　現代的な東京の街で、うぐいすの声のレコードがよく売れるのが、一年のうちのこの季節である。それは都会人にうぐいすの声を聴かせるのに使われる。気の利いた若者はレコードを買い、春のあけぼのには、目覚まし時計の代わりにこの鳥の喜ばしい歌声を聴いて目覚める。

　繁華街の歌舞伎座。そこでも、この季節は繁栄をきわめて──あらゆる色に染められた木々の枝々、花の交響曲の光景──それは美しい絵巻物である。上演される伝統劇の色鮮やかな光景は、観光客にとっては、首都東京の花咲く木々の一枝として、故郷にもちかえる土産のようなものである。かなり気難しい批評家たちでさえ、聾唖のように黙って、官能的な香水のブーケに夢中になっている女性の観客たちの美しい絹の衣装に目を奪われるのである。

　広大な武蔵野地帯の古き良き東京。平原に水が流れるという、美しく伝説的な言い伝えがある。それが何かを見に行けば、草で覆われた形のない流れである。あるいは、春の輝やく若い香草の上の、かすかな白い水蒸気である。旅行者は、それを水の流れと見まちがう。

　今では、水の流れはまったく残っていない。だが、春には、移住者によって踏みつけられてきた平原の緑が、人間に対抗してそびえ立つ。桜の花の雲が終わったら、すべてが緑、緑、緑になる。アパートの窓ガラス、裏通りのバーの入口、デパートの屋上庭園、首都東京の空は、さわやかな緑で覆い尽くされるのである。

　この季節、靖国神社の祭りが開かれる。この国では、祖国のために死んだ人々の魂が祭られ、神々となる。威風堂々たる祭典は、この神社に祀られる12万人の兵士たちの精神に敬意を払って執り行われる。この日は、天皇陛下もこの神社に参詣になり御参拝される。

　伝統的に、この祭典の日にはいつも雨が降る。英雄たちの魂を追悼する人々の涙、あるいは息子たちを喪失した家族の涙である、といわれている。

　今年は、中国で命を落とした多数の英雄たちの魂が、ともに祀られるだろう。銅製の大きな鳥居の上に浮かぶ白い雲には、勇敢な彼らの魂が、在りし日の姿で見えるだろう。そして、空に舞い上がる厳粛な歌に合わせて彼らは降りてくる。神社の庭で神聖な火が燃えるとき、神聖な神社の何千もの木々が、愛に満ちた母親のように腕を開き、そのふところに新しい神々を迎えるだろう。

　葉の緑が色濃くなってくると、東京のあらゆる場所で、布製の鯉が空を泳ぐ様子が見られる。それは、男の子の将来を願う家族のお祭りである。力強く空

を泳ぐ魚は、男の勇気と活力の象徴であると受け取られている。床の間という壁の引っ込んだ部分には、神話の英雄の人形を飾る。この日5月5日には、菖蒲の葉が公衆浴場の熱いお湯に入れられる。手拭を手にして公衆浴場に行くお年寄りたちは、この菖蒲湯があらゆる病気を治療すると信じているのである。

富士、筑波、秩父といった東京から見える山々の頂上の雪が解けたら、人々は旅を考える。若い人々は自動車で近くの横浜港へ春の海を見に行く。野毛山公園の高台から、海を眺め、ケーキのような様々な色彩の外国航路船の行方を眺める。そこには、カモメの白い羽が太陽の光の下で輝き、シアトルから移植されたバラの茂みが良い香りを漂わせる。かつてある春の日に、この国のある娘が私に次のように話したことがある。バラの香りをかぎながら果てしない蒼い海を眺めていると、遠い国への憧れを感じるのだ、と。

野原や山への陽気な旅行や、スポーツを楽しむことを考える前に、まずは6月の憂鬱な雨の季節に立ち向かわねばならない。

外では、種を売る行商人が古い旋律を歌う。家の小さな裏庭で、栗の木が花を咲かせる。

さあ耳を澄ませよう。野菜を植える時期をはかる老女たちの微かな声が聴こえる。「花が終わってしまう前に、梅雨がくる前に」と。

(堀まどか訳)

1938年前後の西條八十

堀まどか　　　　解説

モダン東京を歌う八十

モダンで、かつさわやかな情趣的な光景としての、日本の首都・東京の春。桜と春雨、帯を締めた日本女性たちの姿や、唐傘、仏陀の誕生祭である花祭りの様子など、海外の読者にも分かりやすい魅惑的な「東洋」としての日本の光景描写が満載されている。

《現代的な東京の街で、うぐいすの声のレコードがよく売れるのが、一年のうちのこの季節である。》とあるが、ナイチンゲール(nightingale)は、うぐいすではなく、金糸雀と訳するべきかもしれない。一世を風靡した童謡「かなりあ」、《——唄を忘れた金糸雀は、後の山に棄てましょか。／いえ、いえ、それはなりませぬ。》は西條八十の作詞で、これが初の歌謡童謡であった[1]。

数多くの流行歌謡曲を生み出した作詞家・西條八十の「東京」をテーマにした歌謡曲としては、「当世銀座節」(昭和3年4月・ビクター)、「東京行進曲」(昭和4年6月・ビクター)、「銀座セレナーデ」(昭和5年6月・ビクター)、「銀座の柳」(昭和7年3月・ビクター)などがある。「東京行進曲」は、菊池寛原作の同名小説(『キング』昭和3年6月〜昭和4年10月に連載)の映画主題曲として大ヒットした[2]。作曲は中山晋平。八十と中山晋平は、その後も数多くの新民謡をつくりだしているが、とくに昭和8年には「東京音頭」(昭和8年6月・ビクター)[3]を大ヒットさせ、東京における空前の盆踊りブームを起こした。(もともと、東京には盆踊りの習慣はなかった。)

1937(昭和12)年に日中戦争が勃発すると、八十は読売新聞から派遣されて、南京、蘇州、無錫、上海へと従軍している。八十は結局、日中戦争中に3回従軍し、南京陥落のときのほか、2回目は中支徳安戦線に、3回目は山田耕筰と漢口入城に従軍した[4]。

日中戦争下の国外発信

この英文記事「東京の春」は、雪解けの3月末から6月の梅雨までを季節行事を追って説明したもので、東京モダンの描写で始まり、田舎の家できこえてくる歌や声に耳を澄ますところで終わっている。

だが、そのなかで唯一、日中戦争下の雰囲気を伝え、国外発信の意義と目的とを思わせるのが、「靖国神社の祭典」(靖国神社合祀祭)と英霊たちの説明のくだりである。日中戦争で多くの人々が戦死し、ゆえに今年は多くの英霊がここに祀られて、多くの家族の涙が流されているということが紹介される。国の

1　鈴木三重吉から童謡雑誌『赤い鳥』への執筆を依頼され、1918年11月号に掲載されたこの詩は、翌年、成田為三の作曲でレコード化された。

2　映画は、日活製作、溝口健二監督の無声映画で、1929年5月31日公開。ただし、大ヒットの裏では《昔恋しい銀座の柳／仇な年增を誰が知ろ／ジャズでをどってリキュルで更けて／あけりゃダンサーのなみだあめ》といったモボ・モガの東京風俗を描いた歌詞は、権威主義的な教育者や教条的左翼から批判され攻撃もされた(筒井清忠編『西条八十と昭和の時代』ウェッジ、2005、p.28)。ちなみにこの「東京行進曲」は、映画主題曲としての第一号であった。

3　八十は中山と共にビクターに所属していたが、作曲家に対しての作詞家への待遇の悪さに不満をもち、1935年(昭和10)年にはコロムビアに移籍している。翌1936年6月、コロムビアは、八十と作曲家・江口夜詩を、アメリカ経由でのヨーロッパへの旅行へ旅立たせている。ドイツで八十は、読売新聞紙上にベルリンオリンピック観戦記や詩を連日送っている。また、ドイツ詩人たちに開戦の近いことを暗示された。

4　西條八十「私の履歴書」『西條八十全集』17巻、p.368

ために戦争で命を落としたあらゆる一般人が、靖国神社の神々となるのだということ、この合祀祭には天皇が出席するのだということが紹介される。特に、《鳥居の上に浮かぶ白い雲には…》とのくだりは、詩集『戦火にうたふ』(日本書店、1938年7月) に収められた「英霊を迎ふる日――靖国神社合祀祭を歌ひて」の詩想と表現とに限りなく近く、この詩の英訳を散文的に行っているのではないかと思わせる。

次の詩である。

「英霊を迎ふる日――靖国神社合祀祭を歌ひて」
青葉若葉に風薫る
九段の丘の、この佳き日、
英霊来る、微笑みて、
白雲と偕(とも)に、おごそかに。

祖国のために現身を、
献げし、雄々しき勇士が、
神の御座につきたまふ
空の青さよ、畏さよ

全日本の津々浦々、
いま粛として瞑禱(めいとう)す、
聴(き)け、箜篌(くご)のごと、天地(あめつち)に、
響く祖宗の頌歌(ほめうた)を。

涙もありき、血もありき、
空暮れそめて、聖火燃ゆ
靖国神社の神籬(ひもろぎ)は、
いとし愛児を抱(いだ)くごと、
千木の両手をさし伸べぬ。

この詩が収められた『戦火にうたふ』の「序」には、《艱難困苦の限りを嘗め味つてゐる》前線の兵士たちを思って《済まないと感ずる。まことに相済まないと感ずる。》と書かれている[5]。この詩集の前半には「聖戦」を讃美し「皇軍」を讃える詩も収められる。だが、そのような中にも、人間としての兵士や戦地に生きる民衆たちの苦痛に共感する眼差しと無常観が入り混じる。また特に、この詩集の後半になると、野戦病院のはてしない哀愁、中国兵の遺体をあわれむ詩、教え子の生還を祈った詩などが多くなる。これらは戦意を高揚させる詩篇というよりはむしろ

人々の共感を誘う詩、つまり戦禍の中をさまざまな立場で生きている個々人の悲哀と苦痛が抒情的に描かれた戦争詩である。また、歌謡曲の作詞家として女性や大衆の心を小気味よくうたうことに長けた西条八十ならではの、情感と哀調とにあふれている。たとえば「支那のランプ」《となり同士で、仲良しで、/ともに鞦韆(ぶらんこ)したときの/可愛い刺繍の絹の沓(くつ)。//国と国とは戦(たたかひ)に/赤い血潮(ちしほ)を流しても、/乙女(をとめ)ごころがなに変ろ》[6]などは、その一例といえよう。

戦時下の心情

西條八十が従軍作家として戦地に赴き、多くの戦争詩を書き、ラジオや新聞メディア、レコードを通して戦時体制下にコミットしたことはよく知られているが、しかし、そのことによって作家としての反権力意識が薄かったのではないかとか、罪ある戦時協力者であったとかいったレッテルをはることは、まったく無意味である。戦時下を生きる人々の、無常や諦念、苦痛や哀愁、国や家族への切実な感情を歌にしたという点で、戦時下に即した詩作や作詞を数多く創作して、人々に愛唱されたといえば、正しいのであろうが。

同じ1938年、西條八十は次のような詩も書いている。

「愛の聖戦」[7]
となり同志の　国と国
なんで戦が　したからう
やむなく揮(ふ)る　膺懲(ようちょう)の
剣(つるぎ)のかげに　涙あり
　日本桜(やまとさくら)の　このこゝろ
　ひろく世界に　知らせたい

目ざす仇(かたき)は　軍閥ぞ
無智の鎖を　解きはなち
四百余州(しひゃくよしう)の　同胞(はらから)と
仰ぐ平和の　青い空
　日本桜の　このこゝろ
　ひろく世界に　知らせたい

おもへばおなじ　人の子と

5　西條八十「序に代へて――皇軍に感謝す」『戦火にうたふ』『西條八十全集』4巻、国書刊行会、1997、p.189

6　西條八十「支那のランプ」『戦火にうたふ』『西條八十全集』4巻、前掲、p.237-238

7　この詩は、未発表原稿(昭和13年10月、第一～三聯)。『西條八十全集』9巻、国書刊行会、1996、p.38-39
『西條八十全集』9巻、国書刊行会、1996、p.38-39

捷った征野の　花すみれ
　　積んで捧げる　敵の墓
　　強いばかりが　武士ぢやない
　　　日本桜の　このこゝろ
　　　ひろく世界に　知らせたい

　この心が『Japan To-day』に寄稿された英文内に十分に表現されているかは別としても、西條八十の中にこの思いがあったことを疑う余地はない。
　さて最後に付け加えておくと、西條八十の1938年には、とくに戦争末期から戦後にいたるまで全国で広く長く歌われた「同期の桜」のもととなった「戦友の唄（二輪の桜）」（『少女倶楽部』1938年2月号）の発表、そして空前の大ヒット映画『愛染かつら』の主題曲「旅の夜風」（1938年10月・コロムビア／万城目正・作曲）の発売、また1940年には同名の映画の主題歌になる「支那の夜」（1938年12月・コロムビア／竹岡信行・作曲）の発売があった。

【参考文献】
筒井清忠『西條八十』中央公論新社、2005年3月10日　他

Architectural Sights of
Modern Tokyo

ARCHITECTURAL SIGHTS OF MODERN TOKYO

東京中央郵便局

ロシア風の大聖堂（東京復活大聖堂／ニコライ堂）

隅田川にかかる永代橋

新議事堂の中央地区

日比谷公会堂

帝都の夢と影
——1930年代の東京と都市景観のモンタージュ

西村将洋　　　　　　　　　　　　　**解説**

帝都復興事業と写真集『建築の東京』

『Japan To-day』1938年5月号に掲載された"ARCHITECTURAL SIGHTS OF MODERN TOKYO"（以下、「モダン東京の建築景観」と表記する）は、東京の建築群を紹介したものである。一目見てわかるのは、意識的に選択された建築様式の多彩さであろう。

タイドアーチ形式の永代橋、ピラミッドのような塔をもつ帝国議会議事堂（現、国会議事堂）、ゴシックを基調とした日比谷公会堂、インターナショナル・スタイルの代表ともいえる東京中央郵便局、ビザンチン様式のニコライ堂（東京復活大聖堂）。このように帝都東京は、複数の建築デザインによってモザイク的に表象され、多様な文化や思想が交錯するダイナミックな場所としての意味を獲得している。さらに写真のなかで永代橋や中央郵便局を行き交う人々の群れは、その東京というトポス（特別な場所）に住む日本人のイメージを読者（欧米諸国の読者）に対して、鮮明に印象づけることにもなるだろう。

ただし誤解してはならないのは、こうした帝都の都市表象が現実をそのまま反映しているわけではない、という点である。それはあくまで写真によって意図的に構成された表象なのである。これについては後述するが、ともかくこうした都市イメージが生まれる前提となった歴史を簡単に振り返っておきたい。

モダン都市東京が生まれた第一の要因は、もちろん1923年の関東大震災であろう。震災によって壊滅的な被害を受けた東京では、幸か不幸か、土地区画整理、公園の新設、小学校・病院等の建設、道路舗装事業、橋梁の架換、電気事業などの都市インフラの整備事業が、史上稀にみる勢いで進んだのである。その復興事業の一つの区切りとなったのが、震災から約7年後の1930年3月に挙行された帝都復興祭だった[1]。「モダン東京の建築景観」に収められた、永代橋（1926年竣工）、日比谷公会堂（1929年竣工）、ニコライ堂（修復工事が1929年に終了）の3つは、この帝都復興祭までに建設されている。

ただしその後も復興事業は続いており、最終的には1932年3月の復興事業局廃止とともに終了することとなる（同年5月に震災復興最後の橋として両国橋が開通した）。この1932年は、帝都東京にとってもう一つの意味で特別な年となった。同年10月、東京市は、近隣の5郡82町村を合併して、新たに20区を加え35区体制となり、人口531万人、世界第2位の大都市となる。いわゆる「大東京」の成立である。この翌年に東京中央郵便局（1933年竣工）が姿を現し、そのさらに3年後に、明治期以来の懸案事項でもあった帝国議会議事堂（1936年竣工）が誕生して「モダン東京の建築景観」の5つの建造物が勢揃いするのである。

こうした復興事業による建築群を考える際に大きな意味をもつのが、1935年に発行された名著『建築の東京』である。「ここに一冊の建築の写真集がある。その名を『建築の東京』という。刊行されたのは昭和10（1935）年8月。発行者は、東京市土木局内に置かれていた都市美協会。当時としては大判に属するA4伴の写真集で、総ページは320。収録された建築物の件数は個人住宅25件を含めると477にのぼる。他に都市景観写真や公園、記念碑も合わせて収められており、写真図版は優に五百を超える。同年六月に行なわれた『大東京建築祭』が編纂のきっかけであった」[2]

復興事業と1930年代の建築を網羅した『建築の東京』は、まさに記念碑的な意義をもつ写真集だった。もちろん「モダン東京の建築景観」に収められた5つの建築も、カメラアングルの違いはあるものの、全て『建築の東京』に収められている（1936年竣工の帝国議会議事堂は1935年の『建築の東京』刊行の時点で既に外観は完成しており、同写真集の巻頭を飾っている。また永代橋は個別に立項されていないものの「三菱倉庫株式会社越前堀倉庫及附近」というタイトルで永代橋を中心にすえた航空写真がある）。

極言するならば、『Japan To-day』掲載の「モダン東京の建築景観」は、写真集『建築の東京』が創造した帝都東京の都市イメージを、コンパクトなかたちで再生産したものだったのである。

1　帝都復興祭と都市景観の問題については、拙稿「モダン都市景観」『モダン都市景観』コレクション・モダン都市文化5、ゆまに書房、2004、p.621-623を参照。

2　松葉一清『帝都復興せり！—『建築の東京』を歩く1986-1997』朝日文庫、1997、p.13-14。都市美協会については中島直人『都市美運動—シヴィックアートの都市計画史』（東京大学出版会、2009）が詳しい。なお『建築の東京』は前掲『モダン都市景観』に復刻版が収録されている。

板垣鷹穂「大東京の性格」の批評性

　その『建築の東京』出版の契機となった「大東京建築祭」は、東京建築美の増進と建築文化普及を目的に、1935年6月8日に日比谷公会堂で開催されている。当日は約2500人の関係者が出席し、映画『建築の東京』も上映された。この映画について美術評論家の板垣鷹穂は「建築祭とカメラ」(『国際建築』1935年7月)で「多大の難点を含むものと云へないことはない」[3]と感想を述べている。この微妙な言い回しは、板垣自身が映画製作にかかわっていたことも原因であるが、それ以上に主催者の都市美協会への配慮があった。付け加えておくと、1926年に生まれた都市美協会は、1933年に事務所を東京市土木局内に移転しており、1930年代前半には「関係諸団体をも巻き込んだ大規模な啓蒙的活動を実施」していた[4]。板垣の言葉は次のように続いている(文中の[　]内は引用者による補足)。

【図1】　堀野正雄[撮影]、板垣鷹穂[構成]「大東京の性格」(『中央公論』1931年10月)

　　都市美協会の立場から製作される「大東京建築祭」のための映画は一種の儀式的な意味をもつてゐる。従つて東京市の建築を扱ふ場合、大体に於てその優れた側面からのみ見る必要がある。然るに事実上東京市の建築は極く少数のものを除けば、極めて貧弱であつて、その長所を描き出すに寧ろ困難を感ずる次第である。これが若し、自由な立場から製作される「性格描写」としての東京を扱つた映画であるならば面白い取扱ひはいくらで[も]出来ると思ふ。場合によつては皮肉な扱ひ方も随分効果的なものになり得るだらうと想像される。そう云ふ点から考へれば、甚だ雑然としてゐる東京など一個の面白い主題であるに相違ない。然し今度の場合としては、そう云ふ構想を選ぶことは出来ない事情にあつた。[5]

　板垣は、「自由な立場」ではなく、都市美協会と東京市に対する配慮から、東京の建築の「優れた側面からのみ」映画製作を行った。その結果、都市の「雑然」とした「面白」みは排除されることとなったのである。これに続く文章で板垣は「なほ数年前の話になるが中央公論のグラフとして『大東京の性格』と云ふ廿頁のグラフモンタージュを編輯したことがある。(略)今こゝに一種の参考資料として回顧して見ると興味を牽く点が尠くない」[6]と記している。

　ここで言及されているのは、1931年10月発行の『中央公論』に掲載されたグラフモンタージュ「大東京の性格」である[7]。グラフモンタージュとは、複数の写真をモンタージュして一つの主題を描き出すもので、写真と映画の中間にあるような表現方法である。「大東京の性格」の場合は、自動車、汽船、電車、街頭の都市風景、劇場やカフェーなど、多彩な写真が縦横無尽に組み合わされ、東京のダイナミックな様子やリズム感が描き出されていた。そのなか

3　板垣鷹穂「建築祭とカメラ」『国際建築』第11巻第7号、1935年7月、p.12
4　詳細は前掲中島『都市美運動』の第2章「東京市の都市美協会」を参照。
5　前掲板垣「建築祭とカメラ」p.13
6　同前、p.16
7　堀野正雄[撮影]、板垣鷹穂[構成]「大東京の性格」『中央公論』第46巻第10号、1931年10月。この作品は前掲『モダン都市景観』に収録されている。

でも、先ほどの「雑然としてゐる東京」という板垣の発言と対応しているのは、【図1】だろう。

【図1】右側のページ（14頁）には、右端に三井本館（設計：トローブリッジ・アンド・リヴィングストン社、1929年竣工）の正面玄関が切り取られている。この新古典主義様式の建物は三井財閥の圧倒的な威厳を示したデザインであるが、「大東京の性格」では正面玄関の一部分のみが意識的に切り取られることで、見る者の視界を超えた威圧的な存在感を印象づけている。それに対して同じページの左側に配置されたのが、まさに「雑然とした」都市風景だった。一番上が汚水に溢れかえる木挽町の河岸、続いて汐留付近の写真が三葉続き、一番下のリヤカーのある風景は芝離宮跡の恩賜公園付近である。続く【図1】左側のページ（15頁）には全部で3葉の写真がある。中央には、真っ白なモダンスタイルの吉川邸（設計：堀口捨己、1930年竣工）がシンプルな造形美を誇示しているが、その上下には築地魚河岸のグロテスクな風景が構成されていた。

板垣の意図は明らかだろう。大震災によって灰燼に帰した東京では、様々な様式の新建物が雨後の竹の子のように出現した。だが、それは帝都のほんの一面である。板垣に言わせれば、「事実上東京市の建築は極く少数のものを除けば、極めて貧弱」なのである。グラフモンタージュは、そうした複数の矛盾する都市表象が衝突しながら生みだすイメージを「大東京の性格」として表現している。「モダン東京の建築景観」と「大東京の性格」はともに様々な傾向が交差する異種混交的な帝都を表象していたのであるが、両者が最終的に生み出す東京のイメージはまさに対極にあった。

さらに注目すべきは、これらの建築写真が1938年5月号の『Japan To-day』に掲載されているという事実である。この前年の1937年7月には日中戦争が始まり、続く9月には戦時下における貿易や物資統制の基本法である輸出入品等臨時措置法が公布されているが、建築関係の資材統制で特に重要なのは、翌10月に公布された鉄鋼工作物築造許可規則である。この法律によって軍需関係の施設以外の建築は、50トン以上の鉄材を使うことができなくなり、日本建築界にとって冬の時代が始まるのである。[8]

以上の点からも明らかなように、「モダン東京の建

【図2】永代橋（堀野正雄『カメラ・眼×鉄・構成』木星社書院）

築景観」の都市表象は、第一に帝都の優れた建築のみを意図的に構成したという意味で、そして第二点として日中戦争開戦後の資材統制によって新しい建築物の創造が困難な状況にあったという意味で、つまり二重の意味で現実の状況から遠く隔たっている。あたかもこうした影の領域から逃走するかのように、写真の中の建築群は、実在する建造物でありながらも、非実在的にユートピア化された帝都イメージの夢を表象していたのである。

以下、このグラビアページに掲載された5つの建築について簡単にコメントしておきたい。

＊

■永代橋 Eidai-Bridge■

1926年竣工。原案：田中豊。設計：竹中喜忠。関東大震災後には「東京の復興は橋から」という要望があったように、都市機能を正常化するためには、交通の要としての橋の建設が急務だった。特に隅田川に架かる6大橋（相生橋、永代橋、清洲橋、蔵前橋、駒形橋、言問橋）を建設するために橋梁費全額（約3400万円）の3分の1が投じられている。なかでも永代橋と清洲橋の周辺は地盤が弱く、当時は珍しかった特種な工法（圧搾空気潜函工法）が採用された[9]。永代橋はしばしば「清洲橋の女性的なのに対し男性的な橋だと一般から」評せられており[10]、その架橋美は堀野正雄の写真集『カメラ・眼×鉄・構成』（木星社書院、1932年）収録の写真（【図2】）がよく知られている。同書収録の「機械的建造物の撮影記録」で堀野は「釣り橋（永代橋）の支へる部分の画く力強い曲線をテー

8　この1937年から始まる資材統制については井上章一『アート・キッチュ・ジャパネスク』（青土社、1989）の「II戦時体制と都市空間」が詳しい。同書によれば、東京ではたとえ諸官庁であってもバラックで増築せざるをえない状態になったのだという。

9　無署名「新東京見物」『大東京写真帖』忠誠堂、1930、p.3-4頁を参照。同書は前掲『モダン都市景観』に復刻版が収録されている。また永代橋の工事過程については田中豊「永代橋の型式撰定に就て」（『工事画報』第3巻第3号、1927年3月）が詳しい。

10　例えば「東京の姿態31／男性美の永代橋」（『東京朝日新聞』東京版1937年3月16日、朝刊第10面）などを参照。

【図3】ハルカリナッソス（現、トルコ共和国ボドルム）にあったマウソロス霊廟（『東京朝日新聞』東京版1937年2月26日）

■帝国議会議事堂 The Diet Building■

1936年竣工。設計：大蔵省臨時議院建築局。議事堂建設を統括した大熊喜邦の説明によれば、帝国議会議事堂は1917年に議院設計図面の懸賞公募を行い、当選案を決定したものの、その後当選図案を作り直して1920年にようやく着工した。だが物価騰貴や坪数の増加で予算訂正の必要が生じ、工事はその後も難航した。加えて「議会といふものは各地方から出てゐる国民の代表の集りであるから、議院建築の材料も各地方からの国産品を使はなければならん」という方針が工事の遅れを招いた。たとえば八幡製鉄所は年間で1500〜1600トンの鉄を製造することができたが、議事堂のためには鉄骨が約1万1000トン、鉄筋約6000トンが必要であり、鉄骨だけで約6年の歳月を要している。さらに「世界何れの国でも、議事堂の建築は自国から出る代表的な石材を使つて居る」という理由から日本全国から集めた大理石が使用された（ここでの「日本全国」には朝鮮半島も加わっている）。その結果、着工から完成までに約17年の時間を費やした[12]。こうして苦難を乗り越えて完成した議事堂であったが、当時の新聞ではなじみのある日本的なデザインではなかったことから、「親しめない建築様式」と報じられており、さらに【図3】に示した「小亜細亜地方ハルカルナツサスのギリシャ廟」（マウソロス霊廟）にそっくりだという指摘もあって、〝何が国産だ〟と若い建築技師たちの間には不平の声が少くない」状態だったのだという[13]。

■日比谷公会堂 Hibiya Public Hall■

1929年竣工。設計：佐藤功一。後藤新平が計画した東京市政調査会の会館及び東京市公会堂として、安田財閥創始者の安田善次郎の寄付を受けて建設された。ゴシック様式を基調とし、中央に高塔を配したシンメトリカルなファサード、さらに茶褐色のタイルと黄色テラコッタという佐藤が得意とした素材の組み合わせが特徴で、モニュメンタルであると同時に公園の自然との調和を計った建物だった。[14]落成日の1929年10月19日からは「帝都復興展覧会」（東京市政調査会主催）が開催され、23日間の会期中に約11万人の入場者を集めている。また前述した「大東京建築祭」（都市美協会主催）も1935年に日比谷公会堂で開催された。関東大震災後の象徴的な建築であるとともに、佐藤功一の代表作でもある。

■東京中央郵便局 Tokyo Central Post-Office■

1933年竣工。設計：逓信省経理局営繕課（吉田鉄郎）。東京中央郵便局はシンプルでありながら冗長に陥ることなく、平面・構造からディーテイルに至るまで周到に配慮された、きわめて完成度の高いモダニズムの建物で、1930年代の日本建築界での評価も相当高かった。また当時の海外向けのメディアでは、日本の新建築の代表例としてこの建物が紹介されるのが常だった。例えば名取洋之助が主宰した対外宣伝グラフ雑誌『NIPPON』では市浦健が、岸田日出刀は外国人旅行者向けの英文の著書で、さらにブルーノ・タウトもフランスの建築専門雑誌で東京中央郵便局を絶賛している。[15]当時の新聞記事では「一見如何にも平々凡々な芸のない意匠に見えるが、あれで古い様式のものと較べると、窓まどはズット大きく健康的であつて外見のみにとらはれて内部の不便をも考慮に入れないといった建築ではない」と評されている。[16]

■ロシア風の大聖堂 The Russian Cathedral（東京復活大聖堂／ニコライ堂）■

1891年竣工。震災後の修復は1929年に終了。原設計：ミハイル・シチュールポフ。実施設計：ジョサイア・コンドル。聖ニコライが中心となって7年の歳月と24万円の巨費をかけて建設された。ビザンチン様式の容貌をそなえた聖堂は本堂と鐘楼に分かれ、本堂の高さは地面から十字架の先端までが35

---

11 堀野正雄「機械的建造物の撮影記録」『カメラ・眼×鉄・構成』木星社書院、1932、p.11
12 大熊喜邦「議院建築の話」『建築の東京』都市美協会、1935、p.6-10
13 詳細は「東京の姿態22／誇りの新議事堂／親しめない建築様式」（『東京朝日新聞』東京版1937年2月26日、朝刊第10面）を参照。
14 米山勇「東京市政調査会館及東京市公会堂の設計変更に関する考察」『日本建築学会計画系論文集』第566号、2003年4月、p.147-148
15 藤岡洋保「東京中央郵便局の設計趣旨」『学術講演梗概集F-2』日本建築学会、2007年7月、p.509-510
16 「東京の姿態20／日本趣味の復興」『東京朝日新聞』東京版1937年2月23日、朝刊第10面。この記事は岸田日出刀「東京の近代的建築」（前掲『建築の東京』）の主張と一致する点が多い。

メートル、鐘楼は40メートルで、さらに駿河台の高所にあったことから東京名物の一つにもなった。しかし、関東大震災の際に鐘楼が本堂に倒れてドームを破壊した。岡田信一郎の設計によって構造の補強と修復が行われ、1929年に修復が完了したが、その際に徹底した耐震補強が行われた。その結果、鐘楼がレンガ造りから鉄筋コンクリートに置き換えられ、高さも40メートルから35メートルと低くなった。本館も鉄筋コンクリートで補強されている。[17]当時の新聞でも「十八万円を要するこの復興工事は、ロシアの革命で本国からの仕送りが絶えた為めに日本の信徒（全国に約三万、東京に三千）だけの力でやつてゐる」と報道している。[18]

【主要参考文献】
西村将洋編『モダン都市景観』コレクション・モダン都市文化5、ゆまに書房、2004

---

17 長縄光男『ニコライ堂遺聞』成文社、2007、p.17-18、p.346
18 「夏の宗教行脚（8）復活の聖ニコライ」『読売新聞』1929年8月8日、朝刊第4面。

Sporting Youth of Japan

短距離走　　　　　　　　　　　相撲

SPORTING YOUTH OF JAPAN

Fotos by JIRO MONNA

アーチェリー　　　　　走高跳　　　　　　　野球

日本の若人とスポーツ

牛村 圭　　解説

　支那事変終結のきざしなど見られず、中国大陸での日本軍の侵攻がいっそう進むなか、未来の帝国陸海軍の兵士となる若者たちに体力の向上が求められたのは当然の展開だった。『Japan To-day』8月号掲載記事「若者の国、スポーツの国」の解説にも付すように、国を挙げて銃後の国民の体力向上が図られた。「スポーツをする日本の若者たち」というタイトルのもとに5月号に引かれる5葉の写真は、懸案の国民の体力向上をいかに図るかについての手段、すなわちスポーツの種目の紹介と普及の様子を具体的に示そうとするものと言って良いだろう。

　5葉の写真で紹介されるのは、左から順に「短距離走」「相撲」「アーチェリー」「走高跳」そして「野球」である。今、この5種目をこのように訳出したものの、原題にArcheryとある3つ目の写真の弓は和弓とも洋弓とも判然としないような弓にも見える。使われている矢も矢先がどちらの弓にも普通使われるものとは思えず、練習に用いる種の矢だろうか。射手は和装でない。また、記載されている原題が「相撲」については "Sumo" or Japanese wrestling となっている一方、Japanese Archery ではなく Archery とのみある。以上から、この Archery は和弓ではなく洋弓と考えて良いのだろう。

　5種目のスポーツのうち、相撲のみが日本の伝統スポーツであり、他のものは西洋伝来の種目と二分できる。横綱双葉山が不滅の69連勝を打ち立てたのは、1937（昭和12）年から1939（昭和14）年にかけてだったということを思い起こすならば、ここに引かれている相撲の写真が撮られたのは、戦前の相撲人気が絶頂期を迎えていたころになる。

　19世紀半ばの開国ののち、横浜の外国人居留地ではいくつもの西洋のスポーツが行なわれていた。居留地の外国人から、そして明治の世となったのちは学校などに勤める「お雇い外国人」から、日本人は西洋のスポーツを教わった。野球やクリケット、陸上競技はこうして日本に導入された。初めて日本がオリンピックに参加した1912年のストックホルム大会の折、参加した2名の選手はスプリンターとマラソンランナーだった。そのスプリンター三島弥彦は、日本国内で開かれた選考競技会で最も優秀な記録を残したのだが、短距離走にもかかわらずスタートについては旧来のスタンディングスタートを用いていた。陸上競技の心得のある駐日英国大使館付きの館員から、クラウチングスタートの指導を急遽受け、ストックホルムへ向かった。それから四半世紀経ち、クラウチングスタートが当たり前のものとなっていたことがこの写真から判明する。

　今日、走高跳といえば背面跳びをただちに連想しようが、このフォームは1968（昭和43）年のメキシコオリンピックの場で、アメリカのディック・フォスベリーが見せて金メダルを取ったのが始まりである。それ以前は、ベリーロールが主体であり、またベリーロール登場の前は、走高跳のフォームと言えば正面跳び（はさみ跳び）だった。ここに掲載されている選手も正面跳び（はさみ跳び）を試みている。

　東京六大学野球のような学生野球が人気を博していたなか、現在のプロ野球の前身とも言える「日本職業野球連盟」が東京巨人軍、大阪タイガースを含む7チームで設立されたのは、1936（昭和11）年2月のことだった。その3年後、「日本職業野球連盟」は「日本野球連盟」に改称された。今日、優秀な投手に送られる「沢村賞」に名を残す巨人軍の沢村栄治投手が活躍したのは、1936（昭和11）年から翌年にかけてである。ちなみに野球で用いる英単語が敵性語として日本語に置き換えられる（例「ストライク」→「よし」）、という事態が生じたのはこの数年後、大東亜戦争開戦ののちのことである。

【主要参考文献】
『近代体育スポーツ年表（三訂版）』大修館書店、1999

Ce que l'Europe ignore

Akio Kasama

Les apparences sont souvent trompeuses. On entend naïvement par "l'agression" la présence des troupes d'un pays dans un autre et par une simple formule on aime négliger les causes profondes et fondamentales du conflit de ces deux pays.

Ce que les Chinois ont fait en matière de propagande, car ils excellent en duperie—forme régulière de "Chinoiserie" moderne, trouve immédiatement créance en Europe et en Amérique. Photographies d'atrocités et films truqués, par exemple. Les Américaines surtout sont si naïves qu'elles ont organisé le boycottage des bas de soie japonaise, le jour même où ces films furent lancés.

Les causes du conflit sont à chercher assez loin, parce que la situation actuelle n'est que le résultat d'une campagne anti-japonaise longuement préparée. Voilà la vraie agression. On confond la cause et l'effet. Depuis dix ans, des leaders de Chine n'avaient pas cessé d'exploiter le dogme de la résistance contre le Japon et d'en faire leur plate-forme politique. Jamais, propagande, voire même enseignement scolaire, n'a prêché à aucun peuple une doctrine d'antagonisme aussi violent contre une nation voisine amie. Rien dans l'histoire du monde ne donne un tel antécédent dans les relations de deux peuples même rivaux. Cette action a toujours été plus forte que la voix paisible de la raison, et des démagogues ne relâchaient pas leur emprise sur le peuple de plus en plus prévenu.

L'exemple de l'Association des Chemises Bleues en Chine est frappant. Sur la vraie nature de cette Association soi-disant nationaliste-révolutionnaire, on n'est pas d'accord. Ce qui est certain c'est que le Président de l'Association est le Général Tsiang Kai-shek lui-même et que la plupart de ses membres sont des officiers de l'Armée Chinoise, dont ils constituent le noyau, tous étant d'ailleurs anciens élèves de l'école militaire de Whampou ou de Nanking. Officiellement, c'est une Association qui vise la régénération spirituelle du peuple Chinois et la réorganisation du pays sur la base nationaliste-révolutionnaire. Le mouvement de ce qu'on appelle " la vie nouvelle," est également dirigé par cette Association. Ses membres se font les champions du nationalisme extrême et jouent, depuis l'incident de Mandchourie, un rôle prépondérant en gravant des sentiments anti-japonais dans l'esprit du peuple.

Il est aujourd'hui constaté que cette Association était dans la coulisse lors du premier incident dans la Chine du Nord au commencement de mai, 1935. Durant cette époque, bien des fois, dès qu'une entente intervint après un incident, un décret fut publié pour décourager l'antagonisme anti-japonais, mais sans qu'il se produisit aucune détente dans les vraies relations des deux peuples. Tout comme lorsqu'un feu éclate sur l'huile, l'éclaboussure de l'eau tiède précipite plutôt l'explosion, les incidents se succédaient en série rapide. Chaque fois l'Association des Chemises Bleues fut le souffleur qui dirige les acteurs.

D'autre part, le Gouvernement Chinois, au sein duquel on comptait quelques dirigeants non-anti-japonais, n'était pas assez fort pour prendre la situation en main. Par contre, la plupart des leaders se nourrirent souvent sur la graisse toujours croissante de l'anti-japonisme. Cela explique incidemment la nature du pouvoir politique dont Tsiang Kai-shek était le maître déclaré.

Durant ces mois de fin 1935—commencement 1936, la violence de ces mouvements prit une telle envergure que le terrorisme n'épargna même pas des enthousiastes patriotiques tels que Wang Tsing-wei et Tang Yu-jen. On se rappelle que le premier, grièvement blessé, était alors Président du Yuan Exécutif et Ministre des Affaires Etrangères, et que le second fut assassiné, alors qu'il était Vice- Ministre au Wai-kiao-pu, c. à. d. au Quai d'Orsay de Nanking. L'Europe ignore encore que le même terrorisme a atteint bien des Japonais en Chine, au Nord, à Shanghai, Hankow, Pakhoi etc. Ces victimes étaient presque toujours assassinées. De pareils cas de provocation continuèrent jusqu'à l'incident du Pont Marco Polo—prélude du présent conflit.

Sait-on que lorsque les Anglais furent attaqués le long du fleuve Yang-Tse, 1930, ils reprochèrent au Gouvernement Chinois cette pire agression, résultat de la propagande lancée par ce dernier? L'Angleterre, en mobilisant ses troupes, déclarait que le mouvement soi-disant nationaliste de Tsiang Kai-shek d'alors n'était ni le nationalisme légitime ni un mouvement patriotique. L'Europe sait-elle que les gouverneurs militaires et militaristes sous l'ordre du généralissime, perçurent parfois dans plusieurs provinces en Chine, de 23 à 27 annuités d'impots à l'avance? Dans tout le cours des trois mille ans de l'histoire chinoise, celui qui règne ne gouverne jamais. Le gouvernement central, géneralement, ne touche les poches du peuple qu'à titre d'impôt sur le fer et le sel. Les gouvernements locaux furent toujours autonomes. Les dynasties ne tombèrent qu'au moment où elles cherchèrent le peuple à retourner ses poches. Lorsqu'il était président de la République, Yuan Che-kai tomba quand il voulut monter sur le trône impérial et exploiter directement le peuple qui jouissait de la vie paisible de province. Tsiang Kai-shek voulut également exploiter le peuple, au nom du gouvernement nationaliste. Quand sa fin fut proche, il fut forcé de s'entendre avec les Communistes dans leur campagne contre le Japon, à fin de sauver sa face et renforcer sa situation. Ceci prouve que le Gouvernement de Nanking traçait déjà la même route de décadence que ses prédécesseurs.

A vrai dire, la Chine n'a jamais adopté la politique de la "porte ouverte." Le seul pays où la porte soit également fermée au commerce extérieur cst l'U.R.S.S. Malgré la politique qu'elle avait déclarée avant le présent conflit, le commerce international de Chine était contrôlé et soumis à des restrictions exagérées rappelant tout à fait la manière Soviétique. Dans le monde entier, deux pays seulement, —la Chine et l'U.R.S.S.— ne reconnaissent ni la liberté d'entrée ni celle de séjour aux étrangers, ni celle d'entreprises commerciales et industrielles ou autres aux ressortissants des nations amies, dans l'intérieur du pays. Les deux pays ferment leurs portes à fin de réaliser la politique économique de "self-supporting." Ainsi la dépression en matière du commerce extérieur est telle en Chine que le commerce extérieur y était tombé à 26% des chiffres de 1929, où la prospérité économique régnait dans le commerce mondial, alors que l'Angleterre montrait encore 40%, la France 34% et le Japon 47%. C'est le résultat d'une politique xénophobe en matière économique faisant partie de la soi-disant politique révolutionnaire du Kouo Mintang (partie nationaliste de Tsiang Kai-shek).

La porte d'une Chine indépendante et renouvelée sera certainement ouverte après cette guerre. Croiton sincèrement que la Japon puisse monopoliser l'exploitation des ressources et le commerce international d'un vaste pays de 400 million d'habitants aussi grand que l'Europe entière?

Le jour même du premier incident à Shanghai en janvier 1932, une association des ressortissants occidentaux, parmi lesquels on comptait Mr. Brenan et Mr. Cunningham, Consuls Généraux de Grande Brctagne et des Etats-Unis respectivement, a publié la résolution suivante.

" La situation à Shanghai tend vers une crise effrayante où les forces chinoises toujours en dés'ordre se rendront maîtresses des concessions françaises et internationale et même donneront s'il y en a lieu, au Gouvernement Chinois, l'occasion de supprimer ces concessions par la force, si toutefois, les troupes japonaises ne peuvent expulser entièrement ces forces chinoises de Shanghai. Le seul moyen de sauver cette ville internationale de cette catastrophe est la présence des troupes japonaises et leur succès complet pour enchasser les soldats chinois. Il est fort désirable que le Japon y augmente ses forces expéditionnaires pour remédier à cette crise qui, autrement, arriverait certainement."

A cette époque, le monde entier n'avait aucun doute sur le point de savoir quel était le vrai agresseur. L'Europe a oublié très facilement la leçon de 1932, et passe aujourd'hui un jugement fort superficiel sur la situation. Actuellement, la scène est dix fois plus grande, mais la différence de l'échelle ne change rien à la portée du drame qui se déroule.

欧州の知らぬこと

笠間呆雄　翻訳

　見かけは往々にして当てにならぬ。一国の軍隊が他国にいることを、ひとは単純に「侵略」と呼び、たった一言で、二国間に紛争を引き起こしたもろもろの根本原因を等閑に付すのがお好みである。

　なにしろ支那人は人の目を欺くに長けている——いかさまは歴とした現代の「支那流」である——ゆえに、彼らの宣伝にあたる行為がそのまま欧米の信用を得る。中傷狙いの写真や八百長映画がよい例である。アメリカのご婦人方はことに無邪気でおられ、このような映画が上映されたその日のうちに、日本製の絹ストッキング不買運動を組織なさった。

　紛争の原因をつきとめるには足元を見るだけでは十分でない。というのも現在の状況は長い時間をかけて用意された反日運動の結果にすぎないからだ。これぞまさしく侵略である。世間は原因と結果をはき違えている。支那の指導者らが抗日という信条を活用し、政治綱領に掲げて10年になる。宣伝のみならず学校教育までもが、友好な隣国に対するこれほど攻撃的な見解を民衆に説くなどこれまでなかったことである。世界史上、対抗する二民族の間でも、例を見ない。この動きに穏健な理性の声はつねにかき消され、民衆はしだいに偏見を植えつけられてゆき、煽動家らは影響力をもちつづけたのである。

　その顕著な例が支那の藍衣社である。表向き国民革命を標榜しているが、結社の本性については、見方が割れている。確かなのは、社長は蔣介石総司令そのひとであり、構成員の大部分がそもそも黄埔あるいは南京の軍官学校を卒業した支那軍の中核をなす将校たちであるということだ。公式には、支那民族精神の復興、国民革命を基盤とする国家再編を目指す結社とされている。いわゆる「新生活」運動もおなじく当結社が統率するものである。構成員たちは過激な国家主義の擁護者であり、満洲事変以降、民衆の精神のうちに反日感情を刻みこむうえで主要な役割を演じている。

　現在確認されているところでは、1935年5月初旬に北支で勃発した最初の事件の黒幕がこの結社であった。事件が発生するたび、協定があらたに結ばれ、ただちに反日意識を挫く狙いで何らかの宣言が発された。この時期、幾度もこのようなことがあったが、事実上二国民の関係に緩和をもたらすには至らなかった。まさしく油に火がついたごとく、ぬるま湯のはねであったものがたちまちのうちに大爆発へ発展し、たてつづけに事件が発生した。そのたびに糸をひいていたのが、藍衣社であった。

　一方、支那政府のほうは内部に数人の非反日派幹部をかぞえるものの、事態を掌握するほどの力を持ち合わせておらず、そのかわり、往々にして指導部の多くは高まりつづける反日気運を養分に肥え太るようになった。こういったところに、蔣介石を首班に据える政権の体質がはからずも露呈している。

　1935年おわりから、翌年始めにかけての数カ月間に、抗日運動はいっそう激しさを増し、汪兆銘、唐有壬のような熱心な愛国者さえテロリズムの対象となった。当時行政院長と外務大臣を兼務していた前者が軽傷を負い、南京の外務省にあたる外交部の次長であった後者が暗殺されたことは記憶に新しい。欧州はいまだ知らずにいるが、北支、上海、漢口、北海など支那全土で多くの日本人が同様のテロリズムの標的となったのだ。犠牲者はほとんどの場合殺害された。このような挑発事例が相次ぎ、現在の紛争の序章である盧溝橋事件に至ったのである。

　1930年、英国人らが揚子江流域で襲撃を受けたさい、政府の宣伝が悪質な攻撃を誘発したと支那政府を非難したのをご存知であろうか。英国は軍を動員するにあたり、当時蔣介石が率いていたいわゆる国家主義運動は、正当な国家主義でもなければ愛国運動でもないと明言していた。総司令麾下の軍閥領袖らが、支那のいくつもの地方でときに23年ないし27年分の税金を前倒しで徴収したことがあるのを欧州はご存知であろうか。支那3000年の歴史において、君臨する者が統治したことは一度としてない。中央政府は鉄税と塩税以外では、民衆の懐に手をつけられぬのだ。実際の統治権はつねにそれぞれの地方政

"独裁者 蒋介石"（近藤日出造によるイラスト）

府にあった。歴代の諸王朝はみな、民衆の懐を裏返そうとして倒れた。中華民国大総統であった袁世凱の失脚は、皇帝の座にのぼり、地方で安寧な生活を享受していた民衆から直に搾取せんと欲したことによる。蒋介石も同様に国家主義政府の名のもとに民衆を搾取せんとした。自らの終焉が迫るに及んで、おのが体面を保ち、おのが立場を強化するために、抗日運動という点において共産党と和解せざるをえなくなったというわけだ。すなわち、南京政府は先人らが踏んだ凋落の道をすでになぞっていたのである。

実のところ、支那がこれまで「門戸開放」政策を採ったことは一度としてない。対外貿易において同じく門戸を閉ざしている唯一の国がソ連である。現在の紛争が勃発する以前に公表された政策に反して、支那の国際貿易は統制され、極端な制限が課せられている。まこと、ソビエトのやり方そのままである。世界中で、支那とソ連の二国のみが外国人に入国、滞在の自由を認めておらず、友好国の在留者に、商業でも、工業でも、あるいは他の分野であれ、国内での経済活動の自由を認めていない。「自給」を旨とする経済政策を実現するという理由でこの二国は門戸を閉ざしている。このため貿易不況は支那において甚だしく、経済の繁栄が世界貿易を活況ならしめていたころの1929年の数字の26パーセントにまで一時下落した。同じ時期に、英国は40パーセント、フランスは34パーセント、日本は47パーセントの数値を示していたのにである。これが、国民党（蒋介石の率いる国家主義政党）のいう改革政策が提唱する経済分野における外国人嫌忌政策の結果である。

独立、刷新なった支那の門戸はこの戦争を経たのち必ずや開かれることとなろう。欧州全体に匹敵する4億もの人口をかかえる広大なこの国の資源開発や国内取引を日本一国が独占できるなど本気で信じられようか。

1932年1月に上海で最初の事件が発生したその日に、西欧諸国在留者らがつくるさる協会は──なかにはブレナン氏、カニングハム氏の名もみられた。それぞれ英国、合衆国総領事である──以下のような決議案を発表した。

「上海の情勢はおそるべき難局へ傾きつつある。依然として混乱状態にある支那人諸勢力がフランス租界及び共同租界を掌握し、機あらば、すなわち、日本軍が上海から支那人諸勢力を放逐しきれぬ場合に、これら外国人居留地を武力によって取り除く口実を支那政府に与えるというのがそれである。このような惨事からこの国際都市を救う唯一の手段が、日本軍の存在であり、その完全な勝利によって、支那人兵士らを一掃せしむことである。この難局を未然に防ぐために、日本が上海への派兵を増強することが強く望まれる。さもなくば時局の悪化は必至である」

この時期、誰が真の侵略者かという点で、疑いを挟む者は世界のどこにもおらなかった。欧州が1932年の教訓をいとも簡単に失念したために、今日、情勢に関する非常に皮相な判断がまかり通っている。目下のところ、舞台は何倍にも拡大している。しかし規模は違えど、繰り広げられている事そのものに変わりはないのである。

（園部暁子訳）

文人外交官の限界

戸部良一　　解説

外交官としての足跡

執筆者、笠間杲雄は異色の外交官である。

1885年（明治18）に生まれた笠間は、1909年（明治42）東京帝国大学法科大学政治学科を卒業し、同年の文官高等試験に合格して鉄道院に入った。1917年（大正6）アメリカに出張し、おそらくはそれがきっかけとなって翌1918年外務省に転じた。第1次世界大戦末期から大戦直後にかけて、外務省は職務の量的増加と質的変化に応じるため、いわゆる外交官試験

合格者を増やすだけでなく、他省庁や民間からも有為の人材を採用していたが、笠間の外務省入省もその一例であったと考えられる。1921年には、スペインのバルセロナで開かれた国際交通会議に日本政府専門委員として派遣されている。

その後笠間は、新設された本省情報部に勤務し、1922年（大正11）にはその第二課長となる。翌1923年開設されたばかりのトルコ大使館に一等書記官として派遣され、臨時代理大使を務めた。後にイスラム通として知られるようになる素地は、ここで培われたのだろう。1924年ルーマニアに転じ、1925年には大使館参事官としてパリに勤務することになる。ここで国際連盟関係の各種の国際会議に日本政府代表として出席し、国際労働機関（ILO）の日本代表部事務局長も務めた。笠間は当時の外交の檜舞台で活躍したわけである。3年間のパリ勤務の後、一時本省に戻ったが、1929年（昭和4年）ペルシャ公使となり、1932年にはポルトガル公使となった。1938年に外務省を退官し、太平洋協会の常務理事に就任した。

笠間は、以上のような外交官としての勤務の傍ら、また退官後の社会活動と並行しつつ、精力的に著作を発表した。例えば、1926年に文明協会が刊行した講述録『波斯から土耳古まで』では、アラビアを担当した志賀重昂等と並んで、トルコの近情を講述している。1935年には『沙漠の国——ペルシャ・アラビア・トルコ遍歴』、1939年には新書の『回教徒』をいずれも岩波書店から上梓した。また、太平洋協会が編纂した『南方の音楽・舞踊』（1942年）でインドネシアの音楽と舞踊を論じている。国際問題や地域事情にはとどまらない幅広い知的関心と深い教養、流麗な文章が笠間の持ち味であった。「文人外交官」という評もあるほどである（長場紘『近代トルコ見聞録』慶応義塾大学出版会、2000年）。随筆家としての評価も高かったといわれ、『文藝春秋』1938年8月号には、「空即是色」と題する随想を執筆した。なお、笠間は『国際河川航行論』という論文をフランス語で書き、博士の学位を得たという。フランス語が堪能だったのだろう。この「欧州の知らぬこと」と題する文もフランス語で書かれた。

抗日と日中関係安定化の可能性

だが、「欧州の知らぬこと」は、どう贔屓目に見ても、論理性が乏しい。その主旨にもあまり説得力が感じられない。たしかに笠間が言うように、中国国民政府の対日政策には抗日という一面があった。また、中国の抗日が支那事変（日中戦争）の要因の一つであったことも否定できない。だが、中国の対日政策が一貫して抗日一辺倒であったわけではない。支那事変の原因のすべてを中国の抗日に帰すこともできないだろう。それに、満洲事変以来、失地回復を期している中国の対日政策に、抗日の要素があってはならないと主張するほうが無理というものである。

満洲事変後の日中関係の展開に関する笠間の叙述も、正確さを欠いている。1935年（昭和10）2月、中国政府は全国の新聞社に対して排日言論の掲載禁止を命じ、翌3月には、各省市の教育部に対し反日的な教科書の使用禁止を命令した。命令を受けた側がそれを実行したとは限らないが、政府の命令・指示が出されたという事実はそれなりに重い。

実際、この頃、日中両国は関係安定化の方向を真剣に模索していた。そのムードがピークに達したのは、同年5月、日本が列国に先駆けて、中国との大使交換に踏み切ったことである。それまで、日本を含む列国は常駐使節として中国に公使を派遣しており、中国も相互主義により列国に公使しか派遣できなかった。この点で中国はまだ対等の国家として認められていなかったのだが、日本は中国を対等の国家として遇し、列国にもそうするよう働きかけたのである。同年6月、中国政府は邦交敦睦令を公布し、排日運動を禁止した。

軍の北支工作

このような日中関係安定化、友好親善の動きに水を差したのが、華北での日本軍の行動であった。笠間が指摘しているように、同年5月、天津で親日的な新聞社の社長（中国人）2人が、中国の秘密特務組織によって暗殺された。天津に司令部を置く支那駐屯軍の参謀長、酒井隆は、中国側に対してこの事件の責任を問い、中国中央軍や国民党機関の河北省撤退を要求した。要求通告は軍司令官（梅津美治郎）不在のときを狙い、河北省主席官邸前に部隊を展開して威嚇した。梅津も本国の陸軍中央も酒井の行動を知って驚いたが、追認せざるを得なかった。中国側は日本政府に斡旋を要請したが、外相廣田弘毅は、地方的軍事問題は外交交渉の埒外であるとして取り合わなかった。結局、中国側は酒井の要求を受け入れることになる（梅津・何応欽協定）。

この後、日本陸軍の出先機関は北支工作と呼ばれる華北分離工作を展開する。満洲国のような独立国

家ではないが、南京の国民政府から独立した地方政権を樹立するよう、華北の軍閥将領に対して様々な方法を用いて働きかけた。当然ながら、こうした華北での動きに対して、中国では日本に対する反撥が高まる。笠間論文で触れられているように、1935年11月、汪兆銘は狙撃されて重傷を負い行政院長兼外交部長を辞任した（このとき体内に残った銃弾が後に彼を死に追いやる原因となる）。12月、汪の片腕として対日外交を取り仕切ってきた外交次長の唐有壬は暗殺される。同じ頃、上海では日本の海軍陸戦隊の水兵が射殺され、1936年8月には成都の領事館再開を前にして現地に赴いた日本人新聞記者等が暴徒に襲われ、死者2名、重傷2名の被害が出た。9月、広西省の北海で長年、薬局を営んできた日本人が殺害された。その後、漢口では領事館に勤務する日本人警官が殺害され、上海でまたも水兵が殺される事件が発生した。

　このような一連の事件が日中関係を悪化させたことは間違いない。ただし、日中両政府が個々の事件に関してそれぞれ善後措置を講じ、解決を図ろうとしていたことも指摘しておくべきだろう。それに、この一連の事件が盧溝橋事件につながったわけではない。また、こうした事件が華北での日本の強引な分離工作に対する反動であったことも忘れるべきではない。たしかに、欧州ではこのような一連の事件はほとんど知られていなかっただろう。だが、事件の実体とその背景を知ったならば、はたして欧州人が日本の行動に理解と共感を寄せたかどうかは、はなはだ疑問である。

イメージと現実のギャップ

　門戸開放に関する笠間の議論もやや的外れである。当時の欧米列国が問題にしていたのは、日本が軍事的必要を根拠にして、中国での通商活動に様々な制限を加えていたことであった。支那事変前、中国がソ連と同程度、対外貿易に対して閉鎖的であったという指摘も、うなずけない。しかも、この頃、門戸開放という国際原則に対しては、日本自体が懐疑的だったのである。1938年10月、アメリカが、中国における日本の行動は門戸開放・機会均等の原則に違反するとして、数多くの具体的事例を挙げて激しく抗議してきたとき、外相有田八郎は1カ月後に次のように回答している。今や東アジアでは全く新しい情勢が展開していることに鑑み、事変前に適用された観念や原則をもってそのまま現在および今後の事態を律しようとすることは、何ら当面の問題の解決に役立たないばかりか、東アジアの恒久的な平和の確立にも資するものではない、と。このような有田の回答を見る限り、日本が門戸開放や機会均等の原則を否定しつつあったことは明らかである。日本が否定しつつあった原則を根拠にして中国を非難すれば、欧州の批判を招きこそすれ、理解を得ることはできなかっただろう。

　笠間は、中国との関係において日本と欧州との利害の共通性を主張したかったようである。その主張の背後にあるのは、日本を含む列国が有する合法的な権益を、中国が国際法を無視し暴力的に侵しているというイメージだろう。しかし、支那事変が始まってから1年あまりを経過した時点で、もはやそうしたイメージは現実に合致していなかった。軍事的必要性を理由として列国の権益を侵害していたのは日本だったからである。そこには、外交官としての常識や文筆家としての表現力だけでは捉えきれない事態が生まれていた、と言うべきかもしれない。

　大東亜戦争が始まってから、笠間はボルネオの陸軍司政長官を務め占領地軍政に携わった。1945年4月1日、救恤品輸送船に指定され病院船と同等の扱いを受けるはずの阿波丸が、台湾海峡でアメリカ潜水艦の無警告攻撃を受け沈没したとき、乗客の笠間も船と運命を共にした。

Japan And America

Kan Kikuchi

The following is an address which was delivered during a recent American-Japanese Friendship Meeting at the Hibiya Public Hall, Tokyo.

I know very little about politics or diplomatic affairs. However, I was much worried, as a Japanese subject, when I heard about the Panay incident; and I felt much relieved, indeed, when I learned that the incident was settled amicably.

Japan's two most important "neighbours" (if I may use this word in a broader sense) are China and the United States of America. During the past 1300 or 1400 years, we have adopted a great deal of Chinese civilization; but, during the past seventy or eighty years, we have been learning very much from the United States. It may seem very unfortunate, but it must be accepted as a fact that we are presently at war with China. Yet, I believe that we should never fight America. (Applause.)

Indeed, America has done a great favor to Japan : it was the United States which caused us to open our country to foreign intercourse, after nearly three hundred years of seclusion. This was on June 3, 1852. On that day, four American ships came to Uraga—the Mississippi, the Susquehamma, the Saratoga, and the Queen. The Americans started negotiations regarding the opening of Japan for foreign trade. I believe it was very fortunate for Japan that it was the United States who thus took the lead; for, if it had been some other country, it might have occurred that Japan's rights would have been prejudiced under the pretext of the country being opened to foreign intercourse. (Applause.)

The instructions Commodore Perry had received with regard to the negotiations demanded, first, that life and property of American castaways stranded on Japan's shores , be protected, and, second, that the ports of Japan were opened for American ships to take in water and provisions. I believe these were fair and proper conditions.

p.7

But , how came America to offer such propositions? In fact, it was for the following reasons. Originally, there had existed large numbers of whales in the Northern Pacific; but, gradually they decreased in number as they were being caught by Norvegians and Americans. Later on, it was found out that many whales gathered in the sea near Japan, and therefore, American whalers came more closely toward Japan; thus necessity was caused to negotiate with Japan. In such a way, I think it was the whales in the Pacific which provided the ulterior motive for the opening of Japan. (Laughter.)

The third instruction given to Commodore Perry hinted at a resort to force if Japan disagreed to opening her ports; and certainly, this was not so proper and just as were the first two instructions. But, in my belief, Japan could not but accept the American proposal.

How was Japan looking at the time when Americans approached her shores? I may leave that to your own imagination. At first, the Americans believed that all Japanese were carrying pistols fixed on their heads. However, as they had powerful glasses, they easily found out that it was not pistols but the peculiar way of dressing the hairs. On the other hand, the Japanese had dressed curtains and mounted wooden guns along the shore, to make a false show of power. And again, by means of their glasses, the Americans found out that the guns were mere dummies. And there were many other things like that.

When Japanese officials first went aboard the American warships, the Americans offered their hands to shake, but the Japanese thought that this meant an invitation to wrestle and tried at great efforts to twist their arms. (Laughter.) But even though the Japanese, at that time, did not know anything about America, the Japanese officials showed a perfect attitude in dealing with the Americans. Commodore Perry wrote down in his diary that Heizaemon Kayama, Bugyo of Uraga, was a noble warrior of a fine personality and a modest temperament. This Kayama was very fond of drinking, and whenever he was offered whisky or brandy by the Americans he smiled and was very happy. I think he must have been the first Japanese drinking whisky and brandy.

When we recall how much we owe to America, it becomes evident that we should feel friendship and appreciation for that country. We have no reason to fear America, as we still did thirteen or fourteen years ago. It must be about twenty years now that the American Pacific Fleet visited Yokohama—at a time when most of you were still children. (Laughter.) Yet, we believed that the American fleet meant a threat to us. The Japanese people of to-day is not afraid of America, because of the development of aircraft in our country, as well as for other reasons. But I think it must be a big fool who wants to fight just for the only reason that he is not afraid. And in particular, we would think it to be a shameful thing to fight America which first introduced Japan to the world.

The opening of the country to intercourse with the rest of the world was a question of first order for Japan; and if this had occurred some five or ten years later, Japan would have been placed in a much less favorable position. In my opinion, Japan should set aside a special day to celebrate the opening of the country to world trade, as this would serve to promote the friendship between Japan and the United States.

日本とアメリカ

菊池　寛　　　　　翻訳

最近の日米友好会議（日比谷公会堂）での演説

私は政治や外交事件について、ほとんど何も知らない。だが、日本の問題として、パネー号事件（panay incident）を聞いた時には、とても心配した。そして、事件が友好的に解決した時には、もちろん、たいそう救われた気がした。

日本の最も大切な二人の「隣人」——広い意味でいうなら——は、支那とアメリカ合衆国である。過去1300年から1400年の間、我々は中国文明に適合するために多くの努力を払ってきた。だが、この70年か80年くらいは、合衆国からたいへん多くのことを学んできた。大変不幸なことだが、我々は今、支那と戦争していることを事実として受け入れなければならない。だが、アメリカと戦うことはあってはならないと信じる。（拍手）

実際、アメリカは日本のためになることをしてくれた。300年近く鎖国をつづけた日本に、外国と交わるために開国するようにと熱心にせまったのである。1852年7月3日のことだった。その日、ミシッピ号、サスケハナ号、サラトガ号、クィーン号の4隻のアメリカ船が浦賀にやってきた。アメリカは海外貿易のための開国に関する交渉をはじめた。私は、これを先導したのがアメリカであったことが、日本にとってとても幸運だったと思っている。それが他のどこかの国であったなら、海外通商の口実のもとに、日本の権利は損なわれていたかもしれないのである（拍手）。

その交渉に際して、ペリー提督が指示を受けたのは、第一に、日本の海岸で座礁したアメリカの難破漂流民の生命と財産を保護すべし、第二に、アメリカの船が水と食料を補給するために日本の港を開くべし、というものだった。これは公平で正当なものだと思う。

だが、アメリカは、どのようにして、そのような要求を行うに至ったのであろうか。実際のところは、次のような理由のためだった。もともと北太平洋には膨大な数のクジラがいたが、ノルウェーとアメリ

ペリー提督肖像、樋畑翁輔画、1854年 　　明治初頭の日本人画家の見た米人カップル 　　サスケハマ号、現代日本の木版画

カが捕獲したために次第に数が減っていた。やがて、日本近海に多くのクジラが集まっていることがわかり、それでアメリカの捕鯨船が日本に接近するようになっていた。というわけで、太平洋のクジラが日本を開国に導いたもう一つの理由だった、と私は考えております。（笑）

ペリーに与えられた第三の指示は、日本が開港に同意しなかったなら、力に訴えよという示唆だった。間違いなく、これは正当な要求ではなく、最初の2つとは違っていた。それでも、日本はアメリカの申し出を受け入れることしかできなかったのだ。

アメリカが日本の海岸にやってきた時、日本はどのように見られたか。諸君、想像してみたまえ。まず、アメリカ人は、日本人はみな拳銃を頭の上に乗せているにちがいないと思った。だが、強力な望遠鏡で見て、それは拳銃ではなく、独特の髪の結い方だとわかった。他方、日本人は、海岸に沿って木製の銃をカーテンのように積みあげ、軍事力を見せつけようとしている。が、やはり望遠鏡で、それらはまがい物だとわかった。ほかにもだいたいが、こんな調子だった。

日本の役人が最初にアメリカの軍艦に乗船した時、アメリカ人は握手をしようと手を差し出したが、日本人は挑戦の申し出だと思い、相手の腕をひねろうとやっきになった。（笑）日本人はその時、アメリカについて何も知らなかったのだが、それでも日本の役人は、アメリカと付き合うための完璧な態度を示したのである。ペリー提督は日記に、浦賀奉行、香山平左衛門〔正しくは栄左衛門〕は、気高い勇者で、すばらしい人格、慎み深い性格だと記している。この香山は大酒のみで、アメリカ人にウィスキーかブランデイをふるまわれれば、いつも笑顔に陽気になった。彼は、最初にウィスキーやブランデイを口にした日本人だったにちがいない。

我々がアメリカにどれほどのものを負っているかを思い出すなら、友情と感謝を感じないではいられないことが明らかだ。13年か14年前に我々がとった態度と同じく、アメリカを恐れるような理由はない。アメリカの太平洋艦隊が横浜を訪れたのは、20年前のことだった――諸君が子どものときのことにちがいないが。（笑）アメリカ艦隊は、我々を脅しにきたと信じ込んだものだ。今日の日本国民が、アメリカを恐れていないのは、わが国の飛行機の発達その他の理由による。だが、怖くないからというだけで、戦をしようなどと思うのは大馬鹿者だ。とくに、日本を最初に世界に紹介してくれたアメリカと戦うのは、最も恥ずべきことだ。

世界のほかの国と交際関係に入るかどうかが日本に課せられた第一の問題だった。もし、10年、20年のちに、そうしていたなら、日本はまったく都合の悪い位置に置かれたかもしれない。私の意見では、日本が世界貿易に乗り出したことを祝う特別な日を決めたらよいと思う。日本とアメリカ合衆国との間の友好関係に寄与することになるだろう。

（鈴木貞美訳）

開国記念日を提案

鈴木貞美　　　　　　　　　　解説

1938年8月の日米友好会議（日比谷公会堂）での演

説筆記を翻訳したものだが、原典は見つからなかった。日米友好会議は、日独伊防共協定づくりに向かう動きに対して、親米派が催した会議かとも思われるが、詳細は不明。

冒頭、「パネー号事件」（今日ではパナイ号と表記）にふれている。1937年12月、南京攻略に際して、アメリカとの関係を危うくするような事件が起こったことに対して、菊池は、胸を撫で下ろしたと述べて講演をはじめている。

パナイ号事件とは、12月12日（南京攻撃の前日）、陸軍を支援していた海軍航空部隊が、アメリカのアジア艦隊揚子江警備船、パナイ号の先導で、南京を脱出する外国人を乗せて長江を航行していた商船メイピン（美平）号、メイシア（美峡）号、メイアン（美安）号の4隻などを爆撃した事件のこと。12月8日に、日本は、第三国人はすべて南京を立ち退くよう申し入れを行い、翌9日には、中国軍が偽装したり、紛れ込んだりすることを防ぐために、各国は長江沿岸から船舶を交戦地域外に移すように通報した。海軍航空部隊は、この間、散開する中国軍や撤退部隊を乗せたジャンクや輸送機関、輸送施設の爆撃などを行っていたが、この日、陸軍より電話連絡で敗残兵を載せた商船10隻の爆撃を依頼されて出撃、この船団に爆撃と機銃掃射を行い、被害を与えた。

同日には、レディバード事件（陸軍砲兵が英国砲艦のレディバード号及び同型艦のビー号を砲撃、被害を与えた事件）も起き、アメリカ、イギリスとのあいだに一時期、緊張が走った。日本は誤爆を主張、アメリカは故意によるものと断定し、2週間ほど、応酬が続き、賠償によって決着した。

菊池寛の講演は、日本が開国に踏み切ったのは、ペリー艦隊が浦賀に登場したおかげという趣旨で通している。南京虐殺事件以降、対中国戦争が泥沼化してゆく現状に苛立ち、1938年夏ころから「真の敵は、蔣介石国民党軍を支援する米英」にあると煽る論調が盛んになろうとしていた。それに冷水を浴びせようとする意図があったと推測される。

1853年のペリーの浦賀来航は7月8日。本文が3日としているのは、原稿を起こした者が速記の読み取りを誤ったのかもしれない。軍艦名は、旗艦サスケハナ号とミシシッピ号、サラトガ号、プリマス号（帆走軍艦）の4隻だが、原文では、Susquehanna が Susquehamma とつづられている。これは誤植。最後のプリマス号を「クィーン号」としているのは、菊池寛の記憶ちがいだろう。

ペリーの来航目的は、捕鯨船の寄港の保障をとりつけるためだったことは間違いないが、より大きくとらえるなら、清朝との交易の足がかりをケープタウン回りでなく、太平洋まわりで得るためだったと考えられるだろう。その場合、水と石炭の補給地として日本が最適なのは明白だろう。

幕府は、船上に、まず浦賀奉行所与力の中島三郎助を派遣し、ペリーの来航が日本の将軍にアメリカ合衆国大統領親書を渡すことを目的としたものであることがわかったが、ペリー側は与力では階級が低過ぎると親書を預けることを拒否。続いて船を訪ねたのが同じ与力の香山栄左衛門だった。菊池寛は、短い演説で、ユーモアを交えるために、アメリカ側から高く評価された人物に焦点をあてたのである。本文表記が Heizaemon となっているのは速記者のミスによるものだろう。

最後から2段目、「13年か14年前に我々がとった態度」とは、アメリカ主導で、太平洋の軍拡競争を防ぎ、日本の活動範囲を西太平洋に限るワシントン体制が築かれたときのことを指していると思われる。1921年から1922年にかけてのことだから、正確には16、7年前である。

アメリカ太平洋艦隊は、1907年に創設された。最初は西海岸に配備され、日本の膨張政策を牽制するためのものだったことはまちがいない。1922年に合衆国艦隊に統合されたため、日本の軍関係者は、アメリカの艦体が太平洋にいるか、大西洋にいるか、を絶えず気にしていた。のち、1941年2月に太平洋艦隊と大西洋艦隊に再編され、前者がハワイ、真珠湾に基地を置いたのだった。

いずれにせよ、この時点で菊池寛の姿勢は、アメリカとの戦争を避けるという方向で固まっていた。日中戦争に対して、はじまってしまったものはしかたがない、第一に反共の旗を立て、次に反アングロ・サクソン戦争へと進め、と提案した徳富蘇峰『皇道日本の世界化』（1938年2月）も、たとえイギリスとは戦争しても、アメリカとの戦争は回避すべきであると主張していた。

Topics of To-day

The Way To Law And Order

"Peace will come between China and Japan when the Chinese Government truly and fully reexamines its attitude and in real sincerity makes an effort for the establishment of peace and for the development of culture in the Orient in collaboration with Japan— then I am confident Japan will press the issue no further. When a demilitarized zone is established around the City of Shanghai, and similar arrangements are effected in North China, when law and order is restored to China, especially in North China, the rights and interests not only of Japan but all foreign powers will be benefited. Japan will, I feel sure, readily welcome the cooperation of all foreign powers in the development and rehabilitation of the several provinces. Law and order must be restored in China if the Far Fast is to advance."

The above paragraph is quoted from a speech delivered on March 18, 1938, at the regular meeting of the Pan-Pacific Club, Tokyo, by P. W. Reeves, former member of the staff, of the United States High Commisioner in the Philippines.

Mr. Reeves, who was among the passengers aboard the "President Hoover" when this boat was bombed off Shanghai on August 30, 1937, is presently sojourning in Japan to make himself familiar with actual conditions in this country. We sincerely hope that he will achieve his aim which he described as follows:

"When the facts — the true facts — are known by the people of the United States and the rest of the world, there will be a clearer understanding and the world generally will have a more friendly attitude toward your country.

We must correct the impression which now exists in other parts of the world. We must show the world that this campaign in which Japan is engaged is thoroughly justified. I intend to do my part."

［翻訳］
法と秩序回復への道

「支那政府（the Chinese Government）が対日姿勢を真摯にかつ余すところなく再考し、そして誠意を持って平和の確立、ならびに日本との共同歩調のもとでの極東地域の文化の進展とに意を注ぐ時、日支間の平和は到来しよう。その時、日本はもはやこの問題を執拗に追及することはなくなるであろう、と私は確信している。上海市周辺に非武装地帯が設けられ、同様な手続きが北支（North China）でもとられるのならば、支那（China）、とりわけ北支では法と秩序が回復し、日本のみならず全列強の権利や利益は得るところがあろう。日本は支那の諸郡の開発や立て直しにあたり、列強との協力をすすんで受け入れることと私は確信している。極東地域が進展を図ろうとするのであれば、法と秩序が回復されることが必須である」

この一節は、米国の在フィリピン高等弁務官を務めた一人、Ｐ・Ｗ・リーヴズ（P. W. Reeves）氏が、去る1938年3月18日、東京での汎太平洋クラブの定例会合の場で行なったスピーチから採ったものである。

同氏は、前年8月30日、乗船していた「フーヴァー大統領」号が上海沖で支那側から砲撃を受けた折の乗客の一人だった。目下同氏は日本に滞在中であり、日本での現状により精通しようと努めている。以下のように述べた目標を、同氏が達成することを吾人

は誠心誠意願うものである。

「米国国民ならびに世界のほかの国々が事実を、真なる実相を、知る時、理解はいっそう明瞭となり、世界中が貴国に対してより友好的な姿勢を見せるようになりましょう。

世界の他地域に現に表れている日本観を是正する必要があります。日本が関係しているこの軍事行動は、終始一貫して正当化できるということを、世界に提示する必要があるのです。最善を尽くす所存であります」

（牛村　圭訳）

［解説］
支那事変解決の道は
牛村　圭

1937（昭和12）年7月の盧溝橋事件に端を発する支那事変は、明けて昭和13年、近衛内閣が「帝国政府は爾後国民政府を対手とせず」と宣言し、ますます解決の道は遠のいた。中国の領土保全を謳った9カ国条約に鑑みれば、中国大陸で日本軍が展開する軍事行動は自衛とは言い難く、他国から、とりわけ中国に利権を持つイギリスをはじめとする国々から、批判を集めるのは当然の成りゆきだったであろう。事変が継続するほど反日（anti-Japan）の国際世論が醸成される可能性があった。そういう国際情勢の中で、親日（pro-Japan）とは言えないまでも、日本の行動・政策に「理解」を示してくれる外国人の存在は、是非とも紹介しておきたい、海外へ向けて広く発信しておきたい、ことだったのだろう。この記事が名を載せるＰ・Ｗ・リーヴズ（P. W. Reeves）なるアメリカ人について詳細は不明だが、支那事変解決のためには中華民国が対日姿勢を再考する必要がある、と説く一節を含むこのスピーチ内容は、斬新な視点を含むものと映ったに違いない。

文中にある「前年8月30日、乗船していた『フーヴァー大統領』号が上海沖で支那側から砲撃を受けた」という事件について少々記しておく。これは、盧溝橋事件から1カ月半ほどのちの8月30日、中国軍用機が上海の呉淞港外で仮泊中の米国汽船フーヴァー号を、日本運送船と誤認して爆撃した事件のことを指す。この誤爆に対する中国政府の反応は早かった。翌9月1日、駐米中国大使がアメリカ政府に対し、この誤爆事件を正式に陳謝し一件落着したのである。

Literary Prize

An annual award of thousand yen for the year's best literary work in Japanese language was established by the Bungaku Shinkokai (Society for the Promotion of Literature), Tokyo.

The Bungaku Shinkokai was founded recently by leading Japanese novelists and poets, including Masao Kume, Haruo Sato, Saisei Muro, Yuzo Yamamoto, and Junichiro Tanizaki, under the presidency of Kan Kikuchi.

The award will be known as the "Kikuchi Prize."

［翻訳］
文学賞

その年の最も優れた日本語の文学作品に与えられる報奨金1000円の賞が、東京の文学振興会（文学を促進する機関）によって創設された。

文学振興会とは、菊池寛の主催のもとに、久米正雄や佐藤春夫や、室生犀星、山本有三、谷崎潤一郎らの日本の主要な作家や詩人によって最近設立されたものである。この賞は菊池賞として知られることになるだろう。

（堀まどか訳）

［解説］
菊池寛賞の創設
鈴木貞美

文学振興会は、1938年7月に認可を受けた財団法人。1935年1月に『文藝春秋』が設けた芥川賞、直木賞に、この時、菊池寛賞を加え、文藝春秋社とは切り離し、公的な性格をもたせて三賞の授賞を行うためのものだった。文学振興会賞という賞はなく、この記事の「文学賞」にあたるのは、菊池寛賞である。45歳以下の作家、評論家が選考委員となり、46歳以上の作家に送るもので、正賞の時計に副賞1000円。この年、第1回は徳田秋声に授賞。『文藝春秋』12月号「話の屑籠」に決定報告が記してある。1943年、第6回まで続いた。のち1953年に菊池寛を記念するために復活し、授賞の範囲を文化全般にひろげた。

この記事は、やや埋め草的だが、戦時にもかかわらず、日本国内で文化事業が進展していることを示すために記されたのだろう。

Monument To Puccini

Erection of a large monument at Nagasaki, to honor the Italian composer Puccini is being contemplated. The visit of the Italian goodwill delegation, which first landed in Japan at Nagasaki, apparently spurred the movement of the monument.

When Puccini composed his world famous opera, Madame Butterfly, he laid the scenes in Nagasaki, home of the pretty Chochosan—a role that put thousands of buxom sopranos in undersized kimono.

Opera lovers in Japan and abroad as well as numerous organizations are expected to support the plan of putting a lasting memorial to the composer in the town he honored with his opera.

Mrs. Tamaki Miura, perhaps best known of Japan's own contributions to the role of Madame Butterfly, was delighted to hear of the suggestion and said that she had dreamed of inviting Mr. Puccini to Nagasaki, which he had never seen, and of attempting to stage Madame Butterfly in its original home with a Japanese cast. But he died without ever hearing Japanese sing his great composition.

[翻訳]
プッチーニ記念碑

　イタリアの作曲家プッチーニをたたえる巨大な記念碑を長崎に建設することが検討されている。日本の長崎に最初に到着したイタリアの親善派遣団の訪問が、この記念碑建設の運動を加速させた。

　プッチーニが世界的に有名なオペラ「蝶々夫人」を作曲した時、彼は物語を長崎に設定し、かわいらしい蝶々さん——物語の主役で何千ものふくよかなソプラノ歌手にきつい「着物」を着せることになった——の家を舞台にした。

　国内外のオペラ愛好者は、たくさんの組織団体と同様に、プッチーニのオペラをたたえて、町に恒久的な記念碑を建設する計画を支援するように期待されている。蝶々夫人役としておそらく日本で最もよく知られている三浦環さんは、この提案を聞いて大変喜び、一度も来日したことがなかったプッチーニを長崎に招待することができないか、そして舞台となった場所で、日本人キャストによる「蝶々夫人」を上演できないか、と夢見ていたと語った。しかしプッチーニは、日本人が彼の偉大な作品を歌うのを聞くことなく、亡くなっている。

（堀まどか訳）

[解説]
プッチーニ記念碑の企画
堀まどか

　イタリア文化協会では、イタリア使節団の来朝を記念するために、プッチーニの記念碑を、長崎に建立することになり、4月1日より具体案を練ることになった[1]。また、イタリアのプッチーニの墓地にも、日本燈籠2基（高さ1丈2尺）を送る案があがっていた[2]。（プッチーニは1924年には亡くなっている。）この発表記念音楽会を5月に、さらに秋には日比谷公会堂でオペラ「お蝶夫人」の上演が、合わせて企画された。

　これら一連の企画は、イタリア使節団の来朝を記念する事業である。イタリアは、1937年11月29日に満洲国の承認を宣言し、1938年1月には日満伊間の通商条約締結の交渉も進んでいた。パウルッチを団長とするイタリア使節団は、1938年3月17日に郵船長崎丸にて長崎港に到着。パウルッチは、ファシスト政権下でニュース映画を製作して情報操作する教育映画連盟ルーチェ（LUCE：L'Unione Cinematografica Educativa の略語）の総裁でもあった。

　使節団は、東宝劇場では草笛美子らの「さくら娘」を観覧し、歌舞伎座では尾上菊五郎の「鏡獅子」を観覧している[3]。イタリア使節団は日本滞在後には満洲を経由して帰国した。

1　「お蝶夫人作曲者の記念碑を」『読売新聞』1938年3月29日、夕刊2面
2　「日伊協会記念事業」『朝日新聞』1938年4月2日朝刊11面
3　『世界画報』1938年5月号には、「イタリア使節団一行来日特集」の中で、東宝劇場（東京の宝塚劇場）で草笛美子などの歌劇団のレビューを観るパウルッチ団長や、菊五郎の鏡獅子を観劇する様子などの写真が紹介されている。

Italian Mission in Japan

A huge meeting to welcome the Italian Fascist Mission visiting Japan to foster the friendly relations between the two countries was held at the Korakuen Stadium, Tokyo, on March 27, 1938. Left corner, from right to left: Count Paulucci, leader of the Fascist Mission; Premier Konoe, Foreign Minister Hirota, and Navy Minister Yonai.

Topics of To-day

[翻訳]
イタリア使節団訪日

　日伊両国間の友好関係促進のため来日したイタリア政府派遣ファシスト親善使節団を迎える大規模な集いが、1938年3月27日後楽園スタジアムで開催された。

（牛村　圭訳）

[解説]
防共協定の下で
牛村　圭

　1936（昭和11）年11月、日本とドイツの間で締結された日独防共協定は、翌年37年11月にイタリアが加わり日独伊防共協定へと拡大した。日本はこうして反ソ・反共を掲げて、ナチス・ドイツばかりかファシスト・イタリアとも同盟関係を構築するに至った。当時の日本はイタリアという国に対し良い印象を持っていたといっていいだろう。1936年のベルリン・オリンピックの次の大会開催地を決定するさい、日本とともに有力視されていた候補地の一つがローマ（イタリア）だったが、ムッソリーニ首相の意向で立候補を途中で辞退した。その結果、1936年のIOCでの決選投票で日本は圧倒的多数の票を得てライバルだったヘルシンキ（フィンランド）を抑え、開催地に選ばれた経緯があったからである。2年後に迫る東京オリンピックに思いを馳せれば、新たに防共で同盟国となったイタリアを歓迎する気持ちは、いっそう高まったものと思われる。

　そのイタリアから1938年3月、親善使節が来日した。団長のパウルッチ侯爵以下18名から成る使節団だった。同月16日に上海に立ち寄ったのち日本へ向かい、19日には東京へ到着した。新聞は連日、この訪日使節団の報道に大きく紙面を割いた。東京入りした折、『東京朝日新聞』は夕刊第1面で「晴れの帝都入り」「歓迎！盟邦・伊使節団」の見出しを掲げその模様を詳細に報じた。防共協定については「世界平和と正義の理想に固く結ばれた日伊防共の誓盟」との言及があった。使節団は、22日には皇居で天皇の謁見を受けた。

　使節団歓迎の最高潮は、同月27日に東京小石川の後楽園スタジアムで開催された「使節歓迎国民大会」にうかがうことが出来る。ふたたび『東京朝日新聞』を引くならば、そこには「防共凱歌に天地揺らぐ」の見出しのもとに歓迎会の様子が報じられている。10万余名が会場に集った。近衛文麿首相、廣田弘毅外相、パウルッチ団長以下が揃うなか、君が代斉唱で式典は開始された。3人の日本の小学生女児によるパウルッチ団長への歓迎の花束贈呈、駐日イタリア大使の発声で「天皇陛下万歳」の奉唱、ついで頭山満（玄洋社総帥）による「伊国皇帝陛下並びにムッソリーニ首相万歳」の発声へと続いた。歓迎式典は午後5時に終了した。この日夕刻には、防共で一致するスペインの駐日代理公使による祝宴が開かれもした。

　各地での歓迎行事や日本の要人との会談を次々とこなしたパウルッチ使節団は、同年4月22日北九州門司での歓迎晩餐会ののち下関へ移動し、午後10時半、関釜連絡船に乗って海路釜山へ向けて出国した。滞日は37日に及んだ。『東京朝日新聞』は23日夕刊第1面で、「友邦日本に感謝」とのタイトルのもと、団長パウルッチ侯爵の別離の辞を掲載した。そこには「我々両国は伝統的思想の相似性、生活の様式や理想の全く符合して居りますのは当然のことと思ふのであります」とあった。

　なお、日独伊の3国が防共、防ソを拡張して三国軍事同盟を締結したのは、この使節団の離日からおよそ2年6カ月後の1940年9月27日のことである。

右から左に向かって、使節団団長のパウルッチ侯爵、近衛（文麿）首相、廣田（弘毅）外相、米内（光政）海相。（写真は同盟通信社による）

BUNGEISHUNJU OVERSEA SUPPLEMENT
Japan To-day

1938年6月号

BUNGEISHUNJU OVERSEA SUPPLEMENT

Japan To-day

Edited by Kan Kikuchi

Literature / Arts / Politics

English / French / German

Nr. 3　　　　　June 1, 1938

Editorial Office: Bungeishunjusha, Osaka Building, Uchisaiwaicho, Kojimachiku, Tokyo. Tel. Ginza (57) 5681—5

LIBERALISM AS A JAPANESE PROBLEM
BY KOTARO TANAKA

IN THIS ISSUE:

	Page
Kabuki and Opera	I. Kobayashi 2
Unglaubliche Geschichten	K. Pringsheim 3
Peintures au Japon	T. Moriguchi 4
The End of the War	H.G. Brewster-Gow 6
Two Statements	K. Wang 7
Book Review	C. Saito 7
Topics of To-day	8

I

During recent sessions of the Imperial Japanese Diet, such terms as liberalism, individualism, fascism, and internationalism have frequently been dragged into the political discussions.

In a sense, it may be interpreted as indicating a certain progress in the political development of Japan if ideologies and *weltanschauungen* are brought up for discussion in Parliament; for, politics in the past had little or no concern in ideological and philosophical problems. Differences of opinion regarding the essential nature and evolutionary tendency of the State, as well as divergences of views concerning the proper choice of political methods and practices, scarcely came within the sphere of interest of our political parties which was chiefly determined by the meetings and partings of personal groups scrambling for political power. This phenomenon, which, from a logical and philosophical point of view, was a definite deficiency of our political life, was chiefly responsible for the degeneration of party politics in this country.

From this view-point, the fact that certain "isms" have come to be brought up for discussion in the Diet may entitle us to some optimism, as it may be taken as an evidence of certain progress being made in the direction toward Plato's ideal of political philosophy, in that government leaders and other politicians in power are receiving some philosophical enlightenment.

In another sense, however, optimism would be still premature. For, apparently many of those winding up the discussion use the ideological terminology in a rather vague and fickle sense, without being very particular about the exact meaning of certain terms they use. And rather than to come out positively in favor of a certain "ism" in which one believes himself, he would charge his opponent with being a champion of another "ism", to arouse bad feelings against him, and then attack him on such vague, if not false, premises. And in so far as this is the case, the aforesaid phenomenon could hardly be taken as an evidence of political progress. Indeed, it spells a danger to the political life if people arbitrarily throw others into the categories of certain "isms" without even knowing themselves what they mean. We must be exact about the true sense of words and names.

II

During the last session of the Diet, for example, the problem of liberalism was discussed between the government authorities and the members of Parliament. They argued whether liberalism is a hot-bed of communism, or whether there exists a type of liberalism liable to become a hot-bed of communism. This is a problem which even people with considerable philosophical and ideological schooling will find difficult to discuss with calmness and logic: how much more so in the case of people of which particular training of this kind should rather not be expected? If the written records of the interpellations and answers related to this argument may later be drawn upon for reference in deciding on practical questions, the problem becomes only greater.

We shall take it for granted that a concrete example of what communism is like is clearly shown before our eyes in Russia. But, what is altogether "liberalism"? Unless it becomes clear what liberalism is, it is also not possible to understand why it could become a hot-bed of communism; as long as this point remains doubtful, how shall we know whether so-called liberalists are liable once to turn communists? The very danger is in this uncertainty. Therefore, it must be examined whether within liberalism there exists a certain immanent tendency toward communism.

III

We may distinguish two types of liberalism: philosophical and political. A liberalist, in the word's philosophical sense, is one who considers himself the absolute authority with regard to all judgements of value; he recognizes no authority outside himself. His own individuality he considers the only authority in judging, and discerning between, right and wrong, good and bad, beautiful and ugly. Equally, he recognizes neither common sense nor racial creed nor conventional beliefs that society generally accepts;—for, all those rest upon authorities outside himself.

Such a liberalist is not to be persuaded by others, nor does he, in turn, wish to persuade others. He is an individualist, a relativist; his character is in agreement with Protagoras' philosophical ideas. He is, in other words, non-Socratic and non-religious.

This type of liberalist is far away from Marxism. Proclaiming with a certain religious fervor the principles of historical materialism, which after all rests on scientific authority, Marxism sets out to invade the individual and to subdue his character under its political creed. By no means does Marxism leave to the individual any freedom of judgement.

Marxism ridicules the liberalist, or even considers him an enemy: this fact reveals, more clearly than anything else, the gap existing between the two. In this respect, Marxism and liberalism are as irreconcilable as oil and water. And similarly, no one who holds any religious belief nor any one who wishes to propagate any "ism", may be a liberalist by any means, as the two do admit the existence of an objective truth considered acceptable to everybody.

IV

The political liberalist and the philosophical liberalist do not necessarily agree one with another. Political liberalists, as referring to actual politics, are all those who oppose absolutism and dictatorship. Their contention is that the individual shall be given freedom and shall be permitted to participate in the realization of certain ideas regarding State and Society.

Certainly, the philosophical liberalist may be a liberalist politically, too; this is true—to give an example of an extreme case—for the anarchist in Stirner's sense. On the other hand, one who opposes philosophical liberalism, such as a convert of any particular religion, a racist, or a communist, might either advocate freedom of the political life, or worship a dictatorial form of government. We know the type of believer who, the Coran in his left and the sword in his right, denies political liberty, for the sake of his religious creed. On the other hand, under the existing form of constitutional government in Japan, all religions are accorded equal rights and they advocate, and enjoy, political freedom: thus, politically, their followers are liberalists.

The same may be said also about communism. However, in Russia, as in the present state of affairs, the communists are not politically liberalistic, they need no liberalism. On the contrary, political liberalism would spell destruction to communism; if they do advocate

(Concluded on page 8)

Liberalism as a Japanese Problem

Kōtarō Tanaka

I

During recent sessions of the Imperial Japanese Diet, such terms as liberalism, individualism, fascism, and internationalism have frequently been dragged into the political discussions.

In a sense, it may be interpreted as indicating a certain progress in the political development of Japan if ideologies and *weltanschauungen* are brought up for discussion in Parliament; for, politics in the past had little or no concern in ideological and philosophical problems. Differences of opinion regarding the essential nature and evolutionary tendency of the State, as well as divergences of views concerning the proper choice of political methods and practices, scarcely came within the sphere of interest of our political parties which was chiefly determined by the meetings and partings of personal groups scrambling for political power. This phenomenon, which, from a logical and philosophical point of view, was a definite deficiency of our political life, was chiefly responsible for the degeneration of party politics in this country.

From this view-point, the fact that certain "isms" have come to be brought up for discussion in the Diet may entitle us to some optimism, as it may be taken as an evidence of certain progress being made in the direction toward Plato's ideal of political philosophy, in that government leaders and other politicians in power are receiving some philosophical enlightenment.

In another sense, however, optimism would be still premature. For, apparently many of those winding up the discussion use the ideological terminology in a rather vague and fickle sense, without being very particular about the exact meaning of certain terms they use. And rather than to come out positively in favor of a certain "ism" in which one believes himself, he would charge his opponent with being a champion of another "ism", to arouse bad feelings against him, and then attack him on such vague, if not false, premises. And in so far as this is the case, the aforesaid phenomenon could hardly be taken as an evidence of political progress. Indeed, it spells a danger to the political life if people arbitrarily throw others into the categories of certain "isms" without even knowing themselves what they mean. We must be exact about the true sense of words and names.

II

During the last session of the Diet, for example, the problem of liberalism was discussed between the government authorities and the members of Parliament. They argued whether liberalism is a hot-bed of communism, or whether there exists a type of liberalism liable to become a hot-bed of communism. This is a problem which even people with considerable philosophical and ideological schooling will find difficult to discuss with calmness and logic: how much more so in the case of people of which particular training of this kind should rather not be expected? If the written records of the interpellations and answers related to this argument may later be drawn upon for reference in deciding on practical questions, the problem becomes only greater.

We shall take it for granted that a concrete example of what communism is like is clearly shown before our eyes in Russia. But, what is altogether "liberalism"? Unless it becomes clear what liberalism is, it is also not possible, to understand why it could become a hot-bed of communism; as long as this point remains doubtful, how shall we know whether so-called liberalists are liable once to turn communists? The very danger is in this uncertainty. Therefore, it must be examined whether within liberalism there exists a certain immanent tendency toward communism.

III

We may distinguish two types of liberalism: philosophical and political. A liberalist, in the word's philosophical sense, is one who considers himself the absolute authority with regard to all judgements of value; he recognizes no authority outside himself. His own individuality he considers the only authority in judging, and discerning between, right and wrong, good and bad, beautiful and ugly. Equally, he recognizes neither common sense nor racial creed nor conventional beliefs that society generally accepts;—for, all those rest upon authorities outside himself.

Such a liberalist is not to be persuaded by others, nor does he, in turn, wish to persuade others. He is an individualist, a relativist; his character is in agreement with Protagoras' philosophical ideas. He is, in other words, non-Socratic and non-religious.

This type of liberalist is far away from Marxism. Proclaiming with a certain religious fervor the principles of historical materialism, which after all rests on scientific authority, Marxism sets out to invade the individual and to subdue his character under its political creed. By no means does Marxism leave to the individual any freedom of judgement.

Marxism ridicules the liberalist, or even considers him an enemy: this fact reveals, more clearly than anything else, the gap existing between the two. In this respect, Marxism and liberalism are as irreconcilable as oil and water. And similarly, no one who holds any religious belief nor any one who wishes to propagate any "ism", may be a liberalist by any means, as the two do admit the existence of an objective truth considered acceptable to everybody.

IV

The political liberalist and the philosophical liberalist do not necessarily agree one with another. Political liberalists, as referring to actual politics, are all those who oppose absolutism and dictatorship. Their contention is that the individual shall be given freedom and shall be permitted to participate in the realization of certain ideas regarding State and Society.

Certainly, the philosophical liberalist may be a liberalist politically, too; this is true—to give an example of an extreme case—for the anarchist in Stirner's sense. On the other hand, one who opposes philosophical liberalism, such as a convert of any particular religion, a racist, or a communist, might either advocate freedom of the political life, or worship a dictatorial form of government. We know the type of believer who, the Coran in his left and the sword in his right, denies political liberty, for the sake of his religious creed. On the other hand, under the existing form of constitutional government in Japan, all religions are accorded equal rights and they advocate, and enjoy, political freedom : thus, politically, their followers are liberalists.

The same may be said also about communism. However, in Russia, as in 'the present state of affairs, the communists are not politically liberalistic, they need no liberalism. On the contrary, political liberalism would spell destruction to communism ; if they do advocate democracy, it is mere camouflage. In a country where political liberalism reigns, however, communism, as long as its true motives are not recognized, may make use of the freedom of speech and right of assembly for disguised agitation. But incidentally, this is true of any political ideology. In this sense, political liberalism may become a hot-bed of communism, but it may equally become a hot-bed of extreme rightist nationalism; it could, then, not be called exclusively a hot-bed of communism. And more: it may, of course, become a hot-bed of good and sound political movements. Therefore, to root out political liberalism for the reason that it might under certain conditions become a hot-bed of communism, is like killing the cow to prevent the harm she might do with her horns.

It is apparent that philosophical liberalism is as different from communism as water is irreconcilable with oil. Equally, we cannot help saying that, to believe political liberalism somehow must necessarily lead to communism, is based on an erroneous conjecture.

自由主義問答

田中耕太郎　　原典

一

　自由主義、個人主義、フアツシズム、国際主義と云つたやうな思想的、世界観的言葉が議会での政治的論議の間にちよいちよい頭を出すやうな時代になつて来た。

　かやうな現象は一方政治の進歩のやうに思はれないでもない。と云ふのは、従来政治はあまりに非思想的、非哲学的であつた。諸政党の分野は国家の本質乃至動向に関する意見の対立又は如何なる政治形態政治技術を選ぶべきやに関する見解の差異には殆

んど没交渉に、主として政権争奪を目標とする個人的離合集散関係に因つて決定せられてゐたのだ。其処に政治の哲学的及び論理的貧困がある。それが政党政治の堕落の根本的原因を為してゐたのである。

かう云ふ観点からすれば仮りにも何々イズムが議政壇上で云々せられるやうになつたのは、政府当局や在野政治家達の頭が多少啓蒙せられ、プラトーの哲学者政治の理想の方向に一歩ふみ出した証拠として、多少でも楽観してよいやうにも思はれるのである。

しかし他方これで楽観するのはまだ早計である。議論をする者は用語の持つ意味を十分明確にしないでこれを冒用してゐるのではなからうか。さうして自分が積極的にある種のイズムを自信を以て主張するのではなくして、反対論者に何か好ましからぬ印象を与へる某々イズムと云ふレツテルを張りつけてそれを排撃するやうなことが往々行はれてゐるのではなからうか。果たしてさうであるとすればこの現象は必ずしも政治の進歩を立証するものではないのである。漠然とした内容の某々イズムの範疇の中に他人を押し込めて攻撃することは政治生活上甚だ危険である。我々は言葉のもつ真の意味を明瞭にしなければならない。

二

一例を挙げればこの議会に於て自由主義に関する問答が当局と議員の間に交はされた。それは自由主義は共産主義の温床であるとか共産主義の温床になるやうな自由主義があるとか主張せられた。かかる論議は思想的に哲学的に相当訓練せられてゐる者の間に於てすら冷静に論理的に為されることが容易でない種類のものである。況んやその道にはむしろ門外漢の人人の間に於てをや。その質疑応答が記録に留められて、若し今後の実際政治運用の上に重大な影響を持つ事になるとするなら、これ大に考へさせられる問題であらう。

共産主義が何んであるかは目前に露西亜と云ふ具体的な事例があるので、一応明瞭にされてゐるものとしておかう。ところで自由主義は一体何んであるか。自由主義がどんなものであるかが明瞭になつてゐなければ、何故にそれが共産主義の温床になり得るかは理解出来るものではない。この点が曖昧だとすれば、所謂自由主義者はいつ何時共産主義に結びつけられるかもしれず、危険この上もないのである。尚ほ共産主義の本質の中に自由主義が結合し得る何ものかが潜在するかも十分検討して見なければならない。

三

自由主義はこれを哲学的の自由主義と、政治上の自由主義とに区別し得ると思ふ。哲学的の意味の自由主義者はすべての価値判断について自己を絶対の権威者とし、これについて何等の外部的権威をも認めない。正邪善悪の区別、美及び醜の判断等に関して自己一個人のみが唯一の権威者である。その結果として健全な常識や民族の確信や人類の通念は認容しない。それ等は皆外部的権威に由来するからである。

この意味の自由主義者は人に説服せられないと共に、又人をも説服しようとしない。彼れは個人主義者で、相対主義者である。彼れはプロタゴラス的性格の持ち主である。換言すれば彼れは非ソクラテス的非宗教的である。

この種の自由主義者は凡そマルクス的共産主義とは縁遠いものである。マルクス主義は史的唯物論を以て個人の人格を拘束する。その理論はとにかく科学の権威を以て、さうしてそれに宗教的情熱が附加されて個人に迫るものである。それは判断を個人の自由に委ねるものでは決してない。

マルクス主義が自由主義者を嘲笑乃至敵視してゐたのは、この間の消息を物語るものである。かう云ふ意味でマルクス主義と自由主義とは氷炭相容れないのである。同様に何等かの宗教を信ずる者、何等かのイズムを宣伝しようとする者も到底自由主義者ではあり得ない。彼等は萬人に通ずる客観的真理の存在を認容するからである

四

政治上の自由主義は必ずしも哲学上の自由主義とは一致するものでない。政治上の自由主義者は専制主義独裁政治に反対するすべての者を包含する。それは実際政治の技術に関するものである。それは国家社会に関するある理念を実現する為めに個人にどの程度の自由を認め、どの程度に政治に参与させるかの考慮に基づいてゐる。

哲学的の意味の自由主義者は当然に政治的の自由主義者でもありその極端な例としてシユチルネル的無政府主義者を挙げ得よう。反之哲学的自由主義反対論者例へば特定の宗教への帰依者、民族主義者、共産主義者の如き、政治生活に於ては自由の主張者

である場合もあるし、又は独裁政治の謳歌者でもあり得るのである。左手にコーラン右手に剣の方法は特定の宗教の為めの政治的自由の否定である。反之現今の立憲政治の下に於て平等の地位を確保せられてゐる各宗教は政治的自由を主張しそれを享受する。この意味でそれ等の宗教の信者は政治的には自由主義者である。

このことは共産主義についても云はれ得る。露西亜の現状に於ては共産主義者は政治的に自由主義者ではなく、その必要はないのである。却つて政治的自由主義は共産主義の破壊であり、デモクラシーを主張するならそれは偽装以上に何ものでもない。反之政治的自由主義が行はれてゐる国では、内部的動機の看破が不可能である限り、言論及び結社の自由は共産主義の潜行的活動に利用せられないではない。しかしこのことは政治的自由の埒内に於て存在する総ての思想について云はれ得る。この意味で若し政治的自由主義が共産主義の温床となり得るとすればそれは矢張極右的国粋主義の温床にもなり得るのであり、従つてそれは共産主義専属の温床とは云へないのである。のみならずそれは勿論よき政治運動の温床にもなる。だからして共産主義の温床になることがあると云つて政治的自由を排除することは角を矯めて牛を殺す譬に漏れない。

要するにかう云ふ意味で哲学的自由主義は共産主義と氷炭相容れないものである。又政治的主義が特に共産主義と何か必然的に牽連でもあるやうに考へることは誤つた臆断と云はざるを得ない。

自由と権威
──カトリック思想家・田中耕太郎の自由主義論

瀧井一博　**解説**

『Japan To-day』第3号の一面を飾ったエッセイ "Liberalism as a Japanese Problem"（原題「自由主義問答」、『文藝春秋』1938年5月号掲載）の筆者田中耕太郎は、戦前には商法学者として、法哲学者として、そして戦後には文部大臣として、最高裁判所長官として、さらには国際司法裁判所判事として大きな足跡を残した第一級の知識人であった。そのような彼の文章が、日本の思想文化の対外的広報の使命を帯びていた『Japan To-day』に抜擢されたことは、それ自体何も不思議なことではない。

実際、田中は国際文化交流という観点からも戦前から顕著な活躍をしていた。この論稿に先立つ1935年（昭和10）12月から約10カ月間、国際文化振興会より欧米に派遣されてイタリア・フランスを中心に講演旅行を行ったほか、1939年（昭和14）には約半年南米を訪問し、各地で学術交流をしている。その背後には、当時の文化外交をリードしていた柳澤健の存在があった。柳澤は、田中と一高・東大の同期であり、戦中から隣人同士という間柄だった。後に柳澤は、自ら田中に聞き取りして、その伝記を出版することになる[1]。その柳澤が自ら語るところでは、田中は文化外交を進めるうえでの「予の取って置きの『コマ』」[2]だった。

田中の国際舞台での目覚ましい活躍は、晩年の国際司法裁判所判事就任に至るまで一貫している。疑いもなく、田中は20世紀の日本を代表する国際的な文化人であった。この解説では、田中の生涯と思想について簡単に概観し、このエッセイに込められた彼の意図について考証したい。[3]

田中は1890年（明治23）10月25日、鹿児島で生まれた。判事を父にもつ田中は、父の転任にしたがって日本各地を転々としながら成長した。そのような来歴に起因する田中の興味深い自己洞察がある。一高受験の際、田中はやはり入試のために上京してきた新潟と福岡の旧友と東京の下宿で落ち合ったが、その友人同士は互いに意思が通じないので、田中が通訳を務めたという。この思い出話を引きながら彼は、「どこでも標準語に近いことばを話していた私は、理解できても、自分の方ではどの方言も話せないで終った。私はつねに聞き役であり、沈黙がちになった。私はコスモポリタンであり、日本語を話すことに自信がもてなかった」と回顧している。[4]

田中が後年国際的文化人として自己を確立するにあたっては、その旺盛な語学習得熱と会話能力が挙げられる。その背後には、幼少期の日本国内での多

1　柳澤健『生きて来た道──伝記・田中耕太郎』、大空社、1997
2　『印度洋の黄昏：柳澤健遺稿集』、柳澤健遺稿集刊行委員会、1960、p.162
3　田中の生涯については、上記柳澤による伝記のほか、田中耕太郎『私の履歴書』、春秋社、1961、鈴木竹雄編『田中耕太郎──人と業績』、有斐閣、1977を参照した。田中についての思想研究として、三谷太一郎「田中耕太郎の近代批判」、同『二つの戦後──権力と知識人』、筑摩書房、1988、半澤孝麿『近代日本のカトリシズム──思想史的考察』、みすず書房、1993がある。また最新の研究として、Kevin M Doak, "Beyond International Law: The Theories of World Law in Tanaka Kotaro and Tsuneto Kyo", in: Journal of the History of International Law 13, 2011, pp209-234がある。なお、戦後の国際司法裁判所判事としての田中については、彼の後もやはり同裁判所判事として活躍した小田滋による回想が興味深い。小田滋『国際司法裁判所［増補版］』日本評論社、2011、第6章。
4　前掲『私の履歴書』、p.13

様な言語体験があったのかもしれない。それは結果として標準的な国家語としての日本語の相対化をもたらし、ひいては日本国家の独自性を尊重しつつもより普遍的な価値観（後のカトリックの信仰）をそこにオーバーラップさせるという精神的傾向を若き日の田中に植えつけたということも推測できる。

第一高等学校から東京帝国大学法科大学へと進んだ彼は、抜群の成績を残した。大学卒業時には恩賜の銀時計を授かっている。だが、田中は技術的な法律論に没頭していたばかりではなかった。むしろ彼のなかにはそれに飽き足らない、より根源的な価値への渇仰が顕著であった。当時、法律学界はドイツ流の法実証主義が隆盛で、東京帝大では田中の師匠筋にあたる民法の鳩山和夫や商法の松本烝治は緻密な条文の論理解釈を信条としていた。

田中はこれに飽き足らず、学生時代には皇国主義の特異な公法学を構築していた筧克彦の講義を聴いて法理学的な渇きをいやし、ドイツで法実証主義に対する批判として起こった自由法運動の陣営に属するドイツ法講師テオドール・シュテルンベルクの仮寓に寄宿し、親しくその謦咳に接した。[5]

ここで触れておかなければならないのは、内村鑑三との関係だろう。学生時代、内村に親炙し、その高弟となった田中だったが、徐々に師に対する違和感を感じるようになる。その理由は内村の非芸術的な雰囲気にあったと田中自身は語っている。白樺派に興味を抱き、音楽をはじめ芸術一般に並はずれた感受性を有していた田中にとって、「芸術が神の栄光の一つの顕現であることよりも、それが人間を神から引き離す悪魔」[6]と見なす師の芸術観は苦痛であった。

そして、東京帝大助教授時代の3年間の欧米留学（1908〜1911）を芸術三昧で過ごして帰国した後、田中の師に対する心理的距離は決定的となり、ついには同門の友人の再婚問題をきっかけに内村から破門されるという結果を迎えるのである。

この内村との訣別を、田中は右のように主として芸術観の相克として説明しているが、もう一つ無視できないのが、この一件を機に、個人の内面的良心とは別個に客観的な外在的権威の必要に思い至った旨田中が述懐していることである。彼自身の言葉を引けば、「先生の聖書解釈と我々自身の解釈とどっちが正しいかということは判らない、しかしそういう重大な問題について判らぬまゝで済ましていて差えないものであるかどうか？　各人の良心の判断から、独立した客観的真理がなくてよいものであろうか？　これを解決する我々の主観を離れた権威が必要じゃないか？―こう考えはじめたわけです」[7]と述べられている。芸術を媒介とする内村の無教会主義からの離反は、人間の文化活動一般への共鳴を基盤としていた。それは個人の内面の絶対化を忌避し、個々人の外部に人間の寄る辺となる客観的な権威的制度を追い求めるという働きを生んだ。キリスト者である田中が、そのような文化の源となり得る権威と認めたもの、それがカトリック教会だった。1926年（大正15）、田中はカトリックに入信する。

以後、田中は日本の近代精神史上では稀なカトリック知識人として世に出ることになる。カトリシズムの立場から旺盛な言論活動を展開するのである。実のところ、彼の著作は本来の専門の商法学にとどまるものではなく、主著であり日本法学史上に燦然と輝く金字塔『世界法の理論』に代表されるようなカトリック自然法論に基づく雄大なスケールの法哲学的・比較法的作品も多数著している。また、学問分野での著述のみならず、音楽評論などの文化論にも健筆をふるい、『改造』や『中央公論』といった論壇誌に掲載された時事論文も相当の数にのぼる。[8]

これらの言論活動を通じて、田中は終生、「権威」と戦い続けた。それは、彼がカトリシズムという別個の権威に依拠できたが故に可能だったことと考えられる。戦前期の彼の論敵として、蓑田胸喜率いる原理日本社という右翼ジャーナリズムとアカデミズム内のマルクス主義者が挙げられる。その対立の萌芽は、1927年（昭和2）に刊行された田中の論壇への本格的デビュー作『法と宗教と社会生活』のなかにすでに認められる。そこにはマルクス主義経済学のホープ大内兵衛との論争が収められ、また神社礼拝の自由や世界法による国家秩序の相対化の主張は、後年の蓑田はじめ右翼からの攻撃の種子となった。

戦後になると、彼の主たる敵手は共産主義となる。共産主義批判を様々なかたちで公にしていた彼は、いつしか進歩派知識人から反共のシンボルとして見

5　この特異なユダヤ人法学者については、Anna Bartels-Ishikawa, *Theodor Sternberg : einer der Begründer des Freirechts in Deutschland und Japan*, Berlin, 1998を参照。
6　前掲『私の履歴書』、p.39
7　前掲『生きて来た道』、p.45
8　前掲『田中耕太郎人と業績』巻末には、田中の著述一覧が掲載されているが、完全なものではなく（芝崎厚士「田中耕太郎の国際文化論―『文化的帝国主義』批判の思想と行動」『国際関係論研究』第13号、1999、p.64（注8）参照）、本エッセイの原典たる「自由主義問答」は抜け落ちている。この他にも、管見の限りで次の論稿が漏れている。田中耕太郎「律法の成就」『聖書之研究』第269号、1922、p.539-544

なされるようになる。それを決定づけたのが、1949年に起こった松川事件の最高裁審理での渦中に田中が放った「裁判官は雑音に耳を藉してはならない」との発言である。これは作家の広津和郎らによって展開された大がかりな被告支援の裁判批判闘争に油を注ぐこととなり、田中の保守反動の声名はいやましに高まったのであった。

　以上のように田中は、戦前は主として国粋主義的右翼ジャーナリズム、戦後にはマルクス主義を先導とする大衆民主主義運動と敵対した。それらは左右のイデオロギー的差異はあっても、ともに大衆心理を喚起した思想運動という点において共通するところがあり、また国体やマルクス主義を掲げた権威主義という点でも通底している。既述のように、田中はカトリシズムという別個の権威に帰依していたが故に、この二つの権威に毅然として対抗できたと考えられるが、"Liberalism as a Japanese Problem" は、そのような観点から読み解くことができる論稿である。

　このなかで田中は、当時の議会において自由主義が共産主義の温床になるかという議論があったことに触れながら、自由主義の概念定義を試みている。田中によれば、自由主義は哲学的自由主義と政治的自由主義の二種類にまず分類される。前者は世界観上の立場であり、後者は「実際政治の技術に関するもの」とされる。

　では、哲学的自由主義者とはどのような世界観の持ち主なのか。田中の言葉を借りれば、それは「すべての価値判断について自己を絶対の権威者とし、これについて何等の外部的権威をも認めない」人々であり、換言すれば個人主義者であり相対主義者である。このような世界観は当然ながら、マルクス主義とは相入れない。それどころか、哲学的自由主義は何らかの宗教や絶対的価値の信奉に立脚したあらゆる価値観と対立する。それは、客観的真理の存在を認容しないニヒリズムに他ならないのである。

　これに対して、政治的自由主義の含意するところは何か。それは、専制主義独裁政治への反対である。政治や社会生活への個人の参与をどの程度自由に認めるかという濃淡が、その分水嶺である。哲学的自由主義者は当然に政治的自由主義者である。だがだからといって、何らかの客観的真理を護持する者が、政治的には反自由主義者というわけではない。立憲体制を尊重し、その下で自己の地位を保障されている宗教や思想は、ひとしく政治的自由主義を主張し享受する政治的自由主義者である。

　このように論じてきて田中は、哲学的自由主義はそもそも共産主義とは氷炭相容れないこと、政治的自由主義は共産主義に対して寛容な姿勢を取るが、それは共産主義を特権化するものではなく、あらゆる価値観を平等に処遇することを指摘して稿を閉じている。政治的自由主義は共産主義の温床ともなり得るし、極右的国粋主義の温床ともなり得るし、はたまたそれはよき政治運動の温床ともなり得る、と。

　田中のこの短いエッセイは、法哲学上の混み入った主題を限られた紙数に凝縮して綴られたものであり、決して論旨鮮明というわけではない。むしろ歯切れの悪さを感じさせ、消化不良の思いを読者に抱かせる。おそらく筆者自身もそうだったのではないか。

　本エッセイの歯切れの悪さ、それは「敵」を一つに絞り込めない当時の田中の思想的孤立によるものと考えられる。ここで田中は議会の国体明徴的形勢に抗して政治的自由主義を擁護し、結果として共産主義に対して寛容なる態度を取ることを論弁した。しかしだからといって、田中が共産主義を擁護しようとしたのではない。カトリック的権威主義者である田中にとって、共産主義も国粋主義的国体論も異端的権威ということで径庭は無かったはずである。田中の歯切れの悪さは、これら左右の異端的権威主義を一刀両断に論じ切ることができなかった時勢にあったものと推察される。

　田中の敵は異端的権威のみにとどまらなかった。それらに匹敵する思想的脅威として、彼はこの時期、政治的自由主義という名の価値相対主義の跋扈をも憂慮していたのである。法学の世界でそれは、ウィーン学派を形成していた公法学者にして法哲学者ハンス・ケルゼンの純粋法学の台頭によって特徴づけられる。

　ケルゼンの純粋法学とは、19世紀末ウィーンの精神状況のなかから形成された法学革新の運動である。ケルゼンは正義や真理をイデオロギー批判の名の下に徹底して法認識から排除し、実定法のみに基づいた論理主義的な法体系の構築を提唱した。そのような方法論は、ケルゼン本来の専門であった憲法学の領域では、憲法の条文以外に規範性をもった実体を措定する立場を厳しく糾弾し、国家概念の排斥にまで進んだ「国家なき国家学」を唱えるに至る。法現象を徹底的に純化して認識しようという方法論であり、それゆえに純粋法学と名づけられた。

　このような自己の立場をケルゼンは、イエスに対

して「真理とは何か」とシニカルに問うた後、その処刑の是非を多数者の意思に委ねたローマ総督ピラトになぞらえている。ケルゼンによれば、懐疑主義的な価値相対主義者だったピラトは、それ故に民主主義者だった。結果的にピラトは神の子を処刑する審判を下すことになった。だが、現世において何らかの価値の専制が行われた際に、その専制者が神の子のように誤りがないという保証なき限り、自分はピラトに従う。それが、ケルゼンの信条告白である。[9]

このようなケルゼンのニヒリスティックな価値相対主義の立場こそ、田中が標的とした哲学的自由主義であったとみて間違いない。じじつ田中は、1934年に「ケルゼンの純粋法学の法律哲学的意義及び価値」と題する長大な論文を著し、ケルゼンのピラト的志向に論難を加えているのである。[10]

最後に指摘しておきたいのは、このエッセイ執筆時の田中の身辺状況である。1938年、彼は法学部長の要職にあった。そして学部行政のみならず、大学の自治の根幹にかかわるある難事に直面していた。この年の2月に第2次人民戦線事件が勃発。コミンテルンとの繋がりを理由に、多くの大学教授が検挙された。東大でも大内兵衛らがこれを機に大学を去ることを余儀なくされる。これによって勢いづいた大学内の右翼勢力は、さらに河合栄治郎の追放を画策。経済学部は混乱の極みに達していた。[11]

法学部長田中は、この時、ことは大学全体の問題であるとして積極的に動き回り、前工学部長平賀譲の総長擁立のために奔走する。そして、12月に平賀が総長に就任すると彼を支えて、翌年、経済学部の頭越しに河合栄治郎および国粋派教授土方成美の両者をともに辞職させるといういわゆる平賀粛学をリードした。

以上のように、このエッセイが書かれた1938年という年は、田中にとってまことに多事多難な時期であった。付け加えるならば、田中自身も10年前に出版した『法と宗教と社会生活』が槍玉に挙げられ、蓑田胸喜一派による執拗な糾弾を受けていたのである[12]。まさに公私にわたって難題が降りかかってくるなか、倉皇として書き上げられたのが本エッセイだったと考えられる。論旨の抑制に、むしろ田中の直面していた敵の多様さ、大きさを思い量るべきであろう。

---

9 ケルゼン（西島芳二訳）『デモクラシーの本質と価値』、岩波文庫、1966
10 この論文の初出が、田中の恩師の一人筧克彦の祝賀論集であることは示唆的である（杉村章三郎編『筧教授還暦祝賀論文集』有斐閣、1934）。既述のように、田中は法実証主義の隆盛に背を向け、神道的公法学を展開する筧にシンパシーを感じていた。価値相対主義に対する生理的嫌悪感がそうさせたものと考えられる。
11 その顚末について、竹内洋『大学という病―東大紛擾と教授群像』、中央公論新社、2001を参照。
12 蓑田胸喜『法哲学と世界観―田中耕太郎氏の思想学説批判』原理日本社、1938

Opera and Kabuki

Ichizō Kobayashi

"Has Japan got an Opera"—this question is asked invariably by foreign visitors to this country. In fact, the classical Japanese *kabuki*, as a type and a form, is something very closely resembling opera.

The two chief elements of which the classical *kabuki* is composed, are dance and music, to which is added a style of acting developed in fixed forms; only, the dialogue is not, as in the so-called grand opéra, put into a perfected form of singing. Still, as the dialogue is pronounced in a vocal method similar to what might be called a musical recitation of poems, there is in any case a great resemblance with opera.

As representative *kabuki* plays, "*Shibaraku,*" "*Sukeroku,*" and "*Soga no Taimen*" might be mentioned; in all of them, the dialogue, accompanied by *shamisen* music, is uttered in a very clear rhythmical fashion. Moreover, a peculiar feature of those classical dramas is the so-called *tsurane*, a type of alternate chant in which eminently musical effects are stressed. And it is with the recitation of the *tsurane* that the actor impersonating the hero of the drama captivates his audience, creating a fascinating musical atmosphere when he lifts up his beautiful voice the very moment before he will make his appearance on the open stage.

However, to-day this type of "Japanese Opera," as the classical *kabuki* may be called, does no longer appeal to the broad public in the sense of a popular entertainment. Of course, it is still being staged today, and is enjoyed by a group of "theatre fans," but somehow, it fails to meet the taste of the general public.

The reasons underlying this phenomenon may be various, such as the strictness of the classical form, the slow tempo of performance, and more: yet the main reason, probably, is the very fact that for the musical accompaniment, *shamisen* music is being used. *Shamisen* music itself has become a thing of the past; and still from another view-point it no longer appears adequate to maintain its rôle as the chief musical accompaniment: for the large-scale theatres of to-day, it is too weak in sound. That *shamisen* music is a past thing, is corroborated also by the fact that among the type of song hits such as are heard everywhere in the streets, those based on the old *shamisen* key never become very pupular. No matter how good the lyrics may be, with *shamisen* music it will not become a hit. But even if the lyrics are poor, a song based on the major-minor system of Western music has got a chance to become a hit. Maybe that we have to wait for the appearance of a genius who will be able to introduce *shamisen* music again in a clever way; at any rate, presently the Japanese people are being brought up with the *do-re-mi-fa* which the small children are taught in primary school, and that is all there is to it.

On the other hand, if we ask whether Western opera, if adopted in its original form, may become popular with the general public of this country, the answer must be in the negative. The reasons are complex and have to do with linguistic difficulties, questions of form, and problems arising out of the very type of the work of art commonly called "opera"— a type which, I understand, even Western people find problematical in itself. A further reason is, naturally, to be found in the differences of national characteristics. Even if it is the same type of romances, of happenings between master and servant or between man and wife, that are treated in the plots of Western operas: the feelings expressed do not comply with ours, and even if we may be able to understand them, something which does not satisfy the feelings of the audiences can never achieve genuine popularity with the broad public. And though there is a limited group of connoisseurs in Japan who really understand and appreciate opera, it is for the same reason that it cannot become an entertainment for the big public.

Hereafter, I believe, popular Japanese dramatic art must be of a type similar to the opera or operetta, with stress being put on Western music. Yet, in spite of the appealing virtue of Western music, I doubt whether such a new art, even if it will be found appealing for a certain time, can really achieve popularity with the masses unless its subjects and contents are in perfect harmony with our national characteristics.

To study Western opera, to learn and acquire the technique of operatic composition and operatic singing —this is a task which we certainly must not neglect. But the contents to be expressed in the works created with these acquired techniques have to be in keeping with the feelings of the general public of to-day; at the same time, we must strive to stimulate the public's interest in art and to influence and improve the public taste.

Toward this end, I think it is also necessary to reexamine the genre of classical *kabuki* dramas mentioned before. No doubt, they contain much that no longer suits our mentality, to-day. For instance, there is much pathos that seems unnecessary, much exaggeration that may even seem silly to us. However, for the sake of the underflow of immortal Japanese spirit to be found in those classical dramas, we may say that even to-day they have by no means become useless rubbish.

Originally, the *kabuki* drama was an extremely free and elastic art, I believe, and not, as some conservatives say, an art that should be locked up in stagnant forms and stiff rules and conventions. Also *"Shibaraku,"* the representative classical drama, never used to have a fixed play-book; only the course of action and the fundamental spirit of the drama were defined in the general outline which has been handed down to us, and when the piece was to be performed, a playwright on the staff of the particular theatre freely and boldly rewrote the whole drama, both to suit the actors at hand and to insert passages reflecting upon contemporary conditions or events. Such "living" art that has been handed down to us, certainly it is not bad to see that it will be handed down "alive" also to generations to come.

Many of the magnificent classical *kabuki* dramas, I plan to have revised and re-inspired with the animating breath of Western music, and to "revive" them thus and keep them "alive" for coming generations. It is my ardent hope that in this way the classical Japanese "operas" will develop into a fresh and living operatic art for the broad masses of to-day.

Not little work in the direction toward familiarizing present-day audiences with the old *kabuki* through the efficacious medium of Western music, has been attempted also in the Takarazuka Girls Opera, where for more than twenty years we have been presenting plays based on plots taken from Japanese life and set to Western music. That those attempts are appreciated by the general public, seems to be proved with authenticity by the fact that the performances given the year round by the Takarazuka Girls Opera in one of the largest theatres of the Capital (the *Toho Gekijo*, or Tokyo Takarazuka Theatre) are very successful also financially.

Now, we have reached the point where we wish, relying on the past experiences of the Takarazuka Girls Opera, to transform also real *kabuki* plays, not into "girls operas," but into real modern operas or, any way, a new genre of art resembling modern opera. With Western music as a medium of mutual understanding we have learned much about, and become familiar with, Western habits and characters as depicted in Western operas and other works of art. We hope that this same medium of Western music will serve to make the peculiarities of Japanese spirit known to, and understood by, our friends in the West.

オペラと歌舞伎

小林一三

「日本にも歌劇があるではないか」とは我国を訪れる外国人の等しく抱く驚異である、事実日本の古典歌舞伎は其型といひ、構成といひ歌劇に酷似したものがあるのである。

　即ち古典歌舞伎の組立を見ると舞踊と音楽の二つが其主なる要素であつて、其上に或定まつた「型」とまで伝統化した所作が加はつて居り、只セリフが所謂歌劇に於けるが如く歌の形式になつてゐないのである。とは言へセリフは丁度詩の朗詠の様に音楽的に表現せられるから何れにしても歌舞伎は歌劇に非常によく似てゐるのである。

　歌舞伎劇の代表的のものとしては「暫」「助六」「曾我の対面」等を挙げる事が出来るが、其何れに於てもセリフは三味線の伴奏によつて非常に美しいリズムとなつて流れ出すのみならず、此古典劇独特の所謂「連ね」にあつては朗吟の様なセリフの受渡があつて、其場合に音楽効果が高度に加へられて来るのである。であるから主役を勤むる俳優が舞台へ出る瞬間此の「連ね」で其美しい声を張上げると、音楽の雰囲気が恍惚の高調に達して聴衆を魅了するといふ事になるのである。

　然しながら此種「日本の歌劇」とも呼ばるべき古典歌舞伎は、今では通俗娯楽としての意義を失い一般大衆に受入れられなくなつてゐるのである。勿論現在尚上演せられ且一部演劇ファン階級の人々に迎へられてはゐるが、何となく一般民衆の趣味とは合はなくなつて来てゐるのである。

　此現象の生じた理由が何所にあるかと言へば、古典形式の厳格なること、演技のテムポののろさ等色々あるが中でも其尤なるは恐らく伴奏音楽として三味線音楽が用ひられてゐると言ふ事実であらう。三味線音楽はそれ自体既に過去のものとなつてゐるし、何所から見ても今日の大劇場に於ては音が薄弱で主伴奏楽器としての役割を維持するには最早や不適当と思はれるのである。三味線音楽が過去のものであると云ふことは又現今街頭到る処で聞かれる流行歌の中で、三味線の調子に乗つたものは決して一般化しないといふ事実によつても確かであることが判る。で例ひ歌曲が如何によくても三味線音楽を以てしては、それは流行歌とならないであらうし、若し歌曲は貧弱であらうとも西洋音楽を基調とした歌となると流行歌になり易いのである。何か器用な機構を案出して三味線音楽を再び世に送らうといふ天才家の出現を期待出来ないことも無からうけれども、何れにしても現今の日本民衆は子供時代既に小学校よりドレミファを教へられて大きくなつたので言はゞ西洋音楽しか知らない訳である。とは言ふものゝ若し西洋の歌劇が其儘の形式で、我国に採用されるとしたら、それが果して我国の一般大衆に受入れられるかどうかとの質問に対する答は恐らく否であらう。其の理由は仲々複雑であるが先づ言葉の支障や形式上の疑念や、所謂「歌劇」芸術の型から起る諸問題を解決せなければならないことである。が「歌劇」の型なるものは按ずるに西洋人自身にとつても六ヶしいものなのである。更に其上の根本的理由は国民性の相違といふことにあるのである。例へば西洋の歌劇では主人と召使の間の出来事も、夫婦の間の出来事も等しくローマンスとして脚色し演出せられるが其感情は我々にはピッタリと来ないのである。で事柄其物は我々とても之をよく理解することも出来るが、どうしても何かこう聴衆の感情を満足させることの

東京の歌舞伎座で上演された「曾我の対面」

東京宝塚劇場の日本「オペラ」のための舞台美術

出来ないものがあつて、一般大衆の真正なる気受けを博することは決して出来ないのである。だから例ひ我国にも歌劇を理解し観賞する少数の鑑識家の群がありとしても、歌劇が大衆の娯楽となり得ないことは以上の理由によるのである。

私は今後の我国大衆の劇芸術は西洋音楽を本質とした所の、歌劇や軽歌劇に似通つた型のものでなければならぬと信ずるものである。そこで、それ程に魅力ある所の西洋音楽を基調とする新芸術が生れて民衆の心を捉へる時期が来るとしてもその主題なり、肝心の内容が我国民性と完全に調和したものでなければ実際に於て大衆の気受けを得ることは疑はしいと思ふのである。

西洋の歌劇を研究すること即ち歌劇の構成や歌劇の歌ひ方等の技術を習得することは、確かに我々の忽がせにしてはならない仕事である。然もかくて習得した技術を以て演出される作品の内容は今日の一般大衆の感覚に合つたものであらねばならぬし又同時に我々は民衆の芸術に対する興味を喚起し、公衆の趣味を感化向上せしめる様に努力しなければならないことを覚えるのである。

其目的を達する為めには私は前述の古典歌舞伎劇の様式を再検討することが必要であると信じてゐる。歌舞伎劇には最早や今日の人々の心性に適合せないものが多分に含まれてゐることは事実である。例へば不必要と思はれる程沢山の愁嘆場があつたり我々には馬鹿々々しくも見える誇張が沢山あつたりする、けれども其等古典劇には不朽の日本精神の底流が存在してゐる為めに、今日尚決して廃らないのであるといふ事が出来やう。

私は歌舞伎劇と雖も初めて出来た当時は非常に自由自在の芸術であつたと信ずるから保守主義者連中の言ふが如く、歌舞伎劇が不動の形式と窮屈な掟や因襲の中に閉込められてあるべきものであるとは思はない、で代表的古典劇である所の「暫」にしても決して一定した脚本を用ひて来た訳でなく、只筋の運びや劇の基本精神の大要梗概が定められて今日に伝はつて来たのであつて、其戯曲上演に当つては各劇場の座付作者が自由に大胆に全戯曲を改変して俳優が演りいゝ様にしたり或は又時代の情勢や事件を当込んだ文句を差し挟んだりしたものである。そういつた風にして伝はつて来て今日尚生きてゐる所の芸術は、軈て又来るべき次の時代へ生きゝヽとして伝はつて行くべきものであると見ることは確かに当つてゐると思ふのである。

私は是等多数の立派な古典劇に西洋音楽を吹込んで之を鼓舞し改変することによつて、現代に復興せしめ且来るべき時代にも生命を持続け得る様にと企てゝゐるのである。かくてこそ日本の古典劇が今日の広い大衆の為めの新鮮なる生々とした歌劇的芸術にまで発展するのであらうと私はそれを熱望してゐる次第である。

西洋音楽の効果的媒介によつて、古典歌舞伎を現今の聴衆に馴染ます為めの指導的立場から我宝塚少女歌劇に於ては又異常なる努力が払はれて来てゐるのである。即ち我々は過去廿余年に渉つて、企画は日本精神に則り、セットは西洋音楽を基調とする演劇を公演して来たのである。それらの企てが一般大衆に感賞されてゐるといふ事は、この宝塚少女歌劇が帝都に於ける最大劇場の一たる、東京宝塚劇場に於て年中休みなく上演せられて経済的にも非常に成功してゐるといふ事実の正しき根拠により証明せられてゐる訳である。

依て今我々は宝塚少女歌劇の従来の経験からしても亦、純粋の歌舞伎芝居を、少女歌劇にではなくて、純粋の近代歌劇乃至はそれに似た新様式の芸術に改変したいといふ希望の頂点に到達してゐるのである。我々は相互了解の導体としての西洋音楽に就ては殆

古典歌舞伎で最も人気のある「勧進帳」を宝塚少女歌劇団が少し現代的な演出で上演。主人公の弁慶を天津乙女が演じた。

ど学び尽したし、且西洋の歌劇や其他の芸術品に於て描写叙述せられてゐる西洋の習慣や国民性に就ては熟知したのである。であるからこの同じ西洋音楽の媒介により更に我日本精神の特質が西洋の知友等に知られ理解せられることを望んで已まないものである。

（手稿は池田文庫所蔵）

小林一三の歌舞伎の近代化と海外進出

堀まどか　**解説**

オペラと歌舞伎

　宝塚歌劇団を創設した稀代の大経営者・小林一三（1873-1957）は、1923年9月には『日本歌劇概論』[1]を出版して「民衆芸術としての歌劇」を論じ、独自の大劇場経営論を展開していた。1930年代の小林は、演劇論や劇場経営論のみならず、経営随筆や処世哲学などで人気があり、人生論『私の行き方』（1935年9月）は5万部以上の大ベストセラーとなっていた[2]。『文藝春秋』へも、経済論説や随筆など幅広い内容が寄稿されている[3]。当時、小林の宝塚少女歌劇団は、小山内薫らも注目し[4]、戯曲家でもある菊池寛も小林一三の大劇場論やその実践に関心を示していた一人であった[5]。この『Japan To-day』の英文記事「オペラと歌舞伎」には、一地域開発から出発しながら[6]、未来の日本文化の創造をめざして国際性を強く意識していた小林一三の、経営方針と理念とが表れている。

　手書き原稿は、宝塚音楽歌劇学校の名入り便箋9葉に記され、文末には、「文藝春秋海外附録 Japan Today」とある。これが『文藝春秋』に送られ、返却されたものが保管されていたと見られる。筆跡は、書き流したものではなく、清書稿に近いものにわずかに訂正、書き入れがある程度である。若干、変体仮名の使用が見られる。なお、文末の1行は、上から線を引いて消されており、冒頭欄外に「左の一稿ハ「文藝春秋」海外版ジャパンツーデーに掲載したものより」と別の人の筆跡で書き入れがある。見出しの活字と筆者名に活字号数の指定もある。[7]

　この元原稿は、雑誌『歌劇』（昭和13年7月号、pp.44-47）に掲載されている。[8]

　この記事の中で言われているのは、第一には、西欧のオペラと日本の伝統歌舞伎の類似点。第二には、舞踊と音楽で構成されている点で似通ってはいるが、歌舞伎のセリフは、オペラのような完全な歌唱形式ではなく、音の小さな三味線を伴奏として、詩がリズムのある形式で朗誦されるということ。この三味線による伴奏が最大の弱点であり、一般観客を魅きつけられなくなっているので、次世代の歌舞伎は西洋音楽を主体として再編されなければならない、というのが第三のポイントである。

　このような小林の主張は、『日本歌劇概論』の中で詳細に綿密に論じられており、この英文記事はそれらをごく簡明に要約したものである。『日本歌劇概論』の中では、《元来、西洋のオペラと同一な芸術は

---

1 『宝塚叢書』第2編・宝塚少女歌劇団出版部、1923
2 昭和10年9月に小さな出版社（東京斗南書院）の処女出版として刊行され、1年のうちに16版を重ね、5万部発行の際には増補普及版と限定版5千部が出された（「解説」『小林一三全集 第三巻』ダイヤモンド社、昭和37年1月、p.540）。
3 たとえば、1938年の『文藝春秋』には、政府の戦時財政を悲観する「資本主義強度の利用」（1月号）や、文化人的情緒をあらわしている「涙」（6月号）などがある。
4 小山内薫は、《少女歌劇そのものの発達が日本将来のオペラだと言ったら言い過ぎもしましょうが、とにかくこういう物から本当の日本歌劇が生まれてくるのではないかと思います。》（「日本歌劇の曙光」『時事新報』1918年）と書いている。
5 菊池寛の宝塚への関心は、座談会（「小林一三氏に物を訊く座談会」『文藝春秋』オール読物、1932年10月号）にもみうけられる。
6 当初は本格的な芸術集団組織として構想されていたわけではなかったが、宝塚少女歌劇は好評を博して、1914年には大阪市内での出張公演を、1918年からは東京公演を行うようになる。1919年には宝塚に新劇場がオープンし、1924年には4千人の大劇場がオープンした。つまり、一地方の歌劇団にとどまらず、日本の歌劇文化で重要な位置を占める存在となっていく。日本の新時代の芸術集団として認識されるようになる。
7 K&K事務所の刈間謙一氏が本書のために著作権交渉過程で財団法人阪急学園池田文庫から、小林一三の手稿が見つかったもの。池田文庫の学芸員・田畑きよ子氏が阪急電鉄の許可を得たのちに、手稿のコピーを送って下さった。
8 この日本語原稿の雑誌『歌劇』への掲載に関しては、田畑きよ子氏からご教示を受けた。

能楽である》[9]が、歌舞伎もほとんどこれに類似しているとし、オペラが唄と音楽と背景舞台を重視しているのに対して、歌舞伎は、唄と音楽とはオペラほど専門的に進化していないが、《劇の要素たる、筋書や、人情や、舞踊や、絵画や、対話や、動作や、その他あらゆるものは、とても比較できぬほど進歩してゐる》[10]と論じる。小林は歌舞伎の長所を7項目に分類したうえで、その長所を生かして、新時代に適応した国民劇を作り出すべきであると主張した。これは永年の小林の主張であり、宝塚歌劇団で実践されていた。小林にとっては、能楽は特権階級のものであり、歌舞伎は大衆に愛好されてきた、新時代の民衆演劇として改良されるべき「旧劇」であった。小林は、演劇が一部の特権階級のものであってはならないと考えており、そのために、質のよい芝居を安い料金で見せる大劇場システムを掲げ[11]、かつ新しい国民劇を模索していた。

この英語記事の中にも、西洋オペラを原型のまま日本に導入しても、主題や内容が日本の国民性と調和しないために違和感が生じる、ということが書かれている。当時まだ多くの一般観衆が西洋オペラや日本風オペラに接して当惑していたが、西洋音楽そのものは、とくに義務教育で唱歌を学んでいる新しい世代には自然に体感されつつあった。小林はまさに、これを実体験する中で、宝塚少女歌劇団設立の端緒をひらく[12]。要するに、歌舞伎劇を西洋音楽で行う「和洋折衷」方式が、宝塚少女歌劇の実践である。少女たちの教育は、東京音楽学校の教育課程を参考にして声楽、楽器、和洋舞踊、歌劇の授業が始められた。ピアノ、オルガンの伴奏でドレミの音律で聴覚を養って、西洋的な音程やリズムが体内に取り込まれている世代は、《花柳文学に附随し共通してきた三絃楽を主とした長唄常磐津清元浄瑠璃等のやうな》[13]音楽に親しみを感じなくなっているし、将来はその傾向がさらに強まる、と小林は予想していた。

「国民音楽」の創出

江戸時代までの日本の音楽文化は、地域や身分、職業、性別などによって細分化され分断されていた[14]。つまり、上流階級の親しむ雅楽や能楽は一般庶民には共感できるものではなく、全国的に普及していた三味線は庶民的ではあるものの、遊郭や花柳界を連想させた。「国民音楽」としての新時代の音楽の創出を念頭において、小林は次のように述べる。

> 私は、三味線芸術即ち花柳芸術なるものは、その国民が、維新前のやうに花柳本位に生活して差支へなかつた時ならばいざ知らず、その教育の基礎や、音楽的教養の方針が、西洋音楽の音階をもつて国民の思想を培つてゐる以上は、多数の国民のために、それに順応する或るものを与へなければならないと主張する、この場合において、反対論者は「然り、それに順応する或るものを造りたまへ、歌舞伎劇の破壊によつてその目的を達しようとするのは無理である」といふ。私は、或いは、それが歌舞伎芸の改善でなくて改悪であるとしても、到底保存し得べからざる歌舞伎劇である以上は、国民多数のものの思想感情に立脚して出来上がつたものであるから、必要があらばまたその思想感情に従つて改むべきが正しい道であると信ずるのである。[15]

花柳界と密接な三味線が、海外に向けて「日本」の新時代の音楽として発信されると、日本文化の印象を悪くするという判断もあろう。英文記事では、大型劇場方式には三味線の音は弱すぎる、という短所が中心に書かれているが、花柳社会で発展してきた三味線が《メランコリーで、小規模で、国民の思想を消極的に陥らしむる恐れ》[16]があると小林は再三にわたって危惧を表明している。

このような意見は、もちろんのこと、小林独自のものであったわけではない。「国民音楽」の創出や唱歌科実施の動きは、1870年代後半（明治10年代）から起こっており、三味線などの在来の音楽が「国民音楽」として適当ではないという議論も当時は頻繁におこなわれていた。西洋の文明的な技術と西洋音楽

---

9 小林一三「民衆芸術としての歌劇」『日本歌劇概論』（『小林一三全集 第六巻』昭和37年6月、p.9）。

10 同上。

11 この記事の中にも財政的に成功していることが書かれているが、実際に小林一三の経営力と戦略によって、財政を常に意識した興業形態が施策されていた。

12 明治45年に日本人の創作で、能の「熊野」をもとにオペラ「熊野」がつくられて、東京帝国劇場で公演された。帝劇は、西洋の国立オペラ劇場を模倣して建設された日本初の欧米風の最新の劇場であり、日本人に本格的にバレエや声楽を教えて西欧のオペラやオペレット・バレエなどを上演していた。三浦環が、歌舞伎風の演出に能楽風の衣装で、ソプラノで日本語で歌った。これが上演されたとき、観客は大声を出して笑ったが、その冷評悪罵の中にも、真剣に憧憬のまなざしを向けて礼讃している若い学生たちがおり、それを見た小林一三は新時代の到来をみてとった。

13 小林一三『日本歌劇概論』の中の「歌舞伎劇の運命」『小林一三全集 第六巻』、p.30

14 奥中康人「和洋折衷の明治音楽史―井澤修二・北村季晴・初期宝塚」『近代日本の音楽文化とタカラヅカ』世界思想社、2006年5月、p.19-20

15 小林一三『日本歌劇概論』の中の「歌舞伎劇の運命」『小林一三全集 第六巻』、p.29

16 同上、p.30

の方法を用いて、日本人のための新曲を造り、新時代の音楽を創造しようとする「和洋折衷」の動きは明治の早い段階から始まっていたのである。

小林の記事の中では、日本の音楽の近代化を築いた井澤修二ら音楽教育家や、山田耕筰ら作曲家たちの活動については、まったく触れられてはいない。主に自らの率いる宝塚歌劇団の説明や東宝劇場の説明・宣伝になっている。実はこの英文記事掲載のすぐあとに、宝塚歌劇団は初の海外公演に出発するのである。

海外進出の夢と現実

小林一三にとって、宝塚歌劇の海外公演は、永年の夢であった[17]。『Japan To-day』の記事の最後にも記されているように、小林は、宝塚少女歌劇を日本独自のオペラ劇として発展させようと考え、また、宝塚少女歌劇を通して外国の人々が見ても共感しうる日本精神を伝えたいと考えていた。1932年8月には東京宝塚劇場が設立され、東京進出の次は国外進出、といった野心や興業的な関心があったに違いなく、また1930年代後半には外務省などが牽引する国際文化交流事業への目配りもできていたはずである。

小林は自ら国外公演を意識したシナリオを書き[18]、国内で上演演習を重ねて、海外進出公演にむけた企画を練っていた。歌舞伎レビュー「恋に破れたるサムライ」[19]はその一例。外国人好みに操三番叟、越後獅子、かっぽれなどを洋楽にアレンジしたオーケストラ部分と、純粋の邦楽（浄瑠璃、長唄など）で構成されていた。これは舞台装置も衣装も、歌舞伎の様式に構成され、賑やかな歌舞伎レビューとなっていた。

しかし、宝塚の初の海外公演を可能にしたのは、芸術面の向上やその評価というよりは、戦時期を迎えた日本の国際政治情勢である。1937年7月の盧溝橋事件つまり日中戦争の勃発以降、宝塚少女歌劇では時局に連動した演目や活動がみられるようになる[20]。1938年2月には、小林は内閣総理大臣官邸で開催された「各府県思想戦講習会」において講演を行い、演劇や映画などの芸術活動が国民へ与える慰安と利益の面と、〈思想戦〉や〈国民精神総動員〉に有効な協力をするという面の調和とその困難について語っている[21]。

そのような中、外務省文化事業部の国際文化振興会が、ドイツ宣伝演劇局やイタリアの民衆文化省と交渉した結果、「日独伊親善芸術使節団」としての宝塚初のヨーロッパ公演が実現したのであった。1938年10月から翌年3月にかけて、天津乙女以下総勢50名の一行がベルリン、ワルシャワ、ローマ他、3カ国25劇場で公演。写真にも紹介されている天津乙女とは、1918年に宝塚に入団した1920年代の大スターである。上演演目は、現地での反応をうけて調整されたが、基本的に日本情緒の濃い演目であった。（この欧州公演中も国内の宝塚劇場では公演が続いており、11月には訪日中の蒙疆三自治政府の主席団徳王の一行や、ヒトラー・ユーゲントの一行が観劇している。）

さて、海外進出という永年の夢をかなえた小林だったが、欧州公演には少々失望したようである。帰国後の1939年1月、《欧州の公演によつて受けたる感想から見ると、如何に賞讃され歓迎されたからと言つても、要するに可愛らしい新奇の娘たちの芸事位にしか思はれない》、たとえ、男性や日本第一の名優が公演しても、《グロテスク》さや衣装の絢爛さに対する反響ばかりで、芸術的に理解はされないだろう[22]、と述べている。小林は次のように述べる。

世界文化の相互的握手と、其隆盛による平和的結合は、芸術の持つ無限の力を利用することによって、此殺伐の国際間に一種の温か味を添へるのであるから、私は我国の持つ芸術の力によって何等か寄与するところあるべきを期待したものであるが、我宝塚の欧州進出によって一種の淋しみを痛感した。私達は歌舞伎の持つ魅力にこだはつては駄目だ、それは自己陶酔である。我芸術としての世界への進出は、正に日本的の映画であると思ふのである。[23]

映画（トーキー）による海外進出については、欧州

---

17 小林は何度も宝塚のスタッフを海外に派遣して、海外公演の可能性を探っていた。小林本人は、1935年9月から翌年4月にかけて、アメリカ、英国、ソ連、フランス、スイス、オーストリア、ドイツ、イタリアなどを周遊し、交通運輸、百貨店、劇場、美術工芸などを視察・見学している。
18 小林の脚本執筆は1914年「紅葉狩」にはじまって、29作品の戯曲を作っている。
19 1937年3月〜／戯曲・小林一三、演出・坪内士行、作曲・須藤五郎が担当。
20 1937年8月以降、レビュー「少年航空兵」（8月）、軍歌レビュー「皇国のために」（10月）、軍国バレー「砲煙」（11月）、軍歌レビュー「南京爆撃隊」（11月）、国策レビュー「光は東方より」（12月）、グランド・レビュー「満洲より北支へ」（1938年1月）、現代劇「たのもしき銃後」（1938年1月）、キノ・ドラマ「軍国女学生」（1938年1月）など。（これらは、これ以後繰り返し上演される演目）。1938年2月には、大阪の陸軍病院において歌劇の慰問上演を行い、以後は、同様の各地施設での慰問活動が定例化する。
21 小林一三「思想戦と映画及び演劇」『小林一三全集　第七巻』ダイヤモンド社、昭和37年12月、p.326-384
22 小林一三「私の夢！」（昭和14年1月17日）『小林一三全集　第二巻』ダイヤモンド社、昭和36年12月、p.377
23 同上、p.379

派遣が決まった際にも演説されていた。海外公演を通して宝塚映画に力を注ぐ意思がより高まったとの宣言でもあろうが、欧州で実際の欧米人客の反応に接して失望を感じたという点は、素直なものと思われる。

しかし、小林が個人的に失望はしながらも、宝塚少女歌劇団の文化外交使節としての役割はその後も続く。欧州公演から帰国後の1939年4月には、小夜福子以下総勢40名による「訪米芸術使節団」がホノルル、サンフランシスコ、ニューヨークで公演し[24]、またその帰国から1カ月後の1939年8月、天津乙女以下総勢25名が、「北支皇軍慰問団」として、青島、徐州、開封、石家荘、太原、北京、大連などで公演を行った。

1940年3月、小林一三は経済的手腕が買われて「遣伊経済使節団」の日本代表者の一人に任命され[25]、帰国直後の7月、第2次近衛内閣商工大臣に就任している[26]。1940年秋以降には、宝塚唱舞奉仕隊、1942年以降は宝塚移動隊が組織されて、各地で数多くの国内（内地）出張公演を行ったほか、1942年から3年連続して、長春、ハルピン、大連、瀋陽などの満洲各地へ赴き、中国東北部公演を行っている[27]。

敗戦後の思い

敗戦後、東京宝塚劇場は1945年12月24日に進駐軍に接収され、1955年1月27日に接収解除になるまで「アニー・パイル劇場」として使用された。戦後の小林一三は[28]、1946年8月に枢密院で戦災復興の実況を説明報告した際、次のように語っている。

戦争を放棄した憲法を作り、植民地は取り上げられ、海外発展は出来ず、領土は削られ、重工業を失い、まだ外国貿易も許されないわが国としては、いはゆる四等国、五等国として世界の片隅に活きてゆくだけで満足すべきはずのものではないのである。世界の一等国に伍してその歩調をともにせんことを希望するならば、わが国文化を世界の標準より一歩も数歩も高めて、高度の文化国家を作るより外に途はないのである。（中略）惜気なく軍備に費つたその何分の一を軍艦大和のために一億何千万円を使うた度胸のある国民は──その高度文化施設に三文惜みをすることはないと信ずるのである。[29]

国民大衆のための家庭本位の「国民劇」、そして世界に通用する日本の「国民劇」を創出するという理想を掲げ、実践し、その発展に惜しみない愛情を注いだ小林一三は、1957年1月、84年の人生に幕を閉じている。

この『Japan To-day』「オペラと歌舞伎」の寄稿は、日本の「国民劇」としての、「日本のオペラ」としての宝塚劇を海外で披露するという、小林一三の永年の夢がまさに初めて実現しようとしていた中で書かれたものであった。

---

24 サンフランシスコの金門湾の日本館の完成記念と、ニューヨークで開かれる万国博覧会のジャパンデーに参加するのを機会に行われた公演。険悪化する日米の国家情勢を背景に、対日感情を和らげる政治的意図があっての派遣である。サンフランシスコやニューヨークで講演を行って、7月7日に帰国。

25 これは日本・イタリア修好ならびに両国間の商議を目的とした派遣で、小林はムッソリーニと面会。イタリア滞在中、イタリアが英仏に対して宣戦布告し、使節団はベルリン、モスクワ、シベリアを経由して、満洲の大連経由で帰国。その帰国の船中、近衛文麿から「途中より飛行機にて至急お帰り願ふ」の電報が届き、急遽、近衛に面会。商工大臣就任を要請され、その夜のうちに大臣の親任式が行われた。

26 翌8月には、蘭領印度特派使節に任命された。しかし、1941年2月にいわゆる「機密漏洩問題」がおこって、4月に小林は商工大臣辞任、同時に貴族院議員に就任している。

27 第1回目は1942年9月26日、満洲国建国10周年を祝うための「国民親善使節」として、天津乙女ら一行60名が大阪を出発。満洲国建国10周年慶祝会の後援と満洲演芸協会の提供によるもので、9月30日～10月4日の5日間、新京公演を開催した他、ハルピン、大連、鞍山、奉天、撫順、京城でも公演して11月31日に神戸帰着。第2回は1943年5月28日～7月8日、満洲朝鮮公演出張のため一行50名が新京に向かった。3回目は1944年9月26日満洲出張公演のため一行23名が出発して、11月6日と12月7日の2組に分かれて帰国している。

28 戦後の小林一三は、1945年10月に幣原内閣国務大臣に就任し、11月には戦災復興委員会総裁となって戦後の復興に尽力しようとしたのだが、1946年3月に公職追放となり、大臣や総裁は辞任した。

29 小林一三「復興と次に来るもの」『小林一三全集　第五巻』ダイヤモンド社、昭和37年4月、p.549-552

Sehr Unwahrscheinliche Geschichten

Klaus Pringsheim

„Da wurde der Kellner verrückt"—hiess es in einem Couplet, das ich vor dreissig Jahren von Schneider-Duncker im Ostseebad Heringsdorf gehört habe. Das Couplet hiess „Deutsche Märchen" oder so ähnlich. Jede Strophe ein Märchen vom Tage; einmal mag es ein Leutnant gewesen sein, der einen Zivilisten zuerst grüsste; einmal ein Postbeamter, der zu der Dame am Schalter sagte: „Bitte, gnädige Frau, womit kann ich dienen?" In der letzten Strophe war es ein Kellner, der hatte sich beim Herausgeben um zehn Mark geirrt. Als er den Irrtum bemerkte, war der geschädigte Gast verschwunden. Der Kellner sucht ihn im ganzen Lokal, läuft auf die Strasse, jagt durch die Stadt, atemlos, hin und her; er sucht vergeblich, sein Gast ist spurlos verschwunden. „Da wurde der Kellner verrückt." Die Pointe - und den Ton, in dem der Couplet Sänger sie fallen liess, habe ich noch im Ohr...

*

Europäische Hauptstadt 1937. Erfrischungsraum eines grossen Warenhauses, heisser Sommertag, Hochbetrieb. An einem Tisch sitzt ein Ausländer mit einer Einheimischen. „Geben Sie der Kellnerin kein Trinkgeld, sie darf es nicht annehmen", erklärt, als es ans Bezahlen geht, die Einheimische ihrem Begleiter. Nun ja, man kennt das: es wird gebeten, dem Bedienungspersonal kein Trinkgeld anzubieten, da dasselbe... „Eins sechsundneunzig, der Herr". Der Herr gibt zwei Silberstücke, aber das Mädchen hat kein Wechselgeld, sie geht zum Büfett zurück. Nein, auf die vier Kupfermünzen will er aber wirklich nicht warten. Er steht auf, halb in Opposition folgt ihm seine Dame zum Lift; sie fahren hinunter, gleich sind sie auf der Strasse, zögernd sieht die Dame sich noch einmal um - und richtig, da kommt die Kleine die Treppe heruntergestürmt; sechs Treppen, Temperatur dreissig Grad, sie ist ganz ausser Atem. Glücklich aber, ihren Mann gefunden zu haben, drückt sie ihm das Kleingeld in die Hand, bedankt sich, verschwindet im Gewimmel.

p.3

Wackeres Mädchen - sie konnte das Geld, den Witzbetrag von Geld, auf den niemand Anspruch erhob, für sich behalten, niemand hätte es gemerkt, niemand würde es erfahren. Aber nein...

*

Postamt in einem westlichen Vorort. Vor dem offenen Schalter steht unser Ausländer, er hat einen Einschreibebrief aufzugeben. Der Brief ist richtig; aber die Adresse kann der Beamte nicht entziffern. Ein Gewirr seltsam verschnörkelter Figuren - „Japan", bringt zur Erklärung der Fremde hervor, der die Landessprache nicht beherrscht. Der Beamte areht den Brief hin und her, schliesslich ruft er einen Kollegen, sie ziehen sich zurück, beraten. Nach einer Weile reicht er dem Fremden einen Schein, darunter ein zweites Blatt, Pauspapier dazwischen, und einen Kopierstift. Der Fremde errät: er soll das Formular selbst ausfüllen, und bedeckt es mit Schriftzeichen, die keiner ausser ihm lesen kann. Der Beamte, prüfenden Blicks, zweifelt nicht, dass es nun mit Allem seine Richtigkeit habe; er drückt seinen Stempel auf, dann trennt er das Duplikat von dem Schein, den er sorgfältig verwahrt, übergibt es dem Fremden, grüsst höflich. Höflich grüssend entfernt sich der Japaner.

*

Also, solche Märchen soll der Mann seinen Leuten in Tokyo erzählen; die werden ihm vielleicht glauben...? Ganz gewiss, das werden sie; denn in Tokyo um die Wahrheit zu sagen, passieren einem so unwahrscheinliche Geschichten. Der gefällige Postbeamte, der mich nicht mit meinem Brief nachhause schickte, das Kind im Warenhaus von Matsuya, das mir aus dem obersten Stock nachgelaufen kam, um die paar Kupfermünzen los zu werden, die ihm nicht gehören durften: das waren meine ersten Erlebnisse in Japan.

In Japan, das ist natürlich ganz was Anderes. Etwas Anderes, warum eigentlich? Wieso eigentlich?

Ich verrate kein Geheimnis: auch Japaner sind Menschen. Auch japanische Angestellte sind Angestellte, es geht ihnen gewiss nicht besser, als es den Angestellten bei uns geht, besser bezahlt sind sie ganz gewiss nicht. Auch japanische Beamte sind Beamte. - Glieder eines Verwaltungsapparats, dessen bürokratische Ordnung und dessen genaues Funktionieren jedes Untertanenherz höher schlagen liessen.

Aber da wäre doch nun wirklich zu erwarten gewesen, dass ein Postbeamter in der Hauptstadt und Weltstadt Tokyo-Nein. Durchaus nicht. Für Sendungen nach dem Ausland ist ein besonderes Postamt da. Es war weder zu erwarten noch zu verlangen, dass dieser Beamte meine Schrift, gar meine Handschrift lesen könne. Amerikaner, Deutsche, Engländer, Franzosen, Tschechen, Dänen, - alle zusammengezählt, leben in der Sechsmillionen-Stadt Tokyo viel weniger Ausländer als etwa Russen in Berlin. Ein Russe sollte sich mal einfallen lassen, in Steglitz -

Kein Aber. Japaner sind Menschen, das ist es. Sehr menschliche Menschen, auch ohne gross von Humanität zu reden. Von Herzen freundliche Menschen, ohne offizielles Evangelium der Menschenfreundlichkeit. Sie haben sich nicht mit Nächstenliebe; aber es sind, mit einem Wort, bessere Mitmenschen als die Bewohner unserer Zonen. Das ist ein grosses Wort aus geringfügigstem Anlass; seine Wahrheit habe ich hundertfach bestätigt gefunden.

Freundlich simple Menschlichkeit, einfältige Sauberkeit von Mensch zu Mensch, Sauberkeit. Redlichkeit, Rechtlichkeit auch im Kleinsten, um der Rechtlichkeit, Redlichkeit, menschlichen Sauberkeit willen, - so köstliche Dinge gibt es hier wirklich, sie sind das Alltäglichste. Wer bei uns dergleichen sucht, wird in die Wunschtraumecke des Cabarets verwiesen.

大いにありそうもない話

クラウス・プリングスハイム　翻訳

「そこのところで給仕は乱心しちゃって」という一節が、30年前にバルト海の海水浴場、ヘニングスドルフで聴いたシュナイダー・ドゥンカーの二行連風刺歌にあった。この諷刺歌の題名は「ドイツのおとぎ話」とかなんとかだったはず。どの節も、「本日のおとぎ話」を語る。民間人に先に挨拶した少尉であるとか、窓口に立つ婦人に「奥様、なんなりとご用命ください」といった郵便局員であるとか。最終節は、おつりを10マルク間違えた給仕の話だった。その給仕が間違いに気付いたときには、払い過ぎた客はもう消えていた。給仕は店内を隈なく捜し、通りを駆け、街中、この人物を追い求めた。息を切らし、あちこち捜すも空振り、客の影も形も見当たらない。「そこのところで給仕は乱心しちゃって」。そのオチと、そこを唄うときに声を落とす風刺歌の歌い手の声音が、いまだに耳に残っている。

1937年、欧州の首都。とある大きな百貨店の休憩所。暑い夏の一日。客が引きもきらない。異国の人が一人、その国の女性とテーブルに着いている。「女給に心づけをあげないように。受け取ってはいけないことになっていますので」と、この女性は、勘定の際に、連れの者に説明する。給仕人にチップを支払わないでくれといわれるのは、誰もが承知のこと、ここでも変わりはない。「お客様、1.96でございます」。客は銀貨を2枚差し出すが、あいにく女給はつり銭を切らしているので、カウンターへ戻る。だが、客は銅貨4枚ぐらいを待つ気などさらさらない。彼が立ち上がると、ご婦人は渋々ながら彼を追って昇降機へ。昇降機は下りてゆき、二人はたちまち表通りへ出る。ご婦人はもじもじともう一度振り返る。そう、当たり。小柄な女給が階段を駆け下りてくる。6階から。気温は30度。息をぜいぜい言わせながらも、客を見つけてほっとした様子。客に小銭を渡し、お礼を述べ、賑わいの中へ消えてゆく。

勇敢な娘。返せという者がいるでもない小銭を自分のものにしたところで、気付く者などいないし、誰も知ることはないだろうに。でも、このお嬢さんは違った。

西洋の郊外にある郵便局。開いている窓口に立つのは、我らが異国人。書留郵便を送ろうとしている。手紙自体にはなんら問題はない。問題は、局員が宛先を判読できないことである。絡み合って曲がりくねったその文字。現地の言葉をよく知らないその異国人は説明しようと「Japan」などといってみる。局員はその手紙を矯めつ眇めつ眺めた挙句、別の局員を呼ぶと、両者は引籠もって協議する。ややあって、局員は異国人に、用紙、その下の２枚目の紙、その間に挟まる透写紙、そして、筆写用ペンを渡す。用紙に自力で記入せよ、ということだと異国人は推察し、異国人以外は誰も読むことができない文字を使って、その用紙を埋める。検めるような局員の視線、だが、行為の正当性に毛ほどの疑いも持たない。用紙に印判を押すと、写しを用紙から切り離し、用紙は注意深く手元に残し、写しを異国人に渡して、懇懃に挨拶する。丁寧に礼を返すと、この日本人は、その場を離れてゆく。

さて、このようなおとぎ話を、この人物が東京で同国人に話したとする。信じてくれるだろうか？ そう、信じてくれる。何を隠そう、このようなありそうもない話が、東京では実際に起こるのである。私に手紙を付き返さなかった善意溢れる郵便局員、自分のものにしてはいけないと、数枚の銅貨を返すために、最上階から追いかけてきた松屋百貨店の小僧。これらは、私自身が日本で初めて体験したことである。

日本では、無論、何かが違う。どこか異なっているのは、どうしてなのか？ なぜだ？

誰もが周知のことだが、日本人も人の子であり、日本の月給取りも月給取りであって、我々の国の月給取りより暮らし向きがいいわけではない。我々より給料がいいわけでもない。日本の官吏も官吏である。行政組織の構成員で、その官僚的秩序と厳密な機能性に、臣民の心臓は高鳴るのである。

首都で国際都市の東京なら、そのような郵便官吏を期待できたか？ 否。あり得ない。外国向けの郵便には、それを取り扱う特別な郵便局が存在する。あの局員が私の書蹟を、よりによって私の直筆を読めることを当てにするどころか、ましてや、それを希望するなどもってのほかだ。600万都市東京に住む異国人は、せいぜいが、米国人、独逸人、英国人、仏蘭西人、チェコ人、デンマーク人程度。ベルリンに住む露西亜人の数よりも圧倒的に少ない。ベルリン、シュテーグリッツ地区の露西亜人は一計を案ずるべきか。

だがしかし、ではない。日本人は人間であるという、ただそれだけのことだ。人間愛のあれやこれやを多く語らない、人情味に溢れた人たちである。人類愛を公然とは布教しない、根っから親切な人たちである。「隣人愛」とも無縁ながら、要するに、日本人は、我々が属す文化圏の人たちより、より善き同胞なのである。これはまた大風呂敷を広げましたね、と思われるかもしれないが、これが実像であることを、私は、何度も何度も再確認させられたのだ。

親切で素朴な人間性、無邪気な清廉潔白さ。公正、実直、清廉潔白でありたいというその一念がために、どんな些細なことにも、清廉潔白で、実直で、公正であろうとする。これほど醍醐味溢れることが、ここでは実際に存在し、しかも、それは日常茶飯事なのである。我々の生活圏でそれを捜そうとするなら、カバレット〔芸術キャバレー〕の、妄想コーナーへどうぞ、といわれるのがオチであろう。

（野村しのぶ訳）

日本音楽界の中の
クラウス・プリングスハイム

片山杜秀　　　　　　　　　解説

　クラウス・プリングスハイムは、1931年の秋、日本にやってきた。東京音楽学校（現東京藝術大学音楽学部）の教官に招かれたのである。作曲や理論を教え、音楽学校のオーケストラを指揮する。それが仕事だった。

　彼は1883年7月24日、数学者、アルフレート・プリングスハイムの息子として、ミュンヘンに生まれた。双子の兄である。一緒に生まれたのは妹。カチャといった。彼女はのちにトーマス・マンと結婚する。したがってクラウスは大作家の義兄になる。実年齢は八つ下だけれど。

　プリングスハイム家は大富豪だった。アルフレートの父だから音楽家の祖父にあたるルドルフ・プリングスハイムが、農産物を商ったり、種々の事業に投資して、巨万の富を築いた。屋敷はベルリンに構えた。しかし、息子のアルフレートはミュンヘン大学に職を得たので、ミュンヘンにも屋敷ができた。クラウス・プリングスハイムもミュンヘンで生まれ育った。

　彼は幼少から音楽を学んだ。数学者の父は優れたアマチュア音楽家でもあり、大のワーグナー贔屓で、息子にピアノや理論の手ほどきをした。息子は少年時代には作曲をはじめた。ミュンヘンのインテリにして大金持ちのプリングスハイム家のサロンには名のある音楽家たちも出入りしていた。その中にはリヒャルト・シュトラウスも居た。クラウスはシュトラウスやマーラーに憧れた。音楽家を目指した。

　そう、あくまで作曲家とか演奏家ではなく音楽家を目指したのである。当時の感覚においては、作曲家と演奏家は完全に違った人種ではなかった。分業意識は必ずしも当たり前ではなかった。オペラもシンフォニーもソナタも歌曲も作曲する。歌劇場やコンサートホールで指揮もする。ピアノやその他の楽器もこなす。教育もする。シューマンのように批評家を兼ねる人もいる。ワーグナーのように思想家哲学者然として自らの作曲を正当化し歴史に位置づける大論文を発表する人もいる。ときには自分のオペラの台本も創作してしまう。それらを全部ひとりでやってこそ音楽家なのである。

　クラウス・プリングスハイムは、父に習ったり独学したりではやがて物足りなくなって、ミュンヘンでトゥイレに師事するようになる。ドイツ・ロマン派のまずまずの作曲家として、特に室内楽曲の分野において、今日も音楽史に名をとどめる人物である。それからウィーンに行く。1906年、ウィーン宮廷歌劇場の指揮者を務めていたグスタフ・マーラーの弟子というかアシスタントになるのだ。マーラーはプリングスハイムが少年期から憧れていた音楽家である。作曲と指揮を両立させている。大スケールの作品を書く。彼はマーラーに絶大に影響された。

　そのあと、プリングスハイムは、ヨーロッパ各地のオペラ座や劇場で指揮をする。ジュネーヴやプラハやブレーメンやブレスラウなど。第一次大戦後には、ベルリンの劇場、グローセス・シャウシュピールハウスの音楽監督として、大演出家、マックス・ラインハルトと数々の共同作業を行い、舞台音楽の作曲や指揮に取り組み、名を馳せる。無声映画のためにも作曲する。またベルリン・フィルと、師匠のマーラーの第1番から第7番までの交響曲、及び交響曲《大地の歌》を連続演奏する。音楽批評家としても新聞に健筆をふるう。ワイマール時代の黄金のベルリンを代表する音楽家のひとりが、クラウス・プリングスハイムだった。

　そんな大物が、ブルーノ・ワルターの後釜としてベルリン市立歌劇場の音楽監督になるつもりだったのに、土壇場でなり損ねてしまう。キャリアに空隙が生じる。戸惑う。そこに、日本から好条件で誘いがあった。契約期間はとりあえず2年。彼は東京へ来た。

　2年で戻るつもりであったのかもしれない。けれど、彼が祖国をあけているうちに情勢は変わった。1933年にナチスが政権を握った。プリングスハイムはユダヤ系だった。祖国に戻るのは危険である。彼は日本滞在を延長した。1937年秋まで東京音楽学校の教官を務めた。上野で教え続けた。

　東京でのプリングスハイムは、ベルリンの憂さを東京で晴らそうとばかりに、極めて精力的に活動した。教員と学生と卒業生と陸海軍軍楽隊員の混成オーケストラである東京音楽学校管弦楽部を指揮し、1932年から37年までのあいだに、たとえば次のような作品を取り上げた。

　ワーグナーの《ローエングリーン》第1幕、リストの《ダンテ交響曲》、ブルックナーの交響曲第7番と

第9番、マーラーの交響曲第2番と第3番と第5番と第6番と第7番、R・シュトラウスの《アルプス交響曲》と《ツァラトゥストラはかく語りき》、ストラヴィンスキーの《詩篇交響曲》。クルト・ワイルの《ヤーザーガー》。

　プリングスハイムの指揮は、なかなかロマン主義的、もしくは表現主義的で、感情が豊かだったようである。東京で録音されたワーグナーのＳＰ録音に、その一端をうかがうこともできる。とにかく彼は日本の音楽家やその卵たちにまったく新しい経験をさせ、新時代を開いた。ブルックナーやマーラーやシュトラウスやストラヴィンスキーのオーケストラ作品が日本で生演奏されることは、プリングスハイム来日以前にはまれだった。ブルックナーやマーラーは欧米でのＳＰレコード録音も少なかった。先端的でもあり異端的でもあるレパートリーだった。そういう選曲は、演奏を目指す人々の技術を革新し、作曲を目指す人々の美意識に衝撃を与えた。プリングスハイム・ショックが日本の音楽界を襲った。

　衝撃は指揮やら選曲やらの話だけではなかった。作曲や理論の先生として、プリングスハイムは大きな影響力を教え子たちにふるった。東京音楽学校では、呉泰次郎、長谷川良夫、平井康三郎（前名保喜）、安部幸明、山田一雄（前名和男）、高田三郎、市川都志春、金子登らが、プリングスハイムの直弟子になった。学外の音楽家の卵がその門を敲き、個人レッスンを受けることも多かった。たとえば須賀田礒太郎や尾高尚忠がそうである。

　プリングスハイムの人間的・音楽的感化力は絶大で、たとえば山田一雄は師の演奏とアナリーゼを通じてマーラーに惚れ込み、ついには自分をマーラーの生まれ変わりと信じ、師を受け継いで、マーラー演奏の使徒となった。山田は作曲家としてもマーラーにかなりの影響を受けている。

　けれどもプリングスハイムは、弟子たちに、彼の師匠のマーラーのような、後期ロマン派流の交響的音楽の作曲を推奨していたわけでは、決してなかった。彼は、長くドイツ語圏で第一線に立っていた音楽家として当然ながら、マーラーやリヒャルト・シュトラウスの後期ロマン派から、ヒンデミットやクルト・ワイルの新古典派、つまり1930年頃の最新の音楽にまで精通していた。特に新古典派の音楽と、その一源泉としてのバッハに、かなりのシンパシーを持っていたようである。

　プリングスハイム個人にとっての永遠のアイドルは師のマーラーには違いなかったが、だからといって彼はマーラーのような巨大でロマンティックな音楽に未来があるとは積極的には信じていなかったようだ。この先の芸術は、近代建築のように、もっと線的ですっきり明快になるべきと考えていたらしい。プリングスハイムなりのモダニズムだっただろう。そのことは、弟子たち、たとえば安部幸明や山田一雄や須賀田礒太郎が昭和10年代に行った新古典的創作にふれれば明らかである。そこには数多くのヒンデミットやプリングスハイムの刻印が見出されるだろう。

　プリングスハイムは1937年7月に、約6年勤めた東京音楽学校を退き、同年秋、東南アジアのタイに新天地を求める。が、あまりうまく行かなかったようで、1939年5月に日本に戻り、フリーランスの作曲家、音楽教師、指揮者、ピアニストとして活動を再開してゆく。

　ということは、本書に収められたプリングスハイムの、日本人への友愛の情に満ちた、独文のエッセイは、1938年6月号の掲載なのだから、ちょうど日本不在時代の文章になる。タイで書いて日本に送ったのだ。彼はタイ時代にも日本の音楽雑誌によく寄稿していたから、珍しい出来事というわけではない。

　すると、プリングスハイムと『Japan To-day』は具体的にはどこでつながったのだろうか。1938年4月号に興味深い短信が掲載されている。『文藝春秋海外版』の編集に携わる嘱託としてハンス・プリングスハイムが任じられた旨が報じられているのだ。ハンスはクラウス・プリングスハイムの長男である。1915年に生まれ、ドイツにナチ政権が誕生した1933年、父の後を追って来日した。父のタイ行きには帯同せず、日本にとどまっている。その息子が『Japan To-day』のスタッフに入ったとなれば、親に原稿依頼が行くのも当然だろう。ハンス・プリングスハイムの雇われた経緯は今のところ詳らかではない。

　戦後、クラウス・プリングスハイムは、1946年から51年まで、アメリカで暮らし、トーマス・マンのところにも居候していたようだ。けれど、結局、また日本に戻ってくる。

　1951年秋、彼は武蔵野音楽大学に招かれ、戦前に東京音楽学校でやっていたのと同じことを始める。作曲や理論を教授し、大学のオーケストラを指揮して、マーラーの交響曲を演奏しもした。自宅で個人教授もした。そして、そのままずっと日本に居残って、1972年12月7日、東京で逝った。東京での追

悼演奏会は、弟子の山田一雄の指揮によって行われた。

作品には、日本風の主題をヒンデミット的に料理した《管弦楽のための協奏曲》、ピアノ協奏曲、木琴協奏曲、あるいは現在は楽譜の行方の知れない瀬戸口藤吉の《軍艦行進曲》の主題による変奏曲とフーガなどがある。

Les Peintures Modernes Au Japon

Tari Moriguchi

La section de peintures du Salon officiel (*Teiten*) du Japon est divisée en deux parties. La première comprend les œuvres selon la méthode orientale traditionnelle, tandis que la deuxième renferme les peintures à l'huile ou les aquarelles selon la méthode occidentale. Même ici, on se rend compte de la coexistence inévitable de deux civilisations différentes, coexistence que l'on rencontre partout dans la vie moderne japonaise.

L'Ecole de peinture traditionaliste diffère de l'Ecole de peinture occidentale, non seulement par son médium et sa technique, mais encore par l'esprit qui anime ses adeptes. Aussi, la section de peintures de l'Ecole nationale des Beaux-Arts de Tokyo est-elle divisée en classe de peinture traditionaliste japonaise et en classe de peinture à l'huile. L'Ecole de peinture traditionaliste n'est cependant pas homogène; ellea hérité de plusieurs écoles qui s'étaient perfectionnées à l'époque des Tokugawa. La technique qui était appliquée autrefois au *kakemono* (peinture que l'on suspend au mur), au paravent ou à la gravure de *nishikie* a été plus ou moins modifiée en vue de l'effet à obtenir pour les exposer au salon.

L'Ecole de peinture traditionaliste du Salon officiel attire l'attention publique par l'opposition de deux écoles locales: celle de Tokyo et celle de Kyoto. L'école de Kyoto compte parmi ses adhérents un grand nombre de savants techniciens fidèles à la tradition du réalisme; Seiho Takeuchi en est l'un des plus marquants. Ces temps derniers, ce vieux maître se plait à dessiner, avec un sens ingénieux d'observation, la vie des grenouilles, cerfs, canards, etc., et il charme le public par l'expression vive et fraîche de son dessin d'une facture si caractéristique. Son art a certainement atteint le suprême degré du réalisme oriental qui apprécie hautement les lignes animées.

Il y avait un peintre qui abandonnant la tradition du réalisme, aisément compréhensible mais quelque peu superficielle, s'était entièrement consacré à produire de l'effet calme, délicat et décoratif. C'était Bakusen Tsuchida, mort, il y a quelques années.

Kansetsu Hashimoto, rival de Takeuchi, prend avec Suiun Komuro de Tokyo, beaucoup d'efforts pour moderniser la vieille tradition chinoise selon l'esprit japonais.

L'école de Tokyo ne constitue pas un groupe homogène comme celle de Kyoto. Gyokudo Kawai, un des doyens de cette dernière école, fidèle à la tradition du réalisme, dessine de jolis et fins paysages.

Mais celui qui contraste le plus avec l'école de Kyoto, c'est Taikan Yokoyama qui était, il y a encore quelques années, l'antagoniste du Salon officiel. Il est partisan de l'idéalisme oriental ; par conséquent, son art est fait d'idéalisme. Il emploie l'encre noire de Chine précieuse et ses tableaux sont très caractéristiques lorsqu'il fait appel au sentiment par l'effet métaphysique de la nuance monochrome de noir. Parmi ses élèves, on rencontre Yukihiko Yasuda, Kokei Kobayashi, Seison Maeda et d'autres qui ont compliqué les motifs des peintures traditionalistes par leur technique raffinée et par leur esprit élevé.

Eikyu Matsuoka vient de mourir : il a proclamé le nationalisme des beaux-arts; il a modernisé l'expression des peintures *yamatoe* qui étaient déjà perfectionnées au Moyen âge; enfin il a dessiné les héros des anciennes poésies épiques.

Kiyokata Kaburagi, qui appartient au système d'*ukiyoe*, attire l'attention du public en dessinant de belles femmes traditionnelles des grandes villes et des genres rétrospectifs. Les tableaux de belles femmes occupent une place importante parmi nos peintures. On remarque ces derniers temps que les tableaux de femmes, portant des costumes modernes, deviennent de plus en plus nombreux.

L'art de Somei Yuki est en opposition avec l'idéalisme de Taikan. Il montre l'influence directe des peintures à l'huile sur les tableaux japonais. En se servant du médium traditionnel, il s'efforce de se rapprocher de l'effet réaliste du plein air, du volume ou de l'atmosphère. Cette tendance a trouvé beaucoup d'adeptes parmi les jeunes peintres. Ils mettent une grande quantité de gélatine dans le fard qu'ils doivent accumuler de même que les couleurs à l'huile.

Ryushi Kawabata, plus jeune que les peintres énumérés ci-dessus, dirige une société Seiryusha qui réunit un petit nombre de peintres. Il surprend le public par ses oeuvres ambitieuses et de grande dimension qui expriment symboliquement des sentiments inspirés par certains grands problèmes d'actualité tels que la question du Pacifique ou la question du continent chinois. Ce peintre montre ainsi son hostilité contre l'esthéticisme de l'école de peinture traditionaliste.

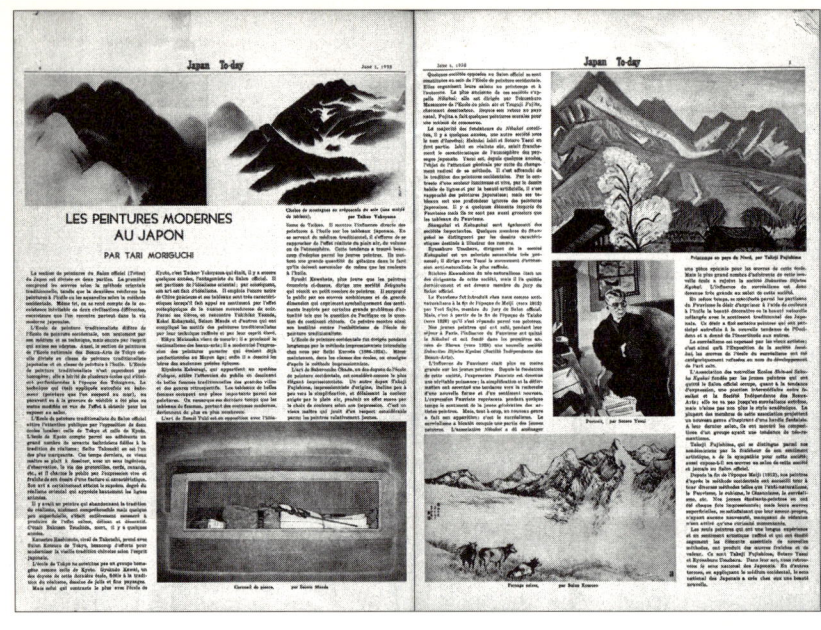

L'Ecole de peinture occidentale fut dirigée pendant longtemps par la méthode impressionniste introduite chez nous par Seiki Kuroda (1866-1924). Même maintenant, dans les classes des écoles, on enseigne d'après la méthode impressionniste.

L'art de Saburosuke Okada, un des doyens de l'école de peinture occidentale, est considéré comme le plus élégant impressionniste. Un autre doyen Takeji Fujishima, impressionniste d'origine, incline peu à peu vers la simplification, et délaissant la couleur exigée par le plein air, produit un effet suave par le choix de couleurs selon son impression. C'est un vieux maître qui jouit d'un respect considérable parmi les peintres relativement jeunes.

Quelques sociétés opposées au Salon officiel se sont constituées au sein de l'Ecole de peinture occidentale. Elles organisent leurs salons au printemps et à l'automne. La plus ancienne de ces sociétés s'appelle *Nikakai*; elle est dirigée par Tokusaburo Masamune de l'Ecole du plein air et Tsuguji Fujita, charmant dessinateur. Depuis son retour au pays natal, Fujita a fait quelques peintures murales pour une maison de commerce.

La majorité des fondateurs du *Nikakai* constitua, il y a quelques années, une autre société sous le nom d'*Issuikai*; Hakutei Ishii et Sotaro Yasui en font partie. Ishii en réaliste sûr, saisit franchement le caractéristique de l'atmosphère des paysages japonais. Yasui est, depuis quelques années, l'objet de l'attention générale par suite du changement radical de sa méthode. Il s'est affranchi de la tradition des peintures occidentales. Par le contraste d'une couleur lumineuse et vive, par le dessin habile de lignes et par la beauté artificielle, il s'est rapproché des peintures japonaises; mais ses tableaux ont une profondeur ignorée des peintures japonaises. Il y a quelques éléments inspirés du Fauvisme mais ils ne sont pas aussi grossiers que les tableaux du Fauvisme.

Shunyokai et *Kokugakai* sont également des sociétés importantes. Quelques membres du *Shunyokai* se distinguent par les dessins caractéristiques destinés à illustrer des romans.

Ryusaburo Umehara, dirigeant de la société *Kokugakai* est un coloriste sensualiste très prononcé; il dirige avec Yasui le mouvement d'expression anti-naturaliste la plus raffinée.

Riichiro Kawashima du néo-naturalisme était un des dirigeants de cette société, mais il l'a quittée dernièrement et est devenu membre du jury du Salon officiel.

Le Fauvisme fut introduit chez nous comme antinaturalisme à la fin de l'époque de Meiji (vers 1912) par Yori Saito, membre du jury du Salon officiel. Mais, c'est à partir de la fin de l'époque de Taisho (vers 1920) qu'il s'est répandu parmi nos peintres.

Nos jeunes peintres qui ont subi, pendant leur séjour à Paris, l'influence du Fauvisme ont quitté le *Nikakai* et ont fondé dans les premières années de Showa (vers 1928) une nouvelle société *Dokuritsu Bijutsu Kyokai* (Société Indépendante des Beaux-Arts).

L'influence du Fauvisme était plus ou moins grande sur les jeunes peintres. Depuis la fondation de cette société, l'expression Fauviste est devenue une véritable puissance; la simplification et la déformation ont accentué une tendance vers la recherche d'une nouvelle forme et d'un sentiment nouveau. L'expression Fauviste représenta pendant quelque temps le sentiment de la jeune génération des artistes peintres. Mais, tout à coup, un nouveau genre a fait son apparition : c'est le surréalisme. Le surréalisme a bientôt conquis une partie des jeunes peintres. L'association *Nikakai* a dû aménager une pièce spéciale pour les oeuvres de cette école. Mais le plus grand nombre d'adhérents de cette nouvelle école a rejoint la société *Dokuritsu Bijutsu Kyokai*. L'influence du surréalisme est donc devenue très grande au salon de cette société.

En même temps, se manifesta parmi les partisans du Fauvisme le désir d'exprimer à l'aide de couleurs à l'huile la beauté décorative ou la beauté naturelle mélangée avec le sentiment traditionnel des Japonais. Ce désir a fixé certains peintres qui ont participé autrefois à la nouvelle tendance de l'Occident et a donné de l'incertitude aux autres.

Le surréalisme est repoussé par les vieux artistes; c'est ainsi qu'à l'Exposition de la société *Issuikai*, les oeuvres de l'école du surréalisme ont été catégo-riquement refusées au nom du développement de l'art sain.

L'Association des nouvelles Ecoles *Shin-Sei sakuha Kyokai* fondée par les jeunes peintres qui ont quitté le Salon officiel occupe, quant à la tendance d'expression, une position intermédiaire entre *Issuikai* et la Société Indépendante des Beaux-Arts; elle ne va pas jusqu'au surréalisme extrême, mais n'aime pas non plus le style académique. La plupart des membres de cette association projettent un nouveau genre s'inspirant d'une hardie fantaisie. A leur dernier salon, ils ont montré les compositions d'un groupe ayant une tendance de néo-romantisme.

Takeji Fujishima, qui se distingue parmi nos académiciens par la fraîcheur de son sentiment artistique, a de la sympathie pour cette société; aussi expose-t-il ses oeuvres au salon de cette société et jamais au Salon officiel.

Depuis la fin de l'époque Meiji (1912), nos peintres d'après la méthode occidentale ont accueilli tour à tour diverses méthodes telles que l'anti-naturalisme, le Fauvisme, le Cubisme, le Cézannisme, le Surréalisme, etc. Nos jeunes étudiants-peintres en ont été chaque fois impressionnés; mais leurs oeuvres superficielles, ne satisfaisant que leur amour-propre, n'ayant aucune nouveauté, manquant de réflexion n'ont attiré qu'une curiosité momentanée.

Les seuls peintres qui ont une longue expérience et un sentiment artistique raffiné et qui ont étudié sagement les éléments essentiels de nouvelles méthodes, ont produit des oeuvres fraîches et de valeur. Ce sont Takeji Fujishima, Sotaro Yasui et Ryusaburo Umehara. Dans leur art, nous retrouvons le sens national des Japonais. En d'autres termes, en appliquant le médium occidental, le sens national des Japonais a créé chez eux une beauté nouvelle.

現代日本絵画

森口多里　　　　翻訳

日本の帝展と呼ばれる公式サロンの絵画部門は二つにわけられる。一つは伝統的な東洋の方法による作品からなり、第二部門は欧州の方法による油彩と水彩を含む。ここでもまた二つの異なった文明の共存が避けがたいことがわかるが、こうした共存は現代日本の生活のここかしこに見られるものである。

流派を信望する人々を動機づける精神の違いでもある。それゆえ東京国立美術学校の絵画科は日本伝統主義派の教室と油彩教室とに分かれる。とはいえ伝統主義派が均質というわけではない。それは徳川時代に完璧なものとなった複数の流派の流れを汲む

横山大観 《夕映えの山々》

からである。かつてカケモノ（壁に掛ける絵画）、屏風あるいは錦絵版画に適用されていた技法も、程度の差こそあれ、サロンでの展示に適した効果を上げるようにと変更されてきた。

サロンの伝統派は、東京と京都という二つの地域の対比ゆえに公衆の注目をあつめる。京都派には写実主義の伝統に忠実な老練の技巧家が多数控えているが、その中で竹内栖鳳がもっとも注目される。近年この老師は卓抜な観察力をもって蛙や鹿、鴨などの写生に嬉々として勤しんでいる。その独特の筆法からなる素描の新鮮で生き生きとした表現が公衆を魅了している。彼の藝術は、生動する線描を評価する東洋的写実主義の最高峰に達していることが明らかである。

写実主義の伝統は、理解は容易だがいささか浅薄であり、この伝統を捨てて、静寂にして繊細な装飾的効果を作り出すことに全霊を賭けた画家もあった。それが数年前に逝去した土田麦僊である。

橋本関雪は栖鳳のライヴァルであり、東京の小室翠雲とともに、中国古来の伝統を日本の精神にそって現代化することに意を注いでいる。

東京派は京都のように均質な集団ではない。河合玉堂はその長老格の一人だが、写実主義の伝統に忠実に美麗にして繊細な風景を描く。

だが最もはっきりと京都派と対照をなすのは、横山大観であって、彼はほんの数年前まで官展サロンの敵対者だった。彼は東洋的理想主義（idéalism oriental）の同調者であり、その作品も理想主義（idéalism）よりなる。彼は貴重な黒の墨を用い、その作品がきわめて典型的な姿を呈するのは、彼が黒の単色のニュアンスによる形而上学的な効果により感情に訴えかける折のことである。その弟子筋には安田靫彦、小林古経、前田青邨らがおり、彼らは伝統派のモティーフをその洗練された技量と高尚なる精神によって、より複雑なものとしてきた。

松岡映丘は逝去したばかりだが、美術における国粋主義を標榜した画家だった。彼はすでに中世において完璧なものとなっていた大和絵の表現を現代化（moderniser）し、古代叙事詩の英雄たちを描いたのである。

鏑木清方は浮世絵派に属するが、古風な装いの都会の伝統的美人を描くことで人気を博している。美人画は日本絵画の中で重要な場所を占める。昨今では現代の衣装を纏った女性を描いた絵画がその数を増している。

結城素明の藝術は大観の理想主義の対極をなす。結城には油彩から日本画が直接に蒙った影響がみられる。画材には伝統的なものを用いながら、彼は外光や量感、あるいは大気の写実的効果に近づこうと努力している。若い画家たちには同様の志向をみせるものが多くみられる。彼らは顔料に多量の膠をまぜて、油彩の具の場合と同様に、塗り重ねて描くことになる。

川端龍子は以上に触れた画家たちより年少だが、青龍社という結社を率いており、そこには少数の画家たちが集っている。彼はその野心に溢れ巨大な寸法の作品に、あるいは太平洋、あるいは中国大陸といったアクチュアリティーある大問題から着想を得た感情を象徴的に表現することで、公衆を驚かせている。それゆえ彼は伝統画派の審美主義に対する敵意を剥き出しにする。西洋派は長きにわたり、本邦に黒田清輝（1866-1924）によって導入された印象派の方法によって主導された。今日なお、教室では印象派の方法によって教育がなされている。

岡田三郎助は、西洋派の重鎮の一人だが、その藝術はもっとも上品な印象主義と考えられている。今

一人の重鎮は藤島武二であり、元来は印象主義者だが、徐々に単純化を志向し、外光派よって要求される色彩を蔑ろにし、自らの印象にそった色彩選択により甘美な効果を生み出している。彼は比較的若い画家たちから相当の敬意を獲ている長老である。

西洋派には官展サロンに反旗を翻した結社がいくつかある。それらは春と秋に自らのサロンを組織する。その最古参は二科会と呼ばれる。これは外光派の正宗得三郎と、魅力ある素描家、藤田嗣治が率いている。藤田は故国への帰国以来、さる商店の壁画をいくつか手がけている。

二科会の発足会員の多数は、数年前に一水会と呼ばれる別の結社を作った。石井柏亭と安井曾太郎がこれに属している。手堅い写実家として、石井は日本風景の特徴を直裁に捉える。安井はその方法を抜本的に変えて以来、この数年というものおおかたの注目を浴びている。光に溢れて強烈な色彩の対比により、また巧みな線描素描により、そして人工的な美によって、安井は日本画へと接近した。だがそのタブローには、日本画には見られない奥行きが宿っている。フォーヴィスムから着想を得た要素がみられるが、本家本元の野獣派ほどには油っぽくはない。

春陽会と国画会もまた重要な結社である。春陽会のうちには、小説の挿画向けの素描に秀でる会員がいる。

梅原龍三郎は国画会を率いているが、官能的な色彩画家として顕著な存在である。彼は安井とともにもっとも洗練された反自然主義的表現運動を主導している。新自然主義の川島理一郎もこの結社の有力な一人であったが、そこを離れ官立サロンの審査員に収まった。

野獣派は、官展サロンの審査員の一人だった斎藤与里により、反自然主義として明治末期（1912年頃）に本邦に導入された。この野獣派は大正時代の終わりころ（1920年頃）より画家たちのあいだに広まった。

パリ滞在のあいだに野獣派の影響を蒙った日本の若き画家たちは、二科会を離れ、昭和初年（1928年頃）にはあらたに独立美術協会（Société indépendante des Beaux-Arts）を発足した。

若い画家たちのあいだで野獣派はそれなりの影響を発揮した。この協会の発足以来、野獣派表現はまことの威力を発揮し、単純化と変形とが、新たな形態と新奇な感情の追求へと向かう傾向を助長した。野獣派表現がしばらくのあいだ、若い世代の画家藝術家たちの感情を代表したのである。だがそこに突然新たなジャンルが現れた。それが超現実主義だ。超現実主義はほどなく若い画家たちの一部を征服した。二科会はこの流派の作品のために小さな展示室を設けなければならなかった。だが超現実主義派のより多くは独立美術協会へと帰属した。それゆえこの結社のサロンでは超現実主義の影響は甚大なものとなった。

と同時に、野獣派の仲間たちのあいだには、油彩の助けをかりて装飾的な美や自然な美を日本人特有の伝統的感情と混ぜ込んで表現したい、という欲望が現れてきた。かつて欧州の新傾向に参与した画家たちの幾人かはこの欲望に捉えられたが、その他の画家たちにはどうしたものかという困惑を植え付けることとなった。

超現実主義は古参の藝術家たちによって拒絶されたため、一水会の展覧会では超現実主義派の作品が、健全なる藝術の発展のため、という名目で、一括して排斥された。

官展サロンから暇請いした若い画家たちが創設した、新たな結社である新制作派協会は、表現傾向としては、一水会と独立美術協会との中間の位置を占めている。極端な超現実主義までは走らず、とはいえアカデミックな様式は厭うという立ち位置だ。この協会の大多数の会員は大胆な夢想に着想を得た、あらたなジャンルを標榜している。その最近のサロンでは新ロマン主義的傾向を見せる一集団による構成を展示した。

藤島武二は日本のアカデミー派の中でもその藝術的感情の新鮮さで異才を放つが、この協会に対して親近感を抱いている。そのためか彼はこの協会へ出品する一方、官展サロンでは決して展示しようとしない。

明治時代の終焉（1912年）以来、西洋の方法に沿っ

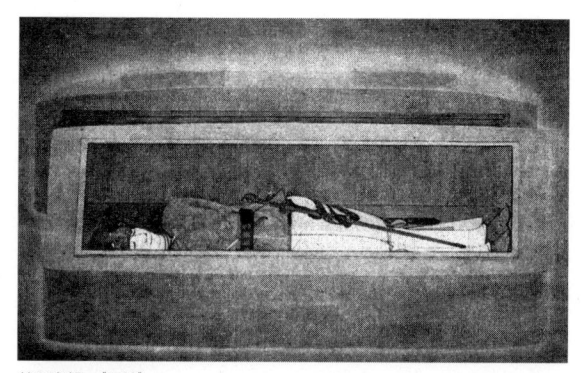

前田青邨 《石棺》

た日本の藝術家たちは、反自然主義から野獣派、立体派、セザンヌ主義、超現実主義などなどと様々な方法を順々に受け入れてきた。日本の若き学徒＝画家たちはその度に感銘を受けてきた。だが彼らの皮相な作品はおのが自己愛を満足させるばかりで、いかなる新しさもなく、省察に欠けるため、その場かぎりの好奇心を惹起するに留まっている。

　ただ長年にわたる経験を有し、洗練された藝術的感情をもって、賢くも新たな方法の本質的要素を研究した画家たちだけが、新鮮で価値ある作品を生産してきた。それは藤島武二、安井曾太郎と梅原龍三郎である。彼らの藝術に我々は日本の国民的感覚（le sens national des Japonais）を見出す。換言するなら欧州の媒体を採用しつつ、日本人の国民的感覚は彼らにおいて新たなる美を創造したのである。

（稲賀繁美訳）

藤島武二《北国の春》

1937年時点の美術界と森口多里

稲賀繁美　　　　　　　　　解説

　1937年7月の日中戦争勃発とともに、美術界も急速に戦時色を深めていた。それに先立つ36年末には英国の王立美術院よりロンドンで日本美術展開催の要請がなされているが、外務省は関係者との協議のうえ「申し込みを拒絶」する決定を37年1月までに下していた。37年4月には明治神宮聖徳記念絵画館が公開され、「明治大帝の聖徳を偲ぶ絵画80点の陳列」がなされた。5月には東京渋谷に海軍博物館が開館するが、そこには咸臨丸から上海事変にいたる17面の壁画が発注され、主だった洋画家が動員されている。その一方で現代美術館の建設が紀元2600年祝賀の一環として36年に計画されたものの、2・26事件に続く政変とともに頓挫したため、37年2月22日には「現代美術館建設促進美術家大会」ほかの行事がもたれている。それに先立つ1月11日には美術懇話会が結成されており、森口多里も14名の結成会員のうちに名前を連ねている。2月28日には本文にも記載のある二科会、独立美術協会、国画会、新制作派協会および春陽会の代表が集まり、「日本画壇ノ革新発展ヲ期」すべく「在野五団体懇話会」が結成されているが、この段階では木村荘八は政治が画壇へと及ぼしうる波及を防止することが目的であると公言している。この背景には内務省主導で34年に設立された文藝懇話会の混乱などがあったものと推定できるが、懇話会の直接の目的は「現代美術館建設促進同盟」設立にあった。37年4月には第一回文化勲章授与式が挙行されるが、美術関連分野での受賞者は、岡田三郎助、横山大観、藤島武二、竹内栖鳳であり、それより1年後の38年の森口の鳥瞰的な記事も、これら当代の大家の達成を追認することを基本線として執筆されている。

　当時世間ではふたつの現象がメディアの注目をあつめていた。一方は「全美術家報国運動」に典型を見る絵の具空チューブ（鉛）の献納や作品献納、いわゆる「彩管報国」であり、これはまず岡田三郎助の弟子筋の人脈が口火を切り、やがて広範に伝播した。37年7月には横山大観ほかの日本美術院が軍用機献納として7千円を国防費に献金しているほか、読売新聞社後援の「国防献金洋画旦展覧会」「献画報国日本画展」が8月には競って開催されている。

　他方はより美術界内部の問題となるが、新日本主義の是非や可能性を巡る議論である。摩寿意善郎は『美の国』（13巻7号）で「職業的日本画の行き詰まり」とともに洋画技法を取り入れる例が顕著になったことを指摘する一方、新日本主義には「復古的な低回趣味や稚拙な感情を盛」っただけの作例が多く、「国粋的時流に迎合」する傾向を批判していた。その反面、摩寿意は同誌次号（13巻8号）で「所謂前衛藝術への疑惑」も表明し、幾何学的抽象や超現実主義の移入が表面的な模倣に留まっていることを批判している。

　1937年は「国民精神総動員の日支事変下」で「第一回文部省美術展覧会」が開催された年として記憶される（『美之国』12月号）。『アトリエ』10月号には

「戦時態勢下に於ける美術界諸相の検討」座談会が掲載され、11月には竹内栖鳳、横山大観原画による「国民精神総動員ポスター」が完成する。20数万枚が印刷に付され全国に配布されたという。

森口の38年の記事はほぼこうした同時代の状況を踏まえており、事情に通じないフランス語読者を対象として、限られた紙面のうえで差し障りのない概観を与えている。森口が控えめながらも自己の価値判断を示すのは末尾の数行だが、そこでは洋画家の藤島武二、安井曾太郎、梅原龍三郎が特筆される。安井の《肖像》として挿絵掲載されたのは《深井英五氏像》(1937年)。日銀総裁を務めた著名人の肖像であり、画家の熱河省・承徳滞在により中断のあと帰国後に完成した。児島喜久雄は《承徳の喇嘛廟》(1937年)と並べてこれを安井の最高傑作と評した。同時期の梅原も日本占領下の北京で制作に励んでいるが、『みづゑ』38年月号には藝術上の専心こそが「国家奉仕」であり、「民族主義も肯定できるが、一方に国際的に高まって」ゆく必要もあり、「画壇を世界的に高める」ことにこそ「彩管報国」の「理想」を見いだす見解を披瀝している。

かれらの師匠筋の世代となる藤島武二は1937年には内蒙古のドロン・ノールに出かけ《旭日照六合》を制作しているが、これは岡田三郎助の満洲風景たる《楊柳》と並び皇太后より委嘱された献納品。ともに40号と比較的小さな画面だが、38年秋の上野美術館での第二回文部省展覧会からは荒木文相主導の物資統制により、洋画出品は50号以下の寸法に制限されることとなる。同年8月号『アトリエ』にはアート紙原料のカゼインの輸入が途絶し、写真版に必要な銅板も供給に制限を来す世相に言及している。物資供給制限や切符制の導入が始まっていた。

小室翠雲 《スイスの風景》

日本画に目を移すと、比較的若手の画家としては川端龍子に言及がみられるが、実際龍子は連作「大陸作」第一作《朝陽来》を37年青龍会で、また熱河連作を同年の個展に発表して注目を浴び、38年には第二作となる大作《源義経》で話題を浚う。横川毅一郎は「事変の発生前に既に「大陸策」のプランを立て」ていた画家に先見の明ある「叡智」を認めている(『アトリエ』15巻14号、1938年)。同じ折に龍子は《大同石窟》も出品したが、同年の文展にも前田青邨はじめ三名が同一の仏教遺跡を主題に選んでいる。「事変」に及んで日本人による遺蹟探訪が推奨されるようになったことの副産物といってよい。

時局に臨んでの論評を見ると、三輪鄰が「戦争画への期待」で「国家総力戦に対する美術家の協力は要するに民族精神の強力な母胎である情操による奉仕であらねばならない」(『美之国』14巻9号、1938年)と主張した傍らで、大和絵の流れを汲む松岡映丘は、日本画の材料、手法、伝統では現代的戦闘の描写には不適切であるとの認識をしめした(『塔影』第13巻11号、1937年)が、その直後に死去する。龍子自身は外交戦、経済戦、科学戦などを含む近代戦にあって、自らの「大陸策」を「新しい戦争画の範疇に属する」ものと認識していた(『塔影』1938年5月号)。同誌同号では「熱河へ一番乗り」を標榜する川島理一郎が人間の眼による感想はカメラを陵駕すると主張したが、これはカメラ技術の進歩を前にすると画家の素描では弱々しく実感も薄弱とした林達郎の見解(「時局と美術」『美之国』1937年2月)とは真っ向から対立する見解だった。さらに同1938年5月には上海軍嘱託従軍画家として派遣された10名のうち、中村研一、向井潤吉が『美術』8月号に回想を寄せている。その間、美術評論家の荒城季夫は『アトリエ』6

安井曾太郎 《肖像》

月号に「藝術の保護と統制」を寄せ、藝術の保護が転じて政策遂行のための統制となるのは「時代の必然」と見てドイツの例に言及し、「世界の風潮」を指摘する。こうした論調と対比してみると、森口の仏文による美術界案内は、直接の政治的・軍事的な状況への言及は避けつつ、きわめて微温的な審美的論調のなかに「日本の国民的感覚」を肯定的に溶け込ませていることが納得される。

　森口多里は大正－昭和時代の代表的な美術評論家のひとり。明治25年7月8日生まれ。岩手県出身。本名は多利。早大卒。パリ大に留学。早大講師をへて戦後は岩手県立美術工芸学校初代の学校長、岩手大教授を歴任した。西洋美術思潮の紹介者として知られる一方、日本近代美術史、民俗芸能の研究につとめた。昭和59年5月5日死去。享年91歳。著作に『異端の画家』『美術八十年史』『岩手県民俗藝能史』などがある。フランス語原文は手慣れた平易な文章で綴られており、森口自らの執筆に、あるいは母語使用者が若干修正を施したものかとも推定される。さらりとした筆致の内容に取り立てて突出した議論は見られないが、美術流派の名称や形容詞は的確であり、優れた概説書を量産できた著者の目配りの才能をすなおに伝える文章と評価できる。

When Will the War Finish?

H. G. Brewster-Gow

An official of the 1940 Olympic Games asked me the other day: "What predictions have you regarding the China-Japan Incident?"

I replied, "When Japan subdues China in other ways besides by force of arms, the war will finish."

WHY IS CHINA STRONG?

China is a nation of clever people. Western education has given her leaders a far reaching insight to European sympathy. China's young leaders are totally different to the old Scholar-Mandarin of the past. Yale, Harvard and Cambridge have contributed to make them extraordinarily astute. Although they are Oriental like the Japanese, their Oriental cunning has been sharpened by Occidental learning. Whilst they learn to speak English fluently, adopt Western methods of business, (nearly all large department stores in Hongkong and Shanghai are owned by Europeanized Chinese) many of them including Chiang-Kaishek and more especially Madam Chiang have embraced Christianity and use it in their propaganda, yet, they remain Chinese at heart and nature.

The Chinese can endure hardships for a long time because they are used to internal strife and war. Chinese soldiers can live on next to nothing and although poorly equipped and receiving practically no pay they are able to subside on very little food and can obtain their supplies as they move from place to place.

JAPAN'S DISADVANTAGEOUS POSITION

China is a difficult country for transport. There are very few good roads and very few railways. This is a great obstacle to an invading army.

China has the largest army—numerically—in the World, they out-number the Japanese 100 to 1.

There has been no declaration of war. Japan has not declared an official war upon China and therefore all countries of the World who wish may sell arms and war materials to China as well as to Japan.

China's financial position is not yet exhausted. Just over a year ago, Dr. Kung, brother-in-law to Chiang-Kaishek, went to Europe and America taking with him the family fortune and the National treasury placing them in banks in the largest cities of the World and establishing an enormous credit. Sellers of war materials are naturally glad to sell for ready cash. The expenses of the war are much greater for Japan than for the Government of China. The Japanese are invading whilst the Chinese have the advantage of fighting in their own country.

THE WAY TO A CONCLUSION

The Chinese Government is merely a family affair and can personally hold out as long as their money lasts. The sufferings of the Chinese people are no concern of the Government. There is no realization that to surrender might put an end to the sufferings of the people as a nation as well as individuals. Their supposed love of country or patriotism will last as long as their money lasts and as long as they are on Chinese soil. Any day might see the Chiang family flying away to Europe by air. The war might then cease.

What must Japan do to bring this to the desired conclusion? She must reorganize her resources both at home and in China. The ordinary people in Japan do not realize that there is a war. They appear to go about their daily employment and more especially enjoy the pleasure of theatre going, eating and picnicking as if it were no concern of theirs. They are indifferent to the call of the Country. Perhaps an air-raid upon Tokyo or some other large city would be a blessing in disguise, it might waken the people up to their responsibilities.

In China, Japan must put strategy before force. Many foreigners have criticized Japanese military strategies, manoeuvres in battle, and poorness of equipment. This is one of the reasons why foreigners in China have turned against Japan, because they had hoped that Japan would have won the war long ago. Quality must come before quantity.

MUST BE LOYAL TO THE SPIRIT OF BUSHIDO

It is absolutely necessary that Japan's traditional fighting spirit should be kept pure and undefiled. There should be loyalty to the Emperor and the Country, yet there must be courtesy and gentleness towards others. In fighting in China, Japan is like being engaged in Olympic Games, she is watched by foreigners close at hand who announce to the rest of the World the results of the game. Japan will play fair, she must also fight fair and clean. There must be no losing of temper, no action which might bring disrespect upon the country, no cause for criticism.

Japan must reorganize her financial and industrial resources in China. She must develop as she progresses. She must build up where the Chinese have pulled down, she must feed the hungry, relieve the suffering, heal the sick, provide homes for the workless, build roads, shops and factories and gain the confidence of the people and in doing so gain the confidence of other nations and then the war will cease and there will be peace.

いつ戦争は終わる？

H・G・ブルースター＝ガオ　翻訳

「『支那事変』の見込みは、いかがでしょう？」と1940年度オリンピック委員の一人が尋ねてきた。私はそこで「日本が中国を武力（force of arms）以外の方法で征すれば戦争はすぐ終わる」と答えた。

なぜ中国は強い？

中国は優秀な国民である。西洋教育を受けた中国指導者は、ヨーロッパの人情を鋭く観察している。今の中国の若い指導者たちは考えの古い学識者、官吏とは違っている。この若い指導者たちは、エール、ハーバード、ケンブリッジなどの大学で教育を受け、極めて鋭敏になっている。彼らは日本と同じく東洋人であるが、その東洋的狡猾さは、西洋的知識によってより洗練されてきた。そして流暢に英会話が話せるようになるにつれ、西洋式ビジネスを取り入れる（香港、上海のほとんどの大型百貨店の経営者は、西洋化した中国人である）。同時に、蒋介石をはじめ多くの中国人、特に蒋介石夫人は、キリスト教を包摂し、キリスト教を宣伝の武器にも利用する。しかし彼らは、本質的には中国人そのものである。

中国人は、多くの闘争、内戦に慣れた結果、長期の苦難に耐えることができるようになっている。その結果、中国兵のサバイバル力は、驚くに値するものである。装備の不足、薄給、僅かの食料、そして

日本の伝統によって行われる子どもの日。
北京駐留の日本兵

日本兵から種を受け取る貧困中国農民

生粋の芸術家：職務中の日本兵が絵をたしなむ

転々と動き回るにもかかわらず、必要な物資を手に入れるすべを身につけている。

日本の不利な立場

中国は、輸送に不向きな土地だ。道路が悪く、鉄道も少なく、軍隊が侵略するには大いなる障害となる。

中国の軍隊は数の上では世界一で、日本の100倍にもなる。

宣戦布告は無かった。日本は、公式に中国に対して宣戦布告はしていないため、世界各国はその気が向けば中国にも日本にも戦需要品を売ってさしつかえがない。中国の経済は、まだ疲弊してはいない。わずか1年前、蔣介石夫人の義兄に当たる孔祥熙は、家族の財産と国庫を持ちヨーロッパとアメリカへ渡り、その財産を世界最大級の銀行へ預け、信用を強固にした。軍需用品を売る側は、用意されている現金と引き換えに喜んで物資を譲る。日本が負担する戦費は、中国のそれよりも遥かに大きい。日本は、侵略する側だが中国は自らの国で戦うという有利な立場にいる。

終戦への道

中国政府は単に家族以上の何者でもないし、財力が持ちこたえるまで存続するだろう。政府は、国民の苦しみなどに関知せず、中国政府の降伏は、国民の苦悩、個人の受難に終止符を打つという認識が無い。彼らのいわゆる愛国心は、政府の財力が続く限りのもので、それは、彼らが中国国土にとどまる間だけ続くだろう。蔣家の人々は今にでも飛行機に乗ってヨーロッパへ飛んで行くだろう。その時になって戦争は自然に終結するだろう。

日本が望ましい終戦を迎える為には、何をすべきか。日本は国内及び中国においても資産の再編成を施す必要がある。一般の日本人は戦争が行われていると気づいていない。まるで他人事のように、毎日仕事へ行き、観劇したり、外食したりピクニックへ出かけたりして楽しんでいる。国の呼びかけには、無頓着である。東京などの大都市に空襲が起きればそれが不幸中の幸いとなるかもしれない。国民に自らにも責任があることを気づかせる結果となるかもしれない。

中国で、日本は武力よりも戦術を優先させる必要がある。日本軍の戦略と作戦行動、装備の貧弱さは、多くの外国人たちの批判を浴びている。中国にいる外国人たちが反日本的になった理由の一つがここにある。彼らは、もっと早くに日本が戦争に勝つだろうと期待を抱いていた。量よりも質が重視されるべきである。

武士道精神に忠誠を

日本は伝統的な戦闘精神を清く汚れなく持ち続けることがきわめて大切である。天皇陛下と日本国に対する忠誠は欠かせないが、また他人に対しても清く礼儀正しく接すべきことが求められる。日本は、中国で戦争をしているが、この戦争では日本はまるでオリンピックの競技に参加しているようなもの。日本は、中国在住の外国人に観戦され、その外国人は戦いの結果を世界に告げている。日本は正々堂々と競技を行うが、戦争でも、正々堂々と戦わなくてはならない。痼癖を起こさず、国の恥となる行動を取ってはならない、非難の的となる原因を作ってはならない。

日本は中国での金銭的、工業的資産を再組織する

必要がある。前進するとともに新しいものを創造しなければならない。中国人が壊した物を日本が建て直し、食物を与え、苦しみをいやし、病気を治し、失業者に住居を提供し、道路、店舗、工場を建てなければならない。日本はそうすることによって、中国人の信頼を獲得し、他の国々の信頼感も獲得する。戦争は、このようにして終わり、平和がこのようにして戻ってくる。

（ジョン・ブリーン訳）

「武力以外の方法」：陸軍と日中戦争

ジョン・ブリーン　　解説

　東京オリンピックの開催は、すでに決定済みとなっていたため、日中戦争の見込みが当然オリンピック委員会（IOC）のメンバーの懸念するところであった。戦争の行方は、オリンピックそのものの運命を左右するからである。本記事は、IOC メンバーの、執筆者への問いかけから出発する。記者の回答にある「武力以外の方法」、また記事の終わりに見える「癲癇を起こさず、国の恥となる行動」などの表現は、いうまでもなく日本軍の前年の秋から年末にかけておこなった虐殺行為への戒めである。記者は、日本軍を直接批判する文言を使わない。あくまでも婉曲的な言い方を用いる。しかし、日本が国際社会の信頼を失っていることへの反省を促す、親日派のイギリス人記者の願望がここに読み取れよう。

＊

　ちなみに、日本軍は1937年11月に上海の防衛線を苦戦のすえ突破するや、すぐさま南京へ進撃を開始した。南京を包囲し、占領したのは12月13日であった。日本軍による組織的な虐殺が始まったのは、この時からである。犠牲者の数は確定できないが、虐殺、放火、略奪、性暴力は否定すべくもない。たとえば、第13師団山砲兵第19連隊の一兵士は、日記に「23日前捕虜にせし支那兵の一部を揚子江の沿岸に連れ出し、機関銃をもて射殺す、その后銃剣にて思う存分に突刺す」とある。[1]

日本軍はすでに国際的な批判を浴びていた。

　記者は、日本が「武力以外の方法」に訴える必要性を冒頭で主張するが、中国側の早期降伏や蔣介石の海外への亡命も、平和を取り戻す鍵だとみなす。日本軍への早期降伏は、蔣介石政権の義務であるかのようにも述べる。しかし、この歴史的段階においては、それは希望的観測としか言えない。南京が陥落する前にも漢口経由で重慶へと移転した蔣介石政権は、日本軍の、徐州、漢口、広東への戦線拡大にもかかわらず屈服する見込みはなかった。

＊

　記者は、近衛内閣の有名な「対手とせず」声明に触れていないことに注意しよう。「帝国は爾後国民政府を対手とせず、帝国と真に提携するに足る新興支那政権の成立発展を期待」することを骨子とするこの声明は、1938年1月に近衛内閣と陸軍省の合意のもとで公表された。この声明は、ドイツの中華駐在大使を仲介とする、これまでの平和交渉の打ち切りを意味し、いわゆる「支那事変」の早期解決をほぼ不可能にしたものであった。近衛内閣は、このことを年末までにやっと悟り、回れ右をし、「第2次近衛声明」を公表した。これは、「東亜新秩序建設」を宣言し、国民政府がその建設に協力すれば、交渉を辞さない、という内容のものであった。しかし、すでに米国、英国、ソ連などから援助を受け、そのおかげで戦い続けていく余裕ができた蔣介石政権は、それに応じるはずがなかった。

＊

　本記事の、「一般の日本人は戦争が行われていると気づいていない。（中略）国の呼びかけには、無頓着である」という文章にも目を引かれる。それは事実、1938年当時の日本は、国民精神総動員運動が現に展開されていたからである。1937年の8月から本格的に始まったこの運動は、ラジオ、文芸、音楽、園芸、映画等を利用し、「官民一体」となるための「一大国民運動」を狙ったものであった。1938年6月段階では、この運動がいまだに充分に功を奏していなかったことを本記事はほのめかしてくれる。

【主要参考文献】
小野賢二他編『南京大虐殺を記録した皇軍兵士たち―第13師団山田支隊兵士の陣中日記』大月書店、1996
宮地正人編『国家史』山川出版、2006

1　小野賢二他編『南京大虐殺を記録した皇軍兵士たち―第13師団山田支隊兵士の陣中日記』大月書店、1996、p.350-351

An Appeal For Co-operation

Wang Kehmin

Mr. Wang Kehmin, Chairman of the Executive Committee of the Provisional Government of the Chinese Republic at Peking, was in Japan for a week's visit during which he held important conferences with the Japanese Prime Minister and other high officials, chiefly concerning the projected merger of his regime with the Renovation Government at Nanking. The veteran Chinese statesman came to Japan via Shanghai where he left by plane in the morning, on May 1, arriving to Haneda, Tokyo's airport, in the afternoon of the same day, accompanied by Mr. Li Chuanwei, Director of the Communications Bureau of his Government, and other Chinese and Japanese officials. He left Tokyo with his party on May 8 to return directly to Peking.

The following are two statements issued by Mr. Wang Kehmin, one upon his arrival to Tokyo, and the other immediately before his departure for Peking.

SINO-JAPANESE RELATIONS

I left Shanghai this morning at 8:30 o'clock. The flight over the Eastern part of the China Sea was made through rather bad weather, but for the remainder of the trip, east of Fukuoka, we were favored by peaceful weather, and thus I arrived safely on Japanese soil. That the distance between Japan and China is so short that it has become possible now to negotiate the flight to Japan and back on the same day, is certainly bound to make the friendly relations between the two countries still closer and more intimate. But notwithstanding the shortness of the distance, the relations between the two countries have ever been bad in recent years, and a series of unfortunate incidents has now most regrettably led to the outbreak of an unprecedented situation. Reviewing the past, we see that the Kuomintang Government, after assuming political power, have ignored the understanding and goodwill of a friendly Power and have in utter neglect of the welfare of the people started trouble with a foreign country, and, to the utmost regret of all people with insight and goodwill, they have precipitated preparations for armed hostilities, thus making it eventually unavoidable for a friendly power to take up arms against us.

In former days, when I was a resident of Japan as superintendent of resident Chinese students and as counselor of the Chinese Legation, I have endeavored a little to contribute toward the improvement of Sino-Japanese relations. After my return to China, I have consistently, both as an official and as a private person, advocated co-operation between the two countries. Especially after the National Government's penetration of North China, as a member of the Hopei-Chahar Political Council I have to the best of my ability done what little I could do toward this end. Since the beginning of the recent Sino-Japanese hostilities, I have persistently and from the very beginning, in pursuance of the policy of Sino-Japanese co-operation which I have been maintaining during many years past, advocated peace with Japan. At last, as it became unbearable to me to see how the people was thrown into utter distress by the leaders of the National Government, I have with the co-operatin of those in sympathy with my ideals organized the Provisional Government at Peking, which strives for the restoration of peace and order and takes untiring efforts for the stabilization of the people's general welfare.

Fortunately, the new Government has cemented its foundation, and it has decided that it would be most advantageous for it to merge with the new Renovation Government at Nanking and hopes for the realization of this plan in the near future. Taking advantage of my present visit to Japan, I wish to extend my cordial thanks both to the Japanese Government and to the Japanese people for the guidance and sympathetic assistance they have rendered us toward the establishment of the new Government at Peking. I believe that the peace of China is an indispensable prerequisite for peace in East Asia, and that both nations must firmly and courageously push ahead toward the realization of this ideal and must also in future maintain and further develop their close and intimate friendship, and they must share what they have and mutually help their needs and co-operate in close harmony. With this in mind, also from the viewpoint of the general outlook for peace in East Asia, we cannot but hope most ardently for Japan's encouragement and assistance in the future hard tasks of the Provisional Government of China.

EXPRESSION OF GRATITUDE

Representing my Government, I have this time come to these shores in order to express the profound feelings of gratitude for the assistance given us by Japan in the establishment of our new Chinese Government. I was much delighted to deliver my Government's thanks to Premier Konoe and his cabinet colleagues as well as to to various leaders of industry.

Moreover, I have personally come to know Japan's fundamental policy vis-a-vis the current incident. Indeed, the nationwide unity has impressed and reassured me to the core, and it virtually moved me to tears to see how officials as well as the common people are whole-heartedly extending their support for the smooth development of my Government. Upon my return to Peking, I shall first of all convey to my colleagues the intentions of the Japanese Government. We are determined to make headway for the fulfilment of our mission.

It is easily imaginable that still a series of difficulties will arise before enduring peace will return to the Orient. As so much is expected of by Japan, I do feel my responsibility more keenly than ever. Old and weak as I am, I do not know whether I can successfully carry out my mission. However, once I shall have made up my mind for the task, I shall do my very best toward the realization of our original intentions to the last. We earnestly wish the whole Japanese people to understand our position and to keep on giving us your help as you have been doing all the time. Upon leaving Japan, I wish to express my heartfelt thanks for the enthusiastic welcome I was accorded by officials and people alike. I desire your country to be prosperous forever.

協力への要求

王克敏　翻訳

中華民国臨時政府（北京）行政委員長王克敏氏は、日本を訪問する１週間の間、南京維新政府との合併をめぐって、日本の首相をはじめ各界の高官と重要な会談を行った。この経験豊富な政治家は、５月１日朝の飛行機で上海から日本に向かい、当日午後臨時政府外務局長李宣威および日中両国のその他の高官の同伴で東京羽田空港に到着した。５月８日、一行は東京を出発し北京に直帰した。

以下は王氏の二つの声明である。一つは東京に到着した直後に出されたもので、もう一つは北京へ出発する直前に出されたものである。

日中関係

私は今朝８時半に上海を出発しました。東シナ海の東部を通過した際、飛行機はかなりの悪天候にみまわれましたが、福岡以東の残りの旅は穏やかな天候に恵まれ、日本の地に無事着くことが出来ました。日本と中国の距離はとても短く、それにより日本との交渉を行ったその日に帰国することが可能でした。この距離は両国の友好関係をより近く親密なものにするに違いありません。しかし、その距離の短さにもかかわらず、両国の関係は近年非常に悪く、残念ながら、今の一連の不幸な出来事は前例のない状況の発生を招いています。過去を振り返ってみると、国民党政権は政治権力を掌握してから友邦の理解と善意を無視し、遂に人々の幸せを顧みずに外国との

廣田弘毅外相を外務省に訪ねる王克敏・中華民国臨時政府行政委員長

紛争を起こしました。そして、見識と善意を持った人々が最も遺憾とするのは、国民党政権が友邦への軍事的な敵視を準備し、結局友邦の不可避な軍事的反発を招いたことです。

　私はかつて中国人留学生の監督、駐日公使館の参賛として日本に滞在した時、中国と日本の関係の改善に微力ながら尽くしました。中国に戻った後も官僚として、また一個人として絶えず両国の友好に努めました。特に国民党が北方に勢力を広げた後、私は冀察政務委員会の一員として微力を尽くしました。近年、中国と日本が敵対してから、私は最初から長年主張してきた中国と日本の協力関係を踏まえ、日本との平和を主張しました。最後に、国民政府の指導者が人民を塗炭の災難に陥れるのを見るに堪えず、私の理念に賛同する同志と一緒に北京で中国臨時政府を組織し、平和と秩序を取り戻し、人民の生活を安定させるために尽力しました。

　幸いにも、新政府の基礎が固まり、南京の中国維新政府との合併に関する基本的な要綱も決定され、近い将来実現される見通しです。今回の日本訪問の機会を借りて、北京新政府が樹立された際に日本政府および日本人民からご指導とご援助を頂いたことに心より感謝の意を述べたい。私は中国の平和こそ東亜の平和の不可欠な前提であると考えております。両国はこの理想の実現に向かって、しっかりと勇ましく努力して突き進まなければなりません。未来においても、両国は引き続き親密な友好関係を維持し、それをさらに発展させなければなりません。そして、両国は互いに持っているものを分かち合い、緊密な関係のなかで助け合い、協力しなければなりません。

これを念頭において、また、東亜平和の大局に立ち、私たちは前途多難な中国臨時政府に対してご鞭撻やご援助をお願いしなければなりません。

感謝の言葉

　今回、私は臨時政府を代表して、新政府成立の際に頂いたご援助に対し深い感謝の気持ちを表すためにここに来たのです。幸いに、近衛首相をはじめ政府の閣僚や各産業のリーダーに直接我が政府の感謝を伝えることが出来ました。

　さらに、私は身をもって今回の軍事衝突に対する日本の根本的な政策を知ることができました。日本の挙国一致の姿が私に深い印象を与え、日本の朝野が全身全霊で我が政府のスムーズな発展への援助を惜しまないことに私は涙が出るほど感銘を受けました。北京に帰ったら、私はまず日本政府の意図を同僚たちに伝えたい。私たちは一致団結してわれわれの使命を達成させるために邁進したいです。

　東亜に平和が戻る前に、一連の困難が生じることは容易に想像できます。日本にこれほど期待されるだけに、私はかつてない大きな責任を感じております。私は年老いて体も弱く、自分が使命を達成することが出来るかどうかは分りません。けれども、この任務を引き受けると心に決めた以上、私は目的を達成するために最後まで全力を尽くすつもりです。

　私たちは、日本の皆様に対して、私たちの立場を理解しこれまでのように援助を続けることを切に願っております。日本を離れるに際して、朝野から頂いた熱烈な歓迎に対して心からの感謝を述べたい。貴国が永遠に繁栄することをお祈りしております。

(川端麻由訳)

「協力」ということ

孫　江　　　　　　　　　解説

　1937年12月13日、江西省の廬山に避難中の蔣介石は東の空を眺めながら、日記にこう綴っている。[1]

> 本日南京でまだ戦闘が続いていると聞いた。
> 我が将校・兵士はきっと包囲されても屈せず、

---
[1] 『蔣介石日記』1937年12月13日。スタンフォード大学フーバー研究所所蔵。

壮絶な犠牲を払っているのだろう。夜、唐（生智）はすでに臨淮に到着し、各師団長もみな長江を渡った……。

しかし、この時、東にある国民政府の首都南京はすでに日本軍の攻撃によって陥落していた。南京の陥落に呼応したかのように、翌14日、北支那方面軍が扶植した中華民国臨時政府が北京で成立した。その中枢になったのが王克敏という人物である。

王克敏（1873～1945）は浙江省の出身で、清朝末期に短期間の日本留学の後、留日浙江省学生監督・駐日公使館参賛・留日学生副監督などを務めた。1912年中華民国政府成立後、王は北京政府の財政総長・中国銀行総裁・関税自主委員会委員などを歴任した。1932年以降、彼は南京国民政府の東北政務委員会委員・華北戦区救済委員会常務委員・天津特別市市長・冀察政務委員会委員・冀察政務委員会経済委員会主席などもつとめた。この経歴からみれば、王克敏は「協力への要求」の編訳者がいうような「経験豊富な政治家」というよりも、むしろ実務レベルの官僚であった。

王克敏を臨時政府の中枢に推したのは、北支那方面軍特務部の喜多誠一少将であった。1937年9月4日、北支那方面軍司令官寺内壽一は喜多少将に対し、「北支政権樹立ノ準備ニ関シテハ現在及将来ノ軍ノ占拠地域ニ於ケル支那側各機関ヲ統制スヘキ政務執行機関ヲ暫定的ニ樹立セシメ且成ルヘク之等ノ期間ヲ以テ将来ノ北支政権ノ母体タラシムル如ク誘導スルモノトス」[2]、と指示した。しかし、日本側の「北支政権」参加の打診は、かつて華北地域ないし中央政府の実権を握った呉佩孚、曹汝霖などの有力政治家たちに断られた。結局、親日派で知られた王克敏が喜多少将の目に留まった。12月7日に、喜多の働きで王は密かに香港から北京に入り、1週間後の14日に中華民国臨時政府が発足した。臨時政府では三権分立に基づき、議政委員会（委員長、湯爾和）、行政委員会（委員長、王克敏）、司法委員会（委員長、董康）の3つの委員会が設けられた。行政委員会はその主幹である。日本軍占領地域の拡大とともに、1938年4月の臨時政府の支配地域は河北省、山東省、山西省、河南省に広がった。

ところが、臨時政府が日本政府の正式承認を得ていない時、1938年3月28日、日本海軍の支持の下で、梁鴻志を行政院長とする中華民国維新政府が南京で発足した。この政権は王克敏が率いる臨時政府とどのような関係にあるか。これは日本の中国占領の在り方に関わる大きな問題となった。4月上旬、梁鴻志一行は北京を訪問し、両者の連携について協議した。王克敏も日本訪問に先だって維新政府との合併を協議するために上海を訪れた[3]。日本人が中国で発行した『盛京時報』は1938年5月1日に号外を出し、「今後両政府が正式合併・画一化する時、すなわち（それを）正式に承認する手続きを取る」と述べ、両者の合併を大々的に報じた[4]。

王克敏一行は、4月28日午後に上海に到着し、29日朝10時に維新政府の事務所が置かれた新亜旅館で梁鴻志と会談し、双方が両政権の合併、関税について協議した[5]。翌朝10時、両者が再び会談し、関税の統一や国税の徴収方法の統合などの重要政策について協議し、幣制・通貨の安定についても広範な意見交換を行った。この会談について、『盛京時報』は「多くの成果をあげた」と報じたが[6]、実際には、両者の間に実質的な合意は何も得られなかった。5月1日、王克敏一行は日本に飛び立った。『東京朝日新聞』によれば、王克敏の日本訪問の日程は次の通りである。

5月1日　午前9時32分に陸軍ダグラス機で上海を出発。午後1時5分に福岡飛行場に到着。午後4時43分に東京羽田飛行場に到着し、帝国ホテルへ移動。

5月2日　午前8時47分に坂下門から宮城に参入、明治神宮を参拝。午後、近衛首相、広田外相、杉山陸相、米内海相、多田参謀次長、古賀軍令部次長を訪問。同じく午後、賀屋蔵相、石渡次官を訪問。午後6時より帝国ホテルで外国人記者団と会見。

5月3日　午後3時半、首相官邸で近衛首相と会見、午後4時40分に終了。

5月4日　午前、米内海相を訪問した後杉山陸相、梅津次官らと会見。午餐会に出席し陸軍首脳部と会見。午後、日銀を訪れ、結城、津島副総裁を訪問。
午後3時半、外務省を訪れ広田外相を

2　防衛庁防衛研修所戦史室『北支の治安戦』（1）、朝雲新聞社、1968、p.42

3　『東京朝日新聞』昭和13年5月1日。

4　「臨時、維新両政府合併同時、日政府将正式承認」『盛京時報』1938年5月1日号外。

5　「王克敏氏南下訪滬、兼為報聘維新政府」『盛京時報』1938年5月2日。

6　「南北両政権懸案已圓満成立諒解」『盛京時報』1938年5月3日。

訪問。北支那協会が日本倶楽部で主催したレセプションに出席した後、芝紅葉館の広田、米内、賀屋三相主催の歓迎会に出席。
5月5日　午前9時40分、永田町蔵相官邸に賀屋蔵相を訪問。丸之内工芸倶楽部で財政首脳部と昼食。
5月6日　伊豆川奈温泉に2泊休養。
5月7日　午前11時25分、熱海駅発、午後1時35分に帝国ホテルへ。午後3時、首相官邸に近衛首相を訪問。午後3時半より陸相官邸で杉山陸相と約40分間会談。午後4時、国会議事堂に開かれた小山衆議院議長の歓迎茶話会に出席。午後6時半、帝国ホテルで晩餐会を主催。
5月8日　午後3時東京駅発、帰国の途。

「協力への要求」のなかに収録された「日中関係」と題した記事は、王克敏が5月1日午後帝国ホテルで発表した声明文である。『盛京時報』によると、久しぶりに訪日した王克敏は、目の前の東京の変化に感嘆し、「余は今回東京に入り、貴国の人々の態度が以前より落ち着いているのを見て、戦争によるわれへの心のしこりがないように思う」と漏らした[7]。声明文のなかで、彼は両国関係の現状および臨時政府成立の経緯を簡単に振り返った後、今回の訪問をきっかけに「新政府の基礎を固め、そして南京の中国維新政府と合併するのは最善なことであり、近い将来実現させると考えている」と語った。この声明文は『東京朝日新聞』と『盛京時報』にそれぞれ日本語と中国語で掲載された[8]。中国語の声明文は日本語版より短く、日本語の声明文にある個人的な述懐や「東亜の平和」の実現に関する意志表明などの内容が省略されている。

「感謝の言葉」は、5月8日に王が離日する前日に出した声明文によるものである[9]。「去る五月一日着京以来一週間の旅程を終へ玆に離京せんとするに当り一言感想を述べて挨拶に代へ度いと思ひます」の一文を除けば、ほぼ声明文の文意に沿って訳出したものである。前述の「日中関係」と比べると、両者の間にやや隔たりがある。

「日中関係」において、王克敏は「幸いにも、新政府の基礎が固まり、南京の中国維新政府との合併に関する基本的な要綱も決定され、近い将来実現される見通しです。今回の日本訪問の機会を借りて、北京新政府が樹立した際に日本政府および日本人民からご指導とご援助を頂いたことに心より感謝の意を述べたい」、と語っている。つまり、王克敏が日本政府に求めた「協力」は、引き続き臨時政府を支持するよりも、むしろ南北両政府の合併を「実現」させることであった。興味深いことに、それからわずか1週間後に発表された「感謝の言葉」において、王は、「今回、私は臨時政府を代表して、新政府成立の際に頂いたご援助に対し深い感謝の気持ちを表すためにここに来たのです」と述べるにとどまり、南北両政府の合併については一言も触れていない。

訪日中の一連の会談において最も重要なのは5月3日に行われた王克敏（邵秘書・吉野中佐・清水通訳官を帯同）と近衛首相との会談であった[10]。しかし、これに関する報道を見ると、会談の内容は「東亜保全」や帝国政府が1月中旬に決定した「軍事的その他あらゆる手段によって国民党政権を徹底的に壊滅させる事、従って国民党政府とは断じて平和を期せざることに堅く決心するに至つたのである」にとどまり、臨時政府と維新政府の合併に関しては一言も触れていない[11]。5月9日、北京に到着した王克敏は空港で記者会見し、「今次の上海、東京への訪問に極めて満足しており、特に臨時政府に対する東京朝野の熱い応援に対して実に言葉で言い表せないほど感謝している」と述べている[12]。王は、「臨時、維新両政府合併の必要に関して両首脳の間に成立した不動の原則であり、新政府の育成に対して日本政府はまた極めて熱心である」とも述べている[13]。これを見る限りでは、日本政府は臨時政府を中心に両政府の合併を促しているようである。しかし、王の発言は日本の新聞では報じられていない。後の事態の推移を見ると、臨時政府と維新政府の合併は一向に進まず、結局、1940年3月、臨時政府も維新政府も汪兆銘を中心とする南京国民政府に吸収・併合された。

【主要参考文献】
王春南「王克敏」、中国社会科学院近代史研究所編『民国人物伝』第11巻、中華書局、2002
徐友春主編『民国人物大辞典』（増訂版）、河北人民出版社、2007

---

7 「王克敏氏親詣東京、在帝国旅館延見記者団、向日朝野披瀝謝忱」『盛京時報』1938年5月3日。
8 「協力・所信に邁進、王克敏氏ステートメント」『東京朝日新聞』昭和13年5月2日。「立脚東亜大局見地、期望友邦益加督励。王克敏氏在京発表声明書」『盛京時報』1938年5月3日。
9 「朝野の支援を謝し、王克敏氏離京」『東京朝日新聞』昭和13年5月9日。
10 「王克敏訪近衛首相作歴史的会談」『盛京時報』1938年5月4日。
11 「容共抗日を断乎排撃、飽くまで緊密に提携」『東京朝日新聞』昭和13年5月4日。
12 「王克敏談称訪日結果満足」『盛京時報』1938年5月11日。
13 「王委員長訪日結果、臨時政府満足」『盛京時報』1938年5月11日。

Recent Books on Japan
(Why Meddle in the Orient / Japan over Asia)

Chū Saitō

WHY MEDDLE IN THE ORIENT?
By Boake Carter and Thomas H. Healy.
(Dodge Publishing Company. New York 1938.)

A little book of only 221 pages—yet great must be the help it renders to the understanding of the Far Eastern problems and the American relations to them, which have been so much talked of for years.

How and why did Americans become involved in the Far East? What is their stake in the continent of Asia? What is or should be their Far Eastern policy? What is the Open Door? What is the Nine-Power-Pact? What about the Philippines? What about the Neutrality Act? What is the bearing of the Kellogg Pact? What of their Navy and National Defence?.. Dealing with these questions, the authors examine, expose, and attempt to remove, in this book, the fundamental factors which cause the danger of war between Japan and the United States. They present the American people with the facts of the Far East as they are, the truth of which has never been told to the majority of them. And then, clearly, and most dextrously, they analyze this intricate problem and tell the Americans what cause to take.

Special attention must be directed to Chapter 16, where the authors explain that the maximum total money stake of America in the Far East is nothing more than $750,000,000—only one seventh of their investments in Latin America, and that, on basis of the financial figures for the first half of 1937, Japan was America's third best customer in the world, with China following far behind as the fifteenth, and the fourth best supplier, China being the ninth.

JAPAN OVER ASIA
By William Henry Chamberlin.
(Duckworth. London 1937.)

Mr. W. H. Chamberlin, Chief Far Eastern Correspondent of the Christian Science Monitor and author of SOVIET RUSSIA, deals here with Japan's recent advance into the mainland of Asia. In the opening chapter the author opines that the present conflict between Japan and China is the necessary result of Japan's military advance on the continent. He fails to see that it was nothing but the policy of the Kuomintang Government which provoked the present deplorable situation, encouraging hatred of Japan as a stepping stone to enlarged central power and thus dragging the Chinese people straight to the fateful collision with the Japanese. If the word "aggressive" has a place in this book, it should be applied to the power-hungry warlords of China.

Nor does he make any reference to the closing-door policy of Great Britain and the United States which forced Japan to cut the only way out into the mainland of Asia, nor to her suffocatingly dense population of 433 per square-mile.

The following chapters relate how Japan's advance to the north pushed the political and military frontier far into continental Asia; how it has strengthened, to the west, her grip on North China; and how she extended her trade lines far into the Southern Seas; referring, at the same time, to the critical opposition of Soviet Russia and Japan near the Manchoukuo frontier on the

Amur; and to the issues raised with Western Powers on the Yellow River and the Yangtse. Later on, the author attempts to give an analytical survey of the economic and cultural background, a knowledge of which is believed helpful in interpreting the Japanese foreign policy. The author's effort seems to be concentrated in Chapter 9, where he explains that the constant struggle between militarism and big business is the main clue to the understanding of the complex and confused pattern of Japanese political life.

The last chapter is written to the question: " How strong is Japan?" on the answer to which, the author believes, depends the destiny of East Asia. He tends to estimate rather too conservatively the economic power of Japan when at war. He points out that the relative poverty—especially the poverty in capital— is Japan's serious drawback and concludes that Japan would surely reveal fatal weakness in the event of a protracted war. I wonder very much if he still holds the same opinion now that there has been not a sign of financial exhaustion in spite of the military activities lasting almost for one year.

最近の日本論
(『なにゆえ極東に干渉するのか？』『アジアを制覇する日本』)

斎藤 忠

翻訳

ボーク・カーター、トーマス・H・ヒーリー共著『なにゆえ極東に干渉するのか？』（ニューヨーク、1938年）

わずか221ページの小著だが、何年にもわたって大いに論じられてきている極東の抱える諸問題とそれへのアメリカの関係とを理解するにあたっては、とても役立つに違いない一書である。

いかなる次第で、またなぜ、アメリカ人は極東に関わるようになったのか？　アジア大陸でのアメリカの利害とは？　米国の極東政策は現在いかなるものか、またどうあるべきか？　門戸開放とは？　九カ国条約とは？　フィリピンについては？　米国の中立法については？　ケロッグ・ブリアン条約との関係は？　米国海軍そして国防については？……こういった諸問題を取り扱いながら、著者は日米戦争の危険を惹起する根本的な諸要素を、本書において、検証し、提示し、そして除去を試みようとする。著者はアメリカ国民に向かってあるがままの極東の諸事実を提示しているのだが、じつは極東の真相はこれまで大多数のアメリカ人には教えられることはなかったのである。さらに著者は、明瞭にそしてきわめて巧みに、この厄介な問題を分析し、アメリカ国民に向かっていかなる主張を行なうべきかを説く。

とりわけ注目を要するのは第16章である。この章で著者は、極東におけるアメリカの投資額は最大限にみても7億5000万ドルにすぎない、と説明を加えるのだが、この額はラテンアメリカへのアメリカの投資額の7分の1にすぎない。また、1937年上半期の財政上の統計値に基づけば、日本は世界のなかでアメリカの3番目の輸出相手国であり、支那（China）ははるかに遅れて15番目、またアメリカへの輸入相手国としては、日本は4番目、そして中華民国は9番目にあたる、とも著者は説くのである。

ウィリアム・ヘンリー・チェンバレン著『アジアを制覇する日本』（ロンドン、1937年）

『クリスチャン・サイエンス・モニター』紙の極東主任特派員であり、『ソビエトロシア』の著者でもあるW・H・チェンバレン氏は、本書において日本の近年のアジア大陸への進出を取り上げている。第1章では、現在の日支間の紛争は日本が大陸での軍事行動を進めた必然的な結果である、と考える。ほかならぬ国民党政府の政策こそが現在の嘆ずべき状況を引き起こし、さらなる中央集権を目指すための手段として日本への憎悪をかき立て、そして中国国民を日本人との宿命的な衝突へ一直線に引きずっている、ということを著者は見落としている。「侵略的」なる語が本書の中で用いられるとすれば、権力に飢えた支那（China）の将軍たちにこそ用いるがよかろう。

また著者は、英米の門戸閉鎖政策についても何ら言及することはない。この政策によって、日本はアジア大陸への進出という唯一の道を取らざるを得なくなったのである。さらに著者は、1平方マイルあたり433人が暮らす息が詰まるような（日本の）密集した人口について触れることもない。

第2章以下では、日本の北進により政治と軍事両面での境界線がはるかアジア大陸まで推し進められていった様子、また、西部に向けて日本の北支（North China）把握が強化されてきたさま、さらに日本が交易の相手国を南方の海域まで拡張してきた様子が述べられている。同時に、アムール川の沿岸満洲国国

境近辺での日露の危機的対立状態、黄河、揚子江沿いの西洋列強との関わりから生まれる諸問題、にも話は及ぶ。そののち著者は、経済および文化の背景を分析しようと試みる。この知識こそ、日本の外交政策を解釈する上で一助となると信じられる。著者の努力は第9章に傾注されているようだ。この章では、軍国主義と大企業との絶え間ない闘争が、複雑で混乱極まりない日本の政治風土のパターンを理解する主要な手がかりとなる、と著者は説明を加える。

最終章は「如何ほど日本は強大か？」という問いに向けて書かれている。この問いに対する答えにこそ、東アジアの命運がかかっている、と著者は確信する。かなり保守的な姿勢で、著者には戦時日本の経済力を推測する傾向がある。相対的貧困さ、とりわけ資本の貧困さが日本の深刻な弱点である、と著者は指摘し、戦争が長期化すれば必ずや日本は致命的な弱さを見せることとなろうと結ぶのである。我が軍の軍事行動が開始から今やほぼ1年となるにもかかわらず、財政の枯渇を何ら見せていない現在、著者は今なお同一の見解を有するのであろうか、と吾人は大いに疑問視するのである。

（牛村　圭訳）

日本関係書籍の書評を概観する

牛村　圭　　　　　解説

Recent Books on Japan（「最近の日本論」）として日本関係の書物の書評記事を載せるのは、『Japan To-day』全7号中、6月号以降の計5号である。7月号は1冊、それ以外は2冊ずつ取り上げ総計9冊を扱う。書評者の名を付してある書評が6月号、8月号、9月号であり、一方7月号と10月号には書評者の名は見あたらない。6、8、9月号の署名入り書評は1冊を除いて斎藤忠が担当している。9月号のもう1冊の書評は、ハンス・エリック・プリングスハイム（Hans Erik Pringsheim）が書いている。それ以外の担当者は不明だが、以下に見るように書籍の選び方が斎藤担当時のものとさして変わらぬことから考えて、斎藤の手によるものと考えて良いのではないか。まず、この斎藤忠について紹介しておく。以下は『現代日本執筆者大事典』（内外アソシエーツ、1978）、およ

びG-Searchの人物情報横断検索に依る。

斎藤忠は1902（明治35）年12月29日新潟県出身の軍事外交評論家である。1928（昭和3）年に東京帝国大学文学部英文科を卒業、同大学院英文学専攻課程を1935（昭和10）年に修了した。読売新聞論説委員、海軍省外交委員、大日本言論報国会専務理事、国士舘大学や埼玉大学の講師を歴任し、戦後は、ジャパン・タイムズ論説主幹、国民新聞社取締役会長などを務め、1994（平成6）年1月12日、91歳になる年に亡くなった。戦前戦中の著作に『太平洋戦略序論』（1941年）、『海戦1914-18年』（1942年）などがある。その他、『日本及日本人』に核実験や北方領土に関する論考をいくつか発表している。保守派の言論人と分類して良い。『Japan To-day』に書評を掲載したころは、したがって、まだ単行著作を持たないものの、齢三十半ばの気鋭の軍事や国際政治の評論家だったということになる。

一方、名が挙がっているもう一人の書評者プリングスハイムにつき詳細を載せる資料はない。ドイツ人音楽家のクラウス・プリングスハイム（Klaus Pringsheim）の子息であるらしい。父クラウスについて『西洋人物レファレンス事典Ⅲ』は次の記述を載せる──「1883.7.24-1972.12.7 ドイツの指揮者、作曲家、音楽学者。来日し、武蔵野音楽大学教授として日本の音楽界にも貢献。」また、上野音楽学校（現在の東京藝術大学音楽学部の前身）の教授でもあった（本書所収の片山杜秀「日本音楽界の中のクラウス・プリングスハイム」がこの音楽家について論じている）。この父とハンス二人の名が『東京朝日新聞』に載ることがあった。1938（昭和13）年2月4日掲載の記事（「無敵海軍に贈る獨逸教授の作曲」）である。その記事に依れば、帝国海軍軍楽隊の教授をも務めたクラウスは、滞日6年ののち前年11月に離日していたが、東京に居住する息子を通じて海軍に「日本帝國海軍に捧ぐる軍艦マーチを主題とする十の部分より成る變奏曲」を贈呈したという。そこには楽譜を手に取る息子ハンスの写真も掲載され24歳という年齢も付されている。したがって、『Japan To-day』に当該の書評を寄せた折もまた弱冠24歳であったことが分かる。不確かながらも、1915年3月生まれで1995年5月没という情報もWeb上にはある。これが正しいのであれば24歳というのは数え年ということだろう。ハンスは戦後も日本にとどまったようで、Ciniiで検索するといくつかの論考が見つかる。それから察するに、日本語にも通じ日本語で音楽やドイツ文学の評論を

時折書いていたらしい。

　さて、『Japan To-day』が掲載する書評の当該書を改めて記すならば、以下の9冊になる。解説の都合上、通し番号を振ることとする。

6月号
（1）ボーク・カーター、トーマス・H・ヒーリー共著『なにゆえ極東に干渉するのか？』（ニューヨーク、1938年）
（2）ウィリアム・ヘンリー・チェンバレン著『アジアを制覇する日本』（ロンドン、1937年）

7月号
（3）パーシー・ノエル著『日本が戦うとき』（東京、1937年）

8月号
（4）サザランド・デンリンジャー、チャールズ・B・ゲーリー海軍少佐共著『太平洋での戦争』（ニューヨーク、1936年）
（5）ウィラード・プライス著『旭日の子どもたち』（ニューヨーク、1938年）

9月号
（6）国際文化振興会編製『NIPPON 日本』（東京、1938年）
（7）ギュスターブ・イェンセン著『日本の海軍力——自己主張と権利平等をめぐり勢いを増す闘争 1853–1937』（ベルリン、1938年）

10月号
（8）グレゴリー・ビエンストック著『太平洋を求めて』（ロンドン、1937年）
（9）D・C・ホールトン著『日本の国家信仰』（ロンドン、1938年）

　（6）は英語、フランス語、ドイツ語の併記、（7）はドイツ語、それ以外の5冊は英語で書かれている。内容としては、（1）、（2）、（3）、（7）が国際政治、とくに（3）、（7）は軍事、（5）は日本の一般市民の日常を対象とするルポルタージュ、（9）は日本の宗教と分類して良い。この6冊が外国人の手によるものであるのに対し、（6）は日本側による日本紹介のハンドブックである。今日ふうに形容するならば、日本発信の日本文化紹介書、となろう。国際政治、外交、軍事を得意とする書評者の興味関心が分かる上記書籍の選び方となっている。また、すでに古典となっている刊行年の古い書物を取り上げるのではなく、Recent Books on Japan（最近の日本関係書）と記事にタイトルが付されていることから分かるように、刊行されて1〜2年の書籍を対象としている。

　続いて書評者の書評内容を検討してみたい。支那事変継続中であり、大東亜戦争開戦の3年前という時代背景を考慮するならば、日本の（その当時の、そして潜在的な）戦力を外国の論者たちがどう分析しているのかに書評者の注意が向くのは自然なこと。そういう時代ゆえ、反日を煽るような俗っぽい書物も国外では数多く出ていたであろうが、書評者はそういう安直で過激な書物を取り上げて論駁することを試みてはいない。取り上げるのは、（5）の日本紹介ハンドブックをのぞけば、学術書と呼んでよい書物である。たとえ著者の分析に首肯できない点があっても、それぞれの著作の要旨をまとめ、意義を論じ、そののちに必要に応じて注文や批判を加える。決して特定の史観に立脚して論駁に終始するような展開をとることはない。当該書に対するバランス感覚を有した書評執筆姿勢を見て取ることができる。

　書評の要は、やはり書評者による当該書への批判や注文だろう。要旨や意義の紹介は、出版元でも書ける。いくつか例を挙げて検討してみたい。外国人による日本研究では、日本人インフォーマントを用いなかったためと思われる誤解が往々にして見られる。（7）の書評末尾に記された日本海軍をめぐる表現の誤記がその典型例であろう。基本的な誤解や誤記は、当然のことながら著者の研究対象の理解力への疑義を読み手に抱かせる。書評者は、（7）が外国人の手による数少ない日本海軍の研究書の中で「最新かつ最良の一書」と形容するが、その著者にして基本的な誤解が見られるという研究の水準をうかがい知ることができよう。また、日本の宗教を論じた（9）を、アストンの古典的名著『神道－かんながらの道』を継ぐものと評価するものの、外国人研究者である著者には「現代日本を十分理解する鍵として宗教神道の諸教派の性質や活動状況を知ること」が重要と思われたようで、天理教や大本教などの教派神道の「重要性を繰り返し説く」が、教派神道は「堕落し奇妙なほど歪曲された神道」であり、実際政府によって解散を命じられているものもある、という事実を書評者は紹介し、著者の教派神道に対する基本姿勢に重大な疑義を投げかける。「こういった神道

教派がわが日本の国家信仰の源泉である、と口にすることは、われわれを中傷するに等しい」と続けて記す。書評者は宗教専攻の学徒ではないが、著者と書評者、どちらの主張が正しいかは歴然としている。

　上記のような書評者による批判は、事実に基づくため的を射たものである一方、歴史の解釈に関しての書評者の注文・批判の妥当性についてはどうであろうか。たとえば（2）では、支那事変は「日本が大陸での軍事行動を進めた必然的な結果」であるとする著者の見解に疑義を呈している。「侵略的」という語は「権力に飢えた支那の将軍たちにこそ用いるのがよい」と記して、著者の分析が一面的なことを批判している。だが、支那事変は中国大陸という敵地で展開されていた。相手の領土で戦う日本軍は、はたして侵略とは無縁だったのだろうか。また、日本には「相対的貧困さ、とりわけ資本の貧困さ」があるから「戦争が長期化すれば必ずや致命的な弱さを見せることとなろう」という著者の姿勢に対し、「我が軍の軍事行動が開始から今やほぼ1年となるにもかかわらず、財政の枯渇を何ら見せていない」として、著者に反論する。

　支那事変は解決の糸口を見つけられないままいわゆる「泥沼化」し、これから3年後の12月には英米蘭とついに矛を交えることとなる。日米もし戦わば、という予想戦記物の世界が現実となった。その大東亜戦争で日本軍は「緒戦の勝利」を飾りはしたものの、戦いは長期化し生産力にはるかに勝る連合国側に敗れるに至った。『Japan To-day』のこの書評が書かれたとき、書評者には大東亜戦争の可能性はまだ現実味を帯びてはいなかっただろうから、「我が軍の軍事行動が開始から今やほぼ1年となるにもかかわらず、財政の枯渇を何ら見せていない」の言は、この時点では強がりとは言えない。しかし、その数年後「戦争が長期化すれば必ずや致命的な弱さを見せることとなろう」という著者チェンバレンの予想が現実のものとなったとき、斎藤忠の思いは如何ばかりであっただろうか、と思う。

＊

　ところで、『Japan To-day』が書評に取り上げた9冊の日本関係書籍は他所でどのような書評を得ていたのだろうか。主な書評の要点を載せている各年刊行の Book Review Digest を参考までのぞいてみれば、（1）、（4）、（5）、（8）、（9）の5冊を掲載している。（1）について、『Japan To-day』の書評は、「著者はアメリカ国民に向かってあるがままの極東の諸事実を提示しているのだが、じつは極東の真相はこれまで大多数のアメリカ人には教えられることはなかったのである。さらに著者は、明瞭にそしてきわめて巧みに、この厄介な問題を分析し、アメリカ国民に向かっていかなる主張を行なうべきかを説く」と書く。Review Digest 掲載の書評も同様な理解を示し、「過去の危機の時代に刊行されてきた時事解説を目的としたパンフレット文書（pamphleteering literature）を思い起こさせる」とした上で、アメリカ独立戦争直後の1777年、トーマス・ペインが「アメリカの危機」を著したのと同じ精神を、（1）に見て取っている。また、『Japan To-day』の書評は明らかにしていないが、（1）の著者二人は、アメリカではラジオ放送でよく知られた人物だったことも Book Review Digest の掲載記事から判明する。

　（4）については『Japan To-day』の書評同様に、当該書の含む情報量を評価している。興味深いのは Book Review Digest 掲載の書評が「本書は生き生きとした筆致で書かれており海軍の戦略を学ぶ者にはきっと興味深いだろうが、残念なことに、日本が（日米戦争で）最終的には敗戦を喫するという本書の予言で日本人を落胆させそうにはない」とまで記していることである。『Japan To-day』の書評には「日本が最終的には敗戦を喫するという本書の予言」への言及はなく、「第3部は、予想される日米戦争を想像して描き出している」と記して終わっている。都合の悪そうなことは載せない、論じない、ということなのだろうか。軍事や国際政治の評論を得意とする斎藤忠ならば、「日本が（日米戦争で）最終的には敗戦を喫するという本書の予言」に対しての反論をぜひとも記してもらいたいところなのだが。

　書評者の専攻分野から考えるとやや異質な選択に思えるのが（5）ではあるが、実際に当該書の第1章に目を通せば、兵士として日本の軍隊を支えている一般市民、とりわけ農業を生業とする日本人の心性を描き出している本書が、軍事と密接な関係を持つことが分かる。（5）の著者プライスは、取材をする自分を住まわせて食事を提供してくれるある農民一家（マチダサン）の日常を冷静に描き出すことから叙述を始めている。価値判断を加えることなく、淡々とした筆致で本書は書き進められる。Book Review Digest 掲載の書評は、自らの見聞（first-hand experience）に基づく一書であることを高く評価しながらも、「日本人の長所を過大評価しすぎである」、あるいは「容赦ない（日本の）侵略にたいし自衛に努

めている支那を支持する人なら誰でも、この書に当惑するのは当然だ」と、著者の視点が日本寄りであると指摘する。『Japan To-day』で斎藤が、「ウィラード・プライス氏は日本国民と極東における日本国民の立場を本当に理解している数少ない西洋人の一人である……実際、この著者ほど日本人の本質と流儀を鋭く洞察し深く見極めている外国人旅行者は、これまで一人としていない」と書いて絶賛している点こそが、Book Review Digest 掲載の書評では一番の問題となっているのである。

国際政治関連の書物である（8）のテーマは斬新である、と『Japan To-day』の書評は指摘する——「太平洋の覇権をめぐっての日米両国間の仮想戦争といったこれまで多くの書物が取り扱ってきた古びたテーマではなく、日本とソビエト連邦というアジアの二大国が大陸での覇権をめぐるという、現実に生じている闘争を扱っている」。だが、その日露の衝突をめぐる著者の書きぶりは「目新しいものでも独創的なものでもない。常識の範囲をこえるものでさえない。その見解は、地理的な観点に関する限りは間違ってはいない。だが、交戦国となりうる日ソ両国の経済力を論じるさい、著者の見解は正しいとは言い難い。さらに著者は、日ソ両国を比較検討するにあたって、最も重要な要因、すなわち精神的要素、をとりあげてはいないのである」として批判を加えている。「精神的要素」はもちろん重要ではあるが、総力戦においてはその国の経済力こそが一番重要視される要素であり、「精神的要素」を「最も重要な要因」と言わざるを得ないところに、数年後の大東亜戦争時の日本の指導者層の極端な精神論重視の姿勢の先行例を見る思いがする。

『Japan To-day』の書評は、本書が太平洋をめぐる日露の紛争に焦点をあてたことを斬新とはするものの、叙述の内容に関してはさほど評価していない。一方、Book Review Digest 掲載の書評の評価も高くはない。「多くの情報が詰め込まれてはいるものの、その情報の取扱いが上手くいっていない」といった叙述全体への不満が見られる。評価できるものとしては、「著者ビエンストックはチェコスロバキア人ゆえ中立的な立場をとっており、醒めた見解を提示している」と記しているところだが、具体的に当該書のどの箇所が「醒めた見解」なのかについての言及は見あたらない。やや無理を承知で付したプラスの評価と解することができよう。

Book Review Digest が書評を載せるもう一冊は、（9）である。さきに、著者の教派神道をめぐる理解の不正確さを、『Japan To-day』の書評が指摘していることを紹介した。だが、Book Review Digest にはこの点についての指摘はない。「この主題（日本の宗教）についてはたくさん書かれてきたが、本著作がアストンの著作刊行以来の包括的な一書であることには十分な正当性がある」との絶賛や、「日本の国家宗教に、私利私欲のない学問という公正な光を当てた」といった高い評価があるのみである。書評者の日本の神道についての理解が実は深くはない、ということを図らずも示している書評記事といっていいであろう。

Topics of To-day

Yasukuni Shrine Festival

The annual shrine festival of the Yasukuni Shrine dedicated to the souls of the heroes who lost their lives for the sake of the Country was especially full of meaning this year owing to the present Sino-Japanese hostilities. During this festival, which lasted three days from April 25 till April 27, the souls of four thousand five hundred thirty-three heroes who lost their lives in North and Central China and in Manchoukuo were newly enshrined and worshiped in accordance with time-honored Japanese rites.

On the second day of the festival, His Majesty the Emperor graciously proceeded to the Shrine, attended by the Imperial Princes, the members of the Konoe Cabinet, and other high officials, when a solemn ceremony took place.

On the evening, altogether two hundred thousand people, including soldiers and marines, passed between the torch lights on both sides of the road leading up to the Shrine and worshiped.

From all parts of the country, the relatives of those enshrined, about nine thousand in all, came to the capital to participate in the rites.

At the time when His Majesty the Emperor graciously worshiped at the Shrine, on the morning of April 26 at 10:15 o'clock, the entire nation joined in a solemn expression of gratitude and mourning for the national heroes, when all work was stopped and traffic halted during one minute.

靖国神社の境内：例大祭の日

[翻訳]
靖国神社のお祭り

国のために命をなげうった英霊を祀る靖国神社の例大祭は、日中戦争勃発の故に今年は特に意味深いものだった。

4月25日から27日の3日間行われたこの例大祭では、中国北部、中部、そして満洲で命を落とした4533人の英雄の御霊が日本古来の伝統によって新たに合祀され、慰霊された。

例大祭の2日目には、天皇陛下は親王、近衛内閣の高官に伴われ、神社を参拝したまい、厳粛な祭祀が執り行われた。

その夜、陸、海軍の兵士を含む20万人もの人々が灯籠に照らされた参道を拝殿まで進み、参拝した。

祀られている凡そ9000の英霊の遺族が全国津々浦々からこの例大祭に参加するために上京していた。

4月26日朝10時15分、天皇陛下が慈悲深くも靖国神社を参拝された時に合わせ、日本人全員は、仕事の手を休め、交通のすべてを止め、英霊に感謝と追悼の意をもって1分間の黙禱を捧げた。

（ジョン・ブリーン訳）

[解説]
昭和天皇と靖国神社
ジョン・ブリーン

遺族の人たちがどういう気持ちをもって1938年4月に靖国を参拝したのか知るすべはもちろんないが、翌年の参拝者が同じ例大祭に参列した時の記録が残っている。『主婦之友』の6月号に載った、はるばる金沢からやってきた遺族の座談会がそれである。その一部を引用しよう。

高井：よろこびの涙だわね、泣くということは、うれしゅうても泣くんだしな。
中村：私らがような者に、陛下に使ってもらえる子を持たしていただいてな、本当にありがたいことでございます。（中略）ほんとになあ、もう子供は帰らんと思やさびしくなって仕方がないが、お国のために死んで、天子様にほめて

いただいとると思うと、何もかも忘れるほどうれしゅうて、元気が出ますあんばどすわいな。[1]

天皇の存在が靖国の追悼の場としての働きにどれだけ欠かせないものかを如実に語ってくれる1エピソードである。軍服姿の、大元帥でもある昭和天皇は、1929年の山東出兵の戦没者合祀の臨時大祭以来、数回靖国を参拝していたが、今回の1938年春の臨時大祭は天皇にとってあらたな出発点となった。天皇は、つまり、この時から1945年の終戦まで毎年の春期（4月）秋期（10月）両例大祭に靖国を必ず参拝して、本殿の御座に坐って神となった戦没者を玉串を手にして拝んだのである。

＊

ちょうどこの時期に天皇のカリスマ性が、一層高まりつつあったことに注意しよう。それは天皇機関説がしりぞけられ、現人神としての天皇が台頭した結果である。天皇機関説は、国務大臣を「無視したまうことを得ず」、君臨するが統治しない天皇を理想としたが、その主唱者なる美濃部達吉は、政府や軍部の攻撃を前に貴族院辞職に追い込まれた。1935年ごろから上杉慎吉などが唱える、全く違う「現人神として国家を統治したまう」存在としての天皇が強調される。このような天皇像を浸透させるのに大いに役立ったものは、文部省が1937年刊行し、20万部を学校などに配布した『国体の本義』である。1938年の靖国の例大祭に姿を表した天皇は、まさにこの本に登場する「皇祖皇宗の御心のまにまに我が国を統治し給う現人神」であった。

＊

天皇が参拝し、境内が遺族、軍人などでごった返す靖国神社は、戦後「国家神道」と称せられる、近代国家が打ち立てた「えせ宗教」の大きな柱であった。もう一本の柱は、いうまでもなく万世一系の神話、現人神言説を正統化する伊勢神宮である。この「国家神道」の位置づけについては、国家は神道非宗教説を明治時代から主張してきたし、制度上も神道の神社、神職は、他の宗教施設、教役者と別扱いにされていた。しかしいわゆる「国家神道」の本質的な宗教性は、靖国による戦没者の合祀、その祭祀による慰霊、霊魂の神学などにはっきりとみえる。このような靖国神社及びその宗教性は、近代国家が新たに創出した「伝統」そのものではあるが、同時に橋川文三などが述べるように、日本人の神と祀られることへの欲求に靖国が見事に対応していた側面も認めざるを得ない[2]。大江志乃夫などは、靖国の営みに古代からの怨霊信仰の系譜も見出す。[3]

＊

なお、1938年ごろの靖国神社と戦後の靖国神社との関係についていうならば、断絶よりもむしろ連続性が目立つ。戦前の靖国は、国家の管理下にあり、戦後は、宗教独立法人となっているが、1960年代頃から度重なる靖国法案を軸に国家に戻す運動が行われていた。失敗に終わったその動きは、現在は例えば自民党の幹部の中で、脈々と生き続けている。昭和天皇は1975年を最後に靖国参拝を中止し、今上天皇は参拝していないが、靖国は依然として天皇、皇室と密接な関係を有するところに連続性が見てとれる。それは、靖国の「勅祭社」という格付けおよび天皇による靖国神社への勅使の派遣にも見える。なお、連続性としては、戦後の靖国は、追悼の場でありながらも極めて保守的な道徳倫理の普及に積極的に取り組んでいる事実も挙げられる。[4]

【主要参考文献】
橋川文三「靖国思想の成立と変容」、『橋川文三著作集6』、筑摩書房、1986
高橋哲也『靖国問題』ちくま新書、2005年
ブリーン, ジョン「靖国−歴史記憶の形成と喪失」『世界』756号、2006

---

1 この『主婦之友』座談会は、橋川文三が「靖国思想の成立と変容」（『橋川文三著作集6、筑摩書房、1986年』）でまず紹介し、高橋哲也がのちに『靖国問題』ちくま新書、2005年で取り上げたものである。
2 前掲、橋川文三「靖国思想の成立と変容」p.215
3 大江志乃夫『靖国神社』岩波書店、1985、p.115-117
4 ジョン・ブリーン「靖国−歴史記憶の形成と喪失」『世界』756号、2006、参照。

No More Illiteracy

Illiteracy among conscripts was rated at 0.31 percent in figures made public last month by the Japanese War Ministry on the results of examinations for conscription held last year. This remarkably low figure, which indicates a farther decrease of 0.01 percent from the preceding year, becomes the more significant if compared with figures in other countries. In an international survey for 1929, based on official statistics compiled in the respective countries, illiteracy among the population was rated at 0.03 percent in Germany, 0.35 percent in England, 0.52 percent in Japan, 2.40 percent in the United States of America, 8.20 percent in France, and 80 percent in China.

If "literacy" means the ability to read and to write, it must, however, be remembered that, to read and to write means something different in Japan and China on one hand, and in Western countries on the other hand. For, to learn the 26 letters of the alphabet (if we may leave out of consideration the few extra letters that some European languages have got), is practically all one needs to read a European language. Not so in China where to read means, to have learned anything between one thousand and fifty thousand different characters—hence the surprisingly high percentage of illiteracy in that country. Nor in Japan, where a person would not be considered "literate" if he has merely learned to read and to write the two phonetic scripts of roughly fifty syllables each—or four times more than what is needed to read and write any European language. A Japanese is considered "illiterate" just the same, unless he has learned a large number of Chinese characters (the average may be put somewhere between two thousand and three thousand) in addition to the phonetic script.

It must be remembered in this place that it is but some 65 years age that Japan instituted a modern system of education and introduced compulsory education for all, and that within two generations Japan has succeeded to put to school practically the whole of her population. But even the low figure of illiteracy that has remained still tends to decrease annually: thus, certainly the time will come when the letter of the new educational policy adopted under the reign of Emperor Meiji will have been carried out to the last, and when

"there shall be no community with an illiterate
family, nor a family with an illiterate person."

[翻訳]
文盲をなくそう

陸軍省は、昨年の徴兵検査による統計では、文盲率が0.31%だと先日公表した。この驚く程低い数値は、その前年よりも更に0.01%減少を示し、他国と比較するといっそう有意義なものとなる。1929年の世界的調査が明確にした各国々の公式統計によれば、文盲率は、ドイツは全国民の0.03％、英国は0.35％、日本は0.52％、米国は2.4％、フランスは8.2％、中国は80％の結果が出た。

文盲とは、読み書きの能力がないことと理解すれば、日本と中国の読み書きと欧米諸国のそれとは違う意味を持つことを我々は忘れてはならない。欧州では、読み書きには26字のアルファベット（ヨーロッパのある国の言葉によっては、余分な文字もあることは事実だが）を学べば十分だろう。中国の場合では違い、読み書きには千から5千字の異なった漢字を学ぶことになる——それ故に驚くほどの高い文盲率がある。そして、日本の場合は、ただ50字ほどの音節を持つ「ひらがな」と「カタカナ」を——つまり欧州で読み書きに必要とする文字の4倍の文字を——読み書きできる人を「教養」があるとは認めない。日本では、ひらがなとカタカナのほかに多くの漢字（普通、2000から3000字という）を学ばなければ、文盲と見なされる。

日本が近代教育制度、義務教育を導入してから65年しか経っていない。2世代が過ぎるうちにほとんど全国民を就学させることに成功したことを認識されたい。文盲率の低い数値は、毎年のように減少していく。従って明治時代に導入された新しい教育政策、「必ず邑に不学の戸なく、家に不学の人なからしめんことを期す」が文字通り実現する日が来るであろう。

（ジョン・ブリーン訳）

[解説]
徴兵検査考
ジョン・ブリーン

本稿では、1)「文盲をなくそう」の冒頭にある「文盲率」の情報源となった、陸軍の「徴兵検査」とは何かを考え、2) 徴兵検査などが残す昭和期の「文盲」・識字、つまりリテラシー関係の統計そのものに批判的な目を向け、そして3) それを背景に昭和期の陸軍と初等教育との関係性について考えてみる。

文盲率

1)「徴兵検査」は、壮丁、つまり満20歳男子を対象に行われたもので、その主眼は、壮丁の身体、つまり身長、体重、病気の有無の検査にあったことは、いうまでもない。小学校等に付属の連隊区徴兵署で行われた徴兵検査は、とくに陸軍における淋病、梅毒などの性病の撲滅や徴兵逃れの為の詐病の摘発を狙っていた。吉田裕がいうように、徴兵検査は一種の人生儀礼の意味も有し、壮丁は徴兵検査を終えて初めて一人前になったとされていた。徴兵検査後、結婚話が盛んに出たのもそのためであった[1]。なお、

1 　吉田裕『日本の軍隊−兵士達の近代史』岩波書店、2002、p.63-64

平時ならば、壮丁が徴兵検査に受かり「現役に適する」と評価されても、すぐに入営するとは限らなかった。合格者が入営するかどうかはくじ引きで決まるシステムが採用されていた。しかし戦時下には状況が、当然異なり、「現役に不適」と思われた者さえ兵員不足を補うため入営させられた。いずれにせよ、このような徴兵検査は、壮丁の教育ないし学力を当初から視野に入じていた。それは、明治初年からたとえば尋常小学校卒の壮丁に対して「壮丁名簿、住所、身分、職業、氏名、誕生、備考、身長等」の簡易なる文字が読めるかどうかを検査して、また徴兵検査合格者名簿の欄外に、その教育レベルを記載すること等からでも明らかである[2]。軍当局は、さらに1899年頃から『陸軍省統計年報』に「教育」の科目を設け、徴兵検査の際に集めた統計を公表することにしていた。このように壮丁の教育・学力は、あくまでも徴兵検査の副次的な関心事であったが、軍当局の関心は一貫してそこにあったことを見逃してはいけない。その事実は、たとえば陸軍の協力のもとで1925（大正14）に導入された「壮丁教育調査」（後述）で再確認できる。

*

徴兵検査は、時と共に多少の変容を見せた。たとえば、その中心であった身体検査に関しては、肛門、陰部などの検査手順を細かく定めた「陸軍身体検査規則」が1928年（昭和3）に採用されたことがあげられよう。また、1930年（昭和5）に特別調査としての思想調査も徴兵検査の一部分として実施された[3]。ここで本稿の目的と関連づけてより重視したいのは、上に触れた「壮丁教育調査」である。文部省と陸軍省の協力のもとで実現された「壮丁教育調査」は、1915年（大正4）から1943年（昭和18）まで徴兵検査のおりに行われたものである。その主目的に関しては、文部省は次のように説明していた。

> 我が国における教育は、学制発布以来著しく普及し、またその内容も進歩して、成果をあげてきているのであるが、これが全国的の確たる実状については、これを知る資料に乏しい。本調査はかかる実状に鑑み、我が国における青年層の代表というべき壮丁について、教育普及の状態を明らかにし、更にこれ等壮丁に於ける学力状況を見て持って学校教育がいかにその成果をそこに保有せしめ得るかを明らかにするために、徴兵検査に際して全国において同一条件の下にその教育程度及び学力を窺わんとする。（後略）[4]

このような目的を達成するために、調査壮丁人員から基本的な個人情報をまず得て、それを道府県別、教育程度別、それぞれ累年比較などの表を作成し、さらに不就学ないし初等教育半途退学の統計も表に示した。壮丁に対して学力調査も行うのは「学校教育を離れた後の児童青年にその効果が如何なる状態にあるかをみる」ためである。「壮丁教育調査」は、最初は国語、算術のみの問題を出したが、1931年（昭和6）からは修身、国防思想などを骨子とする公民科も加えた[5]。そして、1936年（昭和11）に公民科は、第2部の国語、第3部の算術に対して第1部と位置づけられ、最重要視されるようになった。ここで詳細を述べる余裕はないが、参考までに1938年（昭和13）の「壮丁教育調査」の公民問題の事例を2、3挙げてみよう。まず、「不就学から中等学校半途退学まで」の壮丁に対して出された問題（第1部甲）から。

> 天長節ハイツデスカ。
> 我ガ国ガ世界ノ国々ニクラベテ、スグレテイルトコロハナンデスカ。次ノ三ツノ中一番大切ト思ウモノノ右側ニ線ヲ引キナサイ。
>> 昔カラ外国トノ戦争ニマケタコトガナイ。
>> 万世一系ノ天皇ヲイタダキ、皇室ト国民トガ一体ニナッテイル。
>> 人口ガ年々増エテ今デハ九千万以上ニナッテイル。

> 皇大神宮ハドナタヲオ祀リ申シテアリマスカ。[6]

などであったが、これら総ての問題に仮名がふってあって、解答は、仮名でも漢字でもいいとされていた。そして、「中等学校卒業以上」の壮丁に出された問題（第1部乙）はたとえば、

> 帝国憲法ハドナタガ御発布ニナツタカ。
> 戊申詔書ハ何戦役ノ後ニ賜ツタカ。
> 湊川ニ楠木正成ノ碑ヲ建テタノハダレカ。[7]

---

[2] 遠藤芳信『近代日本軍隊教育史研究』青木書店、1994、p.553–554参照。
[3] 思想調査については、久保義三「解説」（文部省社会教育局編『壮丁教育調査概況 1』（近代日本教育資料叢書：史料篇 4）宣文堂書店出版部、1973年）、p.23–27を参照されたい。
[4] 文部省社会教育局編『壮丁教育調査概況 4』（近代日本教育資料叢書 史料篇 2）宣文堂書店出版部、1973、p.1
[5] 公民科の導入と相前後して「壮丁思想調査」も実施される。
[6] 文部省社会教育局編『壮丁教育調査概況 3』p.52
[7] 同前、p.56–57

などがあった。「壮丁教育調査」では、これらの試験問題の回答を分析して、「全国壮丁の教育程度別平均正答率」などといった表も作成していた。

リテラシーと統計の問題

2）毎年文部省・陸軍省の協力の下で実施されていた徴兵検査及び付随の「壮丁教育調査」や若干の学力の問題を概観してきたが、つぎに、『Japan To-day』の記事「文盲をなくそう」と結びつけて、昭和期の文盲率、識字率について考えてみたい。前述したとおり「文盲」、「識字」つまり「リテラシー」の定義付けは極めて困難である。「文盲」は、読み書き能力が全くない、「識字」は逆に読み書きがある程度出来ることを意味するが、その「ある程度」は何をさすかの問題が常にある。そして近代日本との関係でいうと、例えば、文部省が明治から昭和にかけて公表している義務教育の就学率の統計がある。就学率は、「文盲率」・識字率の問題と無関係ではもちろんないが、必ずしも同じものだとも言えない。一旦就学してから事情によりすぐに中退して何も学習しないで終る場合などがあり得るからである。そこで在籍だけを意味する「就学率」よりも、むしろ修業年限を終えたことを意味する「卒業率」に関する統計の方がリテラシーのありようを正確に物語ると思われる。では、本記事が掲げている「文盲率」を示す数値は、何に基づいて算出されたものか、その信憑性は如何かの問題を考えてみよう。二通りの数値が出ている。まず、1929年の「世界調査」の統計では日本が世界順位3位の0.52％、という極めて低い「文盲率」を記録する統計である。そしてつぎに1938年の徴兵の「文盲率」がそれより低い0.31％となっている。

＊

筆者は、ここで言っている「世界調査」そのものを見る機会をえていないが、文部省が提供した統計に基づいたものであろう。しかし、文部省がどのような計算をして、その数値を打ち出したのか必ずしも明確でない。それは『大日本帝国文部省年報』が「文盲率」もしくは「識字率」としての統計をまとめることがないからである。「文盲率」、「識字率」と関連する統計としてまとめているのは、（義務教育であった）尋常小学校の「入学者」、「卒業者」あるいは「日々出席児童平均数」に関係する統計だが、文部省は「未卒率」をそのまま文盲率に使っている可能性があるかといえば、そうではないようだ。1929年（昭和4）度の『年報』の統計をみても、0.52％に合った数値が見つからない。1929年に尋常小学校を卒業した児童は、65万9538人で、その6年前の1923年に入学した児童数は、66万5787名、つまり入学者の99.06％が卒業したということになる。それに対応させるならば、「未卒」0.94％となる。そこで気づくのは、『年報』が公表しない範疇の児童の存在である。それは、「不就学者」、つまり最初から尋常小学校に入学しない児童のこと。『読売新聞』等は、彼らを「隠れた不就学童」と呼び、1929年にその数を「五〇数万人」とし、そして彼らの「猿回しや角兵衛獅子、曲馬団、船乗などの仲間に入りて、所々流れ歩く」運命を歎く。ともあれ、なぜ『年報』が不就学率を公表しないのか定かでないが、当時の別の資料は、0.4％という1929年度の不就学率の数値を出している。これは、世界調査に載った統計とほぼ同じである。「世界調査」に載った統計は、おそらく日本の「不就学率」に何らかの磨きをかけたものだと思われる。

＊

別の資料とは、ほかでもない、徴兵検査の時に行った「壮丁教育調査」である。「壮丁教育調査」は、『年報』と違って不就学率を毎年公表している。そして、本記事が冒頭で「陸軍省は、去年の徴兵検査による統計では、文盲率が0.31％だと先日公表した」とあるのも、ほぼ確実に1937年度もしくは1938年度の「壮丁教育調査」のことをさしていると思われる。1938年度の「壮丁教育調査」に掲載の「第5表全国壮丁の教育程度別人員」が参考となる。次のような情報は、その第5表にある——ア）1938年に徴兵検査を受験した満20歳の成年男子（壮丁）の合計は、61万2818人；イ）そのうち義務教育の尋常小学校を卒業したものが、7万4752人、尋常小学校を半途退学者が、1万1361人、そしてウ）不就学が2467人。不就学者は、合計61万2818人のうちの0.4％という計算になる。本記事の掲げている0.31％とピッタリではないにしても、それに極めて近いものである。何らかの細工がこの0.4％に加えられた結果、0.31％になったと思われる。ここで気になるのはしかし1.9％にもなった尋常小学校の「半途退学者」である。様々な事情によって初等教育さえ終えない彼らを文盲率から外していいかどうかの疑問が残る。彼らを上述の不就学者に足すと、2.3％というより現実的な文盲率が得られる。[8]

---

[8] 同前、p.15

軍と教育

3）さて、最後に目を向けてみたいのは、昭和期における軍当局と教育との関係である。軍当局が教育に深い関心を持っていた事実は上述の「壮丁教育調査」が物語るに足るだろうが、その関心の「なぜ」について一言付け加えが必要だろう。武器、兵器を使用するのに最低限度の学力はもちろん必要だし、また騎、砲、工などの兵種によって学力のさらに高いレベルが要求されることも理解できる。しかし、遠藤氏が結論するようにそればかりではない。軍にとってもっとも重要なのは、「知識の活用能力」や「実践能力」よりは、むしろ「新しい環境への適応能力」であったという。「厳しいかつみじめな競争等が待ち受ける軍隊生活への適応・参入能力としての学力」こそ、要求されていた。それは、換言すれば、号令・命令を理解し、それに服従できるだけの能力のことである[9]。同時に注目すべきは、軍当局が高い学力を決して求めなかったこと。吉田裕が指摘する通り、「軍や政府の側には、中等教育や高等教育を受けた者は、国家社会に対して批判的になりやすいという高学歴者に対する根強い不信感が存在していた[10]」。結論的には、軍当局の理想は、「高等小学校卒業程度の者」であった、という。それは尋常小学校しか行っていない壮丁の学力低下は著しいが、高等小学校卒業の壮丁の学力は、さほど低下しないによると思われることを示す統計があった[11]。

*

さて、ここで軍当局の、とりわけ昭和期の初等教育との関係性について簡単にコメントしたい。昭和初期の初等教育は、基本的には明治政府が1872年に発布した「学制」の遺産であった。本記事が締めくくりとして掲げた「必ず邑に不学の戸なく、家に不学の人なからしめんことを期す」も、言うまでもなくこの「学制」からの引用文である。「学制」は、身分、性の別なく6歳以上の児童全員に学問を義務づけたが、義務は、3年もしくは4年の尋常小学校の修行のみであった。尋常小学校の授業料も、全国の村々に設置されていく学校の建設費も、民衆が負担する、という特徴は、当初からあったが、1900年（明治33）の小学校令により、授業料は、国庫負担に切り替わった。こうして事実上無償となった義務教育は、功を奏し、明治末期までには96％の就学率を達成し

ていた。それをうけて、元3年ないし4年だけの修業年限だったのが、1907年の小学校令によって6年へと延長された[12]。このような「学制」に由来する近代初等教育制度は、昭和になってかなり抜本的に改革される。そしてそこには軍当局の影響がはっきりと見える。重要なのは、1938年に「青年学校」が、そして1941年に「国民学校」が新たに設置され、義務教育の枠に入れられることである。日本政府が当時おかれた、というよりは自ら作りだした国際状況――1937年に盧溝橋事件を契機に勃発した日中戦争――からして、軍当局が壮丁の教育に高い関心を示すことは、何ら不思議ではない。

*

青年学校の前身としては、全く性格が異なる、ア）明治中期まで遡る実業補修学校、イ）1926年（大正15）設置の青年訓練所があった。前者は、義務教育課程を終えた青年を対象とする学校で、夜間授業で農業、商業、工業などの教育が主流だった。多くの場合は、小学校の校舎を併用していた。後者の性格は、軍事的で、16歳から20歳までの男子を対象とし、その目的を「青年の心身を鍛錬して国民たるの資質を向上せしむる」こととした。[13]「各個教練、部隊教練、陣中教練、旗信号、距離測量、軍事講話」を内容とする軍隊的「訓練」は、教育の半分までをしめ、全体としては、「入営期を顧慮したる」ものであった。[14]青年学校は、この実業補修学校や青年訓練所を結合したものとして1935年に生まれた。公立がほとんどだったが、企業のなかに設置された、「職工養成を目指した」私立の青年学校もあった。[15]その義務化は、1938年（昭和13）の日中戦争勃発直後からで、その年の1月に近衛内閣は、12歳から19歳までの青年に青年学校就学の義務化を閣議決定した。2年の普通科と5年の本科、合わせて7年となったが、そこに6年の尋常小学校を足すと、13年の義務教育制度が生まれた。陸軍による兵力増強、つまり適切な人的資源の確保がその最大の契機であった。陸軍省の『週報』は、青年学校の新たな義務化を次のように正統化した。

　　今や時局重大なる秋に方り、この時局を突破

---

9 前掲、遠藤『近代日本軍隊教育史研究』、p.571–572
10 吉田裕『日本の軍隊：兵士達の近代史』岩波書店、p.166
11 同前、p.118
12 因に、1886年に設置の、義務教育の枠に入らない高等小学校は、同じ小学校令によって2年間となった。
13 青年訓練所の設立については、新田和幸「1930年代における青年教育に関する研究-勤労青少年に対する軍事的訓練組織の実体に付いて」『北海道大学教育学部紀要』23号（1974年）が明快で詳しい。
14 前掲新田「1930年代における青年教育に関する研究」p.248参照。
15 同前、p.257、p.260–261

し、国家永遠の隆昌を期するがためには、優良なる多数青年の養成を絶対に必要とするのであって、青年学校の教育こそは此の任務達成の為真に緊要欠く可からざるものであるから、青年学校の制度は、全国民の熱烈なる理解の下に一層これが普及徹底を期すると共に義務制の断行を必要とすることを痛感する次第である。[16]

こうした青年学校教育の義務化は、昭和期の教育改革の重要な一環をなしたが、改革の全体構想は、1936年（昭和11）に内閣諮問機関として設置された教育審議会が練ったものである。教育審議会は、1938年（昭和13）の国家総動員法を背景に全面戦争の遂行に欠かせない士気の鼓舞、思想の統制、軍事要員の教育、生産力増強に必要な技能教育を審議したが、その結果生まれたのが国民学校である。[17]明治初年の「学制」以来、「小学校」と言われていた学校は、1941年（昭和16）の小学校令によって、いきなり「国民学校」と改名した。国民学校という馴染みのない名称そのものが教育の新たな方向付けをほのめかしている。国民学校の新たな目的は、「皇国の道に則りて初等普通教育を施し、国民の基礎的錬成を為す」ところにあった。教育課程は、5教科からなり、その筆頭に「国民科」が設けられた。国民科を構成する科目は、修身、国語、国史、地理で、いずれも国体に対する知識、尊重を教え込むものであった。しかし、全体的に抽象的な知識というよりも「錬成」が主目的で、「儀式・行事の団体訓練が重視され、教授・訓練・擁護を統合した「実践」的方法がもとめられた」。[18]国民学校の設置とともに、国定教科書の徹底化が行われ、その結果、すべての教科書が初めて国家の検閲を経ることになった。[19]なお、教育審議会は、義務教育制度の改革を目論み、青年学校の普通科の廃止と国民学校高等科（旧高等小学校）の2年間の義務化をベースに、8・5の制度の実施を狙ったが、戦争の泥沼化で実現の運びとならなかった。

【主要参考文献】
吉田裕『日本の軍隊−兵士達の近代史』岩波書店、2002
遠藤芳信『近代日本軍隊教育史研究』青木書店、1994
久保義三「解説」（文部省社会教育局編『壮丁教育調査概況 1』（近代日本教育資料叢書 史料篇） 宣文堂書店出版部、1973
文部省社会教育局編『壮丁教育調査概況 4』（近代日本教育資料叢書 史料篇 4）宣文堂書店出版部、1973

16 同前、p.262
17 国民学校の設立過程に関する基本的な文献は、文部省編『学制百年史』ぎょうせい、1992年を参照されたい。
18 前掲、文部省編『学制百年史』p.68参照。
19 同前、同所。

新田和幸「1930年代における青年教育に関する研究−勤労青少年に対する軍事的訓練組織の実体に付いて」『北海道大学教育学部紀要』23号、1974
文部省編『学制百年史』ぎょうせい、1992

Father of the Ainu

After a lifetime full of work spent in Japan for the sake of the Japanese Ainu race, Dr. John Batchelor, the famous British scholar, is preparing to return to England. He has been living in Japan since 1877 and during more than six decades of his residence has spared no efforts nor material sacrifices in studying the characteristics and promoting the interests of the Ainu. At the high age of eighty-six, he recently completed the great work of his life, a Japanese-English dictionary of the Ainu language—a work for which he spent most of his fortune. The "Father of the Ainu," as he has ever been called, Dr. Batchelor will take with him the best recollections of the Ainu and of Japan, where he will long be remembered as one of the great Western scholars whose names will never be erased from the annals of Japanese culture.

Since the news of Dr. Batchelor's impending departure from Japan leaked out, the aged scholar has been receiving daily scores of letters from people, both known and unknown, encouraging him in his work and wishing him good health. School girls have sent him farewell gifts, and primary school children have called on him and sung in front of his house songs from the Book of Hymns.

Publication of Dr. Batchelor's Dictionary of the Ainu Language will be undertaken by the Iwanami Shoten, a well-known publishing house of Tokyo.

[翻訳]
アイヌの父

日本のアイヌ民族のため一生を捧げた、有名な英国の学者であるジョン・バチェラー博士は、イギリスへ帰る支度をしている。彼は、1877年以来日本に滞在し、60年以上もの在留の間、努力も物質的な犠牲も惜しまず、アイヌの特徴を研究し、アイヌ文化の振興に励んだ。86歳という高齢に達したバチェラー博士は、その人生でもっとも大なる著作、つま

りアイヌ語の和英辞典を最近完成した。この著作にほとんどの私財を費やした博士は、「アイヌの父」として知られている。そして、アイヌの、また日本の素晴しい思い出をイギリスへ持ち帰ることだろう。博士は、偉大な西洋の学者として記憶され、その名は日本文化史から消えることはないだろう。

この高齢の学者は、帰国が差し迫って来たという情報が世間に漏れて以来、毎日のように知人及び見知らぬ人から多数の手紙を受け取っている。それは、研究の励ましや健康を祝するものばかりである。女学生たちは、餞別のみやげを送り、小学生たちは来訪し、家の前で賛美歌を歌った。

バチェラー博士のアイヌ語辞典は、東京で有名な岩波書店が出版することになっている。

（ジョン・ブリーン訳）

[解説]
宣教師ジョン・バチェラーの遺産
ジョン・ブリーン

ジョン・バチェラーのアイヌ研究の遺産については、賛否両論であるが、自分の一生をアイヌの文化、アイヌ語の保存やアイヌ人の人権獲得のために捧げたことは、否めない事実である。バチェラーは、草分け的なアイヌ研究者ではあったが、そもそも日本を目的地にした理由は、福音を宣教するためであったことを我々は忘れてはいけない。バチェラーは、イギリスのChurch Missionary Society所属の宣教師で、アイヌの人たちにキリスト教を布教することを自分のライフ・ワークとしていた。彼の処女作は、新約聖書および旧約聖書詩編のアイヌ語訳であった。つまり、バチェラーにしてみれば、アイヌの研究は、あくまでも副次的な営みであった。そして、とりわけ彼のアイヌの宗教に関する研究は、キリスト教的な色眼鏡をもってしか見られていない、という批判を戦前にも浴びていた。アイヌの「パセーカムイ」という名の神をキリスト教的な創造主と解釈したことへの批判も、その一事例にすぎない。[1]

本記事では、バチェラーのアイヌ語辞典──「アイヌ語の和英辞典」という不自然な文言を使っている──が取り上げられ、「最近完成した」ものとあるが、その初版は実は50年も前の1889年の作であった。そして第2版は1905年、第3版は1926年に刊行されたが、ここで言っているのはおそらく1938年刊行の第4版だろう。

この辞典は戦後でもその価値が認められるが、バチェラーの名著は、この著ではなくむしろ*The Ainu and their folklore*（London, Religious Tract Society, 1901）であった。「アイヌ人をして語らしめる」方法を取り、「他の人種の比較の素材」として提供した600頁もの、図版が豊富に掲載されたこの著作は、現在でもアイヌ文化の貴重な宝庫として評価されている。そのほかにも、*The Ainu of Japan: the religion, superstitions, and general history of the hairy aborigines of Japan*（London, Religious Tract Society, 1892）及び*Ainu life and lore: echoes of a departing race*（Tokyo, Kyobunkan, 1927）などもある。

「アイヌ人ほど、親切で、優しい、同情に満ちた民族は外に見つからないだろう」と、評価したバチェラーは、彼らを「克服し、踏みにじった」近代日本に対して一貫して批判的であったが、1909年に瑞宝章勲4等を、そして1933年に瑞宝章勲3等を明治天皇から授与された。なお、バチェラーが日本を去ったのは、1938年でなく、1941年であった。戦争の激化が原因で、カナダ、ポルトガル経由でイギリスに帰ったバチェラーは、1944年4月2日にハートフォードの自宅で他界した。90歳であった。

【主要参考文献】
Batchelor, John, *The Ainu of Japan: the religion, superstitions, and general history of the hairy aborigines of Japan*, London, Religious Tract Society, 1892.
Batchelor, John, *The Ainu and their folklore*, London, Religious Tract Society, 1901.
Batchelor, John, *Ainu life and lore: echoes of a departing race*, Tokyo, Kyobunkan, 1927.
Munro, Neil Gordon, *Ainu creed and cult*, London, Kegan Paul, 1962.
Siddle, Richard Race, *Resistance and the Ainu of Japan*, Routledge, 1996.

Promoter of Sportsdom

Japan lost one of her most prominent leaders in the field of sports, when Professor Jigoro Kano, chairman of the Japanese delegation to the Cairo conference of the International Olympic Committee, which he attended in spite of his advanced age, succumbed to an attack of acute pneumonia on his way back to Japan, two days before his ship reached Yokohama.

The untiring efforts of Mr. Kano, who has for many decades been the very leader of the Japanese world of sports, were instrumental in bringing about the I.O.C.'s decision in favor of Japan as the site for both the XII.

---

[1] 1931年から32年まで北海道のにぶたに滞在して、アイヌの研究をしていたNeil Gordon Munroは批判者の一人であった。Munro, *Ainu creed and cult*, London, Kegan Paul, 1962を参照されたい。

Olympic Games and the Olympic Winter Games. He was the first Japanese to become a member of the I.O.C. in 1909, and it was he who took to Stockholm for the first time a small Japanese Olympic team to participate in the Fifth Games, in 1912. A comparison between this first small team and the huge Japanese team sent to Berlin in 1936 to participate in the XI. Olympiad where it was among the biggest, illustrates most convincingly the brilliant progress Japanese sportsdom has achieved under Mr. Kano's leadership.

Prof. Kano was internationally known not only for his outstanding activities in connection with the Olympics, but, perhaps even more particularly, for having modernized and widely promoted the typically Japanese sport of self-defense known under the name of jiujitsu or judo—it is being said that he has personally trained in the course of his active life more than 120,000 students of judo.

[翻訳]
スポーツ界の指導者

　日本のスポーツ界の重要な指導者である嘉納治五郎先生は、高齢にも関わらず、国際オリンピック委員会のカイロ会議で日本代表の団長を務めたが、帰路、横浜に到着する2日前に急性肺炎で亡くなった。

　長年日本のスポーツ界の主導者であった嘉納先生の並々ならぬ努力によって、国際オリンピック委員会が第12回夏季、冬季オリンピックのどちらも日本で開催すると決定された。嘉納先生は、1909年に日本人として初めて国際オリンピック委員会のメンバーとなり、そして1912年第5回ストックホルム・オリンピックに少人数の日本オリンピック代表チームを引き連れていったのも、嘉納先生であった。この小規模の選手団と1936年の第6回ベルリン・オリンピックに派遣された大選手団を比較すれば、日本のスポーツ界が嘉納先生のリーダーシップのもとにいかに素晴らしい進歩を遂げたかがわかる。

　嘉納先生は、そのオリンピックに関連した際立った業績故に国際的に知られていただけでなく、むしろそれよりも柔術、または柔道という名前で知られる非常に日本的な護身スポーツの近代化とその普及につとめたことで名声を高めた。12万人もの柔道選手を嘉納先生が個人的に指導したともいわれている。

（ジョン・ブリーン訳）

[解説]
嘉納治五郎と日本のオリンピック・ムーブメント
ジョン・ブリーン

　本記事は、嘉納治五郎の人生をふりかえり、嘉納によるオリンピック・ムーブメント関係の活躍に重点をおいている。1936年のベルリン・オリンピックは、確かに日本のスポーツ界が嘉納の指導の元でどれだけ発達したかを示す画期的なイベントであった。ヒトラーの著名な開会演説で始まったこのオリンピックでは、179人もの日本人選手が活躍した。日本の選手団は、陸上、水泳などで金6、銀4、銅8のメダルを獲得して、国別順位で8位となった。

*

　本記事がこの段階で決定済みとなっていた1940年の夏期オリンピックの東京開催に言及しないことは、注目に値しよう。嘉納治五郎が70歳という高齢で1936年7月のIOCベルリン総会に出席し、1940年オリンピックの、東京への招致のために奮闘し、その働きかけは、そこで実を結び、総会の投票で日本が圧倒的な勝利を収め、東京開催に決まった。日中戦争がすでに始まっていた翌年3月の、嘉納が出席したカイロの総会では、この決定が再確認された。(嘉納が肺炎でなくなったのは、この帰りの船であった。)日本政府は、日中戦争の激化に伴い、オリンピックの開催権を返上し、開催が見送られるはめになったことは、周知の通りである。返上決定が公表されるのは、嘉納治五郎の死後間もない1938年7月であった。この記事が東京開催に触れないのは、返上がすでに決まっていたことを匂わしてくれる。

*

　本記事では、嘉納のオリンピック・ムーブメントでの活躍と柔道の近代化、その振興という活躍を区分けして述べているが、嘉納自身はむしろオリンピック精神と柔道精神が一体であって、なんら矛盾しないとの立場を一貫して取っていた。柔道も当然いずれオリンピック種目となるだろうと考えていた。しかし柔道のオリンピック種目への導入は、終戦後の1964年の東京夏期オリンピックを待たなければならなかった。

【主要参考文献】
Inoue Shun, 'The invention of the martial arts: Kano Jigoro and Kodokan Judo', in Stephen Vlastos ed, *Mirror of modernity: invented traditions of modern Japan*, University of California Press, 1998.

BUNGEISHUNJU OVERSEA SUPPLEMENT

Japan To-day

1938年7月号

The Living Art of Japan

Nyozekan Hasegawa

Japanese art, unlike what the aesthetic philosophy of continental Europe defines as an expression of "beauty itself," is rather the aesthetic expression of a certain state of life.

To the Japanese, the notion of an abstract aesthetic sense is unfamiliar; the beautiful, he seeks in life itself, as perceived through a refined sensitiveness. But even if there exists in Japan "pure art" as opposed to life, it is rather rare, and most of it is mere imitation of the art of foreign countries.

A Westerner looking at a painting sees the painting as such; the Japanese sees in it the element of beauty of a certain life-environment. The Westerner would see, at most, the painting and the picture-frame; the Japanese sees, in an unseparable relationship with the painting, its particular environment. In other words, the Japanese attitude in seeing a painting is, to see a certain painting within a certain environment.

The "frame" of a Japanese painting is not limited to the *kakemono*, the hanging scroll on which the picture is being mounted; it includes the *tokonoma*, the alcove where it is hung, it includes the room together with the alcove, it widens its scope to comprehend also the garden into which the room is looking. It is for this reason that the Japanese do not, as the Westerners do, hang different paintings into one room.

In a certain atmosphere of life, we expect to see a certain type of picture. On a day when a different type of people are gathering in the room, or when the sort of the meeting is different, also the picture in the *tokonoma* has to be different. This is true not only with regard to paintings, but with regard to the Japanese attitude toward art in general.

It may be true that, as Japanese art is the beautification of a state of life and not "the beautiful as such," this "beautiful," which is subordinated to life, has no "freedom." Yet, as our art, rather than to boast of the high place it would occupy as something independent of life, descends to the sphere of our life and makes it beautiful, the happiness we get from our art is certainly great. Japanese art has given up its transcendental pride and tends to make our life very comfortable.

It is for this reason that industrial arts occupy an important place within the totality of our art. At the exhibitions of the Japanese Academy, objects of industrial art such as one may not find at Burlington House are being exhibited and awarded prizes.

If objects of industrial art intended for daily use are allowed to dwell in the sanctuaries of pure art, it is because also what is called "pure art" does not differ from industrial art in that it is a beautification of life.

With the nivellation of differences in the forms of daily life of different classes and social ranks—nivellation brought about by modern civilization—also the differences of aesthetic conceptions of the different social classes have dwindled. However, such differences have ever been unsignificant in Japan. Of course, the court-nobles, *samurai*, merchants, and farmers used to live in different ways; but there was a common element in their aesthetic perception.

When in the Old and Middle Ages, the life of Japanese society was depicted in paintings, dramas, or through other artistic media, the *kimono* of the daughters and wives of the commoners and farmers used to be elaborated in such colors and designs as corresponded to the aesthetic sense of the higher classes, and this seemed neither unnatural nor mistaken. It is because there is a "type" of aesthetic sense common to both, high and low, in Japanese society. The art of Japanese painting born out by the taste of the court nobles of the monarchic age was found fit to serve as a pattern also for the carvings on the sword-guards of the *samurai* of the Middle-Ages, or for the decorations painted on the lacquerware used by the merchants and farmers, without disturbing in the least the harmony of the style of living of those people. Nor was there any disharmony being felt as the subjects of pictures and patterns painted on articles used by the common people were being taken from the *Ise-monogatari* and the *Genji-monogatari*, both of which being products of the literature of the nobles.

On the chinaware produced in large quantities for

the use of the public, one-colored designs are being copied from paintings belonging to the higher spheres of art. Those designs are being painted, one for one, on every piece of chinaware, by skilful workers, in particular by factory-girls, following the same method as applied by a painter in drawing a painting, yet at a terrific speed. Every such single piece could be called an original object of art.

That this is possible for ordinary articles of industrial art destined for daily use, is only because of the universality of the artistic conception of the Japanese, which coincides with his conception of the reality of life itself.

That same peculiarity of Japanese art is demonstrated, from another angle, by the Japanese art of *Cha-no-yu*, the tea ceremony. For long time, the fact had been disregarded that the tea ceremony is the transformation into art of an act of everyday life. What is the keynote of the aesthetic conception of the tea ceremony, is the art to be found in the special houses where the ceremony is being held, and in the objects used during the ceremony. This art was developed by refining what originally was an everyday event in the life of the peasants of the Middle Ages without changing its original "nature."

The tea ceremony as such was developed among the well-to-do commoners of the Middle Ages and later reached the samurai nobles, and it was perfected chiefly in accordance with the taste of those two classes. But, as said, the keynote of its aesthetic conception is to be found in a very usual occurrence of the life of the poor peasants, which was imitated and refined.

When the houses and utensils used for the tea ceremony were considered objects of formative arts, they were not in the slightest different from what they used to be in the sphere of life of the poor peasants. When they became instruments of a certain "artistic happening," the houses and utensils, such as they were, were subjected to an aesthetic conception. It is because the tea ceremony existed as an "unconscious art" within the life of the farmers. Thus, when the "unconscious art" of the tea ceremony was raised to a "conscious" art, simultaneously the utensils of the tea ceremony were re-generated as objects of art. In the same way as a particular arrangement of an event of everyday life has become a ceremony, the articles used in the farmers' everyday life have, under this arrangement, become objects of art. This would have been impossible, if there was not a common feeling underlying the aesthetic conceptions of both, high and low people, in Japanese society.

In Japan, the pure art developed into a true Japanese art when it began to become a necessary instrument of the everyday life, just the same as the industrial arts. Whereas Japanese pictures, at the time when paintings were used only to ornament the public sanctuaries, temples, and monasteries, were merely an imitation of the traditional Chinese paintings, the *Yamato-e*, the genuine Japanese painting art, which for the first time strikes the keynote of the Japanese aesthetic conception, was only born after the court nobles had admitted the painting art into the sphere of their private life, letting it fulfil the function of ornamenting their buildings and utensils.

Similarly, the *Ukiyo-e* art of the end of the Middle Ages was developed chiefly when the color prints were assigned the same role in the life of the people of those days, as the role that is to-day played by the photographic news, in our life.

Western oil paintings meet with a great handicap in Japan. Since the Meiji era, the Japanese, who adopted Western civilization at large, also tried at least to appreciate Western style oil paintings, and especially among the younger generations there were no few people who appreciated the oil paintings even higher than the traditional Japanese paintings. This, however, was limited to such people who, above being Japanese, stand aloof from life and enjoy the "beauty" of something that has nothing more to do with the general sense of their own life. Living in a Japanese house, one cannot, in the European fashion, hang many oil paintings on the walls. Moreover, the very oil painting as such does not harmonize with the Japanese conception of a house. Therefore, a Japanese oil painter has to live a very hard life as his art is of little practical use unless he finds a collector as his special patron. And for the same reason, the art of oil painting as such will never be taken out of that position of a "pure art" which has no place in the life of the Japanese.

In order that the Japanese will be able to give the oil paintings a place within their artistic life, it is being postulated that the very conception of the oil painting has to be changed to reflect the conception of the Japanese, and a tendency toward such a change may presently be recognized.

What is characteristic of Japanese art, is the simple and abridged expression it gives to the substantial and even complicated contents of a consciously conceived idea. But this is altogether a principle of the Japanese way of life. It is for the same reason that, for the *kimono* of Japanese women, simple and quiet half tone colors are used for the outer garments, whereas for the underwear strong colors and vivid designs are used. And again for the same reason, in the sphere of the industrial arts of Japan, all what is gorgeous, overelaborated and nonsensically colossal, such as most of what may be found on the Eastern continent, is considered to be of low taste.

To know that the aesthetic conception of Japanese art is widely different from what Westerners speaking of the aesthetic conceptions of the Eastern continent call "Oriental Art," is both the starting and the terminal point on the way toward an understanding of Japanese Arts.

日本の生活美

長谷川如是閑　　翻訳

日本の芸術は、ヨーロッパ大陸の美についての哲学が「美そのもの」の表現、と定義するものとはちがい、むしろ生活のある状態の美的表現である。

日本人にとって、美的感覚についての抽象的な観念は馴染みにくく、美は、生活そのもののうちに探しだすもの、感受性を磨くことによって感受するものである。もし、日本に生活と対立する「純粋美術」があったとしても、それは稀であり、そのほとんどが外国の芸術の模倣にすぎない。

西洋人は絵画を観ようとして、絵画を見る。日本人は絵画を生活環境のうちの美的要素として見る。西洋人は、せいぜい絵画と額縁を見るだけだが、日本人は絵画と不可分の関係において、それが置かれている特別な環境を見る。言い換えると、絵画を見る日本人の態度は、絵画をその環境の中において見るのである。

日本の絵画の「枠」は、掛け物によって区切られるわけではない。絵画の台紙の役割をしている掛け軸は、床の間という凹んだ空間のうちに掛けられており、その床の間は部屋のなかにあり、視野は部屋のなかから見ることのできる庭にも及ぶ。それゆえ、日本人は西洋人のするように、ひとつの部屋に様ざまな絵を掛けたりはしない。

ある生活の雰囲気のなかにおいて、我々はある種類の型の絵を見る。部屋に集まる人々や、持たれる会合の種類によって、その日に掛けられる床の間の絵が変わる。これ以上のことは、絵画の観方だけでなく、間違いなく日本人の芸術全般に対する態度について言える。

日本の芸術は、「美としての美」ではなく、生活の美化であり、この「美」は生活に従い、「自由」をもっていない、ということも間違いないだろう。我々の芸術は、生活から何某か遊離した高い所を占めるものではなく、生活の領域に降りており、生活を美に変えるものでありながらも、我々が我々の芸術から受ける幸せは、ある偉大さをもっている。日本の芸術は、超越する誇りを放棄し、そのかわりに我々の生活をたいへん快適にしようとするのである。

我々の芸術全体のうちで、工芸が重要な役割を占めるのも、同じ理由による。日本のアカデミーの展覧会では、バーリントン・ハウスではまず見られないような工芸品が展示され、賞を獲得している。

もし、日用の工芸品を純粋美術の聖域内のものとして扱うことが許されるとするなら、「純粋芸術」と呼ばれるものと生活を美化する工芸品とのちがいもなくなってしまうことになる。

様々な階級と社会的地位による日常生活の様式のちがいが nivellation〔訳者注：フランス語で平準化の意〕——それは近代文明によってもたらされるのだが——するにしたがって、社会階層のちがいによる芸術概念のちがいも小さくなってきている。とはいえ、それらのちがいは日本においては、もともと顕著ではなかった。もちろん、宮廷貴族、武士〔samurai〕、商人、農民は普段は、それぞれちがった生活様式で暮

らしていたが、彼らの芸術の認識にはある共通点があったのである。

　古代や中世の絵画や戯曲、あるいは他の芸術の媒体を通して、日本の社会生活が活写されているが、そこで、ふつうの人びとや農民層の娘や主婦の着物の色や柄は、上流階級の美的感覚と対応するように洗練されており、それが不自然でも誤りによるものとも思えないのである。日本社会では、上層と下層の双方に共通の美的感覚の「型」があったからである。君主制時代に宮廷貴族の趣味から生まれた日本の絵画芸術が、中世の武士の刀の鍔の彫刻や商人や農民が用いる漆器の絵に、図柄として取り入れられても、少しも彼らの生活様式を乱すことなく、よく調和していたことがわかる。あるいは、ふつうの人々の用いる品物に描かれた絵や模様の題材が、貴族の文芸の産物である『伊勢物語』や『源氏物語』から採られていても不調和を感じさせない。

　大量に生産され、一般に用いられる陶磁器に描かれる単彩の図柄も、高級芸術に属する絵画から写されたものである。それらは陶磁器のひとつひとつに、技能の高い職人や、とりわけ工房の娘たちによって、絵画の絵師が用いるのと同じ方法で、しかも素晴らしい速さで描かれた。どれひとつをとっても、創作された芸術作品と呼べるようなものである。

　日々の暮らしに用いられるありふれた工芸品が、日常生活そのものの現実性を帯びた芸術概念をつくり、それを日本の芸術概念の普遍的性格にしているのである。

　この日本の芸術の特殊性は、別の角度からいえば、茶の湯という日本芸術が示している。長いあいだ、茶の湯が日常生活の芸術的変形であるという、この事実が注目されてこなかった。茶の湯の美的概念の基調をなす芸術性は、その儀式の行われる特別な家屋と儀式に用いられる道具に見られる。この芸術は、中世、貧農層が日常生活で行う行事に起源をもち、その「性格」を変えることなく、洗練させて発達したものである。

　茶の湯は、中世の裕福な一般層のあいだで発達し、そののち、上流武士層に届き、主に、このふたつの階層の趣味によって完成されたものである。が、その芸術概念の基調は、いわば、貧乏百姓の生活のなかで、ごく当たり前に行われていたことのうちにあり、それが真似られ、洗練されたのである。

　茶の湯に用いられる家屋も道具も、それら芸術作品の形態を考えるなら、貧乏百姓の生活領域の普段のありようと少しもちがわない。それら家屋も道具も、一種の「芸術的行事」のための用具になるとき、その在るがままの姿で、芸術概念の主題になる。茶の湯は農民たちの生活のなかの「無意識の芸術」としてあったことになる。そして「無意識の芸術」としての茶の儀式が「意識の芸術」へと格上げされたとき、同時に茶道具は芸術品に生まれかわったのである。同じことだが、日常生活の行事を特殊にアレンジし、儀式にするとき、そのアレンジによって、農民の日常使いの品物が芸術品になるのである。これは、日本社会の上級と下級の人々の双方の美的概念に共通する感覚がなかったなら、なりたたないであろう。

　日本において、純粋芸術が真の日本芸術として展開したのは、日常生活の必需品が工芸品になったときである。それまで、日本の絵画が寺院や修道院など公共の神聖な場所の装飾だったあいだは、支那の伝統的な絵画の単なる模倣にすぎなかった。が、宮廷貴族が私生活の領域、建物や道具を装飾で満たし、絵画を導き入れたとき、はじめて大和絵という真正の日本絵画が誕生したのである。

　同じように中世末期の浮世絵芸術は、主に当代の民衆の生活に彩色版画が同じような「役割」を果たしたときに発達した。それは、今日の我々の生活に報道写真が果たすのと同じ「役割」である。

　西洋の油絵と出あったとき、日本は大きなハンディ・キャップを負った。明治期から、日本人は、最大限、西洋文明に追いつこうとし、西洋式の油絵を、少なくとも鑑賞しようとした。とくに若い世代では、油絵を日本の伝統絵画より高い価値をもつものとして味わおうとしなかった者はいない。しかし、日本人の在り方を超えて、生活を抜け出て、日本人の一般的感覚にはないような「美」を楽しむことは、ごくわずかの人にしかできなかった。日本の家屋に住んで、ヨーロッパのやり方で壁に何枚もの油絵を掛けることはできない。それどころか、油絵そのものが日本の家屋の概念と調和しない。このため、日本の油絵画家は、収集家やパトロンを見つけない限り、絵の使い道がなく、苦難の道を歩まなくてはならない。そのような油絵芸術が、日本人の生活のなかに場所をもたない「純粋芸術」の位置から決して離れようとしないのも同じ理由による。

　日本人が自分の美的生活のなかで、油絵に場所を与えるためには、油絵の概念そのものを日本人の概念にあわせて変える必要があるだろうし、現在、そのように変えようとする傾向が認められるだろう。

日本の芸術を特徴づけているのは、単純さであり、また意識的に内容としてふくませた観念を実体化し、理解しにくくしてさえ簡約する表現である。だが、これは日本流の生活様式全体の一原理なのである。日本の婦人の着物には、単純で落ち着いた中間色が外側の衣服に用いられ、逆に下着には強い色の生き生きした図柄が用いられるのも、同じ理由による。さらに、日本の工芸の領域では、東洋の大陸でよく見られるような、豪華なもの、過度な装飾や無意味に巨大なものは下品と見なされるのも同じ理由による。

　日本人の芸術概念は、西洋人が「東洋芸術」と呼ぶ東洋の大陸の芸術概念とは、まったく異なるものであるということを知ること、それが日本の芸術を理解する道の出発点であり、かつ到達点である。

（鈴木貞美訳）

如是閑流「伝統の発明」

鈴木貞美　　　　　　　　　解説

　長谷川如是閑は、1920年代から戦後にかけて活躍したジャーナリスト、評論家。社会主義から次第に思想的な幅をひろげ、『文藝春秋』の常連執筆者の一人ともなり、座談会にもよく顔を出した。軍国主義の風潮には、自由主義の立場に転じて抵抗を通したと見られている。ジャーナリストで、時どきのテーマに自在に対応したため、その思想の変化を見極めるのは、なかなかむつかしい。

　本論文は、「日本的なるもの」をめぐる議論がさかんになる1930年代に如是閑が展開した日本文化論のひとつで、明らかに西洋人の読者を意識して、西洋近代の芸術概念と日本のそれとのちがいを論じようとしている。『Japan To-day』のために執筆されたものではないだろうか。日本文での発表は見つかっていない。

　日本の美術が日本人の生活と一体になって展開してきたことを説く論調は、岡倉天心『茶の本』（The Book of Tea, 1906）あたりを参照して、日本でも欧米でも漠然とひろまっていたと推測される。それを概念の問題としてとりあげて論じたところに、本論の大きな特徴がある。そして、最後に、西洋人のオリエンタリズムに対して、中国と日本の趣味のちがいを明示して終わる構成をとっている。

　ヨーロッパにおいて、「美」の概念を理性の対象となる「真」や「善」と切り離して論じたのは、カント『判断力批判』（Kritik der Urteilskraft, 1790）だった。他方、社会的には、工業社会化の進展につれて職人のほとんどが労働者へ転化した。逆に宗教や貴族の生活の楽しみのなかから芸術が切り離され、ブルジョワ社会で精神活動の対象として独立した価値をもつものとされ、それに従事する専門家が芸術家と呼ばれるようになった。それが本論冒頭に「純粋芸術」と呼ばれている概念である。それを徹底すると、社会的効用を一切無視する芸術至上主義の立場になるが、ここでの「美としての美」は至上主義に限るものではない。

　長谷川如是閑は「様ざまな階級と社会的地位による日常生活の様式のちがいが平準化——それは近代文明によってもたらされる」と述べているが、これは廉価な商品が階層を超えて共有されることによって起こる現象であり、1920年代ころから先進諸国に見られる大衆社会化現象としてとらえるべきことであろう。

　ヨーロッパに比して、日本の場合には、多様な宗教が併存し、また「真」や「善」との概念上の切り分けがなされずにきたこと、早くから富を蓄えた中間層が独自の趣味の領域を展開したことが大きな特徴である。岡倉天心の場合には、東洋的精神性の核心に道教の「気」の観念をすえているために、『茶の本』においても、禅宗と一体のものとしてはじまった茶の湯においてさえ、禅とともに道教思想によるものと論じている。中国で天台宗における禅の修行は、道教のそれと入り混じったが、禅宗では「気」の観念は表に出ない。日本でも同じである。日本における道教の「気」の観念は、江戸時代に、貝原益軒『養生訓』がそうであるように、むしろ『易経』に発する儒学の「気」の観念と混じりあい、いわばなんでも「気」で説くような傾向を生んだと、わたしは見ている。たとえば、道教系で「血気」は、「血」と「気」の意味だが、「血の気が多い人」のように用いられる。[1]

　長谷川如是閑の本論は、わび、さびや幽玄の中世美学をもって日本的なるものの中心にすえる1930年代のアカデミズムにさかんになった傾向に対抗し、宗教性を払拭して考えている。中世美学の中核をな

---

[1] 鈴木貞美『生命観の探究―重層する危機のなかで』作品社、2007、第4章10節を参照。

すとされた閑寂の精神は、禅林の生活信条によるものだが、それをむしろ下層農民の生活様式に発するものと解釈するところに独自性がある。

中世の下層農民が農作業の合間に茶を飲んだとは考えにくい。白湯（さゆ）がふつうだろう。禅宗では、「本来無一物」——天地のあいだに独立した物はなく、みな関連しあっているという考え——を、身に一物も負わずに修行する、生活するというモットーに転じ、簡素をもって旨とする精神を生んだ。その禅林の生活様式が貧農層の生活様式に接近するところから、如是閑の説は立てられているのではないか。数寄屋造りが貧農層の家屋を真似ることがあったとしても、それはあくまでも「数寄」、すなわち風変わりとされたのであり、その趣味が貴族層に支配的だったわけではない。

逆に、中世の庶民の着衣が、『伊勢物語』『源氏物語』風、すなわち公家風だったというのにも無理があろう。公家を客とする遊女が公家風俗にならうのは当然のことだし、中世には芸能や俳諧連歌の場などで、貴族と地下の者との「交流」が活発化するものの、中世の農民の生活習慣のなかに公家風が交り込んだということは考えにくい。如是閑は、戦国乱世、下剋上の世を経て、江戸時代に町人層にひろがった傾向を拡大解釈しているようにわたしには思える。

岡倉天心『茶の本』が出されるころ、言い換えると、西欧近代の芸術概念が知識層に定着する時期に、元禄の世を太平楽と思いなす江戸回顧ブームが訪れる。そして、江戸小紋とアール・ヌーボーは入り混じる。江戸小紋にしたところで、ジャワ更紗が入ってのもの、そのジャワ更紗のデザインには、オランダを通じて、北欧一帯の農民の衣服のプリントのそれが持ち込まれていた。[2]そして、アール・ヌーボーの一面は、そういう農村の伝統的な生活のなかの美的要素の復権だった。日露戦争以前から、組合主義とともにウィリアム・モリスの「生活の芸術化」思想の紹介ははじまっており、大正期を通じて民衆芸術論が展開されることになる。モリスの紹介は1920年代前半がピークである。

西欧近代的な「純粋芸術」の概念を捨てて見るなら、近代以前のどこの地域でも民衆の生活のなかに美的要素はあり、その主な担い手は職人だった。しかし、それも農民の手仕事を専業化することによって成った身分であり、農民の手仕事と地つづきの面も残っていたし、それを含めて地場産業として展開

---

2 同前、p.494を参照。

するものも多かった。ヨーロッパの封建貴族の女性が身につける手のこんだ刺繍は、農民の主婦層の手仕事によるものも多かった。中国清代の刺繍も、そういう面が多分にあっただろう。

ところが、ここで長谷川如是閑は、西欧近代的な「純粋芸術」の概念に対して、特殊日本的な伝統として、民衆の生活の美化をもって日本の「芸術」概念を立てている。モリスが工業化社会に対抗して中世を理想化した思想を長谷川如是閑が知らないはずはないのだが、モリスの主張する「生活の芸術化」に対して、日本ではむしろ、「生活のなかの芸術」が、いわば国民各階層に通じるひとつの趣味として伝統になっていたと主張していることになる。

これには無理があろう。闘茶や大名茶碗を無視し、豊臣秀吉の茶会から金屏風を取り去り、能楽から絢爛たる衣装を剥いでしまうような無理である。その意味で、これは長谷川如是閑流の「伝統の発明」である。

『思想』1934年5月号「日本精神」特輯で、長谷川如是閑「国民的性格としての日本精神」は、まず日本の古代における大陸との平和的な文化交流を強調し、『古事記』の編集は中国文化全盛への反動としておこった復古精神によるものと述べ、その後中世、近世における復古精神の登場を縷々述べたのち、最後のところで、幕末にも中世の『神皇正統記』の精神が復活したことを指摘し、復古により「純粋日本」がくりかえし立ちあらわれることを指摘していた。当代の風潮に対する批判として言われたものだった。その「伝統の発明」のくりかえしに対して、ここでの如是閑は「民衆の生活美」という伝統を発明して対抗しようとしている

しかし、それも、わび、さびや幽玄を「中世美学」とし、日本的なるものの精髄とする岡崎義恵の日本文芸学や大西克礼ら帝大アカデミズムの流れに引きずられたものだった。それは禅宗と強く結びついた美的要素を、宗教性を前提としながらも、あくまで芸術として論じる態度である。それに対して、長谷川如是閑の場合は、宗教性を無視してしまう。如是閑が宗教や宗教性を無視する思想家だったわけではないのだが、ここでは日常生活とそこからの芸術の自立というスキームで考えている。そこに働いているのは、文化史の民衆生活への一元化の志向であろう。文化史における民衆主義、ないしは人民史観である。

本文中に「日本において、純粋芸術が真の日本芸

術として展開したのは、日常生活の必需品が工芸品になったときである」という一文がある。茶の湯が日常生活の時空から切り離され、儀式化されたことをもって、「芸術」として自立したと見ている。これは、近代的「芸術」概念の誤った投影である。

　西洋近代の「芸術」概念は、カントが論じたように、「理性」による「真理」や「道徳」の領域から自立した感情のみの圏域をいう。その理性は、キリスト教の神の理性を前提にしており、神が自らの理性を、人間ひとりひとりに分け与えたという考えである。それゆえ、近代的「芸術」概念は、宗教からの自立が第一の指標になる。キリスト教が邪教とするギリシアやローマの多神教の神話や地方に生きている風の神、土地の神の観念などは、宗教性を剥奪され、芸術の領域に囲いこまれることによって、非理性的な鑑賞の対象としてのみ、存在が許される。それが西欧近代の「芸術」概念の成立に伴うことだった。

　ところが日本近代においては、西洋の「理性」、すなわち合理主義が、キリスト教の神の観念を背負っていることが無視される傾向が強く、容易に人類普遍のもの、日本人も共通して持っているもののように考えられた。西洋の理性を朱子学の「天理」によって受け止めたからである。それによって、世界の外部に立つ創造主による世界創造という根本的な考えがそれは無神論や唯物論がひろまる原因にもなり、また、そのひろまりによって、その傾向は一層、強くなった。

　他方、20世紀への転換期に興る象徴主義芸術では、芸術の枠内で宗教性の復活がもくろまれた。たとえば、ケルト神話がその神秘性のままにうたわれたウィリアム・ブレイクの詩や、ヒンドゥー神秘主義をうたうラビンドゥラナート・タゴールの詩が、象徴主義詩として、それぞれの民族の外で受容されるようになった。こうしていわば宗教と芸術の混淆が起こり、それによって、辺境に置かれていた芸術も民族的、歴史的な限界を超え、永遠性、普遍性を獲得したのである。象徴主義芸術を受容した日本でも、その点は変わらなかった。たとえば禅林生活に伴う美的要素が宗教性を負っていることを忘れて、「芸術」とされ、民族的宗教芸能として存続していた能楽が、近代的な「芸術」概念によって掬いとられるような傾向を生んでいった。これらふたつの理由から、「芸術」は、宗教の対立概念ではなくなっていた。これには、高級な「芸」と専門職の「術」とをあわせて技芸一般を指す伝統的な「芸術」概念が、近代的に組みかえられることなく存続しており、また「真・善・美の調和」を唱える新カント派の流れもそこに加わったためと考えられる。

　そこで、長谷川如是閑は日本における「芸術」概念の成立を、宗教を度外視し、別の基準、すなわち日常生活からの自立という指標をもって考えることができたのである。これは、しかし、「芸術」の指標たりえない。なぜなら、そもそも、あらゆる宗教儀礼は、民衆の日常生活から切断された時空によって、はじめて成り立つものだからだ。そのことが考えられていない。逆にいえば、これは、すべての宗教儀礼を、そのうちの美的要素を重視して、「芸術」として扱う態度を可能にするだろう。

　それゆえ、ここで如是閑が考えてみなければならなかったのは、前近代において宗教性から切り離された、ないしは切り離されたように見える儀式の成立である。なぜ、茶の湯は、宗教性から切り離された、ないしは、そのように見える儀式として成立したのか。

　これにも禅宗が強く関与している。とくに始祖、達磨から数えて第六祖、慧能が頓悟禅を説き、禅宗の勢いを拡大して宗派として成立させた。頓悟禅は俄かに悟り得るという考えに立つ。これは、天台宗が終末思想を強めてひろめた容易な修行、すなわち「易行」を禅宗に取り入れたものと推測されるが、そこから「常住坐臥」が修行という考えが生まれる。経文も読まず、坐禅を組むことがなくとも、禅林の経営のために算盤を弾くのも修行とされ、禅林は経営にすぐれることとなった。茶もまた、禅林の生活すなわち修行のうちのものとされ、作法、すなわち儀式化されやすかった。

　この作法を伴う茶を日本に伝えたのは、よく知られるように臨西禅の栄西だった。それ以前に、遣唐使によって伝えられ、すたれた感のある薬としての飲茶とは区別される。禅林は、とくに室町幕府と結んで全国展開し、それとともに作法を伴う飲茶もひろまった。そのうち、闘茶など遊芸化への傾斜を強める道を遮断した禅僧、村田珠光によって「わび茶」がはじめられ、堺の町衆、武野紹鴎に受けつがれ、そして、その弟子の千利休によって安土桃山時代に定式化され、江戸時代に家元制度によってひろまっていった。この経緯は、今日では、よく知られている。茶の湯は禅林の生活に発して、その宗教的倫理性養生思想の結びついた作法を儀式として切り出したものであり、精神修養と立ち居振る舞いの規範と

して民衆が学ぶ対象にされたものだった。

　今日、茶の湯が身体パフォーマンスを伴う「総合芸術」の一種のように言われてもいる。だが、日常生活から切断された、様ざまな演出、美的要素を伴う前近代の儀式一般が「総合芸術」と呼べるはずである。このような近代的「芸術」概念をはるかに超えた、宗教儀礼に発したものにかかわらず、あるいは宗教芸能として活きつづけてきたものなのに、その宗教性を度外視した「芸術」概念がつくられてくる過程に、長谷川如是閑「日本の生活美」も何らかの寄与をしていることだろう。

　なお、最後から数えて4段落目で、油絵の日本化現象にふれている。これは文脈から推測すると、おそらく、伝統的な岩絵の具を用いる日本画に、油絵に学んだ手法が用いられ、掛け軸にも応用されてゆく過程を指していると思われる。葛飾北斎の浮世絵にも油絵のタッチを活かそうとする工夫が指摘されているが、1910年代の日本画家たちが西欧の印象派以降やアーリイ・モダニズムの手法の導入をはかったことも、今日ではかなり知られている。

The New Government

H. Vere Redman

On May 26, General Kazushige Ugaki succeeded Mr. Hirota as Foreign Minister, General Baron Sadao Araki became Education Minister, Marquis Kido relinquishing hat portfolio but remaining in the Cabinet as Minister of Welfare, and Mr. Seihin Ikeda succeeded Messrs. Kaya and Yoshino as Minister concurrently of Finance and Commerce. On June 3, Lieutenant-General Seishiro Itagaki was appointed War Minister and President of the Manchurian Affairs Bureau in place of General Sugiyama.

Technically, a new Cabinet has not been formed, but since the custodians of three of the major ministries have been changed, and an important personality has been brought into the Cabinet to take charge of yet another, the reconstruction is at least as significant as many an entire change of Cabinet in the past. To-day's Ministry is by no means in personality, in policy or in popular effect, that of May 25. It may be interesting to draw attention to the differences from a foreign observer's point of view.

Let us begin with personalities. There was certainly not anybody in the old Government even remotely resembling General Ugaki. The nearest approach to such a resemblance was found in Admiral Suetsugu, who still remains. Both are warriors who have become politicians. Both are elderly, resolute and capable of inspiring considerable personal loyalties. Both have a vague political legend surrounding them in the public view, the Admiral being credited with leadership of "rightist" opinion, the General with that of "liberalist" opinion. But there the resemblance ends. General Ugaki has been mixed up with politics for at least the past fourteen years. Admiral Suetsugu's political career is at most a few years old. General Ugaki has sat in Cabinets with party leaders and business magnates, and has familiarized himself through personal experience with all the intricacies of the political game. Admiral Suetsugu has not had that experience. Conversation with the two men reveals the differences of their past experience immediately. General Ugaki strikes his interlocutors at once as politically minded. Admiral Suetsugu strikes one as service-minded. The charm of his simplicity is like that of many an admiral in many a country. We have in the British Navy many such admirals. We have not in the British Army such generals as General Ugaki. Men of his stamp in England are party leaders and or Prime Ministers. It is a very important difference.

It is important not only because an obvious statesman has now an apportunity to display his statesmanship but also because, in addition to being a statesman, he is also a General. For some years past the Army in Japan has had to play an important role in politics. That role is certainly not finished; it may indeed have only just begun. It is, then, important that when statesmanship is found in the Army it should be utilized. Too often in the past there has seemed to exist a sort of conflict between soldiers and statesmen in Japan, as if neither side had full confidence in the other. It is men like General Ugaki that can reconcile this apparent divergence, simply by reason of their acquaintance with, and efficiency in, both fields. In this sense it can be said that the presence of General Ugaki alone makes the reconstructed Cabinet an entirely new one.

Then there is General Araki. His is not an entirely new personality to the Cabinet. He, like Admiral Suetsugu, is a soldier turned politician rather late in life under very similar impulsions and animated with very similar ideas. Both share a similar gentleness in private combined with a public reputation of being fire-eaters. Both are symbols of the new or advanced political consciousness of the fighting services that has developed since the Manchurian Incident. As such they are regarded, and may indeed be, a sort of counter-balance to the liberalistic personality of General Ugaki.

It has never been my privilege to meet General Itagaki, so that the estimate of his personality can only be based on hearsay. But from all accounts he certainly looks like a personality new to Cabinet councils. He has been, as it were, brought up on Empire. He was only a colonel when the Manchurian Affair broke out, and since then he has spent the best part of his time in various capacities on the Continent. Every previous War Minister grew up, so to say, in the pre-Manchurian tradition. This one is a post-Manchurian. And that is a difference, as any one who knows Army officers will testify. In the minds of such people, the vision of Empire is seen more clearly, and the native hue of resolution is less sullied o'er by the pale cast of thought. Men like General Itagaki have influenced governments for quite a long time, as Mr. Yukio Ozaki once reminded the House of Representatives. The veteran parlamentarian said on that occasion that it might be a good thing if they came into the Government. At last one has.

Mr. Ikeda is a new personality to the Konoe Government, although a familiar enough type in previous ones. He is a first-class businessman, with an enormous practical experience of actually doing business as distinguished from theorizing as to how it ought to be done. He is a man who personally has made a lot of money, and therefore gives one the impression that he knows how to take care of money. He is essentially an outstanding product of the system of private-profit capitalism, which is perhaps destined to be replaced by another system in due course. In any case, under wartime conditions, Japan's economy has been turned into a sort of public profit capitalism, and Mr. Ikeda has been called in to do for the public what he has been singularly successful in doing for himself. And that also is new.

These scrappy remarks on the personalities of the new Ministers will at least serve as an indication of the political change that their advent predicates. All of them, being big and new in their various ways, seem destined to get a freer hand than their predecessors. General Ugaki at the Foreign Office, for example, is considered likely to get foreign affairs really dealt with by the Government. It seems unlikely that he will initiate any important change of policy. The general lines of Japan's foreign policy are sufficiently evident. But his contact with the Army and his personal prestige will do much to ensure that a declared policy in any particular connection will be actually carried out and that the policy of the Foreign Office such as it is, and such as it is announced to foreign Governments, will actually be or become the policy of the Japanese Government. This will mean, of course, that the new Foreign Minister will, on occasion, have less pleasant things to say to representatives of foreign Powers than many of his predecessors. But these things have more chance of being related to reality, and consequently, in the long run, more satisfactory to hear about. The foreign diplomats here have already got the impression from their interview with General Ugaki that, at last, they are dealing with a Minister who is representative of the Government instead of being representative merely of the Foreign Office. And as they have always wanted, and even considered themselves, to be accredited to the Japanese Government, they are very pleased at this.

The same seems to apply to the War Office, although in a slightly different way. General Itagaki comes to his post straight from China and straight from the front, straight indeed from intimate contact with the fighting men. In his press interviews both immediately before and immediately after his assumption of office he has been at some pains to stress his solidarity with the fighting men. He regards himself and is regarded as rather specially representative of the Army, of the ordinary run of officers as distinct from the General Staff. Now, that means, at any rate to some extent, a change of policy, that in the actual direction of the campaign the views of the fighting officers are going to carry more weight, and anybody who has been to China in recent months and talked to Japanese officers there knows roughly what those views are. They are in favor of a more resolute and vigorous prosecution of the campaign. Whatever else General Itagaki's appointment means, then, it must mean that.

Mr. Ikeda in his public pronouncements has several times stressed that he would make no changes in the Kaya-Yoshino policy. In principle, that is probably true. But in practice there will doubtless be a number of minor modifications. The essential problem of Japan's economic control in present circumstances is a threefold one. Production must be directed in such a way as to ensure that what is produced is of immediate value to the State as a whole in meeting consumption needs, in strengthening the war services, or in establishing foreign credit with which to pay for the necessary imports of war and industrial raw materials. Capital movements must be directed in such a way as to ensure that the largest possible reserves of foreign exchange shall be at the disposal of the Government for the purchase of necessary war materials. Foreign trade must be directed in such a way as to ensure that imports shall be restricted to the barest needs for military and processing purposes, and that exports shall be kept as high as possible in order to build up foreign exchange reserves.

Superficially, that looks simply like a matter of all round reduction of consumption and all-round restriction of profit, except in those industries directly supplying war materials and those sure of finding prompt and profitable export to build up foreign capital reserves. Mr. Ikeda admits the first to be more or less inevitable. He has said that living standards must fall, and by that he clearly means a reduction of consumption quite apart from whether or not there is a reduction of purchasing power. But as a businessman, his views with regard to foreign exchange reserves are bound to favor the active policy of increasing them rather than the passive policy of simply conserving them by import restrictions. And that points straight to further efforts in the export market, requiring in its turn a commensurate amount of additional imports. In other words, it calls for more business, and the more business done, the more profit made. If side by side with this extension of profit, the consumption restrictions imposed by Mr. Yoshino, and which Mr. Ikeda declares to be inevitable are maintained, the additional profits are available for national savings, another reinforcement of the exchange position. Now, Mr. Ikeda evidently intends to proceed along these more active lines, and he will do so the more effectively in that he will have in his hands both the department for saving foreign exchange(the Ministry of Finance) and the department for acquiring it by doing foreign business (the Ministry of Commerce and Industry).

To some extent, too, General Baron Araki can be expected to change educational policy. The reaction against Western individualism which had supplied the impulsions for the making of modern Japan has already set in for the very good reason that it is distressing and may be disastrous to say to young people: "Boys be ambitious "when there are so many of them that their ambitions, at least in material sense, are largely doomed to frustration. But this campaign against individualism is better led by people who really believe in the moral sanction of the alternative than by those who merely preach its principles on grounds of expediency. Now, General Araki has as a personal conviction the metaphysical conception of the state, which is the convenient contemporary opiate for unsatisfiable individual ambition. And such being the case, he can and will put over the proper ideas more actively and effectively.

This leads naturally to the last consideration with regard to the new cabinet, that of its popular effect. I spend a great deal of time in communion, in one way or another, with what one might call the intensely politically conscious among the Japanese, people who deal in "the trend of the times," "propelling influences," "rightist tendencies," "young officer groups," and similar intricacies. I find I have constantly to remind myself by a chat with a Tokyo taxi-driver, or a country innkeeper or a farmer, that these are not "the public " in Japan. The real public is not up- to- the-minute in all these matters. Consequently the new Government for them is not the delicate and intricate political mechanism described by the wiseacres, but simply a government of big men, which gives them at once a feeling that they must be faced with a big job, and also that that job will be faced. To the plain man the new Government seems to have the dual and somewhat paradoxical effect of a warning and an assurance." You are up against big things " it says," and you have got big men to deal with them." And that is a distinct change from the effect of the previous Government.

改造内閣

ハーバート・ヴィア・レッドマン　翻訳

　5月26日に、宇垣一成大将が広田氏の後を受けて外相に就任し、男爵荒木貞夫大将が文部大臣となり、木戸侯爵は文部大臣を辞任したが厚生大臣として閣内に留まり、池田成彬氏が賀屋氏と吉野氏の後任として、大蔵大臣と商工大臣を兼任することになった。6月3日には、板垣征四郎中将が杉山大将に代わって陸軍大臣および対満事務局総裁に任命された。

　新内閣は細かいところまでは確定していないが、三つの主要な閣僚の交代が完了し、一人の重要人物が新たな任に当たるために入閣したのだから、改造はそれまでの内閣の完全な交代と同じような重要性を持っている。現在の内閣は、人物や政策や国民への影響という点で、5月25日のそれとは比較にならない。外国人の観察者の視点から、その違いに注目することは興味深いことではなかろうか。

　人物についてからはじめよう。これまでの内閣をずっと遡っても、宇垣大将のような人物はいないだろう。類似点があるとすれば、まだ閣僚である末次海軍大将であろう。どちらも軍人から政治家になった。どちらも老練で、決断力があり、相当な個人的忠誠心を引き出すことができる。どちらも一般の目からは、漠然たる政治的伝説に包まれている。すなわち、末次大将は右翼のオピニオンリーダーと信じられており、宇垣大将はリベラリストのそれとして。しかし似ているのはそこまでだ。宇垣大将は少なくともこの14年間、現実政治に染まっている。末次大将の政治的な経歴は、せいぜいこの数年である。宇垣大将は、政党や実業界のリーダーたちとともに何度も閣僚の席を占めており、個人的な経験を通して、政治ゲームの込み入った事情に習熟している。末次大将にはそのような経験はない。この二人と話してみると、彼らの過去の経験の相違がすぐに分かる。宇垣大将は、対話者に即座に政治家の資質を持った人物だと印象づける。末次大将は、サービス精神に富んでいると印象づける。彼の実直さの魅力は、多くの国の多くの提督たちに見られるのと同様である。イギリス海軍にも、そのような人物はたくさんいる。しかしイギリス陸軍に宇垣大将のような将軍はいない。イギリスで彼のような特徴を持った人間は、政党指導者や総理大臣である。これは非常に重要な相違点だ。

　そのことは、一人の明白に政治家である人物が、その政治家としての力を発揮する機会を得たという点で重要であるだけでなく、彼が政治家であることに加えて将軍でもあるという点でも重要なのだ。過去何年かにわたって、日本の陸軍は政治的に重要な役割を演じ続けてきた。その役割は終わってなどいない。実際にそれは始まったばかりなのだ。したがって、陸軍の中に政治家としての能力が見出されるのなら活用されるべきだということが、重要なのである。これまでは、日本の軍人と政治家がお互いに全く信用していないかのようにいがみ合った結果生じたと思える事柄が、あまりに多すぎた。この明白な分裂を調停できるのは、宇垣大将のような人物である。それはひとえに、宇垣大将が双方と知己であり、双方に影響力があるという理由による。その意味においては、宇垣大将の存在こそが、改造内閣を全き新内閣たらしめるものだと言えるのではなかろうか。

　つぎに荒木大将である。彼の人柄は、この内閣にとって全く新しいものというわけではない。彼は末次大将と同様に、非常に類似した推進力のもとで、よく似た思想に動かされて、比較的遅く軍人から政治家に転じた人物である。どちらも個人的には丁重な人物であるということと、血気盛んであるという世評が結びつけられている。両者は満洲事変以後に拡大した軍部の新しい政治意識の象徴である。そのため彼らは宇垣大将のリベラルなパーソナリティのカウンターバランスと見られており、実際そうなのだろう。

　板垣中将にはまだ会見の栄に浴していないので、彼の人となりに関する評価はもっぱら伝聞によるものである。しかしあらゆる風聞から、彼はたしかに内閣にとって新鮮な人物に見える。彼は、言うならば、帝国の舞台に上げられたばかりである。彼は満洲事変が勃発した時には大佐にすぎず、それ以後、大陸でさまざまな能力を発揮する最良の時を過ごした。前任の陸軍大臣は皆、いわば満洲事変以前の伝統の中で育った。板垣陸相は、満洲事変後の世代で

宇垣一成大将　　荒木貞夫大将　　池田成彬氏　　板垣征四郎中将

ある。陸軍士官を知るものなら誰でも証言するように、これは一つの異質性である。その種の人間の考え方では、思想のほのかな光に照らされて、帝国のビジョンはより明らかに、不屈の精神の本来の色合いはより汚されることがなくなる。板垣中将のような人間は、尾崎行雄氏がかつて衆議院に気付かせたように、長い間政府に影響を与え続けてきた。あるベテランの議会人はそのとき、彼らが内閣に入るのなら、それはいいことかもしれないと語った。ついにそれが実現した。

池田氏は、これまでの内閣ではおなじみのタイプだが、近衛内閣には新しい人物である。彼は第一級の実業家であり、いかになされるべきかについて理論をたてるのとは違って、実体経済における膨大な実際上の経験がある。彼は個人として多額の金を稼いだ人物である。したがって、金をどう扱えばよいかについて知っている人物だという印象を、人に与える。彼は本質的に、私益を追求する資本主義システムが生んだ傑出した存在である。もっともそのような資本主義は、おそらく、当然の成り行きとして、他のシステムに取って代わられるべく運命づけられているのだろうが。いずれにしても、戦時経済のもとで、日本経済は一種の公益資本主義に転換しつつあり、池田氏はこれまで彼自身のために為して成功してきた行為を、公共のために行うように起用されたのである。これもまた新たな事態である。

新大臣たちの個性に関する以上の断片的な論評は、少なくとも彼らの出現が内包する政治的な変化を指摘したことにはなるだろう。さまざまな方面で影響力があり、かつ新たな面を持つ彼らはすべて、先輩たちに較べてより自由に手腕を発揮するべく定められているように見える。たとえば宇垣大将は外務大臣として、外交を政府に取り戻そうとすると思

われている。しかし外交政策そのものに率先して重要な変更を加えようとしているようには見えない。日本の外交政策に関する一般的な方向性は、これはもうはっきりしているのだ。しかし彼の陸軍との接点や個人的な威信は、どのような個別の関係においてであろうと言明された政策は現実に行われるということ、また外務省内に存在する、もしくは外国政府に表明された外務省の政策は、日本政府の政策であり、あるいはそうなるであろうということを保証する上で、与って力があるだろう。このことはもちろん、新外相が折にふれて外国の代表に、従来の外務大臣よりも耳に痛い発言をするだろうということを意味する。しかしそれらは、より一層現実性につながる機会となるし、長い目で見れば、結果的には満足のいく内容を聞くことになるのである。日本における外国の外交官は、宇垣大将へのインタビューで、少なくとも彼らが交渉しているのは日本政府の代表者であり、単なる外務省の代表者ではないという印象を、すでに持っている。そして彼らがこれまで常に彼ら自身が日本政府から信任されるよう望んできたように、宇垣を日本政府の代表として信認できることは彼らにとって喜ばしいことなのである。

やや異なるけれども、同じようなことが陸軍大臣についても当てはまるのではないか。板垣中将は、中国から、すなわち前線から直接、閣僚のポストについた。そう、前線で戦っている兵隊と身近に接するところから、まっすぐに。彼は就任直前と直後の記者会見で、戦う兵隊との連帯感を強調した。彼は自分自身を陸軍の代表者というよりは、幕僚とは一線を画された普通の将校の代表者であると見做しているし、そう見られてもいる。それはある程度、政策の転換がどのような含意をもっているかを示している。すなわち、現実の作戦の指揮においては、戦

う将校の視線はより重要性を帯びるということであり、それはこの数カ月のうちに中国に行って日本の将校と話したことのあるものなら誰でも、おおよそは理解しているのである。彼らはより決然とした、精力的な作戦遂行を好む。他にもあるかもしれないが、板垣中将任命の意味はこのようなものにちがいない。

池田氏は公的な声明において、賀屋・吉野路線を変更しないと何度か強調している。原則的には、おそらくそれは真実だろう。だが実際には、小さな修正がいろいろなされるのは疑いない。現状での日本の経済統制における根本的な問題は、三つの面を持っている。生産面では、全体として消費の必要性に合致し、軍需を強化し、軍需及び工業の原材料を輸入するための対外的な信用を確立するうえで、国家に直ちに価値をもたらすものの生産を保証するという方向をとるに違いない。資本の動向については、外貨準備が、政府が必要な軍需物資を購入するため処分する際に、最大限の可能性を持てることを保証するような方向がとられるだろう。貿易は、軍需と加工業の最低限必要なものに輸入を制限し、輸出は外貨準備を高めるためにできるだけ高水準を保つことを保証するような方向がとられるだろう。

表面的には、それは直接的に軍需物資を供給する産業と、外貨準備を増進するために即効性があって利益をもたらす輸出を見出せるような産業を除いて、単に消費の全面的な減退と利潤の全面的な制限をもたらすものと思われるかもしれない。池田氏は、初期の動きは多かれ少なかれ避けられないこととして許容している。彼は、生活水準は切り下げなければならないと語ったことがあり、それによって購買力の低下があるかどうかは別にして、消費が減退することを明らかに示した。しかし経営者としては、外貨準備に関する彼の見方は、貿易を制限して外貨準備を維持するという消極政策よりも、それを増やすという積極的な政策に傾くはずである。そしてそれは直接に、輸出市場における一層の努力を指し示す。そのかわりに同程度の額の追加輸入が必要となるのだが。言いかえれば、それはより一層の取引を招き、そしてより多くの取引がなされるほど、より多くの利益が得られるのである。もしこの利益の拡大と並行して、吉野氏によって課され、池田氏も避けられないと宣言した消費の制限が維持されれば、付加される利益は国家の貯蓄に、すなわち外国為替における立場を強化する新たな政策に充てることができる。

今や池田氏は、これらのより積極的な線に沿って進もうとしており、それをもっと有効に行おうとしている。彼の手中には外貨準備を蓄積する部門（大蔵省）と外国との取引でそれを獲得する部門（商工省）が握られているのだから。

ある程度までは、男爵荒木大将にも、教育政策を変えることを期待し得るかもしれない。それが若者を悩ませており、大変な不幸をもたらすかもしれないという都合のいい理由から、かつては近代的な日本を作ろうという衝動をもたらした西洋の個人主義に対する反動は、すでに織り込まれている。「少年よ大志を抱け」というが、そんな少年は大勢いるので、彼らの野心は、少なくとも物質的な意味では、欲求不満に方向づけられる運命にある。しかし個人主義に反対するこのキャンペーンは、単にご都合主義的な原則を語る人々よりも、個人主義に代わる道徳的な力をほんとうに信じている人々によって、よりよく先導されている。荒木大将は、個人的な信念として、国家についての形而上学的な概念を持っており、それは満たされぬ個人的な野心への、便利な鎮静剤である。事態がそのようなものであるから、彼はほどよいアイディアをより積極的に、より効果的に理解させることができるし、そうするだろう。

それは当然のこととして、改造内閣に関する最後の考察へと導く。国民への影響の考察である。私はあれやこれやのやり方で、コミュニケーションに多大の時間を費やす。日本人の中にある激しい政治的な意識と人が呼ぶものとのコミュニケーションである。その日本人というのは、"時勢"や、"推進勢力"や、"右翼的傾向"や、"青年将校グループ"や、似たようなややこしいことを論じる人々だ。しかし私には、東京のタクシー運転手や、田舎の宿屋の亭主や、農民との会話を常に思い起こさなければいけないということが分かっている。日本では彼らは公衆とされていない。だが真の公衆は、これらのすべての問題についてほやほやの知識を持っているようなものではない。結果的に、彼らにとっての改造内閣は、学者先生が描くようなデリケートで込み入った政治的メカニズムではなくて、大きな仕事に取り組まなければならず、またそんな大きな仕事が表れるだろうと、パッと感じさせてくれるような、大物の内閣である。平凡な人間には、改造内閣は警告と保証という二つの、幾分か逆説的な影響を持っているように見える。それは、「お前たちは大変な事態に直面しているぞ」というのと、「しかしお前たちにはそれを

扱える大物がいるよ」というものである。そしてそのことは、前内閣のやったこととは明らかに異なる変化である。

(有馬　学訳)

知日派イギリス人が観た昭和10年代の日本政治

有馬　学　　　　　解説

　ハーバート・ヴィア・レッドマンのコラム「改造内閣」は、第一次近衛内閣の改造をめぐって、新閣僚の論評を通して日本政治の方向性を探ろうとするものである。このコラムを通して見出される最も興味深いテーマは、外ならぬ筆者のレッドマンという人物の存在ではないだろうか。レッドマンという人物については、決してありふれた経歴の持ち主ではないにもかかわらず、おそらくこれまで論じられることはおろか、まともに注意が払われたこともなかったと思われる。しかしながら、自身が書き残した幾つかの文章に見られる彼と日本とのかかわりには、注目すべきものがある。

　レッドマンは日中戦争期に『文藝春秋』や『改造』に寄稿しており、また戦後にも『文藝春秋』に4回にわたって文章を寄せている。それらを時系列に従って列挙すると、以下のようなものである。[1]
①「二つの日本」(『改造』昭和14年6月号)
②「宣戦後三週間のロンドン生活」(『文藝春秋』17-22、昭和14年11月、時局増刊26現地報告)
③「英国その日その日」(『文藝春秋』昭和23年10月号)
④「福祉国家としての英国」(『文藝春秋』昭和25年8月号)
⑤「三種類の日本生活」(『文藝春秋』昭和32年8月号)
⑥「日本よ　また逢う日まで」(『文藝春秋』昭和36年8月号)

　このうち⑤と⑥は主として滞日経験を回顧したものであり、また①と②にも同時代の体験にふれた部分がある。これらによって、レッドマンと日本とのかかわりについては、かなり興味深い伝記的な事実を知ることができる。そこで、まずはじめにレッドマンの滞日経験を概観しておきたい。[2]

　レッドマンは1927年に来日している。レッドマンを日本に呼んだのは、英語学者の長岡擴であり、長岡はレッドマンを三省堂の顧問にして、当時最も広く採用された中等学校英語教科書 The New King's Crown Readers の改訂作業を手伝わせた[3]。同時にレッドマンは東京商科大学の外国人教師として、6年間にわたって英語教育に従事した。この間、「暇な時に東京で出ている英字新聞に記事を書き始め」るとともに、イギリスの新聞・雑誌にも寄稿するようになる[4]。結局レッドマンは1933年に東京商大を辞職して、『デーリー・メール』の東京特派員、『ジャパン・アドヴァタイザー』の編輯局員、上海の『オリエンタル・アフェアス』の東京特派員、『コンテンポラリー・ジャパン』の欧米部長などを歴任し、「純然たる新聞記者」になった。[5]

　本コラムとの関係で重要なのは、「私の時代には、外国人の新聞記者は偉い人に会えるという点で恵まれていた」と回想しているように、レッドマンが多くの政界の要人に会見していることである。彼が会ったのは西園寺公望、浜口雄幸、宇垣一成、牧野伸顕、斎藤実、近衛文麿等、「二十人近い人間」である。レッドマンはそこから、「日本の政治がどういう形で動くか、又日本の優れた政治家がどんな考えを持って行動するかに就て、他の方法では得られない知識を与えられた」と考えている。中でも「浜口雄幸の何でもはっきり言う率直な態度」と、「近衛文麿の卓越した知性」が、特に印象に残ったものとしてあげられているのが興味深い。いずれにしても、レッドマン自身が記しているように、本コラム執筆以前にインタビューしていないのは板垣征四郎のみであり、他の閣僚にはすべて会っていることになる。それに

---

[1] 戦後の4回分については、翻訳者はすべて吉田健一である。戦前については翻訳者名は付されていない。

[2] レッドマンの在日時代について最も詳細で具体的に書かれたものは上記⑤である。以下の記述では、引用も含め⑤によるものには特に注記せず、それ以外のものによる場合のみ本文中に①〜④および⑥をカッコ内に付す。なお⑤のタイトル「三種類の日本生活」とは、英語教師としての最初の6年間、ジャーナリストとしての次の6年間、政府職員(情報省、駐日イギリス大使館)としてのその後の期間を指す。

[3] 長岡擴は俳優長岡輝子の父。東京商大教授の神田乃武とともに多年にわたって英語教科書の編纂に従事した。なおレッドマンは英語教育界の重鎮であるH・E・パーマー(文部省の英語学顧問)とも仕事をしており、ここでの本題と直接の関係はないが、レッドマンの回想は日本における英語教育史の、少なくとも部分的な資料としての価値をもつと思われる。レッドマンはパーマーの英語教育に関する著作の共著者でもある。

[4] 東京の英字紙は『ジャパン・アドヴァタイザー』、『ジャパン・クロニクル』、『ジャパン・タイムス』、『英文毎日』、イギリスの新聞・雑誌は『クォータリー・レヴュー』、『コンテンポラリー・レヴュー』、『スペクテーター』、『モーニング・ポスト』、『レディー』、『グラスゴー・イヴニング・ポスト』、『ティット・ビッツ』である。はじめはイギリス紙に採用されなかったため、「ロンドン・ジャーナリズム学校の通信教育」を受けたという。

[5] この時期の文章を集めた著書に、Japan in Crisis: An Englishman's Impressions (G. Allen & Unwin, London, 1935) がある。

加えて我々は、レッドマンがコラムを執筆するにあたって、日本の政治家の思考方法や行動様式について、彼なりの枠組みをもっていたことにも注意すべきであろう。

　レッドマンのジャーナリストとしての生活は、戦争によって終わりを告げる。すなわち1939年9月3日（イギリスの対独宣戦の翌日）に、彼はイギリス情報省に入り、極東局次長となる（②）。非常に興味深くかつ重要なのは、レッドマンが自らを「国際連盟の世代とも言うべきものに属して」いると考え、1920年代の自身を「合理的な国際主義に達することが出来た」と考えていたことである。「愛国心などというものをはっきり感じたことはなかった」レッドマンを変えたのは、彼自身によれば「ナチの暴力」であった。レッドマンがミュンヘン会議に至るヨーロッパの情勢を見て、「私が最も深い関心を持っている種類のことが国際的な組織では防衛できるものではなくて、それは国でやらねばならず、私の国もそういう国の一つであることを益々感じるようになった」と語るとき、それはどこかE・H・カー『危機の二十年』における、あの理想主義的アプローチから現実主義的アプローチへの国際政治思想の転換を思わせるものがある。レッドマンの発言が戦後における回想であることに、重々留意しなければならないにしてもである。

　かくして我々は、レッドマンを通して（正確には彼が書いたものを通して）、1920～30年代のヨーロッパにおける知的世界の精神史を、少なくともその一面をかいま見ることができるのである。そしてそのとき、この精神史的転換の渦中にある人物は日本に居て、日本政治について発言していたのだ。そのように考えれば、短いコラムを通してのイギリス人による日本政治観察に、それなりの関心を振り向けるのも意味あることではないだろうか。

　だが我々はコラムの内容に進む前に、もう少し彼のライフヒストリーをたどっておかなければならない。レッドマンは対独宣戦後の約3週間をロンドンで過ごし、再び東京に戻ってイギリス大使館に勤務する。驚くべきことに（それも戦術の一部であったかもしれないが）、この時彼は『文藝春秋』誌上で自らの職名と職務内容を明らかにしている（②）。すなわちイギリス情報省極東局次長という肩書きは執筆者名の横に明記され、「情報省」という日本語が与える特定のイメージを念頭に、レッドマンは自分の職務が、何らアンダーグラウンド・プロパガンダに関係するものでないことを説明し、「自身の持ち札を全部卓上に示して」正々堂々と行う旨を宣言した（同）。しかし憲兵隊と日本社会は、レッドマンと彼の友人をスパイ扱いする[6]。こうして、1941年12月8日に日本が英・米・蘭に宣戦布告すると、レッドマンは憲兵隊に拘禁され、1942年7月末に本国に送還されたのである（⑥）。

　戦後のレッドマンは、1946年2月に日本に戻り、1961年7月にイギリス大使館を退職するまで、東京に「定住」し続ける（⑥）。最終的な職名はイギリス大使館参事官・情報部長、退職の年の6月10日にはサーに叙せられている（⑥）。我々が多少の安堵感を抱くのは、戦時期の体験にもかかわらず[7]、レッドマンの日本や日本人に対する態度が、戦前・戦中・戦後を通して根本的なところでは変わっていないように思える点であろうか。それを一言で言えば、少し〈親日〉に振れた知日派というところではなかろうか。

　それでは、コラム「改造内閣」の中で、レッドマンはどのような日本政治に関する知見を披瀝しているだろうか。レッドマンは1938年5月から6月にかけての、近衛内閣（第1次）の改造を、内閣の交代に匹敵する重要なものとみなしている。我々はコラムの原題 New Government に、そのような含意を読み取るべきだろう。

　重要性の第一は、宇垣外相の登場である。もちろん日中関係の調整を意図した宇垣起用の背景については、全く常識的な指摘にとどまるのだが、それへの一定の期待感がにじみ出ている点に、レッドマンの立っている位置が示されている。同時に宇垣という軍人の政治家的な性格を説明するのに引き合いに出されたイギリスとの対比は、宇垣という人物を理解する上で我々にも参考になる。すなわちレッドマンは、末次信正のような軍人はイギリス海軍にいくらでもいるが、宇垣のようなタイプはイギリス陸軍にはいない、イギリスで宇垣タイプは首相や政党領袖であるという。

　そのような宇垣への期待は、軍部と政党間の調整もさることながら、外からの視点で見た日本外交の、いわば正常化である。すなわち、公に言明された政

---

[6] 戦後における回想（⑤）の筆致は冷静ではあるが、「私や私の日本人の友達にとっては少しも愉快なことではなかった」のは当然である。そのような中で「時勢に左右されずに、個人的には私と友達としての付き合いを続け」た人物として、レッドマンは「同盟の編輯局長だった松本重治と、朝日の欧米局長だった古垣鉄郎」の名をあげている。
[7] レッドマンは憲兵隊での取り扱いについて詳細には語っていないが、『文藝春秋』編集部による⑥の前書きでは、「氏の歯が総入歯になってしまった憲兵隊での体験」と書かれている。

策が実行されるということ、外国政府に表明された外務省の政策は即日本政府の政策であるということである。注意すべきは、レッドマンが、日中戦争下における国策レベルの日本外交に変化を期待しているわけではないということである。日本外交の「一般的な方向性」は明白で、宇垣によっても変わることはない。しかしながら宇垣によって、外務省の言明がイコール日本政府の外交政策である（軍部の行為で否定されることはない）という事態に変化することへの期待は持てる。そのとき外相の発言は、日本の立場を正直に反映したものとして、時に外国に耳あたりのよいものではなくなるかもしれない。しかし長い目で見ればその方がよいというのが、レッドマンの言いたかったことであろう。

　このことに見られるように、レッドマンが単なる内閣改造を New Government と表現する所以は、日本政治の変化への展望（場合によっては期待）である。それは新蔵相池田成彬の評価にも見られる。軍需生産に傾斜した戦時統制経済のもとで、消費の減退と利潤の制限がもたらされるという一般の見方に対して、有能なビジネスマンである池田の政策は、貿易を制限して外貨準備を維持するという消極政策ではなく、外貨準備を高めるための輸出振興という積極面をもっており、消費の制限が維持される中でそれが実行されれば、取引の増加による利益は国家の貯蓄を殖やし、外国為替における日本の立場を強化するという。そのことの善し悪し（レッドマンが望んだか否か）は別にして、客観的な日本経済の展望としてはポジティヴなものである。

　このような国家の政策レベルの見通しとして、全体的に見れば、レッドマンの指摘は特別に鋭利なものとは言えない。むしろ今日いわれる一般的な指摘を、同時代の外国人ジャーナリストも共有していた証左として興味深いと考えるべきだろう。しかしレッドマンのそれは奥行きのある人間的な観察眼に裏打ちされており、その結果、政府と国民との関係の理解に独特の深みを与えている。

　一般論として、政府と国民の関係がいかに乖離しているように見えても、その政府の存在が何の現実的な根拠ももたないということはない。しかしそれはあくまでも一般論としてであり、両者の関係がどのように営まれているかを具体的に指摘することは難しい。その点で、レッドマンの指摘は独特である。レッドマンは言う。一般の国民にとって、学者が分析するような政治的メカニズムはどうでもいいのである。ふつうの人々には近衛改造内閣は、何か大仕事をやりそうな大物内閣である。この内閣は国民に対する警告と保障の二面のメッセージである。前者は「お前たちは大変な事態に直面しているぞ」というものであり、後者は「しかしお前たちにはそれを扱える実力者がいるよ」というものである。コラムの文面に見る限り、妥当かどうかは別にして、知日派の外国人にそのように見えたということは、昭和十年代の日本政治を考える上で、聴くべき内容を含んでいると思われる。このような見解は、「時勢」や「推進勢力」や「青年将校グループ」を語る人々よりも、タクシー運転手や商店主や農民と語ることを重視する態度から生み出されているのである。

　最後に、レッドマンの日本観を考える上で重要と思われるもう一つの文章を簡単に紹介しておきたい。レッドマンは1939年に中支方面の視察を行っており、その結果書かれたのが、本解説の冒頭に掲げた①である。この文章は自らの見聞に基づいて、日本軍による残虐行為や無意味な強圧的態度を批判するとともに、日本が取るべき態度について論じたものである。批判の細部にはここではふれない。実際にそれはきわめて抑制された表現であるため、具体的・明示的ではないのである。レッドマンの主張とスタンスは、たとえば次のような文章を見るだけで明らかだろう。「南京、九江、漢口は、今日に於てはほとんど半分空虚な都会と化してゐる。何故だらう。諸君自らに問ふて頂きたい。そして恐らくそれに対する唯一の解答を得たる時、諸君は、何を以て、東亜に於ける新秩序の建設に協力せしめんとしてゐるのであるか、自らに問ふて頂きたい。」

　注意すべきは、レッドマンは日本が大陸に展開する戦争そのものを、総体として非難しているわけではないということである。レッドマンは、中国人が歴史的に力の行使にのみ屈服してきたことを認める。上海に外国と中国の共存共栄的な関係を創り出したのは、バンドの頭脳のみでなく黄浦江上の外国砲艦の力であることを認める。それを認めないのは「感傷的な非現実主義者」である。その上で、「力の発揮と、力の無意味な行使とは自から異なる」と指摘するのである。

　①の表題である「二つの日本」とは、「本来の日本的日本、即ち、慈悲深く、勤勉な、計画遠大にして、かつ進退をあやまたない日本」と、「同じく勤勉なれど、狂燥的な、支那大陸にある日本」の二つである。興味深いのは、後者が必ずしも日本人の行った戦争

行為のすべてを規定するものではないことである。レッドマンによれば、1937年の上海事変に際して、「三千の寡兵」をもって6万の大軍に対して支え通した海軍陸戦隊は、前者の日本である。また難攻不落のドイツ式要塞に立てこもった「優秀な支那軍」に対して、南京攻略を計画・遂行した日本人が示した「勇敢と老練と忍耐」も、前者の「本来の日本的日本」の代表なのである。

　レッドマンのような考え方が現実にあり得たことを知るのも、日中戦争期の日本を考察する一定の補助線になるのではなかろうか。レッドマンはもともと「国際連盟主義者」である。また「改造内閣」の中で池田成彬蔵相にふれて、池田という人材を生んだ「私益を追究する資本主義システム」は、他のシステムに取って代わられるよう「運命づけられている」と述べている[8]。日本経済が「一種の公益資本主義に転換」しつつあるという指摘は、特にネガティヴな意味で語られているわけではない。そうした立場の人物が、一方で「吾々英国人は愚かではない。過去の支那に於て吾々の犯した過誤や罪悪に盲目ではない」と述べつつ、戦地における「冷酷な日本」を批判したのが「二つの日本」なのである。レッドマンはこの文章を、イギリスにはなおアジアにおいて、中国においてなしうる有益な仕事があり、それは彼の言う「日本的日本」との提携によってのみ達成されると結んでいる。

8　レッドマンは労働党支持者だったのではないかという想像もしてみたくなる。

Architectures

Marcel Robert

Non, nous ne sommes point une race pacifique ni docile. Nous ne savons tolérer aucun joug, moins que tout autre celui de la Nature. Nous pouvons proclamer sa toute-puissance, admirer ses desseins, et, modestement, nous replacer dans l'univers: nous ne louons la Création que pour nous hausser sans mesure; dans sa belle ordonnance, c'est notre œuvre que nous nous plaisons à contempler; et nous nous humilierons de bonne grâce si, autour de nous, tout s'abaisse pour nous laisser le premier rang. A nos misanthropes les bois offriront un empire pour y jouir de leur infaillibilité sans conteste avec une couronne de solitude pour rehausser aux yeux des hommes leur grandeur ; et nos poètes ne trouveront de charme aux montagnes, aux plaines que si, ayant épousé leurs espoirs, leur tristesse, elles leur renvoient embellie leur image. De tous, nos savants sont les plus acharnés: contre la Nature ils ont dressé la plus redoutable des machines de guerre; ils l'espionnent, la harcèlent, l'attaquent de front ou à revers; ils ne s'estiment satisfaits que lorsqu'ils lui ont arraché ses secrets et imposé, par ruse ou par force, leurs lois inflexibles. Daignons nous accepter son concours, nous lui faisons la part bien petite : qu'elle serve d'ornement à nos maisons et à nos ruines, de cadre à nos méditations, de point d'appui à nos hypothèses! Art des jardins, arrangement des fleurs : arts mineurs ; sciences de la nature: sciences de second rang si la théorie ne leur apporte son prestige. Mais les mathématiques—notre mécanique— sorties tout armées de notre cerveau et qui ne doivent rien qu'à nous-mêmes, avec que la complaisance nous les laissons, enjambant toutes les barrières, se répande dans tous les domaines, celui des sciences, celui de l'art ! Par elles nous échappons à la Nature, nous plaçons au-dessus d'elle. Symétrie, unité : voilà nos deux idoles. Cette symétrie, cette unité nous les voulons en toutes choses; il faut que tout se réponde, s'enchaîne et se résolve, que tout monte et que tout converge. Ainsi sont conçues nos villes où, pierres parmi les pierres, la cathédrale pointe sa flèche aiguë vers le ciel, la cathédrale où, entre nous, sous la lumière humanisée du vitrail, nous évoquons à loisir le Dieu de l'homme, le Dieu envers qui, par degrés, tout s'élève, auquel tout aboutit, Dieu, le dernier sommet où notre imagination mathématique puisse atteindre. Pour cette grande œuvre, pour cette œuvre d'orgueil, pour cette lutte, une seule matière paraissait convenir: la pierre, la pierre qui résiste et qu'on vainc, la pierre qui dure ! Elle est notre asile et notre château fort ; par elle nos villes surpassent en majesté les forêts, nos cathédrales bravent le temps, et nos ruines, nous les chantons comme autant de victoires! Joignons- y l'acier, et qui peut dire jusqu'où s'exaltera désormais notre effort.

Le Japon ne semble pas connaître de tels besoins, de tels soucis. Ici, tout est divers, éphémère, fragile; tout se disperse, s'égrène, et tout renaît. Plus près de la nature, la comprenant et l'aimant mieux que nous, les hommes se soumettent à ses lois de bonne grâce; ils ne lui jettent point de défi, mais la flattent au contraire, lui demandant son aide, se la conciliant de mille manières, et, en sa bienveillante collaboration, inscrivent en tous lieux où elle le permet leurs souvenirs et leurs espoirs. Ils prennent tout doucement les choses comme elles sont, et la nature, ravie de leur sagesse, leur distribue à pleines mains ses trésors.

Et d'abord, au Japon, il n'y a point de villes, du moins au sens européen du mot. Point de remparts ni de fossés; les maisons s'éparpillent librement dans la plaine; point de grand'place, point de mail, point de flèches ni de tours, point de tête qui dépasse les autres: maisons, temples, édifices publics, tous coiffés de même manière, tous fraternellement petits, penchent presque au ras du sol leurs longs toits parallèles. Les grand'rues sont de grand'routes qui traversent la ville, mais sans y faire halte; pour l'habitant, nul point de ralliement, pour l'étranger 'abord, aucun point de repère: la ville s'émiette en ruelles et maisonnettes et jardinets. Tokyo même, malgré les leçons de l'Europe, fait à peine figure de grande cité moderne; tout y est faubourg, environs, campagne; dans chaque pli de terrain on découvre un village; au delà de chaque coteau la ville recommence, autre et pareille : c'est un monde « dont le centre est partout et la circonférence nulle part»!

Dans ce menu peuple des toits, les temples ne se distinguent pas toujours du premier coup d'œil. Modestes, ils se mêlent à la foule; nul parvis, nul piédestal ne rehaussent leur grandeur; leur voix ne s'élève point, solennelle, au-dessus des hommes: ils n'appellent point à eux leur peuple, mais, sur le seuil rustique, ils accueillent les visiteurs, pélerins de passage ou voisins de campagne; point même de jours de réception où l'on régale ses hôtes de grandes fanfares d'orgue qui roulent sous les voûtes: à chacun, simplement, ils donnent audience; chaque main, à son tour, agite la corde de paille sur le « suzu » d'étain qui doucement résonne ; chaque main, sur le papier léger, inscrit en secret sa requête: simples particuliers, les temples mènent une vie tranquille et retirée, à l'ombre des vieux arbres, au fond de leur enclos.

Simples mortels aussi, ils ne prétendent point durer: ils ne rêvent point d'infinie permanence ni d'effort surhumain : sagement, ils se résignent à vieillir, comme toutes choses, et, comme toutes choses, à passer. Ici on ne brave point les siècles; on se règle sur l'année, l'année qui, d'un pas égal, marche vers son terme pour renaître aussitôt, l'année qui nous enseigne la résignation et l'espoir. Ils ne bâtissent point pour l'éternité : aussi ne craignent-ils pas de réparer, de relaquer et de refaire; et, parce que tout meurt, tout se répète, tout revit. Et pour cette œuvre de perpétuel renouveau, la nature elle-même leur a fourni la plus belle matière, le bois, le bois qu'en un moment on assemble qu'en on travaille sans peine, qu'on repeint sans dommage , qu'on soutient sans effort. Maisons, temples, palais, à peine écroulés se relèvent, avec le rythme régulier et sûr des saisons qui, dans la vie, portent la mort en germe, et retrouvent le germe de vie dans la mort.

Il est vrai qu'à Tokyo et dans quelques grandes villes on commence à bâtir en pierre. Le quartier du Marunouchi et celui de Ginza possèdent des *buildings* à l'américaine du type le plus pur; mais ces *buildings*, on ne les habite pas: c'est le quartier général des hommes d'affaires qui, le soir venu, retrouvent à Azabu ou à Ushigome leurs *tatami* de paille et leurs *shoji* légers. Le bois seul peut fournir le cadre de la vie journalière; seul il convient à ces dieux du Japon, divinités de quartier ou de carrefour, *kami* bienveillants et génies tutélaires, qui se plaisent dans la compagnie des enfants, des oiseaux et des fleurs, et n'ont, somme toute, sur les vivants que cet avantage d'être des morts qu'on révère.

Mais les grands temples, ceux de Nikko, ceux de Shiba, pourquoi n'avoir point confié à la pierre le soin de les perpétuer? « Ces temples japonais, me disait un jour un de nos architectes d'Europe, sont infiniment gracieux, je l'avoue; leurs toits sont d'une rare élégance; mille détails d'exécution nous surprennent et nous charment : mais il leur manque la majesté des vastes proportions, des belles lignes verticales, de la matière durable. C'est du très joli meuble, travail de menuisier et d'ébéniste, non point œuvre d'architecte.» Il est certain que, transplantés dans nos pays d'occident, ces monuments nippons feraient assez pauvre figure, un peu comme ces oiseaux des tropiques encagés dans un jardin du nord. Mais venez au Japon, et là, au fond de parcs ou dans les bois, il se révélera à vous le bibelot d'orient, dans toute la pompe et la puissance de sa majesté antique. Une longue avenue de cèdre vous conduira vers lui ; de loin, dans le cadre di bronze ou de laque des portiques, vous regarderz poindre et, par degrés, s'élargir et grandir son palais sylvestre; c'est au murmure des branches toujours que vous franchirez son enceinte, que voue traverserez les cours, vastes clairières ; c'est leur ombre qui, sur les dalles, s'agitera en un va-et-. vient clair-obscur; les vieilles lanternes de pierre seront habillées de mousse et, au-dessus du bassin des purifications, vous verrez rosir la fleur d'un cerisier ou s'effeuiller la pourpre d'un érable; voue gravirez les marches du large escalier: partout autour de vous jailliront le tronc lisse et l'écorce; enfin, après avoir longtemps marché, vous le découvrirez, l'ultime sanctuaire, vêtu de laque ou de bois frais, méditant loin du monde, tandis que sur son front les pins balanceront leur grande ombrelle verte! Et vous comprendrez alors que la forêt ne sert pas seulement de décor ou d'écrin: elle est le temple même. L'homme a bâti l'autel: elle a dressé les colonnades, et tressé les arceaux, distillé la fraîcheur, répandu le mystère; et sur toutes choses elle imprime son sceau d'éternité. Vastes les proportions de ses mouvantes voûtes, belles lés lignes verticales de ses fûts droits et forts dont les plans des cours et des toits rehaussent la noblesse, impérissable la matière que la nature fournit et sans cesse recrée, divin l'esprit qui jaillit dans les sources, scintille dans la lumière, monte avec la sève et s'épanouit dans les âmes! Et vous admirerez aussi le génie de ce peuple qui, mieux que tout autre sut découvrir et suivre pas à pas les voies de la nature, de la nature qui n'enfante point dans la douleur, mais se renouvelle dans l'allégresse printanière, de la nature qui, selon des lois immuable et d'éléments simples en nombre limité compose ses décors multiples et changeants, de la nature, ce même visage aux physionomies innombrables! Ici, l'on bâtit aujourd'hui comme faisaient les aïeux, suivant des règles inflexibles, et pourtant maintes touches légères, maints arrangements subtils, maints souvenirs qu'avec lui on échange donnent à chaque sanctuaire, dans le cadre sévère de la tradition, la fraîcheur, la fantaisie, l'intimité de la vie individuelle. Et rien non plus ne décèle le labeur; tout est aisance et grâce : mieux que nous les Japonais sont créateurs a la manière de Dieu si créer c'est faire toutes choses de rien et le faire sans effort.

Aujourd'hui, du haut de sa tour, le soleil, ce dispensateur des dimanches, a invite la foule aux temples de Meiji, d'Ueno, de Kudan. Les *kimono* clairs s'en vont sans hâte par les allées, s'inclinent au dessus du bassin des purifications, s'attardent sous lesets portiques, s'arrêtent devant les shoji large ouverts, Ils mêlent aux troncs bruns, à la pourpre du laque leurs raies et leurs ramages gris perle ou roses ou bleu de roi. Ils sont venus de partout, non dans la fièvre d'une ardeur mystique ni contraints par un morne devoir; ils sont venus, sociables, pour jouir des rayons fugitifs, de l'ombre hospitalière, en compagnie de toute leur famille: parents, amis, ancêtres, dieux; ils ont emmené avec eux les enfants, tons les enfants, les grands qui se poursuivent en riant parmi les lanternes de pierre, les petits qui, ficelés sur le dos maternel, se balancent placides au rythme de la marche. Et dans les tours et sur les lattes on entend courir sans trêve les *geta* qui claquettent sur la pierre, claquettent sur le bois; et cette incessante rumeur qui fourmille et monte sous la voute se mêle au chant des cigales qui, de la plaine voisine, s'élève et plane et palpite dans le vaste ciel de juillet.

Sans doute les prières que l'on murmure ici ne sont pas destinées a un Dieu solennel; ceux qu'on invoque occupent simplement un rang plus élevé dans la hiérarchie divine. Sont-ils bouddhistes ou *shinto*? la foule ne s'en inquiète guère; c'est aux prêtres et aux lettres qu'elle laisse la tache de tenir la liste a jour et d'inscrire chaque nom dans la colonne convenable. D'ailleurs, avec ce merveilleux libéralisme des païens, elle admet dans son Pantheon les divinités étrangers: on n'exige d'elle rien d'autre qu'une carte de loyalisme, et Jésus même y serait accueilli s'il consentait a se faire naturaliser nippon. C'est quen effet, audessus des génies familiers et des *kami* communaux on rustiques, ces dieux incarnent tous l'idée de la patrie: déesses dont on raconte la légende, guer- riers morts dans les combats dont on cite les hauts faits, tous depuis Izanami jusqu'aux héros des plus récentes guerres ont travaille a la grandeur de l'Empire: ils en furent les créateurs et les gardiens; ils symbolisent son génie; du fond de leurs tombeaux ils animent les vivants de leur grand souffle épique; et ils sont immortels comme le Japon lui-même, comme ses monts, comme ses caps frar gés d'écume, comme son peuple ardent et fier. Voila les dieux que l'en prie dans les temples de Meiji, d'Ueno, de Kudan, non point le Dieu de tous les hommes. C'est a la Nature toujours, a la nature du Japon, divine et sans rivale, on vient rendre hommage; et c'est a l'Homme aussi, a l'homme du Japon, dont l âme poétique a chante sur ces laques sa foi dans son éternité!

Qui affirmera donc que nos vaisseaux de pierre sauront mieux résister an grand roulis du temps? Peut-titre nos cathédrales seront-elles depuis longtemps désertes et vides de foi, proie des archéologues et des touristes du Nouveau Monde, que les cordes de paille résonneront encore sur les *suzu* d'étain et que les pèlerins continueront de gravir, a Nikko, la sainte montagne. Lequel aura le premier accompli le cycle de ses destinées, de l'Occident qui pour hâter sa course jette a pleins sacs le lest de ses traditions et de ses souvenirs, ou de 1'Orient qui avance a pas lents sur la voie dans les entraves de sa morale séculaire et ployant sous le faix de tout son lourd passé ? Est-ce notre civilisation que chaque pensée nouvelle, chaque besoin naissant, chaque confort acquis peu à peu amollit, désunit, désagrège ? Est-ce la leur qui sans se lasser rebâtit et répare suivant la vieille loi et farouchement se garde forte et jeune et pareille à elle-même parmi ses tombes qu'abrite le pin vert ?

建築

マルセル・ロベール

翻訳

　まったくのところ、われわれはおとなしい人種でも、従順な人種でもない。なんであれ支配されるということに耐えられぬのであるから、たとえ相手が自然であっても指図させるわけにはゆかない。自然は全能と唱道し、その結構に感嘆し、そうして、つつましく宇宙に復すぐらいはしてもよい。が、われわれが神の創造を誉めなすのは、ひときわ高い位置をあてがってもらえたからにすぎず、うつくしく配された万有のうちにあって、われわれはみずから成したものをこそ好んで眺めており、すすんで謙虚になるとはいっても、周囲のすべてがへりくだって、われわれに第一の位を譲ってくれるならばの話である。人間嫌いが森に帝国を築くのは、そこで孤独という王冠をいただいて絶対的な無謬性にあずかり、おのれの偉大さを人々の目に引き立たせるためである。詩人にしても、山や草原にひきつけられるのは、みずからの希望や悲しみがそこにあてはまり、美化されたおのれの姿が映っているからである。なかでも仮借ないのは学者である。自然に対し、彼らはもっとも恐るべき兵器を作り上げた。自然の動勢を探り、自然を苛み、多方面から自然に攻め込む。自然にその秘密を明かさせ、策を弄し、ときには力ずくで、自分たちの厳格な法則を自然に押しつけなければ彼らは満足しない。協力させてやったところで、大したことはさせまい。住まいや廃墟を飾っておいてくれ、瞑想の場となってくれ、われわれのたてる仮定を支えてくれ、とこんなところだ。庭いじりや挿花は格下の芸術であり、自然科学は、理論の威光がなければ、二流の科学である。いっぽう、数学——これがわれわれの力学である——のほうは、なにもかも備えてわれわれの頭脳から生まれ、われわれ以外にはいっさい厄介をかけない。数学が、あらゆる障壁をまたぎ越して、科学であれ、芸術であれ、あらゆる領域に伝播してゆくのをわれわれはうっとりと見守っている。数学のおかげで、われわれは自然から脱し、自然を越える。均斉と一体性が尊ばれ、いかなるものにもつりあいとまとまりが求められる。なにごとも対称的で、連関しあい、渾然となっておらねばならぬ。すべてが、上昇し一点へ収斂せねばならない。われわれの都市はそのように構想されている。石の間から、大聖堂の尖塔が天をつくようにそびえる。大聖堂のうちでは、ステンドグラスをとおした人為的な光のもと、仲間同士で心ゆくまで人類の神を思い起こす。すべてが神をめざし、すべてが神までつづいている。神、それは、われわれの数学的想像力の極致である。むしろ戦いと呼ぶべき、この壮大とも傲慢ともいえる事業にふさわしい素材はただひとつしかなかった。石である。石は屈しない。だが石を制すれば、石はながくもつ。石はわれわれにとって、安息の場であり、また城塞である。石によって、都市は壮大さにおいて森を凌ぎ、大聖堂は時に抗うのである。われわれが廃墟を謳うのは、それが勝利の徴だからである。その石に鉄を加えてみたまえ。われわれの今後の労苦はいかばかりであろうか。

　日本という国は、以上のようなことを必要ともしていなければ、気にかけてもいないようである。日本では、なにもかもがまちまちで、はかなく、頼りない。なにもかも散り散りばらばらだが、なにもかもが生まれかわる。われわれよりずっと自然に近く、われわれよりもよく自然を解し慈しんでいる。人々はすすんで自然につきしたがう。自然にはつゆとも抵抗せず、逆におもねり、助けを求め、あの手この手で自然を味方につける。そして、睦まじく自然と手をくみ、自然が許すありとある場に思い出と希望とを刻みつける。彼らはものごとをあるがままに

造りの粗い門のうちに迎え入れる。決まった参拝日もなければ、オルガンが華々しく聖堂に鳴り渡り歓待してくれるわけでもない。ただ、一人一人と向き合うだけである。やってきたものたちは、おのおの、順番がまわってくると、麻の縄をふる。すると、その縄に結びつけられた錫製の「スズ」が穏やかな音を立てる。おのおのが薄い紙にこっそりと願い事を記す。寺社は、境内の奥で、古木の蔭にこもり穏やかな日々を送る、いわば、いち私人である。

また、限られた命をしかもたない。寺社は永らえることなど望まない。永遠にありつづけたり、苦労をかけたりするのが寺社の願いなのではない。おくゆかしく、ほかのいっさいと同じように、古びることを受け入れる、また、朽ちることを受け入れる。ここでは、だれも年月の流れに立ち向かわない。一年が生の区切りである。一定のはやさで過ぎ、終わるとすぐまた次の年が始まる。一年という単位が、諦めと希望とを教えてくれる。寺社は永遠をめざして築かれるのではない。よって、修理や、漆の塗り直しや、改修などは無用である。すべてが死ぬ、すなわち、すべては繰り返し、よみがえるのである。この永遠の蘇りという事業のために、自然はみずから、じつに美しい素材を提供した。木である。あっという間に組むことができ、加工するにも手間がかからず、塗り替えても傷まず、維持も簡単である。家屋でも、寺社でも、殿舎でも、倒れたと思う間もなく、規則ただしい四季の移り変わりにあわせて再建される。四季は、生の中に死の萌しを植えつけ、死の中に生の萌しを見いだす。

たしかに、東京や、いくつかの大きな街で、石を用いた建築も立てられはじめている。丸の内や銀座といった界隈には、典型的なアメリカ様式の「ビルヂング」が立っている。しかし、こういった「ビルヂング」には人は住まない。これらは総じて実業家が集まる界隈で、彼らは、夜になると、麻布や牛込などに構えた住まいに帰り、そこで、藁の「タタミ」や、かろやかな「ショージ」に再会する。日々の生活を支えてくれるのはもっぱら木である。木だけが、集落や辻の神、なさけ深い「カミサマ」、守り神といった日本の神々にふさわしい。子供や、鳥や、花に囲まれているのを好む日本の神々は、つまるところ、死者であるゆえに敬われるという点をのぞけば、生きているものたちとなんら変わりない。

しかし、日光や芝などの規模の大きな寺社の場合はどうであろう。石を用いて耐久性を高めることを

そっと扱う。すると自然は、彼らのおくゆかしさをよろこび、みずからの富を両手いっぱい分け与える。

まず、日本には、都市がない。少なくとも、欧州でいうところの都市はない。城壁がなく、堀もない。家屋が平地に適当にちらばっている。広場も、並木道も、尖塔も、鐘楼もない。ほかより突き出ているものがみあたらない。家屋も、寺社も、公共の建物も、みな同じつくりで、どれもこれもそろって小さい。地面につくほど傾いだ長い屋根が延々並んでいる。表通りはむしろ街道のたぐいで、ただこちらに旅籠はなくひたすら街を貫いている。住民が集まるような場所はなく、余所者にとっては、とにかく、目印になるものがない。都市は、路地と小さな住居と狭い庭とに細かく分かれているのだ。東京でさえ、欧州の範に倣っているにもかかわらず、近代の大都市の姿からはほどとおい。場末と郊外と田舎がすべてそこにある。山谷があれば、村があり、小山をこえると、また同じような別の都市が始まる。ここは、「いたるところ中心であり、周縁がどこにもない」世界なのである。

この低い屋根のひしめくなかにあって、寺社はかならずしも一目で見分けられるわけではない。つつましく、他とまぎれている。前庭や台石によって荘重さが強調されることもない。寺社は人々の頭上に、おおげさに声を張り上げたりはしない。人々を呼びつけることはしないが、通りがかりの巡礼者であれ、付近の村人であれ、やって来た者ならだれでもその

しなかったのはなぜか。ある日、さる欧州の建築家にこう言われた。「日本の寺社がきわめて優雅だというのは認めよう。屋根の美しさなど、他に類をみない。はしばしの仕上げの細やかさには驚かされるどころか、ため息がでる。けれども、日本の寺社は荘厳さに欠ける。規模の大きさや、まっすぐな垂直線や、もちのいい素材、そういったものを備えてないからだ。むしろよくできた家具の類いだ。指物師とか家具師の労作ではある。けれども建築家の仕事ではない」たしかに、われわれの西洋の国々にもってきたとしたら、このような日本の建造物はかなり貧相に見えるに違いない。いってみれば、北国の庭園に閉じ込められた熱帯の鳥のようなものだ。しかし、日本へ来てみるがよい。すると、公園の奥や木立のなかに、東洋の小さな装飾品とやらがおごそかに座し、いにしえの風格をただよわせているはずだ。手前には杉の立ち並ぶながい一本道がある。進んでゆくと、はじめ青銅かあるいは漆ぬりの門のむこうに遠くのぞんだ森の宮が、だんだんと広く大きくなってゆく。梢のこすれ合う音を聞きながら、垣を越え、中庭を渡る。ひろびろとした空間である。梢の蔭がゆれるにつれ、敷石が明るくなり暗くなる。古い石燈籠には苔がむしている。手水鉢を見下ろすように、桜がほのかに赤みのさした花を咲かせている。あるいは真っ赤に色づいた楓が散っている。幅の広い階段を一段また一段と昇る。にわかに、滑らかな幹や樹皮にとり囲まれる。ながながと歩いてきて、やっと、本殿が見えてくる。漆に塗られていることもあれば、白木のままのこともあるその神殿が世間から遠くはなれ、瞑想している。その正面で、松が大きな緑の傘を揺すっている。そのころには納得していることだろう、森はたんなる飾りでも引き立て役でもないのだと。森がまさに寺社そのものなのだと。人間が祭壇を建てた。森は列柱を立て、アーチを組み、瑞々しい空気を送り、神秘の気を行き渡らせた。あらゆるものに、森はその悠久の印を刻みこんでいる。ゆれる樹々の天蓋、その規模たるや広大である。幹は美しい直線をすらりとのばし、中庭や屋根の設計がその気品をさらに高めている。自然がもたらし、自然がたえず再創造する素材は滅びない。湧き水にほとばしり、光にきらめき、樹液とともに立ちのぼり、魂のうちで花ひらく精霊たるや、なんと神々しいことか。そしてまた、この国民の精髄に感服させられる。自然の示す道を見出し、一歩一歩その道をたどることにかけて彼らの右に出るものはない。自然が新たになにかを生むとき痛みはけっして伴わない。自然は春の歓びとともに新しくなる。自然は、不変の法則にしたがい、有限の単純な要素から、時によってさまざまな景観を形作る。自然、それは、無数の表情をもったひとつの顔である。ここではいまも、厳格なしきたりにならい、先祖と同じやり方で建物を建てている。それでも、ささやかな工夫をこらし、こまやかな手入れをし、人と神殿とが記憶をとり交わすことによって、どの神殿にも、伝統がゆるす範囲で、清新の気が、斬新さが、そして個々人の生活にみられるようなくつろぎがもたらされている。とはいえ、どこにも労苦のあとは残っていない。なにもかもゆったりとして、雅致がある。創造することが、あらゆるものを無から、苦もなくつくることだとすれば、日本人はわれわれより創造的だといえよう。その創造性は神のそれのようである。

本日は、太陽のめぐみ日曜日。真夏の日差しに誘われて、明治神宮、上野、九段の神社に大勢の人がくりだしている。はれやかな「キモノ」を着た人々が、参道をのんびりと過ぎてゆき、手水鉢に身をかがめ、廻廊のあたりで佇み、開け放たれた「ショージ」のまえで立ちどまっている。茶色の木の幹や紅色の漆に、縞柄や、淡灰色、ばら色、ロイヤルブルー、いろとりどりの花模様の晴れ着が混ざりあっている。彼らはあらゆる地域からやってきている。熱心な信者でもなければ、つまらない務めのために仕方なくやってきたのでもない。にぎやかに一族そろって、親戚、友人、先祖、神々、みなともども、束の間の日の光を味わい、木蔭で休らいにやってきたのだ。子供もつれている。上から下までひとりのこらずである。年長の子たちは石灯籠の間を笑いながら追いかけっこに興じ、年少の子たちは母親の背に紐で背負われ、歩みにおだやかに身をゆだねている。中庭でも、板張りの一画でも、石を、木を、からころ鳴らして走り回る「ゲタ」の音がやすみなく聞こえる。そして、あたりに満ちるこのたえまないざわめきが空へのぼり、蟬の鳴き声と混じりあう。近くの野から聞こえてくるその鳴き声が、一段と高まり、7月の広々とした空にひびき渡り、さんざめく。

いかにも、ここでつぶやかれている祈りのさきに、厳めしい唯一の神はおらぬ。だが、ここに祀られているのは、ともかく天の階層の上位を占める神々である。仏教の神なのか、それとも「シントー」の神なのか。人々はそのようなことにあまりこだわっていない。名簿を改めたり、しかるべき柱に氏名を刻むの

も神主や、字の書ける者に任せきりである。そもそも、多神教特有の驚くべき寛容さから、異国の神々が彼らのパンテオンにいても誰も文句を言わない。人々は忠誠の証し以外なにも求められない。もし本人が日本に帰化することを承諾すれば、キリストでも受け入れられよう。なにしろここにいるのは、なじみぶかい精霊や、村や田畑の「カミサマ」より格上の、いずれも祖国という観念を体現する神々なのだ。伝説の女神、武勲が語りぐさになっている戦に倒れた兵たち、伊邪那美にはじまりより最近の戦における英雄たちにいたるまで、みな偉大なる帝国を築きあげるために力を尽くしたものたちである。帝国は彼らが創り、守ったのである。彼らは帝国の神髄を象徴する。墓の底から勇壮なる息吹を送り、生ける者たちを鼓舞する。彼らは不滅である。日本も不滅であり、日本の山も、泡立つ波のよせる岬も、誇り高くひたむきなその国民も不滅である。明治神宮や上野や九段の神社で、人々はそういった神々を拝んでいるのである。全人類のための神などでは決してない。やはり自然を、比ぶものなき神々しい日本の自然を祀りに人々はやってくる。また、人を、日本人を祀るためでもある。日本の詩的な魂はこの漆の社でほろびぬ信念を唱えたのである。

　われわれの石の身廊のほうが時の大波によく耐えうるなどといったい誰が言えよう。考古学者や新世界からの観光客に蝕まれ、われわれの大聖堂のほうはとっくに人も信仰も絶えてしまっているのに、麻の縄は依然として錫製の「鈴」の音を響かせ、巡礼者が日光の聖なる山をよじ登っているかもしれない。運命の周期を最初に閉じているのはどちらであろう。早く走るために、伝統や記憶という底荷をかたはしから袋につめて捨て去った西洋だろうか、それとも、古来の教えという足かせをはめたまま、重い過去に押しひしがれながら、ゆっくりとした足取りでわが道を行く東洋だろうか。新しい考え方が生まれ、新たな欲求が興り、快適さを手に入れるたびに、われわれの文明は、少しずつ柔弱になり、軋みを来たし、崩壊してゆくのだろうか。彼らの文明は、古い法にしたがってあかず建て直され、改まり、緑の松のしたにそのぬけがらを葬りながら、かたくなに、毅然と、若々しく、そしてすこしも変わらずありつづけるのだろうか。

(園部曉子訳)

神々の建築
——ラフカディオ・ハーンとマルセル・ロベール

西村将洋　　解説

ニュートン神学と欧州の人間像

『Japan To-day』1938年7月号に掲載されたマルセル・ロベール「建築」は、"Architectures"と複数形で表記されているように、〈欧州〉と〈日本〉という二つの異なる文化の建築を比較検討した文章である。特に注目できるのは、「欧州」の白色人種である「われわれ」と、「日本人」の「彼ら」を差異化する語りが展開されている点だろう。つまり、文中では〈欧州〉と〈日本〉を鋭利に切り分ける心象地理（心理的な地理感覚）の生成が実践されているのだが、だとすれば、ここで生みだされる欧州の「われわれ」とは、具体的にはどのような主体イメージとして表象されていたのだろうか。

　第1パラグラフでは、「自然」よりも「上位」に位置する「われわれ」のイメージが提示された後、後半で「神、それは、われわれの数学的想像力の極致である」のように、数学との関連性が綴られており、数学者アイザック・ニュートンの神学が踏まえられている。

　ニュートンは主著『プリンキピア（自然哲学の数学的諸原理 Philosophiae naturalis principia mathematica）』（初版1687年刊）の第2版（1713年刊）巻末に「一般的注解」を増補し、科学の方法と目的、そして神との関係を論じている。それは次のような内容だった。

「この至高の存在はありとある事物を統治するのです。世界精神(アニマ・ムンディ)としてではなく、万物の主(ウニウエルソルム・ドミヌス)としてです。そしてその支配のゆえに、主なる神(ドミヌス・デウス)、パントクラトール（万物の帝王）と呼ばれるのが常です。なぜなら、神(デウス)というのは相対的な呼び名であり、僕(セルウオス)にかかわりをもつものだからです。そして神性(デイタス)とは、神を世界精神とする者が夢想するような神の支配が神自身の身体に及ぶことではなくて、僕に及ぶことだからです。（略）神は永遠にして無限、全能にして全知であります。すなわち、永劫より永劫に持続し、無限より無限にわたって偏在するのです。（略）いずれの時いずれの所にも存在することによって、神は時間と空間とを構成するのです」。[1]

1　アイザック・ニュートン「自然哲学の数学的諸原理」河辺六男編『世界の名著26　ニュートン』中央公論社、1971、p.562

事物を統治する「神」（デウス）は、人間である「僕」（「セルウオス servus」はラテン語で「しもべ」の意味）へ自らの影響力を行使するが、その際に重要なのは、神の力が「いずれの時いずれの所にも存在する」点だった。ニュートンは、この神の有する超時間的かつ偏在的な力を数学の諸原理として想定しており、その数学的普遍性を媒介として「神」（デウス）の支配力が「僕」（セルウオス）にまで及ぶと考えたのである。

　マルセル・ロベールは、このニュートン神学の発想を人間中心主義的な観点から反転させている。第1パラグラフの冒頭で記されるように「われわれが神の創造を誉めなすのは、われわれをことさら立ててくれるからに他ならない」。つまり、「われわれ」は、自然のみならず、神とも拮抗する存在として定位されている。先にロベールの「神、それは、われわれの数学的想像力の極致である」という発言を引用したが、まさしく神とは「われわれ」の数学的想像力の別名なのである。

　第1パラグラフ後半では、その「われわれ」の用いる建築素材として、「石」がクローズアップされている。ここでの「石」は朽ちることなく、「われわれ」の権威を保証し、永続させるもののシンボルである。こうして〈欧州〉の「われわれ」は、一神教（キリスト教）的なニュートンの神学に依拠しつつも、その枠組みをまるごと逆転させることで、自然や神をも凌駕する主体イメージとして姿を現すことになる。

　これに続いて「日本人」の「彼ら」による、別の価値観に基づく主体イメージが示されることになるのだが、その前に、この文章の著者マルセル・ロベールについて言及しておきたい。なぜなら、ロベールが提示する〈日本〉のイメージは、彼が専門とした学術研究と密接に関連していたからである。

マルセル・ロベールとは何者か

　マルセル・ロベールは、フランス人の英文学研究者として大正末期には来日している。1926年4月から1929年8月までは、京都帝国大学や第三高等学校でフランス文学を講義しており（そのときの教え子に桑原武夫がいる）、その後は東京の日仏会館の研究員として活動しながら、アテネ・フランセや第一高等学校、東京帝国大学などでも教鞭をとった。

　この間、ロベールは、ポール・ヴァレリーに関する著書（*Paul Valery*, Tokyo: Maison franco-japonaise, 1936.）と、2冊の小説（*Jiro; roman*, Tokyo: Ikkiyo, 1932. *Atashi; roman*, Tokyo: Ikkiyo, 1936.）を公刊している。

　ちなみに『Japan To-day』寄稿後の1939年秋からは関西日仏学館館長に就任し（1950年夏まで）、戦時中は様々な苦難を経験することになる。終戦後は1947年から、京都に在住しながら東京日仏会館の館長代理とフランス使節団文化部長を兼任。続く1949年から1951年までの期間は、東京日仏学院の初代学院長を務めるとともに、1950年夏からは東京に転居し、同学院長を退いた1951年にフランスに帰国している（1971年にパリ郊外で死去）。[2] このように、ロベールは1930年代から1950年頃にかけての日仏文化交流に、様々な点で尽力した人物だった。

　そのロベールは「建築」の本文で、自らと〈欧州〉の読者との違いを強調している。それが明示されているのが、第7パラグラフの冒頭で「日光」東照宮と「芝」増上寺についての評価が記される部分である。そこでは、ある「欧州の建築家」がロベールに対して、日本の寺社は永続性を象徴する「石」で作られていないことから「荘厳さに欠け」ており、「よくできた家具の類い」に過ぎず、「建築家の仕事ではない」、と酷評したことが紹介されている。

　この「欧州の建築家」は、特定の個人を表しているのではなく、バジル・ホール・チェンバレンの著書『日本事物誌』（*Things Japanese: being notes on various subjects connected with Japan*, London: K. Paul, Trench, Trübner, 1890.）の読者が想定されている。実物ではなく、文字によって日本建築を学んだ〈欧州〉の読者である。チェンバレンは次のように日光東照宮や芝の増上寺について述べていた。

　「日本建築の面白さは建物自体にはなくて、そこに住む人々の小ぎれいで家庭的な習俗にある。また、家の中の至る所で目につく小粒ながらも心楽しい装飾品の数々――精巧な留め金具、彫刻を施した小壁（欄間）（フリーズ）、ふすま屏風、奇妙に装飾された瓦、盆栽のある上品な庭。住居と同じことが寺院についても言えよう。日光（東照宮）や芝（増上寺）は壮麗であるが、建築としてそうなのではない――パルテノン神殿、〔ヴェニスの〕総統（ドージェ）の宮殿、ソールズベリ大寺院（カシードラル）の伝統を受け継ぐわれわれヨーロッパ人がアーキテクチャーという語を理解している意味において――。精巧な幾何学的図形、華麗な花や鳥や伝統的な獣が、木に彫られ、或いは木に描かれて、それらを贅沢に

2　以上、マルセル・ロベールに関する経歴については、宮本エイ子『京都ふらんす事始め』（駿河台出版社、1986）のp.185、p.191-192を参照。ちなみに1966年から1968年まで日仏会館フランス学長を務めたジャック・ロベール（パリ第2大学法経学部教授）はマルセル・ロベールの長男であった。この点については『京都ふらんす事始め』p.165-166を参照。

飾っているから壮麗なのである」[3]。

こうした〈欧州〉の読者に対して、ロベールは第7パラグラフの続きで、「しかし、日本へ来てみるがよい」と、日本に住む自らの立場を強調することになるのである。

では、ロベールが依拠していたのは具体的にどのような思想だったのだろうか。その点について興味深い発言がある。1939年から京都に在住することになったロベールは、仏文学者の宮本正清と行動を共にしていた。宮本の妻エイ子は次のようにロベールを回想している。

「マルセル・ロベールは大学教授有資格者であり、文学と音楽に造詣が深く、卓越した学者であった。ヴァレリーに関する論文をはじめとして、元来英語学者であった彼はラフカディオ・ハーンの研究家として、資料を駆使した綿密な伝記を著した。また自ら『jiro』『atasi』という小説を書いた。宮本（正清…引用者注）がいうには『ローベルさんは　フランスのラフカディオ・ハーンになろうとしたのだが……』と。また口さがないすずめたちは、陰で『ローベルさんはラフカディオ・ハーンのように片眼が不自由だから、彼に憧れたのでは……』」。[4]

付け加えておくと、ロベールは第2次大戦後の1950年から翌年にかけて2冊本の著書 Lafcadio Hearn (Tokyo: Hokuseido Press) を上梓した人物でもあった。このラフカディオ・ハーン（小泉八雲）との関連性が「建築」の本文を読み解く際の重要な鍵となるのである。

スペンサーの進化論と日本の神々

実際、ロベールの文章は複数の点でラフカディオ・ハーンの主張と接点を持っていた。

かつて欧米の日本学者は、神を理解する際に聖書（の言葉や論理）しか認めないという、いわゆる聖書主義の立場をとっていた。それに対して、ハーンは〈神〉と〈建築〉と〈自然〉を三位一体のうちに考える神道理解を有しており、「淋しい田舎の社は大工の造つた物と云ふよりも、むしろ風景の一特徴──岩石や樹木と同じく、自然に密接に関係した田舎の或姿、──大地の神の現れとしてのみ存在するやうになつた或物、──と云つた方がよい」[5]といった主張を展開していくことになる[6]。このハーンの主張の延長線上に、「建築」第7パラグラフの「そのころには納得していることだろう、森はたんなる飾りでも引き立て役でもないのだと。森がまさに寺社そのものなのだと」というロベールの発言も位置づけることができる。

そのほかにも、ロベールは、明治神宮、上野、九段の神社に人々が参拝する様子を「あたりに満ちるこのたえまないざわめき」とともに活写しているが、こうした〈音〉を主調とした語り口は、ハーンが最初の日本印象記『知られざる日本の面影』(Glimpses of Unfamiliar Japan, Boston; New York: Houghton, Mifflin, 1894.)の第7章「神国の首都──松江」で、多彩な〈音〉の溢れる空間として「神国の首都」松江を描き出したこととリンクしている[7]。ちなみに、この松江の見聞記は「松江の朝」等のタイトルで戦前（大正から昭和）の中学国語の教科書で頻繁に採用され、ハーンの文章のなかでも特に人口に膾炙した。[8]

このようにハーンとロベールの文章には複数の接点が散見されるが、注目に値するのは、ハーンの著書『心──日本内面生活の暗示と反響』(Kokoro: hints and echoes of Japanese inner life, Boston: Houghton, Mifflin, 1896. 以下『心』と略記する)とロベールの文章との関連性だろう。同書の第2章「日本文化の真髄」でハーンは、「西洋人は永存のために建て、日本人は当座のために建てる」[9]と建築や都市について述べているが、その考えはそのままマルセル・ロベール「建築」の第5パラグラフで「寺社は永らえることなど望まない。永遠にありつづけたり、苦労をかけたりするのが寺社の願いなのではない」という主張へと受け継がれていた。

では、日本建築は「永遠」とは別の位相でどのような特質を帯びることになるのだろうか。その点についてロベールは、同じく第5パラグラフで「古びることを受け入れ、また、朽ちることを受け入れる。（略）よって、修理や、漆の塗り直しや、改修などは

3　バジル・ホール・チェンバレン、高橋健吉訳、「建築（Architecture）」『日本事物誌1』東洋文庫131、平凡社、1969、p.30。なお、東洋文庫では『日本事物誌』の第6版（1939年刊）が翻訳されている。
4　前掲、宮本エイ子『京都ふらんす事始め』p.185
5　小泉八雲、田部隆次訳「生神」『小泉八雲全集』第5巻、第一書房、1926、p.13-14
6　この点については、遠藤勝「西洋人の神道理解」『世界の中のラフカディオ・ハーン』（河出書房新社、1994）を参照。
7　詳細は小泉八雲「神国の首都─松江」『小泉八雲全集』第3巻、第一書房、1926）を参照。
8　具体的に列挙すると、大正期の中学国語科教科書では、大正12年に「松江の朝」が、大正6年と大正14年に「神国の首都」が収録されている。昭和期の中学国語科教科書には、「松江の朝」が昭和3年、昭和4年、昭和6年、昭和7年、昭和18年に、同じ文章が「松江の暁」の題名で昭和2年、昭和7年～昭和9年、昭和12年に採用された。その他に昭和期の高等女学校の国語科教科書でも「松江の朝」が昭和9年に、「松江の暁」が昭和3年に、さらに「神国の首都」が昭和2年と昭和12年に採用されている。こうしたラフカディオ・ハーンの著作と国語教科書の関連性については、久松宏二「国語科教材としての八雲の作品」（『国文学　解釈と鑑賞』第56巻第11号、1991年11月）を参照。
9　小泉八雲「日本文化の真髄」『小泉八雲全集』第4巻、第一書房、1927、p.315

無用である。すべてが死ぬ、すなわち、すべては繰り返し、よみがえるのである」と述べている。こうした主張も前掲「日本文化の真髄」をヒントに導き出されたものだった。

ハーンは「日本文化の真髄」のなかで、「不永存と云ふ特徴が国民の外的生活の一切の者に認められる」と述べた上で、「日本の都市は人一代の間に、形は兎もあれ、実質を変へる」「国土そのものが転変の地である」と説明し、それに続いて伊勢神宮の式年遷宮を紹介している。その他にも「日も、月も、帝釈天と雖も、数多の随神と共に、皆悉く死滅す。一として永存するものはあらず」といった記述もある[10]。このように日本文化全般に見られる、生と死の循環という特質が、ロベールの文章でも適用されていたのである。

こうしたハーン経由の日本文化論を展開しながら、ロベールは「木」という建築素材の象徴的意味に着目していく。「木」は加工が容易であるがゆえに、「家屋でも、寺社でも、殿舎でも、倒れたと思う間もなく、規則ただしい四季の移り変わりにあわせて再建される」。その意味で「木」は様々に生成変化を繰り返す〈日本〉のシンボルとして位置づけられたのである。ここでは前述した〈欧州〉の「石」という建築素材とは対極的な価値観が提示されている。

それだけではない。この「木」に象徴される変化と多様性を伴う日本建築の性質は、神学的なレベルでの日本文化の特異性とも結びつけられていた。この点についてロベールは第3パラグラフの末尾で、日本は「いたるところ中心であり、周縁がどこにもない」世界なのだと強調し、そうした多神論的な世界観によって〈日本〉を表象している。こうしたロベールの発言との関連で注目できるのが、ラフカディオ・ハーンの神道論である。

ハーンは哲学者ハーバード・スペンサーの思想を応用することで、科学（近代心理学）の立場から、多神論的な意味での神道の意義を再発見した人物として知られている。例えば、『心』第12章「前世の観念」で、ハーンは次のようなスペンサーの〈遺伝的記憶〉に関する発言を引用していた。

「人間の脳髄は、生の進化の中に、或は寧ろ人間といふ有機体に達する迄の、幾つもの有機体の進化中に、受けた無限数の経験の、組織化された記録である。此等の経験中の尤も普遍的で、尤も屢々繰り返されるものの結果は、元利共立派に遺伝した。そ

して徐々に高尚な知力となつて、孩児の脳裏中に潜在する——それを孩児は長ずるに従つて活用し発達せしめ、而して更に複雑化する——そしてそれは細微な追加を附して、更に其子孫に遺伝される」[11]。

一方、ハーンは『心』第14章「祖先崇拝に就て」で、神道の特徴を「生者の世界は死者の世界に依つて、直接に支配せられるといふ信念である」と述べており、こうした神道の「死者」＝〈カミ〉という思想を、先のスペンサーの〈遺伝的記憶〉に当てはめて再解釈していくのである。「神道の教義」は「科学上の遺伝の事実と著しい相似の点」があり、「正教基督教（オーソドックス）よりも、より多く近代科学と不調和なものでは決してない」とハーンは述べている[12]。

つまり、ハーンはキリスト教的／一神教的な〈西洋〉イメージに対して、個人の内部に複数の死者＝カミ（他者）の〈遺伝的記憶〉が混在する、多神教的な〈日本〉のイメージを対峙させ、そのことによって〈日本〉的世界観による〈西洋〉的世界観の超克を試みていたのである[13]。

このラフカディオ・ハーンの見解と呼応するように、ロベールもまた「建築」の後半で「日本人はわれわれより創造的だといえよう」と述べて、〈欧州〉＝「われわれ」に対する〈日本〉の優位性を主張し、その「創造」性を「帝国の神髄」との関連で説明している。さらに、神道と〈遺伝的記憶〉に関するハーンの議論をなぞるかのように、ロベールは日本における「伝統や記憶」「重い過去」に注目し、「建て直され、改まり」、生成と変化を繰り返す〈日本〉の思想が、〈欧州〉の文化を超克するものであることを暗示して文章を締め括っている。

このようにしてマルセル・ロベールは、ラフカディオ・ハーンの日本文化論を応用しながら、建築素材として「木」と「石」のそれぞれに〈日本〉と〈欧州〉の象徴的意味を見出し、さらに神学的な観点から自らの〈近代の超克〉論を展開していたのである。

【主要参考文献】
小泉八雲「心—日本内面生活の暗示と反響」『小泉八雲全集』第4巻、第一書房、1927

---

10 同前、p.316-319

11 小泉八雲「前世の観念」『小泉八雲全集』第4巻、第一書房、1927、p.489-490
12 小泉八雲「祖先崇拝に就て」『小泉八雲全集』第4巻、第一書房、1927、p.520
13 ただしハーンやロベールの多神教的思想は、世界の外に立つ超越的な神を認めないことから、キリスト教圏では「無神論」として受け取られてもおかしくないものだった。その点については鈴木貞美『生命観の探求』作品社、2007、p.154を参照。

11,651KM World Record Flight by "the Wings of the Century"

An Outstanding Accomplishment
by Japanese Airmen

Japan had made her first major contribution toward the progress of international aviation when "The Wings of the Century," the huge streamlined monoplane of the Aeronautical Research Institute of Tokyo Imperial University, landed at Kisarazu airport on Sunday, May 15, at 7: 21 o'clock p.m., after establishing two new world records. Flying 11,651.011 kilometers in 62 hours and 24 minutes, the plane smashed the previous world record of 10,601.48 kilometres over a closed circuit, set by the French aviators Bossoutrot and Rossi, on March 26, 1931. Moreover, having negotiated the first 10,000 kilometres of its flight in 53 hours and 47 minutes or at an average speed of 180 kilometres per hour, the Japanese machine set a new speed mark for a continuous flight of 10,000 kilometres, surpassing by an ample margin the previous record established on June 10, 1932, by the French aviators J. le Brix and Marcel Doret, flying the machine "Trait d'Union" and reaching an average speed of 149.853 kilometres. Manned by a crew of three including Major Yuzo Fujita and Sergeant-Major Fukujiro Takahashi, the pilots, and Mr. Konkichi Sekine, the mechanic, "The Wings of the Century" flew over a closed trapezoid course of approximately 400 kilometres, linking Kisarazu, Choshi, Ota, and Hiratsuka; when the plane landed, it had completed its 29th lap over this course.

If the spectacular flight of the "Kamikaze" which negotiated the distance between Tokyo and London in less than 100 hours, about a year ago, gave sufficient evidence to the world that Japan is by no means a backward nation in the field of civil aviation, the remarkable accomplishment of "The Wings of the Century" and its crew shows this country on the best way to become a leading nation in this field of civilization. For, the previous world record for distance flying, which remained unchallenged during more than seven years, was improved by the Japanese flyers by a margin of roughly ten per cent, and their new speed mark was an improvement of even more than twenty per cent in efficiency over the previous record, unchallenged also for approximately six years. If it is being realized that in the world of sports, it is usually petty fractions of centimetres or seconds on which the establishment of a new world record hinges, the Japanese accomplishment becomes the more significant. Moreover, when the plane landed after more than 62 hours of continued flying, still enough of its original load of four and a half tons of fuel had been left for several more hours of flying, or at least for one more lap around the 400 kilometres course, and it was only on account of bad weather conditions developing in one section of the course, that the aviators abandoned their original plan of flying once more around the trapezoid course, which would have brought the flight to thirty laps, or to a total of 12,000 kilometres. When the crew alighted from the plane, Major Fujita is reported to have told the reporters at Kisarazu airport that as far as the machine was concerned, they could have remained in the air for several hours more, and that only precaution and their feeling of responsibility for the safety of the Institute's plane caused them to bring the flight to an end at that point. All the three members of the crew were said to be fresh and in good humor after the landing.

An enjoyable feature in connection with the flight was the modest attitude adopted by all those who had to do with it. There were no spectacular announcements heralding the event that was to take place, no advance laurels bestowed upon the heroes-to-be. What turned out, at the end, to be one of the major accomplishments in civil aviation of the century, was labeled, at the start, as a mere "test flight"; when it had been accomplished, Major Fujita reported that "the test" was ended, adding that the favorable weather conditions and the efficiency of his co-pilot and his mechanic were chiefly responsible for the successful performance.

The Aeronautical Research Institute of Tokyo Imperial University took up designing and manufacturing airplanes in spring of 1933, at the same time conducting minute research work in airplane bodies, engines, and fuel. The feasible results of those years of scientific work were applied to the construction of "The Wings of the Century", as the Institute's experimental plane is popularly called in Japan. It was constructed chiefly with the co-operation of the Tokyo Gas and Electric Industry Company, and the Kawasaki Aviation Industry Company, and was completed in March 1937 at a cost of 240,000 Yen. Equipped with a motor developing a maximum strength of 700 horsepower, and with a flying radius of approximately 15,000 kilometres, it was designed and built entirely by Japanese hands and embodies the results of hard work and thorough investigation and experimentation in which the nation's best experts in the aeronautical field have co-operated. The plane's wing span is 28 metres, its length 14.44 metres, its weight 3.7 tons.

The monoplane was tested for the first time on May 25, last year, when it circled over Haneda airport; a second test flight was undertaken last autumn. Since, the machine has been thoroughly re-examined and every single part re-tested, till a third test flight was undertaken on May 10, a few days before the plane started on its world record flight.

「世紀の翼」号、1万1651kmの飛行距離世界記録
日本人飛行士による傑出した記録達成
翻訳

5月15日、日曜日、午後7時21分、東京帝国大学航空研究所の巨大な流線型の単葉機「世紀の翼」号が2つの世界記録を樹立した後、木更津飛行場に着陸した。同機は、62時間24分かけて1万1651.011kmを飛行し、1931年3月26日にフランスのボストロ飛行士とロッシ飛行士がつくった1万601.48kmというそれまでの周回飛行世界記録を破った。さらに同機は、最初の1万kmの飛行を53時間47分で、つまり平均時速180kmでやってのけ、1932年6月10日※にフランスの飛行士J・ル・ブリとマルセル・ドレが「トレ・デュニオン（絆）」号を操縦して達成した平均時速149.853kmという従来の世界記録を大幅に上回る、1万km連続飛行のスピード新記録も打ちたてた。操縦士の藤田雄蔵少佐と高橋福次郎曹長、機関士の関根近吉氏の三人が乗り組んだ「世紀の翼」号は、木更津、銚子、太田、平塚を結ぶ約400kmの台形を周回飛行し、着陸したときには29周を完了していた。

ほぼ1年前、東京・ロンドン間の距離を100時間足らずで飛んだ「神風」号の目覚しい飛行が、民間航空の分野で決して日本は後進国ではないという証拠を世界に対して充分に示したとすれば、「世紀の翼」号とその搭乗員は、我が国がこの現代文明の分野で

※ 本文では1932年6月10日に記録樹立したことになっているが、1931年6月10日の間違いらしい。ル・ブリは1931年9月12日に、再度、記録にチャレンジして事故で死亡している。

藤田雄蔵少佐（左）と高橋福次郎曹長（右）
写真：東京日日

指導的な国家になる最も有利な立場にあることを示している。というのも、7年以上も破られなかった飛行距離の世界記録が、日本人飛行士によっておよそ10パーセントも伸びたからであり、彼らのスピード新記録が、これも6年近く破られなかった前世界記録を、20パーセント以上も上回ったからである。スポーツの世界での世界新記録の達成が一般にセンチや秒の微小なところで決まることを思えば、この日本の記録達成はさらに意義深いものとなる。しかも、同機が62時間以上にも及ぶ連続飛行を成し遂げて着陸したとき、離陸時に積み込んだ4.5トンの燃料のうち、まだ数時間以上の飛行に充分なものが残っており、400kmの周回コースを少なくともう1回飛ぶ余裕があった。飛行士たちが当初の計画どおりにもう1回台形の周回コースを飛ぶことを断念したのは、コースの一部に発生した気象条件の悪化のためであり、もしそれがなければ、30周の飛行と合計1万2000kmの飛行距離を達成していたはずである。搭乗員たちが飛行機から降り立ったとき、藤田少佐は木更津飛行場で待ち構えた記者たちに次のように語ったと報じられている。搭乗機に関する限り、我々はさらに数時間飛行することができただろう。この時点で飛行を終了させたのは、航研機の安全を慮った我々の責任のためであり、用心のためでしかない、と。着陸後、搭乗員3人は全員、溌剌としており快活だったという。

この飛行に関連して特筆すべき愉快なことは、これをやってのけた人々の態度が謙虚だったことである。この快挙がなされる前に、それを大々的に予告する何の発表もなかったし、英雄となるべき人に対して前もって何の賛辞も与えられなかった。結果的に今世紀の民間航空で偉大な業績の1つとなったものは、当初、単に「試験飛行」と呼ばれたに過ぎない。それが達成されたとき、藤田少佐は「試験」は終了したと報告し、飛行が成功したのは主として、順調な気象条件と、彼の副操縦士や機関士の技能のおかげである、と付け加えた。

東京帝国大学航空研究所は1933年春に航空機の設計と製造に着手し、同時に機体、発動機、燃料に関する精密な研究を行った。その後の科学的調査から得られた利用可能な研究成果が、航空研究所の実験機の通称となった「世紀の翼」号の建造に応用された。同機は、主に東京瓦斯電気工業と川崎航空機工業の協力によって建造され、24万円を費やし1937年3月に完成した。最大出力700馬力の発動機を搭載し、約1万5000kmの飛行半径を有する同機は、全面的に日本人の手によって設計・製造され、我が国における航空工学のトップの専門家たちが協力して行った完璧な調査・実験と、彼らの勤勉さとが生み出した結果を具現化している。同機の翼長は28m、全長14.44m、重量は3.7トンである。

この単葉機は昨年5月25日、初めて試験飛行し、羽田飛行場の上空を旋回した。二度目の試験飛行は昨年秋に行われた。それ以来、同機は徹底的に再検査され、あらゆる部品が再点検された。それが終わって三度目の試験飛行が行われたのは5月10日、世界記録飛行が開始される数日前のことであった。

（戸部良一訳）

民間航空機の技術開発と国威発揚

戸部良一　　解説

航研機の製作

ライト兄弟が世界で初めて固定翼機による動力飛行を成功させたのは1903年12月である。日本では、それからちょうど7年後、陸軍の徳川好敏大尉と日野熊蔵大尉が外国製の飛行機を操縦して、動力飛行を初めて成功させた。

その後、航空機は第1次世界大戦での本格的作戦運用を契機として飛躍的に発展したが、その分、日

本では立ち遅れが目立った。大戦後は、各国間で軍用機だけでなく民間航空機の開発競争が繰り広げられ、航続距離やスピードの記録をめぐっても競争が展開された。その最も有名な例は、1927年5月、アメリカのチャールズ・リンドバーグが、無着陸の大西洋横断飛行（ニューヨーク～パリ）に成功したことだろう。

こうしたなかで日本でも航空機の技術開発への取り組みが本格化する。それは陸海軍で行われただけでなく、今日的に言えば産学協同あるいは軍産学協同で進められた。1918年、航空技術の学術振興のために、東京帝国大学附属航空研究所（1921年より東京帝国大学航空研究所）が越中島に創設され、1923年の関東大震災で研究所が倒壊すると、あらためて駒場の農学部用地に再建された。1931年、所長の斯波忠三郎は、航続距離の世界記録を打ち立てるため航空研究所で航空機を設計・製作する計画を打ち出し、文部省から当時としては高額の予算を認められた。航空研究所は本来、基礎的研究を行うべきところで航空機の製作などに従事すべきではないとの批判もあったが、斯波の後任となった和田小六（木戸幸一の実弟）所長の下で、製作が進められた。日本の航空機開発の中心的存在となる木村秀政は、この航空研究所試作長距離機（航研機）の胴体・尾翼を担当している。

製作が進んでゆく段階で、費用や施設の面で民間の協力が必要となり、機体製作は東京瓦斯電気工業（日野自動車の前身、航空機部門は日立航空として独立）の大森工場で行われた。同社は木製飛行機の製作経験しかなく、工具も25名程度だったが、フランスで航空機製作に携わった経験を持つ工藤富治が工場長に就任した。エンジンは川崎重工業で改良された水冷式エンジンが、プロペラは日本楽器製のもの（木製）が使用された。空気抵抗を極小化するために、翼や胴体の外板には沈頭鋲が使われ、車輪を手動の引き込み式とした。パイロットは、必要なときは風防を立てコックピットから上半身を乗り出して前方を見るが、通常の飛行中は風防を仕舞い込んで胴体のコックピットの中に入った。したがって前方はほとんど見えず、通常の飛行中は羅針盤を使って方位を確認し、目標地点近くになって風防を立て前方を見るものとされた。軽量化を図るため胴体はジュラルミン製で、主翼と尾翼の動翼部は羽布張りとされ、不時着時に発見しやすくするため、羽布張り部分には赤い塗料が塗られた。

飛行

完成した機体は1937年4月羽田飛行場に運ばれ、陸軍航空技術研究所から派遣された藤田大尉以下3人のチームによってテストが繰り返された。初飛行は同年5月25日、その後、試験飛行を重ねて改良を施し、滑走距離の関係で海軍の木更津飛行場に移動した。記録へのチャレンジは1938年5月10日に試みられたが、自動操縦装置の故障のため5周で中止され、応急修理の後、5月13日（金曜日）に再び試みられた。

『Japan To-day』の記事にあるように、飛行コースは木更津から北東に向かい銚子の犬吠埼灯台を経て、西北に向かって中島飛行機太田工場本館（群馬県）を目指し、そこから南に飛んで神奈川県平塚の航空灯台を目印にし、西の木更津に戻るという1周約2時間のコースである。3日に及んだ記録飛行の間、操縦は交代でなされたが、睡眠も思うに任せず、相当の疲労だったようである。食事や排泄も楽ではなかった。重量増加を避けるため無線機が搭載されず、したがって地上との交信はできなかった。

上述したように、当時は航続距離やスピードの記録をめぐって国際的な競争がなされていた。特に長距離飛行については、太平洋横断飛行が期待されていたが、1931年10月にアメリカ人によって成し遂げられてしまった。しかし1937年4月、朝日新聞社の「神風」号（陸軍の97式司令部偵察機）が亜欧連絡飛行に成功、東京～ロンドン間の速度記録を樹立し、日本全国に大きな反響を呼び起こした。この頃、国際航空連盟（FAI）が世界記録としていたのは、距離、高度、速度の3種であり、そのうち距離には周回コースと直線コースの2種類があった。航研機は、無着陸周回航続距離と、1万キロの平均速度の2つで世界記録を樹立したのである。

反響

実は、『Japan To-day』の記事の内容とは異なるのだが、航研機による世界記録挑戦は以前から高い期待を寄せられ、広く報道もされていた。「神風」号が巻き起こした興奮の記憶がまだ鮮明であったときであり、航研機の記録チャレンジは国民的関心の的でもあった。5月10日の挑戦失敗のときから新聞報道がなされ、5月13日からは連日、新聞のほか、ラジオでも実況放送された。言うまでもなく、こうした報道は国威発揚にもつながっていただろう。航研機

の記録は、6月、国際航空連盟によって公認された。日本の飛行記録で唯一、世界記録として公認されたものである。藤田少佐以下3人の功績を称えるため、帝国飛行協会主催の祝賀会が企画されたが、本人たちの辞退と日中戦争という時局を考慮して中止され、同協会総裁の梨本宮邸で、3人に勲章が、東京瓦斯電気工業には感謝状が贈られた。また、1939年には航研機を描いた普通切手（12銭）が発行されている。朝日新聞社は、『世紀の翼』と題する航研機の製作を記録したドキュメンタリー映画をつくり、1938年8月に公開している。

高い関心と多くの称賛を集めた航研機（当時も現在も「世紀の翼」という名称を用いることは稀である）の世界記録は、しかしながら、翌1939年、周回距離がイタリア機によって、1万キロの速度がドイツ機によって破られた。操縦士の藤田少佐は、同年2月、華中の戦線で副操縦士の高橋曹長とともに戦死した。その合同慰霊祭が立川飛行場で行われたとき、彼らの死を悼んで上空を航研機が飛んだ。操縦していたのは「神風」号の操縦士、飯沼正明であった。

興味深いことに、この『Japan To-day』の記事には当時の戦争の影がまったく見えない。民間航空機の技術開発の分野で日本が先駆的業績を挙げたことに焦点を絞り、その点を国際的にアピールしている。ただし、日中戦争勃発後、日本海軍は長崎県の大村基地や台湾の台北基地から中国大陸への渡洋爆撃を実施し、長距離飛行が軍事目的に利用される実例を示していた。航研機の記録達成とほぼ同じ頃、中国空軍も日本を「攻撃」している。5月20日未明、中国空軍機2機が九州に飛来し、本物の爆弾ならぬ紙の爆弾（宣伝ビラ）を投下していったのである（萩原充「中国空軍の対日戦略－日本爆撃計画を中心に」波多野澄雄・戸部良一編『日中戦争の軍事的展開』慶應義塾大学出版会、2006年）。

その後

『Japan To-day』にこうした航空関係の記事が掲載されたことには、日本の技術力を、しかも「平和的」分野での技術力を国際的に宣伝するという目的以外に、菊池寛と航空との関わりが関係しているかもしれない。菊池は1930年に満鉄から誘われて、池谷信三郎、佐々木茂索、直木三十五、横光利一とともに、日本航空輸送会社の航空路（東京～大阪～福岡～蔚山～京城～平壌～大連）を使って満洲を訪問した。また、1940年に発足した文壇航空会が翌年、航空文学会と改称したとき、菊池はその会長を務め、文藝春秋社内に事務局が置かれた（和田博文『飛行の夢』藤原書店、2005年）。

航研機は終戦まで羽田に保存されていたが、敗戦後、進駐軍によって徹底的に破壊され、ブルドーザーで海中に投棄されたという。しかし、この名機を惜しむ声は多く、1990年代に入って復元がなされた。復元機は現在、青森県の三沢航空科学館に展示されている。設計に携わった木村秀政、操縦士の藤田雄蔵、機体製作に従事した工藤富治の3人は青森県出身であった。

現在でも、流線型の優美な航研機は飛行機愛好家の間で人気がある。2010年は徳川大尉と日野大尉が日本で初めて動力飛行を行ってから100年目に当たっており、同年9月、日本の「航空100年」を記念して、100年間の歴史を飾る名機10機を描いた10枚組の切手シートが発行されたが、その10枚組のうち、徳川と日野の2人が搭乗した2機に続く3枚目が、航研機である。航研機については、富塚清『航研機－世界記録樹立への道』（三樹書房、1996年）、日本航空学術史編集委員会編『航研機－東大航空研究所試作長距離機』（丸善、1999年）、北澤一郎編『写真集 航研機』（星林社、2003年）、水嶋英治ほか『幻の名機再び－航研機復元に挑んだ2000日』（オフィスHANS、2004年）などがある。

Sommer

Sōnosuke Satō

Die Schönheit der Natur im Sommer — die finde ich in der Jugendlichkeit, Frische, Reinheit und Lebendigkeit aller Dinge. Zu keiner Zeit passen sich unsere Lebensformen so völlig dem Wechsel der Natur an wie gerade im Sommer. Die Temperaturen steigen, die Sonne strahlt orangefarben, und die Wangen der Mädchen und Kinder röten sich. Bäumie und Sträucher beginnen zu blühen, und das dunkel leuchtende Grün des dichten Laubes blendet das Auge. Auch unser bemächtigt sich helle Fröhlichkeit — oder auch Melancholie, wenn uns der unwiderstehliche Glanz der Natur besiegt. Ich liebe von allen vier Jahres-zeiten den Sommer am meisten.

Unser Sommer beginnt am 5. Mai, der „achtundachzigsten Nacht", nämlich gerechnet vom ersten Frühlingstag unserer alten Kalenderrechnung; oder am 6. Mai, unserm eigentlichen„ Sommersanfang." Da sind die Kirschen längst verblüht, und die Bäume setzen frisches grünes Laub an; die Glyzinien blühen auf, am Himmel fliegen die ersten Schwalben, und an den Pflaumenbäumen wachsen kleine grüne Früchte. Die Läden in den Gassen schmücken sich im Rot der Erdbeeren; Vergissmeinnicht, Rose, Päonie und Pfingstrose öffnen ihre Blüten, und zuletzt blüht auch die weisse *unohana*, die Lieblingsblume unserer mittelalterlichen Vorfahren; es ist Juni, die Regenzeit setzt ein. Dann komr't die Zeit des shirabae, des unaufhörlich wehenden heissen Südwinds; wir tragen den seru, den *kimono* aus Seidenserge. Alle Glasschiebetüren zum Garten werden weit geöffnet; das Bassin bekommt neue Goldfische, und im Garten werden die Herbstblumen gesät. Die Bauern auf dem Land haben einen arbeitsreichen Monat; sie jäten Unkraut, bestellen die Felder, versetzen die Reispflanzen, mähen die Gerste: es gilt, für die Ernte des ganzen Jahres zu schaffen. Auch für die kommende Hitze muss alles vorbereitet werden; die Bambus-jalousien sind aufzuhängen, die elektrischen Ventilatoren zu montieren, leichtes Bettzeug für die warmen Nächte anzuschaffen, und auch sonst ist alles für das warme Wetter passend herzurichten. Auch hygienische Massregeln sind zu treffen, wegen der grossen Feuchtigkeit in den japanischen Häusern.

Das Strahlen der Natur, das unser physisches Leben unmittelbar beeinflusst, überträgt sich auch auf unser Gemüt; wenn der Himmel sich selbst überstrahlt und das angenehm warme Wetter die Luft weich und mild macht, so muss auch unsere Lebensweise sich darauf umstellen. So ist das Leben im Sommer umso lebenswerter, je naturverbundener wir leben — am besten auf dem Lande. Wechsel und Neuheit auch in unserer Nahrung: alle möglichen Sorten von Obst. Gemüse und Fisch, die es nur, im, Sommer gibt, kommen nacheinander auf den Markt—die *biwa*, die ich so gern esse, und Kirschen, Pfirsich., Saubohnen, Gürken, Auberginen, Bambussprossen, neuer Tee ... Vom Meer kommen *kisu*, Tunfische, Seebrassen und allerlei Muscheln: Und dann vor allem die berühmten japanischen Forellen, aus den Bergbächen, wo ihre silbrigen Schuppen im Schatten der grünen Laubbäume glitzern. Der Forellenfang in Japan ist noch spannender als in andern Ländern, die japanischen Forellen sind nur mit einem besonders dünnen Seidenfaden (von einer Seidenfaraupe, die es nur im Gebirge gibt), und nur mit einem besonders feinen Angelhaken zu fangen. Wegen ihres frischen Geruchs, ihrer Behendigkeit im Schwimmen und ihrer formschönen Gestalt nennen wir die Forelle die „Königin der Flüsse."

Wenn es Juli wird, haben wir uns völlig an den Sommer gewöhnt. Wir ziehen fast nichts weiter an als den *yukata*, unsern duftigen Sommer-*kimono* aus marine oder indigo-blau gemusterter Baumwolle; dazu die *geta*, unsere platten Holzsandalen, an die nackten Füsse. Um die Zeit werden überall in Tokyo die berühmten Tempel-Jahresmessen abgehalten. Abends, nach getanem Tagewerk, auf der Messe herumzubummeln: das ist eine der Vergnügungen unserer Grosstädter. Da gibt es Glühkäfer in kleinen Bambuskäfigen, Goldfische und Topfblumen zu kaufen. Wer keinen Garten hat, kauft sich einen Miniaturgarten, eine Blumenampel oder ein *hiemaki* — ein längliches flaches Gefäss zum Gras-säen: das stellen die Leute aufs Fenstersims, um sich in den engen Wohnvierteln an ihrem eigenen Stück „Natur" zu erfreuen. Die Leute aus den Aussenbezirken, die meisten in weissen Sommer, anzügen, gehen zum Pferderennen, zum base-ball, oder zu den *sumo*-Ringkämpfen, und abends ins Kino, in die Revue, oder ins Sommer-*kabuki*-theater. In unserm klassischen Theater gibt es von altersher die sogenannten „Sommerschauspiele": man spielt spannende Spukstücke und tragisch-erhebende Dramen, die uns die Träume unserer Bubenzeit wiederbringen.

Am 7. Juli ist das *Tanabata*-Fest, das den Sternen am Himmel, den Gestirnen der Liebe geweiht ist. Am 11. Juli beginnen die Blumenmärkte, wo wir Blumengewinde für den Familienaltar kaufen. Denn vom 12. bis 15. Juli währt das *Obon*-Fest, zu dem die Seelen unserer Ahnen auf die Erde zurückkehren; wir beten zu ihnen am Familienaltar.

Zu dieser Zeit kommen die grünen Sojabohnen, die Maiskolben und alle Arten von Gurken- und Melonen, früchten auf den Markt, und auch der Aermste kann den „Segen des Sommers" nach Herzenslust auskosten. Nun ist es tagsüber richtig heiss, und wir gehen abends auf die Strasse, um uns in der frischen Abendbrise etwas abzukühlen; dann sind die Gassen voll von Menschen. Auf den Wiesen und Feldern, wo der Rauch der Moskito, Abwehrfeuer zum Himmel steigt, öffnen die Abend Trichterwinden ihre weissen Blütenkelche, und über den Gärten geht der traumhaft schöne Sommermond auf. Die Fischer leute am Meer beginnen die nächtlichen Fischzüge nach *aji* und Seebrassen.

Die Jungen und die frommen Alten besteigen um diese Jahreszeit den Fujisan, um Geist und Körper zu stählen. Die Wohlhabenden gehen auf Sommerfrische in die kühlen Berge, und auch die Studenten haben nun Ferien. Doch unsereiner geht im Hochsommer möglichst wenig aus; wir machen es, wie es die Alten gemacht haben: wir ziehen uns während der heissesten Sommertage auf unser Zimmer zurück und „reinigen" Leib und Seele in angestrengter, konzentrierter Arbeit — wir nennen es *gegaki*, „Schreiben im Sommer." Denn, wenn wir erst mal angefangen haben zu faulenzen, dann können wir uns überhaupt nicht wieder aufraffen; doch bewusst ein priesterliches Leben zu führen, das ist ein Weg, über die heisseste Zeit hinwegzukommen.

Doch wenn auf solch einen langen Tag der kühle Abend folgt, dann wird auf der Veranda der Esstisch gedeckt; es gibt eisgekühlten *tofu*, eine Art Bohnenpudding; dazu Ingwer und kalten Fisch, und japanischen *sake*-Wein oder Bier, das wir gierig herunterstürzen. Das ist so eine unserer Sommerfreuden, die freilich noch genussreicher wird, wenn wir dazu hinausfahren, in ein Strandhotel, einen Gasthof in den Bergen oder ein Badekurhaus. Aber wenn man erst mal über vierzig ist, dann fühlt man sich nirgends so wohl wie zuhause, man hat genug von der Liebe und verlangt nichts zu hören oder zu sehen; guter, frischer Laune sein und ein ruhiges, friedliches Leben führen: das ist alles, was man wünscht. Doch wenn wir von diesem massvollen Lebensstil abweichen, dann sucht uns der Sommer mit einem bösen Leiden heim; wir reiben uns in düsteren Gedanken auf, und alle helle Fröhlichkeit verschwindet aus unserem Leben. Denn der Sommer ist auch eine gefährliche Jahreszeit, während der es gut ist, die buddhistischen Gebote einzuhalten.

Während dieser Zeit finden allerlei öffentliche Veranstaltungen im Freien statt, vor allem die Sommerfeste der *Shinto*-Schreine, unter denen das Gion-Fest in Kyoto und das Kanda-Fest in Tokyo am berühmtesten sind. Bei diesen Festen werden tragbare Schreine und Festwagen in Prozessionen durch die Strassen geführt, und früher wurden auch Bühnen für zeremonielle Tänze aufgebaut. Doch in diesem Jahr, in diesen kritischen

Zeiten, bleiben die Festlichkeiten auf schlichte Siegesfeiern und stille Opferfeste für die hehren Gottheiten beschränkt. Zum Abschluss wird ein Feuerwerk abgebrannt, und das Volk, das diese Blumen aus Feuer und Rauch in den kühlen Abendhimmel emporsteigen sieht, wird gelinde an das Nahen des Herbstes gemahnt. Und ehe man sichs versieht, kommt die Zeit, wenn die singenden Insekten abends ihre Stimmen erheben, und im Schlaf kommen die kühlen Nächte: dann wissen wir, dass der Sommer zur Neige geht. Gibt es eine traurigere, melancholischere Zeit als dieses letzte bischen Sommerende? Die Ferien der Schulkinder sind vorbei, und auch wir müssen scheiden von der fröhlichen, strahlenden Sommerzeit. Ueberall sind die schleichenden Schritte des nahenden Herbstes zu vernehmen. O Sommer, Du mädchenhafter, leuchtender, fröhlicher Sommer, bleibe ewig strahlend und jung....

夏

佐藤惣之助　　　翻訳

夏の自然の美しさ――万物の若々しさ、みずみずしさ、活気の中に私は、それを見る。夏ほど我々の生活様式が自然の変化に順応する季節はない。気温が上がり、太陽は橙色に輝き、少女や童子の頬は紅に染まる。木々は花を咲かせ、生い茂る葉の濃い緑が目に眩しい。自然の抗い難い輝きが我々を打ち負かし、明るい悦びの気分、もしくは感傷の気分に捉えられる。四季の中では、夏が一番好ましい。

我々の夏は、旧暦の立春から数えて「八十八夜」にあたる5月5日に始まる。あるいは、本来の「立夏」の日である5月6日に始まる。桜は疾うに散り、木々は新緑の葉をつける。藤の花が咲き、空には最初の燕が飛翔し、梅の木には小さな青梅が生る。路地の店頭は苺の赤で飾られる。勿忘草、薔薇、牡丹、芍薬が花開き、そして、最後に中世の古人が好んだという真っ白な「ウノハナ」が咲き誇る。梅雨が始まるのは6月である。それから、絶え間なく吹く熱い南風である白南風の時期が来る。我々は絹サージのセルの「キモノ」を着る。庭に面するガラスの引き戸はすべて広く開け放たれる。池には新たに金魚が放たれ、庭には秋咲きの花の種が蒔かれる。田舎の農夫たちには仕事の多い月だ。雑草を引き抜き、田圃を耕し、田植えをし、大麦を刈る。1年分の収穫がここにかかっている。まもなくやって来る暑さにも万全の準備をしておかねばならない。簾を吊るしたり、電気扇風機を据え付けたり、熱帯夜のために軽い夜具を調達したり、ともかく暑い天候にあわせて万事を整える。日本家屋は湿気が多いので、衛生面の対策を講じる必要もある。

自然の光は我々の肉体に直接影響を及ぼし、我々の情緒へも働きかける。空が光り輝き、心地よく暖かい天候が空気を穏和にするとき、我々の生活様式もそれに順応する。自然との触れ合いが多いほど――田舎で暮らすのが最良だが――夏の暮しが価値あるものとなる。食物も変わり、初物が到来する。夏だけの多種多様な果物、野菜、魚が次々と市場に出回る。私の大好きな枇杷、サクランボ、桃、ソラマメ、胡瓜、茄子、筍、新茶などなど。海からは鱚、鮪、鯛、貝類のすべて。それから、銀色の鱗が緑の広葉樹の陰に煌く、山の清流で獲れる有名な鮎。日本の鮎釣りは他国のそれより刺激が多い。鮎は極細の絹糸（山地だけにいる蚕からの）と、極小の釣り針でしか釣れないのだ。その鮮烈な香り、泳ぐ時の敏捷さ、優美な姿ゆえに、我々は鮎を「川の女王」と呼ぶ。

7月になると我々は夏にすっかり慣れている。身につけるもは、濃紺か藍色の柄の木綿でできた薄い夏の「キモノ」である「ユカタ」だけで、素足に平べったい木のサンダルである下駄を履く。その時期、東京のあちこちの有名な寺で市が開かれる。夕方、その日の仕事を終えて、市をぶらぶら歩き回る。それは大都会に住む我々の楽しみのひとつである。市では小さな竹籠の蛍、金魚、鉢植えの花などが売られている。庭がなければ、盆栽や吊り花かごや「ヒ

エマキ(稗蒔)」を買う。稗蒔というのは、草の種を蒔くための細長く平らな鉢のことで、窓辺に置いて、狭い住宅地域の中で、自分だけの「自然」の片鱗を愉しむのである。郊外に住む人々は、ほとんど皆白い夏服を着て、競馬や野球や相撲を見に行き、夕べになると映画館や、演芸、歌舞伎の夏興行に出かける。我々の伝統的な劇場には、昔からいわゆる「夏芝居」といわれるものがあり、我々の少年の頃の夢が蘇るような、手に汗握る怪談物や感動的な悲喜劇が演じられる。

7月7日は、天の星々、愛の星座に捧げられる「タナバタ(七夕)」祭りである。7月11日には花市が立ち、そこで我々は仏壇に供える花を買う。7月12日から15日までは「オボン(お盆)」なのだ。この期間、先祖の霊がこの地上に戻ってくる。我々は仏壇の魂に向かって、祈りを捧げるのである。

この時期には、枝豆、玉蜀黍、そして全種類の胡瓜や瓜科の果実が市場に出回り、貧しい者であっても「夏の恵み」を心ゆくまで味わうことができる。この頃、日中はまことに暑いので、夕べになると、新鮮なそよ風で夕涼みしようと通りへ出る。すると、路地は人々で溢れかえっている。蚊遣りの煙が空に向けて立ち上る野原では、夕顔が白い花萼を開き、庭では夢のように美しい夏の月が昇る。漁師は海で、「アジ(鯵)」や鯛の夜釣りを始める。

若者や信心深い老人は、精神と肉体を鍛えるために、この季節に富士山に登る。裕福な者は涼しい山へ避暑に出かけ、学生たちも夏期休暇となる。しかし、我々のような者は、盛夏にはなるべく外出せぬよう努めるのだ。いにしえ人のように過ごすのである。酷暑の日には部屋に籠り、気持ちを引き締め集中して作業をすることで、身心を「清める」のである。これは「夏に書く」、「ゲガキ(夏書)」と呼ばれている。我々は一旦怠けだしたら、改めて自己を律することが困難だからである。意識的に修行僧のような生活をすることは、盛夏を乗り越える手段のひとつなのである。

しかしながら、そのような長い1日が終わり涼しい晩が訪れると、縁側に食卓が整えられる。一種の豆プリンである「冷たいトーフ(冷奴)」。それに生姜と刺身、「サケ(日本酒)」か麦酒が加えられ、我々はそれは貪るように平らげる。これこそ夏ならではの悦楽といえるだろう。もちろん、海辺のホテルか山の宿屋か湯治場へ出かけるなら、さらに愉快に違いない。しかし、不惑を過ぎると、我が家ほど居心地のよいところはないと感じ、色恋沙汰にも興味を失い、見聞きすることも億劫となる。清々しく機嫌よく静謐な生活を送ることこそが、望むすべてとなる。ところが、この節度ある生き方から逸れると、夏は我々をひどく苦しめる。陰鬱な考えに疲労困憊し、屈託のない陽気は、我々の生活からすっかり消滅してしまうのだ。夏は不穏な季節でもあるから、仏教の規律を守っているのが無難なのである。

この時期、神社の夏祭りなど、様々な野外行事が行われる。その中では京都の祇園祭りと東京の神田祭りが有名である。これらの祭りでは、神輿と山車が行列をなして通りを練り歩く。かつては神楽を舞う舞台も設けられていた。しかし、今年は危急の時でもあり、簡素な戦勝祝いと、英霊への鎮魂奉納祭にとどめられた。祭りの最後には花火が打ち上げられ、炎と煙の華が涼しい夕空に立ち上るのを見る民草は、秋の気配をかすかに感ずる。うかうかしていると、夕べには虫の音が賑やかになり、眠っていると涼しい夜が訪れる時が来る。その時、夏の日が終わりに近づいていることを知るのである。この夏の終わりの僅かな時間ほど、もの悲しく感傷的な時があるだろうか。学童の夏休みも終わり、我々もまた

陽気で輝きに満ちた夏の季節に別れを告げねばならない。至るところに忍び寄る秋の足音を聞くのである。おお夏よ、乙女のように燦然と輝く悦楽の夏よ。永久に煌き若々しくあれ。

（林　正子訳）

日本の夏へのオマージュ

林　正子　　　解説

"Sommer"（夏）（『Japan To-day』1938年7月号）は、大正期から昭和初期にかけて活躍した詩人、佐藤惣之助（1890～1942）の随筆である。内容は、衣食住に関わる日本の「夏の風物詩」であり、海外の読者に向けて「我々の」夏の魅力が生き生きと綴られている。最終段には、京都の祇園祭り、東京の神田祭りなどについて、その例年の盛況ぶりが記されているが、「今年は危急の時でもあり、簡素な戦勝祝いと、英霊への鎮魂奉納祭にとどめられた」と、1938年当時の状況を彷彿とさせる一文が織り込まれている。

前年1937年7月7日には日華事変（日中戦争）の発端となった盧溝橋事件が勃発し、1938年4月1日には国家総動員法が公布される。5月5日の施行以降、戦争に必要な人的および物的資源を統制し運用する権限が国家に与えられ、このような時期に"Sommer"はドイツ語で掲載されていることから、直前3月13日のナチス・ドイツによるオーストリア併合なども、著者の念頭に置かれていたにちがいない。

ともあれ、日華事変勃発以降、出版社の依頼によって作家が続々と戦地へと派遣された時期である。南京陥落（1937年12月12日）直後に、中央公論社特派員として現地に赴いた石川達三の小説「生きてゐる兵隊」が掲載された『中央公論』1938年3月号が、即日発売禁止処分となる。このような時代状況において、夏という季節へのオマージュが綴られた"Sommer"では、日本の風物やそれに対する日本人の情感を海外に知らしめることが意図されている。

佐藤惣之助自身、久米正雄、林房雄、川口松太郎らとともに、従軍記者として中国大陸に赴いており、前掲の一文を除けば、"Sommer"からは、戦時体制の雰囲気は一切感じられない。この文章の趣旨は、風流を嗜好するモダニズム詩人・佐藤惣之助が、あくまでも日本の魅力ある夏の風物詩を表現することにあったと理解されるのである。

佐藤惣之助は、1890（明治23）年に神奈川県川崎市で誕生。佐藤家は代々川崎宿砂子の本陣職を務め、明治維新後は雑貨商を営んでいた。その佐藤家の次男として生まれた惣之助は、東京麻布で丁稚奉公をし、暁星中学附属仏語専修科に学ぶ。12歳の頃から佐藤紅緑に師事して俳句を詠み、劇作を経て詩を作るようになる。千家元麿らと親交を持ち、『白樺』派の人間主義から生命主義に連なる、感性豊かな詩風を持ち味とした。1916（大正5）年、25歳の時に処女詩集『正義の兜』（天弦堂）を出版。翌年には第二詩集『狂へる歌』（無我山房）を上梓し、生涯で22冊の詩集を刊行している。

1933（昭和8）年、妻花枝の死後、同年に萩原朔太郎の妹愛子と再婚。この年、初めて歌謡曲「大阪音頭」の作詞を手がけ、翌年1934年2月には、「赤城の子守唄」が大ヒット。歌謡曲作家としても広く知られるようになった。「月形半平太の歌」（1934年2月）、「緑の地平線」（1935年10月）、「男の純情」（1936年9月）、「青い背広で」（1937年2月）、「真実一路の唄」（1937年7月）、「上海だより」（1938年1月）、「南京だより」（1938年4月）、「人生劇場」（1938年7月）など、作曲家・古賀政男らと組んで、流行曲を輩出した。人口に膾炙した阪神球団歌「六甲颪」は、1936年3月「大阪タイガースの歌」として作詞されたが、熱狂的に歌われるようになったのは1970年頃以降である。

1940年には日本コロムビアの専属作詞家となって、「湖畔の宿」（5月）、「燃ゆる大空」（8月）などを手がけ、作詞した歌謡曲数は500を越えると言われている。

佐藤惣之助はまた、釣りと旅をこよなく愛し、その嗜好は"Sommer"にも縦横無尽に生かされている。ともあれ、1922（大正11）年、初めて沖縄と台湾を旅行して以降、1935（昭和10）年頃までの間に、惣之助は満洲・北支、朝鮮、上海・香港、広州、マカオなど勢力的にアジアの各地を旅した。とくに沖縄本島を馬車で巡遊し、慶良間諸島での巫女の家に滞在するという体験は、彼にとって衝撃に近い出来事であったはずである。この時の体験が風物詩集『琉球諸嶋風物詩集』（京文社　1922年）、海洋詩集『颱風の眼』（アルス　1923年）や紀行文『蠅と螢　或は寂寞の本』（新作社　1924年）などに結実し、以降、津嘉山一穂、伊波南哲ら沖縄出身の詩人が惣之助の主宰する『詩之家』（1925年7月創刊）に参加し、親交を深め

ている。
　惣之助の文学ジャンルとしてはさらに、随筆、俳句、小説、戯曲など多岐にわたり、自由闊達な創作活動を展開している。義兄である萩原朔太郎が死去した4日後の1942（昭和17）年5月15日、惣之助は脳溢血で急逝。享年51歳であった。
　風物詩を得意とした惣之助は、同時に戦争や時局に歩調を合わせた作品も発表しており、『季節の馬車』（現代詩人叢書　第五編　1922年）の前書き「飛雄する東部亜細亜人の為めに」は、次のように記されている。

　　われわれは今やらなければ駄目だ。東半球の太平洋の芸術家として、青々とした若い日本人として、あたらしい神々と民族との史詩や大きい祝祭の、精神的な闘ひを。そして殊に日本人が「飛雄する東部亜細亜人」のために、南部東洋の島々の娘等のために、又は北部亜細亜大陸の若者のために、まだヨーロッパ人の捉へる事の出来ない大太平洋の波濤の頁に、あたらしい豪華な景観と高遠なる史詩や劇詩を書き、日の出づる美の海洋線を清め、王政復古のやうに、昔の栄華を盛りかへし独自の艤装を凝らして世界のミナトへ出帆しなくてはならない。

　　ほんとうにわれわれはやらなければ駄目だ。一代も二代も通して東洋文芸復古期をつくり、ヨーロッパと戦はなければ、東半球の南北にかけて、どんなに未知な霊と力とが、波濤と岩との間にかくれてゐるか、真の黄金期が埋もれてゐるか。毎日の曙と花と天とを見てもすぐ感じられる筈だ。それでなくては大太平洋もこの蒼古な美しい国土もわれわれに与へられてはゐない筈だ。

　『Japan To-day』に載せられた惣之助の随筆 "Sommer" には、先述したとおり、日本の夏の風物詩が魅力的に謳い上げられているが、大正期の惣之助の文章には、時代状況を敏感に受け止めたがゆえに、前掲のような時流に載った表現も頻出しているのである。
　他方、同じ『季節の馬車』に収録された「夏」の魅力が表現された詩の一例としては、次の「夏霞」が挙げられるだろう。

　　「夏霞」

　　つづられ懸る木の間の拱門（アーチ）から
　　水星いろに照りうかぶ野面ながめつつ
　　ちらちらと幹の影をぬひ
　　一歩一歩と水をしたひ、幽かなる空気をうねり
　　髪をふかれ、感触する枝に近より
　　片田舎の疎林を喜び、淋しみ
　　ほのかな蝶々が画く風の点景を
　　わたしは青い西洋紙の手帳にうつして
　　はるばる村の果てより来る日暮りに
　　うすい午後の情愁を吹き醒まさう。

　春夏秋冬、惣之助の描き出す日本の四季の風物は、日本の伝統的な生活に根ざしており、"Sommer" との対応を想起させよう。
　惣之助の "Sommer" における夏の情趣に連なる詩として、もう一編、『琉球諸嶋風物詩集』からも引用しておきたい。

　　「宵夏」
　　しづかさよ、むなしさよ
　　この首里の都の宵のいろを
　　誰に見せよう、眺めさせよう
　　まつ毛に明星のともし灯をつけて
　　青い檳榔樹の扇をもたし
　　唐の若い詩人にでも歩いてもらはう
　　ひろい王城の中門の通りを
　　水々しい蛍を裾にひいて
　　その夏服を百合の花のやうに
　　この空気に点じいだし
　　さて、空しい空しい
　　読めばすぐ消えてしまふやうな
　　五言絶句を書いて貰はう。

　惣之助は沖縄に対する深い関心と愛着を寄せている。それは琉球という土地の風土的民族的な魅力に対する惣之助の感性の表れと言ってよいだろう。
　"Sommer" には、「日本の鮎釣りは他国のそれより刺激が多い」という件りがある。『釣と魚』（1930年）、『釣心魚心』（1934年）、『釣魚随筆』（1936年）、『釣するこころ』（1939年）、『釣魚探求』（1941年）などの著作を有する惣之助の面目躍如たる釣り論を『荒磯の興味』から引用して、日本の夏へのオマージュが綴られた "Sommer"「解説」を結びたい。

　　この場合、釣とは原始に還ることである。そ

して最も生新に自然と遊ぶことである。特にリール竿の研究、餌の問題、魚の習性というものをよく会得し得られることによって、詩と科学の世界へまで侵入し、そこに自然の運動を感知することが出来る。荒磯の興味は殊にそういう点で、多忙な現代の人士にとっては必要なものではなかろうか、恰度三千米突以上の高山に登って、夏、白雪と雲表の中に崇高な天上の歓喜を感ずるように、外洋に向った荒磯にでて、南洋はるか共栄圏の島々をかんじ、鵬程一万粁の海上を望んで、只一人怒濤の巌上に皇土を踏みしめているうれしさ、この悠久たる釣戯、まるで私達は神代を今に生活するような鬱勃たる生気に浸ることが出来る。

　磯釣りのよさはそこにある。その有限と無限の境界線に立って、白日の夢のように、永遠なる自然界に没入し、あらゆる意識を去って魚と遊び争う生物としての歓楽にある。普通人にとっては、ただ風と浪と岩ばかりの海岸線も、こうして島国日本のふしぎな魅力を感ずるというのも、考えようによっては釣人にとっての役得である。

【参考文献】
佐藤惣之助『日本の名随筆4　釣』作品社、1982
佐藤惣之助『季節の馬車』新潮社、1922
佐藤惣之助『琉球諸嶋風物詩集』京文社、1922

Leading Figures of Contemporary Japanese Literature 1: Tōson Shimazaki

Kei Moriyama

Of the veteran masters who have, in the mirror of their own individualistic works, reflected the ways of Japanese life from the end of the nineteenth to the beginning of the twentieth centuries, a few are still alive and maintaining their place in the literary world of Japan. Among them, Toson Shimazaki, together with Shusei Tokuda and Hakucho Masamune, have fulfilled an important function in carrying ahead the development of modern Japanese literature. Toson Shimazaki's lyric poems have ever been a source of juvenescent sentiments to modern poetry; and with their depth of mental attitude that has become a characteristic feature of the naturalistic literature of Japan, his prose writings have, during some forty years of an alternating current of rising and passing thoughts, grown to a universe, both imposing and refined. His novel APOSTASY has been highly praised also by foreign critics; and as, moreover, he was one of the Japanese delegates to the fourteenth world congress of the International Pen Club, his name has become quite familiar to the intelligentsia abroad.

*

Toson Shimazaki was born on the seventeenth of February, 1872, at the village of Misaka, Chikuma district, Nagano prefecture, in the central part of Japan. His father, Masaki Shimazaki, a devotee of the doctrines of Atsutane Hirata, the famous Japanese classical scholar, paid very much attention to the education of this son. He taught the boy to read the writings of Confucius', in particular THE BOOK FOR THE EXHORTATION OF LEARNING, THE BOOK OF FILIAL PIETY, and CONFUCIAN ANALECTA. When eight years old Toson went to Tokyo for study, he received from his father as a farewell gift a *tanzaku*—a strip of paper which we use to write odes on—bearing such inscriptions as "Be always honest and modest." The background of his family and home has had a deep influence in forming his character and art. The environment of his boyhood days thus having been remote from the modern urban civilization, this intellectual of rural descent has, as a poet, given a new expression to the feelings of the modern Japanese society that emerged following the collapse of the feudal *samurai* society.

In 1894, at the age of twenty-two, Shimazaki participated in the foundation of THE LITERARY WORLD, a periodical started under the leadership of Tokoku Kitamura, which became the gathering centre of young writers endowed with the romantic passionateness of a new generation. Tokoku Kitamura was a poetical genius; it was a pity and a real loss to our literary world that he committed suicide. Deeply mourning over the death of his friend, 1896, on the occasion of the first anniversary of the suicide, Toson Shimazaki edited a posthumous collection of Tokoku Kitamura's poems. Their common hardships of their younger days, Shimazaki has later depicted in his novel SPRING—a book which not only commemorates the youth of the circles connected with THE LITERARY WORLD, but altogether the youthful days of the intelligentsia of that period.

*

As Toson Shimazaki's maiden publication, a collection of poems YOUNG RAPE BLOSSOMS (*Wakana-shu*) appeared in 1897, closely followed by the collections SUMMER GRASSES (*Natsukusa*) and FALLEN PLUM BLOSSOMS (*Rakubai-shu*).

*

What is characteristic of his lyric poetry, is above all the naive sincerity of the feelings expressed. The words are simple and unadorned, yet rich, and the rhythm is of a peculiar and refined beauty. Those beautiful rhythmical patterns in which to some extent the *shirabe*, the melodious flow of the classical Japanese *tanka* poetry, has been adopted in a freer form, are practically unsusceptible to translation into foreign languages. Different from the poetry of the feudal ages which was a pastime of the nobles, his poems make an immediate appeal to the common people. With passionateness, he sublimates the human love of modern young men and women and sings of the sorrows and hardships of the young people of to-day, and also of the robust life of the hard-working farmers. In all of his lyrical poetry, he narrates his deep impressions of nature's beauty.

*

About 1900, Toson Shimazaki turned to prose writing. At that time, he became a teacher of the primary school in the town of Komuro, in Nagano prefecture. In a humble spirit, the poet observed nature and also learned much of the life of the farmers, as he lived in personal contact with them. The impressions of his life during this period, which also have laid the foundation to the realistic conception to be found in his later novels, are reflected in his SKETCHES ON THE CHIKUMA RIVER which he started writing the same year. Then, after having written several short stories, he completed in 1905 the novel APOSTASY, having as its theme the tragedy of those people of olden times who, belonging to the lowest stratum of the common people, lived a very miserable life. His choice of this sociological theme not only greatly influenced the literary circles of that time, but, moreover, it became famous as a pattern for many novels written thereafter. In 1907, the novel SPRING appeared, and three years later he completed his next novel, THE HOUSE. With the author's home as a centre, this novel describes faithfully the life of his family and relatives.

*

At about that time, the author was bereaved of his beloved wife, and having to look after his children by himself, he lived an unusually wearisome life; on top of that, the moral burden pressing upon him became still heavier on account of his falling in love with a niece of his own. To put an end to his pains, in 1913 he left Japan and went to France. There, he wrote among other things A FRENCH DIARY and PEACEFUL PARIS. Then, amidst the upheaval of the European Great War that broke out the next year, in a juvenescent spirit he devoted his time to studies, observations, and speculations. PARIS AND THE WAR, and TRAVELS IN FRANCE were written at that time. After having spent three years in Paris, he returned to Japan, after a brief stop-over in England. After his return, he wrote the novel A NEW LIFE, telling the story of his love for his niece and his way to a regeneration. In 1926, he completed the novel THE TEMPEST. Then, over a period of seven years, from 1928 till 1935, he created his chef-d'oeuvre, the novel BEFORE DAYBREAK. The two last-mentioned works were very well received both by the reading public and by the critics. THE TEMPEST describes the life of the author's sons being brought up in an epoch rife with complications and difficulties, and the feelings of the author himself who is watching their development with close attention.

*

BEFORE DAYBREAK is Toson Shimazaki's masterpiece, in which the author's personality and art have reached the last stage of maturity and perfection. With the days of the Meiji Restoration as its historical background, this novel describes a typical intellectual of that epoch-making time. For the main figure of his story, the author has, however, not picked up any of those remarkable heroes of historical reality: around Hanzo, a rural intellectual coming from the author's own native village, he describes the life of the farmers and other common people against the background of nature and history. This hero, Hanzo, is a portrait of the author's father, revealing at the same time some of the author's own traits. Hanzo is a believer of the anti-feudalistic ideology as expounded by Atsutane Hirata; he is an intellectual of a fanatic personality, that type which can never really achieve his aims in the field of actual politics. Into the description of this figure, the author has woven the expression of his really great love toward his father; he has also put in ideological conceptions revealing the trend of his own ideas; moreover, his, a realist's, pursuance of historical humanism is also in evidence. And above all, in the plain and simple description of nature in the author's native place description that is yet revealing deep and rich sentiments— one of the author's strongest features attains to its last culmination in this novel: an original feature that not only distinguishes it from all other works of the contemporary Japanese literature, but probably makes it a work unique in world literature. As to the realistic attitude that is characteristic of most of his literary works, Toson Shimazaki has learned much from such writers as Tolstoi, whereas, with regard to his outlook upon nature and the world, he has inherited much of Japan's peculiar traditions. Also such poets of the Tokugawa era as Basho and Issa were of no little influence in shaping his literary personality. In particular, it is the influence of the simple and refined elegance of Basho's poetry which has permeated Shimazaki's writings with a peculiar sensual conception of nature; his novels are the literary synthesis out of this attitude and modern realism.

This is Toson Shimazaki, the veteran master, possessing a strong individuality, always living an utterly modest life, and who has said about himself "I feel my flesh is already going to be assimilated to nature again."

日本現代文学の主要作家 1：島崎藤村

森山　啓　　　　　　　　　翻訳

19世紀終盤から20世紀初めにかけて、日本人の生き方を各人の鏡に映してきたベテラン作家のわずか数人が、今も健在で文壇に地位を保っている。なかでも島崎藤村は、徳田秋声、正宗白鳥とともに、日本の近代文学を発展させた旗頭である。島崎藤村の抒情詩は、今日でも近代詩の若々しい感性の源泉でありつづけているし、彼の深い精神的態度は、散文では、日本の自然主義文学に独特な姿を与え、また40年間にわたる思想の起伏を通して、普遍性と洗練とを兼ね備えるものに成長してきた。彼の小説『破戒』（APOSTASY）は海外の批評家からも高い評価を得ているが、その上、彼は国際ペンクラブの第14回世界会議の日本代表団の一人になり、その名前は海外の知識人たちのあいだによく知られることになった。

*

島崎藤村は1872年2月17日に、日本の中央部に位置する長野県の千曲地方の三坂という村で生まれた[1]。著名な国学者、平田篤胤に心酔していた父親の島崎正樹は、この息子の教育にたいへん熱心だった。彼は、この少年に儒者の書、特に『礼記』（THE BOOK FOR THE EXHORTATION OF LEARNING）『孝経』（THE BOOK OF FILIAL PIETY）『論語』（CONFUCIAN ANALECTA）を読むことを教えた。藤村は8歳で勉強のために上京する際に、父親から餞別に「常に正直で謙虚であれ」と記された短冊をもらった。このような家族と家とが背景として、彼の性格や芸術に深い影響を与えてきた。子ども時代の環境は、このように近代都市文明とはかけ離れたものだったが、この田舎出のインテリが、詩人として、封建主義の侍社会（the feudal samurai society）の崩壊のあとに興った日本の近代社会の感受性に新しい表現を与えたのだった。

*

1894年、島崎は22歳のとき、北村透谷の主導による画期的な月刊誌『文学界』（THE LITERARY WORLD）の創刊に参加した。この雑誌にはロマンティックな情熱に駆り立てられた新しい世代の書き手たちが集まった。北村透谷は詩の天才だった。彼が自殺したのは、日本の文学界にとって、悲しむべき本当の損失だった。友人の死を深く悼んだ島崎藤村は、1896年、その一周忌にあたって、北村透谷の遺作詩集を編纂した。島崎は後に小説『春』（SPRING）に——『文学界』にかかわった青年たちを称えるだけでなく、その時代の知識層の苦労を浮き彫りにした。

*

島崎藤村の処女出版は1897年の詩集の『若菜集』（YOUNG RAPE BLOSSOMS）で、引き続き『夏草』（SUMMER GRASSES）『落梅集』（FALLEN PLUM BLOSSOMS）が出された。

彼の抒情詩の特徴は、なによりも、感受性が純真な率直さ（the naive sincerity）において表現されていることである。言葉は簡素で飾り気がなく、しかも

---

[1] 英文では「長野県の千曲地方の三坂という村で生まれた」とされているが、島崎は筑摩県第八大区五小区馬籠村（後に長野県木曾郡山口村字馬籠を経て、現在は岐阜県中津川市馬籠）生まれ。

島崎藤村（スキャッタグッド＝カークハムによるスケッチ）

豊かで、特にそのリズムには特有の洗練された美しさがある。この美しいリズミカルなパターンは、古典的な日本の短歌の耳に心地良い「調べ」(the shirabe, the melodious flow) がより自由な形に応用されたもので、外国語に翻訳するのには馴染まない、貴族の娯楽であった封建時代の詩とは異なり、彼の詩は、ただちにふつうの人びとに受け入れられた。情熱をもって、彼は近代の若い男女の人間としての愛を昇華させ、当代の若い人びとの悲しみや苦難を、また勤勉な農民の苦労の多い生活を歌う。また彼は、すべての抒情詩において、自然美に対する深い感動を語る。

*

1900年頃、島崎藤村は散文家へと転身する。この時期、彼は長野県の小諸町の小学校教師となった。詩人は、謙虚な心で自然を観察し、農民と接する生活を通して彼らの暮らしについて多くを学んだ。この時期の生活を通して得た印象は、のちの小説に見られる現実の把握 (the realistic conception) のもとになったが、このころ書きはじめた『千曲川のスケッチ』(SKETCHBOOK OF THE CHIKUMA RIVER) に示されている。その後、短篇を数篇書いたのち、1905年に小説『破戒』を完成させた。過ぎにし昔に悲惨な人生を送る最も低い階層の人々の悲劇をテーマにしたものだった。彼が社会学的なテーマを選択したことは、当時の文壇に多大な影響を与えたばかりでなく、その後に書かれた多くの小説がそれを手本としたことも知られる。1907年には小説『春』(SPRING) を発表し、その3年後には次の小説『家』(THE HOUSE) を完成させた。この小説は、作者の家を中心に彼の家族や親戚の人生をありのままに描いている。

*

この時期、作家は愛する妻を亡くし、一人で三人の子どもの世話をしなければならず、異常なほど疲れた生活を送っていた。そのさなか、姪と恋愛に落ちいり、さらに道徳的な重荷がのしかかった。この苦しみから逃れるため、彼は1913年に日本を離れ、フランスへ向かった。そこで彼は『フランス日記』(A FRENCH DIARY)『静かなパリ』(PEACEFUL PARIS) などを執筆した。翌年に勃発した世界大戦の混乱のなかで、彼は若々しい精神を研究や観察、思索に捧げた。『パリと戦争』(PARIS AND WAR) と『フランス旅行』(TRAVELS IN FRANCE) はその当時書かれたものである。パリで3年間を過ごした藤村は、短期間、イギリスに立ち寄り、日本へ戻った。帰国後、彼は姪への愛と再生への道を綴る小説『新生』(A NEW LIFE) を書いた。1926年には『嵐』(THE TEMPEST) を完成し、1928年から35年までの7年間に傑作『夜明け前』(BEFORE DAYBREAK) を創作した。この二つの小説は読者からも批評家からも大好評を得た。『嵐』は、複雑で困難な時代に育った作家の息子の人生と、間近でその成長を見ている作家本人の思いを描いたものである。

*

『夜明け前』は、作家の個性と芸術が円熟味と完璧の最終段階に到達したもので、島崎藤村の代表作である。この小説は、明治維新を歴史的背景として、時代の画期を生きた典型的な知識層を書いている。しかし、作家は物語の主人公を、歴史上の注目すべき英雄たちのなかから選ばなかった。作家は自らの故郷の村の出身者、田舎インテリの半蔵を中心に据え、背景となる自然や歴史に対峙する農民や民衆の生活を描いた。この主人公、半蔵は、作家の父親をモデルにしたものだが、同時に作家自身の特徴のいくつかも明かしている。半蔵は、平田篤胤が説いた反封建主義の信奉者で、実際政治の世界では決して目的を達成できないようなことを狂信するタイプの知識人である。この人物を描きながら、作家は自らの父親に抱く大きな愛情を表現した。また、思想的な概念も取り入れ、自らの考えの傾向を明らかにした。さらには、彼が歴史的ヒューマニズムを追求する一種のリアリストであることも明らかである。そして何よりも、故郷の自然の簡潔な叙述に深く豊かな心情 (deep and rich sentiments) がよく現れており、この作家の最も強い特徴の一つがこの小説で最後に最高点に達したのである。この独創的な特徴は、こ

れを同時代の日本文学と一線を画するだけではなく、世界文学においても比類がない作品にしている。島崎藤村は、彼の作品の大半に特徴的な現実的な姿勢については、トルストイなどの作家から多くを学んだが、自然と世界に対する考え方については日本独特の伝統を受け継いでいる。芭蕉や一茶のような徳川時代の詩人から彼の文学的性格を形作る上で少からぬ影響を受けた。特に芭蕉の俳句の簡素で洗練された上品さが、島崎の作品の隅々にまで自然に対する独自の官能的な把握（peculiar sensual conception）となって染み渡っている。彼の小説は、この姿勢と近代リアリズムの文学的統合（the literary synthesis）なのである。

老大家にして、強い個性を持ち、非常につましい生活を送る島崎藤村は、自身、こう述べている。「私の肉体はすでに自然と同化（be assimilated）を始めているようだ」と。

（野間けいこ訳）

世界に並びうる日本人像の海外発信

石川　肇　　　　　　　解説

森山啓と菊池寛

日中戦争の激化に伴い、第1次近衛内閣によって国家総動員法が制定された1938年、菊池寛編集『文藝春秋』別冊付録『Japan To-day』（4月号〜10月号）が海外向きに刊行され、そのうち7月号から10月号にかけて、島崎藤村、横光利一、山本有三、徳田秋声の4人が順に、「LEADING FIGURES OF CONTEMPORARY JAPANESE LITERATURE」（日本現代文学の主要作家）として、似顔絵付きで取り上げられた。

7月号に掲載された「島崎藤村」は、プロレタリア詩人・評論家としてその名を知られ、「収穫以前」（『文芸』1937年2月号）を発表してからは小説家としても活躍した森山啓の手によって書かれたものである[1]。森山は1943年5月に小説『海の扇』（文藝春秋社、1942年）で6回新潮社文芸賞を受賞[2]、また同時に同作で日本文学報国賞も受賞しており、前者においては審査員を、後者においては小説部会理事を菊池が務めていた。

「島崎藤村」が刊行された頃の森山は、林房雄らプロレタリア文学からの転向組と、小林秀雄ら芸術派との寄合世帯と評されていた『文学界』同人に加わっていたが[3]、その理由を「僕の『文学界』入りについて―文学雑誌の同人たることの意義―」（『文学評論』1936年1月号）の中で明らかにしている。

　僕は「文学界」の同人であるだけでなく、出版資本や役所的背景から独立した「在野」文学者自身の編輯になる雑誌の中で、僕の働き甲斐のありさうな雑誌には、みな「同人」として又はそれと同じやうな資格で親密な関係を取結んでゐる。僕にとつては、それは僕が一箇の文学者として成長してゆく上に必要この上もないことと思はれてゐる。

こうした柔軟なスタンスを取ることが出来た森山は、その理由表明から遡ること4年前、プロレタリア評論家として最も活躍していた時期、ブルジョワ作家の代表とも言われていた菊池に対しても、次のような評価を与えている。

　作家としての菊池寛氏は自由主義的要素を多分に持つてゐて彼の軍部のお先棒――直木三十五、三上オト吉などとは一応区別されるべき歴史的聡明さを持つてゐる。

これは「ソビエト政府革命15周年記念」に菊池が招かれたことに対し森山が書いた『文学新聞』（日本プロレタリア作家同盟発行、1932年10月19日）記事の一部である。「菊池寛氏よ我々は貴下のソ同盟訪問に多大の期待をかけてゐる、封建的、ブルヂョア的眼鏡のくもりをできるだけ払ひのけて、我々の祖国をほんとに、よく見て来てもらひたい」と、菊池への呼びかけもなされていた。

---

[1] 「収穫以前」は伊藤整や阿部知二から好評を博した。『森山啓』（石川近代文学館、1988）および『森山啓の記録―その人と文学―』（石川県小松市立図書館、2004）を参照。なお、森山が島崎を担当した理由として『文学界』同人たちが推したということが考えられるが、その中でも「親しかった川端康成が推したのではないか」という推測を、森山啓（本名、森松慶治）三男、作家の森松和風氏は立てている（聞き取り調査、2010年11月27日）。

[2] 「新潮文芸賞（第六回）決定発表」（『新潮』1943年5月号）。審査員は徳田秋声、豊島与志雄、加藤武雄、中村武羅夫、室生犀星、久保田万太郎、佐藤春夫、菊池寛、島崎藤村、杉山平助という顔ぶれであり、島崎の名もある。川端も審査員であったが、いろは順に記された審査員名から洩れている。その川端は「第一部（文芸賞）について」の中で、森山「海の扇」と伊藤整「得能物語」を推していた。

[3] 阿部知二、舟橋聖一、村山知義、島木健作、河上徹太郎らとともに1936年1月、『文学界』同人として名を連ねた。『文学界』が文藝春秋社刊行となったのは同年7月から。

島崎藤村と菊池寛

本文中「彼は国際ペンクラブの第14回世界会議の日本代表団の一人になり、その名前は海外の知識人たちのあいだによく知られることになった」とあるが、これは1936年にアルゼンチンで開かれた国際ペンクラブの会議へ、日本ペン倶楽部の代表として島崎が参加したことの結果である。日本ペン倶楽部は1935年に創設され[4]、会長に島崎、副会長に有島生馬と堀口大学、主事に勝本清一郎、そして会計主任には、後年、小説『人間の運命』(新潮社、1966年)を描いた芹沢光治良が就任していた。
『人間の運命』には、日本ペン倶楽部創設をめぐっての文壇事情——島崎と菊池との不仲な関係——が、主人公であり作家の「森次郎」と、友人であり女流作家の「林扶喜子」とのやり取りを通して描き出されている[5]。

　　「森さんはどうして、ペン倶楽部の発起人になったり、会計主任に就任したりなさったの。いけないわ。知らなかったけれど、藤村のお弟子だったの」／「ぼくは藤村の弟子ではないけれど……どうしていけませんか」／「藤村と菊池寛さんの仲のよくないことを、知らないの？　藤村の会の発起人や会計主任になったら文藝春秋の仲間から嫌われるばかりか、憎まれてよ。それを知っていて、なるのなら、覚悟があるからいいけれど……森さんは、ぼんやりしているから一種の被害者でしょう——」

この小説に登場する人物たちの多くは実在した人間と等身大であり、「森次郎」は芹沢自身、「林扶喜子」は林芙美子と推測される[6]。火のないところに煙は立たぬという言葉もあるように、そう描かれるだけの理由があったのかも知れないが、本当のところはわからない。現実のことから二人の関係を見てみると、島崎は『文藝春秋』に「三つの序」(1925年12月号)、「新作いろはがるた」(1926年11月号)、「芥川龍之介君のこと (飯倉だより)」(1927年11月号)、「昭和人物月旦」(1929年2月号)と計4回寄稿しており、菊池は「三つの序」掲載時の編集後記において、「本号には、島崎藤村氏、吉野作造博士、森田草平氏など初めて書いて下さった。島崎さんは御病中を再三おねがいしたので、最近の序文をあつめて下さった。感謝する」と記している。そしてさらに『Japan Today』に目を移せば、海外発信の第一号となる重要な4月号に島崎自らが執筆した「西欧化の風潮と日本女性」(The Westernization Trend And The Japanese Woman) が[7]、7月号においてはこの「島崎藤村」が掲載されている。

島崎藤村と森山啓

詩人として出発した森山が、それなりに島崎の影響を受けていても当然のことと思われるが、果たしてその影響のほどを森山は明白に書き記していた。「私の小説勉強」(『文芸』1937年3月号) の中では、自己の気質にあった島崎の作品などを特に読み返したことが記されており、「明治・大正文学史抄 (三)」(『文芸』1940年2月号) の中では、島崎を「天成の詩人の素質を最も優美な抒情詩によって発展させた人」と評している。また回想記となる「わが半生記」(『北國新聞』1975年9月2〜20日) の中では[8]、森山が7歳のときに自害した母の遺品『藤村詩集』について、「言葉にいい現わせないほど慰められ、この詩集から文学のツユをすすったと言えば言える」とも語っている。本文中「島崎藤村は、彼の作品の大半に特徴的な現実的な姿勢については、トルストイなどの作家から多くを学んだが、自然と世界に対する考え方については日本独特の伝統を受け継いでいる。芭蕉や一茶のような徳川時代の詩人から彼の文学的性格を形作る上で少なからぬ影響を受けた。特に芭蕉の俳句の簡素で洗練された上品さが、島崎の作品の隅々にまで自然に対する独自の官能的な把握 (peculiar sensual conception) となって染み渡っている。彼の小説は、この姿勢と近代リアリズムの文学的統合 (the literary synthesis) なのである」とあるが、トルストイと島崎との関係は、自伝小説『谷間の女たち』(新潮社、1989年) の中で[9]、語り手自身 (＝森山) もトルストイアンであったこととともに描き出されており、また西欧および日本文学 (芭蕉・一茶) と島崎との関係は、「旅人の観念」(『帝國大学新聞』1940年1月

4　日本ペン倶楽部創立に至る経緯は『日本ペンクラブ五十年史』(日本ペンクラブ、1987) に詳しい。1935年当時の国情により、日本ペン倶楽部はロンドンに本部を持つ国際ペンクラブとは「友誼関係」という形を取っていた。
5　引用は『人間の運命 Ⅴ』(新潮社、2005) によった。なお、芹沢は1936年7月、『文學界』が文藝春秋社刊行にかわると同時に同人に加わっている。
6　加藤哲郎「芹沢光治良と友人たち―親友菊池勇夫と「洋行」の周辺」(『国文学 解釈と鑑賞』特集＝芹沢光治良、2003年3月号) を参照。
7　「西欧化の風潮と日本女性」というタイトルは、野間けい子氏による翻訳 (『Japan To-day』4月号) を用いた。
8　森山の15回に及ぶ談話を北國新聞社が聞き書きしたもの。
9　『谷間の女たち』の帯に、「八十五年の茨道を経た今、自らの生涯をふり返り、肉親の悲劇、運命的な恋、北陸の厳しい風土に生きる女たちとの交流を描いて絶賛された青春自伝小説」と記されている。

15日）の中で、「いふまでもなく島崎藤村氏には自分を旅人として感ずるやうな感傷がずっとつきまとってゐる。（中略）たゞ日本の近代ロマンチストたちは西欧の詩人の影響ばかりでなく、旅における芭蕉、一茶、溯つては西行までに情を寄せた。いかに漂泊といふことが、ロマンチックな感情をそゝつたことであろう」と、亀井勝一郎の著書『島崎藤村——漂泊者の肖像』（弘文堂書房、1939年）を評しつつ、論じられている。

世界に並びうる日本人像の海外発信

「島崎藤村」において森山は、島崎の詩と小説における特徴や史的意義を、彼の半生に沿う形で丹念に記した。それは本文冒頭部「彼の小説『破戒』（APOSTASY）は海外の批評家からも高い評価を得ているが、その上、彼は国際ペンクラブの第14回世界会議の日本代表団の一人になり、その名前は海外の知識人たちのあいだによく知られることになった」ということからも明らかなように、島崎の国際性をアピールしたものであり、世界に並びうる日本人像を海外へ発信する役割をも担っていた。本文を島崎の国際性に即し、若干の補足を加えながらまとめ直してみると、島崎は幼少時に『礼記』『孝経』『論語』といった東洋思想の書を読み、詩人として名を馳せていた頃には「外国語に翻訳するのには馴染まない、貴族の娯楽であった封建時代の詩とは異なり、彼の詩は、ただちにふつうの人びとに受け入れられた」とされる『若菜集』などの詩集を出す。そして詩人から小説家への転身を成功させた『破戒』が『Нарушенный завет』（破られた誓い）というタイトルのもと露訳され、高く評価される[10]。その後、姪との恋愛沙汰から逃れるため向かったフランスにおいて「パリと戦争」といった幾つかの作品を書き上げ、第1次世界大戦の激化により日本へ帰国してからは西欧的リアリズムと日本的ロマンチシズムとを文学的に統合させた「夜明け前」を完成させた。と同時に日本ペン倶楽部の会長に就任し、日本代表としてアルゼンチンで開かれた「国際ペンクラブの第14回世界会議」に参加する。島崎はその会議において「日本の文学や芸術の諸相を紹介しよう」と努め、会議2日目のテーマ「知性と人生」を討議する場では、「ヨーロッパ人の東洋についての無知、無関心について訴えたいと有島副会長に相談し、止められる」という逸話を残した[11]。

そんな島崎が日本文化の国際性をアピールするための企画（『Japan To-day』）に協力を惜しむはずもなく、また編集者である菊池にとって島崎のような国際社会で認知された人物は必要不可欠な存在だったと考えられる。その結果が「西欧化の風潮と日本女性」となり、「島崎藤村」となった。文壇の大家島崎と大御所菊池がともに協力体制に入り、ペンおよび雑誌による文化戦略に乗り出したのである[12]。

---

10 『破戒』は1931年にエヌ・フエリドマンによる露訳がモスクワとレニングラードから出版されており、1934年には露訳に付したエヌ・フエリドマンの「序」が、露文学者の谷耕平によって「『破戒』の史的意義—島崎藤村作「破戒」への序—」と訳され『明治文学研究』3月号に掲載された（その「序」は、森山が記したように『破戒』を高く評価したものであった）。また同号には、自身も露訳出版の推薦者の一人であったことを語っている秋田雨雀『破戒』露訳者 フエリドマン女史に就て」も掲載されている。

11 前出4、『日本ペンクラブ五十年史』より引用。
12 協力体制ということから言えば、菊池は1936年から評議員として日本ペン倶楽部に加わっている。
※ 森山啓の資料に関しては、石川県郷土史家・正和久佳氏から深甚なる教示を得た。

BOOK REVIEW

When Japan Fights

By Percy Noel. (Hokuseido. Tokyo 1937.)

This book is recommended to those Westerners who want to know the real facts about the present clash between Japan and China. Vivid impression and accurate grip of the truth of the matter make its characteristic, and the keen penetration is always lined with a strain of poetic sentiment. The author's views are peculiarly his own, and he begins just where other observers leave off, going deep into the heart of things and thus laying bare the reality behind the facade, which others have never touched upon.

p.8

[翻訳]
書評 パーシー・ノエル著
『日本が戦うとき』(東京、1937年)

　本書は、現在の日支間の衝突について本当のことを知りたいと願う西洋人にお薦めである。ことの真相をはっきりと感じ取り正確に把握するという点に、本書の特徴がある。その鋭い洞察は、詩心あふれる文体と常に結びついて展開する。著者の見解はきわめて独自のものであり、他の論者が考察を終えた地点から著者は始める。かくしてことの本質へと考察は深く進み、外見の裏に潜む実相を白日の下にさらけ出す。これは、他の論者たちがこれまで言及することもなかった点である。

(牛村　圭訳)

【解説】は６月号「日本関係書籍の書評を概観する」(牛村)を参照

COLUMN

挿絵アラカルト
石川　肇

『Japan To-day』では写真のみならず、似顔絵や時事漫画といった挿絵を取り入れ、見た目にも楽しめるものとしていたが、その挿絵は一体どこのだれが描いたのだろうか。ここでは紙面をより豊かなものとしていた様々な挿絵を、作者ごとに分けて紹介しよう。《作者名の後に挿絵の本書掲載頁を記す》

■スケッチ■
スキャタグッド＝カークハム
(E.Scattergood-Kirkham)《p.23, 85, 217, 260》

　日本在住の芸術家。「Family Affairs」（家族事情）という版画が、1924年から1938年まで東北帝国大学で教鞭をとっていたイギリスの詩人、ラルフ＝ホジソン（Ralph-Hodgson）の所蔵品としてイェール大学に保管されているが、国籍も性別も生年月日も、菊池との関係も不明。近衛の学生時代を描いた似顔絵は、『近衛文麿公清談録』（千倉書房、1937年）の口絵写真からのスケッチ。多忙を極めていた菊池、島崎、横光ら作家たちの似顔絵も写真からのスケッチの可能性が高い。ちなみに、菊池の似顔絵に描かれている煙草は、愛飲していたキャメル（CAMEL）。

■似顔絵■
麻生豊（あそう・ゆたか）1898-1961,《P.270》

　大分県出身の漫画家。1933年に新漫画派集団に参加。菊池の『文藝春秋』『モダン日本』の寄稿者。宇垣の似顔絵には「日本の外務大臣、宇垣一成大将は張鼓峰事件の平和的解決のための日ソ間交渉で忙しい」というキャプションがついているが、記事とは関連していない。むしろ、ハーバート＝ヴィア＝レッドマン「改造内閣」《p.182》と関連している。

■似顔絵■
堤寒三（つつみ・かんぞう）1895-1972,《p.320》

　熊本県出身の漫画家。1932年に報国漫画倶楽部を組織して軍部に積極的に協力。1933年に新漫画派集団に参加。菊池の『文藝春秋』の寄稿者。鮎川の似顔絵には「日産社長の鮎川義介は満洲国で、日本の産業界の興味をまとめて強力な中央組織を作り上げようとしている」というキャプションがついているが、宇垣の似顔絵同様、記事とは関連していない。これらは話題の人物を紹介する独立したシリーズだった。

■似顔絵■
清水崑（しみず・こん）1912-1974,《p.306, 352》

　長崎県出身の漫画家。1934年に新漫画派集団に参加。菊池の『オール読物』『モダン日本』の寄稿者。戦後には黄桜酒造のブランドキャラクターとなる"かっぱ"で一世を風靡した。

■時事漫画■
近藤日出造（こんどう・ひでぞう）1908-1979,《p,108》

　長野県出身の漫画家。菊池の『モダン日本』の寄稿者。1933年に横山隆一らと新漫画派集団を結成し、そのリーダー的存在となる。勲章をつけた蒋介石が、ぼろぼろの軍服を着ている国民党の軍人にかしずかれながら大海原を小さな筏で漂っている姿は、記事の内容を反映しており、危うい独裁者としての蒋介石を端的に描き出している。

　『Japan To-day』では他にも、第一次大戦中に創刊されたフランスの週刊誌『Le Canard enchaîné』（鎖に繋がれたアヒル）から転載された挿絵《p.115》や、エコール・ド・パリの寵児となった藤田嗣治が描いた京都の芸妓の挿絵《p.55》もあり、文字だけでなく、視覚的にも日本の情報を海外へ発信していたと言えよう。なお、『文藝春秋』1936年3月号において藤田は、絵と文を組み合わせて日本各地の女性を紹介する「日本の女」を手掛けていた。そこでは熊本二本松の女、九州南端の女、広島の藝妓、松山の娘、北国情緒佐渡の女が、『Japan To-day』に描かれた京都の芸妓とまったく同じタッチで描かれている。

（※）挿絵調査に関し、京都国際マンガミュージアムの表智之氏と渡邊朝子氏に、多くの教示を得た。

BUNGEISHUNJU OVERSEA SUPPLEMENT
Japan To-day
1938年8月号

BUNGEISHUNJU OVERSEA SUPPLEMENT

Literature / Arts / Politics

Japan To-day
Edited by Kan Kikuchi

English / French / German

Nr. 5　　　　　　　　　　　　　　　　　　　　　　　　　　　August 1, 1938

Editorial Office: Bungeishunjusha, Osaka Building, Uchisaiwaicho, Kojimachiku, Tokyo. Tel. Ginza (57) 5681—5

EUROPE'S PROBLEMS AND THE JAPANESE ANGLE

BY KOJIRO SUGIMORI

IN THIS ISSUE:

	Page
Goethe in Japan	S. Chêno 2
The Next Task in China	3
Sports	Pictorial 4
La Culture Japonaise	B. Banno 6
Literary Portraits II; Riichi Yokomitsu	7
Book Review	C. Saito 7

The "Democracies," to my mind, are hardly democracies in the best sense of the term "democracy." For, this term, properly understood, means something most essentially social.

Society, in the age in which we live, has in fact become world-wide, as the natural and inevitable result of improved means of communication and transportation in an era of modern technological culture; to say nothing of the division of labor, the infinite elaboration of which is an even greater function of modern scientific technology. These are matters of course. For, goods are not made for the cars, but the reverse is the case. Whatever modern political sovereignties may claim for themselves: society in our days is clearly international or, in a sense, over-national.

The Democracies, if the word democracy is still to mean something creative and worthwhile to any of the nations proudly professing the name, ought to be really social. But, most unfortunately, what the present-day Democracies behave like and also what they consciously proclaim regarding certain matters, is often far from that. In particular, they are too uncritically devoted to the *status quo*, where some fundamental international arrangements are concerned; and this means that they are really no democracies. They may be democracies as far as their own, internal politics, respectively, are concerned. But externally, i. e. in their foreign policies, they show some aspects such as are anti-social. And in so far they are no democracies in the best sense of the term. For, being social is the most essential ingredient of a true democracy. Indeed, these two things are hardly two different entities; but one—the former—appears as decidedly a whole, and the other—the latter—as definably a more conditioned form of it.

Britain and France, and certainly the U.S. S.R., in whatever way this last-mentioned country or its countrymen may understand or appreciate the expression "democracy", ought to be converted into real, i. e. sufficiently social, democracies.

Democracy, once at least in the history of the Occident, has expressed itself in such terms as liberty, equality, and fraternity. The present-day Democracies might well recollect this and examine whether and to what extent they are realizing this principle in connection with their external or international life.

What are called totalitarian States have many their own new virtues, just as democracies have many their own old virtues. But, we must know that what have caused countries such as Germany and Italy to go totalitarian, or, "anti-democratic," were chiefly their external circumstances. In the post-war situation of Europe, countries such as Germany and Italy were, so to speak, forced to determine their own internal economic, political, and social, and even cultural, conditions in such a way that a war or wars may not unconditionally, or absolutely, or necessarily, be evaded, so long as they are not willing to perish, or, are willing to survive. But, such attitude and resolve need the strongest co-ordination to be created within those States.

Of course, if we direct our consciously critical attention to the totalitarian States, we must emphasize the part which real humanism, real "personalism", as well as real "culturism" should have to play. For, under an emergency such as requires of a nation the highest possible co-ordination, these obvious essentials may be so eclipsed that the most stringent co-ordination may eventually be construed as being necessary but for its own sake. Ends may be lost to the eyes of the nation which heatedly concentrates upon the means necessary to achieve those ends.

But, if we think thus far, a singularly attractive social possibility, and a historically significant one, comes up on the horizon. For, the Democracies are not nearly what they complacently style themselves to be. If they are sincerely and intelligently devotees of democracy, they must feel very uncomfortable in their fundamental foreign policies which, at present, are characterized by the stress being put on maintenance of the *status quo*. They ought to feel so, because the concrete aspects of this *status quo* under discussion here are, in their spatial bearings, clearly unaltruistic, and, in their time bearings, unprogressive. Such apprehensions may refer to France still more than to Britain.

If the existing descendants of democracy were as energetic in their love of creativeness as their honorable forefathers had been in the days when they were first launching modern democracy, they would never stick to the *status quo*, as to certain of its aspects; they would rather take the lead in the movement toward a change—a change for the better, not from any narrow sectional viewpoint, but from a synthetical viewpoint recognizing the positive necessity of the historical development of world progress.

The totalitarian States are now such as they are, partly because their direct and indirect neighbors living on this same globe, which is very swiftly being narrowed by steady technological progress, include also such States calling themselves democracies but, in fact, being anything but democracies—in some, or rather the very fundamental principles guiding their international politics—if the term democracy is understood in its fundamental, and not in any superficial, meaning.

A genuine and sane humanism, a genuine and sane personalism or individualism, and a genuine and sane culturism: these ought to be the guiding and motive powers of the nations. They may appear three different things, but in fact they are all one. One and the same reality can be called so differently according to different conditions. Now, the Democracies would deny these intrinsic human needs to those nations outside them. The Totalitarians, on their part, may, by their actions, suggest the danger of suppressing these same intrinsic human needs in their very effort of protecting and emancipating them; an effort which only technically requires of them the most stringent co-ordination. Here is recommended a rational unification or co-ordination in terms of time. The future in the form of a perfect ideal must govern the present, whilst we must condition our present in such a manner as, of necessity, to bring about that desired future.

I am an upholder of what I may term a new cosmopolitanism. It is new because it knows nationalism which the historical, or old, cosmopolitanism ignored. This statement holds true especially if we consider the few centuries preceding the 16th century as the most marked period of the old cosmopolitanism. It is new also because it knows machine culture. And it is new because it knows no racial discrimination, but only one great human identity.

But this new cosmopolitanism requires of us some methods without which we could never bring it out of a mere vision into a

(Concluded on page 8)

Europe's Problems and the Japanese Angle

Kōjirō Sugimori

The "Democracies," to my mind, are hardly democracies in the best sense of the term "democracy." For, this term, properly understood, means something most essentially social.

Society, in the age in which we live, has in fact become world-wide, as the natural and inevitable result of improved means of communication and transportation in an era of modern technological culture; to say nothing of the division of labor, the infinite elaboration of which is an even greater function of modern scientific technology. These are matters of course. For, goods are not made for the cars, but the reverse is the case. Whatever modern political sovereignties may claim for themselves: society in our days is clearly international or, in a sense, over-national.

The Democracies, if the word democracy is still to mean something creative and worthwhile to any of the nations proudly professing the name, ought to be really social. But, most unfortunately, what the present day Democracies behave like and also what they consciously proclaim regarding certain matters, is often far from that. In particular, they are too uncritically devoted to the status quo, where some fundamental international arrangements are concerned; and this means that they are really no democracies. They may be democracies as far as their own, internal politics, respectively, are concerned. But externally, i.e. in their foreign policies, they show some aspects such as are anti-social. And in so far they are no democracies in the best sense of the term. For, being social is the most essential ingredient of a true democracy. Indeed, these two things are hardly two different entities; but one—the former— appears as decidedly a whole, and the other—the latter—as definably a more conditioned form of it.

Britain and France, and certainly the U.S. S.R., in whatever way this last-mentioned country or its countrymen may understand or appreciate the expression "democracy", ought to be converted into real, i.e. sufficiently social, democracies.

Democracy, once at least in the history of the Occident, has expressed itself in such terms as liberty, equality, and fraternity. The present-day Democracies might well, recollect this and examine whether and to what extent they are realizing this principle in connection with their external or international life.

What are called totalitarian States have many their own new virtues, just as democracies have many their own old virtues. But, we must know that what have caused countries such as Germany and Italy to go totalitarian, or, "anti-democratic," were chiefly their external circumstances. In the postwar situation of Europe, countries such as Germany and Italy were, so to speak, forced to determine their own internal economic, political, and social, and even cultural, conditions in such a way that a war or wars may not unconditionally, or absolutely, or necessarily, be evaded, so long as they are not willing to perish, or, are willing to survive. But, such attitude and resolve need the strongest co-ordination to be created within those States.

Of course, if we direct our consciously critical attention to the totalitarian States, we must emphasize the part which real humanism, real "personalism", as well as real "culturism" should have to play. For, under an emergency such as requires of a nation the highest possible co-ordination, these obvious essentials may be so eclipsed that the most stringent co-ordination may eventually be construed as being necessary but for its own sake. Ends may be lost to the eyes of the nation which heatedly concentrates upon the means necessary to achieve those ends.

But, if we think thus far, a singularly attractive social possibility, and a historically significant one, comes up on the horizon. For, the Democracies are not nearly what they complacently style themselves to be. If they are sincerely and intelligently devotees of democracy, they must feel very uncomfortable in their fundamental foreign policies which, at present, are characterized by the stress being put on maintenance of the status quo. They ought to feel so, because the concrete aspects of this status quo under discussion here are, in their spatial bearings, clearly unaltruistic, and, in their time bearings, unprogressive. Such apprehensions may refer to France still more than to Britain.

If the existing descendants of democracy were as energetic in their love of creativeness as their honorable forefathers had been in the days when they were first launching modern democracy, they would never stick to the status quo, as to certain of its aspects; they would rather take the lead in the movement toward a change—a change for the better, not from any narrow sectional viewpoint, but from a synthetical viewpoint recognizing the positive necessity of the historical development of world progress.

The totalitarian States are now such as they are, partly because their direct and indirect neighbors living on this same globe, which is very swiftly being narrowed by steady technological progress, include also such States calling themselves domocracies but, in fact, being anything but democracies—in some, or rather the very fundamental principles guiding their international politics—if the term democracy is understood in its fundamental, and not in any superficial, meaning.

A genuine and sane humanism, a genuine and sane personalism or individualism, and a genuine and sane culturism : these ought to be the guiding and motive powers of the nations. They may appear three different things, but in fact they are all one. One and the same reality can be called so differently according to different conditions. Now, the Democracies would deny these intrinsic human needs to those nations outside them. The Totalitarians, on their part, may, by their actions, suggest the danger of suppressing these same intrinsic human needs in their very effort of protecting and emancipating them; an effort which only technically requires of them the most stringent co-ordination. Here is recommended a rational unification or co-ordination in terms of time. The future in the form of a perfect ideal must govern the present, whilst we must condition our present in such a manner as, of necessity, to bring about that desired future.

I am an upholder of what I may term a new cosmopolitanism. It is new because it knows nationalism which the historical, or old, cosmopolitanism ignored. This statement holds true especially if we consider the few centuries preceding the 16th century as the most marked period of the old cosmopolitanism. It is new also because it knows machine culture. And it is new because it knows no racial discrimination, but only one great human identity.

But this new cosmopolitanism requires of us some methods without which we could never bring it out of a mere vision into a solid existence. And, what I may term an international regionalism is one element of it. There is something significant of this in most of the recent international movements. Hitler's *Drang nach Osten* is no exception. Nor Mussolini's *mare nostrum*. A great tendency in the modern world necessarily leans to simplify, on the one hand, the given national boundaries, and on the other hand, to refit them more kindly. The European war, however, resulted in creating within Europe even more sovereign States than had existed before. This change had its own merits. But, another movement is even more necessary: a movement toward simplifying the formal sectionalism which exists in the form of national States, in such a way that some fewer and greater consolidated political and social units may replace them.

In the Western Hemisphere, because there is but one State which is by far the most powerful and advanced of all the States there, this international regionalism seems to be very successful in its real, if not nominal, inception and growth. As to the Far East, because there are old establishments existing as extensions of the Western Powers, the situation is very complicated. But there cannot be the slightest doubt that Japan is the most responsible country for the great task of creating and promoting an international regionalism in this part of the world. Britain, France, and the U.S.S.R. will have, each for its part, to learn how to readjust their political boundaries according to the existing and rising social needs of Europe. And for the best possible survival of Europe's culture, sociallife, and forces, rebarbarization to some extent seems absolutely unavoidable. This may come, most hopefully, from Germany and Italy, so far as the Western and Central European Countries are concerned. The modern form of nationalism has already functioned in the history of mankind. What is now most urgently needed is a super-modern nationalism as an *aufgehobene* form of the former. Europe, by creating this, not only in theory but in practice, could once again become a fresh and mighty unit co-operating with both the American and the Far Eastern units for the great common purpose of creating and enjoying ever higher and higher forms of culture as well as of reconsuming the past culture.

What is needed for Europe to escape from possible downfall is what is needed elsewhere and universally, but in relation to more or less different backgrounds. And that is a real up-to-date philosophy which is not in fashion but ought to be brought to a state infinitely more prevalent than any fashion.

ヨーロッパの諸問題と日本の視角

杉森孝次郎　　　　翻訳

　さまざまな民主主義国家は、デモクラシーという用語の最良の意味に照らせば、私にはほとんどデモクラシーとはいえないものである。というのは、この言葉は、正しく理解すれば、本質的に社会的なものだからである。

　我々が生きているこの時代の社会は、近代的技術文化の時代において通信と輸送手段が発達した不可避的な結果として、事実上世界規模のものになった。いうまでもなく労働の分業化、その限りない彫琢は現代科学技術のより大きな作用によるものである。それは当然の結果である。なぜなら、品物はそれを運ぶ車のために生産されるのではなく、事実はその逆だからである。現代のいかなる主権国家がなんといおうと、今日の社会は明白に国際的な、ある意味では超国家的なものなのである。

　民主主義諸国家は、もし民主主義という言葉が、それを誇らしげに宣言する諸国家にとっていまだに創造的で価値あるものだとすれば、真に社会的なものであるはずだ。しかしはなはだ不幸なことに、今日の民主主義国家がそのように振る舞おうとしているもの、そして彼らがある種の問題を顧慮しながら公言しているものは、しばしば社会的なものとは似ても似つかないものである。とりわけ、根本的な国際間の調整にかかわる場合、彼らはあまりにも現状に献身的であり批判的に見ていないからである。それは、彼らが真の民主主義国家ではないことを意味している。彼らは、彼ら自身の個々の国内政治にかかわる限りで民主的なのである。しかし対外的には、言い替えれば外交政策においては、彼らは反社会的な相貌を見せる。その限りで彼らは、言葉の真の意味での民主制ではないのである。というのは、社会的であるということは、真の民主主義の最も本質的な構成要素だからである。実際のところ、これら二つのことは、異なった存在ではないのである。前者が明白に全体として現れるのに、他方後者は限定的に条件付けられた形で現れるという相違はあるが。

　イギリスやフランス、そして間違いなくソ連は、真の、言い替えれば十分に社会的な民主主義に転換すべきである。ここで最後にあげた国とその国民が、どのように"民主主義"という表現を理解し、評価するにせよである。

　民主主義は、西欧の歴史の中で少なくとも一度は、自由・平等・博愛といった言葉で表された。今日の民主主義国家はこのことをよく思い起こした方がいいと思うし、またこの原則を対外的あるいは国際的な生き方との関連で実現しているのかどうか、実現しているとしたらどの程度になのかを、検討してみた方がいいだろう。

　民主主義国家が古くからの多くの長所を持っているのと同様に、全体主義国家といわれる国々も、多くの新しい美点を持っている。だが我々は、ドイツやイタリアのような国々を全体主義や"反デモクラシー"に赴かせた要因が、主として国際環境であったことを知らなければならない。ヨーロッパの戦後において、ドイツやイタリアのような国々は、国内の経済、政治、社会、さらに文化までも特定な状態にすることを余儀なくされた。それは、国家の滅亡を避けその生存を望む場合、戦争というものを無条件には、あるいは絶対的には、もしくは必然的には回避することができないかもしれない状態である。しかしそのような姿勢や決意には、国内的にきわめて強力な統合が必要とされる。

　もとより、我々が自覚的に批判的な注意を全体主義国家に向けるなら、真のヒューマニズム、真の"個人主義"、真の"文化主義"が演ずべき役割を強調しなければならない。国家が最高度の国内統合を要求されるような緊急事態の下では、これらの明白な必須事項は覆いかくされてしまい、もっとも厳しい統合が、本来の目的を離れて、結局は必要なものとして解釈されるかもしれない。目的を達成する手段に必死になっている国家の眼には、目的そのものが見失われてしまうかもしれないからである。

　しかし、もし我々がこのように先まで考えるなら、際立って魅力的な、そして歴史的に重要な社会的可

能性が、地平に姿を現す。というのは、民主主義諸国は自分たちが満足げに自称するようなものとは程遠いからである。もし彼らが心から、また知性的に民主主義に帰依しているのなら、彼らの基本的な外交政策が、いまや現状維持を強調することで特徴づけられるということに、居心地の悪い思いをするはずだ。彼らはそのように感じるべきである。なぜなら、いま議論の対象となっているこの現状の固定した姿は、地理的に空間を占拠するという意味では明確に利己的であるし、歴史的な意味合いでは非進歩的だからである。そのような懸念は、イギリスよりもフランスにおいて、より当てはまる。

もし現存するデモクラシーの末裔たちが、彼らの光栄ある祖先が最初に近代デモクラシーを出発させたときにそうであったように、創造への愛にエネルギーを注いでいるとしたら、彼らが現状に、その特定の側面に執着することはないだろう。そうではなくて、彼らは変化を求める運動を先導するはずだ。狭い部分的な視点からではなく世界の進歩を歴史的に発展させる明確な必要性を認識した、総合的な視点に立って、向上への変化を求めるはずである。

こんにち全体主義国家が全体主義国家であるのは、部分的には、テクノロジーの着実な進歩によって急速に狭くなっている同じ地球の上に生存する、彼らの直接間接の隣人たちの中に、自身を民主主義国家と呼ぶ国が含まれることによる。しかし実際には、民主主義の意味を表面的ではなく本質的に理解するならば、国際政治の方向性を決める根本的な理念において、むしろ彼らは民主主義国家とは呼べないのである。

純粋で健全なヒューマニズム、純粋で健全な人格主義もしくは個人主義、純粋で健全な文化主義といったものは、国民を導き動かす力であるべきだ。それらは三つの異なったものであるように見えるが、実際には一つのことである。全く同一の現実は、異なった条件の下では全く違った呼ばれ方をする。いま民主主義諸国家は、これらの本質的な人間の必要条件を、彼ら以外の国家には許さないだろう。一方全体主義諸国家は、同じ人間の本質的必要条件を抑圧することは危険であることを行動によって示し、むしろそれを守り解放しようと努力するだろう。そういった努力には、技術的に最も厳密な統合だけが必要とされる。ここでは、時代的な表現における合理的な統一や統合というものが推賞される。完璧な理想の未来は、現在の基準となるべきである。同時にわれわれは現在を、そのような理想の未来をもたらすように方向づけなければならない。

私は、私が新しいコスモポリタニズムと名づけるものの支持者である。それは歴史的な、あるいは過去のコスモポリタニズムが無視した、ナショナリズムを知っているという点で新しい。この見解は、我々が16世紀に先立つ何世紀かを、古いコスモポリタニズムが最も特徴的な時代として考察するとき、特に妥当性をもつ。新しいコスモポリタニズムはまた、それが機械文明を知っているが故に新しい。同時にそれは、いかなる人種差別も認めず、唯一の人間的なアイデンティティのみを認める点でも、新しい。

だがこの新しいコスモポリタニズムは、我々に新たな方法を要求する。この新たな方法なしでは、我々はそれを単なるヴィジョンから確固たる存在にすることはできない。そして私が国際的な地域主義とよぶものは、その方法の一つの構成要素である。最近の国際的な動向の多くに、その重要な何かがある。ヒトラーの「東方政策」も例外ではないし、ムッソリーニの「地中海はわが海」も同様である。現代世界の大きな傾向は必然的に、一方では既定の国家的領域を単純化し、他方ではそれらをもっと適合的に作り直そうとする。しかしながら欧州大戦は、ヨーロッパの中に以前よりもっと多くの主権国家を生みだすことになった。この変化には利点もあった。しかし、そうではないもう一つの運動がさらに必要である。国民国家という形式的なセクショナリズムを、幾つかのより少数の、かつ大規模に統合された政治的社会的単位に置きかえるという運動である。

西半球では、他のすべての国家よりも強大で進んだただ一つの国家が存在するために、この国際的な地域主義は、単なる名目ではなく実質の出発においても、発展においても成功しているように見える。極東に関しては、西欧列強の勢力拡張によって旧大国が生きながらえているために、状況は非常に込み入っている。しかしこの地域において、新たな国際的地域主義を創り出し発展させるという偉大な目的をになう国家が日本であることは疑う余地がない。イギリスやフランス、ソ連はそれぞれの立場で、現に存在し、またあらたに起こってくるヨーロッパの社会的な要求にあわせて、政治的な境界を再調整するやり方を学ばなければならないだろう。ヨーロッパの文化や社会生活や、そして軍事力が最良の形で生き延びるには、再びある程度野蛮に戻ることは、

絶対に避けられないと思われる。西ヨーロッパや中欧に関する限り、うまくいけばそれはドイツやイタリアからもたらされるかもしれない。ナショナリズムの近代的な形式は、人類史的にはすでに機能しているのである。いま最も緊急に必要とされるのは、従来のそれが止揚された、超近代的なナショナリズムである。ヨーロッパは、理論上だけでなく実際にそれを創り出すことによって、過去に形成された文化を消費するだけでなく、ますます高度な文化の形態を創造し、享受するという偉大な共通目的に向かってアメリカ圏や極東圏と協同する、生き生きとした力強い一つの単位になることができるだろう。

ヨーロッパが来たるべき没落から逃れるために必要なものは、多かれ少なかれ異なった背景のもとであるが、世界中どこでも必要とされるものである。そしてそれは流行としてではなく、どんな流行にもまさって国家に広められるべき、真の尖端的な哲学である。

(有馬　学訳)

「社会国家」論から「広域圏」論へ

有馬　学　　　　　解説

杉森孝次郎は早稲田大学出身の政治学者・社会学者である。1913年から文部省特別留学生としてドイツ、イギリスに滞在。1919年に帰国して早稲田大学教授をつとめた。帰国後は独特の文体で、おびただしい数の時論、論文を発表し続けた。とりわけ1923年に出版した『国家の明日と新政治原則（社会国家への主張）』（早稲田大学出版部）は、副題に明らかな「社会国家」論の主張において、その後の昭和戦前・戦中期における杉森の言論の起点をなすものであった。戦後初期に戦前の日本政治学を自己批判も含めて総括した蠟山政道の『日本における近代政治学の発達』は、杉森の『国家の明日と新政治原則』に一項を割き、社会倫理学的な傾きが政治学としての論理的な精緻化を妨げたことを批判しつつも、その自由な構想力が政治学界に放った「陸離たる光彩」は認めている。

他方で杉森は渡欧中の1915年に、イギリス留学中の中野正剛（当時朝日新聞記者）とロンドンで出会い[1]、それ以後、中野との関係で現実政治との接点を持つようになる。中野正剛はヴェルサイユ講和会議を実見して、日本外交への批判を共有した永井柳太郎、長島隆二、馬場恒吾らと、1919年8月に改造同盟を設立するが、杉森もその発起人に名を連ねている[2]。改造同盟は日本外交の刷新と普通選挙の実施を中心とするスローガンを掲げ[3]、大正中期の普通選挙運動を担った集団の一つである。すでに指摘されているように[4]、ここでの普通選挙の主張は、第1次大戦後の日本に特徴的な、ナショナリズムを表象する一つの形式であったことに注意する必要があるだろう。

なお杉森の政治的動向について、いくつか付け加えておこう。ここでの杉森はほとんど中野正剛の同行者である。すなわち、中野が主筆（後に社主）であった『東方時論』の「時評」執筆者をつとめ、1923年5月には、東方時論社も主催者に名を連ねたロシア承認大演説会に大山郁夫らと登壇している[5]。

その一方、満洲事変が勃発すると、中野は所属する民政党と政友会の連立をめざした協力内閣運動を展開して失敗し、1932年に安達謙蔵をかついで国民同盟を結成するが、杉森はその理念を理論的に正当化する発言を行っている。すなわち国民同盟の「宣言」は、「日本建国ノ精神ヲ拡充シ、外ニ国際正義ヲ検討シテ、屈辱ナキ恒久平和ノ基準ヲ定メ、内ニ統制経済ヲ確立シテ、搾取ナキ正義社会ヲ建設スルヲ以テ目的トス」と謳っているが[6]、杉森によれば統制経済とは、「社会主義から目的の主要なものを採り資本主義からさへもその方法の中の自由に関するものを探って而してこゝに正しき自由、新しき経済政策を組織」[7]するものであった。

このとき杉森はまた「正しき政治の形態」について述べ、それは「目的に於て民主々義であり、即ち社会の為の大衆の為のものであり」、したがって「方法に於て十分に効果的なものであるべき」だが、「独裁主義といふ言葉はその方法の世界に付て存在理由を」

---

1 杉森と中野の交遊については、中野泰雄『政治家／中野正剛』上・下（新光閣書店、1971）を参照。両者の関係は、1943年の中野の死まで続いている。周知のように、中野正剛は1942年頃から反東条内閣の運動を展開し、1943年10月に憲兵隊に拘束され、帰宅した後、割腹自殺を遂げる。
2 有馬学「『改造運動』の対外観—大正期の中野正剛」（『九州史学』60、1976年9月）
3 中野正剛「改造同盟論」（『東方時論』1919年9月号）
4 山室建徳「普通選挙法案は、衆議院でどのように論じられたのか」（有馬学・三谷博編『近代日本の政治構造』、吉川弘文館、1993）
5 中野泰雄前掲書、上巻p.364
6 「宣言」（『日本講演通信』168、1932年12月22日）
7 杉森孝次郎「新党の根本問題」（『講演』第190輯、1932年8月10日）

持つものであるとも語っている[8]。このように、「民主主義」と大衆政策から説き来たって、「独裁主義」に至るロジックは、杉森に限らず、1920年代の日本における「社会の発見」が30年代にたどった経路を示すものと言えよう。

その後も杉森は、中野が2・26事件後の1936年3月に政治結社として設立した東方会で、一貫して顧問的な位置にあった。1939年に出版された東方会の政策集『全体主義政策・綱領』では、中野とともに共編者となっている[9]。杉森はその中で「東亜新民族主義」を執筆しているが、これは東方会機関誌『東大陸』の1939年1月号に掲載されたものの再録であり、論旨の一部は本コラムと用語に至るまで類似したものである。

さてそれでは、本コラム「ヨーロッパの問題と日本の視角」（以下「日本の視角」と略す）は、諸の執筆活動の中でどのような位置を占めるのだろうか。「日本の視角」における杉森の議論の特徴は、デモクラシーが独特の「社会」概念を媒介に、国際関係に接続されている点である。

杉森の定義によれば、デモクラシーは本来的に社会的なものであり、そして今日の社会は、交通とコミュニケーションをめぐるテクノロジーの発達によって、国家を超えた世界大のものとなっている。そのような認識に立つとき、デモクラシーを自称する諸国家は、少なくとも国際関係においてはデモクラシー的ではない。なぜならそれら諸国家が主張する国際秩序は、利己的な現状維持に立っており、社会的ではないからである。全体主義国家の台頭は、そのような現状維持的秩序への反撥である。

これらの論理は構造としては、実のところ1920年代の初めに杉森が表明している見解と変わらないものである。たとえば『国家の明日と新政治原則』の第1章は「社会の発見」と題されている。そこでは杉森によって政治の目的対象とされた、「人間協力の全体的範囲」としての「社会」の発見が、次のように高らかに謳われている。すなわち、「大戦は徒為に戦はれなかつた。それは世界をして、社会を発見せしめた。発見する気運に向かはしめた。大戦前にも社会はあつた。けれども、人はそれには気づかなかつた。事実が、その場合に於いても、聡明と良心を追ひ越したのであつた。」と[10]。

この時すでに、交通手段の発達によって、「人間協力の全体的範囲」は、「もはや決して国家大ではなく、国際大、もしくは人類大」であるとされている[11]。注目すべきは、この段階で杉森は、国際大の人間協力たる「国家の外延的進化」の指標として、国際連盟やワシントン条約を評価する立場をとっていたことである。なぜならそれらは、主権国家における開戦の自由や軍事力決定の自由を、諸国間の協定によって制約するものであったからだ。

しかしそのことをもってしても、1920年代の社会国家論者と1930年代の広域圏論者が根本的に異質なものであるとは、必ずしも言えないのである。杉森は彼のいう「国家の外延的進化」の方法として、「新聯邦主義」を提唱する。それは、「国際的責任自治区とも称せらるべき少数の政治的大容器に、現存する多数の国家を鎔かし込む」ことであるという[12]。もちろんこのような主張が、そのままで広域圏的国際秩序論であるわけではない。それは杉森がこのときジェノア会議を、失敗に終わったとはいえ、国際社会が「現在の機械的多から超脱」して、「未実現の有機的一へ躍進」する一段階ととらえていることからも明らかだろう。[13]

「新聯邦主義」から広域圏論への道筋は、国際大の社会的統制が「領土」問題に実体化することによってもたらされる。民主主義諸国家の利己的現状維持への批判は、領土問題を主張する形式である[14]。かくして国際大の社会を統制する論理は、新たな言葉と内容を必要とすることになる。海外に向けて書かれたこのコラム（「日本の視角」）の中で、杉森はそれを「新しいコスモポリタニズム」と表現した。その中身は「国際的な地域主義」である。

ほぼ同じ頃に書かれた日本語の文章の中では、コスモポリタニズムではなく、「新世界主義」が用いられた[15]。そして「国際的な地域主義」は、次のように明瞭な広域圏論であった。すなわち、「世界歴史の現段階において、領土もしくは資源の所有、管理に関する国際秩序を対象として、現在の二、三、四個の強大なる国家群の如きものの自覚を造ることは一つ

---

8 同前
9 中野正剛・杉森孝次郎編『全体主義政策・綱領』（育生社、1939）
10 杉森孝次郎『国家の明日と新政治原則（社会国家への主張）』早稲田大学出版部、1923、p.91
11 同、p.11-12
12 同、p.19
13 同、p.21
14 杉森は1932年の段階で、「領土と言へば直に封建主義であり反動であり時代錯誤であると考へる者が今日非常に多い」（前掲「新党の根本問題」）と述べているが、これは第1次大戦後に国際秩序を論じる際の雰囲気をよく示している。それは植民地主義や帝国主義の公然たる正当化を許さない、知的枠組み（拘束力）の強さを物語るものである。
15 杉森「新世界秩序の原則」（『セルパン』94、1938年11月）、および「東亜新民族主義」（前掲『全体主義政策・綱領』）。

の絶対的なる必要である」[16]と。

　しかしそのような国際秩序は、正当化の努力において、国民国家を単位とする国際連盟的な秩序と帝国主義的秩序をともに乗り越えたものでなければならない。広域圏論者は、それが困難な課題であると認識できないほど、ナルシスティックであったわけではない。したがって杉森の用語も変転する。たとえば1944年に刊行された著作の中では、「国際大地域的指導国家主義」である[17]。そしてそこでも、そのような国際秩序の根拠は、「国際は大いなる社会である。ある意味においてはそれは最大の社会である。」という、1920年代の社会国家論を継承する概念であった。

　このように、杉森のコラム「日本の視角」に見られる国際秩序論は、1920年代の社会国家論の骨格を継承しつつ、同時にそのまま『全体主義政策・綱領』にも転用されうるものであった。このような杉森における社会国家論の道行きをもたらしたものを、蠟山政道が批判したように、それが「人間協力」という社会倫理的概念に依拠し、政治概念として深化されなかったことに求めることも可能であろう。

　しかし、政治学の理念と方法という文脈を離れて、1920年代から30年代における国家観と国際関係思想の展開という観点から眺めれば、やや異なる課題を見いだすことも可能である。ここでの検討によれば、1920年代の社会国家論から30年代の広域圏論への道程は、杉森においてはさほど大きなジャンプとは考えられていなかったはずである。それは少なくとも20年代の社会国家論の延長上に、もしくはそれと無理なく接合するものとして考えられたにちがいない。そしてそのような脈絡は、一人杉森のみならず、日本における知的世界のかなりの部分に共有されたものであったのではないか。

　そう考えるならば、戦時期における広域圏的国際秩序論は、国際政治学のあるべからざる逸脱としてではなく、一つのパラダイムとして理解するべきなのかもしれない。それが特殊日本的な、あるいは枢軸国側にのみ共有されたものでないことは、近年の国際関係思想研究でも明らかである。[18]

【参考文献】
松田義男編「杉森孝次郎著作目録」http://www5.ocn.ne.jp/~ymatsuda/
蠟山政道『日本における近代政治学の発達』実業之日本社、1949、ぺりかん社、1968

[16] 「東亜新民族主義」、p.13
[17] 「大東亜戦争の世界史的意義」（杉森孝次郎編『大東亜戦争と世界』）中央公論社、1944、p.2
[18] 酒井哲哉『近代日本の国際秩序論』岩波書店、2007

Goethe in Japan

Shōshō Chino

Wann der Name des Dichtere Goethe in Japan zuerst bekannt wurde, liesse sich mit Genauigkeit schwer feststellen; das erste Werk von ihm, das in japanischer Uebersetzung als Buch veröffentlicht wurde, soll Tsutomu Inoue's 1884 erschienene Uebertradung des „Reineke Fuchs" gewesen sein. Zugleich war es wohl daserste Werk der deutschen Literatur überhaupt, dasdamals, in der Frühzeit der Meiji- Aera, seinen Weg nach Japan fand. Und so lässt sich sagen, dass es Goethe war, der den Japanern die erste Bekanntschaft mit der deutschen Literatur vermittelte. Dabei ist freilich zu bedauern, dass es nicht mit einem seiner grossen Meisterwerke war; doch anderseits mag für die damaligen japanischen Leser, denen die europäische Literatur noch fremd war, gerade eine märchenhafte Tierfabel dieser Art leicht zu verstehen und auch interessant gewesen sein. Schon vier Jahre später, 1888, erschien Ogai Mori's Uebertragung von „Mignon's Lied," und im selben Jahr veröffentlichte die damals begründete literarische Zeitschrift *„Shigaramizoshi"* in ihrer ersten Nummer eine Einführung* in „Hermann und Dorothea." Wir wissen, dass Goethes Werke damals bei uns in gewissen literarischen Kreisen mit grossem Interesse gelesen wurden. Und allmählich fanden auch seine Gedichte, im deutschen Original oder in englischer Uebersetzung, bei uns ihren Leserkreis und wurden nach und nach auch ins Japanische übertragen; Werke wie „Werther", „Faust" und andere wurden häufig Gegenstand der literarischen Diskussion und mögen auch hie und da das literarische Schaffen beeinflusst haben. Doch lässt sich nicht leugnen, dass die Beschäftigung mit Goethes Werk damals auf Uebersetzungen und Einführungen in einzelne Werke beschränkt blieb, während das literaturwissenschaftliche Goethestudium im engeren Sinn

---

* Unter dem Wort „Einführung" ist hier wie im folgenden im Sinne des japanischen Worts shokai die in Japan typische Form der ersten Auseinandersetzung mit einem fremdsprachigen literarischen Werk zu verstehen: in der Regel eine mehr oder weniger summarische Zusammenfassung des Inhalts, häufig mit erläuternden oder kritischen Anmerkungen.

p.2

des Wortes bei uns kaum mehr als ein Jahrzehnt alt ist.

Restloses Eindringen und innere Einfühlung in Dichter und Werk bilden die unerlässliche Voraussetzung für die klare und richtige Darstellung und Uebersetzung; das ist eine Selbstverständlichkeit. Anderseits lässt sich sagen, dass es gerade die Goethe-Uebersetzungen und -einführungen jener Epoche waren, die unserem heutigen wissenschaftlichen Goethestudium den Boden bereiteten. Die meisten der in Deutschland selbst veröffentlichten wissenschaftlichen Goetheabhandlungen und Kommentare zu seinen Werken werden bei uns von einem engeren Kreis von Fachgelehrten gelesen, zum Teil auch für das breitere Publikum in kurzer Zusammenfassung veröffentlicht und nicht wenige darunter sogar übersetzt. Selbstverständlich sind die Goethebiographen Witkowski, Bielschowsky, Heinemann, Richard M. Meyer und Gundolf, doch ebenso H.A. Korff, Burdach, G. Simmel, E. Kühnemann, Kuno Fischer, W. Dilthey und Eckermann heute bei uns in ziemlich weiten Kreisen, das heisst, auch ausserhalb der fachlichen Kreise der Goetheforscher, recht wohl bekannt. Diese sowie die weitere Tatsache, dass Gesamtausgaben von Goethes Werken bereits von drei verschiedenen japanischen

Verlegern veranstaltet worden sind und das Unternehmen einer vierten Gesamtausgabe heute seiner Vollendung entgegengeht, dürften genügen, um zu zeigen, welch grosses und tiefes Interesse wir Japaner dem Dichter Goethe entgegenbringen.

Dieses tiefe Interesse für Goethe bei uns geweckt zu haben, ist vor allem das hohe Verdienst Dr. Ogai Mori's. Dass er einer unserer besten, zugleich künstlerischsten Goetheübersetzer war, ist wohlbekannt; doch dürfen wir darüber nicht vergessen, dass er uns auch hervorragende Einführungen zu Goethes Werken gegeben hat. Seine „Goethe-Biographie" nach Bielschowsky, und seine „Faust-Betrachtung," die sich hauptsächlich an Kuno Fischer anlehnt, waren zweifellos die ersten ernstzunehmenden Schriften über Goethe und sein Werk, die bei uns in Japan veröffentlicht wurden. In der Tat sind für uns Japaner die Namen Goethe und Ogai Mori zu einem unzertrennlichen Begriff geworden.

Doch würden wir zögern, Ogai Mori einen Goetheforscher im engeren Sinne des Wortes zu nennen. In seinen Schriften hat er sich im Wesentlichen darauf beschränkt, Tatsachenmaterial aus den damals als Standardwerke anerkannten Arbeiten anderer Goetheforscher auszuwählen, wobei er jedoch deren persönliche Meinungen und Kritik unberücksichtigt liess, anderseits aber auch von seinem eigenen Urteil wenig einfliessen liess. Der Grund hierfür mag vielleicht darin liegen, dass er den damaligen, mit Goethe und seinem Werk noch kaum vertrauten Lesern nicht sein privates. Urteil aufdrängen wollte, sondern zunächst vor allem darauf bedacht war, ihnen die nötigen Kenntnisse zu vermitteln. Und wiewohl Ogai Mori zweifellos ein selbständiges Urteil über Goethe gehabt haben dürfte, so lässt es sich leider aus seinen eigenen Schriften nicht herauslesen. Ob „Biographie" oder „Betrachtung": wirklich tiefe Gedanken sind in seinen Schriften kaum zu finden, und so mag es sein, dass Ogai Mori selbst nicht mehr sein wollte als ein Verkünder von Goethes Werk.

Durch die zahlreichen Uebersetzungen und Einführungen in seine Werke ist Goethe auch dem breiteren Leserpublikum in wachsendem Masse vertraut geworden; auch an den Universitäten wurden mehr und mehr Goethevorlesungen in den Lehrplan aufgenommen. Seit der Errichtung eines Lehrstuhls für Deutsche Literatur an der Kaiserlichen Universität zu Tokyo (1894?) haben deutsche Professoren für diejenigen Studenten, die sich auf das Studium der deutschen Literatur spezialisierten, Goethevorlesungen gehalten, die aber über die Vermittlung notwendiger Kenntnisse nicht hinausgingen; von der persönlichen Interpretation der Professoren war darin ebenso wenig enthalten wie von einer Darlegung der Ergebnisse ihrer eigenen Goethestudien. Erst als es soweit war, dass junge japanische Professoren ans Katheder traten und über deutsche Literatur lasen, begann bei uns das literaturwissenschaftliche Goethestudium, gemäss japanischem Denken und Fühlen. Das soll keineswegs als Vorwurf oder gar Undankbarkeit gegen die deutschen Professoren verstanden werden. Was ich hier betonen will, ist nur, dass in diesem Stadium der Entwicklung Goethevorlesungen, die auf eine blosse Aneinanderreihung von bereits allgemein bekannten Tatsachen und Kenntnissen beschränkt blieben, nicht mehr genügen konnten - weder vom Standpunkt des Vorlesenden, noch von dem der Zuhörer aus gesehen. Und was ich hier vor allem sagen will, ist, dass mit der allgemeinen Verbreitung und Vertiefung unseres Wissens um Goethe wir nicht mehr damit zufrieden sein konnten, die Ansichten der deutschen oder anderen europäischen Gelehrten und Forscher kennenzulernen: es war nun so weit, dass wir Japaner beginnen mussten, uns selbständig unsere Anschauungen, Ideen und Gedanken über Goethe zu bilden und ihn unter unserm besonderen Gesichtswinkel zu betrachten.

Schon Kosen Yamagishi, Professor an der Waseda-Universität, geht in seiner im Zusammenhang mit einer der vier erwähnten Goethe-Gesamtausgaben unter dem Titel „Goethe" veröffentlichten Arbeit einen erheblichen Schritt weiter als Ogai Mori in seiner „Goethe-Biographie", sowohl in der kritischen Auewahl als auch in der vergleichenden Wertung der Urteile anderer Goetheforscher. In einer damals anlässlich der Gedenkfeiern zur hundertsten Wiederkehr von Goethes Tod veröffentlichten „Goethe-Studie" habe ich — wenn ich mir die Unbescheidenheit erlauben darf, hier selbst davon zu reden— versucht, auf dem Wege über eine kritische Auseinandersetzung mit den Arbeiten anderer Goetheforscher zu einer eigenen Goetheauffassung zu gelangen, insbesondere inbezug auf die aesthetische Kritik an seinen einzelnen Werken. Dass unsere speziell japanische Goetheauffaesung sich bereite ihr eigenes Terrain zu erobern beginnt, zeigt sich vor allem in dem Werk „Der junge Goethe" von Kinji Kimura, Professor der Literatur an der Kaiserlichen Universität zu Tokyo; indem der Verfasser die Jugendzeit Goethes bis zur Entstehung des „Urfaust" in organisch geschlossenen Teilabschnitten analytisch untersucht und wiederum in synthetischer Zusammenfassung überblickt, erläutert er Goethes künstlerische Auffassung und religiöse Anschauung und versucht namentlich inbezug auf letztere eine gedankliche Verbindung zur Denkweise des Orients zu knüpfen. Auch die Arbeiten von Jiro Abe, Professor für Literar-Aesthetik an der Kaiserlichen Universität zu Sendai, und von Hikoshige Okutsu, a.o. Professor für Deutsche Literatur ebendort, über „Faust „, „Goethes Lyrik„, „Goethes Einstellung zur Liebe" u.a., die, sei es in der Betrachtungsweise, sei es in der Auffassung, sei es in der Interpretation, zum Teil wirklich japanische Gedanken enthalten, zeigen in erfreulichem Masse, dass sich unsere Goetheforschung bereite einem Standard nähert, auf dem sie sich mit der Goetheforschung in den verschiedenen Ländern Europas und Amerikas messen darf. Es liesse sich noch viel über einzeln veröffentlichte Studienarbeiten zu einzelnen von Goethes Dichtwerken sowie über die im „Goethe-Jahrbuch" und von Zeit zu Zeit in verschiedenen Zeitschriften erscheinenden Aufsätze sagen, doch soll hier davon abgesehen werden.

Wie hier dargelegt wurde, hat die Goetheforechung in Japan eine gesunde Entwicklung zurückgelegt, und sie dürfte auch weiterhin erheblich im Zunehmen begriffen sein; bedauerlich ist dabei nur, dass wir wegen der grossen Entfernung von Deutschland, die uns bei der Sammlung von Studienmaterial erhebliche Schwierigkeiten in den Weg legt, in so grundsätzlichen Dingen etwa wie der Beschaffung von Texten und Lebenedaten ganz und gar auf bereits vorliegende deutsche Arbeiten angewiesen sind. Unser spezielles japanisches Problem bleibt es also, wie wir anhand dieses Materials ein einziges grosses, in seiner Gesamtheit einheitliches Lebensbild von Goethe gewinnen sollen. Und wenn uns solcherart unser Studium an Goethes Wesen und Gestalt heranführt, so kann diese Gestalt nicht anders sein als so, wie sie die deutsche Goetheforschung bereits errichtet hat. Doch die Ver schiedenartigkeit unseres Weges zu diesem Ziel sowie die Eigenarten unseres Denkens und Fühlens werden uns vielleicht manchen bisher verborgenen Zug ent decken, manchen bisher verkannten Sinn herauslesen lassen. Und das bedeutete nicht nur eine Bereicherung der japanischen Kultur, sondern zugleich einen gewissen Beitrag zur deutschen Kultur, nein in der Tat zur Kultur der Welt.

日本におけるゲーテ

茅野蕭々　　翻訳

作家ゲーテが日本で初めてその名を知られるようになったのがいつのことかは、判然としていない。邦訳が出版された初のゲーテ作品は、1884年に刊行された井上勤の『ライネケ狐』であろう。同時にこの作品は、明治時代初期当時、日本にもたらされた最初のドイツ文学作品であった。ということは、ゲーテこそが、日本人にドイツ文学との初の出会いを媒介したといえる。もっともその作品がゲーテの傑作でなかったのは残念だったが、ヨーロッパ文学にまだ馴染みのなかった当時の日本人読者にとって、まさにこのような童話風の動物寓話は理解しやすく、興味深いものであったに違いない。早くもその4年後の1888年には、森鷗外が翻訳した『ミニヨンの歌』が出版され、また同年には、当時創刊された文芸雑誌『しがらみ草紙』の創刊号に『ヘルマンとドロテア』の紹介〔Einfuehrung〕*が掲載されている。当時、ゲーテの作品が、文壇の一部で大いに関心がもたれ、読まれたことはよく知られている。そして次第にゲーテの詩も、ドイツ語の原文や英訳で登場し、少しずつ日本語にも翻訳されるようになった。『若きウェルテルの悩み』や『ファウスト』などは、しばしば文学議論の対象となり、文学創作にも随所で影響を与えたとも言える。しかしながら、ゲーテ作品との関わりは、その当時まだ、個々の作品の翻訳や紹介に留まっていたことは否めない。狭義のゲーテ文学研究は、わが国ではまだ10年を僅か超えたばかりなのだ。

作家と作品への突っ込んだ洞察と内面的感情移入が、明快で正確な表現と翻訳のための不可欠条件で

---

* 「Einfuehrung」という言葉は、ここでは日本語の「紹介」にあたり、日本では良く見受けられる形式であるが、外国文学作品との初の取り組みの場と理解していただきたい。通常は、内容の概略的な要約であり、解説的な注釈や批評的な注釈が付けられることも多い。

あることは自明のことである。しかし、また一方、その時期のゲーテの翻訳と紹介こそが、現在の学問的ゲーテ研究の基礎を作ったと言えるだろう。ドイツ本国で発表された学術的ゲーテ論文や彼の作品の注釈のほとんどは、わが国では、狭い専門家の仲間内で読まれ、その一部がより広い層の読者のために短い要約のかたちで発表され、しかもそのうちの少なからぬ作品が翻訳されたのである。もちろん、ヴィトコウスキー、ビールショウスキー、ハイネマン、リヒャルト・M・マイヤー、グンドルフといったゲーテの伝記作家たち、さらにまた、H・A・コルフ、ブルダハ、G・ジンメル、K・キューネマン、クーノ・フィッシャー、W・ディルタイ、エッカーマンは、今日の日本では、ゲーテ研究専門家だけでなく、かなり広い範囲で知られている。さらにまた、ゲーテ全集が既に日本の3出版社によって作られ、第4の全集版が今日完成間近であるということは、我々日本人の作家ゲーテに対する関心がいかに大きく深いものであるかを示すのに十分であろう。

ゲーテに対するこのような深い関心がわが国で喚起されたことは、とりわけ森鷗外博士の功績が大きい。鷗外が最も芸術的にゲーテを訳した最上の翻訳家の一人だったことは、よく知られていることであるが、ゲーテ作品について出色の紹介を書いていたことも忘れてはならない。ビールショウスキーに拠った彼の『ギヨオテ伝』と、主にクーノ・フィッシャーに準拠する『ファウスト考』は、日本で刊行されたゲーテとその作品についての最初の本格的な著作物であったことに疑いはない。事実、我々日本人にとって、ゲーテと森鷗外の名前は切り離すことができないひとつの概念となっている。鷗外は原則的に自著の中では、当時基本文献と認められていた他のゲーテ研究者の書物から事実資料を選択するのみに留めており、研究者個々人の見解や批評を考慮に入れない代わり、自分の評価からもあまり影響されないようにした。その理由はおそらく、ゲーテやその作品をまだほとんど知らない当時の読者に、自己の個人的な評価を押し付けることを望まず、とりあえずは、読者に必要な知識を伝えることだけに意を用いたのだろう。森鷗外がゲーテについて確かに抱いていただろう独自の評価がどんなものであったのか、彼の著作からは、残念ながら読み取ることはできない。『ギヨオテ伝』であろうが『ファウスト考』であろうが、鷗外の著作には、真に深く掘り下げた見解はほとんど見られない。これは、森鷗外が、自身

東京の最大手書店の一つにおける「ゲーテ文学」コーナー
ヴェルナー・コニッツ撮影

をゲーテ作品の公表者以上であることを望まなかったということではなかっただろうか。

数多くの翻訳や紹介を通して、ゲーテはより広範な読書層に親しまれるようになり、大学でも以前より多くゲーテ講義が教科課程に取り入れられるようになった。東京帝国大学にドイツ文学講座が設けられて（1894年！）からは、ドイツ人教授がドイツ文学を専攻する学生たちにゲーテの講義をしたが、必須とされる知識を伝えるだけのもので、教授たちの個人的な解釈もゲーテの研究結果に関する論述も、授業にはほとんど含まれていなかった。若き日本人教授が教壇に立ち、ドイツ文学を教えるようになってようやく、日本人の思考や感情に即した文学的ゲーテ研究が始まったのである。このことはドイツ人教授への非難や忘恩と理解されるべきではない。ここで私が強調したいのは、この段階にまでくると、既に知られているような一般的事実と知識の羅列だけでは、講義する者からしても、聴講する者からしても、満足を得られなかったということである。ゲーテに関する知識が全体的に拡大、深化したため、ドイツ人や他のヨーロッパの学者や研究者の見解を知るくらいでは、もはや満足できなくなったということなのである。我々日本人が、ゲーテについて自身の学説、観念、思想を主体的に構築し、我々特有の視点からゲーテを考察することを始めねばならない時が来たということであった。

早稲田大学教授山岸光宣が、前述した4種類のゲーテ全集のうちの一つにおいて『ゲーテ』という題名で発表した労作は、他のゲーテ研究者の評価の批

判的選択においても、比較評価の判断においても、森鷗外の『ギヨオテ伝』から大きな一歩を進めている。ゲーテ没後100周年を記念して出版された『ゲーテ研究』において、私は、——ここで自身を引き合いに出す非礼をお許しいただきたいのだが——特に各ゲーテの個々の作品への美学的批評に関連付けて、他のゲーテ研究者の仕事と批評的に対峙することを通じ、自分なりにゲーテを理解しようと努めた。我々日本人ならではのゲーテ解釈が、すでに独自の研究領域を席捲し始めたということは、とりわけ、東京帝国大学文学科教授、木村謹治の『若きゲーテ』に顕著である。この著者は『ウアファウスト』成立までのゲーテの青春時代を有機的に総括した章において分析的に検証する一方、総合的な要約において概観することで、ゲーテの芸術的解釈と宗教観を解説し、とくに後者に関して、東洋的思考法に観念的に繋げようと試行している。東北帝国大学法文学部美学講座の阿部次郎と、同大学ドイツ文学助教授奥津彦重の『ファウスト』『ゲーテの抒情詩』『ゲーテの恋愛観』等の著作もまた、その考察方法といい、見解といい、解釈といい、実際ある程度は日本的思考を包含しており、我々のゲーテ研究が、すでにヨーロッパ諸国や米国のゲーテ研究と比較できる水準に近づいていることを示唆して、喜ばしい限りである。ゲーテの詩作品一作一作について発表された研究文書や、『ゲーテ年鑑』の中や、さまざまな定期刊行物に随時掲載された論文などについてもいろいろ語ることはあるものの、ここではそれらには触れないでおくべきだろう。

ここに挙げたように、日本におけるゲーテ研究は健全な進展ぶりを見せ、この先も成長を続けていくに違いない。残念なのは、ドイツからずいぶんと離れているため、研究資料収集にかなりの困難を伴うということ、たとえば、テキストや伝記資料の調達といったような基本的な事柄ですら、既存のドイツ人の研究にことごとく頼らざるを得ないという状態である。したがって、我々日本固有の問題は、これらの資料にもとづいて、いかにして、全体性の中で統一された、唯一で偉大なゲーテの人生像を獲得すべきか、ということであろう。このようなやり方で、我々の研究がゲーテの本質と人物像に近づいたとしても、その像は、ドイツのゲーテ研究者がすでに作り上げたものとほぼ変りがないのだ。しかしながら、この目標へ向かう我々の道の多様性、我々の思考や感情の独自性は、それまで隠れていた特質のいくつかを発見させ、それまで埋もれていた意味のいくつかを読み取らせることになるだろう。そしてこのことは、日本文化を豊かにするばかりでなく、同様にドイツ文化への、いや、まさに世界文化への何らかの貢献を意味するのである。

（林　正子訳）

森鷗外の訳業と日本におけるドイツ文学研究の意義

林　正子　　解説

"Goethe in Japan"（日本におけるゲーテ）（『Japan Today』1938年8月号）は、ドイツ文学者であり『明星』派の歌人としても著名であった茅野蕭々（本名＝儀太郎　1883年〜1946年）による随想的な文章である。

長野県諏訪市出身の茅野蕭々は、東京帝国大学文科大学独文科卒業後、第三高等学校、慶應義塾大学、日本女子大学のドイツ文学教授を歴任。与謝野鉄幹が主宰する新詩社『明星』の同人として、短歌・詩の実作の他、「詩歌の根本疑を解く」（1907年7月）、「詩歌の本質」（1908年4月）など評論活動を展開している。1908年11月第100号で『明星』が廃刊されて後は、森鷗外が主宰した『スバル』に発表の舞台を得ている。妻・増田雅子も、与謝野晶子、山川登美子とともに『明星』で活躍した歌人である。蕭々は1945年東京大空襲で被災し、失意のうちに翌年、脳溢血で死去した。4日後には、その跡を追うように雅子も亡くなっている。

著書として、『世界文学思潮』（日進堂、1925年）、『ギョエテ研究』（第一書房、1932年）、『ギョエテと哲学』（第一書房、1936年）、『ギョエテ　ファウスト』（岩波書店、1936年）、『独逸浪漫主義』（三省堂、1936年）等の専門書の他、同じく歌人であった妻との共著である随想集『朝の果実』（岩波書店、1938年）がある。翻訳家としても、シュトルム、エッシェンバッハ、メーテルリンク、ストリンドベリ、リルケ、ゲーテ、ブランデス、シュミットボン、シュニッツラー、シラー作品の訳業で知られる。

1938年8月の日付を有し、明治期以降のゲーテ紹介の嚆矢と展開を綴った"Goethe in Japan"は、ドイツ文学者として1930年代に自らゲーテ研究の集大成をまとめた、蕭々ならではの文章であったと言えよ

う。

　日本人がゲーテに深い関心を寄せる土壌をつくった「功績者」であり、「最も芸術的にゲーテを訳した最上の翻訳家」「紹介者」であったと蕭々が讃えるのが森鷗外であり、その鷗外によるゲーテ紹介の筆頭として挙げられているのが、アルベルト・ビールショウスキーの『ゲーテ・その生涯と作品』および『ウルマイステル発見始末』に依拠した『ギヨオテ伝』、クーノ・フィッシャーの研究に準拠した『ファウスト考』である。

　もともと鷗外がゲーテ作品に接することになったのは、ドイツ留学中のこと。レクラム文庫版『ゲーテ全集』全45巻の蔵書を誇る鷗外は、ライプチヒ留学中、『独逸日記』1885（明治18）年8月13日の項に、「ギヨオテの全集は宏壮にして偉大なり」と記している。

　同年12月27日の項には、ライプチヒのアウエルバッハケラーで巽軒・井上哲次郎から『ファウスト』翻訳を勧められ、「余も亦戯に之を諾す」と綴っている。実際に鷗外が、文部省文芸院委員会委嘱による事業第一弾として、このゲーテの偉大な作品を翻訳することができたのは1912年1月。刊行は1913年2月のことであった。

　鷗外が翻訳したゲーテの詩作品は、『於母影』（1889年8月）に収められた「ミニヨン」、「のばら」（『國民之友』1890年）、「弾絃者の詩」（全集収録）の三編である。

　鷗外によるゲーテ紹介としては「拿破崙が輿中ノ書」（『國民之友』1889年）（後に「少年エルテルの憂」〈『かげ草』〉）、「新体梅花詩集題言」（『婦女雑誌』1891年）（後に「ギヨオテ詩を論ず」〈『かげ草』〉）、「造型的解体学につきてギヨオテが言ひおきしこと」（『國民之友』1891年）（後『かげ草』）の3編がある。

　いずれも『若きヴェルテルの悩み』のドイツ語原文からの訳例を示したり、詩や美術解剖学についてのゲーテの見解を論じるものであったりで、日本の詩学の歴史において貴重な訳業と言えるだろう。しかしながら、ゲーテの厖大な作品世界を想起する時、鷗外によるゲーテ紹介は非常に限定的なものと言わざるを得ない。「日本におけるゲーテ」で、蕭々も鷗外の訳業の意義を述べた上で、その限定性について併せ指摘しているのである。

　ともあれ、鷗外によるゲーテ翻訳の真骨頂は『ファウスト』に尽きるだろう。この訳業が、それ以降の日本におけるゲーテ研究や読書界に及ぼした影響は絶大なものであり、前掲『ギヨオテ伝』や『ファウスト考』も、『ファウスト』翻訳にともなう成果である。

　さらに、鷗外の『ファウスト』翻訳の副産物として、『ギョッツ』および『ギョッツ考』の翻訳がある。『ファウスト』の翻訳を仕上げた直後の1912年9月に、『ギョッツ』の翻訳に着手していることから、『ファウスト』翻訳という偉業は、鷗外自身の訳業そのものに多大の影響を及ぼしていることが推察される。

　その鷗外訳業のドイツ文学研究における位相について、小堀桂一郎「鷗外とゲーテ」（竹盛天雄・編『別冊國文學　NO.37　森鷗外必携』　學燈社、1989年10月）には、次のように記されている。

　　……、鷗外の旧知のカール・フローレンツにより明治26年東京帝国大学にドイツ語・ドイツ文学講座が開設され、爾来日本に於けるアカデミックなドイツ文学研究の歴史も既に20年の歳月を閲していた。それであるのに、ドイツ古典主義の文学に関する、先づは代表的と称してもよい重厚長大な研究論著の翻訳紹介が、大学の教授達によってではなく、官職から言へば全くお門違ひの陸軍省医務局長閣下によって成就された。考へてみればこれは奇妙な事実である。鷗外の学殖・力量が完全に素人離れの高い水準に達していた故だと言ふべきか、それともアカデミーの水準が未だこの偉大なるディレッタントの眼識・学力の域にまでも届いていなかつたと見るべきなのか。（125頁）

　上の文章には、近代日本におけるドイツ文学の卓抜な翻訳が、森鷗外によって先鞭を付けられたことが特筆されており、蕭々の指摘と符合する。このことは、日本のゲーテ文学翻訳・研究史における鷗外への評価が、当初から不動の位置を占めていたということだろう。

　蕭々の"Goethe in Japan"は、このようなゲーテ作品についての鷗外の訳業を述べた後、その後の日本におけるゲーテ研究として、山岸光宣、木村謹治、阿部次郎、奥津彦重らを代表的な著者とする「日本におけるゲーテ研究」の「堅実な発展」について記している。

　そして、日本におけるゲーテ研究の限界と可能性を綴って、"Goethe in Japan"は結ばれている。研究資料収集や評伝に関わるテキストの入手は、ドイツ

本国の業績に依存しなければならないにもかかわらず、日本人ならではのゲーテ研究の意義が、「日本文化を豊かにするばかりでなく、同様にドイツ文化への、いや、まさに世界文化への何らかの貢献を意味する」と、謳い上げられているのである。

同様の趣旨を綴った蕭々自身の文章として、「外国文学研究についての覚書」（岩波書店『文學』第6巻第2号　1938年2月）がある。「日本におけるゲーテ」の半年前に発表されたこの文章では、外国文学研究の「三つの目標」が挙げられている。

第一に、「その国の文学研究に對して、我々日本人としての何等かの貢献をするといふこと」（208頁）。「外国人は外国人として、その持つてゐる特殊な伝統や教養や感覚や思想によつて、本国人が余りに馴れているために却つて閑却している事相を発見したり、その把握の角度の新しさの為に、本国人の全く気づかなかつた光の下に既知の事実を照し出すといふことは、決して不可能のこととは言ひ難い。」「今日我が日本に於ける外国文学の研究の中には、少くとも本国に於ける研究と比肩し得るものが必ずしも少くはない。ただそれが流通力の極めて小さい日本語で書かれるのみであつて、その国の言語で発表されることが全く無い為に、本国に於ては我々の努力が少しも知られずに終ることが多い。これは諸外国人が日本に於ける研究の進歩について全く無知であるにもよるであらうが、自然科学の方面に於て我が国の学者が進んで世界的発表をしている現状と比較して、精神科学、就中文学の方面に於てさうした勇気と努力とが缺けていた為であることも蔽ふことは出来ない。幸にも最近欧米諸外国に於ては、自国文化に對する国外の研究考察に留意することが著しい学界の傾向になつているらしく、我々日本人の研究の成果にも注意が漸く向けられつつあるやうに見える際、我が国の外国文学研究者、特に少壮有為の人々が、その研究の結果を、その本国の学界に発表する努力がなされなくてはなるまいと思ふ。」（以上、209頁）と述べられている。

蕭々がこの「外国文学研究についての覚書」で挙げる「第二の目標」は、「目標を外国文学それ自体に置かないで、自国文学の発達に置く場合である。自国文学を一層豊富にし、その狭隘な限界を拡大し、動もすれば涸渇しさうな営養の源泉を外国文学から攝取するための、外国文学研究である。明治以後我が国に於て行はれた外国文学の研究は、その欲したると欲せざりしとに拘らず、主として此意味で最も有意義であつたことは争はれない。」「外国文学の研究を、単にその国の国民文学的特性を研究闡明するのみに止まらないで、その国の文学を通して一般に文学そのもの、世界人類の到るところに通用する可能性を持ち得る文学、否、世界人類が一つの全体としてその中に包蔵している文学の理念への接近到達を意図する外国文学の研究である。」（以上、210頁）

このような「外国文学研究」第一、第二の目標を受けて、「第三目標」として挙げられるのが、「我々日本人が外国文学そのものの研究に於て何等かその国の文学研究に益するところがあり得るとすれば、それを日本文学の立場から見てのことではなく、実に世界文学との関係に於てであり、また外国文学の研究によつて、日本文学に或る寄与をするといふことも、それによつて日本文学をより密接に世界文学の理念に近づけることでなくてはならない。」（以上、211頁）

以上のような「外国文学研究」についての「三つの目標」が、蕭々自身の"Goethe in Japan"に先立つこと半年の1938年2月に発表されており、この時期における蕭々の「外国文学研究」の趣旨・目的・成果に関わる見解は、今なお普遍的な意義を有すると言えるだろう。

また、当時の蕭々の論説「最近我国に於ける独逸文学研究の概観」（『日独文化』1942年11月30日号）の圧巻もまた、"Goethe in Japan"および前掲「外国文学研究についての覚書」にあったような、日本でドイツ文学を研究する意義についての蕭々の見解である。

　なほ序ながら我が国のドイツ文学研究者に一言したいのは、自国文学に對する知識や関心を一層深く持たれんことである。さうすれば独逸文学の研究に際しても、自然と其処に所謂比較文学的方法が発生しなくてはならないであらう。我々の研究が独逸文学そのものの闡明に一楷梯を進めることは、固より願はしいことであるに相違ない。独逸人自身さへ見出すことの出来なかつたものを、我々の研究によつて加へることが出来たら、それは勿論痛快極まる業績といへるであらう。しかしまた比較文学的方法によつて、その長短を明かにし、一面我が国の文学の発達に何物かを加へることも、日本人としての当然の義務でなくてはならない。自分は独逸文学を研究したために日本文学については知る所がないといふやうな言は、従来偶々耳にすることが無いではなかつたが、我々が、独り独逸文

学と言はず、一般に外国文学を研究するのは、広く世界文学の理念に到達せんが為であつて、決して外国文学の為にのみするのではないことは全く自明の理であるから、其際自国の文学を常に念頭に置くことは決して何等の矛盾を来すものではないのみならず、また人情の自然と言はなくてはならない。兎に角、私は独逸に於いても既に長く行はれている比較文学的方法が、我が国の独逸文学研究にも、もつと多く行はれないのを、秘に不思議に思つている。さうしてそれが我が国青年学徒の自国文学に対する関心の不足に由来するのではないかと忖度するところから、思はず筆が横道に外れてしまつた。（74頁）

1942年11月の蕭々の文章は、もはや一般論的に「外国文学研究」を奨励するような調子ではなく、自身の専門分野であることと相俟って、対象が第二次世界大戦の同盟国であるドイツ文学に的を絞ったものとなっている。そしてこの「最近我が国に於ける独逸文学研究の概観」は、戦時下を彷彿とさせる、次のような文章で結ばれている。

さて、此処まで書いて来て最後になほ一言を費したいことは、上述のやうに我が国に於ける独逸文学の普及は、近年に於て著しく隆盛に赴いていることは事実であるが、これを他の欧米諸国の文学に比べて見れば、決して勝つているとは言ひ難い一事である。これは言語の普及とも密接な関係があること勿論であるが、文学の性質或は翻訳紹介者の才能努力によるところも少くはないと思はれる。特に最近独露戦争、大東亜戦争の勃発は、独逸文学書の輸入杜絶を招来したばかりか、国内在庫品の極度の貧困を結果している。これでは折角芽生えて来た独逸文学研究も、半途にして挫折する心配がないではない。これに対する適当な処置を、独逸大使館は日独文化協会あたりに要望すること痛切である。（75頁）

『Japan To-day』1938年8月号に掲載された茅野蕭々の"Goethe in Japan"は、近代日本におけるゲーテの翻訳・研究史を網羅的に綴ったものではない。蕭々は鷗外の訳業を中心に挙げてはいるが、綿密なゲーテ研究史を展開するというよりも、日本文化の国際性を強調することに面目躍如たるものがあった。それは、国粋主義とか民族主義というのではない日本文化の尊重であり、「独逸文学研究」をとおしての日本の「貢献」を主張するものとなっていたのである。

【参考文献】
小堀桂一郎「鷗外とゲーテ」（竹盛天雄・編『別冊國文學　NO.37　森鷗外必携』学灯社、1989年10月）
小堀桂一郎『森鷗外―文業解題（翻訳篇）』（岩波書店　1982年3月）
茅野蕭々「外国文学研究についての覚書」『文學』第6巻第2号　1938年2月）
茅野蕭々「現代文学史について」（『文藝春秋』第18巻9号　1940年6月）
茅野蕭々「最近我国に於ける独逸文学研究の概観」『日独文化』1942年11月）

Relief for China's Sufferings

PRESERVATION AND RESTORATION OF CHINA'S CULTURE

A great task incumbent upon the Japanese nation is, along with the economical rehabilitation, the reconstruction of the educational and cultural institutions and facilities in the occupied areas in North and Central China, where, unfortunately, very great damage has been done as the result of the present warfare. For, wherever the National Government of China and their armies have retreated before the steady advance of the Japanese Army, they have destroyed, or ordered the destruction of, the cultural and educational institutions of the country; moreover, the forced migration and retreat of a considerable part of the Chinese population toward the inner of the country have caused an impoverishment of towns and villages which is beyond description.

Japan has fully assumed the task of improving the lot of the population and is rendering great efforts for the pacification and rehabilitation work in the occupied areas, thus showing her good-will and her readiness to help and contribute toward the reconstruction of a new China, and demonstrating before the world what Premier Fumimaro Konoe meant when, commenting on the first anniversary of the Marco Polo Bridge incident, on July 7, he promised that "when the hostilities have ended, the Chinese people will have the helping hand of Japan, but not her governing hand."

Close co-operation between the Japanese and Chinese authorities toward the accomplishment of the great tasks lying ahead is marking the inauguration of a new era of Sino-Japanese friendship. A Sino-Japanese Economic Council was recently created, and the organization of a Sino-Japanese Culture and Education Council on similar lines is now under preparation. For the time being, the Japanese military authorities in North and Central China are co-operating with the Chinese authorities on the spot, to preserve what has been left undestroyed of China's educational and cultural institutions, and to rebuild and reconstruct what has been destroyed. By their joint efforts, they have already succeeded to reopen most of the primary and middle schools in North China and in parts of Central China. The University of Peking, closed almost since the outbreak of the hostilities, a year ago, is scheduled to reopen in September, under the presidency of Mr. Tang Erh-ho, chief of the education bureau of the Provisional Government of North China. As the initial step toward the reopening of all branches of the university, the colleges of agriculture and medicine will be reopened first. Following negotiations with the Cultural Bureau of the Japanese Foreign Office, The University of Peking has appointed two noted Japanese scholars to head those two colleges: Dr. Shirushi Nasu, former professor of Tokyo Imperial University and an authority on agrarian economics, who will become the dean of the agricultural college, and Dr. Sen Nagai, professor of Taihoku Imperial University, who will be the dean of the medical college. The reopening of universities and high schools in other places will follow soon.

In Shanghai, even during the time when fighting was in progress in and around the international city, The Shanghai Science Institute, owing to the untiring efforts

239

of its staff led by the energetic director of the institute, Dr. Shinzo Shinjo, has never abandoned its scientific research work. With the co-operation of the South Manchuria Railway Company and other associations, both Chinese and Japanese, the institute has spent great efforts to save from destruction the invaluable collections of scientific and historical books which were kept in public and private libraries in scattered places in the fighting zones. With the utmost precaution, these collections were taken out of the zones of danger and transported to Shanghai where the institute has taken them under its care. In the same way, valuable scientific collections of specimens and other materials pertaining to geology, mineralogy, botany, zoology, archeology, and other sciences, have been preserved and kept intact.

All those materials, it is planned to rearrange and incorporate into a Memorial Library and a Memorial Museum to be established in the near future; moreover, it is anticipated that valuable scientific data will be obtained when all these specimens, cultural treasures, and historical documents will be subjected to close scientific research and study work, for which the assistance and co-operation of the Chinese scholars is being hoped for.

Irreparable losses of historic and cultural monuments have been avoided by the special precautions taken by the advancing Japanese forces who saved from destruction such unique structures as the Yinhsui ruins in the neighborhood of Changte, Honan province; the temple district of Kungtsu Miao, famous Confucian temple at Chufu, Shantung province; the vestiges of the oldest stone images of Buddha at Tatung, Shansi province, and in particular the bones and other remnants of the "Peking Man", believed by archeology to be the world's oldest specimen of man discovered this far, which are preserved at Choukoutien, south of Peking.

CHINA'S "STRATEGICAL" FLOOD DISASTERS

In a desperate attempt to check the steady Japanese advance on Hankow, following the occupation of Anchiiig and with the capture of Kaifeng and Tungshu impending, about the middle of June, Chinese troops have deliberately and in pursuance of well-meditated plans destroyed the embankments of the Yellow River at a dozen places northwest of Kaifeng and north of Chengchow, putting under water wide areas and causing extremely heavy losses of lives and property.

Repeating the same tactics, the Chinese troops systematically destroyed the Yangtze embankments near Fuhsingchen, at a point about thirty kilometres southwest of Wangkiang, on July 2.

The "strategical" value of these outrageous tactics employed by the panic-stricken Chinese troops proved, however, to be negligeable, as they failed appreciably to slow down the Japanese advance, whereas the first to be victimized were the hundreds of thousands of Chinese inhabitants of the flooded areas. Moreover, in addition to claiming the lives of more than hundred thousand peasants, the flood is said to have surprised the Chinese army, inundating many positions and drowning a number of soldiers.

Recalling the disastrous effects which the foods of the Yellow River have wrought in the past in the provinces of Honan, Anhwei, and Klangsu, the Japanese have tried their utmost to prevent the Chinese from carrying out this plot directed against humanity, but unfortunately they were unable to reach the Chinese in time. As a result, tens of millions of people occupying hundreds of square miles of fertile plains in the three provinces, having barely escaped the ravages of war, will now suffer long and severely from the floods, which have destroyed crops, washed away homes, and drowned well over hundred thousand Chinese farmers and their livestocks.

The Japanese forces have been doing their best to rescue the Chinese residents in the flooded areas, and with the co-operation of members of the Kaifeng peace preservation commission, they have built rafts for rescue work. Moreover, despite the obstructions by the retreating Chinese troops, Japanese engineering corps have feverishly worked on temporary repairs of the embankments, and have attempted to divert the waters of the Yellow River to the Ying and Luki rivers.

Whereas Chinese propaganda has proved effective to some extent during the first year of the present hostilities to influence public opinion abroad in China's favor, these recent instances of deliberate and wanton destruction of lives and property will certainly not fail to open the eyes of the world. As an example of how neutral foreign observers comment upon such outrageous strategies, "two editorial articles published under the headings "China's Sorrow" and Humanitarian Reactions, on June 18 and June 28, respectively, by THE JAPAN ADVERTISER, American owned daily newspaper of Tokyo, are quoted below.

> The present flood of the Yellow River, deliberately caused by the cutting of the dykes by the Chinese, will go down as one of the great cataclysms in the history of China. "China's sorrow" as the river has been called, has been mobilized as an instrument of war, more death-dealing to the local civilian population than to the foe. It had been reported for some time past that Chinese authorities were contemplating breaking the embankments of the Yangtze River as a means of staving off the Japanese advance toward Hankow, but no mention was made of the Yellow River being used for such a sinister role. Efforts of the Chinese to place the blame for the Yellow River flood upon the Japanese, who are accused of having bombed the dykes from the air, are ridiculous for it is entirely evident that the Japanese would never have resorted to a measure which would thus imperil their troops and jeopardize their military operations. As General Ugaki remarked yesterday, in his interview with foreign correspondents, Japan has "no intention of drowning Japanese people over there."

> No one abroad will credit this propaganda story of the Chinese which only goes to show to what lengths Chinese propagandists will go. The breaking of the dykes by the Chinese is a sign of desperation, for no people could deliberately bring such a catastrophe upon themselves except in sheer desperation. At the time of writing, the Row has extended over an area of 600 square miles of territory and is moving over the country in a steady wave 400 meters wide at the rate of two miles an hour.

> Now the Chinese, bent on other policy of self destruction in the face of invasion, have chosen to unloose the forces of nature. The result is a terrible calamity for the country and the people upon whom fate, ever ready to victimize them, has wrought one more devastating blow.

No one can estimate with any great precision the number of casualties among civilians caused by the policy of the Chinese Nationalist armies of breaching the Yellow River dikes. Estimates have varied between 100,000 and 300,000. Whatever the correct figure, and it will probably never be known, it is certain that a very large number of people perished, were injured, or rendered homeless by this act. It is less difficult to learn how many civilians have been killed or wounded as the result of Japanese air raids on Canton. It may be assumed that the ratio between the casualties caused by dike breaching and those caused by bombing is about a hundred to one.

Now, the humanitarian conscience the world over is shocked by these records of civilian suffering. There has been a great outcry against the Canton bombings and much less of an outcry against the Chinese dike-breaching. Why is it that the public in France, Britain and the United States are so indigent about the Canton bombings, and less so about the dike breachings of the Yellow River? One reason is that sympathy with the weak is one of the most universal of human sentiments. What the vanquished do tends to be excused; what the victors do tends to be exaggerated.

Now, while this influence plays a part in the humanitarian outcry, there is yet another influence of at least equal importance. This is in the strong sense of nationalism that pervades the world -today. One of the effects of nationalism is to equate the government of a country to its people, and both to the land they occupy. A nationalist believes in fact that nation, government, and land are one. The world is full of nationalists, and they take the view that China belongs to the Chinese, and that the Chinese people are one with the Chinese Government and armies fighting in the name of China.

On this assumption, they are apt to conclude that what the Chinese armies do to Chinese civilians in pursuit of what they believe to be national purposes is less reprehensible than what, say, the Japanese do to these civilians. It may be extremely difficult for the detached observer to find the logic of this; all that he can observe is that history reinforces such a sentiment, and that any nation which attempted to stem the advance of an invader by destruction of its own property and people has been lauded for its sacrifice rather than censured for its wanton destruction of civilian life.

These, it would seem, are some of the reasons for the disparity in the relative reactions on humanitarian grounds to the two recent acts involving the death of Chinese civilians. There would doubtless not be this disparity if men were wholly rational and only considered the sheer waste of human life.

438 JAPANESE PHYSICIANS TO NORTH AND CENTRAL CHINA

One of the most urgent problems to be faced in the war afflicted areas of North and central China is the administration of proper medical treatment, both preventive and curative, to the Chinese population which the Japanese forces and authorities operating in China have found to be in a desolate state of health. Especially now, in summer, when epidemic diseases are rampant among the Chinese population, precautionary measures are more imperative than ever.

Progressing in the rear of the military operations carried out by the advancing Japanese forces, the senbu-han, or pacification squads, of the Japanese Army, as well as the relief squads organized through the co-operation of The South Manchuria Railway Company, the Japanese Dojinkai, and other public associations, have taken care of sanitation and medical affairs in the affected areas, giving the necessary treatment to the sick among the Chinese, engaging in the prevention and curing of epidemic diseases, and working in various other ways for the promotion of public health. At all important places, stationary hospitals and permanent medical staffs have been instituted, whereas circuit relief squads have been organized to connect with remote villages and country districts.

The larger towns and cities where the relief squads and stations organized by the Dojinkai have been carrying out their preventive and curative activities since the outbreak of the present Sino-Japanese hostilities, include Tientsin, Peking, Paoting, Chengting, Shichiachuang, Taiyuan, Tsengchow, Tsinan, Tsingtao, Taian, Hsuchow, Shanghai, Nanking, Soochow, and Hangchow. At present, their staffs include 253 physicians and nurses. The total number of Chinese patients who have been given treatment during the period from October of last year up to the end of March of this year, amounts to 199,530 persons— making a daily average of 1,100 patients ; but this average has shown a tendency to increase steadily.

Moreover, alarmed over the unsanitary conditions prevailing in North China, which have become still infinitely worse on account of the heavy damages caused by the recent food calamities, the Japanese Foreign Office has dispatched to North China an expedition of seven medical experts, led by Dr. Yoneji Miyagawa, director of The Government Institute for the Prevention and Study of Infectious Diseases of Tokyo, to carry out comprehensive investigations and research work on the spot regarding the preventive measures to be taken against the spread of epidemics.

Moreover, the Foreign Office has dispatched two large expeditions to North and Central China, for which it has enlisted the support of numerous experts from universities, hospitals, and scientific institutes in Japan. One expedition, consisting of a staff of 242 members led by Dr. Itsumaro Takagi, of The Government Institute for the Prevention and Study of Infectious Diseases of Tokyo, was sent to North China, while the staff of the one dispatched to Central China consists of 189 members under the leadership of Dr. Tenji Taniguchi, Professor of Osaka imperial University. Thus, at present, altogether 438 Japanese medical experts are active in China and engaged in preventive and curative medical work, in addition to the physians and nurses connected with the relief squads and stations. As it is reported that cholera has already broken out in Shanghai and threatens to spread rapidly, it is evident that the self-sacrificing efforts rendered by those hundreds of Japanese experts for the sake of the promotion of public health in China are indeed meeting a very urgent necessity.

Besides, the senbu-han squads of the Japanese Army are supporting the population of the farming districts, distributing seeds and fertilizer among the needy farmers, and opening provisional employment agencies to help those who have lost their jobs and properties in the emergency.

中国の受難への救済

翻訳

中国文化の保存と修復

　華北と華中の占領地域での経済再建を進めると同時に、教育・文化施設を修復することは日本民族に課せられた重要な義務である。しかし、残念なことに、これらの地域は目下進行中の戦争によって大きな被害を蒙っている。なぜなら、日本軍の着実な進軍の前に撤退した中国の国民政府およびその軍隊はこの国の文化・教育施設を破壊し、さらなる計画的な破壊を行おうとしており、また、中国人の奥地への大規模な軍事的移動と撤退は町や村の疲弊をもたらしたからだ。

　日本は占領地域における人口の増加や平和と復興に向けた最大限の努力を行う責任を負っている。それゆえ、近衛文麿首相は世界の前で善意を示し、迅速な援助を行うことと新中国を建設する意思とを表明した。盧溝橋事件1周年の7月7日に際して、彼は「敵意が消えた時、中国の人民に日本から支配の手ではなく、援助の手が差し伸べられる」と語った。

　日本と中国当局との間の緊密な協力は日中友好の新しい時代を切り開いた。最近、日中経済委員会が設立され、また、同様の性格の機構である日中文化教育委員会の設立も準備されている。華北と華中の日本軍事当局は現地中国の当局と協力し、まだ破壊に遭っていない中国の教育・文化施設を保存し、破壊されたものの再建と修復に取り組んでいる。その協力のお陰で、華北と華中の大部分の小中学校は無事に再開された。1年前の敵対・衝突以来、北京大学はほとんど開講されていない。9月、中華民国臨時政府文教部総長湯爾和学長の下で授業は再開される。ほかの学院に先立って、同大学の農学院と医学院が授業を再開する予定である。北京大学はすでに、日本外務省文化局（Cultural Bureau of Japanese Foreign Office）との協議に従って、二人の著名な日本人学者をこの両学院の院長に据えた。農学院院長に内定した那須皓博士は前東京帝国大学教授、農業経済学の権威である。永井潜は前台北帝国大学教授で、医学院院長に内定している。北京大学のほかにも授業を順次再開する高校や大学がある。

　上海では、この国際都市の市内および周辺で戦闘が行われた時、上海自然科学研究所では、精力的な所長である新城新蔵博士の指導の下で、スタッフは絶え間なく努力した結果、研究活動が一度も中断されることはなかった。南満鉄道会社やその他の中国・日本の会社の協力で、同研究所は、戦闘地域のあちらこちらの公立・私立の図書館に所蔵されていた科学書・歴史書の貴重なコレクションを破壊から守るために多大な努力をした。彼らは細心の注意を払ってこれらのコレクションを危険地域から救出し、上海にある自然科学研究所に保管した。同様の方法で、地質学、鉱物学、植物学、動物学、考古学および他の科学関係の貴重な標本やその他の資料はすでに完璧に保存されている。

　これらの資料は整理・分類後近く建設される記念図書館と記念博物館に保存される予定である。さらに、これらの標本・文化財・歴史資料などの貴重なデータは緻密な科学研究のために存分に役に立つのであろう。その際、中国人研究者の協力が期待される。

　進軍中の日本軍の細心な保護によって、河南省の章徳に隣接する殷墟の遺跡、山東省の曲阜にある孔子廟、山西省の大同にある最古の仏像、とりわけ北京南部の周口店にある最古の人類遺骨とされる「北京原人」など多くの歴史的・文化的記念物が取り返しのつかない被害を免れ、厳重に保存されることになった。

中国の「戦略的」洪水災害

　安慶の占領、開封と通許の陥落が差し迫る中、中国軍は漢口で必死に日本軍の侵攻を阻止しようとした。6月中旬ごろ、中国軍はすでに開封の北西部と鄭州の北部にある十数箇所の黄河の堤防を慎重かつ計画的に破壊した。これは広大な地域を水没させ、極めて甚大な生命と財産の損失を引き起こした。

　7月2日、中国の軍隊は同様な仕業を繰り返し、望江の南西から30キロ離れた彭沢城に近い揚子江の堤防をも計画的に決壊させた。

　パニック状態に陥った中国の軍隊がこうした恥知らずの戦法を使ったことの「戦略的」価値は明らかであるが、日本軍の進行を阻止することはできなかった。真っ先に被害にあったのは水害地域に住む数百万人の住民であった。そのほか、洪水が多くの軍事要地をも水没させ、数多くの兵士を水死させたことで中国の軍隊を驚かせたといわれる。

黄河の洪水がかつて河南省と江蘇省にもたらした災難の悪果を振返り、日本人は中国人のこの人道に反する策略を阻止しようと必死に努力した。しかし、残念なことにそれに間に合うことはなかった。その結果、この三省の数百平方マイルの肥沃な平野に生活し、かろうじて戦禍を逃れた何千万の人々は、今度は長期にわたる厳しい洪水の被害に耐えることになる。洪水は作物を破壊し、家屋を流し、何十万もの農民や家畜の命を奪った。
　日本軍は水害地域の中国住民をできるだけ救援し、開封平和維持委員会のメンバーの協力を得て復旧作業を始めた。撤退中の中国の軍隊の妨害に遭ったにも関わらず、日本の技術者チームは必死に決壊した堤防の修復に取り組み、黄河の水を潁河と恵済河に誘導しようとしている。
　ところで、両国間の対立が始まってからの１年間、中国側の宣伝はある程度功を奏し、海外の世論を中国支持の方向に変えたが、最近起きた人命や財産を奪ったこれらの計画的かつ野蛮な破壊活動は、確かに世界の目を中国に向けさせることになった。中立な立場からこの非道な「戦略」を批判する外国人観察者の意見を代表するものとして、それぞれ６月18日と28日にアメリカ人が経営する『ジャパンアドバタイザー』(The Japan Advertiser)に掲載された「中国の悲哀」(China Sorrow)と「人道的反応」(Humanitarian Reaction)と題した二つの社説がある。以下はその中からの引用である。

　　中国人が故意に堤防を決壊させた今般の黄河の洪水は、中国史上最大の災難を引き起こした。戦争の道具として使われたこの川は「中国の悲哀」と呼ばれ、敵よりも多くの一般人を死に追い込んだ。
　　私は以前中国当局が揚子江の堤防を破壊し、日本軍の漢口への進軍を阻止しようとすることについて報道したが、黄河がこの邪悪な方法で使われることについては言及しなかった。中国人は黄河の洪水は日本人が空から堤防を爆撃したために起きたと非難したが、明らかに日本人は自らの軍隊と軍事施設を危険にさらすこのようなばかげたことはしないだろう。宇垣大将が昨日外国人記者とのインタビューの中で言ったように、「日本はあの地域にいる日本人を水死させることはしない」。
　　海外では、中国人のこうした宣伝を信じる者は一人もいない。中国人が堤防を決壊させたことは彼らの絶望の象徴である。なぜなら、人間は絶望的な状況におかれていなければ、自らの身に災難をもたらすこのようなことはしないからだ。この記事を書いている間、洪水はこの国の600平方マイルの土地に広がっており、400メートル幅の激しい浪が１時間２マイルの速度で進んでいる。
　　中国人は侵略された時、自然の力を解き放すという自己壊滅的な方法を選んだ。それは自らこの国と人民を犠牲にし、水没させる恐ろしい災難をもたらした。

　だれも中国の国民軍の黄河決壊による市民の死傷者の数を正確に推測することはできない。10万〜30万に上るとみられるが、具体的な数字を知る術はない。しかし、多くの人が非業の死を遂げ、たくさんの人が負傷したり家を失ったりしたことは明白な事実である。これに比べて、広東に対する日本軍の空爆によって命を落とした市民の数を知ることはそれほど困難ではない。黄河の決壊による死傷者と日本軍の空爆による死傷者の比率は100対１と推測される。
　今、市民が蒙った記録的な被害は世界の人々の心を震撼させた。広東の爆撃に対しては様々な抗議がなされたが、それに比べて黄河の決壊はほとんど非難されていない。フランス・イギリス・アメリカの世論は広東の爆撃に憤慨し、黄河の決壊に一顧もしなかった。その理由の一つは、弱者に同情し、勝者の行いを非難し誇張するという人類の普遍的な感情にある。
　人道的な立場からの抗議が行われたもう一つの要因は、今日の世界に広がりつつあるナショナリズムの感情である。ナショナリズムは、ある国の政府がその国の人民や土地と一体的であるという考え方を生み出した。現に、ナショナリストたちは国家・政府・土地は一体的であると信じている。世界の至るところにナショナリストたちが充満している。彼らは中国が中国人のものであり、中国人と中国の政府、および中国の名の下で戦っている軍隊は一体的であると信じている。
　このような前提の下で、次のような結論が容易に見出されるだろう。すなわち、中国の一般市民に対する中国の軍隊の行いは国家のためで

あり、それゆえ非難に値しない。しかし、同様なことを行った日本人は逆である。冷静な観察者でさえこの論理を認識することが極めて困難である。彼らの目に映ったのは歴史によって強化された次のような感情である。すなわち、どの国も侵略者の侵攻を止めるためなら、自らの財産を破壊し人民に危害を与えるような理不尽なことをするのは非難されるのではなく、賞賛を受けるべきである。

　これが中国の人々の命を奪った最近の二つの事件に対して、同じく人道的な立場からの異なる反応がなされた原因である。言うまでもなく、もし人々が完全に理性に基づいて真に人間の生命を大切に考えるならば、これらの事件に対する反応は違っていたのである。

華北・華中へ派遣された438名の日本人医師

　現在、われわれが直面する喫緊な課題の一つは、予防薬や治療薬を使って、日本人が実際に軍事支配している華北・華中などの地域の戦争に苦しむ中国人を治療することである。中国では、人々の健康状態は極めて厳しい状況の下におかれている。特に疫病が猛威を振るうこの夏、予防措置は例年に比べてより必要とされている。

　日本軍の進軍にともなって、その軍事支配下におかれた後方地域では、南満洲鉄道会社の協力で結成された救済チームや日本の同仁会、及びその他の公的団体が、日本軍の宣撫班すなわち和平チームとともに、すでに疫病発生地域で衛生や医療活動を注意深く行い、中国人患者の治療に当たっている。その他の方面においても、公共衛生の管理を推進している。すべての重要な地域において、病院が設置されたり常駐の医療スタッフが組織されたり、巡回救済チームが町以外の地域や辺鄙な農村で医療活動を行っている。

　日中の間の軍事対立が勃発して以来、比較的大きな町や都市——天津・北京・保定・正定・石家荘・太原・登州・済南・青島・泰安・徐州・上海・南京・蘇州・杭州——において、同仁会の救援チームや医療所が予防や治療活動に従事している。去年の10月から今年3月まで、253名の内科医と看護婦が中国人患者の治療にあたっている。患者の人数は延べ19万9530人——一日平均1100人であり、最近増加の傾向を見せている。

　一方、華北地域から衛生条件の悪化に関する警告が出され、特に最近の洪水災害により衛生状況が一層悪化した。日本の外務局は東京帝国（大学）伝染病研究所の所長宮川米次博士をリーダーとする7人の医療先遣隊を華北に遣わした。同先遣隊は一部の地域で総合的調査と研究を行い、伝染病の蔓延を食い止めるための予防方法を探っている。

　また、外務局は日本国内の大学や病院、科学研究機構から数多くの専門家からなる二つの大きな救援先遣隊を華北と華中に派遣した。その一つは華北に派遣された東京帝国伝染病研究所の高木逸麿博士が率いる242名のスタッフを有する先遣隊である。もう一つは華中に派遣された大阪帝国大学教授谷口腆二博士が率いる189名のスタッフを有する先遣隊である。現在、救援チームや救急所で働いている医師や看護婦のほかに、438名の日本人医療専門家が中国で予防や治療活動に当たっている。コレラがすでに上海で発生し流行していると報じられたので、中国で公共衛生を普及させるため、中国にとってこれら数百名の日本人医療専門家の献身的な努力は必要不可欠である。

　そして、日本軍の宣撫班が農村地域の人々を助け、農民が必要とする種子や肥料を配ったり、臨時の就業所を開設したりして、この非常な時期に仕事や財産を失った人々を助けている。

（孫江訳）

宣伝戦の論法

孫 江　　　　　　　　　　解説

　この記事は、第一部「中国文化の保存と修復」、第二部「中国の『戦略的』洪水災害」、および第三部「華北・華中へ派遣された438名の日本人医師」からなる。

　第一部「中国文化の保存と修復」の冒頭で、筆者は、「華北と華中の占領地域での経済再建を進めると同時に、教育・文化施設を修復させることは日本民族に課せられた重要な義務である」と述べ、中国の戦争被害を認めたものの、その原因は決して日本軍にあるのではない、と主張している。その理由として、「日本軍の着実な進軍の前に撤退した中国の国民政府およびその軍隊はこの国の文化・教育施設を破壊し、さらなる計画的な破壊を行おうとして」いたこ

とが挙げられている。第二部「中国の『戦略的』洪水災害」のなかで、筆者は東京で発行された英字新聞『ジャパン・アドバタイザー』の二つの記事――「中国の悲哀」と「人道的反応」――を引用し、中国軍は日本軍の侵攻を阻止するため、黄河の堤防を十数箇所決壊させ、広大な地域に生命と財産の損失を引き起こしたと批判した。

これに対して、筆者は、こうした中国軍の加害行為と対照的に、日本軍が救援活動を通じて中国人を水害から守ろうとし、北京の周口店にある最古の人類遺骨とされる「北京原人」[1]を含む多くの歴史的・文化的記念物を保存したとして、日本軍の功績を讃えている。第三部「華北・華中へ派遣された438名の日本人医師」は、同仁会をはじめとする日本の各種の医療チームが戦争に苦しむ中国人の治療と病気予防に従事したこと[2]、日本が華北・華中地域における伝染病の蔓延を食い止めるために数多くの専門家からなる二つの大きな救援先遣隊を現地に派遣したことを紹介している。

以上の三つの記事に通底するのは、戦争の加害と被害に関する「侵略者」（日本）vs.「被侵略者」（中国）という構図を逆転させる論法である。記事の筆者は戦争中に起きた二つの出来事――中国国民党の軍隊による黄河の決壊と占領地域における同仁会などによる医療活動――を挙げて、日本軍に対する欧米世論の批判に反論し、日本側の正当性を訴えている。

第二部「中国の『戦略的』洪水災害」のなかに、近衛文麿首相が盧溝橋事件1周年の1938年7月7日に発表した談話の一部が引用されている。すなわち、中国側の「敵意が消えた時、中国の人民に日本から支配の手ではなく、援助の手が差し伸べられる」、である。ところが、この日の『東京朝日新聞』に掲載された近衛首相の談話には、この文言は見当たらず、それを彷彿させる次の言葉が含まれている。それは、「国民政府が共産党と手を切り共産党分子を排除し、また抗日政策を放棄するならば、即ち同政府が組織を改組し容共抗日政策を捨てるならば国民政府は容共抗日の政府でなくなるのだからこれを対手とすることも考えられるわけである」、である[3]。近衛のいう「（国民政府が）抗日政策を放棄する」ことを拡大解釈すれば、おそらく記事の筆者がいう「（中国側の日本に対する）敵意が消えた時」になるだろう。しかし、どんなに拡大解釈しても、近衛談話と記事の筆者が近衛の言葉として引用した内容との間に、なお二つの大きな隔たりがある。第一に、仮に近衛政権がそれまでに掲げていた「国民政府を対手とせず」という方針を転換させ、「国民政府を対手とする」ならば、それは国民政府が「容共」と「抗日」の二つの政策を放棄することを前提としなければならない。つまり、「（日本側に対する）敵意が消えた」ことだけではまだ不十分で、国民政府は政府組織を改組し、共産党勢力を徹底的に排除しなければならなかった。第二に、仮に日本がそのように対中政策の方針を大きく転換させたとしても、それは蔣介石が率いる国民政府を交渉の相手とするに過ぎず、決して記事の筆者がいう「（日本の）援助の手が（中国の人民に）差し伸べられる」ことではなかった。

また、第二部「中国の『戦略的』洪水災害」は、中国軍の堤防破壊活動を紹介した後、「中国人は侵略された時、自然の力を解き放すという自己壊滅的な方法を選んだ」と結論づけた。この一節は「中国の悲哀」からの引用である。しかし、原文と付き合わせてみると、この前に書かれた黄河氾濫の歴史や南京国民政府による黄河堤防の修築に関する記述が省略されたことが分かる[4]。引用者は黄河の自然氾濫やそれに対する国民政府の努力に関する内容を省略することよって、黄河に対する中国軍の人為的破壊行為を際だたせようとしているのである。

1　太平洋戦争勃発前、戦乱から北京の協和医院に保管されていた北京原人の化石を守るために、米国大使館に運ばれたが、その後行方不明となった（賈蘭坡「北京原人頭蓋骨的失踪」光明日報社編『日偽統治下的北京郊区』、北京出版社、1995）。
2　同仁会の活動については『華北に於ける同仁会』（同仁会華北支部、昭和16年）、『同仁会四十年史』（昭和18年）を参照。
3　「蔣打倒方針毫も不変、一路初志貫徹に邁進」『東京朝日新聞』昭和13年7月7日。
4　"China's Sorrow", The Japan Advertiser, 1938, 6, 18.

Land of Youth
Land of Sports

Photo by Tokyo Asahi

Taeko Harada "Japan's healthiest girl" (left) and Naozo Ito, "Japan's healthiest boy" (right), the victors of this year's competition to select the nation's healthiest schoolchildren. The competion is an annual event participated in by all children attending the sixth year course in all primary schools throughout the 52 provinces of Japan, including Formosa, Korea, and Karafuto, as well as Manchukuo.

Center: Girl students demonstrating gymnastic mass exercises on the occasion of the Fourth Annual Gymnastic Meet held Tokyo recently, sponsored by the Ministries of Education and Public Welfare.

Below: "Danish Gymnastics" in girls' high school in Tokyo (left); Pupils of a kindergarten class (center); Young men participating in a gymnastic meet sponsored by The Tokyo Asahi Newspaper (right).

若者の国、スポーツの国

(上段) 健康優良児日本一の原田妙子 (左) と伊藤直三 (右)。健康優良児を選出するこの年1回の事業は、満洲国、台湾、朝鮮、樺太を含む日本全52の地域や道府県の小学校に通う6年次在籍の全児童が参加して行なわれる。

(中段) 最近東京で開催された本年で第4回となる日本体操大会関東大会 (文部省厚生省主催) にて躍動感あふれるマスゲームを披露する女学生たち。

(下段) (左) 東京のとある女学校でのデンマーク体操 (中) 幼稚園児たち (右) 東京朝日新聞社主催の体操競技会に参加する若人たち。

(牛村　圭訳)

銃後の国民の体力向上を目指して

牛村　圭　　　　　　　　　解説

　日中間の戦闘が終息することのないなか、銃後の国民、とりわけ若者たちには未来の兵力として壮健な肉体がますます求められるようになった。すでに1928（昭和3）年にはラジオ体操が開始されていた。その2年後、1930（昭和5）年に始まった日本一の健康優良児を選出するという年1回の事業は、朝日新聞社が文部官僚と相談のうえで社の自発的方針として開始した企画だった。文明国の中で、日本は死亡率が高く寿命も短いという現状であり、健康増進が国全体の関心事でもあったため、健康優良児表彰という事業は、初年度から大規模にそして順調に開始されることとなった。

　2月に小学5年生に在籍している児童を対象とし、小学校の校長から男女各1名を推薦してもらい、地方審査、中央審査会を経て6年生時に最終結果を踏まえての全国表彰を行なうという仕組みとして始まった。第1回は端午の節句（5月5日）に表彰式が行なわれた。審査の基準となったのは、身体状況（発育、栄養、疾病や異常の有無）、運動能力、学業成績、操行などであった。運動能力の検査には50メートル走、立幅跳、ボール投げ（男児は野球ボール、女児はドッジボール）が実施された。ちなみに、第1回に日本一に選出された児童の主な記録としては、男児（身長153cm、体重45.1kg、50m走7.8秒、立幅跳2.07m、ボール投げ55.3m）、女児（149.5cm、43.5kg、8.2秒、1.96m、15.7m）が残っている。

　この健康優良児表彰という事業は、主催こそ民間の一新聞社ではあったが、実質的には国を挙げての企画となり、第1回の表彰式の顧問には文部大臣が就き、多くの文部官僚も役員に名を連ねた。『朝日新聞』が全国紙の紙面を大きく割いてこの一大事業を報じたのは当然の成りゆきだった。日本一となった児童は秩父宮に拝謁し、日露戦争の英雄海軍の東郷平八郎元帥のもとを訪れて訓辞を受けた。元帥を前に頭を垂れて話を聴く姿が新聞に掲載された。

　『Japan To-day』8月号に取り上げられている健康優良児表彰は、したがって、第9回となる。『東京朝日新聞』は6月25日、「戦時下の日本一」という見出しのもと、最終審査結果が出たことを大きく報じた。記事には「聖戦すでに一年、国民体位向上の痛切に感ぜらるるの時、世の父、世の母にその育児の指針を示すと共に次代の稚（わか）き生命にその体位向上の目標を贈ることは、その意義実に深きものがある」とあり、継続中の日中間の戦闘という文脈の中で、この事業の意義が力説されている。本誌に掲載されている日本一となった児童の写真は、『東京朝日新聞』6月25日に掲載されたものを用いている。26日付の同紙は、表彰される児童たちの調査結果を掲載しており、それによると男子日本一の伊藤直三（大阪市船場尋常小学校）君は、身長153.5cm、体重45kg、50m走7.4秒、走幅跳3m70、バスケットボール投げ21m、女子日本一の原田妙子（山口県防府市華城尋常高等小学校）さんは、身長153.9cm、体重43.1kg、50m走8.2秒、走幅跳3m70、バスケットボール投げ17.95m、ということだった。原田嬢の走姿は、アムステルダム五輪（800m走銀メダル）で活躍した人見絹枝選手をどことなく彷彿とさせる。

　「世の父、世の母にその育児の指針を示す」と『朝日』が謳うとおりに、その後の記事には、日本一を育て上げた母への取材結果などが毎日のように続いた。6月27日、日比谷公会堂で開催された表彰式では、文部大臣荒木貞夫（陸軍大将）、厚生大臣木戸幸一、大日本体育協会会長下村宏〔海南〕のほか、大日本連合婦人会会長、の計4名が祝辞を述べ、日本一となった児童二人が答辞で応えた。表彰式はラジオで全国に中継された。

　なお、この健康優良児表彰という事業は、3年間の中断はあったが敗戦後1949（昭和24）年に復活し、1978（昭和53）年まで続くこととなる。

＊

　健康優良児表彰事業は、児童すなわち小学生を対象にしていた一方、それ以上の年齢の若者たちにも健康増進を図るように促す事業が存在していた。その一つが、1938（昭和13）年に第4回を迎えた日本体操大会だった。中段の写真はその関東大会の模様を伝えている。同大会は5月1日明治神宮外苑競技場で行なわれた。『朝日』は翌2日の紙面で「『青春日本』の健康謳歌」のタイトルを掲げて詳細に報じた。「薫風に躍る律動美　潑剌・颯爽の極致　数万観衆ただ恍惚」の見出しのもと、4700名の入場行進以下を伝えている。文相、厚相の祝辞代読ののち、さまざまな演技が披露された。『朝日』が写真入りで報じているのは、①小学校女児のマスゲーム②体育会体操

学校学生の肉体美③簡易保険局女子の国民体操④勇ましい女子鼓笛隊の行進⑤学童連合演武⑥工場団体連合体操、である。他には、関東女子中等学校の体操や運搬競走、なども記事中に言及されている。そこには「体操は飽くまでも優美と力を表現する新日本女子に相応しいもの」「運搬競走は銃後女性の健気な意気を十二分にしめすもの」とある。大東亜戦争開戦までまだ3年以上の時期だが、さながらそれを見越したかのような総力戦を念頭においた、戦時下に相応しい形での健康増進運動という目的をはっきり見て取ることができる。なお、上に訳出したように、『Japan To-day』には「文部省厚生省主催」とあるものの、実際は「主催・朝日新聞社、後援・文部省、厚生省、全日本体操連盟」で実施された。

*

これ以外の掲載写真からも国民の健康増進への関心を感じ取ることができる。女学校でのデンマーク体操の様子は、体操が日常的に課業に取り入れられていたことの証しであろう。また、幼稚園の園児たちを写した写真は、鉄棒に集う姿であり、就学前の子どもたちへの肉体鍛錬も重視されていたことをうかがい知ることができる。

【参考文献】
高井昌吏、古賀篤『健康優良児とその時代―健康というメディア・イベント』青弓社、2008
『東京朝日新聞』

Le Sentiment esthétique dans la Civilisation Japonaise

Bunzaburō Banno

Les Européens croient généralement que les Japonais, n'ayant emprunté leur technique que depuis un demi-siècle, ont su donner dans ce court laps de temps un nouvel essor à leurs propres industries les plus diverses, mais ils ne savent pas que ce peuple, durant deux mille ans, s'est créé une civilisation particulière, et c'est cette ignorance qui est cause des erreurs fondamentales que le monde en maintes occasions a pu commettre en nous jugeant.

En 1866, le Japon a ouvert ses ports aux étrangers, et c'est pourquoi l'on pense que c'est seulement à cette date que ce pays a pris contact avec les sciences de l'Occident. Or, on oublie que, déjà au 16ème siècle, celles-ci avaient été introduites par les missionnaires catholiques, des Hollandais, eux seuls ayant été admis dans ce temps-là à séjourner dans le pays Nippon. Et c'est ainsi que dès l'époque féodale, nous avions pu apprécier l'organisation agricole, la médecine, la topographie, la métallurgie et d'autres connaissances tenues en honneur aux Pays-Bas. Toutefois, les règlements du Shogun ne permettaient pas le commerce avec les pays d'outremer, et n'autorisaient pas la formation des grandes entreprises industrielles. Mais après la disparition du Shogunant, tout fut changé: les sciences occidentales, elles-mêmes plus avancées qu'au temps des missionnaires, ont reparu, bouleversant cette fois tout le pays et l'amenant dans une cinquantaine d'années à compter parmi les premiers pays industriels du monde.

Mais remontons plus loin encore dans le passé: à l'époque où les peuples de l'Europe ignoraient pratiquement ce que c'est la science, la Chine possédait déjà des techniques très intéressantes. Ces techniques, nous les avons importées et perfectionnées. Et si l'on s'arrête devant les objets enfermés dans le musée du Shosoin, à Nara, l'ancienne capitale du Japon, objets qui avaient servi à l'Empereur Shomu, au 8ème siècle, on demeure étonné en constatant qu'à la même époque aucun pays de l'Europen'aurait pu présenter de choses comparables, en dehors des chefs-d'œuvre de Rome. Ces reliques quelles qu'elles soient, objets décoratifs, orfèvreries, incrustations, ouvrages en pierre ou en bois, porcelaines, verreries, laques, broderies, tissus, reliures sont d'un tel fini et d'une telle beauté qu'aucun des objets de cette époque, recueillis dans toutes les parties de la Chine n'atteignent le même degré de richesse et de perfection.

Le premier contact du Japon avec la civilisation chinoise date de l'an 285 ; le Bouddhisme est introduit en 552, et grâce à ces contacts, notre pays subit une influence indirecte des civilisations indienne et persane, et même de la Grèce antique. Lorsqu'une longue période de troubles sévit dans la Chine, le Japon se repliant sur lui-même, enfermé dans ses îles, assimile et perfectionne à sa façon les doctrines et les connaissances reçues de l'étranger. Le développement de l'art de laque donne de cette aptitude un exemple frappant. La laque était connue en Chine avant l'ère chrétienne. La découverte faite récemment par un archéologue, à Lo-Lang, en Corée, d'une laque datant de l'époque des Kang, prouve qu'elle existait en Chine au premier siècle. Elle fut introduite au Japon aux 7ème et 8ème siècles. La fabrication de la laque s'y est vite répandue, le Japon étant largement pourvu de bois et de l'or, elle y a atteint une qualité et une richesse exceptionnelle, spécialement celle connue sous le nom de *Makiye*.

De même que la Grèce antique a fondé sa civilisation sur les emprunts faits à l'Egypte, au Proche-Orient, aux îles méditerranéennes, de même le Japon s'est servi pour bâtir la sienne de ce qu'il a acquis de la Chine, de la Corée et des Iles de la Polynésie.

Le Japon se trouve donc être le musée de la civilisation asiatique; il en est plus que le musée, parce que le génie singulier de sa race le porte à améliorer tout ce qu'il a reçu du passé avec cet esprit qui accueille le nouveau sans renoncer aux anciennes traditions. Le Shinto adhère encore aux rites prébouddhiques du culte des ancêtres et les Bouddhistes eux-mêmes admettent toutes les différentes écoles de philosophie religieuse qui tour à tour fécondèrent le sol.

L'étranger qui voyage dans notre pays est surpris par les variétés de tous ordres qu'il y rencontre à chaque pas: dans les costumes, où les modes européennes voisinent avec les *kimonos* traditionnels; dans l'alimentation: depuis les restaurants de style japonais aux mets surprenants, si différents les uns des autres, aux restaurants chinois, français, américains, allemands; dans les constructions: les grands immeubles modernes en ciment armé qui ne craignent plus les tremblements de terre, à toutes les formes possibles de constructions en bois; maisons de style japonais ou européen, temples simples et sévères de l'antique religion shintoiste, temples et pagodes bouddhiques sculptées et dorées selon les traditions chinoises de diverses époques.

Dans les autres pays, ces contrastes n'existent pas, la tendance étant de se soumettre au style dominant, alors qu'ici les goûts s'épanouissent tous dans une tolérance mutuelle. Depuis un demi-siècle les facilités de communications ont permis l'accès au Japon de toutes les formes de civilisation; celles-ci, au lieu de s'y engloutir, de s'y confondre, y trouvent chacune une place pour s'y développer et s'y perfectionner.

Jusque dans l'intérieur même du foyer, les objets utilisés pour le service de table par exemple doivent être tous de forme diverse: bols en laque, tasses de porcelaine, plats de toutes tailles, ronds, carrés, parfois de forme curieuse, tant nous aimons à voir des choses différentes. Mais c'est là, précisément ce qui caractérise notre pensée; nous cherchons à harmoniser entre eux les arts de diverses origines et nous goûtons un véritable bonheur à vivre dans l'harmonie que nous avons su en tirer et qui nous appartient en propre.

L'art est pour nous l'expression la plus élevée et la plus noble de notre culture nationale. Un touriste français de haute notoriété me disait un jour: «Les Japonais sont nés artistes» En effet, quelle ne fut pas sa surprise de voir une simple famille de paysans qui se faisait dans sa pauvre demeure une cérémonie de thé. Un pauvre *kurumaya* en rentrant à sa maison après avoir accompli sa laborieuse journée, ne manquait pas d'arroser ses fleurs avant de prendre son repas bien mérité.

La culture et la civilisation japonaises sont très particulières. Développées dans l'isolement de ces îles constamment baignées par les vagues du Pacifique, elles ont subi l'influence de leurs paysages si pittoresques et si différents de ce que l'on découvre partout ailleurs. Si on les étudie de près, on ne tarde pas à y apprécier des beautés particulières, un charme tout à fait original.

L'Italie riche en pierre, a su donner sous l'influence de la Grèce une architecture toute nouvelle à l'Europe. Sous d'autres influences et en utilisant les ressources qui lui sont propres, le Japon a réussi, en se servant du bois, à produire des chefs-d'œuvre aussi complexes, aussi raffinés dans leur genre que ceux de la Renaissance italienne. Pays de volcans et de secousses sismiques, les constructions en pierre ne pouvaient guère y être érigées, tandis que, d'autre part, son climat chaud et humide lui fournissait, une végétation abondante et extraordinairement variée. De sorte qu'on peut dire sans exagération qu'en matière de bois, nous sommes devenus des maîtres fort experts, distinguant très exactement entre les espèces, les couleurs, la texture, le poids etc. Si vous pénétrez dans une vraie maison japonaise, vous serez étonné de constater l'extrême diversité des qualités de bois employées à sa construction, et qui toutes ont été minutieusement choisies selon la destination particulière à laquelle chacune d'elle était affectée. Or, cette variété complexe que l'on découvre dans cette chose essentiellement japonaise qu'est la maison, on la trouve dans tout ce qui constitue la vie japonaise contemporaine, dans quelque domaine que ce soit.

Considérez notre symbolique cérémonie de thé: pour prendre une tasse de thé suivant toutes les règles traditionnelles, il faut une petite maison spécialement construite à cette fin, avec des bois spécialement choisis, entourée d'un jardinet spécialement amenagé; il faut brûler du bois aromatisé, faire bouillir l'eau, dans la bouilloire classique qui date de plusieurs centaines d'années ; il faut les tasses en vieille porcelaine, les portes à coulisse tapissées de papier, enfin les kimono de cérémonie, tant pour les hommes que pour les femmes.

Le trait caractéristique du Japon se résume tout entier dans cette fonction bien réglée, où tant de rites d'origine diverse ont chacun sa place et sont harmonisés de telle manière qu'ils forment un ensemble véritablement unique et original.

Et c'est grâce à cette faculté d'adaptation, d'harmonisation que sur le plan de la vie économique et politique s'est créé également un lien intime entre l'individu et la nation, entre la nation et la Maison Impériale, dans une conception d'ensemble urique au monde.

Tandis que les historiens feignaient d'ignorer ou prenaient pas au sérieux cet empire insulaire, le Japon, isolé et méconnu, n'a cessé de poursuivre son existence particulière depuis plus de deux mille ans. Pour qui connait sa longue évolution, il ne paraîtra plus surprenant de le voir aujourd'hui s'épanouir au grand jour sur la scène universelle.

日本文明の審美的感情

伴野文三郎　　　翻訳

欧州人は一般に日本人は欧州の技術をこの一世紀半以来借用し、その短期間のあいだに独自の産業を飛躍的に発展せしめたと信じている。だが欧州人は日本民族がそれ以前の2000年のあいだに特異な文明を築いていたということは知らぬのであり、この無知ゆえに、我々を判断するうえで世界は何度となく根本的な誤謬を冒すこととなったのである。

1866年に日本はその港を外国に開放したが、それゆえ人はこの時からはじめてこの国は西洋の科学と接し始めたと考える。ここで忘れられているのは、16世紀にはすでに西洋の科学がカトリック宣教師やオランダ人によって導入されていたことである。かれらだけは日本国に滞在することを許されていた。したがって封建の時代からしてすでに、オランダで高く評価されていた農業組織、医薬、測量術、冶金その他の知識の恩恵に日本人は預かっていたのである。とはいえ将軍は法令によって海外の国々との交易を禁じており、大規模な産業形成も認可していなかった。しかし幕府の消滅とともにすべては一変した。宣教師の時代よりもさらに発展した西洋科学が再び出現し、このたびは日本中を揺るがした。それが50年ほどのあいだに日本を世界の一等工業国の一角に数えられるところにまで導いたのである。

だがさらに過去に遡ろう。西洋がまだ科学とはなになのか弁えてもいなかった時代へ。そのころすでに中国はきわめて興味深い技術をもっていた。それを日本は輸入して完璧なものにした。日本の古都、奈良の正倉院の博物館に収められた品々、8世紀に聖武天皇が用立てた品々に目を留めれば、ローマの傑作を別とすれば当時の欧州のどこの国にもこれに匹敵する品などなかったことに瞠目することだろう。装飾品であれ、宝飾であれ、象眼であれ、石細工であれ木製品であれ、陶磁であれ玻璃であれ、漆にせよ刺繡にせよ、織物も綴じも含めて、これらの遺品の洗練ぶりと美とは卓越しており、同時代のいかなる品を中国全土のどの地域から集めたとしても、これに匹敵する豊穣さと完璧さには達しえない。

日本が中国文明と最初に接触したのは285年のことであり、仏教が導入されたのは552年、そしてこれらの接触のおかげで我が国はインドやペルシア文明さらにはギリシア文明の影響をも間接的に蒙った。中国が永らく混乱を嘗めた時期、日本は身を縮め、列島のなかへと籠もって、外国から受けた教えや知識を日本なりに咀嚼し完璧なものとする。漆藝の発展がこうした適性を示す顕著な例といえよう。紀元前から漆は中国では知られていた。韓国の楽浪〔Lo-lang〕*で最近ある考古学者が漢代の漆を発見したが、これは1世紀の中国に漆が存在した証である。7〜8世紀には漆は日本に導入されて、漆生産は急速に広がり、木材と黄金が日本には豊かにあったため、漆はこの地で例外的なまでの質と豊かさとを獲得した。それはとりわけ蒔絵として知られる漆技法である。〔*Lalongとあるべきところ〕

古代のギリシアではエジプト、中東そして地中海の島々からの借用によってその文明の基礎を築いたが、それと同様に日本はおのが文明を打ち立てるが

《仏陀の像　木彫（ママ：実際は青銅鍍金）623年の作》
（法隆寺金堂釈迦如来三尊像・青銅製）

ために中国、韓国そしてインドやポリネシアから獲得したものを利用した。

　かくして日本はアジア文明の博物館といってよい。否、古の伝統を蔑ろにすることなく新たなものを取り込む精神をもって、過去から受けとったすべてをより好くしようと努める日本民族ならではの才能ゆえに、それは博物館以上のものなのだ。神道はいまなお仏教以前の儀礼にそって先祖を祀っており、仏教徒もまた、この土壌に代わる代わる豊穣をもたらしたさまざまな宗派全ての違いを受け入れる。

　我が国を訪れる外国人は誰しも、一歩すすむたびにあらゆる次元の違いを目にして、その変幻多様な様に驚く。衣装ならば洋装の傍らに伝統的なキモノが寄り添っており、食事となれば、一品ごとにそれは際だっていて目を驚かす品揃いの和食から、中華、フレンチ、アメリカンにドイツ料理、建造物となれば地震も恐れるに足らぬ鉄筋コンクリートの現代的ビルから、可能な限りあらゆる形の木造建築がすべてみられる。和風家屋であれ洋風家屋であれ、神道という古風な宗教の簡素で峻厳な社から、中国の様々な時代の伝統に沿って彫刻を施し彩色された仏教寺院に至るまで。

　およそ他国にはこれほどまでの対比は存在しない。支配的な様式への服従が一般的な傾向なのに対して、ひとり日本ではさまざまな嗜好が相互寛容のなかで思い思いに花開く。この半世紀というもの情報伝達の利便ゆえに、日本に居ながらにしてありとある文明の形に接することができるようになった。それらの諸文明の形態は、日本に呑み込まれて紛れてしまうのではなく、それぞれに場所を得て発展を遂げ、より完璧なものになってゆく。

　家居の炉端に至るまで、例えば食卓の用を賄う什器の類もさまざまな形態を宿している。漆の器、陶磁の椀、あらゆる寸法で、円形なり方形なり、時によっては好奇心を刺激する形状の皿にせよ、我々は様変わった品々をこよなく愛するのである。だがそこにこそ、我ら日本人の思考を性格づけるものがある。我々は起源の異なる様々な芸術品同士を調和させようと努める。そして、みごとに調和がとれ、その調和を我がものとなしえた時に、我々は誠の生きる歓びを味わうのである。

　芸術とは我々にとっての国民文化のもっとも洗練されもっとも高貴な表現である。過日フランスの或る高名なる旅行者がこう述べている。「日本人は生まれつきの藝術家だ」と。実際貧しい農夫の家族が粗末な茅屋で茶席に勤しんでいるのを目にして、驚かずにいられようか。貧しいクルマヤも過酷な一日の労働のあと自宅に戻れば、その労に値する食事のまえに、欠かさず自宅の植木の花に水をやる生活があったのだ。

　日本文明における教養・文化とは、きわめて特異なものだ。太平洋の波に常に洗れる島々で孤立の中に発展した教養・文化は、その画趣に富み、ほかの場所に見られるのとは大層異なった日本列島の風景から影響を蒙ってきた。それを身近に研究してみれば、ほどなくそこに独特の美、まったくもって独創的な魅力をば賞味することができるはずだ。

　石材に富んだイタリアはギリシアの影響のもとに、欧州でもまったく新式の建築を造りえた。日本はこれとは異なった影響のもと、日本に特有の資源を用いて、木材を用立てて、複雑で洗練されていること、イタリア・ルネサンスの傑作にも劣らぬ固有の傑作を造ることに成功した。火山と地震の国ゆえ、石材建築が造営されることはおよそありえず、その代わりに、高温湿潤の気候が豊富で著しく変化に富んだ植生を約束した。したがって、木材に関しては我々

《茶席のための特別な部屋》

は達人であると誇張ぬきで言うことができる。なにしろ、種類、色、肌理、重量などから実に細かい区別をしているのだから。

　まことの日本家屋に入るならば、その建造のためにきわめて様々な木材が使われており、それらがいずれも各々の割り当てられた目的や用途に応じて、きめ細かに選別されていることに、驚きを隠せないことだろう。このような複雑な多様性は、家屋のような日本文化の土台をなすものだが、それはいかなる分野であれ現代日本の生活を構成するあらゆるもののうちに見出すことができる。

　お茶という我らの象徴的な儀礼を考えてみてもらいたい。ありとある規律に従ってひと椀の茶を喫するためには、特にその目的のために建てられた小さな家が必要となる。素材の木材も一つひとつが特別に選ばれ、茶席のために特に設えられた小庭に囲まれた家である。香木を焚き、何百年の歴史を閲した由緒ある茶釜で湯を沸かす。古陶の椀、和紙を貼った引き戸も必要である。そして男性も女性も、和服での正装が求められる。

　日本の特性はすべて一定の作法に則ったこの儀礼のうちに要約される。そこでは起源を異にする様々な習わしがそれぞれに場を弁えて調和を得ている。そのために、ほかに類例を見ない独特な「まとまり」が生まれるのである。

　そしてこの同化能力と調和の才のお陰で、政治経済の次元でも、「まとまり」という世界にただ一つの考え方において、個人と国家と、国家と皇室とが緊密に結び合うに至ったのである。

　歴史家たちは、この島国の帝国を見損なうか、あるいは真面目に取り合おうとはしてこなかった。だが、この孤立した知られざる日本は2000年を越える年月にわたって特殊な存在であり続けてきた。その長き進化を知るほどの者であれば、今日、日本が世界の檜舞台でめざましく活躍しているのを目の当たりにしたとて、もはや驚くことはないに違いない。

（稲賀繁美訳）

伴野文三郎、パリ事情通による「日本文明の概略」
稲賀繁美　　**解説**

　欧米の一般的読者を対象として、日本文化史の概要をごく掻い摘んで述べたもの。当時の欧州で日本についてどの程度の知識が共有されていたのか知悉していた著者が、達者なフランス語で持論を開陳した一篇の日本論という体裁。具体的な事例の取捨選択はおよそ体系的とは言えないが、どのような話題をどう織り込めば通用したのかが如実に窺える。

　冒頭の問題設定には、後出の中島健蔵とも共通する認識がしめされている。つまり、明治維新以前、鎖国下のオランダとの交易はともかく、それ以前の南蛮期にキリスト教が伝来したことや、それ以前の古代以来の中国・韓国と日本との交易や文化伝播については、欧米では一般にはほとんど何も知られていない、と彼らが考え、それを遺憾としていた事実が見える。そうした義憤がかれらをとりわけ古代文化史へと誘った。考古学や古代史が国際認知への渇望と裏表だった様子が、はしなくも、こうした論評からも露呈する。

　正倉院の宝物については、帝室美術館より12巻におよぶ目録編纂がなされており、本稿刊行の翌々年にあたる1940年、すなわち皇紀2600年には、記念行事の一環として正倉院宝物展が開催される。詩人の野口米次郎はこの機会に *Emperor Shomu and the Shosoin* という豪華本を英文によって上梓する。個人的な事業と断ってはいるが、冒頭には聖武天皇を言祝ぐ美辞麗句を連ねた詩が掲載され、帝室美術館や宮内省の後援も受けており、国威発揚の一環をなした海外向け出版事業といって過言でない。そこにも古代インドにおけるアショカ王の偉業に聖武天皇の大仏建立を比類させる見解が見える。同様に伴野も古代ローマとの比較を提唱しているが、30年にはローマで現代日本美術展が開催されており、37年の日独伊防共協定も背景に、当時イタリアに対する関心は上向きだった。

　伴野は楽浪郡の古代漆器に注目している。Lalongとあるべき表記がLolangと誤記されているが、楽浪郡は現在の朝鮮半島、平壌の周平地域。1909年以降、関野貞らを中心として日本主導で発掘がなされ、

とりわけ楽浪漆器の発見は、日本の漆藝の起源を紀元前にまで遡らせるものとして注目された。前漢始元2年から後漢永平14年に至る長期間の遺品が出土しているが、主として四川省で制作された漆器である。なかでも南井里第116号古墳から出土した「漆絵人物画像文筐」は特に有名であり、小場恒吉による模写のほか、六角紫水、松田権六らが出土品の修理のかたわら技法復元に取り組んでいる。植民地経営の一環としての遺蹟発掘事業が、日本の文明史的な国際的評価の格付けに利用されている。

これを受けて、伴野は「日本はアジア文明の博物館」と主張するが、これは1900年のパリ万国博覧会のおりにまずフランス語で上梓された『稿本日本帝国美術略記』の序文に見られる九鬼龍一の発言を受けている。「古の伝統を蔑ろにすることなく新たなものを取り込む精神」は岡倉覚三の英文著作『東洋の理想』（1904年）の冒頭での確認を忠実に反復している。当時遺族により『岡倉天心全集』三巻の発刊はなされていた（1922年版に依拠）が、それに「東洋の覚醒」と呼ばれることとなる新発見の英文草稿（岡倉古志郎らにより1938年発見）翻訳を加えた五巻本全集の刊行がなるのは1939年のこととなる。

それを受けた料理文化・服飾文化論からあとの論述は、印象批評めいた日本文化論に過ぎないが、気候の特性ゆえに石材建築でなく木材建築が発達した経緯などには、和辻哲郎『風土－人間学的考察』（1935年）の流行などの下地を想定し得よう。ここに記された「日本人は生まれつきの藝術家」も紋切型だが、仏印滞在中の伴野が時の仏印総督府美術局長より聞いた言と思しい（『花のパリの50年』1959、p.251）。本稿最後には茶席への言及が見られるが、直後の38年末には近代財閥の茶道趣味を牽引した鈍翁・益田孝が90歳で没することになる（ちなみに、明治末年頃伴野は益田の訪仏のおりの商談通訳の経験があり、益田から三井への入社を慫慂されている）。日本社会の取り合わせの妙を ensemble（まとまり、ひろ揃え）という用語で皇室中心の国民秩序と結びつけて論じた点は、国家有機体論の流行下で、ことさら伴野の独創とは言えまいが、ここに当時の論者のイデオロギー的地金を確認しておくことは可能だろう。

伴野（明治16年生）は東京銀座に震災直後の1924年に開店した伴野商会の社長として知られ、9.5ミリ、16ミリ映写機やフィルムの輸入に貢献した。『東京日日新聞』『大阪毎日新聞』の元パリ特派員であり、本稿投稿時点では東京・日仏会館に関係していたクレマンソー他、要人政治家との会見を果たしたかたわら、第1次世界大戦観戦記事も知られる（『在パリ日本人の見たる第一次大戦』）。パリ日仏協会理事に選ばれ、会計補佐を17年にわたり勤めた。パリで対仏輸出組合協会理事長を務め、第1次大戦後の欧州の体験をもとに、金解禁後の日本のインフレと円の暴落に警鐘をならして大きな話題をまいた『仏国インフレ時代』（1933年）のほか、戦後には滞在期の体験をも盛った『パリ夜話』（教材社、1957年）ほかの著書が知られ、銀行関係者、実業界では「日本一のフランス通」と評された。『文藝春秋』『実業之日本』への寄稿は「無数」という。また山本早苗『動物村の大騒動』（昭和10年代）など、初期アニメ制作にも関与している。戦後も東京日仏協会再建に尽力し、日仏会館改築にも貢献した。

Leading Figures of Contemporary Japanese Literature 2: Riichi Yokomitsu

Kenzō Nakajima

Riichi Yokomitsu, who was born in 1898, has persistently, in his works, hurled at the literary world of Japan more problems than any other writer of the same generation. It may therefore be said that his career as a writer gives a certain outline of the development of the contemporary Japanese literature, from the end of the World War till to-day.

Since the Meiji Restoration, i.e. since the collapse of the modern Japanese feudal system, Japan has struggled to reconcile her old traditions, some of them twenty-five centuries old, with the new elements to which a changing society gave birth: thus, she has built up a new culture. By a similar process, also her literature has developed. Till the time when Yokomitsu began establishing himself as a novelist, the writers of that time, alive to the necessity of bringing about a creative innovation of literature in general, and poetry, essay-writing, and other fields in particular had already accomplished their emancipation from the somewhat over-aged forms and traditions of the past, after fierce literary controversies on the various issues involved, and following the successive publication of many new literary works. Several writers of the Meiji Era have already become classics to us, and we have witnessed the coming and going of several literary schools.

The new literature of Japan, half a century old when the World War broke out, could of course not remain indifferent to the world-wide repercussions of the time. It was then that Yokomitsu turned up as a writer. Therefore, it could not be his task to settle down peacefully in the traditions, nor to join the current innovatory tendencies, of Japanese literature; nor to entertain the reading public with novels descriptive of public manners and habits. Up to him it was, to come forward as the champion of a new literary revolution.

Except for his novel THE SUN having as its subject a story of the mythological ages of Japan, the works of his earlier period were mostly shorter stories. As already indicated by the traditional theme of this novel, THE SUN, Yokomitsu's literary tendencies were not necessarily destructive; incidentally, the same is true of many innovatory movements within the literature of Japan. One of the problems common to the intellectual Japanese of the present generation is, to synthetically reconcile the supreme sensibility that is being recognized as a characteristic element of Japanese culture, with the element of rational intellect. The Japanese does not like, one-sidedly, to incline to either of the two; it is a particular concretion which he values highly, and most of all he dislikes intellectual speculations which depart from concrete realities. It was in his early period that Yokomitsu experienced how a crisis, accompanying the attempt of bringing about such a synthesis, was conspicuously in evidence, engulfing part of Japan's culture. Along with the reformation of society, also the literary world was aroused under the influence of an extremely mechanistic materialism, and subject to uniform criticism.

Yokomitsu has not endorsed any of the innovatory movements of this kind. Sensibility is one fundamental element of literature; if the equilibrium between sensibility and intellect is upset, literature perishes.

Yokomitsu knows about those basic truths; his innovations are to be found otherwise. In research for a freer and richer means of expression, he has, in various works, attempted to remodel the Japanese language. Worn out metaphorical expressions which hitherto had been used as conventional clichés, he has regenerated by re-wording them in plain and fresh language. His attempts were subject to frequent attacks, and at times his works received severe criticisms, but swiftly, the unique significance of his innovations came to be recognized at large. His merits are not limited to his having developed and perfected his own personal style of writing: he has, moreover, given proof that the Japanese language is able of a new expressiveness.

This is not all what he has done to renovate Japanese literature. The aim of literature, as he has formulated it, is to pierce the surface and penetrate to "the thing itself". And he believes that intuition, enhanced by intellectual force, leads the only way to this aim; in here lies the reason why he rejects extreme rationalism in literature. On the other hand, he has introduced into literature psychological studies of a depth such as were not to be found in Japanese literature so far. His attitude is clearly reflected in his definition of a novelist, whom he terms "a scientist studying the soul of man".

Far from indulging in the once acquired freedom of his linguistic expression, he has ever been striving for even, greater linguistic ease and smooth. His rich imagination in narrating his stories, and the minute psychological analysis to which he submits the human relations existing between the persons acting in his novels, have gained for him the firm place he is now holding as an author. Representative of the period in which he was consolidating his literary fame are his two novels, SHANGHAI and SHIN-EN. In the former, which is the literary fruit of his trip to Shanghai, he has effected both the liquidation of the first phase of his literary career and his entry into the next phase. With his chef-d'oeuvre SHIN-EN, which started the brilliant up-turn of his creative genius leading up to his novel THE FAMILY CREST, he has fascinated innumerable readers. It may be said that it is in particular the younger generations among which he is most admired.

His success was partly due to the great interest which the young people of the time took in the problem of how to reconcile in a creative and synthetic way the intellectual with the sensitive, the rational with the intuitive. As a novelist, Yokomitsu has understood to develop a synthetical style which allots its due function and place to each of those spiritual elements.

The problem is deeply connected with the Japanese's peculiar way of manifesting his feelings. Altogether, the Japanese very rarely expresses his feelings directly: people are used to mutually understand their feelings, by mutually judging the subtle expressions in which their feelings are alluded to. Long historical discipline has made the Japanese's sensitiveness extremely fine and susceptible. One might say that even the manufactured articles of surprisingly fine workmanship which may be seen nowadays displayed in the show-windows everywhere in Japan bespeak that same complicated intricacy of the Japanese's sensibility. It is for such reasons that the Japanese novelist may not simply build his stories by fitting together descriptions of landscapes, feelings, and dialogues; he has to face the need of composing with his creative imagination the psychological characters and actions of his story. It is this what Yokomitsu has never failed to observe.

In 1936, Yokomitsu traveled to France, by himself. It was shortly before he went to Europe that a new tendency made itself felt in his works: his psychological studies having been, so far, rather analytical, he now turned his efforts to achieving composed harmony in his psychological studies. And as the result of his trip to Europe, he has come to recognize even much more clearly the spiritual and psychological peculiarities of the Japanese, thus corroborating the fundamental truth that, to spend some time abroad is the best method of studying one's own country.

Still a brilliant future is promised to the novelist Yokomitsu who is presently one of the most active and proficient writers of our literary world. He is often seen leaving his residence in a suburb of Tokyo and walking in the street; he frequents a literary club, where occasionally he participates in conversations till late at night. People are now wondering what will be the next work he will publish.

日本現代文学の主要作家
2：横光利一

中島健蔵

翻訳

　1898年に生まれた横光利一は、その作品において他のどの作家よりも、継続してより多くの問題を日本文壇に投げかけてきた。それゆえ彼の作家としての経歴が、世界大戦後以降、今日までの日本文学の発展の確かな概略になるといわれている。

　明治維新以降、すなわち近代日本の封建体制崩壊後、日本は新しく変化する社会の要素と、古くは25世紀にも及ぶ伝統とを調和させなければならないという困難に見舞われ、そうして日本は新しい文化を作り上げた。日本文学も似たような過程を経てきた。横光が作家として活動しはじめた時には、当時の作家たちは詩や随筆、その他の分野において、創造的な技術革新を実現する必要に迫られたが、様々な問題に関する激しい文学論争と、新しい文学作品の出版によって、彼らは古びた形式や過去の伝統から自身を解放することに成功した。それにより、幾人かの明治時代の作家はもはや古典となり、我々はいくつかの文学集団の入れ替わりを目撃してきたのである。

　世界大戦勃発時、日本の新文学は立ち上がりから半世紀が過ぎていたが、それがもたらした世界規模の影響に無関心でいられるはずがなかった。横光が作家になったのはその頃であり、よって彼には、日本の伝統に安閑とすることも、また日本文学の最近の革新的な傾向の仲間入りをすることも、公共でのマナーや習慣を描いた小説で読者を楽しませる必要もなかった。彼が求めていたことは、只、文学における革新の勝者となることであった。

　「日輪」という日本の神話時代を題材とした作品を除いて、彼の初期作品のほとんどは短編であり、この作品の伝統的テーマによって示されたように、その文学的傾向は必ずしも破壊的なものではなかった。それは偶然にも、日本の文壇におけるほかの多くの革命的な動向においても同様である。当世代の知識人に共通した問題の一つは、日本文化の最も特徴的な要素として認識されている、この上ない細やかな感性を、合理的な知性の要素と統合させることである。日本人は、二つのうちのどちらかに一方的に傾斜するということを好まない。これは彼が高く評価している日本人の特徴の一つである。一方、彼が最も嫌ったのは、現実から逸れたインテリ的な思索であった。横光は作家活動の初期に、そのような統合をもたらす試みは、日本の文化の一部を巻き込む危険があることを体験した。社会的再構築に伴い、文壇も極端な物質主義の影響を受け、様々な批判を一つにまとめようとしたのである。

　しかし彼は、この種の合理主義を是認しなかった。細やかな感性こそ、文学の根幹的要素であり、その細やかな感性と知性の均衡が保たれなければ、文学は消滅してしまうと考えたからである。こうした考えが根幹を成している彼の技術革新は、他の方面においても見ることができる。より自由で、より豊かな表現手段を得るために、彼は様々な作品の中で、日本語の仕立て直しを試みた。慣例的美辞としてそれまで使い尽くされてきた比喩表現を、質素でありながらも新鮮な言葉へと移し換え、再び集め直した。当時、彼の試みは、常に批難の的となり、作品はいつでも厳しい批判を受け続けた。しかし、徐々に、彼が行った特異な技術革新は大きく再評価されるようになった。彼の利点は、独自のスタイルを持ち得るまでに発展・完成させただけにとどまらず、日本語に新しい表現方法があることを立証したところにある。

　もちろん、彼が文学界に果たした役割はこれがすべてではない。彼が定義した文学の目的は、物事の表面を突き抜け、《物事それ自体》に浸透させることであり、彼は知性によって培われた洞察力こそが、この目的へと導く唯一の手段だと信じていた。そして、それこそが合理主義者たちに激しく反論した所以である。また、それまで文学界において受け入れられることのなかった心理学の自我という概念を導入した。彼の姿勢は、明らかに、「精神を研究する科学者」としての作家という自らの定義を反映していた。

　彼は、一度手に入れた表現の自由に甘んじることなく、より良き表現を求めて日々精進し続けた。豊かな想像力、そして、小説における人間の行動と実在する人間との関係を心理的に分析することで、作家としての確固たる立場を築いていったのである。横光が文学的名声を得た時期の代表作品は「上海」と「寝園」である。前者は彼自身の上海行きに材を得たもので、その作品において初期の作風が確立され、次の段階へと進んだといえる。そして、「寝園」から

彼の天才的とも呼べる創造力は続く「紋章」へとかけて大きく変化し、その作品で多くの読者を魅了した。読者の多くは彼を崇拝する若年層であった。

この成功の一端には、細やかな感性と知性を、直観と合理的なものを調和させるという問題に、そうした若年層が多大なる関心を寄せていたという、当時の時代的背景もあっただろう。作家としての横光は統合的表現方法、機能と状況とを精神的構成要素へと充当させる方法を理解していた。

問題は、日本人がその感情を表現する独特の方法と深くかかわっていた。日本人は滅多に、自らの感情を直接的に表現しない。日本人におけるお互いの感情は、長い歴史の中で鍛え身につけられた、繊細かつ洗練された、微妙な表現を判断することによって理解されるからである。最近では日本の至るところで、ショウウィンドウに洗練された職人の手になる製品が飾られているが、そこにも日本人の繊細な感受性の同じような複雑さが示されているといえるかもしれない。日本の作家たちが、単に、風景や感情や対話の描写を組み合わせるだけでなく、物語性や心理的特徴を、創造力で以て構成しなくてはならなかった理由が、ここにあるといえよう。この点こそが、横光が常に注意深く観察してきた事柄である。

1936年、横光は単身フランスへと渡った。それを機に、その後の作風に新しい傾向が現れた。それまでは、心理学をあくまでも分析の手段として用いようとしていたが、それ以後は、心理学の要素を構成との調和手段としても用いようと努めはじめたのである。彼は、日本の精神的特異性を、より明確に理解するようになり、自国の研究をするには、海外生活が最も有効な手段であるという確証を得た。

今後更なる活躍が保証されている横光は、今日の文学界において、最も注目すべき行動的な作家である。彼はしばしば、住居である東京の郊外を離れ、都内の街並みを歩いている姿が確認されており、また、文学クラブへと足を運び、深夜まで議論を交わすこともある。彼が次に、どのような作品を世に出してくるのか、多くの期待が寄せられている。

（石川　肇訳）

協調性を重んずる感性豊かな日本人像の海外発信

石川　肇

解説

中島健蔵と菊池寛

日中戦争の激化に伴い、第1次近衛内閣によって国家総動員法が制定された1938年、菊池寛編集『文藝春秋』別冊付録『Japan To-day』（4月号〜10月号）が海外向きに刊行され、そのうち7月号から10月号にかけて、島崎藤村、横光利一、山本有三、徳田秋声の4人が順に、「LEADING FIGURES OF CONTEMPORARY JAPANESE LITERATURE」（日本現代文学の主要作家）として、似顔絵付きで取り上げられた。

8月号に掲載された「横光利一」は、思想問題で検挙された勝本清一郎の代わりに、日本ペン倶楽部の常任理事に就任したばかりの中島健蔵の手によって書かれたものである。東大仏文科に講師として務めながら評論家として活躍していた中島は、この8月号が刊行された直後、芹沢光治良らに誘われ、文藝春秋社が刊行していた『文学界』同人に加わっている。

> 「文学界」では今度新同人が八人加入することになつた。顔触れは今日出海、中島健蔵、真船豊、井伏鱒二、堀辰雄、三好達治、亀井勝一郎、中村光夫である。これで同人全部で26人になつた訳だ。[1]

この26人のなかには、「島崎藤村」を担当した森山啓、「山本有三」を担当した阿部知二、「徳田秋声」を担当した舟橋聖一が名を連ねていた[2]。中島は、それまで同人に加わっていなかった理由を「同人記」[3]の中で、「しかつめらしいこと」をするのが億劫で、『文学界』に対しても、かなり親しくしてゐながら、その功罪を眺められる位置にゐた」と記している。

戦後も日本ペン倶楽部の再建や、チャタレイ裁判で特別弁護人として法廷に立つなど、様々な方面で活躍した中島であるが、菊池との関係で言えば、1954年、著作権確立の功績により菊池寛賞を受賞し

1　河上徹太郎「文学界後記　同人新加入について」『文学界』1938年9月号
2　森山啓、阿部知二、舟橋聖一の3名は、村山知義、島木健作、河上徹太郎らとともに、1936年1月、『文学界』同人として名を連ねている。
3　中島健蔵「同人記」『文学界』1938年9月号

ている。

横光利一と菊池寛

　1933年、小林多喜二が検挙され築地署で虐殺されたこの年は、プロレタリア文学運動の衰退がいっそう強まった年でもあった。それとは対照的に、『文学』『四季』『文学界』『文藝』といった新雑誌の創刊が相次ぐ中で文壇が活気を取り戻し、「文芸復興」が叫ばれた。宇野浩二や徳田秋声といった既成作家が再び活躍しはじめ、横光も「紋章」(1934)、「家族会議」(1935)と、さらに充実した執筆活動を展開した。文藝春秋社が芥川賞と直木賞を設定し、第１回芥川賞を石川達三が、直木賞を川口松太郎が受賞したのもこの年(1935)である。翌年には「家族会議」が松竹から映画化され[4]、同年４月の『文学界』裏表紙に写真入りでその宣伝が掲載された。戦前、『文学界』で映画の宣伝が掲載されたのは、この時だけである。

　横光と菊池が出会ったのは1919年頃であり[5]、菊池の後押しで出世作となった「日輪」と「蠅」が、1923年にそれぞれ『新小説』と『文藝春秋』から世に出たのは有名な話である。「日輪」に関しては、戦後に書かれた菊池の回想文がある。

> 『日輪』が、「新小説」に載つたのは、大正十二年五月である。どうも、「新小説」の方で、僕が紹介しても、すぐには載せてくれなかつたやうな気がする[6]。

　また横光は、1927年、菊池の媒酌で日向千代と再婚しており、このことも菊池が同じ回想文の中で語っている。

> 僕は、恋人当時の夫人に会つた時、（こんな美しい人がゐるのか）と、思つた位、美しかつた。手紙もいゝ手紙を書いた。手紙は、横光君が自分の小説の中に使つてゐるから、読んだ人もあるだろう。
> その結婚には、僕が仲人を勤めたり、世話もしてやつた。

　このように横光は、公私において菊池の強い支援を受けており、その大恩ある菊池に対し、「人として

横光利一（スキャタグッド＝カークハムによるスケッチ）

の菊池寛氏、放胆、磊落、零細、坦懐、豪宕、俊敏、黙々、朗々。―　かかる漢字は、最もよく氏を知るに、適当な文字である」[7]と好意的に書き記している。

横光利一と中島健蔵

　横光と中島の関係はと言えば、「わたくしの日記は、けつして忠実でもなく、まめでもないが、その中にこれだけ横光利一のことが出ているのは、例外である」と、その近しい関係が、「人間横光利一」[8]に、当時、中島が書き記しておいた日記を引用する形で描かれている。そのうちの幾つかを紹介する。

> ○昭和九年八月三十日。僕の最初の評論集『懐疑と象徴』が小野松二君の世話でいよいよ最近に作品社から出る。横光さんが跋を書いてくれた。はじめは『象徴派覚書』という題のはずだつたが、少々弱いというので先月の「作品」の会の時、皆に相談したところ、河上徹太郎が『不安と象徴』というのを考えてくれた。それをまた少し変えたのだ。横光さんは、かげでいろいろとわれわれのために好意を示していてくれるらしい。氏のデザンテレスマンを尊重して、われわれの方でも表立つた迷惑をかけないようにしていたが、今度は、小野君の示唆で、僕の方から頼むことにした。僕の書いたものの、もつとも親切な高級な読者としての横光さんのわがまま

4　1936年４月公開。監督：島津保次郎。
5　菊池寛「文壇交友録」（『中央公論』1925年２月号）に、「横光利一。交友四五年。硬骨、信頼すべし。」とある。
6　菊池寛「横光君について」（『改造文芸』1948年３月号）

7　横光利一「主観主義と菊池寛氏」『改造社文学月報』1927年４月臨時増刊号
8　中島健蔵「人間横光利一」『文芸』臨時増刊「横光利一読本」1955年臨時増刊号

だ。嬉しかつた‥‥。
〇昭和十年一月九日。‥‥河上との約束により、はせ川へまわる。河上、大岡のほか横光さんがいた。久しぶりで会うと嬉しい。横光氏は近ごろ酒飲みになつた。‥‥川端氏の『禽獣』と自分の『上海』との装幀を引きうけた由で色紙の見本をたくさん持つていた。(下略)

〇昭和十年七月二日。横光さんから『覚書』を贈らる。昨年から今年の春にかけての、よい交際の記念品だ。会いたし。

　日記は、1932（昭和7）年4月4日から1938（昭和13）年12月27日までの7年間、長短合わせて計35日分が引用されているが、その多くが、銀座の小料理屋「いづもばしはせ川」で、大岡昇平や中山義秀、河上徹太郎ら気の置けない仲間たちと共に飲み、語り合っているものである。大学生のころ、「白水社から出版された『機械』をはじめて読んで、なるほどと感心した」[9]中島の、5歳年長の横光に対する尊敬と信頼、また、そんな中島を温かく受け入れ導く横光の姿が浮かび上がってくる。横光の記事を中島が担当した理由がここにある。

協調性を重んずる感性豊かな日本人像の海外発信

　「横光利一」において中島は、横光の思想および小説作法の変化、そして社会的評価の変遷やその人となりを、作品名を散りばめながら具体的に記した。それは横光を通して、日本文化や精神を海外へ知らしめる働きをも担っていた。なかでも強くアピールしているのは、伝統的テーマを持つ「日輪」を紹介することによって、日本文化の最も特徴的な要素は、「この上ない細やかな感性の統合」であり、日本人は、「一面的に、二つのうちのどちらかに傾斜するということを好まない」協調性を重んずる感性豊かな民族であるということであった。ここにジャーナリスティックな菊池の考え出した、『Japan To-day』による文化戦略の一端を見ることができる。

　全体として、日本に都合よく構成されているが、日本文化の国際性をアピールすることを基調にして、日本軍の大陸侵出により平和が回復していることを訴えるものだった。これが「国家目的に協同」する、この時期の菊池寛の対外宣伝戦略だった。[10]

　本文中「文学界は、社会の再編を伴う極端な物質主義の影響を受け、様々な批判を一つにまとめようとした」とはマルクス主義のことを指しており、それに対して横光が批判的であり、「彼が定義した文学の目的は、物事の表面を突き抜け、《物事それ自体》(the thing itself)に浸入することであり、彼は知性によって培われた洞察力こそが、この目的へと導く唯一の手段だと信じていた」とは横光自身による新感覚派の宣言文にあたる「新感覚論」[11]の中島なりのまとめである。また「《精神を研究する科学者(a scientist studying the soul of man)としての作家》の定義」とは文学だけが人間の心理を描写し得る唯一の科学であるという横光の「新心理主義」[12]を唱えた諸論からのものである。

　ところで横光にとって1936年の渡欧は、人生の大きな転機となった出来事であった。

　中島はその渡欧について、「1936年、横光は単身フランスへと渡った。それを機に、その後の作風に新しい傾向が現れた」と読者の注意を向けるように取り上げ、「日本の精神的特異性を、より明確に理解するようになり、自国の研究をするには、海外生活が最も有効な手段であるという確証を得た」とし、「彼が次に、どのような作品を世に出してくるのか、多くの期待が寄せられている」と肯定的に記事を終えている。しかし、中島は当時、次のような日記を書き記してもいた。

〇昭和十二年二月二十七日。横光氏が「種族の知性と倫理の国際法」[13]などという妙なことばを『厨房日記』の中でいって以来、そして河上が、「日本の知性と西欧の知性」[14]の問題を提出して以来、どうにもならない溝が掘られたことを感じて淋しい‥‥。

　横光が渡欧後の第一作として世に送り出した「厨房日記」[15]は、義理人情によって知性を否定するとい

10　鈴木貞美『「文藝春秋」とアジア太平洋戦争』武田ランダムハウスジャパン、2010
11　初出時「感覚活動―感覚活動と感覚的作物に対する非難への逆説」（『文芸時代』1925年2月号）。『書方草紙』（白水社、1931）収録時に「新感覚論」と改題された。
12　「心理主義文学と科学」（『文学時代』1931年6月号）など。
13　正しくは「種族の知性と倫理の国際性」。
14　河上徹太郎「日本と西欧の知性について ―横光利一外遊論―」（『文藝』1937年2月号）のこと。
15　「厨房日記」『改造』1937年1月号

う見解を示していたため、「従来馴致された作家横光の読者と云へども、知性を抹殺する知性の遊戯を快く受ける迄に、虚脱させられてゐない」と中條百合子（宮本百合子）によって強く批判され、問題となった作品である[16]。中島もくだんの日記と同種の、同情含みの意見を発している。

　此の小説の中に出て来る「義理人情」とか、「種族の知性と論理の国際性」とか云ふ言葉が、くすぶつてゐた民族の問題に空気を送り、一種異様な炎を立てはじめたのを見て、私は次第に憂鬱になるほかなかつたのである。横光氏は、まさかに氏の東洋的な考へ方や感じ方が、時流に投じ、政策に乗ることになるとは思つてゐなかつたらう。私は此の小説から、個人的な不安と虚無感とを正直に受け取つた。それは恐らく、問題や信念の積極的な提出でも何でもなかつたのである。[17]

中島が記した日記とこの評論、そしてその後書かれた「横光利一」を並べ考えてみると、渡欧後の横光作品に対して違和感も抱いてはいるが、しかし、横光という人間に対してあくまでも好意的であり、横光の描き出すその「日本の精神的特異性」に期待を寄せていることがわかる。

しかしながら、中島がこうした期待を寄せてから8年後、敗戦翌年の1946年6月、横光は戦争責任者として「新日本文学会」の機関誌『新日本文学』紙上で弾劾され[18]、その月、脳溢血を起こし、翌年には胃潰瘍に腹膜炎を併発し、帰らぬ人となった。戦後ジャーナリズムへの風当たりの激しさ、そしてそれに対する横光の失意のほどをうかがい知ることのできる幕引きであった[19]。

16　中條百合子「『迷ひの末』—「厨房日記」について」『文芸』1937年2月号。中野重治も「文学における新官僚主義—文芸時評—」『新潮』1937年3月号の中で批判している。
17　中島健蔵「文学と民族性に就いて」『改造』1937年3月号
18　小田切秀雄「文学における戦争責任の追求」『新日本文学』1946年6月号）。菊池を含め、25人の文学者たちの名前があがっている。
19　享年49歳。横光の晩年については、木村徳三「思い出すままに」（『定本横光利一全集』「月報11」河出書房新社、1982）を参照。

Recent Books on Japan
(War in the Pacific / Children of the Rising Sun)

Chū Saitō

WAR IN THE PACIFIC. By Sutherland Denlinger and Lieut. Comdr. Charles B. Gary, U.S.N.R. With maps and charts. (Robert M. McBride & Company. New York 1936).

Discussing the strategies of a possible Pacific war —of course between the United States and Japan— this book consists of three parts: The Ball, The Field, and The Game.

After several chapters of introductory remarks explaining what kind of an instrument a navy is, and the fundamentals of its use and purposes, the nature of its component parts is elucidated—the various types of war vessels: battleships, cruisers, destroyers, submarines, aircraft-carriers together with other ships of train; their tactical and strategical mission; the geographical distribution of fleets; the manner in which the sea forces of both countries are organized; the bases and shore establishments; and lastly, the men behind the gun.

The second part, The Field, deals with various elements which determine the basic conditions underlying a possible war between the United States and Japan. First come geography and weather, then the political elements, the social and psychological elements, the economic elements; and at last, the nature of the conflict and the problems of strategy are treated of.

It is this part that may be of no small interest to both, Japanese and Americans, though the authors' opinions here are not necessarily just, nor to the point. They offer many problems to be left to further discussion. And the most disappointing point is that they never concern themselves with the causes that may lead to a possible war between these two Pacific nations. They tell us how the war could be operated, but never why such a war should ever have to be fought.—The third part gives imaginary accounts of a supposed war.

CHILDREN OF THE RISING SUN. By Willard Price. Illustrated. (Reynal & Hitchcock. New York 1938).

Mr. Willard Price is among the few Westerners who really understand the Japanese people and their position in the Orient. He has traveled all over the lands and the seas—not to speak of the Isles of Japan— where the Japanese influence is dominant, and no traveler, indeed, has ever been so keen in insight and deep in penetration into the very core of the Japanese nature and policy.

He has understood the fateful reasons why Japan had, and will have, to fight, and he reveals them in the opening chapter, Saga of Son-of-Two-Acres, describing the days he spent with a Japanese farmer and his family. Then he goes to analyse the nature of the Japanese people and their long-traditioned civilization:– how frequent disasters have forged the people into an indomitable, iron-willed nation; how they are trained to die, trained to go to their doom with "the unswerving directness of steel robots"; how their highly trained nationalism which is of an almost religious fervor makes them proof against the aggression of communist thought; he describes the Spartan rigour and zeal which is characteristic of their intensive education their never-faltering loyalty to their *Tenno* as the very soul of the

Japanese people. Following are chapters on Japan in Korea, Japan in Manchuria, Japan in China, Japan in the Pacific, and Japan in the World, where the restless activities of the Japanese people in these areas are vividly delineated.

最近の日本論
(『太平洋での戦争』『旭日の子どもたち』)

斎藤　忠　　　　　　　　　　　　翻訳

サザランド・デンリンジャー、チャールズ・B・ゲーリー海軍少佐共著『太平洋での戦争』
（ニューヨーク、1936年）

　勃発の可能性を秘めた太平洋戦争（もちろん日米間だが）の戦略を論じる本書は、The Ball（ボール）, The Field（試合場）, The Game（試合）の3部から成り立つ。

　海軍とはいかなる機関であるか、また海軍の用途と目的の基本、について説明する導入部分の数章を終えたのち、海軍を構成する諸要素の性質がはっきり示されている――さまざまな種類の戦争用の船舶、すなわち、食料弾薬輸送船のほかに、軍艦、巡洋艦、駆逐艦、潜水艦、空母、さらにそういう船舶の戦術、戦略上の任務、艦隊がどの地域に配置されるか、日米両国の海軍の組織、海軍基地と沿岸の拠点となる地域、そして銃後の人々、である。

　The Field（試合場）と題された第2部は、起こりうる日米戦争の底流となる基本的諸条件を決するさまざまな要素を取り上げている。まずは地理的、さらに天候的要因、ついで政治的、社会的、心理的、経済的要因、そして最後には日米両国の闘争の本質、戦略上の諸問題、が取り上げられる。

　日米両国民にとり大いなる関心を引くのは、この第2部であろう。もっとも著者の見解は必ずしも正当といえるものではないし、的を射ている、というものでもない。著者は少なからぬ問題を提起してはいるものの、その問題はさらなる議論に委ねられている。そして、もっとも落胆させられるのは、起こりうる日米戦争の原因について何ら関心を示してはいない、という点である。いったん戦争が始まればいかように戦争が展開していくかは示してはくれるものの、なぜそういう戦争をそもそも戦わなければいけないのかについては、何も教えてはくれない。

第3部は、予想される日米戦争を想像して描き出している。

ウィラード・プライス著『旭日の子どもたち』
（ニューヨーク、1938年）

　ウィラード・プライス氏は日本国民と極東における日本国民の立場を本当に理解している数少ない西洋人の一人である。同氏は、日本列島はいうに及ばず、日本の影響力が優勢な諸国をあまねく旅してきた。実際、この著者ほど日本人の本質と流儀を鋭く洞察し深く見極めている外国人旅行者は、これまで一人としていない。

　著者は日本がなぜ戦わなければならなかったか、そしてこれからも戦わなければならない理由はなにか、その宿命的な理由を承知している。その理由を、ある日本の農夫一家と過ごした日々を語る、「2エーカーの農地を耕す息子一家の武勇談」と題された第1章で明らかにする。そののち、著者は、日本国民の本質とその長い伝統を持つ文明の分析に進む。そこでは、以下のことが論じられるのである――頻繁に起こる天災が日本国民をいかに鍛えて、不屈の鉄の意志を有する国民へと変えたか。日本国民はいかにして死ぬように、「鋼鉄製のロボットのように機械のような躊躇いのなさ」をもって死ぬように、訓練されているか。ほとんど宗教的情熱に近いくらいの、十分に訓練を受けたナショナリズムのおかげで、日本国民が共産主義思想の侵入をものともしていないそのさま。こうして著者は、日本の徹底的に行なわれる教育に典型的な活力と情熱、そして天皇への揺るぎなき忠誠、を日本国民の他ならぬ精髄として叙述する。以下に続く章では、朝鮮（Korea）の中の日本、満洲（Manchuria）の中の日本、支那（China）の中の日本、太平洋の中の日本、そして世界の中の日本、が書かれている。そこでは、こういった地域における日本国民の休むことなき活動が生き生きと描き出されている。

（牛村　圭訳）

［解説は6月号「日本関係書籍の書評を概観する」（牛村）を参照］

BUNGEISHUNJU OVERSEA SUPPLEMENT
Japan To-day
1938年9月号

Our Political Philosophy

Kiyoshi Miki

In recent years, nationalism has been showing a tendency to increase in our country; and evidently, the present Sino-Japanese Incident has still added momentum to this tendency. It is usually the case that a war strengthens the nationalism, or at least the nationalist feeling, in each country involved.

But on the other hand it is believed that along with the development of the Sino-Japanese Incident, our nationalism, or what may be called "Nipponism", is to undergo an essential modification. The declared aim of the present hostilities is the establishment of lasting Sino-Japanese friendship and of lasting peace in the Orient. Now, what kind of a doctrine could peacefully link together Japan and China? Mere nationalism would not do. If Nipponism adheres to what is proper to Japan, then, even though it be essential to Japan, it could not be of any meaning to China. And if one country's nationalism always antagonizes another country's nationalism, to guarantee peace between the two countries nationalism alone could not be sufficient. It has to be an idea beyond a mere racial conception that shall link together one race with another. Thus, it is noteworthy that the progressing development of the Sino-Japanese Incident has led in Japan to the appearance of what could more generally be called "Orientalism," side by side with "Nipponism."

But what is altogether "Orientalism"? It could not, in the first place, be just another name for "Nipponism." To hold that the culture of one given country is altogether identical with culture as such, and to construe aggression as being cultural expansion: this is what all imperialistic nations have done in the past. As Japan has no aggressive intentions against China, we must reject such a conception. On the other hand, it is significant that the present incident has become an opportunity for Japan's culture to exert an influence on the continent. The Japanese culture has developed under influences from China and India, in very olden times, and from the West, more recently. However, Japan, in her place, has so far been unable to exert any feasible cultural influence—neither on the West, nor on India, nor even on China. This fact has in various ways determined the nature of, and somehow even set certain limits to, the culture of Japan. Cultural influences in the Orient worked only one-way; not reciprocally. If the so-called unification of the Orient shall be accomplished, the Japanese culture, which had developed under the influence of Chinese culture, must now, in turn, exert an influence on China. Of course this does not mean that the present Japanese culture, such as it is, should be enforced upon China; on the contrary, it means that we have to build up an entirely new culture.

"Orientalism" could then, in the second place, not be just another name for feudalism; it must not be allowed to mean restoration and reaction. It was owing to its adapting the scientific culture of the West that Japanese culture could reach to its present stage; therefore, an attempt to eliminate Western culture would be nothing more than foolishness. Moreover, as present-day China is naturally endeavoring to implant western culture on her own soil, our task is not to disturb this process, but rather to help China achieving her modernization. Therefore, what we call "Orientalism" shall not be something abstractly opposed to "Westernism," but something that has a meaning from a broad universal view-point.

But why, then, are we speaking of "Orientalism"? Culture is something individual; it is not alone universal, but it must be an individuality combining universality plus peculiarity. Moreover, there is tradition in any culture. There could be no culture whatsoever without tradition. Our culture, tied fast to the traditions of the Orient, has to be peculiarly Oriental. But it is not only in this sense that we speak of "Orientalism."

One of the significant effects of the great World War was the critical condemnation of what German philosophers loudly proclaimed as "Europeanism"—i.e., the conception that European history is identical with world history, and that European culture is altogether identical with culture as such. Now at last, people in Europe can no longer withhold full recognition of the fact that there are regions outside Europe which have their own peculiar histories and cultures, and that those cultures and histories have their independent values.

They have even come to wonder if the East might not somehow redeem the West. "Europeanism" is to be condemned, as the world's history and the world's culture are not merely to be considered from a European viewpoint. But we do, of course, not believe that we should have abstractly to replace Europeanism by Orientalism. Even Orientalism cannot be an up-to-date ideology, if it remains merely "oriental" without a meaning inspired by a broad universal viewpoint.

The greatest problem of world history in its present stage is the problem of capitalism. This is not only the problem of the West; it is also Japan's problem, and it is China's problem as well. The evils of capitalism are being felt everywhere. What could weed out those evils? Has liberalism still got enough strength to remedy the harms to which liberalism itself has given birth? Or could there be no other way of remedy besides communism or fascism? Also Orientalism becomes meaningless if it finds no solution of this problem.

The world is agonizing in quest of a new order. A new world order could not merely be drawn up on the map; what is needed to build a new world order, is a new doctrine, a new ideology. It would be in vain to lay out a new world order merely on the map, without a new system of thoughts. And as a problem of a new ideological doctrine, the problem of finding a new world order is more than the problem of a new international order, it is at the same time an internal problem for every State, and at the same time it is the personal problem of every individual. A new world order cannot be imagined without relationship to the problems of a new order of men's life, and of a new order within the country. All those problems are inseparably linked with each other, eventually they are all one. In there lies the bigness and the depth of the present problem.

The development of the Sino-Japanese incident has imposed upon Japan the necessity to carry out certain domestic reforms. Undoubtedly, the same necessity is gaining impetus also within China. Whatever may be the principles followed in the domestic reform of Japan: we believe that the ideology which may save present-day Japan is the same ideology which may save China, and that it must also be the same ideology that may save the world.

Will the required new ideology appear only after another world war will have shaken the world? Will it be only through a new war that the world, which is split to-day by the antagonism raging between liberalism, communism, and fascism, will reach the goal of unity? If there is still another possibility left, then, we believe, it could only be achieved by strengthening the forces of culture and education against "politics" which are governing the world of to-day just in the same way as religion was governing the world during the Middle Ages.

That ideologies are essential to present-day politics, is what all politicians pretend to believe. But, do present-day politics really have due regard for ideologies? Is it not rather the case that, for the sake of politics, the ideologies are being locked fast, and their freedom of development blocked? And this, we must say, is unfortunate not only for the ideologies, but it is unfortunate for the very politics just as well. For, if ideologies are to-day truly indispensable to politics, then, it appears, the development of these ideologies must be significant for the development of politics, too. That politics paralyse the ideologies, and that the paralysed ideologies, in turn, paralyse politics: this is a phenomenon which cries for a reform. Thus, what is necessary for political progress, is a general strengthening of the autonomous powers of culture. Culture must, from its own ground, exercise an influence, and thereby bestow new elasticity, upon politics: this is the way leading to the politics of to-morrow.

我々の政治哲学

三木　清　　　　　　　翻訳

近年、わが国で民族主義（nationalism）が高まる傾向が見える。現下の支那事変（Sino-Japanese Incident）が、それに拍車をかけていることは明白だが、戦争に巻き込まれたそれぞれの国でナショナリズムが、あるいは少なくとも民族主義的な感情が強まるのは普通のことだ。

だが、他方、支那事変が進展するに連れて、わが民族主義ないしは日本主義(Nipponism)と呼ばれるものは、本質的な変容を迫られている。現下の武力衝突の目的は、日本と支那の最終的な友誼と東洋の平和を確立することであると表明されている。では、いったい、どんな種類の方策が日本と支那(China)とを平和に結びつけることができるのか。少なくとも民族主義ではありえない。日本主義が日本だけのことに、日本の本質にのみかかわるものだとしたら、それは中国にとって、何の意味もない。そして、ある国の民族主義が常に他の国の民族主義と敵対するものだとすれば、二国間の平和は民族主義だけで保証できるものではない。ある民族(race)と他の民族とを結びつけるには、少なくとも民族という概念を超える理念が必要である。こうして支那事変の進展は、「日本主義」と手を携えながら、より一般的に「東洋主義」(Orientalism)と呼ばれる様相へと日本を導かずにはおかないのである。

だが、いったい「東洋主義」とは何であろうか。第一に、「日本主義」のただの異名にすぎないのではないか。どこかの国に文化を与え、それを保持することは、その文化に完全に同一化させることであり、文化的な拡大攻撃だと説明される。これはかつてのすべての帝国主義諸国が行ってきたことである。日本は中国を攻撃する意図はまったくないのだから、われわれは、この考えを拒絶しなくてはならない。他方、現下の事変が大陸に日本文化の影響を及ぼすよい機会になっていることが明らかである。日本文化は、ずっと昔から中国とインドから、より最近では西洋から影響を受けて発展してきた。しかし、日本としては、西洋にも、インドにも、そして中国にも、どんな文化的影響も及ぼすことができない。これが日本文化の特質であることは、さまざまな方法で、たとえ何かに限定したとしても、証明できる事実である。東洋における文化の影響は、一方から他方へであり、相互に交りあうものではなかった。もし、東洋の統一と呼ばれることが完成するなら、中国文化の影響下に発展してきた日本文化が、今度は逆に中国に影響をおよぼすにちがいない。もちろん、このことは、そのような今日の日本文化を中国に強いることを意味しない。そうではなくて、我々は、まったく新しい文化を建設しなくてはならないのである。

第二に、「東洋主義」は、ただ封建主義と呼ばれるものにはなるはずがない。その再建やそれへの反動を意味するものにしてはならない。それは、日本文化が今日到達しえている段階の西洋の科学的文化を適用したものになるだろう。西洋文化を消そうと企てることほど馬鹿げたことはない。そのうえ、今日の中国は、当然のことに自らの土地に西洋文化を植えつけようと努力しているのだから、我々はそれを妨げるようなことはしてはならないし、むしろ中国の近代化を完成させるように助けるべきである。それゆえ、我々が「東洋主義」と呼ぶものは、「西洋主義」に対立する何か抽象的なものではなく、ある意味では、普遍的な広い観点をもつものとなる。

では、なぜ、我々は「東洋主義」について論じているのだろうか。文化とは独立した何かである。ただ普遍的なものではなく、普遍性に結びついてはいるが、特殊性をもつ独立したものでなくてはならない。加えて、どんな文化にも伝統がある。伝統抜きの文化などというものはない。我々の文化は、まず東洋の伝統と結びついており、東洋的特色をもっているはずである。しかし、我々が論じている「東洋主義」の意味は、単に以上のことに留まるものではない。

先の世界大戦の顕著な結果のひとつは、ドイツの哲学者が大声で叫んだヨーロッパ主義——ヨーロッパの歴史は世界史の中で独立しており、ヨーロッパ文化はそれ自体独立しているという考え——を否定したことだった。今日ではついに、ヨーロッパの人びとが、独立した価値のある特色をそなえた歴史と文化をもつヨーロッパの外の地域で起こっている事実に、全面的に関心を向けずにはいられなくなっている。彼らは、東洋が西洋に何かしら救いをもたらしてくれなかったらどうしよう、とさえ思っている。ヨーロッパの観点からだけ世界史と世界文化を考える「ヨーロッパ主義」は否定された。だが、もちろん我々は、ただ抽象的にヨーロッパ主義を東洋主義で置き換えなければならないなどと思いこんでいるわけではない。東洋主義は、広い普遍的観点によって奮いたたなければ、ただ「東洋的」であることに留まり、今日のイデオロギーにはなりえないだろう。

世界史の今日の段階が直面している最大の問題は、資本主義である。これは西洋だけの問題ではない。日本の問題でもあり、同様に中国の問題でもある。資本主義の害悪は、どこにでも感じられる。この害悪を拭い去ることができるものは何か。自由主義は、自由主義が生んだ傷口を治すことができるほどの強さをいまだにもっているのか。言い換えると、コミュニズムやファシズムの傍らで、他の治療のやり

方がありうるのだろうか。東洋主義もまた、この問題を解決できなければ、何の意味もないだろう。

世界はいま、新しい秩序を審問し、苦しんでいる。新秩序は、ただ地図の上に描かれるものではない。必要なのは、建設されるべき新秩序であり、新しいドクトリン、新しいイデオロギーなのである。新しい思考のシステムを抜きにして、地図の上に割りつけられた新秩序は空虚なものでしかない。世界の新秩序という問題は、新しいイデオロギーによるドクトリンの問題と同じく、新しい国際関係より重大である。それは同時に、すべての国家、すべての個人にも問われるものだ。世界新秩序を、人間生活と各国内の新秩序の問題と関連させずに考えることはできない。これらのすべての問題がお互いに分かちがたく関連しあっており、結局のところ、みな、ひとつのことである。それこそが当面する大きくて深い問題なのである。

支那事変の展開は日本に、ある種の国内改造を行う必要をもたらした。疑いなく、中国にも、同じ起動力を獲得することが迫られている。日本の国内改造は、どんな原理を伴うものだったか。我々は今日の日本を救うイデオロギーは、中国をも救い、そして、世界を救うものだということを確信している。

求められる新しいイデオロギーは、次の世界戦争が世界を揺すぶった後にしか、姿を現さないものだろうか。自由主義、コミュニズム、そしてファシズムのあいだの対立に引き裂かれた今日の世界は、新たな戦争を通してだけ、統一というゴールに到達するのだろうか。もうひとつの可能性が残されているとするなら、それは、中世をとおして世界を支配した宗教とまったく同じように、今日の世界を支配する「政治」に対して、文化と教育の力を強くすることであると我々は確信する。

現下の政治における本質的なイデオロギーとは、すべての政治家が何かを信じているつもりになっている、ということに尽きている。だが、現下の政治は、イデオロギーに対して実際に尊敬の念をもつべきではないか。政治の目的のために、すぐにイデオロギーに鍵がかけられ、その発展の自由が邪魔されているケースが多いのではないか。不幸なのはイデオロギーばかりではなく、政治そのものもまた不幸ではないか。今日、あるイデオロギーが本当に政治のために不可欠なものであるなら、そのイデオロギーの発展は、政治の発展にも目ざましい働きをすることであろう。政治がイデオロギーを麻痺させれば、麻痺したイデオロギーは逆に政治を麻痺させる。この現象から改造が叫び求められるのである。それゆえ、政治の進歩に必要なものは、文化の自律的な力がもつ一般的な強さである。文化は、それ自身の基礎に立って、政治に影響をおよぼし、新しい細胞分裂をもたらすにちがいない。これこそが政治を明日に導く道なのである。

（鈴木貞美訳）

隘路の隘路を行く希望の原理

鈴木貞美　　解説

西田幾多郎の門下から出て、一時期、マルクス主義の若き論客として鳴らした三木清は、1938年夏、「知識階級に与ふ」（『改造』6月号）で、「起こってしまったことをとやかくいってもはじまらない」、日本の歴史に「理性」に立つ大義を与えよ、そのために知識人は政治参加すべきだ、と論じた[1]。その含意は、現に進行しているクレイジーな戦争に「理性」を付与するために努力すべきだというものだった。それによって彼は、近衛文麿のブレーン機関「昭和研究会」（1936年11月正式に発足）に招かれる。「資本主義の弊害の解決」「東洋の統一と調和」「侵略戦争になることを極力防ぐこと」を内容とする講演を行い、常任委員として参加することになった。そして、その年、『Japan To-day』（9月1日発行）に、東亜共同体論の先駆けともいうべき「我々の政治哲学」を英文で発表したのだった。

その内容は、このころの三木清の思想内容を一挙に凝縮したようなものである。たとえば、『中央公論』1938年4月号の「知識階級と伝統の問題」で、三木は、民族の自己否定抜きに真の民族的文化は作れないと論じている。この弁証法の論理が、本論「我々の政治哲学」の冒頭で、民族主義の高揚や日本主義ないしは国粋主義の声高な喧伝に水を指す論調のもとになったことは明らかだろう。だが、この「我々の政治哲学」に相当するような三木の主張を凝縮した文章が日本語で発表された形跡は、いまのところ見つかっていない。

三木は「東洋平和の実現」を標榜する支那事変の進

1　『三木清全集』第5巻、岩波書店、1984、p.242

今日のニュースで話題の人物：日本の外務大臣、宇垣一成大将は張鼓峰事件の平和的解決のための日ソ間交渉で忙しい。（麻生豊によるスケッチ）

展そのものが「東洋主義」へと日本を運んでゆくと述べる。第1次大戦後、国際連盟の常任理事国になった日本では、帝国主義の時代は終わりを告げ、国際連盟の時代になったといわれた。朝鮮半島の3・1独立運動、中国大陸と台湾の五・四運動の高揚を受け、植民地の強権政治を文治政治へと切り替えを余儀なくされもした。にもかかわらず、満洲事変を起こし、「満洲国」を独立させ、国際的に孤立した日本は、1937年7月に対中国戦争を本格化させ、12月に南京大虐殺を起こし、英米からも非難を浴びる立場に追い込まれた。そういう日本の歴史に「理性を回復する」道として、三木が考えたことは、「東洋平和の実現」というスローガンに依拠して、民族主義や国粋主義を離脱し、新たな「東洋主義」を建設することだったのである。そして、それは単に東洋の伝統に立つことではなく、普遍主義に立って東洋的特色を生かすことと唱えられている。

第1次世界大戦が残した教訓は、ヨーロッパ中心主義が自己批判されたことだと三木はいう。念頭に置いているのは、日本でもよく知られたドイツのオズワルト・シュペングラー『西欧の没落—世界史の形態学の素描』(Der Untergang des Abendlandes, 1st vol.1, 1918, 2nd vol.2, 1922)であろう。三木清「日支文化関係史」(1940)は、「ヨーロッパ主義」に対する批判のうち、最もセンセーショナルなものとしてシュペングラーのこの著書をあげている[2]。文化圏を生命体にたとえ、その栄枯盛衰を述べるもので、このころでもヨーロッパの危機、すなわち日本—アジアの台頭という文脈でしばしば引き合いに出された。たとえば、のちの京都学派の座談会『世界史的立場と日本』

の第1回(『中央公論』1942年1月号)でも、最初の方で、イギリスの宗教哲学者、クリストファー・ドーソンが民族自決権などをふくめて世俗化の危機に対して宗教性の回復を訴える『ヨーロッパの形成』(The Making of Europe, 1932)などの著書とともに引用されている。[3]

この「我々の政治哲学」も、西洋も東洋の存在を無視できなくなっていることを言うが、三木は、ヨーロッパが分裂した第一次大戦が、ヨーロッパ中心主義を無効にしたという文脈で述べていることに注意したい。裏側で、日本中心主義や東洋中心主義に陥ってはならない、日本主義、東洋主義にも普遍主義（世界主義、universalism）の立場が必要という主張になっているのだ。

西洋も東洋の存在を無視できなくなっていることを述べる際に、三木は、アジアに救済を求める西洋の知性にふれている。これはフランスのロマン・ロランやドイツのヘルマン・ヘッセ、ハンス・カロッサらが精神の救済を求めて東洋主義への傾斜を深めていることを念頭に置いたものだろう。ただし、ヨーロッパに渦巻いていたのは、彼らをふくめて、自由主義—対—ファシズムという分裂の危機を回避しようという動きであり、ひとつのヨーロッパへの衝動が第2次大戦後、EEC (1958)からEC (European Community, 1967)の結成へとつながり、今日のEU (European Union, 1993-)へと発展した。

それはともかく、三木は、普遍主義ないしは世界主義に立つ「東洋主義」を、「今日のイデオロギー」にすることを主張している。ここで「イデオロギー」は、マルクス主義が用いる「虚偽の意識」を意味するものではなく、フランス語の原義、すなわち「イデーの学」に近い。理念や思想くらいに考えてよい。この時期、三木は日本語の論文でも、この意味の「イデオロギー」を用いている。

ここで三木は、今日の世界情勢は、資本主義の害悪を除去するために、自由主義、ファシズム、コミュニズムが相争っているという構図を示している。それを解決し、世界に新たな秩序を築くものとして「東洋主義」を主張しているのだ。とすれば、これは、昭和研究会をリードした蠟山政道が「東亜協同体の理論」(『改造』1938年11月号)を発表する以前に、いわばその哲学的な内容をリードするものだったといってよいだろう。

もちろん、三木がここで、まだ「協同体」や「協同

---

[2] 『三木清全集』第17巻、p.146

[3] 『世界史的立場と日本』中央公論社、1944、p.7

性」という語を用いているわけではないし、「東洋主義」の理念を地図の上へ投射することを嫌ってもいる。三木も1938年6月の「現代日本に於ける世界史の意義」では「支那事変の含む世界史的意義は『東洋』の形成」[4]というに止まっていた。昭和研究会の内部でも論議が煮詰まっていなかったと考えてよいだろう。三木の論文に「東亜協同体」の語が登場するのは、講演録「政治と文化」(パンフレット『戦時文化叢書』日本青年外交協会、1938年11月)からである[5]。いわば実践の指針として蠟山政道「東亜協同体の理論」が発表され、三木は、もう一歩、その理念に踏み込んだ。それぞれの民族や国家と「協同体」全体の弁証法的関係が説かれ、全体主義とのちがいは独自性や自主性の有無に求められる。

前後して、1938年11月3日に近衛文麿首相が日満支3国の「互助連携、共同防共、経済結合」をうたう「東亜新秩序声明」を発表。12月22日には国民政府との和平3原則として「善隣友好」「共同防共」「経済提携」を言明する「日華国交正常化大綱」を発表。それらを受けて翌年早々、昭和研究会はアジア民族の運命共同性、東アジアのブロック経済建設、東洋文化の伝統保守などを内容とするパンフレット『新日本の思想原理』を発表する。それをまとめたのが三木清だった。

それは、「これまで世界史といわれたものは、実はヨーロッパ文化の歴史にすぎなかった」といい、「東洋の統一を実現することによって真の世界の統一を可能ならしめ、世界史の新しい理念を明らかにする」ことが「支那事変の世界史的意義」だと説き[6]、「世界の新秩序の指標となるべきもの」[7]として「東亜協同体」の建設をうたう。その後、石原莞爾を中心に、より緩やかな「東亜連盟」論が唱えられるなど、ジャーナリズムがにぎわう季節を迎えることになる。

パンフレット『新日本の思想原理』は、「日本が欧米諸国に代わってみずから帝国主義的侵略を行うというのであってはならぬ」といい、「時間的には資本主義の問題を解決、空間的には東亜の統一の実現」が課題であると述べている[8]。ここに「我々の政治哲学」が「東亜協同体」論の哲学的先駆であったことが、よく示されているだろう。

また『新日本の思想原理』は、日本のしくみを「一君万民の世界に無比なる国体に基づく協同主義」[9]といい、「階級的利害を超えた公益的立場」、すなわち「職能的秩序」[10]による「国民的協同」を作り出すべきであること、「東亜協同体」を、古くから神道と仏教を並存させ、西洋文化をも取り入れた「包容力」[11]をもつ「日本の指導のもとに形成」すること、それこそが日本の「道義的使命」[12]であるということをよく自覚すべきであると訴えて終わる。[13]

「一君万民の世界に無比なる国体」なる観念は、三木の論文のなかには見られない。『新日本の思想原理』は、あくまでも昭和研究会の論議をまとめたものだ。そして近衛文麿の軸足をもう一方で支えつづけたのは、皇道派の勢力だったことは否定しようもない事実である。むしろ、ここには明治期に加藤弘之が発明した家族国家論を、ギルド社会主義を帯びた「協同主義」に読みかえ、起こってしまった支那事変を「世界史的意義」のあるものに変えなければならないという変革の意志が明確である。[14]

さらに言えば、1939年1月より三木は「哲学ノート」を『知性』に連載開始する。『構想力の論理』第1部として知られるもので、そこに三木の哲学的可能性を読み取ろうとする向きもある。その連載第1回「世界史の哲学」に、三木は「支那事変の世界史的意義」を語りうるには「世界史の過程についての歴史哲学的構想がなければならない。それは哲学者の構想力の問題である」[15]と述べている。歴史を導く構想力という意味である。

1937年夏にはじまった日中戦争のスローガンとしては、「防共」しか国際的に意味をもたなかった。近衛文麿の二つの声明は、それに加えて、新たに「東亜新秩序」建設を打ち出すものだった。それは、一方で、中国独立革命の古参活動家、汪精衛を担ぎ出して、北京の王克敏「親日」政権(1937〜)と連携した新たな政権づくりを狙い、中国大陸における「満洲国」と「和平地区」、すなわち日本が勢力下に置いた地域を拡大する戦略であり、他方では蔣介石政権との妥協も探ろうというものだった。より大きくいえば、日中戦争の泥沼化と、南京事件をきっかけに蔣介石国民党への支援を強めた米英との対立激化をな

---

4 『三木清全集』第14巻、岩波書店、1967、P.146
5 同前、p.182
6 『三木清全集』第17巻、岩波書店、p.508-509
7 同前、p.512
8 同前、p.510
9 同前、p.530
10 同前、p.522
11 同前、p.531
12 同前、p.533
13 同前、p.533
14 三木清「日支文化関係史」では、「支那事変」が、一方で東亜の保全、他方で帝国主義侵略という、これまでの日本の二面性を「解決すべき任務を課している」と述べている。同前、p.184
15 『三木清全集』第10巻、岩波書店、1968、p.440

んとか弥縫しようとするものだった。しかも軍部を中心に、そのような近衛文麿の意図すら容易に貫かせまいとする包囲網が張りめぐらされていたのだった。

日中戦争期に進展した国家改造とは、すなわち総力戦体制づくりであり、電力国有化などの統制経済の実現だった。戦時における国家社会主義政策である。「我々の政治哲学」において、三木はその内容を言明することなく、中国もやがて同じ方向に歩むにちがいないと予測している。和平が実現し、中国が国家体制整備に進むことを念頭においてのことだ。このような内外情勢を考えあわせるなら、ここで三木清が論じていることなど、とくに文化の力を盛りたてようとする姿勢などは、隘路のなかのさらなる隘路を、観念的な希望として主張しているように感じられる。

だが、逆にいえば、そのような現実だったからこそ、三木は「政治」の力に対して、イデオロギーや文化の力を力説しなければならなかったのだ。おそらく三木清は、多くの国々で多くの知性が「政治」に絡めとられているにちがいないと考え、そんな状況を打破することに一縷の望みを、そして全身の重みをかけて、この「我々の政治哲学」を海外に向けて発信したのではなかったか。

三木が意図した歴史に意味を与えることとは、あくまで実践的な課題だった。だがのち、対米英戦争期の中ごろ、勝ち戦に乗じて、京都学派の連続座談会、『世界史的立場と日本』においては、「満洲事変、日中戦争が対米英戦争を準備した」という事後的な歴史解釈が行われた。もっと遡れば、「日露戦争以来」などとも言われた[16]。日露戦争が大英帝国と組んだ戦争だったにもかかわらず、である。そして、その歴史に対する意味付与は、敗戦後にも、あるいは今日まで流れつづけることになった。[17]

三木清は、1945年5年3月、共産党系の活動家に密告され、治安維持法違反の廉で投獄され、獄中に囚われたまま、全身を疥癬に冒されて敗戦直後、すなわち連合軍の占領下に死んでいった。現実に進行する日中戦争に対して、自分が行った隘路の隘路を行くような、それでも実践的な意味付与が、しかし、幾重にも手ひどく裏切られたことを感じていたことだろう。その痒みは、彼の頭脳の奥深くを侵していたにちがいない。

先にふれた「現代日本に於ける世界史の意義」に、彼は「歴史とは無意味なものに意味を与えること」というドイツの哲学者、テオドール・レッシングの書物の題名（*Geschichte als Sinngebung des Sinnlosen*, 1919）を引いている[18]。だが、それは、歴史を書くのは常に勝者であるということを意味するペシミスティックな言葉にほかならない。

【主要参考文献】
永野基調『三木清』清水書院、2009、p.184~198

---

16 『世界史的立場と日本』前掲書、p.383
17 さしあたり『「文藝春秋」とアジア太平洋戦争』（武田ランダムハウス・ジャパン、2010）第五章を参照されたい。

18 同前、p.144

Japanese Architecture

Hideto Kishida

There exist very great differences as between Japanese architecture and Western architecture, and among the elements underlying these differences, the peculiar Japanese climate is to be mentioned in the first place. Remarkable features are the high amount of rainfall in the yearly average, the intensive heat in summer, and the frequency of earth-quakes. The heavy rains necessitate a sharply pitched roof construction with as many eaves as possible, and this has naturally and necessarily led to what may be called a peculiarly Japanese roof architecture. Putting it in an extremely drastic way of expression, one might say that the beauty of Western architecture may be found in the walls, whereas the beauty of Japanese architecture may be discovered nowhere better than in the construction of the roof. Moreover, there is an uncomparably greater variety in shapes of roofs than in Western architecture. Of course, Western houses have got roofs, too, though with almost no eaves at all, and as compared with Japanese roofs, they are inartistic.

Against the intensive heat in summer, it has been pertinent to make the apertures of doors and windows as wide as possible, and with a view to make it even a bit easier to tide over the uncomfortable summer time, attention has been given to laying out the rooms and disposing the windows in such a way as to secure the most perfect ventilation. Therefore, the architecture of the Japanese dwelling-house developed that typical form which makes it look like being thrown wide open. This, however, is not confined to dwellings; it is altogether a strong feature of Japanese architecture that may be discovered on buildings of all kinds.

In face of the perpetual threat of earth-quakes, the application of wooden structures has proved useful to some extent to reduce ensuing damage, and though the fact that Japan is not so rich in building stones as she is in lumber may have furnished one of the reasons why in olden times she did not develop an architecture of stone-built houses, another explanation could be found in the desire to protect against damage caused by earth-quakes.

Wooden structure naturally tends to make neatness and lightness the main features of an architecture: such a tendency is necessarily bound to come up for the very reason that wood is used as material, no matter who is doing the building. Therefore, we may believe that, in case the Western people had, in olden times, had more lumber and less stones, they would have developed a style of building quite different from what we do imagine by the term of Western architecture. And whereas it may, on one hand, be said that because the Japanese from olden times had a predilection for lightness and elegance, also their architecture naturally developed a smart and refined style of building— on the other hand, it would sound just as plausible to say that because wooden structure has since olden times been the principal method of Japanese architecture it naturally cultivated neat and light features, and to conclude that for this reason the Japanese have also come to develop a special taste for unconstrained and refined styles. Perhaps, if the Japanese had since olden times been building with stones and bricks, also their taste and even their character might have become quite different from what they actually are.

If we reflect upon Western architecture, we may explain the origin of its distinguishing features from a view-point quite analogical to the one under which we first considered the architecture of Japan. In other words, it is again the climate which determines the chief elements, in the case of Western architecture just as well. Only that, in the west, it is not the summer, but rather the winter climate that dictates certain precautions to be taken. Whereas in Japan it is the summer which is hard to tide over, in the west it is the winter. And whereas in Japan the first thing we have to think of before starting to build a house is, to find devices in order to make it as cool as possible in summer, in the west, their foremost trouble is how to keep it warm in winter.

Solid walls closely shut the rooms against the outside world, and the windows pierced through the walls are made as small as possible, or just as large as is absolutely necessary to let in enough light; this necessarily eliminates the wide apertures to be found in Japanese houses. It is because these requirements called for the use of stones as building material, that the development of Western architecture tended to produce a style of solid and heavy forms. The circumstances underlying this process become easily understandable to us, if we consider the architecture of China. As in China, and particularly in the regions of North China, the severe colds of the winter make precautionary measures imperative, and as stones and bricks are the main materials used, a style closely resembling western architecture was developed. This is generally known.

As geographically China is close to Japan, both being Oriental countries, also her architecture should be expected to resemble Japan's, and indeed in the Chinese roof construction there are certain features closely resembling the Japanese construction; however, in the general plan and method of building, there is, in all, much more similarity to Western architecture. Thus, the Japanese element of lightness and openness is lacking, the windows are small, and the building taken as a whole makes a heavy, stolid impression. Now, it will be clearly recognized that it has to do with the wooden construction having been since olden times the chief method of building, if Japanese architecture features both that refined elegance and that polishedness which have been pointed out as being its beautiful characteristics.

Of course, there exist many different types of Japanese architecture. Usually, shrines and temples are referred to as typical examples of Japanese structures; their minute study will reveal many different elements, and in not a few cases one may doubt as to their Japanese originality. Many of the old shrines and temples show complicated structures and brilliant colors, but it is their straight and clear forms and the simple method used in building them that may be called Japanese. Yet, one should refrain from calling Japanese the forms and methods of so-called Buddhistic architecture that developed along with the introduction of Buddhism. The less Buddhistic elements went into the making of a building, the more purely Japanese its structure. This, however, is a rough generalization, and it should be added that in not a few instances, by a process of gradual sublimation, elements that originally were Buddhistic have become, in years and years, so to speak, genuinely Japanese.

日本の建築

岸田日出刀　　　原典

日本の建築と西洋の建築との間には非常に大きな差異があるが、かうしたちがひの根本となつた要素としては、まづ第一に日本の特異な風土気候（climate）といふことが挙げられる。一年を通じて雨量の大なること、夏の高温多湿や地震の頻繁なこと等が特に注意され、雨多きことに対しては相当の勾配をもつ屋根を必要とし、更に軒の出（caves）などもかなり多くなければならず、茲屋根に日本建築といふものが必然的に要求される。強いて言へば西洋建築の美しさはその壁にあるに対し、日本建築の美しさは最もよくその屋根の構成の中に見出される。屋根に種々

本文"Japanese Architecture"（日本の建築）は、岸田日出刀『堊』（相模書房、1938）収録のエッセイ「建築の日本らしさ」（初出不明、ただし末尾に「昭和十三年四月」とあり、『Japan To-day』収録の本文より先に発表されていたことが分かる）の一部を担当者（西村将洋）が編集したものである。欧文では原典の冒頭部分が大幅に省略されている。これについては本書収録の拙稿「〔解説〕日本建築とモダニズム以後」も参照されたい。

靖国神社の鳥居と神門（東京）

の形式があることも西洋建築の比ではない。西洋建築にも時に屋根は架けられるが、軒の出は殆どなく、日本の屋根に較べると殺風景なものである。

　夏の高温多湿に対しては、窓や出入口等の開口部はつとめてこれを大きくすることが適切で、通風換気をよくして夏の過しにくさを少しでも低減しようといふ上からは、開放的な部屋の配置や窓の取扱を必要とし、在来の日本風住宅に見るやうな開けつぴろげた形式の建築となる。このことは単に住宅だけに限らず、他のあらゆる種類の建築に於いてもみられる日本建築の大きな特徴である。

　地震が頻りに脅かすことに対しては、木造建築によつて或程度までその災害を尠くすることに成功してをり、石造建築が日本に古来発達しなかつたのは、石材の産出が木材ほどに豊富でなかつたといふ理由にもよらうが、また地震に対する考慮といふ上からもよく説明できることである。

　木造建築であればをのづからその表現は清楚軽快（neatness and lightness）であるを本旨とするに至る。これは使ふのが木といふ素材である以上、何人が取扱つてもさうならねばならぬ帰結なのであつて、西洋に古くから木材を豊富に産し石材の如きがあまり多くなかつたとしたら、我々が所謂西洋建築といふ概念で想像し得るやうなものとは全く別の建築が出来上つてゐたことと思はれる。日本人の趣味感情は古来瀟洒軽妙（lightness and elegance）なるを好むから、日本の建築もをのづから軽快なものとなつたとよく説かれるが、日本の建築は昔から木造形式をその主体構造法としたから、その表現もをのづから清楚軽快となり、日本人の趣味感情も洒脱軽妙（unconstrained and refined styles）を愛するやうになつたのだといふ風に逆の考へ方も成り立ちさうな気がする。日本に古くから石造なり煉瓦造の建築が行はれてゐたとしたら、日本人の趣味感情や性格の如きは今日と大分ちがつたものとなつてゐたかもしれない。*

　西洋建築を考へる場合にも、日本の建築を考へた時と全く同じやうな立場でよく説明できる。即ち西洋の風土気候と建築に使はれる主要の素材といふことで、西洋にあつてはその生活は夏に対するよりもむしろ冬に対する要心が肝要である。日本で住み難いのは夏であるが、西洋では逆に冬である。日本では夏涼しく暮せる工夫が建築でまづ考へられなければならぬのに、西洋では冬を住みよくする工夫が建築で肝賢なことになる。

　厳重な壁で部屋の外と内とを区廓し、また壁に穿つ窓もつとめて小さく、採光上万止むを得ぬ必要な程度位に限定するといふことになり、日本の建築に見るやうな大きな開口部といふものはさして必要なことではなくなる。かうした要求は使用材料が石材であるといふことと因果的に結び付いて、窓が小さく重厚な表現の西洋建築なるものが発展する素地をなした。この間の事情は支那（China）の建築を見ることにより容易に理解されよう。支那特に北支方面にあつては冬季の厳寒に対する要心と、使用材料が石とか煉瓦である関係から、西洋建築に近い表現のものとなつてゐることは既に衆知の通りである。

　支那建築はその地理的の関係からすれば、同じ東洋の日本に近い筈であるが、その表面的な外形である屋根の如きは日本のものに近い特質を持つてゐるとは言へ、軸部構築の方法等よりする類似性は、全体としてむしろ西洋建築に近い特質を表はしてゐる。従つて日本建築に見るやうな開放的で軽快の趣きを欠き、窓なども小さく建物全体として鈍重の調子のものである。日本建築の特質美点として強調される洗練（refined elegance）とか軽妙（polishedness）とかいふ特質も詮じつめれば、日本の建築が昔から木造を主な構造形式としたからであることがよく認められよう。

　日本の建築と言つてもその種類は極めて多い。普

＊ 原典（「建築の日本らしさ」）では、この後に日本建築の短所を述べた文章が続いていたが、欧文では削除されている。以下、該当部分の全文を引用する（／は原文での改行を示す）。「日本の建築と西洋の建築との大きな差異を比較する度に、私はよくこんなことを考へるのである。／今日の大都市が部落の集合程度から大して離れてゐないといふ憂ふべき現状も、日本人は昔から木造建築にあまりに慣れ過ぎて来たといふことがその大きな原因の一つであるやうにさへ思ふ。木造建築である以上名実兼ね備はつた現代の大都市といふものを形作ることは絶望に近い。都市の建築は集団的でなければならぬが、日本の木造建築はかうした要求に合致せしめること極めて難かしい。日本の建築が個別的であつたといふことは、大きな長所であり、美点であつたかもしれぬが、今日の大都市といふものを形成しようといふ上からは非常に大きなハンディキャップである。」（前掲、岸田「建築の日本らしさ」p.174-175）。

二条城の一部（京都）

通神社仏寺の如きが日本建築として引合ひに出されるが、社寺の建築も仔細に考究するとその中にいろいろの要素が見られ、日本らしさの判定に迷ふ場合も少くない。古社寺の建築の中には複雑華麗の形体や色彩を表はしたものも多いが、建築における日本らしさと言へば、直截簡明の形式手法（their straight and clear forms and the simple method）を表はしたものと断じてよく、仏教移入と共に発展した所謂仏寺建築（Buddhistic architecture）的の形式手法を日本的なものとして推すのは差し控ふべきであらう。仏教的要素の混入度合が少なければ少ないほど、建築に於ける日本らしさは増すと考へてよい。しかしこれは極く大ざつぱに概括して考へる場合のことで、本来は仏教的な要素であつたものが、長い年月の経過のうちにすつかり日本的な清純さに淳化されたといふやうなものも決して尠くないことを附言したい。

日本建築とモダニズム以後
── 岸田日出刀とブルーノ・タウト

西村将洋　　　解説

モダニストの歯切れの悪さ

　岸田日出刀は東京帝国大学建築学科の教授で意匠を専門としていた。1930年代の日本建築界において「新しい日本的なデザインを意識的にプロモートしていった」人物として知られている[1]。その点でしばしば言及されるのが、同時代の建築家に多大な影響を与えた写真集『過去の構成』（構成社書房、1929年）で

1 磯崎新『建築における「日本的なもの」』新潮社、2003、p.22

あろう。同書「序言」で岸田は言った（以下、引用中の／は原文での改行を示す）。

「現代人としての自分を何等かの点で啓発してくれる造形上なり或は構成上なりのエッセンスともいふべきものを、さういふ過去の日本の建築その他から見出したいと思つてをる。決して好事家の骨董いぢりではない。／「モダーン」の極致を却つてそれら過去の日本建築その他に見出して今更らに驚愕し、胸の高鳴るを覚える者は決して自分丈けではないと思ふ。」[2]

このように岸田は「過去の日本の建築」と「モダーン」の共通性に早くから注目した建築家の一人だった。こうした主張については岸田個人の問題ではなく、1930年代の日本建築界で発生した一つの現象として既に論じられている[3]。当時の建築家たち（特にモダニストたち）は、モダニズムのシンプルで合理的な造形美と、伝統的日本建築の簡素な造形美（神社や茶室など）を結びつけ、日本建築の伝統性をモダニズムの合理主義によって再発見していた。つまり日本の伝統性を最先端のモダニズムによって再解釈していたのである。

『Japan To-day』1938年9月号に掲載された岸田日出刀「日本の建築」（"Japanese Architecture"）でもその余波を確認することができる。たとえば、建築における日本らしさの特徴として「直截簡明」への注目が語られているが、そこには前述したモダニズム（合理主義）による新しい伝統理解の一端を垣間見ることができる。同じく後半部分には「複雑華麗の形体」をした「仏教的要素の混入度合が少なければ少ないほど、建築に於ける日本らしさは増すと考へてよい」のように、仏寺建築にみられる装飾性が非日本的な要素とされている部分がある。これもモダニストたちが用いた典型的な主張であった。装飾性とはモダニズムのシンプルな造形美の対極にあった要素だからである[4]。

　ただし、ここでの「仏教的要素」に関する岸田の発言は少々歯切れが悪い。仏教的要素が少なければ少

2　岸田日出刀「自序」『過去の構成』構成社書房、1929、頁数なし。
3　詳細は、井上章一『つくられた桂離宮神話』（弘文堂、1986）、藤岡洋保「昭和初期の日本の建築界における「日本的なもの」」（『日本建築学会計画系論文報告集』第412号、1990年6月）等を参照。拙稿「伝統的最先端の視線」（『日本文学』第52巻第9号、2003年9月）は岸田的な思考が同時代の文学者や美学者に波及する諸相を考察している。
4　詳細は井上章一『アート・キッチュ・ジャパネスク』青土社、1989、p.97や、前掲藤岡「昭和初期の日本の建築界における「日本的なもの」」p.176を参照。

ないほど日本らしさは増す、という発言の後、次のような言葉が続いている。「しかしこれは極く大ざっぱに概括して考へる場合のことで、本来は仏教的な要素であつたものが、長い年月の経過のうちにすつかり日本的な清純さに淳化されたといふやうなものも決して尠くないことを附言したい」。仏教的要素が変化して現れる「日本的な清純さ」とは具体的にどのような造形表現なのか。結局それについて明らかにされることはないのだが、ともかく岸田の文章にはモダニズムの美学によって割り切れない何かが存するのである。

以下、本稿では『Japan To-day』収録の岸田のテクストを基点としながら、この歯切れの悪さに少しだわってみたいと思う。議論を先取りしておくと、考察の過程で岸田と1933年に日本に来日したドイツ人建築家ブルーノ・タウトとの関連性を考察することになる。タウトについては日本人建築家たちとの交流を踏まえつつ、前述したモダニズムによる日本の伝統性の再発見という文脈で、既にまとまった研究がある[5]。ここではそうした見方から逸脱する岸田／タウト像の一断面を照らし出してみたい。

吉田鉄郎『日本の住宅（*Das japanische Wohnhaus*）』との関連性

岸田日出刀 "Japanese Architecture"（『Japan To-day』1938年9月号）は、もともと「建築の日本らしさ」（初出誌未詳）の題名で発表された文章の英訳である[6]。この「建築の日本らしさ」は岸田の著書『甍』（相模書房、1938年）に収録されており、その末尾には「昭和十三年四月」とあることから、『Japan To-day』1938年9月号より先に発表された文章と推定することができる。

では、なぜ岸田が『Japan To-day』に寄稿することになったのか。この点については明確な理由は分かっていないが、大きく二つの理由を想定することができる。第一点は『文藝春秋』とのつながりである。エッセイストとしても知られた岸田は「散歩と新年」（1930年1月号）をはじめとして『文藝春秋』に多数の文章を寄せており、そうした人脈的なつながりがあった[7]。

もう一点は日本の対外宣伝事業との接点である。岸田は複数の対外宣伝に関与した人物でもあった。たとえば、鉄道省国際観光局が刊行した外国人旅行者向けの叢書「Tourist library」の第7巻として *Japanese Architecture*（Tokyo: Board of Tourist Industry, Japanese Govt. Railways, 1935）を上梓しているし、名取洋之助が主宰した対外宣伝グラフ雑誌『NIPPON』への寄稿もある[8]。また1940年代に入ってからは、海外向けのラジオ講演「Modern Architecture of Japan」なども行っていたようだ。[9]

付け加えておくと、こうした欧米諸国に対する活動だけでなく、岸田は東大在学中に陸軍経理学校の依託学生として満洲に赴いて農業移民の問題に取り組んでおり[10]、当初からアジアとの関わりもあった。後に岸田を中心とする日本工作文化聯盟は、機関誌『現代建築』の第4号（1939年9月）と第8号（1940年1月）で「大陸建設特輯」を組むことになるが、こうした大陸への志向性は初期の活動の延長線上にあったといえるだろう。

これらの海外の動向とのつながりからも予想できるが、『Japan To-day』に掲載された岸田の文章は、国外の日本建築論にも目配りした内容となっている。

岸田日出刀 "Japanese Architecture" の中心的な主張は、日本建築と西洋建築の差異の原因を「風土気候」（climate）の差異に求める点にある。具体的に確認しておくと、日本の風土気候については、夏の高温多湿、年間雨量の多さ、地震が注目されており、夏の暑さや雨量の多さに対処するために、軒を張り出した勾配屋根や開放的な部屋の配置が考案され、地震の被害を少なくするために木造建築が造られるようになったと説明がある。これに対して、西洋建築は冬の寒さ対策のために石造りの壁によって重厚な建築表現が成立したと述べられている。

このように日本建築の特徴として勾配屋根や軒の出に注目する主張は、既に明治・大正期から見られる常套的なものである[11]。岸田自身も日本建築の勾配屋根の美しさを好んだ[12]。だが、それとともに、こ

5　この点は前掲井上『つくられた桂離宮神話』が詳しい。
6　岸田の "Japanese Architecture" は不自然な英語表現が目立つ（佐藤バーバラ氏、ロマン・ローゼンバウム氏の教示による）。その点から考えると、先に日本語の文章を執筆し、その後で逐語訳的に英文を作文したものと考えられる。
7　『Japan To-day』に寄稿する前に岸田が『文藝春秋』で発表した文章は、「散歩と新年」（1930年1月号）、「ゆすられる」（1931年4月号）、「新しい建築の観方」（1932年1月号）、「乗物の形」（1933年8月号）。その他に戦前だけで全13編の文章を『文藝春秋』に寄せている。
8　岸田は『NIPPON』の第7号（1936年5月）に "Le Temple Hôyû-ji" を、第15号（1938年5月）に "The Japanese Carpenter" を寄稿している。
9　海外向けラジオ講演の原稿「日本の近代建築」が岸田『扉』（相模書房、1942）に収録されている。
10　「満洲国農業移民の／根本解決を建作」（『東京朝日新聞』1933年2月19日、朝刊第11面）を参照。
11　藤岡洋保「明治・大正期の日本の建築界における「日本的なもの」」（『学術講演梗概集F』日本建築学会、1987年8月）を参照。
12　"Japanese Architecture" の図版として掲載された写真は（上）靖国神社の神門（伊東忠太、1934年）と（下）二条城は、ともに勾配屋根の美しさを示すものとなっている。前者は Hideto Kishida, *Japanese Architecture*（Tokyo: Board of Tourist Industry, Japanese Govt. Railways, 1935）にも収録されていた写真で、後者は、

こで「風土気候」を強調する岸田の念頭にあったのは、1935年に吉田鉄郎がベルリンで出版した著書『日本の住宅』(Das japanische Wohnhaus, Berlin: Ernst Wasmuth)であろう。この書物は1950年代には英訳版が出版され、欧米諸国ではロングセラーとなった（ただし日本での翻訳は2002年まで待たなければならなかった）[13]。同書で吉田が強調していたのが、建築と気候との関連性だったのである。例えば吉田の「日本での住まいづくりは、第一に夏の気候に配慮することが大切である。ヨーロッパではむしろ冬の気候に気をつけなければならない」[14]といった発言は、先ほどの岸田の主張と一致している。

読者とポジション・チェンジ

しかし、岸田と吉田のスタンスには決定的な違いがあった。吉田の『日本の住宅』には次のように記されていた。

> 「建築材料、人々の生活習慣、価値観などは、気候や自然環境に大きく左右されるが、どの国でも住宅建築の発展にとって決定的な条件となる。（略）／価値観や習慣、趣味などの要因も、たしかに気候や地理、そして地球物理学でいわれるようなその土地固有の性質に関係している。しかし、これらの要因はまず第一に、民族の性格によってかたちづくられる。（略）どの民族にも核となる性質があり、これがほかの民族との決定的な違いをもたらすのである」[15]。

ここでは建築を規定する条件として、材料や価値観、趣味、気候、地理条件などが列挙されているが、それらの諸条件を根源的に決定する「民族の性格」、つまり民族の固有性が強調されている。

これに対して、岸田 "Japanese Architecture" はユニークな語りを展開している。例えば「西洋に古くから木材を豊富に産し石材の如きがあまり多くなかつたとしたら、我々が所謂西洋建築といふ概念で想像し得るやうなものとは全く別の建築が出来上つてゐたことと思はれる」のように、もし～だとしたら、といった仮定法を駆使して、読み手が別の環境へポジ

ション・チェンジするような語りを展開しているのである。こうした表現レベルへの注目は些細なことのようだが、『Japan To-day』が特別な受け手（欧米圏の読者）をターゲットとしていたことを考えると、看過することのできないポイントとなる。

これに類する語りは他にもある。例えば "Japanese Architecture" の次のような文章はどうだろうか。

> 「日本人の趣味感情は古来瀟洒軽妙なるを好むから、日本の建築をものづから軽快なものとなつたとよく説かれるが、日本の建築は昔から木造形式をその主体構造法としたから、その表現もをのづから清楚軽快となり、日本人の趣味感情も洒脱軽妙を愛するやうになつたのだといふ風に逆の考へ方も成り立ちさうな気がする。日本に古くから石造なり煉瓦造の建築が行はれてゐたとしたら、日本人の趣味感情や性格の如きは今日と大分ちがつたものとなつてゐたかもしれない」。

この文章は、先ほどの吉田鉄郎の主張とのあいだに対立関係を作りだしている。吉田が民族の固有性を重視したのに対して、岸田は日本人の固有性をやすやすと手放し、環境が人間の趣味や感情までも規定すると主張している。つまり "Japanese Architecture" のテクストは、異なる文化環境に住む者たちが、それぞれの差異を越えて、別の文化環境を思い描くときの横断的な想像力について語っているのである。

削除されたテキスト

岸田の "Japanese Architecture" と原典「建築の日本らしさ」を比較すると、英訳の際に大幅な省略が行われていることが分かる。省略は全部で二箇所あり、一つは冒頭の大幅な削除（以下この削除部分を「略：冒頭」と記す）、もう一つは中盤の部分的な削除である。後者については "Japanese Architecture" の訳注で示したので、ここでは前者の「略：冒頭」の全文を紹介する。

> 今日の日本に行はれてゐる建築を全体として眺めれば、種々雑多な要素が混入してゐて、一見捉へどころのないやうな泥冥さに陥つてゐる観がある。東京や大阪のやうな大都市では、街中が西洋建築で塡まつてゐるやうな気がしないでもない。だからお節介な西洋人は旅行者らし

岸田「日本美」（『扉』相模書房、1942）にも収められた。同書のキャプションには「京都二条城の書院。その豪壮明快な表現の中にまたひとつの日本美を見出すことができよう」（著書撮）」とある。
13 近江栄「監修者まえがき」『建築家・吉田鉄郎の「日本の住宅」』（鹿島出版会、2002）を参照。
14 前掲『建築家・吉田鉄郎の「日本の住宅」』p.4
15 同前、p.1

い無責任さから、日本の建築は昔からの美しい日本らしさを失ひつつある、日本の建築家よ自覚せよなんかと気軽に忠言めいたことを言つたりする。日本の建築家の中にもなるほどと今更に感心して有難がる不見識な者があつたりするが、建築は同じく造形芸術の範疇に入るにしても、他の絵画や彫刻のやうに簡単なものではなく、日本趣味建築の如きも言ふことはた易いが、いざ具体的に行ふとなると、その難かしさにほとほと困却してしまふ。

　日本の建築が日本的なものでありたいといふ希望は極めて自然である。日本の現在とは勿論、過去とも全く関係のない西洋のルネッサンス様式の如きで銀行その他の建築が大袈裟につくられたりするが、考へれば如何にも滑稽なことで、今の画家がルネッサンス風の画を描くのよりも遙かに非道い時代錯誤である。建築の外形といふものを内容と何等の関係もなく考へ、外形を単なる衣裳と考へたりすると、兎角かうした過誤に陥り、而も恬としてその誤りを悟らぬといふやうな厚顔と無智に堕する危険がある。

　「抑々建築なるものは」と開き直つて建築を茲に論じようとは思はぬが、建築は時代の生活を容れるものであり、その内容である生活を名実共に満足させようといふ上からは、たとへその外形上だけだとは言へ現代と何の関係もない過去の死物を借りてくることの愚かしさが強く嗤はれて然るべきであらう。借りてくるものが西洋の過去とまで極端でなく、日本の過去であつたらどうかと言ふに、これも五十歩百歩で西洋の代りに日本をもつてきただけのこと、同じ過去であるのに何の変りはなく、現代に縁なきものとしてその価値なきこと同断である。唯同じ過去でも西洋の過去でなく、日本の過去であるからといふ一種の気休めで僅かに自らを慰める安易さに救はれることもあると言ふだけのことである。

　日本の建築に日本らしさを与へるといふことは、まことに結構な注文である。だがこの高遠な理想の実現たるや至難の課題であつて、「日本の建築」といふものに対する透徹した理解がまづ第一に必要である。さうした理解なくして、単に過去の日本建築の形式手法を真似るといふだけでは、安価な日本趣味の建築ができるだけで、今日に生命のある建築とは到底なることは

岸田日出刀(『岸田日出刀』相模書房、上巻、1972年)

できさうもない。我等の祖先は我々に数多くの傑れた日本建築といふものを遺した。それらすべての遺された実例をまづ我々は根気よく学ばねばならない。学ぶことにより我々は日本の過去の建築がどんなものであつたかを識ることができよう。識り得た後に我々はそれら過去の日本の建築を正確にそして厳重に解析し批判しなければならぬ。過去の重圧に潰へることなく、過去を揚棄するだけの勇気と明徹を必要とする。[16]

　この削除は、主に外国人読者向けに不必要な部分を省略したものと考えられるが、それとともに"Japanese Architecture"が執筆された舞台裏や岸田の問題意識を探るための重要な記述がある。続いてその点を考察してみたい。

岸田日出刀とブルーノ・タウト

　「略：冒頭」の第一段落で「お節介な西洋人」とあるのはドイツ人建築家ブルーノ・タウトのことだろう。タウトは来日直後から「私は奈良などで日本の伝統をそのまゝ保存してゐる建築と並んで近代西洋人の生活から生まれた西洋建築を見た。(略)ヨーロツパの土地の上で育つたヨーロツパの建築がそのまゝ日本の土地に移されてゐるのを見ると失笑を禁じ得ないものである」[17]といつた発言を繰り返しており、無批判な西洋建築の移入を批判していた。

　ここで岸田は「お節介な」タウトを批判しているようにも見えるが、よく読んでみるとそうではない。岸田は、タウトではなく、タウトの指摘を「今更に感

---

[16] 岸田日出刀「建築の日本らしさ」『望』相模書房、1938、p.170-172
[17] ブルーノ・タウト「生活と建築」『大阪朝日新聞』1933年5月12日、朝刊第7面。

心して有難がる不見識な者」をこそ批判しているのであり、むしろ岸田の文章自体は「日本らしさ」を自覚せよというタウトの主張にそって、日本の建築がいかにあるべきかを真摯に検証する内容となっている。

岸田はタウトの著書『ニッポン』(平居均訳、明治書房、1934)の序文「ブルノ・タウト氏に就いて」を執筆するなど、タウトと近しい間柄だった。その序文で岸田は、タウトが「吉田兼好に私淑してゐる」ことを紹介しているが[18]、そうしたタウトの考えに影響を受けて執筆されたのが、岸田の「兼好の建築観」(『文藝春秋』1934年7月)だった。

その文章で岸田は「合理々々と合理の一点張りで用もなきところを作らない機械のやうな家が、果して現代人の住居として完全なものであらうか。(略)科学的建築理論で住む人の感情をすべて抹殺してしまふのは避くべきであらう。兼好のいふ通り用なきところが思ひの外万の用にも立つといふのは面白い」という見解を示している[19]。ここでの「合理々々と合理の一点張り」「機械のやうな家」などの発言が、〈住宅は住むための機械である〉と主張した建築家ル・コルビュジエを指していることは言うまでもない。さらに付け加えておくならば、日本滞在中のタウトにとっても「敵対者の名はル・コルビュジエ」だったのである。[20]

こうしたタウトとの接点から見えてくるのは、合理主義者／モダニストのイメージを裏切る岸田像であろう。"Japanese Architecture"やその原典「建築の日本らしさ」は、岸田がモダニズム(ル・コルビュジエ)以後の建築表現を模索しようとする際に、過去の日本建築を再検証するために生みだされたテクストだったのである[21]。前述した"Japanese Architecture"の歯切れの悪さは、恐らくここに起因している。

またタウトとの関係を踏まえるならば、「略:冒頭」の第三段落以降で、岸田が「外形上だけだとは言へ現代と何の関係もない過去の死物を借りてくることの愚かしさ」を述べていることは注目に値する。このように西洋や日本の過去様式を現代の建築にそのまま用いることへの批判は、1920年代の分離派建築会の活動や1930年代はじめの日本趣味に関する様式論争などで、既に日本の建築界でも繰り返されてきたものであった[22]。だが、ここにはもう一つの隠れた文脈がある。

岸田はオリンピックの競技場と芸術競技を視察するために1936年にベルリンに滞在しており、その際に執筆した「ナチス独逸の建築一色化とは」(『甍』相模書房、1937年)などの文章で、ナチス・ドイツの建築がドイツ民族の固有性を強調しながら、単に過去様式を借りてきただけのものだと批判していた[23]。つまり、「略:冒頭」での過去様式の無反省な使用に対する批判は、岸田のナチス批判という文脈と二重写しになっている。

さらに興味深いのは、先ほど吉田鉄郎が主張した民族の固有性に対する岸田のスタンスの取り方であろう。岸田のポジション・チェンジを誘発する語りは、吉田の著書『日本の住宅』だけでなく、民族の固有性を強調したナチスの政策とも鋭く対立している。言うまでもなく、タウトはナチスから追われて日本に辿り着いた人物だった。人は民族の固有性にしばられることなく、異邦の風土気候のなかに身を置きながら、その環境を踏まえた建築を造形することができる。まさしくブルーノ・タウトとは、そのような建築の実践を試み、悪戦苦闘した人物ではなかったのか。

1936年にベルリンへ赴いた際、岸田はタウトの弟にあたる建築家のマックス・タウトや、タウトの息子ハインリヒ・タウトとしばしば会っていたようだ。ハインリヒからは父ブルーノ・タウトへの土産も託されている[24]。しかし岸田が帰国した時には既にタウトはトルコへ旅立った後だった。岸田が"Japanese Architecture"を『Japan To-day』に発表した年のクリスマス・イヴに、タウトは亡命先のトルコで客死している。

【主要参考文献】
「岸田日出刀」編集委員会編『岸田日出刀』相模書房、上下巻、1972

---

18 岸田日出刀「ブルノ・タウト氏に就いて」『ニッポン』明治書房、1934、p.5
19 岸田日出刀「兼好の建築観」『文藝春秋』第12巻第7号、1934年7月、p.10
20 日本滞在中のタウトがル・コルビュジエをどのように考えていたのかについては、佐々木宏『巨匠への憧憬』相模書房、2000、p.320-333が詳しい。
21 戦前の日本建築史における「モダニズム以後」の問題は、前掲井上『アート・キッチュ・ジャパネスク』の「IV大東亜の新様式」が詳しい。同書では1936年に発生したパリ万博日本館建設問題をモダニズム以後という問題が露呈した最初の出来事と位置づけている(p.222以降を参照)。
22 分離派建築会の主張については堀口捨己「建築に対する私の感想と態度」(『分離派建築会 宣言と作品』岩波書店、1920)を参照。1930年代の日本趣味に関する様式論争については前掲井上『アート・キッチュ・ジャパネスク』の「I帝冠様式」を参照。
23 詳細は拙稿「岸田日出刀」『言語都市・ベルリン1861-1945』(藤原書店、2006)を参照。
24 同前、p.317、p.319を参照。

La Calligraphie comme Elément de notre Education

Ikuma Arishima

Je suppose qu'il soit difficile, pour un Européen, de concevoir le goût extrême pour la présentation de l'idéogramme oriental. Et pourtant, en Europe on s'attache à collectionner des autographes précieux de grands hommes. Par exemple la lettre adressée par Nelson à Victor Hugo a atteint, lors de sa vente, 40.000 dollars, et Joffre, lorsqu'il parcourut le monde après la victoire, fut obligé de donner environs 150.000 signatures. Cependant, à part l'intérêt graphologique de leur écriture, cet engouement provient surtout du désir de conserver d'eux un souvenir. Ce n'est pas une pure appréciation de leur calligraphie comme c'est le cas au Japon, vis-à-vis de l'idéogramme.

Au Japon, les autographes du Géneral Nogi et de l'Amiral Togo ont aisément atteint jusque à des prix de 20.000 francs. Aujourd'hui, les autographes du Prince Saionji, notre dernier genro vivant, sont également fort recherchés. En dehors de leur valeur de souvenir, les idéogrammes de grands hommes nous donnent des exemples d'assez belle calligraphie. Nos hommes d'Etat se voient assaillis de demandes d'autographes. Deux ou trois ans après leur mort, ces autographes se vendent pour peu, et dix ans plus tard, ils n'ont plus aucune valeur. Il n'y avait là qu'une question d'opportunisme et pour beaucoup le moyen de se vanter de l'amitié des puissants du jour. Il faut faire exception, cependant, pour le Prince Ito et le Prince Yamagata, dont les calligraphies sont d'une beauté extraordinaire et nous révèlent aussi des tempéraments de poètes. De même le Comte Taneomi Soejima, premier ministre des affaires etrangères du Japon moderne, et qui était un savant et un homme de grand caractère, nous laissa des autographes d'une beauté inégalée jusqu'à présent.

Depuis l'antiquité nous avons attaché une grande valeur à l'étude de l'écriture; elle forme une partie importante de notre éducation. Avant l'ère de la restauration de 1868, avant l'introduction du système éducatif européen, nous recevions nos premières leçons à la petite école de *terakoya*. Nous ne disions pas, alors, "aller à l'école" mais "aller se faire la main," puisqu'il allait sans dire que l'écriture contenait en elle-même tous les principes de l'éducation.

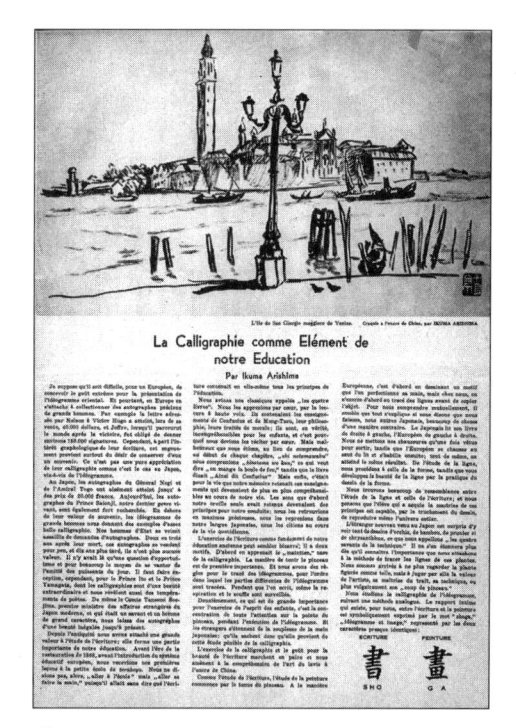

Nous avions nos classiques appelés "les quatre livres." Nous les apprenions par cœur, par la lecture à haute voix. Ils contenaient les enseignements de Confucius et de Meng-Tseu, leur philosophie, leurs traités de morale; ils sont, en vérité, incompréhensibles pour les enfants, et c'est pourquoi nous devions les réciter par cœur. Mais malheureux que nous étions, au lieu de comprendre, au début de chaque chapitre, *"shi notamawaku"* nous comprenions *"hinotama wo kuu,"* ce qui veut dire "on mange la boule de feu," tandis que le livre disait "Ainsi dit Confucius" Mais enfin, c'était pour la vie que notre mémoire retenait ces enseignements qui devenaient de plus en plus compréhensibles au cours de notre vie. Les sons que d'abord notre oreille seule avait retenus devenaient des principes pour notre conduite; nous les retrouvions en maximes précieuses, nous les reprenions dans notre langue japonaise, nous les citions au cours de la vie quotidienne.

L'exercice de l'écriture comme fondement de notre éducation ancienne peut sembler bizarre, il a deux motifs. D'abord on apprenait le "maintien," base de la calligraphie. La manière de tenir le pinceau est de première importance. Et nous avons des règles pour le tracé des idéogrammes, pour l'ordre dans lequel les parties différentes de l'idéogramme sont tracées. Pendant que l'on ecrit, même la respiration et le souffle sont surveillés.

Deuxièmement, ce qui est de grande importance pour l'exercice de l'esprit des enfants, c'est la concentration de toute l'attention sur la pointe du pinceau, pendant l'exécution de l'idéogramme. Si les étrangers s'étonnent de la souplesse de la main japonaise: qu'ils sachent donc qu'elle provient de cette étude pénible de la calligraphie.

L'exercice de la calligraphie et le goût pour la beauté de l'écriture marchent en paire et nous amènent à la compréhension de l'art du lavis à l'encre de Chine.

Comme l'étude de l'écriture, l'étude de la peinture commence par la tenue du pinceau. A la manière Européenne, c'est d'abord en dessinant un motif que l'on perfectionne sa main, mais chez nous, on s'exerce d'abord au tracé des lignes avant de copier l'objet. Pour nous comprendre mutuellement, il semble que tout s'explique si nous disons que nous faisons, nous autres Japonais, beaucoup de choses d'une manière contraire. Le Japonais lit son livre de droite à gauche, l'Européen de gauche à droite. Nous ne mettons nos chaussures qu'une fois vêtus pour sortir, tandis que l'Européen se chausse au saut du lit et s'habille ensuite; tout de même, on atteind le même résultat. De l'étude de la ligne, nous procédons à celle de la forme, tandis que vous développez la beauté de la ligne par la pratique du dessin de la forme.

Nous trouvons beaucoup de ressemblance entre l'étude de la ligne et celle de l'écriture; et nous pensons que l'élève qui a acquis la maîtrise de ces principes est capable, par le truchement du dessin, de reproduire même l'univers entier.

L'étranger nouveau venu au Japon est surpris d'y voir tant de dessins d'orchis, de bambou, de prunier et de chrysanthème, ce que nous appelons "les quatre savants de la technique." Il ne s'en étonnera plus dès qu'il connaîtra l'importance que nous attachons à la méthode de tracer les lignes de ces plantes. Nous sommes arrivés à ne plus regarder la plante figurée comme telle, mais à juger par elle la valeur de l'artiste, sa maîtrise du trait, sa technique, ou plus vulgairement son "coup de pinceau."

Nous étudions la calligraphie de l'idéogramme, suivant une méthode analogue. Le rapport intime qui existe, pour nous, entre l'écriture et la peinture est symboliquement exprimé par le mot "shoga," "idéogramme et image," représenté par les deux caractères presque identiques:

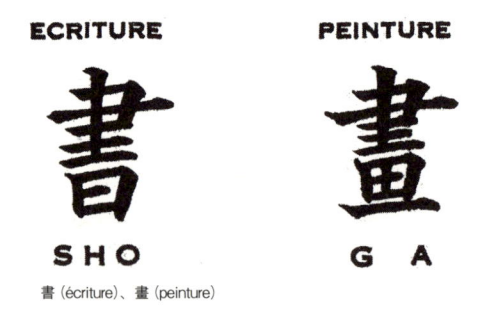

ECRITURE　　PEINTURE
書　　　　　　畫
SHO　　　　　GA

書（écriture）、畫（peinture）

我々の教育の一要素としての書道

有島生馬　　翻訳

　欧州人には、表意文字の体裁に極度にこだわる東洋人の心情を理解することは難しかろう。とはいえ、欧州では偉人たちの自筆を収集することに執着する向きもある。たとえばネルソンがヴィクトル・ユゴーに宛てた書簡が売り立てでは４万ドルの値をつけ、ジョッフルが戦勝ののち世界を廻ったおりには15万からの署名をサインせねばならなかった。とはいえ筆遣いが筆跡学的な関心をひくことをのぞけば、こうした渇望はもっぱらこれらの偉人たちの想い出を保存しておきたいという欲望に由来する。これは純粋に字のうまさを評価しているのではない。日本の場合も、揮毫に関して同様のことがいえる。

　日本では乃木将軍や東郷元帥の自筆は、たやすく２万フランの値をつける。最後の生き残った元老といわれる西園寺公の自筆もまた熱心に求められる。想い出の品としての価値だけではなく、偉人自筆の字は、それなりに見事な能筆の見本を我々に提供するものであり、我が国の為政者たちはしきりに自署を求められる。没後２、３年もたつと大した値段でなく取引され、10年もたてばもはやいかなる価値もなくなる。ここには日和見のご都合主義が顔を覗か

ヴェネチアのサン・ジョルジョ・マジョーレ島　有島生馬による墨の素描

せるばかりであって、多くの者たちにとってそれは、その時の権力者の厚遇を自慢する手段でしかない。とはいえ伊藤公と山縣公は例外とせねばならない。この二人の能書は著しく美しく、詩人の気質さえもそこに見せているからだ。同様のことは、近代日本最初の外務大臣を務めた副島種臣伯の場合にもいえることで、学識があり大人の風格を誇った彼の自筆は、今日に至るまで並ぶものなき美の雰囲気を漂わせている。

古代このかた、我々は習字に大きな価値を付与してきた。それは我々の教育の重要な部分を占める。1868年の王政復古以前、欧州の教育制度導入の以前には、初学の教授は小さなテラコヤでなされていた。当時は「学校に行く」とは言わず、「手習いに行く」と言っていたものだ。字を書くことに学びの初歩が含まれているのは、いうまでもないことであったからだ。

古典は「四書」と呼ばれていた。これを音読して暗誦したものだ。そこには孔子や孟子の教え、彼らの哲学と道徳論が含まれていた。正直なところこれらは子どもには理解不能であり、だからこそ暗誦しなければならなかった。我々にとって不幸なことに、それを理解するどころか、章のはじめにはいつでも「シ、ノタマハク」というのは「ヒノタマヲクウ」つまり「火の玉を喰う」のだと理解していたのである。本当は、「孔子はかく語りき」とこの書物はいっていたのだが。だがこうした教えは一生記憶に留められるものであって、長ずるにつれその内容も少しずつ理解できるようになるものだった。最初は耳に留めていただけの音が、我々の振る舞いの原則となった。そこに格言を見出し、日本語に置き直し、日常生活の中で口にしてきたのである。

字の稽古がかつては教育の根幹にあったというと奇妙に思われるかもしれない。そこには二つの動機がある。一つ目に、書道の基礎は作法を習うことであった。筆の持ち方は大変重要である。そして表意文字の線の引き方にも、部首を引く順番にも規則がある。書いている間は、呼吸や気息にも気をつける。

二つ目に、これは子どもの精神を鍛えるのに大変重要なのであるが、字を書く間、意識は筆先に集中する。外国の方で、日本人の手先の器用さに驚かれる向きには、書の稽古に苦心して励んだことの賜（たまもの）とお知りおき願いたい。

書道の稽古と書記の美への嗜好とは対をなすもので、それが墨の単彩という芸術理解へと導くのである。

書道のお稽古と同様、絵画のお稽古も筆の持ち方から始まる。欧州式ならあるモティーフを素描しながら手を完璧に鍛えてゆくものだが、我々の場合には物体を模写する以前に線描を練習する。これら両者が互いに理解するためには、我々日本人は多くのことを反対のやり方でやるのだ、と言えばおおかた説明がつくであろう。日本人は本を右から左へ読むが、欧州人は左から右へと読む。我々は着替えて外出となった段に靴を履くが、欧州人はベッドから起き上がるや靴を履き、それからおもむろに着付けをする。だがその行き着く結末は同じことだ。線を稽古するところから我々は形態へと赴くが、諸君は形態を素描しながら、線の美を究めてゆく。

線の稽古と書記の稽古とのあいだに我々は多くの類似を見出す。そしてこれらの原理に習熟した生徒は、素描を通じて全宇宙をも再生する能力を身につける。

日本に来たばかりの外国人は、日本には、「画法の四君子」と呼ばれる、蘭、竹、梅、菊を題材にした素描がたくさんあるのに驚く。だが我々がこれらの植物の線を引く方法をどれほど重視しているかを知りさえすれば、もはやそれに驚くこともないだろう。もはや描かれた植物をそのものとして眺めるのではなく、その画をとおして芸術家の価値、その線への習熟、その技量ないしは、より俗にいうなら、その「筆致」を判断する地点に到達した。

書道を学ぶにも、我々がとる方法は類似したものである。書記と絵画とのあいだに我々にとって存在する親密な関係は、「書画」すなわち「表意文字とイメージ」という言葉によって象徴的に表現されているのだが、これら二つの文字は、次に図示するように、ほとんど同一なのである。

（稲賀繁美訳）

ECRITURE　PEINTURE

書　畫

SHO　GA

書（écriture）、畫（peinture）

有島生馬の書道文明論

稲賀繁美　　　　　　　解説

　本名、有島壬生馬は、有島武郎の弟、里見弴の兄。東京外国語学校イタリア語科を卒業後、藤島武二のもとで洋画を学び、1906年より欧州留学。志賀直哉や児島喜久雄と親しく、雑誌『白樺』創刊前後に欧州留学から戻り、初期のセザンヌ受容に参与した。1935年には帝国美術会員、36年には安井曾太郎らとともに一水会設立に参画。同年、アルゼンチンのブエノス・アイレスで開催された国際ペンクラブ大会では、会長の島崎藤村を補佐する役割で同行し、最終日にイタリア語で演説し、1940年に予定された東京開催への同意取り付けに成功を収める。帰国後には新組織となった帝国芸術院会員にも推挙されている。本稿はフランス語にも堪能であった有島自らが執筆したものと推定され、話題の料理の仕方にも、事情通ならではの軽妙さがみられ、語学的にも個性的な表現が散見する。

　本文には、明治第二世代が江戸の寺子屋から明治の学制への変貌のなかで、どのような実感を抱いて訓育を受けていたのかを彷彿とさせる細部が、伝聞か実体験かは定かでないものの、学術的というよりは文芸の香りを漂わせるフランス語で豊かに描かれている。この世代で油彩画を生業としていた芸術家の書道観、知識の程度を証言している点でも、興味深い。内容からしても、日本人むきならば執筆しなかったであろう情報が盛られている。

　まず、同時代の骨董市場にあって、伊藤博文と山縣有朋の書が別格だったことが窺われる。さらに副島種臣の一種・奇怪なる書に高い評価が見られる。これは大正以降の南画復興の気運を造った中村不折の副島評価とも符合しよう。乃木将軍、東郷元帥、さらに米寿を超えてなお健在だった西園寺公望など、欧州でも知名度ある公人を引き合いに出して、書道の骨董市場を欧州の場合と対比させる論法も、有島ならではの趣向といえようか。

　書道の基礎として、有島は筆の maintien（作法）を挙げるが、はたしてこれは「執筆」の語源的な説明なのか、それとも日下部鳴鶴が楊守敬から伝授を受けて推奨していた、正鋒の懸腕・廻腕の筆法――筆の支え方――のことなのか。岡倉覚三主導の東京美術学校（1890年開校）では、臨模に先立ち筆遣いの訓練がなされ、それに面食らったといった証言が横山大観ほかにも知られる。また明治末から大正（1910年－13年）にかけては、美術教育現場で毛筆・鉛筆論争があった。はたして有島が本文に伝える筆法は、そうした専門的な訓練や教育制度上の混乱を踏まえた逸話なのか、それともより一般的な市井での四君子のお稽古への言及だったのか。

　このように史的な裏付けで確証を得るには、いささか厄介な記述だが、表意文字の特性、筆順や呼吸への言及は、欧米人への説明としては、東洋趣味に程良い神秘性を漂わせる要領を心得たものだろう。やや後のこととなるが、1916年に東洋人として初めてのノーベル文学賞を受賞した、インドの詩聖ラビンドラナト・タゴールの周辺にあった画家、ノンドラル・ボースも、1940年代には東洋的な筆法と制作中の呼吸法の大切さを主張し、単彩水墨の模倣を試みている。このように芸術制作上の東西対比が、審美的言説として西洋向けに有効なことを熟知すればこそ、洋画家・有島は東洋の「書道」という話題を選んだのではなかったか。

　東西比較論で両者の対比をことさら誇張する傾向は、古くは南蛮時代のルイス・フロイスの日本観察、明治以降でも天文学者として著名な、パーシヴァル・ローウェルの著作における「逆しまの異郷」観などに顕著に窺われる。有島の論法もそうした系譜に位置づけ得る特性を備えており、また日本人の筆遣いをもって東洋全体を代表させかねない逸脱ぶり、拡大解釈の傾向も、30年代後半の世相、「東洋美学」議論の一典型をなぞっている。

Reiseland Mandschukuo!

Yoshio Nagayo

Was Mandschukuo als Reiseland so besonders interessant macht, ist wohl vor allem der unerschöpfliche Abwechslungsreichtum seines Landschaftsbildes. Mag sein, dass mehr denn je dem Reisenden, der aus dem gänzlich „unkontinentalen" Japan kommt, jede Einzelheit als besonderes merkwürdig auffällt. Schon das bunte Gemisch verschiedener Volkstypen — die zahlenmässig absolut überwiegender Mandschus (dazu gehören sowohl die eingeborenen Mandschus als auch die Mandschu-Chinesen), Koreaner, Mongolen (von denen verschiedene Volksstämme auftreten), und die (in ihrer Mehrzahl „weissend") Russen: sie alle zusammen bilden die Bevölkerung von Mandschukuo. Und inmitten dieses bunten Völkergemischs die etwa siebenbis achthunderttausend Japaner, die sich allerorts ihre Lebensweise so einzurichten suchen, dass sie sich beiund untereinander wie „zuhause" fühlen können. Doch freilich gebietet das nördlich-kontinentale Klima dieses Landes eine völlig andere Bauweise, als sie der Japaner „zuhause", in seinem japanischen Haus und in seinem japanischen Zimmer zu finden gewöhnt ist. So bleibt auch für den Japaner in Mandschukuo schliesslich ein Gefühl des „in der Fremde" Seins.

Soweit der Blick reicht, unendlich weite Ebenen von Kaoliang und Sojabohnen-Feldern, hinter denen die rote Abendsonne versinkt — nur hie und da als einzige Abwechslung in der monotonen Landschaft ein einzelner mandschurischer Bauer, der seinen weissen mongolischen Gaul vor die Pflugschar spannt: so oder ähnlich mag das Bild aussehen, dessen Vorstellung im allgemeinen durch das Wort „Mandschukuo" erweckt wird. Hin und wieder belebt wohl ein Hain von pappelähnlichen grauen Weiden die Einförmigkeit der Landschaft, oder ein flinkes Rudel schwarzer Wildschweine unterbricht die Stille der Natur: dann wieder mag es eine vielleicht tausendjährige a,chteckige Pagode sein, die nun am Horizont sichtbar wird und deren steil gen Himmel ragende Gestalt sich plötzlich vor den Augen des verwunderten Reisenden auftürmt— und dennoch scheint im allgemeinen die Ansicht zu bestehen, dass Mandschukuo selbst an solchen landschaftlichen Abwechslungen arm sei. Es muss wohl daran liegen, dass die meisten Mandschukuo-Touristen bisher nur die alte Mandschurische Eisenbahn entlang, das heisst von Dairen bis Hsinking, oder allenfalls die Hauptlinie entlang bis Harbin kamen und auf diese Weise nur ein paar Landstriche der Süd- und Zentral-Mandschurei kennenlernten. Und trotzdem: ob man etwa von der koreanisch-mandschurischen Grenzstation Antung aus mit der „Ampo" (Antung- Mukden)-Linie eine Strecke nach Norden fährt, wo durchweg die eng

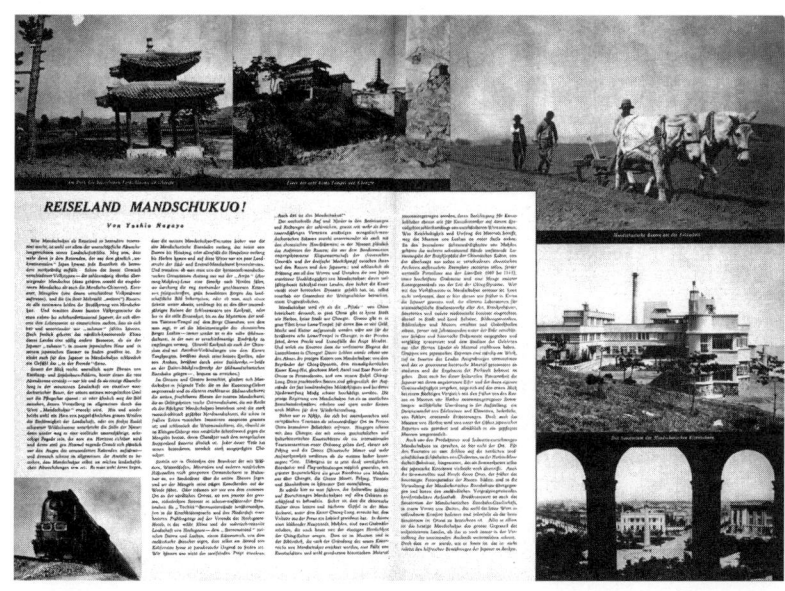

p.4-5

(左) 承徳の八つのラマ廟 (外大廟) のひとつ　(右) 承徳離宮 (避暑山荘) の公園にて

aneinander geschlossenen Ketten von felsig-schroffen, grün bewaldeten Bergen das landschaftliche Bild beherrschen; oder ob man, noch einen Schritt weiter abseits, vordringt bis zu den über tausendjährigen Ruinen der Schlossmauern von Kaokouli, oder bis in die stille Einsamkeit, bis an das Mysterium der uralten Taoisten-Tempel auf dem Berge Chienshan, von dem man sagt, er sei die Miniaturausgabe des chinesischen Berges Lushan — immer wieder ist es die selbe Südmandschurei, in der man so verschiedenartige Eindrücke zu empfangen vermag. (Sowohl Kaokouli als auch der Chienshan sind mit Autobus-Verbindungen von dem Kurort Tangkangtzu, berühmt durch seine heissen Quellen, oder von Anshan, berühmt durch seine Stahlwerke, — beide an der Dairen-Mukden-Strecke der Südmandschurischen Eisenbahn gelegen — , bequem zu erreichen.)

Im Grossen und Ganzen betrachtet, gliedert sich Mandschukuo in folgende Teile: die an das Kwantung-Gebiet angrenzende und zu allererst erschlossene Südmandschurei; die weiten, fruchtbaren Ebenen der inneren Mandschurei; die an Gebirgsketten reiche Ostmandschurei, die mit Recht als das Rückgrat Mandschukuos bezeichnet wird; die stark russisch-sibirisch gefärbte Nordmandschurei, die schon in frühen Zeiten russischen Invasionen ausgesetzt gewesen ist; und schliesslich die Westmandschurei, die, obwohl sie im Khingan-Gebirge eine natürliche Scheidewand gegen die Mongolei besitzt, ihrem Charakter nach dem mongolischen Steppenland äusserst ähnlich ist. Jeder dieser Teile hat seinen besonderen, ziemlich stark ausgeprägten Charakter.

Siedeln wir in Gedanken den Bewohner der mit Wäldern, Wasserläufen, Mineralien und anderen natürlichen Hilfsquellen reich gesegneten Ostmandschurei in Hulunbair an, wo Sandstürme über die weiten Ebenen fegen und wo der Mongole seine trägen Kamelherden auf die Weide führt. Oder träumen wir uns von dem einsamen Ort an der nördlichen Grenze, wo von jenseits des grossen, eisbedeckten Stromes in schauer-einflössender Erhabenheit die „Tochka" Betonunterstände herüberwinken, fort in die Kirschblütenpracht und den Fliederduft eines heiteren Frühlingstags auf der Veranda des Hoshigaura Hotels, in das milde Klima und die malerisch-reizvolle Landschaft von Hoshigaura — dem „Sternenstrand" zwischen Dairen und Lushun, einem Küstenstrich, von dem ausländische Besucher sagen, dass selbst am Strand von Kalifornien keine so paradiesische Gegend zu finden sei. Wir können uns nicht der zweifelnden Frage erwehren: „ Auch das ist also Mandschukuo?"

Das wechselvolle Auf und Nieder in den Beziehungen und Reibungen der zahlreichen, gewiss seit mehr als dreitausendjährigen Vorzeiten ansässigen mongolisch-mandschurischen Stämme sowohl untereinander als auch mit den chinesischen Han-Stämmen; in der Neuzeit plötzlich das Auftreten der Russen; die aus dem Banditenwesen emporgekommene Kliquenwirtschaft der chinesischen Generäle und der dreifache Machtkampf zwischen ihnen und den Russen und den Japanern ; und schliesslich als Erlösung aus all den Wirren und Unruhen die von Japan erstrittene Unabhängigkeit von Mandschukuo: dieses vielfältig- bunte Schicksal eines Landes, dem bisher die Kontiuität einer heroischen

Dynastie gefehlt hat, ist, selbst innerhab der Gesamtheit der Weltgeschichte betrachtet, etwas Ungewöhnliches.

Mandschukuo wird oft als die „Filiale" von China bezeichnet dennoch, in ganz China gibt es keine Stadt wie Harbin, keine Stadt wie Chengte. Gewiss gibt es in ganz Tibet keine Lama-Tempel, deren Bau so viel Geld, Macht und Kultur aufgewandt worden wäre wie für die berühmten acht Lama-Tempel in Chengte, in der Provinz Jehol, deren Pracht und Luxusfülle das Auge blendet. Und welche in Kontrast dazu die verfeinerte Eleganz des Lustschlossiens Chengte! Dieses Schloss wurde erbaut von den Ahnen des jetzigen Kaisers von Mandschukuo: von dem Begründer der Ching-Dynastie, dem einmalig-herrlichen Kaiser Kang-Hsi, gleichsam Mark Aurel und Zaar Peter der Grosse in Personalunion und von seinem Enkel Chieng-Lung. Diese prachtvollen Bauten sind gelegentlich der Aufstände der fast banditenhaften Militärkliquen und bei deren Niederwerfung häufig schwer beschädigt worden. Die jetzige Regierung von Mandschukuo hat sie zu staatlichen Bauschutzdenkmälern erhoben und spart weder Kosten noch Mühen für ihre Wiederherstellung.

Bisher war es Nikko, das sich bei amerikanischen und europäische Touristen als sehenswürdige Ort im Fernen Osten besondere Beliebtheit erfreute. Hingegen scheint mir, dass Chengte, das mit seinen geschichtlichen und kulturhistorischen kunstschätzen als ein internationales Touristenzentrum erster Ordnung gelten darf, ebenso wie Peking und die Grosse Chinesische Mauer viel mehr Aufmerksamkeit verdienen als die meisten bisher bevorzugten Orte. Uebrigens ist es jetzt dank vorzüglichen Eisenbahn- und Flug-verbindung möglich geworden, mit grösster Bequemlichkeit die ganze Rundreise von Mukden aus über Chengte, die Grosse Mauer, Peking, Tientsin und Shanhaikuan in kürzester Zeit auszuführen.

Es würde hier zu weit führen, die kulturellen Schätze und Einrichtungen Mandschukuos auf allen Gebieten erschöpfend zu behandeln. Sicher ist, dass die chinesische Kultur ihren letzten und höchsten Gipfel in der Mandschurei, unter dem Kaiser Chieng-Lung erreicht hat, dem Voltaire aus der Ferne ein Loblied gewidmet hat. In dessen einst blühender Hauptstadt, Mukden, sind zwei Grabmäler erhalten, die noch heute von der einstigen Herrlichkeit der Ching-Kultur zeugen. Dort ist im Museum und in der Bibliothek die nach der Gründung des neuen Kaiserreichs von Mandschukuo errichtet wurden, eine Fülle von Kunstschätzen und wohl geordnetem historischem Material zusammengetragen worden, deren Besichtigung für Kunstliebhaber ebenso wie für Kunsthistoriker auf diesem Spezialgebiet schlechterdings von unschätzbarem Wert sein muss. Was Reichhaltigkeit und Umfang des Materials betrifft, mag das Museum von Lushun an erster Stelle stehen. Zu den besonderen Sehenswürdigkeiten von Mukden gehören die mehrere zehntausend Bände umfassende Luxusausgabe der Enzyklopädie der Chinesischen Kultur, von der überhaupt nur sieben in verschiedenen chinesischen Archiven aufbewahrte Exemplare existieren sollen, ferner wertvolle Porzellane aus der Liao-Zeit (907 bis 1113), sowie beschriftete Grabsteine und eine Menge anderer Kunstgegenstände aus der Zeit der Ching-Dynastie. Wer mit den Verhältnissen in Mandschukuo vertraut ist, kann nicht verkennen, dass es hier ebenso wie früher in Korea die Japaner gewesen sind, die allerorts Laboratorien für wissenschaftliche Studienzwecke aller Art, Krankenhäuser, Sanatorien und andere medizinische Institute eingerichtet, überall in Stadt und Land Schulen, Bildunsganstalten, Bibliotheken und Museen errichtet und Gedenkhallen erbaut, ferner seit Jahrtausenden unter der Erde verschüttete Schätze und historische Dokumente ausgegraben und sorgfältig konserviert und dem Studium der Gelehrten aus aller Herren Länder als Material erschlossen haben. Gruppen von

東洋最速列車、特急アジア号

野良仕事をする満洲国の農民たち 　　満鉄のサナトリウム 　　奉天中央広場の牧歌的な眺望

japanischen Experten sind ständig am Werk, tief im Inneren des Landes Ausgrabungen vorzunehmen und das so gewonnene historische Material genauestens zu studieren und die Ergebnisse der Fachwelt bekannt zu geben. Dass auch bei dieser kulturellen Pionierarbeit die Japaner mit ihrem angeborenen Eifer und der ihnen eigenen Gewissenhaftigkeit vorgehen, zeigt sich auf den ersten Blick bei einem flüchtigen Vergleich mit den früher von den Russen im Museum von Harbin zusammengetragenen Sammlungen: willkürliche Unordnung in der Aufstellung, ein Durcheinander von Edelsteinen und Klamotten, liederliche, von Fehlern strotzende Erläuterungen. Doch auch das Museum von Harbin wird nun unter der Obhut japanischer Experten neu geordnet und allmählich in ein gepflegtes Museum umgewandelt.

Auch von den Produktions und Industrie-einrichtungen Mandschukuos zu sprechen, ist hier nicht der Ort. Für den Touristen sei zum Schluss auf die herrlichen landschaftlichen Schönheiten von Chalantun, an der Harbin-Mandschuli- Bahnlinie, hingewiesen, das als Sommerkurort selbst das japanische Karuizawa vielleicht noch übertrifft. Auch die Sommervillen und Hotels dieses Ortes, der früher das bevorzugte Ferienparadies der Russen bildete, sind in die Verwaltung der Mandschurischen Eisenbahnen übergegangen und bieten den ausländischen Vergnügungsreisenden komfortabelsten Aufenthalt. Erwähnenswert ist auch das Sanatorium der Mandschurischen Eisenbahn-Gesellschaft, in einem Vorort von Dairen, das wohl das letzte Wort in vollendetem Komfort bedeutet und jedenfalls als das beste Sanatorium im Orient zu bezeichnen ist. Alles in alllem ist das heutige Mandschukuo das genaue Gegenteil des unkultivierten Landes, als das es noch immer in der Vorstellung des unwissenden Auslands

weiterzuleben scheint. Doch dass es so wurde, wie es heute ist, das ist nicht zuletzt den hilfreichen Bemühungen der Japaner zu danken.

観光の国、満洲国！

長与善郎　　翻訳

　満洲国が観光の国としてとりわけ興味を引くのは、なによりその無限に変化する風景のためだろう。地平線というものを見たこともない日本内地からの旅行者にとっては、どこも初めて見るようなものばかりかもしれない。さまざまなタイプの民族が混在していて、満洲人（在来の満洲人と中国系満洲人〔満洲居住の漢人〕がいる）が数の上では圧倒的多数を占めるほか、朝鮮人、蒙古人（ここからまたさまざまな種族が分かれている）、ロシア人（数では「白系」が多数を占める）が合わさって、満洲国の人口を構成している。そしてこの多種多様な民族の中には日本人約70万から80万人も入っているのである。日本人というのは、どこに行っても自分たちの生活様式を築きあげ、互いに協力・協調しながらそこを「自家にいるように」[1]してきたが、この国の大陸北部の気候ときたら、さしもの日本人も勝手が違う。日本式の家屋、日本式の部屋で「自家にいるように」とはいかず、まったく異なる建築様式に従わざるをえない。満洲国在住の日本人にとっても、そこは結局いつまでたっても「異郷」なのである。

　見渡すかぎり、コーリャンと大豆の畑がどこまでも続く平原で、その背後に真っ赤な夕陽が沈んでい

1　長与善郎『少年満洲読本』、日本文化協会・新潮社、1938、p.283にも同じ表現がある。

く。ただこの単調な風景のなかで唯一アクセントをなしているのは、あちこちに点在する満洲人の農夫たちが白い蒙古馬に犂を曳かしている光景くらいだ。「満洲国」という言葉が呼び起こす一般的イメージというのは、だいたいこんなところだろう。あちこちにポプラのような灰色の柳の森があるおかげで、風景がなんとか単調さを免れて生気づいていたり、はしこい黒イノシシの一群があたりの静けさを打ち破っていたりするかもしれない。あるいはひょっとしたら、1000年の歴史を有する八角形のパゴダが地平線に見えてきたかと思うと、それが突如、目の前に現れ空に向かって屹立している、ということもあるだろう。しかしながら、概して満洲国自体は風景の変化に乏しいといわざるをえない。多分それは、従来満洲国を旅行するといえば、たいがい古い満洲鉄道に沿って、大連から新京へか、せいぜいでハルビンまで中央線に沿って行くだけで、かろうじて満洲国の南部と中部の風景をいくつか見ることができる程度だったためなのだ。ところが、朝鮮と満洲の国境の駅・安東から安奉（安東—奉天〔Mukden〕）線で北へ行けば、岩がごつごつした、緑の森の山々に閉ざされた山脈の風景が広がっている。あるいは、さらに脇に逸れて進むと1000年以上も昔の高句麗の城壁の廃墟〔高句麗前期の遺跡〕[2]が見えたり、あるいは静まり返った寂しい地帯にまで思いきって分け入れば、中国の廬山のミニチュアともいうべき千山の苔むした道教のお寺が神秘的な姿を現わしたりすることになる。南満洲からしてすでに、このようにきわめて多彩な印象を与えてくれるのである。（高句麗遺跡にも千山にも、南満洲鉄道の大連—奉天の路線沿いにある温泉で有名な保養地・湯崗子、あるいは製鉄所で有名な鞍山から、バスで簡単に行くことができる。）

満洲国はだいたい、以下のように分かれる。関東省あたりのすっかり開発されている南満洲と、内満洲の広々とした肥沃な平野、山脈が連なり満洲国の脊椎骨となっているといってもよい東満洲[3]、昔からロシアの侵略にさらされてきたロシア・シベリア色の強い北満洲、そして興安嶺山脈がモンゴルと隔てる自然の障壁をなしているにも関わらず、モンゴル草原によく似た特徴をしている西満洲。こうした地域はそれぞれ独特で、極めて個性的である。

仮に、森や滝、ミネラルやそのほかの資源が豊富な東満洲の住民をホロンバイルに入植させてみよう。すると、そこには砂嵐が広い平野の上を吹き抜け、モンゴル人がのろのろしたラクダの一隊を、向かい風を押して進めていることだろう。あるいは北の国境の寂しい土地を思い描いてみよう。すると、氷に覆われたぞっとするほど荘厳な大河の向こう側からコンクリートの掩蔽〔Tochka〕がさし招いている。かと思うと、星ヶ浦ホテルのベランダでは晴れ渡る春の日ともなれば桜の花の華やかさやラベンダーの香りが味わえる。星ヶ浦の穏やかな風土と思わず絵を描きたくなる風景をなす、大連と旅順の間の「星の渚」は、外国人の訪問者たちがカリフォルニアの浜辺にもこれ以上に楽園を彷彿させる所はないと言う海岸地帯だ[4]。そうした風景を思い浮かべていると、私たちは思わずこう問いかけずにはいられなくなる、「これも満洲国なのか？」と。

3000年もの昔から定住しているたくさんのモンゴル満洲人の内部での民族関係や摩擦、ないしは中国漢民族との関係もあって繰り返される栄枯盛衰、近年では突然のロシアの勃興や、中国人将軍[5]による盗賊まがいの軍閥の興隆や、彼らとロシア人、日本人の三つ巴の権力闘争、そしてとうとうこの混乱からの解放をもたらした日本による満洲国独立といった、これまで主人公たる王朝[6]が続いたためしのないこの国の、幾重にも複雑な色合いを帯びている運命は、世界史全体から見ても稀なものといえる。

満洲国はしばしば中国の「支社」とみなされる。しかしながら、中国のどこを見てもハルビンや承徳のような都市は見当たらない。チベットのどこにも、承徳の有名な八つのラマ廟〔熱河八大所、外八廟〕ほどに、建設のために大金と権力と文化が投入されたラマのお寺はないのだ。熱河省にあるそれは、まばゆいばかりの豪華さだ。そして承徳の〔離宮〕避暑山荘の繊細なエレガントさは、それとまたなんという対照をなしていることか！　この離宮は、現満洲国の皇帝の先祖で、清朝の創設者である比類なく偉大な康熙帝とその孫の乾隆帝によって建てられたものである。この康熙帝はマルクス・アウレリウスや同君連合におけるロシア皇帝ピョートル大帝に匹敵する人物である。この絢爛たる建造物は、山賊ともみまがう軍閥の反乱の折やその鎮圧に際して、たびた

2　現・吉林省集安市。世界遺産。
3　「満洲の脊椎骨、東満」と、『少年満洲読本』、p.211には書かれている。
4　星ヶ浦は別荘地となっていた。1909年から開発され、1911年には路面電車が開通し、市民の海岸リゾート地となった。満鉄が開発・経営を行っていた。
5　張学良・張作霖父子のこと。
6　自伝『一夢想家の告白』に「主人公たる一定の原住民族と一貫した歴史とがなく」という表現がある。（長与善郎『一夢想家の告白　反省と希望』、朝日新聞社、1946、p.40

びひどい損失を被ってきた。満洲国の現政府はそれを国家的遺産とみなして、修復に金と労力を惜しむことはない。

　今までは日光が欧米からの観光客にとって極東の名所として、とみに人気があった。それに対して私は、承徳が歴史的・文化史的価値のある文化財を有する第一級の国際観光地であると言いたい。同様に北京や万里の長城は、従来好まれてきた大方の観光地よりも、はるかに注目に値するだろう。ちなみにすばらしい鉄道網と航空網のおかげで、奉天から承徳、万里の長城、北京、天津、山海関を短期間で快適に回る周遊旅行も可能になっている。

　満洲国のすべての地域における文化財や施設について十分に論じることは、本稿ではとてもかなわぬことである。ただ、中国文化は満洲国の、乾隆帝[7]の治世下でその粋を極めたことは間違いないだろう。この皇帝にははるか遠方よりヴォルテールが称讃の言葉を寄せている。有名なその首都、奉天には今日でも清文化のかつての栄華を伝えている二つの廟堂[8]がある。満洲の新帝国樹立後に創設された当地の博物館や図書館には、たくさんの文化財や整理の行き届いた歴史資料が集められている。それらは美術愛好家やこの分野が専門の美術史家にとってはまさに尽きせぬ価値があることだろう。資料の豊富さの点では、旅順の博物館は第一級である。奉天の所蔵品の目玉は、数万巻もある四庫全書〔中国文化の百科事典〕[9]の豪華版だ。なにしろ中国各地の文書館に分散していて、たった７部しか現存していないという代物だ。さらに、遼時代（907年から1113年）の貴重な陶器、ならびに清朝時代の碑銘を刻んだ墓石やその他たくさんの美術工芸品も入っている。満洲国の事情に通じている人なら、ここに昔日本人が朝鮮で行ったこととまったく同じことが起きていることを見誤ることはないだろう。すなわち、日本人は朝鮮の至る所であらゆる種類の学術目的のための研究所や病院、サナトリウム、その他の医学施設を設立し、都市や田舎のどこにでも学校や養成所、図書館、博物館を建立し、記念館を建て、さらに千年来地下に埋もれていた宝や歴史資料を掘り出し、慎重に保存し、どこの国の学者であれ、研究のための資料を提供してきたのだが、それと同じことがここでもなされているのだ。日本人専門家のグループは常に、奥地で掘り出してきたものを保管し、そうした歴史資料を厳密に調査し、成果を学界に知らしめるという仕事に従事している。この文化的作業においても日本人がさきがけとなり、持前の勤勉さと根っからの良心的な態度で活動していることは、ハルビンの博物館に持ち込まれたコレクションをかつてロシア人たちがいかに扱ったかを一瞥すれば、一目瞭然である。ロシア人ときたら陳列の仕方も恣意的ででたらめ、玉石混淆といったありさまで、まちがいだらけのぞんざいな注釈を加えている始末。しかしそのハルビンの博物館も、今では日本人の監督下で、新しく秩序づけられた、整理の行き届いた博物館に徐々に生れ変わろうとしている。

　本稿は満洲国の生産物や工業施設について話す場ではないので、観光に訪れる人のために最後に、ハルビン―満洲里線沿線のジャラントン（Chalantun）[10]のすばらしい風景美を挙げるにとどめよう。そこは夏の保養地として、日本の軽井沢すらもひょっとしてしのいでいるかもしれない。当地の夏の別荘やホテルは、かつてはもっぱらロシア人が休暇を過ごす楽園だったが、満洲鉄道に移管されてからは外国人の観光客にとって快適この上ない滞在地となっている[11]。また、満洲鉄道会社のサナトリウムについても触れておかねばなるまい。これは大連の郊外にあり、その快適さといったらきわめつけのものである。東洋一のサナトリウムといっても過言ではないだろう。概して今日の満洲国は、いまだに満洲の実情をよく知らない外国で抱かれがちな非文化的な国というイメージとは正反対のものなのである。それが今のようになったのは、なにはさておき日本人の献身的な貢献のたまものといわなくてはならないだろう。

(依岡隆児訳)

7　長与は1938年に「乾隆御賦」を『改造』に発表している。
8　清の太宗・文皇帝の昭陵とその皇后の陵墓。世界遺産。
9　1741年〜1781年。奉天の文遡閣に保存されていた。
10　ジャラントンは「満洲の上高地」と、『少年満洲読本』p.259ではされている。
11　長与善郎『満州このごろ』（岡倉書店、1939, p.140〜148）に収録された「北の揚州―札蘭屯」によると、1937年6月に長与はここを訪れている。

白樺派作家は満洲に何を見たか

依岡隆児　　解説

ここでは、『文藝春秋』の欧文付録『Japan To-day』No. 40（1938年9月）に収録された長与善郎の「観光の国、満洲国！ Reiseland Mandschukuo！」のドイツ語記事の背景と意義について述べる。

長与善郎（1888-1961）は、学習院を出て、東京帝大英文科を中退した、白樺派に属する小説家・劇作家である。代表作には、戯曲『項羽と劉邦』（1915～16年）、『青銅の基督』（1923年）、『竹沢先生と云う人』（1924年）などがある。

その長与が満洲国と深く関わっていた。旧友原田熊雄の斡旋で満鉄嘱託となり、この記事が出た1938年時点までに、35年から37年にかけて3度、満洲旅行をしていたのである。36年には魯迅、甘粕正彦大尉に会っている。彼はこのとき、日本の満洲支配の正当化の方向で活動していたと思われる。さらにその後も、41年、44年に再度、満洲に渡っていた。41年には華北交通の嘱託（～45年）として行き、44年には大東亜文学者大会の日本代表として南京、上海を訪問した帰路に、立ち寄っている。満洲関連のエッセイが掲載されている作品としては、『少年満洲読本』[1]（1938年）、『満洲の見学』[2]（1941年）、『満支このごろ』[3]（1939年）、『一夢想家の告白　反省と希望』[4]（1946年）、『わが心の遍歴』[5]（1960年）がある。

こうした長与はこの『Japan To-day』の記事が出された頃には、移民政策や対中政策などにおける国家目的に作家として協同するという意図のもと、活動していたようだ。それも単に消極的に職務を果たしていたというだけではなかった。そこには満洲という新しい国、風土、文化に対する好奇心と期待もあっただろう。さまざまな理由と思惑から、1930年代後半、長与善郎は満洲に旅し、この記事を書いたものと思われる。しかも、それはドイツ語に翻訳されたものだった。

そこで以下、長与善郎によるこの『Japan To-day』の記事を解説しながら、白樺派だった一作家がなぜ満洲に行ったのか、満洲のどこに惹かれたのか、彼のミッションはなんだったのか、そしてそれはなぜドイツ語で書かれたのかといった点を中心に考察してみることにする。

記事「観光の国、満洲国！ Reiseland Mandschukuo！」の背景と概要

この記事は内地日本人を含む外国人に満洲の別の側面を知らしめるための文章で、満洲旅行への勧誘とも読める。長与が満鉄嘱託という立場で満洲を視察していたからだろう。また、菊池寛の国家目的に協同するという趣旨に賛同したうえで、文化人としての役割からこの文を書いていたともいえる。基本的には、民族混合、民族協和を目指す方向性や植民地政策に同調していた。満洲国を、日本人にとっては新しい異郷として異国情調をかきたてる地であるとみなし、日本人がそこで新しい世界に触れることをよしとしている。

ところで、長与の『少年満洲読本』（1938年）もこのドイツ語記事が出た時期に書かれていて、内容も記事のものと近い。ただ、この『少年満洲読本』は父子の対話という枠組を使って、満洲周遊の見聞記という形で少年向けに書かれている。記事と同じ文章はない。ちなみに『満洲の見学』（1941年）は『少年満洲読本』の再版である。

長与の記事ではまず、満洲の多文化・多民族性の魅力を強調する。当時、日本人は満洲に70万人から80万人いたとしているが、満洲の風土は日本人が日本化するにはあまりに強烈すぎると述べている。だが、逆に日本人にはその異郷性が魅力だろうとも言っている。この点については、自伝『一夢想家の告白　反省と希望』で「新世界の満洲の方が次第に明るく望まれ、内地で窮屈な鬱陶しい思いを嘗めるにつけても、人は大陸に行って見たい気を誘われるのだった。ただ二た晩を船中に明かしただけで、一切の景観は一から十まで狭苦しい日本のそれとはがらりとちがい、スケールの雄大で異国的色彩に富むその目新しさの中に胸のあけ広げられる爽やかさが感じられるのである。しかもそこでは同胞の日本人が、日本人の経営とは思われない同じ雄大なスケールで外国にも恥ずかしくないと思われる文化的建設の仕事をもしている。それは日露戦争以来三十年の歳月を経た満鉄の事業を中心としたもので、我等はそこに国民としての肩身の広くなったような思いを感じる

---

[1] 長与善郎『少年満洲読本』、日本文化協会・新潮社、1938
[2] 長与善郎『満洲の見学』、新潮社、1941
[3] 長与善郎『満支このごろ』、岡倉書店、1939
[4] 長与善郎『一夢想家の告白　反省と希望』、朝日新聞社、1946
[5] 長与善郎『わが心の遍歴』、筑摩書房、1960、p.219

ことも人情であった。兎も角日本人はなかなか『やる』人種だ、と自分で自分の力を見直すような喜びである」（『一夢想家の告白』、39〜40頁）と述べている。ここからは、長与の満洲への関心における内発的な面もうかがえるだろう。政治的には消極的だったとしながら、心情的には新興国・満洲の魅力に魅せられていたのである。

　実際、毎年春になると、彼は旅心に誘われるままに満洲各地に出かけていた。たとえば、ジャラントンについては、『満支このごろ』に「札蘭屯」はいい所と聞いていたとあるように、彼が行ってみたかった所である。長与は満鉄嘱託として「視察」に行かされていたばかりでなく、行ってみたい土地に、ときに一人ででも出かけていくほどだったのだ。たとえば『一夢想家の告白　反省と希望』（1946年）によると、長与は1937年9月に満洲東部の日本人植民村を視察した後、牡丹江から旧東支鉄道の列車には一人で乗っている。この北鉄沿線を一度通ってみたかったためだ（『一夢想家の告白』、5頁）。

　『満支このごろ』によると、長与はジャパン・ツーリスト・ビューロー出版『北平遊覧案内』の著者、石橋丑松を紹介されている（『満支このごろ』、53頁）。長与は、広く満洲を回って書いたこの紀行文『満支このごろ』を、「旅の印象記の寄せ集め」、「大部分二回の満洲旅行と、支那、朝鮮を駆け足で通った時の瞥見記であるが、一週間以上滞在した所は一箇所もない」（『満支このごろ』、4頁）としている。1936年に熱河承徳離宮の傍にある獅子園や承徳の離宮、八大寺（八大所、外八廟）を訪れている。さらに「哈爾濱」、「札蘭屯」、西の国境、「満洲里」、「海拉爾」、「済々哈爾」、「黒河」と回ってもいる。この「二つの国境へ」という章は大阪、東京の『朝日新聞』に連載したものである。さらに、特急アジア号で大連に向かっている（『満支このごろ』、136頁）。「事実満洲の面白さ、魅力はすべてその『若い』所『まだ出来上っていない』所にあると云えよう。まだ生れたばかりの国、歴史も伝統もないと同時に、まだ何の病気も持たぬ無垢白紙の土地というものは清々しいものである」（『満支このごろ』、136頁）と満洲の魅力を語っている。

　一方、『Japan To-day』の記事では彼は、満洲各地の名所、見どころを紹介し、鉄道網の利用を勧めている。鉄道開通とともに新しい観光地が現れていた。折しも特急が1934年に開通、鉄道網が充実していく時期だったのである。

　小林英夫『〈満洲〉の歴史』では、「鉄道敷設と移民団の入植は、相互に補完しあって展開されていた」[6]とあるように、長与が鉄道網の充実に言及する背景には観光開発による日本の植民地政策の正当化という側面もあったことが推察される。長与の記事では鉄道網の整備が国際的な観光地としての満洲を再発見させるという文脈で、鉄道網に言及しているのである。それまでは大連—新京間中心で南満洲はよく知られていたが、いまや承徳、万里の長城、北京、天津、山海関をめぐる周遊が新しく可能となり、列車が高速化し、路線がさらに拡張し西はモンゴル、東は朝鮮との境にまで足を延ばせるようになったことを紹介している。これらの名所は長与自身が実際に回ったところでもあるが、沿線には日本人の開拓村が設けられていたのである。

　長与は、満洲の名所には国際的魅力を有する所もある、と続ける。日本の日光や軽井沢、アメリカのカリフォルニアなどを引き合いに出している。今の満洲はかつての満洲とはまるっきり違ったものになっている。旅行者は「これが満洲か」と感嘆の声を上げることだろう、と力説している。

　また、満洲の独自性は他民族との関係で作られたもので、例をみない。中国の「支社」というものではない、と述べる。そして人口的に圧倒する漢民族に同化されることを恐れ、文化的・歴史的な独自性を強調していく。圧倒的多数の漢民族に対する満洲・日本による支配の正当化とも読める。たとえば文化的側面を補強するのが日本人の役目である、と主張する。豊富な文化財、歴史的資源がある地域にあって、博物館などにおける日本人の学術的貢献は小さくはない、ロシア人に比べるとその優秀さがわかるだろう、と述べる。国境での小競り合いで生じたソ連に対する警戒感の表れともいえよう。最後は、今日の満洲はかつてのイメージとは正反対のものになった。それも日本人のおかげなのだ、と結んでいる。日本人は学術研究の優秀さによって、この多文化・多民族国家において重要な役割を演じることができる、というわけである。

掲載されたいきさつ

　では、長与のこの記事はなぜ『Japan To-day』に掲載されたのだろうか。その経緯については書かれていないので、推測の域を出ないが、いくつかの理由が考えられる。

6　小林英夫『〈満洲〉の歴史』、講談社、2008、p.192

菊池寛との関係でいえば、あるときの文学報国会で菊池が会長兼司会をやっているのを見て、「適任」であり、「会って話して見れば、ちっとも厭な所はなかった」(『わが心の遍歴』、219頁)と戦後回想しているように、長与は菊池と面識があったばかりか、彼に好感も抱いていた。また久米正雄、里見弴を通して以前から知っていたともいう。したがって、この文が掲載されたいきさつとして、長与と菊池に接点があったこと、長与が菊池を憎からず思っていたことが作用したことが推測されるだろう。

なぜこの記事はドイツ語なのか

長与がドイツ語で書いたとは考え難い。おそらくオリジナルの文を誰かにドイツ語訳させたものだろうが、原文はみつかっていないし、翻訳者も不明である。また、特にドイツ人読者に向けて書かれたものとも言いきれない。むしろ内地日本人も含めた外国人読者向けに書かれていたものを、ドイツ語にしたものだろう。少なくともドイツ語読者への語りかけなどはない。それではなぜ、この記事はドイツ語で出されたのだろうか。

ドイツ語にした理由として、この号の編集・構成上のバランス(他にドイツ語記事がない!)のためドイツ語記事を載せたということも考えられるが、その他に、長与の人脈の影響もあったかもしれない。満鉄に長与を推薦した旧友・原田熊雄は学習院の同窓で、母親の父がドイツ人だった。したがって原田本人はドイツ人クオーターだったことになる。原田がドイツ語向け記事の編集に協力したことも十分に考えられる。また長与の兄・又郎は東京帝大医学部教授で、ドイツ留学経験があった。

政治的理由も挙げられる。日・満とドイツの関係については、第1次世界大戦から1930年代後半までドイツはどちらかというと反日的だった。リットン調査団報告を認め、満洲国についても当初は不承認だった。中国への武器輸出が50パーセントを越し、中国に軍事顧問団を派遣してもいる。一方、満洲からの大豆輸出の半分以上はドイツ向けだった。そんななか、1936年にはナチス・ドイツは独中条約(貿易協定)と、独満貿易協定ならびに日独防共協定を並行して締結し、矛盾した態度を示していた。それが、1938年に親中派の失脚とともに、対中政策を転換、中国から軍事顧問を引きあげてしまう。その結果、5月にドイツによる満洲国承認となったのだ。背景としては、ナチス・ドイツが日本とソ連が戦火を交えることを期待していたことがあったとされる[7]。ソ連に対する警戒感が日・独で利害を一致させたのだ。こうしてドイツは満洲国の親善国のひとつとなったのである。

したがって、日本はドイツと情報交換をする必要が出てきた。実際、36年に日独防共協定を締結して、文化交流の面でも関係を深めていた。この38年9月の『Japan To-day』においては、対ソ対中政策で日本に接近するドイツへの文化的側面からのアピールという面もあったことが推測される。

ナチス・ドイツとの関連についてはまた、37年、満洲国への大量移民政策が実行に移され、この長与の記事が出た38年には、日独防共協定2周年を迎えており、移民政策にもナチス・ドイツのそれに倣っていた面があった。同年にはヒトラー・ユーゲントが来日している。『一夢想家の告白』には「ましてナチスの建前に倣ってか、一国一党の主義の下にそこに生まれた協和会なる政治的母体の本質については旅行者の自分などが宣伝されるままを受けとるよりないのは当り前であった。即ち協和会は日本を主とする五ツの民族の協和共栄のために、極力下意上達の円滑を図る多分に民主的性質を含んだ連絡機関に他ならないという立派なスローガンである。そして事実、多くの若い会員達はそのスローガンをそのままに理念として、真摯に勤労奉仕することに純情な悦びを感じているとしか見えなかった」(『一夢想家の告白』、42〜43頁)とある。当時の「協和会」がナチスに倣って作られていた一国一党のもとの政治団体だったと述べており、ナチスの民族政策が満洲支配に応用されていたと、長与が認識していたことがわかる。満洲支配がドイツ本国での動向と密接な影響関係にあったため、このようなドイツ語記事が日本から発信される必然性が出てきたのであろう。

ドイツの影響もあって満洲国が謳った「民族協和」、すなわち日・朝・漢・満・蒙の実態は、小林英夫によると、「少数の日本人を頂点に、圧倒的多数の漢族を底辺に作られたピラミッド支配構造で、各民族相互の交流は非常に少なかった。つまり『五族協和』とは名ばかりで、実態は五民族が住み分けていた、というのが実情に近かった」[8]とされる。もっとも、協議機関的なものも様々あったので、「五族協和」、すなわち「民族協和」は名ばかりだったとは言い切れないか

---

[7] 木畑和子「ナチス・ドイツの極東政策」、小林英夫編著『満洲―その今日的意味』、つげ書房新社、2008、p.151
[8] 小林、前掲書、p.210

もしれない。ただ『満洲年鑑（昭和15年版）』は満洲国の1937年12月末時点での民族別職業人口構成を示しているが、これを見る限りでは当時の満洲のいびつな構造は明らかである。満洲国総人口約3667万人で、うち最大多数の漢族が2973万人で全体の81％。第2位は満族で435万人、約12％、第3位が蒙古族で約98万人、3％。第4位は朝鮮族で93万人、3％弱、第5位に日本人43万人、1％強だった。職業別では、農林牧業2304万人で63％を占め、漢族1841万人が従事していた。一方、日本人では公務員・自由業が8.3万人で、全人口に占める比率からすればかなり多く、支配層は日本人が占めていたことがわかる[9]。このように人口構成と支配構造のアンバランスのため、漢民族が圧倒的に多い地域で、最も人口の少ないニューカマーである日本人が支配するというピラミッド構造を、国の内外に正当化してみせる必要性があったのである。

日本とドイツとの関連性・類似性についてはさらに、戦後、長与はこう書いている。「思えば日本とドイツとの因縁こそは奇しきものである。（中略）ドイツ帝国のそれに倣う所が多かった。日本人の中には一体ドイツ人の全体主義的統制的なものの考え方の観念的な所に共鳴する性格もあるのである。それならそれでもっと徹底的にドイツ文化の心髄までを学んでその科学性を把握すればよかった」（『一夢想家の告白』、85～86頁）。このように、日本がドイツ的性格に共鳴していたと見ていたことから、そもそも長与自身が親独的だったことも明らかだろう。

観光振興宣伝の意図はなにか

この記事には、鉄道網の拡大ゆえの観光のための鉄道利用の振興という面もある。長与が満鉄嘱託という立場上、こうした宣伝をせざるをえなかったということは十分に考えられる。また政治的には、観光振興も植民地化の一種の正当化の手段とされていたといえる。実際、「オリエンタリズム」として異国情調をあおり、観光という形での植民地化を推し進めようとすることはよくあることだ。

日本の満洲支配において鉄道は重要な意味を持っていた。日本は、日露戦争で関東州租借と南満洲鉄道（旅順―長春）・安奉鉄道（安東―奉天）を確保し、1932年の満洲国建国とともに、さらに鉄道網を充実させていった。1934年には大連―新京間に特急アジア号が走るようになっていた。

この鉄道網の拡大は植民政策の進展と連動していた。37年以降の大量移民計画で両者の関係はますます密になっていく。鉄道は大連―新京間から、各国境地帯まで拡大し、開拓村がそうした鉄道沿線に置かれていった。農工業生産への需要も高まる。それとともに、観光業の振興も鉄道網の充実と連動して押し進められていったのだ。

開拓村見学自体が観光化されて、観光プランに入れられることもあった（高媛「『観光楽土』としての満洲」[10]）。「開拓地観光」も一種の流行だったので、長与もこれに参加したのだろう。夏目漱石、与謝野晶子、小杉未醒らも内地文化人として満洲旅行に招待されている。彼らの紀行文は旅行メディアで再活用されていった。日本人植民の村を視察し、内地人に移住を勧め、鈍化していた移民政策を活性化することは、こうした嘱託の仕事の一つだったのである。

1933年から40年までに年間1万5000人から2万人の日本人団体客が満洲を訪れている。これに個人観光客がいたので、満洲観光客は相当の数にのぼる。大手旅行会社、ジャパン・ツーリスト・ビューロー（JTB）の大連支部は満鉄が後援していた。観光圏と植民地勢力圏が重なり合って拡大を遂げ、満洲全域に広がっていく。長与の記事にも出てくる、赤い夕陽の草原といった「満洲情緒」の演出も読者に旅心を喚起するものだった。日本人にとってまったく異なる土地への土着化の実践を、異郷への憧れという形で心情的側面に訴えかけながら推進しようとする意図があったと推測される。満洲はまさに、観光と植民という、帝国の二大実践が出会う場（高媛、128頁）だったのである。

ちなみに、戦後出された自伝『一夢想家の告白　反省と希望』（1946年）で、長与はこの「観光」の一環としての日本人植民村視察のことを述べている。彼はそこで窮乏に耐えている人々にはむしろ同情的だった。「汽車の中」という章によると、1937年9月半ばに満洲国東部の新開都市牡丹江から松花江岸にある新開都市「佳木斯（チャムス）」に向かう汽車を利用している。移民村で1泊する予定だった（『一夢想家の告白』、1頁）。匪賊（共産党系）のことにも触れている。満鉄社員の紹介で鉄道警備隊長が案内してくれて、2日目は千振村へ。しかし彼は視察には最初から決して熱心ではなかったと、述懐する（『一夢想家の告白』、4頁）。当地の移民たちについては、「この国の政府が標榜し

9　同書、p.210～211

10　高媛「『観光楽土』としての満洲」、中見立夫ほか『満洲とはなんだったのか』、藤原書店、2004、p.129

ている諸民族協和の理想を実現することが、最も名誉ある正しい仕事だと信じているだけである」(『一夢想家の告白』、12頁)としている。

　また、満洲への欧米観光客の誘致という側面もあった。貴志俊彦『満洲国のビジュアル・メディア─ポスター・絵はがき・切手』[11]によると、1905年に満鉄ルート、08年には朝鮮鉄道ルートで満洲への観光ルートができる。36年に満洲国が「観光国策」を公表、JTB案内所が欧米人向けにも旅行斡旋を始める。37年には、満洲観光連盟によって、外国人観光客誘致がアメリカ、ヨーロッパで展開されていく。宣伝映画『新興満洲国の全貌』が世界各地で上映された。36年に満洲を訪れた外国人は1万2000人である。アメリカ人、イギリス人、ドイツ人、チェコ・スロバキア人、フランス人の順で、10日から15日の旅行日程が多かった。38年になると、欧米人観光客向けにハルビン観光協会と、鉄道総局が1940年開催予定の東京オリンピックのために「旅客誘致三カ年計画」を企画、海外に向けて宣伝戦を開始する(貴志、35頁)。こうしたなか、38年に長与の満洲観光のこの記事がドイツ語で出されたのである。

　また『満支このごろ』にはジャパン・ツーリスト・ビューロー出版『北平遊覧案内』の著者、石橋丑松を紹介されたとあるように、満鉄や観光関係者との交流の中で満洲を見せられており、長与は新しい観光促進の活動に間接的に関与させられていたとも考えられる。

長与の内発的要因

　すでに述べたように、長与の満洲国への関心には、政治的に消極的だったとはいえ、実際には新興国・満洲の魅力を感じ、そこで日本人が活躍することに期待を寄せていた面があった。しかしそればかりではなく、長与の満洲国への期待には、多文化・多民族に触れることが日本人の教育になるという、啓蒙的な意図もあったのである。当時、長与は「満洲国と云うものが出来てから、日本人も流石にいくらか他民族と交わることの一種の教養を積んできたことは認められる。世界には日本人のような気質の人種ばかり住んではいない。そしてその気質というものはその国の地理環境の然らしむるものである。(中略)性急で、一刻で、鼻っ端の景気のいいねばり気の足らぬ江戸っ児気質だけではどうにもならぬ事情の事

柄が世の中にはいくらでもある」(『満支このごろ』、216～217頁)と述べている。さらに、「どっちにしてももう少し日本人は『おとな』になる必要がある」(『満支このごろ』、219頁)として、日本人がこの多民族国家に根を下ろすことで、いまだかつてない人種混合の中で成熟し、「おとな」になることができると考えていた。

　だが、こうした見方については戦後、全体の動きが見えていなかったと反省することにもなる。長与は戦後、満洲で自分がごく自然に政治的になっていったと、当時のことを述懐している。「とも角一つの国が新しい地に打ち建てられ、すくすくと育って行く様を見ることは或るたのしみがある。自分らにとって満洲の魅力あった点は、そこではすべて生まな人間生活、民族生活の姿が、粗野な露き出しの切断面のまま見られるという所にあった。(中略)主人公たる一定の原住民族と一貫した歴史とがなく、伝統の因襲と情実とのまだ出来上がっていない白紙の国。そこではすべてのことが好きなように設計され、設計されるように実施に取り掛かることが出来る。誰でもがそこでは空想的政治家になり、創作家になる。(中略)いつの間にか己の思うままに祖国を料理し、改造し、支配して見たいという欲望にまで発展することも一つの自然な勢である」(『一夢想家の告白』、40～41頁)と述べている。さらに、「国家観念とか国家主義思想とかいうものは始めから自然にあるものではなく、国が何かの大変に遭遇して、その度ごと為政家が必要と感じてそれを吹きこみ、金箔を新たにつけて担ぎ出すにつれてだんだん国民の頭に焼きつけられ、誇大に映されてくる」(『一夢想家の告白』、74頁)[12]として、自分が民族・国家という概念にいつの間にか引き寄せられていった当時を回想している。

　また長与自らの西洋文明信奉への懐疑も、その背景にはある。「最早や五十歳になっていた自分は二三年前の自分とも同じではなかった。基督教と希臘文化との結婚であるヨーロッパの正統ヒュマニズムの畑に育ち、骨の髄までその伝統道徳で固まり、その一つの道徳以外に人間の準拠すべき正しい物さしはないものときめこんで疑わないようなこうした態度に対して、自分は或る根底からの疑惑を抱かずにい

11　貴志俊彦『満洲国のビジュアル・メディア─ポスター・絵はがき・切手』、吉川弘文館、2010

12　政治的にならざるをえないとはいえ、日本人の場合は中国人に較べてみればあっさりしているとも述べている。「由来日本人の独善的感情というものは、実は存外支那の中華思想のように、根拠の根深く強いものでない。むしろ、その中華思想に倣ってそれに対抗し作り上げられたところが多分にある」(『一夢想家の告白』、p.75)としている。

られなかった」(『一夢想家の告白』、6頁)。このように、彼は西洋文明へのあこがれからそれと同化しようとしつつも、そこに「根底から」の懐疑心を禁じえなかった。こうした当時の日本の典型的な文化人の心に対して、満洲国という、日本人が使命を果たしうるであろう新世界には、強く訴えかけるものが確かに存在していたのである。

*

　本雑誌の基本的ねらいが、国家目的に協同すること(菊池寛)だったとすれば、この点は長与のこの記事にも当てはまる。ただ日本文化の国際性を強調するということは、国粋主義とも異なっていた。むしろ、ソ連・中国に対して日本人の優秀さを誇示し、ニューカマーである日本人の方が学術的・文化的にはより適任であるということをアピールするものだった。また同時に、満洲の諸民族の融和という理念に賛同して、日本人ももっと根気強さを学ぶべきだなどということも主張している。たしかに、一民族一国家主義ではないし、ファッショ的あり方にはマルクシズムに対してと同様、懐疑心を抱いていた(『夢想家の告白』、9頁)ので、単なる国粋主義とも異なっている。だがやはり、この時代の長与の言動は植民地政策の文化的な面での補強と言わざるをえないだろう。時代状況の中、一作家までも政治的存在になり、国家が標榜する諸民族協和の理想を夢見るということが起きてしまう。本人も、新世界への希望と内地での鬱陶しい思いがそうさせたと、後に告白している(『一夢想家の告白』、39頁)。西洋文明に憧れ、それを範としてきたことに疑念を抱き、日本人としての独自性を模索していた知識人にとって、目の前の満洲は、同胞日本人がそのスケールの大きな地で外国に対して恥ずかしくないと思える文化的建設をしているという確証を与えてくれるものに思えたことだろう。そして彼にとってそうした思いは、世界状況を冷静に分析するにはあまりにも切実すぎたのである。

From the Editor's Desk

Kan Kikuchi

More than a year has gone by since the outbreak of the Sino-Japanese Incident. Probably, the war will go on for some time. Not that the Chinese army is very strong—but China is an enormously vast country and, moreover, abundant in mountains and rivers which make many regions difficult of access; therefore, our armies are greatly hampered in their military operations. However, it is a foregone conclusion that in the long run the victory will be on our side; the rest is only a question of how long it will take to reach a settlement. Still, even if the military operations will be terminated after half a year or one year, there will remain yet another task, certainly no less exacting than the war itself: the task of setting up an administration that will be friendly toward Japan. But willingly, the Japanese people will bear any hardships and go through any ordeal if it is to foster Japan's national development. Besides, if we have, at present, to endure certain inconveniences at home, they are nothing as compared to what the peoples of the belligerent countries in Europe had to endure during the World War.

☆

After all, in the old days we could get along fairly well without those articles whose manufacture is now banned in this country. Even during the latter part of the Meiji era, we didn't have yet many of the things we are now again to dispense with. To readjust our living conditions a bit to what they used to be in those days, is all we have got to do.

☆

Only, the more the hostilities are being protracted, the more the toil of the officers and men who are active at the front is bound to increase. Therefore, I believe also the people's support and sympathy for the fighting officers and men must, as a matter of course, grow more enthusiastic.

☆

While abominating the reckless anti-Japanese policy of the Chiang administration, for China herself we have always been harboring friendly feelings, chiefly for the sake of China's culture which has influenced Japan during a long period in olden times. If we read in the SELECTION OF POEMS OF THE TANG DYNASTY and discover in there the same names of places which have, at present, become battlefields, a thousand emotions crowd on our minds. For a long time, we have been living our life in an environment of Chinese culture. Were not most of the proverbs we are using taken from ancient Chinese anecdotes? If we, in turn, wish to cultivate among the Chinese people a new friendship for Japan, I think the only way to this goal is, to let them share the benefits of our Japanese culture of to-day. That the Chinese people come to understand Japan's culture to the same extent to which we are understanding China's culture—this has to be the basis of a new Sino-Japanese friendship.

☆

Closely following the outbreak of the Sino-Japanese Incident, Mr. Kuo Mo-jo left Japan for Shanghai to engage in an anti-Japanese press campaign, leaving his beloved wife and family behind him, in Japan. Didn't the fact that he could safely leave his wife and family behind him make him realize Japan's righteousness, orderliness, and civilization? If there had been Japanese writers residing in Soochow, would they have been able, after the outbreak of the present hostilities, to return to Japan instantly—and could they have risked to leave their wives and children behind them? Does Mr. Kuo not think of his wife and family who are enjoying the protection of orderly and civilized Japan while he is cracking anti-Japanese propaganda stunts? And hasn't China really got much business to settle at home which is more urgent than to fight and insult Japan? Since the early part of the Meiji era, there have been frequent disputes going on between Japan and China. Yet, has it ever happened that out of antagonistic feelings Chinese people were killed in Japan? We couldn't think of even one such case ever to have occurred.

☆

Mr. Kiyoshi Kiyozawa, who has apparently been spotted as a "liberalist" by certain quarters, has taken great strides in Paris to explain and justify Japan's stand, according to cable reports reaching here some time ago. We also vividly recall how Dr. Nitobe, whom certain circles persecuted for his convictions, used to come out in defense of Japan's cause, at the Pacific Conference and on numerous other occasions. I believe that liberalism is, to act according to one's own conscience. Even though their policies and conceptions differ from other people's, in their love for their country and in their concern for the future of their people, liberalists, I believe, are second to no other people of whatever convictions.

☆

It was very sad news, indeed, that Mr. Maeda and Mr. Hamano of the Asahi newspaper and Mr. Watanabe of the Yomiuri newspaper, who were covering the war in China as special correspondents for their respective papers, have met with death on the field. But when we see the news reels or the foto flashes that were taken at the front during action, sometimes we just can't help wondering how it is possible that not more war correspondents are being killed, and thus the heroic death of those three pressmen appears as a really inavoidable sacrifice. When seeing the news reels and the war reports, we should be overwhelmed with gratitude and admiration for those heroes of the press.

☆

More enjoyable news, as far as Japan was concerned, came from Hankow whence it was reported that our planes have shot down fifty-one Chinese planes in encounters in the air over that city. It is reassuring to realize that modern warfare, at least in as much as regards aerial battles, has turned again to the time-honored practice of single combats, such as were customary in Japan during the historical age of civil wars. In the fightings of those days, two or three scores of warriant *samurai* would attack and easily disperse an enemy force ten or twenty times greater. In air combat, it seems, it is again individual courage and skill which really count, just as in the fighting of the days of civil war. For the Japanese, the development of aviation has proved a providential help.

☆

Indeed, the accomplishments of our airmen even outdo the expectations of our people. With such an excellent air force in our possession, we could imagine that even if a few hundred enemy planes made their appearance over Tokyo and tried to bomb the capital, they would be completely annihilated, and hardly more than three planes might return—just as it happened in our ancient history when the Mongols invaded Japan with a huge fleet, and but a few of their men ever returned alive.

☆

Recently, I lectured over the radio on *Bushido*, the code of honor and morals of the *samurai*, and I said that the Japanese *Bushido* was certainly a splendid thing, but that it was only superficial *Bushido* which had forgotten loyalty to the Imperial Court, and that it was the very loyalists of the Restoration period which were truly representative of *Bushido*, such as were also the faithful retainers of the Southern Dynasty. If Japanese history is being taught with a view to build up Japanese spirit, should not, then, the ancient history of the Southern and Northern Dynasties, and the history of the Imperial Restoration, be made the chief subjects of history classes? In particular, the life stories of the loyalists of the Restoration period might well be given more prominence, and I think that especially people should know more about the unfortunate death of Izumi Maki, Kuniomi Hirano, and Mikisaburo Rai. And should not, in particular, our people know better the odes of Mikisaburo Rai, who exclaimed at the moment when he was being executed: "I must die because my loyalty toward the Emperor was not deep enough!"? I should like to put a few questions to some of those who, abreast with the times, are talking so much about Japanese spirit, and to find out how much they know of the history of the Restoration period.

☆

The other day, when I visited the Naval Hospital at Yokosuka, where I also delivered a short address, I was really surprised to find the wounded officers and men undergoing treatment there in such high spirits. The fact that there were only a few seriously wounded men among them might partly explain it; but I felt that at the same time it must have been their conscience of having received wounds in doing their duty for their country that made those men feel so fresh and vigorous, like hawks in the skies of autumn.

A short time ago, we published in our monthly magazine, THE BUNGEISHUNJU, a story THE RETREAT SOUTH OF CHAHAR by Mr. K. Chang, war correspondent of a Chinese paper; it was a vivid and colorful description of the tragical and pitiable sight of the retreating soldiery, and proved much more interesting than any of the Japanese war stories. If we think about it, we must conclude that it is usually the desperate battles and the defeats which make interesting war stories. The HEIKE MONOGATARI, or THE HISTORIC ROMANCE OF THE TAIRA FAMILY, the TAIHEIKI; N. Priboy's TSUSHIMA, and Erich Maria Remarque's IM WESTEN NICHTS NEUES, were all telling the story of defeat. Also Lieutenant Sakurai's NIKUDAN, or THE LIVING SHELL, was the story of a desperate fight. Just as it is not fulfilment in love that makes a novel, but always disappointment in love, probably a glorious victory will not produce any good war literature. But perhaps we have to say that it is a great bliss for Japan that she has, so far, produced no really good war literature.

編集者のデスクから

菊池　寛　　　　　　　　原典

　支那事変一周年を迎へた。戦争は、まだこれからであらう。支那兵強きに非ず、たゞ厖大なる国土と交通不便な山川水沢が克服しにくいのである。しかし、勝利は確定し、たゞいつ始末が着くかだけの問題だ。軍事行動は、茲半年か一年かの間に終るとしても、親日政権を確立することが、戦争にも劣らない位、骨の折れる仕事であらう。しかし、これは日本が民族的発展を遂ぐる試煉として、国民は欣然として、如何なる艱難にも堪へるであらう。その上、現在の銃後の不自由などは、欧州大戦当時の交戦国民のそれに比すれば、云ふに足りないだらう。〔1〕

○

　生産を禁止された品物なども、昔はなくて済んだものだ。いな明治の末年頃にだつて、なかつた品物が多いのだ。生活を少し元に還せば、それで済むことである。〔2〕

○

　たゞ戦争が長引けば長引くほど、戦線に馳駆する将兵の労苦は倍加されると思ふ。従つて、将士に対する国民の後援慰問の熱も、当然倍加されなければならぬと思ふ。〔3〕

○

　我々が、蒋政権の無謀な抗日政策を憎みながら、支那そのものに対しては、常にある親しみを持つてゐるのは、日本が古来永くその影響を受けた支那文化の為であらう。

　「唐詩選」などに、現在の新戦場の地名などを見出しても我々は、感慨無量なるものがある。我々は、永く支那文化の中に生きて来たのだ。我々の使ふ諺だつて、多くは支那の故事逸話から来てゐるわけだ。それと反対に、支那の民衆に日本に対する新しい親しみを植ゑつけるのには、現代の日本文化の恩沢を敷く外ないと思ふ。我々が支那の文化を解するほど、支那人が日本文化を解することが、新しい日支親善の基礎でなければならぬと思ふ。〔4〕

○

　事変勃発と同時に、日本を去つて上海に帰り、抗日の筆陣を張つた郭沫若は、日本に最愛の妻子を残

日本の新式燕型グライダー、最近、初テストに成功

してゐる。安んじて、最愛の妻子を残して行けると云ふことに、日本の正義と秩序と文化とを考へないだらうか。蘇州あたりに寓居を持つてゐた日本の文人があつたとして、今度の事変に、妻子をそのまゝにして忽然として帰れるだらうか。抗日の筆を弄しながらも、日本の秩序と文化との庇護にある妻子のことを考へないのだらうか。抗日侮日の行動に出る前に、支那が国家として為すべき事が沢山あつたのではなからうか。明治初年以来、日本と支那とは、屡々抗争をしてゐる。が、支那人が、日本に於てさうした対立的感情に依つて、虐殺された場合は、いくら考へても一人もないやうである。　〔5〕

○

自由主義者として、ある筋からは、睨まれてゐたかも知れない清沢洌君が、パリで、大に日本の立場を弁明してゐると云ふ電報が来てゐた。新渡戸博士なども、ある方面からいぢめられたが、太平洋会議か何かの場合に、日本のために戦つたことは、我等の記憶に新しい。自由主義と云ふことは、自分の良心に依つて行動することだと自分は考へてゐる。自由主義者は、方法や考へ方こそ違つてゐるが、国家を愛し、民族の将来を思ふ点に於て、他の方面の如何なる人々にも劣るものではないと自分は思つてゐる。　〔6〕

○

「朝日」の前田、浜野二氏、「読売」の渡辺氏などが、新聞社の特派員として、戦死を遂げたのは、まことに悲壮の極みである。尤も、ニュース映画や通信などを見て、これでよく、特派員が戦死しないのは、不思議だと思ふ位だから、今度の戦死なども真に止むを得ない犠牲だらう。我々は、映画や通信を見る時、彼らの英霊に感謝しなければならない。　〔7〕

○

漢口の上空で、わが飛行機が、敵機を相手として、五十一機を撃墜したと云ふのは、会心のニュースであるが、近代戦が、飛行機に関する限り、忽ち戦国時代の一騎打的戦争になつたことは、甚だ愉快である。戦国時代の戦争なら、豪傑の士が、二、三十人ゐれば、十倍でも二十倍でもの雑兵を馳け散らすことは容易である、飛行機戦では、個人的武勇と腕前とが、戦国時代の戦争のやうに、物を云ふらしい。飛行機の発達は、日本人にとつては天佑的なものだと思ふ。　〔8-1〕

○

わが空軍の活躍は、実に国民の期待以上であつた。かうした精鋭なる空軍を擁する以上、たとひ敵機が数百機翼を連ねて、東京を空襲して来ても、悉く撃墜されて、帰還し得るもの蒙古の兵船の如く、わづかに三機と云つたやうな事になるだらうと思ふ。たのもしき限（かぎり）である。　〔8-2〕

○

自分は、先日ラヂオで武士道について講演をしたが、日本の所謂武士道は、結構であるが、しかしそれは朝廷を忘れた中義武士道で、維新の志士こそ大義武士道であると云つた。南朝の忠臣達も大義武士道だ。日本精神作興のために日本歴史を教へるのなら、上古史、南北朝史、維新史丈（だけ）を中心にすべきではないだらうか。殊に維新の志士の伝記などは、もつと顕彰されてもいゝのだ、殊に不遇に死んだ真木和泉とか、平野国臣とか、頼三樹三郎などは、もつと人に知られてもいゝのではないだらうか。殊に、頼三樹三郎が刑死の際に詠んだ、

　　まかる身は君が世思ふ真心の
　　　　深からざりししるしなるべし

などの歌は、もつと世人に知られてゐてもいゝのではないだらうか。近頃の時勢につれて、日本精神を云々する人達にも、試験問題でも出して、何の程度（と）に、維新史を知つてゐるのかを試して見たいと思ふ。　〔9〕

○

先日、「東日」の催しに依つて、横須賀海軍病院を見舞ひ、一場の講演をしたが、入院せる将兵諸氏の元気で朗かなのには、驚いた。重症患者も少いためもあらうが、国家のために重責を果して傷ついた人々の心境そのものも、秋空の鷹の如く、爽かなた

めもあるであらうと思った。　　　　　　〔10〕
　　　　　　　○
　本誌十二月号に載つた支那の大公報の記者長江の「察南敗退記」は、従軍紀行としては、出色の文学で、敗軍の悲惨な光景が、よく描かれてゐた。日本側のいかなる従軍記よりも、面白かつた。これにつけて思ふのは、戦争ものが面白いのは、大抵は敗戦か苦戦かの場合である。「平家物語」や「太平記」でも敗戦史であるし、「西部戦線異状なし」でも、プリボイの「対馬」でも、みな敗戦記である。桜井中尉の「肉弾」は、苦戦記である。得恋の場合は小説にならず、小説と云へば、失恋小説に定まつてゐるやうに、輝かしい勝利には、戦争文学など生まれないのかも知れない。日本に、好個の戦争文学など出ないのは、国家のため大慶と云はなければならないのかも知れぬ。　　　　　　　　　　　　　　　　〔11〕
（原典を新字とし、明らかな誤植は改めた）

「話の屑籠」を抜粋編集

鈴木貞美　　　　　　　　　　解説

　これは、『文藝春秋』巻末の菊池寛「話の屑籠」から、日中戦争関連記事を抜粋し、配列したものである。まず冒頭、前月号の「話の屑籠」冒頭から３つを採り〔1～3〕、次に日本文化に対する中国文化の影響にふれ、文化を「日支親善の基礎」づくりとしている〔4〕。そして、日本の道義〔5〕や、自由主義の立場にふれた文章〔6〕、ジャーナリストの死にふれたものを配し〔7〕、また「空軍」にふれ〔8〕、武士道〔9〕、負傷兵〔10〕、そして戦争文学に言及して終わる〔11〕。〔　〕内は、本文記事の各項に順にふった番号。

　直前の月にあたる1938年8月号から4項、遡って6月号から1項、4月号から1項、3月号から1項、1月号から3項、1937年12月号から2項を選び、うち、「空軍」に関する2項を1項にならべ、計11項にしてある。一覧表にすると以下のとおりになる。なお、①～⑥は、各月の「話の屑籠」の項目順に数えてふった番号である。

〔1〕1938年8月号①。　〔2〕1938年8月号②。
〔3〕1938年8月号③。　〔4〕1938年4月号②。
〔5〕1937年12月号②。　〔6〕1937年12月号③。
〔7〕1938年1月号⑤。
〔8〕1938年6月号⑥及び1938年8月号④。
〔9〕1938年3月号⑥。
〔10〕1938年1月号②。
〔11〕1938年1月号①。

　　　　　　*

以下、各項に、必要と思われるコメントを付す。
〔1〕1938年夏の時点での日中戦争の見通しとして、強がりでも楽観論でもないだろう。「親日政権」云々について、北京には王克敏臨時政府ができていた。1938年2月号「話の屑籠」では「戦争が終わったところで、北支中支の新政権を確立すると云う大事業が残つている」と記されている。南京臨時政府の要に、汪精衛（兆銘）を担ぎだす工作を念頭においての記述とみられる。

　なお、1938年7月の時点で書かれた記事の冒頭は、「支那事変1周年を迎へた」だった。英文への翻訳は、これを「超えた」に変えている。その他、最後の項の冒頭「本誌」が『文藝春秋』に改めてある。原典としてあげたものは、改行なども雑誌掲載時のままにした。

　　　　　　*

〔4〕文化を「日支親善の基礎」づくりとし、中国に親日感情を育てる戦略に立っている。これは、作家、ジャーナリストである菊池寛ならではのもの、というより、20世紀の戦争が総力戦の様相を帯び、必然的に思想宣伝をはじめとする文化政策を伴うものだったからである。そして、この時点で、その内容は、日本が「近代文明化の恩恵を与える」というものであり、のち、大東亜文学者大会で掲げられる「各民族の伝統尊重」ではない。

　第1次大戦後、帝国主義の時代は終わったと言われ、国際協調と文化相対主義が1920年代にひろまったが、1930年代に日本主義が台頭すると、それに西欧近代化路線で対抗する立場も強化された。菊池寛は、どちらかといえば、後者に軸足を置いていたことになる。日本知識人の文化戦略に「近代の超克」が課題として掲げられ、民族伝統の重視へと切り替わってゆく過程と、それには混乱を伴わずにはいられなかった事情を端的に示していよう。

　　　　　　*

〔5〕直前の〔4〕を受けて、抗日宣伝の先頭に立っている郭沫若が千葉に残した日本人の妻子に、日本人は危害を加えていないことを述べ、いわば日本人の

道義性を訴えている。これは、大局的には1937年12月の南京攻略の際に非戦闘員を大量に虐殺し、種々の危害を加えたことに対して、国際非難が高まり、ソ連だけでなく、日中戦争の拡大を静観していた米英も蔣介石国民党政府への援助を強化したことに応える意味をもっていた。

郭沫若は、1914年に九州大学医学部に留学、21年に郁達夫らと「創造社」を起こしたのち、帰国して政治活動に従事、27年に日本に亡命して中国古代史、日中比較文学などに活躍したが、37年に日本人の妻子を残して、再度帰国。抗日活動、文化活動に邁進した。解放後も、一貫して文化界の重鎮の位置を占め、日中友好協会名誉会長を務めたことなどはよく知られる。

＊

〔6〕自由主義の立場も、戦時には愛国主義を採るのが当たり前であることを述べている。逆にいえば、日本が軍国主義に染まり切っているわけではなく、自由主義が健在であること、自分が自由主義者であることを示した文章である。

清沢洌は、17歳でアメリカに渡り、西海岸の日本語新聞記者として頭角を現し、1918年に帰国、のち、1920年より『中外商業新報』(現在の日本経済新聞)、1927年より『東京朝日新聞』記者として活躍したが、著書が国体冒瀆の非難を浴びて退社し、フリーランスの身分で反権威主義、対米協調の立場から国策批判を展開、『文藝春秋』でも活躍が目立つ。1937年から1938年にかけては、ロンドンで開催された国際ペンクラブ世界会議に日本代表として出席、それを機に欧米の各所で精力的な講演活動などを行い、日中戦争における日本の立場の擁護を行った。菊池寛は、これを自由主義の立場からの愛国の例にあげている。

もうひとつの例としてあげられている新渡戸稲造の「太平洋会議」での発言とは、1933年のカナダ・バンフで開催された第5回会議の際に、満洲事変、「満洲国」建国に対して、各国の批判に応えたものにちがいない。新渡戸稲造は、その後、ヴィクトリア市で客死する。先に紹介した清沢洌も、また若くして渡米し、クェーカー教徒の妻をめとった新渡戸稲造も、「自由の国、アメリカ」という普遍的な理想をかかげるアメリカン・ナショナリズムを体得した人であった。

なお、「太平洋会議」は、環太平洋（アジア・太平洋）地域内で、民間レヴェルで相互理解・文化交流をはかることを目的として設立された太平洋問題調査会（The Institute of Pacific Relations, IPR）が、ほぼ2〜3年おきに開催した国際大会の呼び名。IPRは、ハワイにおけるYMCAの国際連帯運動に発するもので、1925年7月に創設され、各種調査事業を進め、中央機関誌『パシフィック・アフェアーズ』(Pacific Affairs, 1928年創刊)をはじめ、多くの書籍・パンフレットを刊行してアジアに関する知識の普及を進めた。アメリカ・カナダ・イギリス・日本・中国・インド・パキスタンで「太平洋会議」を開催した。NGOの先駆けとみられるが、文化・経済問題に力点をおくホノルル本部と政治問題に力点を置くアメリカ支部との対立や、1939年以降、日本支部が事実上、脱退するなど、1930年代の複雑な国際情勢の影と無縁ではいられなかった。

＊

〔7〕〔8〕は、戦時における悲しいニュースとうれしいニュースをふたつ並べる。菊池寛は航空機に早くから関心をもっており、「空軍」の活躍は20世紀の戦争の特色でもある。なお、日本は軍隊の一組織としての「空軍」はもたず、陸軍、海軍がそれぞれに航空部隊をもっていた。

＊

〔9〕は、日露戦争の勝利によって、国際的に広く知られた「武士道」をめぐるひとくさりである。ここで「所謂武士道」といわれているものの内容ははっきりしない。一般には『仮名手本忠臣蔵』とそのヴァリエイションがひろめたイメージだろう。藩主への忠義を価値の中心におく武士の生き方を漠然とさす江戸時代の通念の実際は、藩の官僚としての心構えのようなものだった。ただし、江戸時代には否定されていた、殉死や切腹を美徳とする戦国武士の生き方が、日清戦争を前後するころに山本常朝『葉隠』(1716年頃。鍋島藩の藩内で禁書とされていた)が発掘、紹介され、以降それを、「武士道」の基本のように言う論調も生じていた。さらに、海外にも知られた新渡戸稲造『武士道』(1906)の説くような、欧米の紳士に対応するような日本男児として身につけるべき価値規範をふくんだものが、戦前期は混然と説かれていたと考えられる。いずれにしても、それでは不十分だというのが、菊池寛の言い分である。

天皇への忠義を中心に据えたものでなければ、「大義武士道」、すなわち真の「武士道」ではないという主張で、ここで、菊池寛は皇国史観を露わにしている。これは、1933年9月号「話の屑籠」で5・15事

件の「被告達の心胸は、維新志士のそれに比して、更に純粋悲壮」と書いていたあたりから、次第にせりあがってくる。ここでは維新の志士は藩の利害のために働いたという認識を示している。そして、日中戦争の拡大に反対した『文藝春秋』1938年9月号「話の屑籠」では、北畠親房『神皇正統記』こそ「明治維新の動因」と述べている。これは、あるいは国策批判にバランスをとるために言われたことだったかもしれない。その『神皇正統記』は、歴代天皇の一部に対する批判をもふくむため、軍国主義の高まりに連れて圧迫されてゆく。そのため、ここでは「南北朝史」としているのかもしれない。

　そして、1938年3月号「話の屑籠」のこの記事の直前の項では、「自分は日本精神の精華は、維新の勤王史にあると思っている」と述べている。ここにあげられているのは、勤王の志士のうち、不遇に死んだ人びとである。その後にも1940年1月号「話の屑籠」では、学生が西郷隆盛を崇拝していることを例に引いて「賊軍の大将」ではないか、と叱咤している。

＊

〔11〕の記事中、桜井忠温『肉弾』(1906)は日露戦争実記。「肉弾」は「肉を以て弾と為す」という意味で、日本の兵士の勇敢な様を形容するものだが、兵士たちの肉体が重火器や機関銃などで破砕される様を克明に描いたことでも知られる。近代戦争が兵士に直接およぼす被害をよく伝える作品でもある。

Leading Figures of Contemporary Japanese Literature 3: Yūzō Yamamoto

Tomoji Abe

Yuzo Yamamoto, who is to-day one of the most respected among living authors, was born in Tochigi prefecture, not far from Tokyo, in 1887. From his boyhood he had to lead a hard and strenuous life, but this helped in building up his strong and sympathetic character, such as it is so clearly reflected in his later works. When he was a student of the First High School of Tokyo, he made friends with Kan Kikuchi, Masao Kume, and a few others who, later, have become well known writers; also Prince Fumimaro Konoe, the present prime minister, used to be a class-mate of his.

At the Tokyo Imperial University, Yuzo Yamamoto studied German literature, in particular the German drama; he was graduated in 1915, and for some time after that, was lecturing at the Waseda University, Tokyo. However, his strong creative genius impelled him soon to quit his teaching work in order to devote his time to literary activities. PROFESSOR TSUMURA, THE CROWN OF L IFE, DEWA S AKAZAKI, and numerous other plays, some of them modern, others historical, were the literary products of this period, meeting with remarkable success on the stage as well as in the literary world and firmly establishing Yuzo Yamamoto's position as an outstanding playwright. In these plays, in which the characteristics of his spirit as well as of his writing technique are clearly expressed, it is the goodness of human nature, the idea of justice, and the will to progress, which are taking up a desperate fight against the evil powers active in life, and against the obstacles existing within society, This lends a tragic trait to most of the characters and situations of his dramas which strongly moves the public thronging the theatres, and even the high-brows among them. Three of his dramas, DEWA SAKAZAKI, CHINK OKICHI, and THE CROWN OF LIFE, were translated into English and published in book form, some years ago.

It was during the period of the reign of Emperor Taisho, that Yuzo Yamamoto started his literary career; at a time when Japan, far away from the scene of the great European war, was rather enjoying peace and prosperity: when progress and the enlightenment of humanistic culture were the catch-words of the people. Yamamoto's works, it may be said, were most conspicuously representative of the trend of that time. And although, years later, Japan had to face economic troubles and suffered from the struggles of extreme social ideologies, he has been standing, firm amidst all those disturbances and has ever been showing a warmly sympathetic attitude toward progressive tendencies. This conscientious attitude of his has still widened and deepened the respect in which he is being held by people of all classes.

About 1925, he turned to novel writing, though even then he did not entirely abandon the field of drama: ALL THE LIVING, THE WAVE, THE WIND, A WOMAN'S LIFE, THE PATH OF SINCERITY, THE WAYSIDE STONE, are the chief works he has written since that time, most of them as serial novels appearing in the ASAHI newspapers or in other dailies or periodicals of large circulation, and each of them drawing a great number of readers. All his novels deal with matters of the common, everyday life of the people of modern Japan; written in a clear and simple language, they reveal the writer's good and sound common-sense as well as the loftiness of his moral ideals. What has alone been instrumental in achieving popularity for him, is the seriousness of his attitude toward life, and in this respect he entirely differs from many writers trying to achieve popularity through sensational novels of the day. He is a slow, and by no means a prolific, writer, spending great efforts for the detailed elaboration of each work. In his novels, he treats various important problems of society, such as: family, marriage, education, law and justice, in so far as they are in keeping with artistic aims.

Besides his literary pursuit, he is taking a keen interest in social and cultural matters at large, and now and then he works in fields other than that of pure literature. Interested in the literary education of the young people, he organized, a few years ago, the literary faculty of the Meiji University, Tokyo. Moreover, at the expense of much labor which is even said to have affected his health, he edited the Library for Boys and Girls, generally recognized to be the best of its kind. A problem which he is earnestly tackling at present, is the written language of Japan, in particular with regard to the use of complicated Chinese characters; he is also leading a movement toward its simplification.

Yuzo Yamamoto is now living a quiet life in a woody suburb of Tokyo, but always active spiritually: and as an independent thinker, he is gaining an ever more important position in the cultural world of Japan.

日本現代文学の主要作家 3：山本有三

阿部知二　　　翻訳

山本有三は今日活躍している作家の中で、最も尊敬されている者の一人である。東京からさほど遠くない栃木県で1887年に生まれた。家庭の事情により年少の頃から厳しい生活を送らざるを得なかったが、そのおかげで強固ながらも思いやりのある性格が形成された。それは彼の後期作品に、より明らかに反映されている。東京第一高等学校では菊池寛など、のちに著名な作家となる人物たちと友好を深めた。元首相である近衛文麿もまた彼のクラスメイトである。

東京帝国大学ではドイツ文学、なかでもドイツ戯曲を専攻し、1915年に卒業、その後まもなくして早稲田大学に勤めた。しかしながら強い創作意欲に駆り立てられ、文学活動に専念するため教壇を去る。その時期描いた「津村教授」(PROFESSOR TSUMURA)、「生命の冠」(THE CROWN OF LIFE)、「坂崎出羽守」(DEWA SAKAZAKI) などの戯曲には近代的なものもあれば歴史的なものもあったが、舞台において目を見張る成功を収め、山本有三は劇作家として一家をなすことに成功した。社会の不合理や人生の不条理と壮絶なる戦いを繰り広げる彼の精神的特徴——道徳心 (the goodness of human)、正義心 (the idea of justice)、向上心 (the will to progress) ——を、戯曲を通じて明確に表現した。それゆえ登場人物や状況設定の多くが悲劇性 (a tragic trait) を有するものとなり、劇場において多くの観衆の心を揺さぶることとなった。「坂崎出羽守」、「女人哀詞」(CHINK OKICHI)、「生命の冠」の3戯曲は、数年前に英語に翻訳され出版された。

山本が文学活動をはじめたのは大正時代で、当時の日本はヨーロッパ各地の戦争とは無縁で平和と繁栄を謳歌していた。「改造」(progress)、「人道的文化の啓蒙」(the enlightenment of humanistic culture) がうたい文句となっていた。彼の作品は、その時期の流行を最も顕著に表していたといってよい。その数年後、日本は世界恐慌に襲われ、極端な社会的イデオロギーとの戦いで苦しむこととなるが、そうした情勢の中でも彼は確固たる信念を持ち、いつでもその広い心と温かい眼差しを社会向上のために注ぎ続けた。彼の良心的で真面目な姿勢は今もあらゆる階級の人々の尊敬の念を集めている。

1925年ごろ、山本は小説家に転じた。といっても戯曲制作を完全に辞めたわけではない。「生きとし生けるもの」(ALL THE LIVING)、「波」(THE WAVE)、「風」(THE WIND)、「女の一生」(A WOMAN'S LIFE)、「真実一路」(THE PATH OF SINCERITY)、「路傍の石」(THE WAYSIDE STONE)、これらがその時期の代表作品である。ほとんどが連載小説として朝日新聞や、当時広く流通していた日刊紙や季刊誌などで発表され、多くの読者を魅了した。それらは現代日本人の日常を簡素な言語で的確に描き出しており、作家の道徳的理想と良識を打ち出していた。彼が人気を博した主な理由は彼の人生に対する真摯な態度にあり、

山本有三（清水崑によるスケッチ）
Yuzo Yamamoto
Sketch by K. SHIMIZU

人道的な日本人像の海外発信

石川　肇　　　**解説**

阿部知二と菊池寛

　日中戦争の激化に伴い、第一次近衛内閣によって国家総動員法が制定された1938年、菊池寛編集『文藝春秋』別冊付録『Japan To-day』（4月号～10月号）が海外向きに刊行され、そのうち7月号から10月号にかけて、島崎藤村、横光利一、山本有三、徳田秋声の4人が順に、「LEADING FIGURES OF CONTEMPORARY JAPANESE LITERATURE」（日本現代文学の主要作家）として、似顔絵付きで取り上げられた。

　9月号に掲載された「山本有三」は、1936年1月から10月まで『文学界』に連載された小説「冬の宿」で、一躍流行作家の仲間入りを果たした阿部知二の手によって書かれたものである[1]。

　人生家であると同時に文学者でありたいと願っていた阿部は、学校教師と小説家という二筋道の生活を生涯続けた[2]。その二筋道の生活から菊池との関係をみてみると、学校教師としての阿部は、西村伊作が創立した文化学院において1931年から、山本有三が文科専門部文芸科課長として招聘された明治大学文芸科においては1933年から教鞭をとっており、文化学院への出講は当時文学部長であった菊池の誘いによるものであった。また、小説家としての阿部は、1925年11月号の『文藝春秋』が出した「懸賞小説募集」に応募し、「乾燥する街」と題された作品が入選[3]、1931年9月号の『文藝春秋』に「高原」を発表している。なお、1936年1月から同人として誌面に名を連ねていた『文学界』が、同年7月から文藝春秋社発行に切りかえられている[4]。

山本有三と菊池寛

　本文中「東京第一高等学校では菊池寛など、のち

　その点が日常を煽情的に描くことで人気を得ていたほかの作家たちと大いに異なるところであった。彼は遅筆で多作な作家ではないが、一つ一つの作品において緻密かつ精巧なものとなるよう力を尽くした。彼は彼の芸術的目的と見合う限りにおいて、家族・結婚・教育・法律・審判といった様々な社会問題を作品で取り扱った。

　彼は文学のみならず社会や文化に強い関心を持ち続けた。そのため純文学以外の分野に取り組む時もあった。また若者の文学教育にも関心があった彼は、数年前に明治大学の文学部も組織した。さらには健康にも影響を及ぼすほどの多大なる労力を払って少年少女のための文庫を編集した。それはその種のなかで最も良質のものだといわれている。そして現在彼が真剣に取り組んでいる問題は、日本語の書き言葉、とりわけ複雑な漢字の使用についてであり、漢字使用の簡素化に向けた運動を指導している。

　山本有三は今、木々に囲まれた東京郊外で静かに暮らしている。それでも常に精神的に大いに活動的であり、自分の道を行く思想家（independent thinker）として、日本の文化界において重鎮としての地位をさらに高めている。

（石川　肇訳）

---

[1] 阿部は「冬の宿」で第10回の文学界賞を受賞（1936年11月）。

[2] 佐々木基一「阿部知二論」（『阿部知二 伊藤整 中山義秀集　現代日本文学全集44』筑摩書房、1955）における佐々木の言葉を用いた。また、こうした作家であり教育者でもあるという生き方は山本にも共通している。

[3] 「山本周五郎などと一緒に入選したが、惜しくも同誌に発表されず遂に幻の小説となっている」と、竹松良明「評伝　阿部知二―伝記的紹介」（『未刊行著作集13　阿部知二』白地社、1996）に記されている。

[4] 『文学界』の発行は、①文化公論社（1933年10月）②文圃堂書店（1934年6月）③文学界社（1936年1月）④文藝春秋社（1936年7月）へと移り変わった。

に著名な作家となる人物たちと友好を深めた。元首相である近衛文麿もまた彼のクラスメイトであった」とあるように、山本と菊池は一高時代の同級生であり、帝大時代には芥川龍之介らとともに第三次『新思潮』をおこした文学仲間でもある。その当時はまだあまり親しくなかったようだが、1920年以降、劇作家協会をともに作るなどしているうちに、そして1933年の出来事——山本が共産党への資金提供の疑いで検挙された際、菊池がすぐに近衛文麿に働きかけ釈放された——により、山本の菊池への絶対的な信頼が生まれることとなった。「菊池のような友達を持って俺は仕合わせだ」と涙を浮かべていた姿を息子有一が記している[5]。この出来事に関しては山本の「人間菊池」に詳しい[6]。菊池の方も「山本有三。交友七八年。律義にして苦労性なれば、まさかの時に面倒を見てくれさうなり」と「文壇交友録」[7]の中で記しており、山本に対して信頼をおいていたことがわかる。

ところで、本文中「1925年ごろ、山本は小説家に転じた」とあるが、それは朝日新聞社学芸部長であった土岐善麿の「山本有三君がドラマチストとしての才能をノベリストとしての方面へ延ばすことはどうか」との考えを、菊池が間に入り山本に勧奨したことによって生じたものであり[8]、その結果生まれたのが「生きとし生けるもの」(ALL THE LIVING)[9]である。

山本有三と阿部知二

1932年、明治大学において作家志望の学生のための文芸科が山本の手によって立ち上げられ、岸田国士、久保田万太郎、小林秀雄、今日出海、里見弴、獅子文六、辰野隆、高橋健二、谷川徹三、土屋文明、豊島与志雄、長与善郎、萩原朔太郎、舟橋聖一、水野亮、三宅周太郎、横光利一、吉田甲子太郎、米川正夫といった錚々たるメンバーに阿部も加えられた。本文中「若者の文学教育にも関心があった彼は、数年前に明治大学の文学部も組織した」とはこのことである[10]。

阿部はそれ以前、1931年の『新潮』6月号に「山本有三氏の芸術——小説を中心として——」という論文を発表しているが、その冒頭部と本文中「彼が人気を博した主な理由は彼の人生に対する真摯な態度にあり、その点が日常を煽情的に描くことで人気を得ていたほかの作家たちと大いに異なるところであった」というくだりに共通点を見いだすことができる。その頃すでに阿部の山本への評価が定まっており、尊敬の念を抱いていたこともわかる。

極端に印象主義的な芸術を洗練することによつて生命感の強烈な刺戟に酔はうとしたり、あるひは煽情的な文学によつて大衆を追ふことによつて朗かさを買はうとしたりしてゐる多くのインテリゲンチアの作家のなかに、独特な立場をもつて、その階級の良心の声を発しやうとしてゐる山本氏は、われわれがいくら尊敬してもいい作家である。

阿部は以後も、「『真実一路』へのメモ」(『文学界』1937年3月号)や「解題」(『昭和文学全集54 続 山本有三集』角川書店、1955年)など、山本に関する論を出しているが、『Japan To-day』に「山本有三」が掲載されたのと同年同月、1938年9月号の『文学界』に、山本そして林房雄とともに鼎談した「国語国字の問題」が掲載された。山本の国語国字に関する提言は、『戦争と二人の婦人』(1938年)の「あとがき」[11]において振り仮名の廃止を主張するところから始まるが、その主張に対し非常に大きなリアクションが起きたことが改訂版『戦争と二人の婦人』(1938年)の「まえがき」[12]に記されている。『文学界』での鼎談もこのリアクションのうちに入る[13]。本文中「現在彼が真剣に

---

5 山本有一「手紙—回想2—」(『山本有三全集第五巻 付録』、新潮社、1976年9月)。しかし、この事件の際の釈放は、明治大学地歴科長で政界に顔の広い渡辺世祐の奔走のおかげだとの話もある(高橋健二「おわびなど」『山本有三全集第十二巻 付録』新潮社、1977)。

6 山本有三「人間菊池」(別冊『文藝春秋』1948年10月号)

7 菊池寛「文壇交友録」(『中央公論』1925年2月号)

8 土岐善麿「劇から長編小説へ—『生きとしいけるもの』由来記」(『山本有三全集第四巻 付録』新潮社、1977年1月号)。しかしまた、山本に師事していた吉田甲子太郎が「解説」(『山本有三集 現代日本文学全集31』筑摩書房、1954)の中で、「戯曲は小説にくらべて経済的にも恵まれることが少ないというのは文壇の常識」であり、「吉祥寺に家を新築中であったが、この普請のための費用が意外にかさんで、少々金を必要とする状態にあった」と、小説を書き出した理由に経済的な問題もあったことを書き記している。

9 山本有三「生きとし生けるもの」(東京・大阪両『朝日新聞』1926年9月25日〜12月7日)。翌年、文芸春秋社から単行本『生きとし生けるもの』刊行。

10 『新潮日本文学アルバム 山本有三』(新潮社、1986)に創設時のメンバーの写真が掲載されている。

11 「この本を出版するに当たって—国語に対する一つの意見—」(『戦争と二人の婦人』岩波書店、1938)

12 「改訂版のはじめに」(『戦争と二人の婦人』岩波書店、1938)において、「わたくしは単行本を出して、今度のように多数の批判を受けたことはありません。わたくしが今までに目を通したものだけでも、八十以上にのぼっております」と記してある。なお、ここでの「批判」とは肯定的な意味である。引用は『山本有三全集第十一巻』(新潮社、1977)によった。

13 他にも阿部個人のリアクションとなる「文学への信念—文芸時評—」(『文藝春秋』1938年7月号)がある。阿部は山本の『戦争と二人の婦人』を取り上げながら、「私は、実行の可能な方法としての、このルビ廃止に賛成するものだが、ここでこの本の紹介をしたことは、その賛否は別として、前にもいつたやうに、この時代の文学者の仕事として、有意義な、いや、まさになさなければならぬ大きなことが、こんなところにもあるのだ、といふことを、この山本氏の仕事を例にして、強調したかつたのである。このやうな提唱は、技術上の問題は別としても、現代の文学者の良心にひびかなければならぬはづである」と記している。

取り組んでいる問題は、日本語の書き言葉、とりわけ複雑な漢字の使用についてであり、漢字使用の簡素化に向けた運動を指導している」というのは、この国語国字に関する提言のことを指しており、山本に関する最新ニュースだった。

人道的な日本人像の海外発信

「山本有三」において阿部は、山本の人格と生き様が反映された戯曲や小説、そして対外的な教育活動に関して事細かに記した。それは山本が左翼同伴者であるということをほのめかすにとどめた非常にデリケートなものであったが、そうした執筆制限を行いながら、日本文化やその精神、特に日本人が人道的であるというイメージを海外へ発信したのである。たとえば本文中「日本は世界恐慌に襲われ、極端な社会的イデオロギーとの戦いで苦しむこととなるが、そうした情勢の中でも彼は確固たる信念を持ち、いつでもその広い心と温かい眼差しを社会向上のために注ぎ続けた」とは、世界恐慌に襲われても階級闘争（当時の言説として「階級闘争」という言葉を避けた）が起きても動じない山本の精神的な強さ、人道的なあり方を表しており、続く1925年ごろから書き出された山本の小説に対し「それらは現代日本人の日常を簡素な言語で的確に描き出しており、作家の道徳的理想と良識を打ち出していた。彼が人気を博した主な理由は彼の人生に対する真摯な態度にあり、その点が日常を煽情的に描くことで人気を得ていたほかの作家たちと大いに異なるところであった」と評しているのも同じである。また、山本の「道徳心 (the goodness of human)、正義心 (the idea of justice)、向上心 (the will to progress)」が反映されている悲劇的な戯曲が「観衆の心を揺さぶる」とは、日本人がそうした心を理解し受け入れることのできる人道的な民族であるということを暗に示してもいる。山本の紹介がそのまま「日本人＝人道的」というイメージ形成につながっていたとまで言うのは些かためらわれるが、しかし、それに近いものを感じ取らせるだけの力を持っている。

「山本有三」の記事は『Japan To-day』に取り上げられた他の作家と比べると約半分とその分量は少ない。しかし、翌10月号の近藤春雄「最近の日本映画」において、山本の小説「路傍の石」(THE WAYSIDE STONE)を原作とした映画『路傍の石』に関する情報がスチール写真（主人公愛川吾一とその母おれんの対話シーン）付きで掲載されており、その取り扱われ方は他の作家に勝るとも劣らなかったということを最後に付け加えておく[14]。

---

14 近藤春雄「最近の日本映画」というタイトルは、佐藤卓己氏による翻訳（『Japan To-day』10月号）を用いた。

Recent Books on Japan
(Nippon / Japans Seemacht, ⋯)

Hans Erik Pringsheim, Chū Saitō

NIPPON
By The Society for International Cultural Relations. (Nippon Kobo. Tokyo 1938).

An illustrated book—or rather, a foto album, folded in the same style as Hiroshige's FIFTY-THREE STAGES ON THE TOKAIDO and other classical Japanese works of Illustrative art. In about thirty largesized, double-sided foto reproductions, a comprehensive and enlightening review of Japan to-day, covering all spheres of her everyday life, unrolls before the eyes of the spectator. Opening symbolically with a magnificent sight of the Nijubashi entrance to the Imperial Palace, the book depicts sceneries and scenes of the political, religious, agricultural, industrial, and cultural life of present-day Japan. With brief explanatory notes and captions being economically interspersed, the entire volume is somehow resembling a work of cinematographic art—as also suggested in its sub-title: A Production of The Society for International Cultural Relations.

In the skilful selection, arrangement, and lay-out of the excellent picture material used in this book, we believe to recognize more or less the same principles as followed by the Nippon Kobo also in their illustrated quarterly published under the same title, NIPPON which, in turn, seems to follow, to some extent, the exquisite and somewhat exclusive style of the German monthly magazine, die neue linie. (In this connection, mention shall be given to the elaborate special Japan issue published by die neue linie in January 1937, following the visit to Japan of the publisher's special representative, Mr. Wolfgang Krause-Brandstetter.)

In the present book, all explanatory matter is given in three languages, i.e., English, French and German. Altogether, the texts are brief and clear and convey a considerable amount of facts in the shortest possible formulas. Foreign readers will certainly appreciate it that in spelling Japanese words and names the publishers have avoided the usage of the new *Nihon-shiki* style of Romanization, though it is regrettable that the spelling system used in this book still differs, in certain points, from the familiar Hepburn system. Moreover, a few mistakes and several false spellings occur in the French translation. The weakest part is the German text; not only that in writing the *Umlaute*, two different ways of spelling, namely ie, oe, and ue, as well as ä, ö, and ü are used arbitrarily, and that the translator's language is, in several places, stiff and clumsy: besides, he has committed, in his translation, quite a number of blunders, the gravest one being his translation of "the elixir of life" as "*Lehren über richtige Lebensführung*", meaning "doctrines regarding the right way of living".

Yet, as this is a book for spectators rather than for readers, its main value is to be found in the pictures themselves, and as a pictorial review of contemporary Japan, it is, no doubt, the best work of its kind.

HANS ERIK PRINGSHEIM

JAPANS SEEMACHT, DER SCHNELLE AUFSTIEG IM KAMPF UM SELBSTBEHAUPTUNG UND GLEICHBERECHTIGUNG IN DEN JAHREN 1853-1937. By Gustav Jensen. Illustrated. (Karl Siegismund. Berlin 1938).

Books on the history of the Imperial Japanese Navy written by foreign authors are very rare. So far, C. B. Ballard's THE INFLUENCE OF THE SEA IN THE POLITICAL HISTORY OF JAPAN, Otto Franke's Die *Grossmächte in Ostasien 1894-1914*, and Arthur J. Brown's *Japans Aufstieg zur Weltmacht* make perhaps an exhaustive list. The present work is the latest and in many points possibly the best one.

Dr. Jensen's account of the Japanese navy is always knit with political problems: his book might as well be called a political history of modern Japan written in the light of the naval history. The first of three parts, *Das Erwachen und Werden einer Grossmacht*, treating of the period from the forced opening of Japan up to her victory in the Sino-Japanese War, and the second, *Der Aufstieg zur Weltmacht*, dealing with her bitter experience of the intervention by the three Powers, after the war, up to the collapse of the injust Washington and London treaties, trace the historical development.

The third part, *Statistischer Anhang*, illustrates, in tables and statistics, the status quo of the fleet, the fighting ships, and the personnel. Although the figures given cannot in every way be depended upon, the author's strenuous efforts are highly commendable.

However, wrong uses and false spellings of Japanese names and terms which frequently occur in this book are a matter of annoyance. To give a few examples: for the word *Marineminister* (navy minister), *Kaigunsho-Cho* is given instead of the correct Japanese word *kaigundajin*; for *Chef des Grossen Generalstabs* (Chief of the General Staff), *Sanbocho* instead of *sanbosocho*; for *Sitz einer Admiralität* (an Admiralty port), *Chiyu-Fu* instead of *chinjufu*.

CHŪ SAITŌ

最近の日本論
（『NIPPON 日本』『日本の海軍力』）

ハンス・エリック・プリングスハイム
斎藤　忠　　　　　　　　　　翻訳

国際文化振興会編製『NIPPON 日本』（東京、1938年）

挿絵入りの書物、というよりは、広重の『東海道五十三次』やほかの日本の古典的な挿絵の入った美術作品と同じようにたためる写真アルバム、である。大判で見開きの大きさとなる総数約30枚の写真の中では、現代日本の日常生活のあらゆる場面を網羅して読者に教えてくれるように概観する記述が、読み手の眼前に繰り広げられる。象徴的な皇居の二重橋門の荘厳な景色を写した写真から始まり、本書は現代日本の、政治、宗教、農業、工業、そして文化の諸領域にわたる暮らしの風景を描き出す。簡潔な解説文や写真の説明が無駄なく付され、この一巻はさながら一編の映画作品のようである。それは、本書の「国際文化振興会（The Society for International Cultural Relations）製作」という副題にもそれとなく感じられる。

素晴らしい写真を巧みに選び抜き、順番を決め、そしてページ上の配置を決めて出来上がった本書の中に、私は、版元である日本工房が同じ書名で出している季刊誌『ニッポン』の編集方針とある程度は同じ方針を見て取ることができると思っている。この季刊誌『ニッポン』は、ドイツの月刊誌『ノイエ・リニエ』（die neue linie）の上品で高級志向の様式を、多少は参考にしていると思われる。（ついでに、『ノイエ・リニエ』の1937年1月の入念に仕上げられた日本特集号についても一言触れておきたい。この特集号は、版元の特別代表であるウォルフガング・クラウス＝ブラントスタッター氏の訪日に続くかたちで刊行された）。

本書では、説明はすべて英仏独の3カ国語でなされている。どの言語でも付された本文の説明は簡潔で明瞭、これ以上ないと思えるほどの短い文章で相当量の事実を伝えている。日本の事物名や人名を表記するにあたり本書が日本式ローマ字表記法をとっていないことを、外国人読者は有難く思うであろうが、本書の表記の中で、ある点ではヘボン式ローマ字表記と異なるものが存在するのは遺憾に思う。さらに仏訳には誤訳や誤綴がいくつか見られる。本書最大の弱点は、独語部分にある。ウムラウト表記にあたり、ae、ue、oe と ä、ö、ü という2種類の表記が混在するだけでなく、その二通りの表記が勝手気ままに用いられている。また、独語訳の文体はぎこちなく上手いとはいいがたい。加えて、かなりの誤訳がある。もっともひどいものは「不死の霊薬」（the elixir of life）を「正しい生き方の指針」（doctrines regarding the right way of living）を意味する（Lehren über richtige Lebensführung）と訳している箇所である。

とはいえ、本書は読むというより眺めるためのものなので、一番の意義は写真そのものにある。現代日本を写真で概観することでは、本書にまさるものは断じてない。

ハンス・エリック・プリングスハイム

ギュスターブ・イェンセン著『日本の海軍力──自己主張と権利平等をめぐり勢いを増す闘争1853-1937』（ベルリン、1938年）

外国人による日本帝国海軍についての書物はきわめて珍しい。これまでのところでは、C. B. バラードの『日本政治史における海洋影響力』、オットー・フランケの『東アジアの大国　1894－1914』、そしてアーサー・J・ブラウンの『大国へ駆け上がる日本』が挙がるだけである。本書は、最新のそして多くの点で最良の一書となっている。

著者イェンセン博士による帝国海軍の叙述は、つねに政治問題との絡みでなされている。本書を、海軍史の観点から書かれた近代日本政治史、と呼んでも良い。3部仕立ての本書第1部は、「大国の興亡」

と題されており、列強によって日本が開国を余儀なくされた時期から日清戦争での勝利までを取り扱う。「大国へ駆け上がる」と題された第2部は、日清戦争後の三国干渉で受けた苦い体験から、日本にとって不公平なワシントン、ロンドン条約の崩壊までを対象とし、歴史の展開をたどる。

　第3部は、「統計付録」と題され、表や統計を駆使して、帝国海軍の艦隊、戦艦、そして人事を説明することを旨としている。提示されている数値は何から何まで信用できる、ということにはいかないが、著者の不屈の努力は賞賛に値しよう。

　とはいうものの、日本人の人名や術語については誤用や誤綴が頻繁に見られ、困りものだ。いくつか例を引いておく。Marineminister（navy minister）に、正しくkaigundaijin（海軍大臣）とはせずにKaigunsho-Cho（海軍省長）と付してあるし、Chef des Grossen Generalstabs（Chief of the General Staff）には、sanbo-socho（参謀総長）ではなくSanbocho（参謀長）とある。また、Sitz einer Admiralitat（an Admiralty port）は、chinjufu（鎮守府）ではなくChiyu-Fu となっている。

斎藤　忠
（牛村　圭訳）

［解説は6月号「日本関係書籍の書評を概観する」（牛村）を参照］

To-day's Topics in Pictures

60 American students visited Tokyo to participate in the Fifth American Student Conference, at the Keio University (upper centre). The delegates paid a visit to the Meiji Shrine (upper left). Members of the German-Italian-Japanese Friendship Association recently organized a party to climb Mt. Fuji (lower right). Mr. Fumitaka Konoe (upper right) returned to Japan from Princeton University to become an official secretary to his father, the Premier Prince Fumimaro Konoe (right centre). A new world record in the 1,500 metre free-style swimming event was established on August 10 by Tomikatsu Amano, of Nihon University, Tokyo, who negotiated the distance in 18 minutes, 58.8 seconds, as compared with Arne Borg's former world record time of 19 minutes, 7.2 seconds which had been unchallenged since 1927 (lower left).

p.8

写真版今日のトピックス

翻訳

（上・中央）60名のアメリカ人学生が東京を訪問し、慶応大学で行われた第5回アメリカ人学生会議に参加した。（上・左）そのアメリカ代表団は、明治神宮を訪れた。（下・右）日独伊親善協会のメンバーが最近、富士登山を企画した。（上・右）近衛文隆がプリンストン大学から帰国し、父・近衛文麿（右・中央）の公式秘書に。（下・左）8月10日、日本大学の天野富勝が1500m自由形で世界新記録を打ち立てた。天野は1927年以降破られることのなかった前記録保持者アーネ・ボルグの持つ19分7.2秒を、18分58.8秒で塗りかえた。

（堀まどか訳）

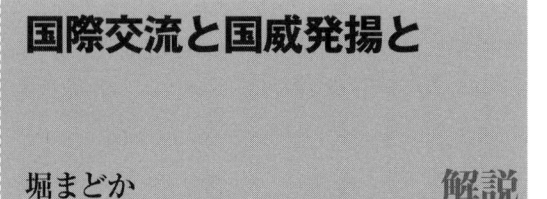

国際交流と国威発揚と

堀まどか　解説

上左と上中央の写真は、第5回・日米学生会議（The Japan-America Student Conference.JASC）のために7月14日に来日したアメリカ人学生ら一団の様子を示したもの。この会議は、1932年に日本の一人の大学生が発案したことから始まり、1934年に第一回会議が開催されて、日米相互に数十人単位の学生派遣交流事業がおこなわれた。実際には政治的側面も強いとはいえ、形式からみれば、日本の本格的な国際文化交流機関である1934年の「国際文化振興会」創設に先駆けた、「民間」による国際的な文化交流の活動であった。この学生交流の実況については、1934年以後、新聞各紙において多くの紙面が割かれている。1938年の米国人学生訪日時にも、写真にあるように明治神宮を参拝し、歓送迎会をする様子が各紙に報道された。この年の会議は「事変」に関して白熱した議論をしたらしく、太平洋問題や世界情勢、ファシズムとリベラリズムなどが議題にあがった。アメリカ学生の一団は、東京での数回の学生討論会のあと、8月1日には神戸から満洲にわたって、新京、奉天など満洲を視察したのち、朝鮮経由で横浜

に戻り、8月14日に帰米している。

　　　　　　　　＊

　下の右の写真は、事変一周年記念を祝して7月18日から19日にかけて、日、独、伊、満、スペインとの「防共」に結ばれた5カ国の国旗を翻して富士山を登山したもの。スイス、ハンガリー、中華民国新政府の代表も5カ国代表団体に加わっていた。この企画は、外務省情報部および陸軍省新聞班の後援のもとに、日独伊親交協会で進められた。各国代表の若者たちが各国旗を手に登山し、頂上で御来光をみて「防共万歳」を叫んだという。持参したレコードの伴奏で各国の国歌を合唱し、皇軍兵士に対する黙禱をささげた。

　　　　　　　　＊

　上の右の写真は、内閣総理大臣・近衛文麿と、その長男・文隆の写真。ニューヨークのプリンストン大学留学中の御曹司・文隆については、そのスポーツの上手さ、とくにゴルフの並外れた腕前がしばしば日本の新聞紙上で紹介されている。もう1年プリンストンに残りたいと嘆願していた文隆に、父親文麿から帰国の命がおりて1938年7月に帰国した。文隆は、帰国すれば直ぐに、長らく延期中であった徴兵検査をうけることになっており、戦時日本の皇軍の一兵士となることも新聞界などでは予想されてもいたが、24歳の若さで一躍、高等官六等の「内閣総理大臣秘書官」になって、兵役を免れている。その後国際派の親善役として活躍したが、そのことが彼の後半世に並々ならぬ不幸をもたらす。

　下の左の写真は、神宮プールでの日本選手権水上競技、1500メートル自由形で20歳の天野富勝が、1927年以来11年間破られることのなかったスウェーデンのアーネ・ボルグ選手の記録を、ついに更新したことの報道。新聞には「世界の天野」「銃後の意気高し」といった見出しや、「来年入営します」といった天野のインタビュー記事が載っている（『読売新聞』1938年8月11日）。国際的反応としてはこの記録タイムの信憑性が問われていた。

BUNGEISHUNJU OVERSEA SUPPLEMENT
Japan To-day
1938年10月号

Miscalculations

Hitoshi Ashida

When is the current China conflict going to end? This undoubtedly is the uppermost question in the minds of the peoples of the Far East, and in a good many other parts of the world, too. An answer to this puzzle would solve many of our troubles. We know that hostilities will cease when the anti- Japanese elements in China will have come to their senses that their resistance to Japan is not only futile but is obstructing the establishment of a foundation for permanent peace in the Orient, or otherwise when they will have been wiped out. That day is certain to come, but who can predict when it will be, considering the uncertainty of developments to-day in this complex world?

The impossibility of predicting accurately the course of events was clearly shown in the past year of the China Incident itself. To the present writer, standing out as one of the most interesting features is the series of miscalculations that have been made in connection with it.

Who is there among us that had an accurate picture of what the turn of events were to be at the time of the outbreak of the Lukouchiao incident on the night of July 7, 1937, when Chinese soldiers fired wantonly on Japanese troops engaged in manoeuvres near the Marco Polo bridge? Due to the Japanese Government's patient policy of non aggravation, it was the general opinion in this country and abroad that a local settlement would be reached. But the authors of such an opinion had not reckoned with the provocative attitude of the command of the 29th Army. True, a truce agreement was reached, but it was broken four days after the Marco Polo bridge affair when Chinese troops attacked the Japanese forces near Yuanping, and the Nationalist Government began shifting the Central Army northward. The Japanese War Office found it necessary to dispatch a certain number of troops to China for self-defence. Sporadic fighting developed into open warfare.

But most of the observers were still of the opinion that the hostilities would be confined to North China, and that after all, a settlement would be reached before the situation reached an impossible stage for peace negotiations. The spread of the hostilities to Shanghai on August 13 last year was another instance of a miscalculation. Here again due consideration of the determination of the Kuomintang leaders to wage war against Japan had not been given. The attempt made by the Chinese forces to annihilate the Japanese naval landing party at Shanghai and their subsequent supreme but futile efforts to defend the city left room for no further doubt of the Chinese intentions . The capture of Nanking has followed. The fall of Hankow is now only a matter of time. Here is warfare on a major scale, quite a contradiction of the views of many of the political experts who saw the Lukouchiao incident as a mere local affair.

The resistance that has been put up by Chiang Kai-shek must be put in the category of another miscalculation, particularly with the case of the so-called China experts in this country. It will be recalled that sortie of the extreme views of the latter were that Chiang's forces would fold up and quit fighting before the yearend of 1937. No doubt, this was much responsible for the apparent lack of concern by the masses in Japan of the development in China, what with one victory after another by their fighting forces. Their eyes have been opened up only of late to the seriousness of the situation through the intensification of the Government's consumption control of raw materials to assure a smooth supply of military supplies to the soldiers on the China fronts, on the basis of protracted warfare with China, plus the necessity of being prepared to cope with any emergency in the future. The anticipated fall of Hankow would more than ever establish the fact of the reduction of the Chiang Government to a mere local regime, but it does not mean the end of its resistance to Japan.

With all due credit to the improvement of morale and equipment in Chiang's forces, it is indubitable that Chiang has kept up his long-term resistance because of direct and indirect assistance received from third Powers; and that he is depending on it in continuing his warfare against Japan. The Soviet Union has been sending military supplies, such as warplanes, anti-aircraft guns and munitions, fliers and military instructors as well. There was the League of Nation's resolution for as much assistance to China individually by its member nations, and there were other expressions of public opinion in certain countries that have been cause for encouragement to the Chiang regime to continue resistance to Japan, which is causing unnecessary loss of lives and property to the Chinese themselves. Thus, it is that Foreign Minister General Kazushige Ugaki is concentrating his efforts toward an understanding by the third Powers concerned of Japan's position in China to put a stop to their assistance to the Chiang regime and thereby contribute to an early end of the hostilities. It should be clear by now that Japan is not fighting the Chinese people but the elements responsible for the present affair.

Misjudgement of factors relating to the China affair is not confined to observers in Japan. What about the foreign economic experts who proclaimed to the world that Japan's financial and economic conditions were in such critical state that she would find it impossible to continue military operations after six months of warfare? This was another reason for the encouragement to Chiang Kai-shek to resort to a protracted campaign with the hope of precipitating a collapse of the Japanese nation's economic structure. True, various measures of economic, financial, and industrial control have been instituted. But this was no desperate action by the Government to stave off what the aforesaid experts would have had the world believe at the outset of the conflict—collapse of its economic system. What guided it was precautionary prudence to ensure enforcement of the China campaign on a long-term basis with the least disturbance to the economic conditions of the nation. In another country, there may be doubt of the smooth operation of such a war-time system, but not in Japan where there is 100 per cent co-operation by the entire nation in the Government's policy in any issue of national scope.

It will be possible for this country to push its military operations for many years to come. Preparations are being made accordingly. When the China Incident is to end is entirely up to the Chinese.

誤算

芦田　均　　　翻訳

　現在の中国の紛争はいつ終わるのか。これはいうまでもなく、極東諸国民の胸中に真っ先に浮かぶ疑問であり、世界のほかの地域の多くでも、そうである。この疑問に対する答えは、我々が抱える困難の多くを解決するはずである。紛争が終わるのは、中国の抗日分子が日本に対する抵抗は無益なだけなく、東洋の恒久的な平和の基礎確立を妨げることに気づいた時であり、そうでなければ彼らが一掃された時であることを我々は知っている。その日は必ず来る。しかし、この複雑な世界における現在の変化の不確実性を考えると、いつその日が来るのかを誰が予測できるであろうか。

　出来事がどのような方向に進んでゆくのかを正確に予測できないことは、支那事変自体の過去1年間にはっきりと示された。筆者にとって、最も興味深い特徴の一つとして際立っているのは、この事変に関してなされた一連の誤算である。

　1937年7月7日夜、盧溝橋近くで演習に従事していた日本軍部隊に対して中国軍兵士がいわれなく発砲し、盧溝橋事件が勃発した時、事態がどのように展開してゆくかを正確に描くことのできた者が、はたして我々の中にいるであろうか。日本政府の辛抱強い事態不拡大方針のおかげで、現地解決が達成されたというのが当時の国内外の一般的な見方であった。だが、そうした見方をした人々は、第29軍司令部の挑発的な態度を計算に入れてはいなかったのである。たしかに、停戦協定は合意されたが、盧溝橋事件の4日後に中国軍が宛平近辺で日本軍を攻撃し、国民政府が中央軍を北上させ始めた時、その停戦合意は破られてしまった。日本の陸軍省は、自衛のために一定数の部隊の中国派遣を必要と認めた。散発的な戦闘が無制限の戦いへと広がったのである。

　しかしながら、事態に注目していた人々の大半は依然として、紛争が華北に限定され、結局のところ、和平交渉が不可能になる段階に達する前に事態は解決されるであろう、という見解であった。昨年8月13日の上海への紛争拡大は、したがって、もう1つの誤算の例となった。ここでもまた、抗日戦を戦う

国民党指導者の決意に、然るべき考慮が払われなかったのである。中国軍が上海の日本海軍陸戦隊を殲滅せんと試み、以後、上海を守るために最高の、しかし無益な努力を重ねたことにより、中国の意図に関してもはや何の疑いの余地もなくなった。その後に南京攻略が続いた。今や漢口の陥落も時間の問題でしかない。ここに展開されているのは大規模な戦争であり、盧溝橋事件を局地的な事件と捉えた多くの政治専門家の見解に全く反するものである。

蔣介石が抵抗を続けていることは、また別の誤算の範疇に入れなければならない。特にこれは、我が国の所謂中国専門家のケースに当てはまる。彼らの中の一部の極端な見解によれば、蔣介石軍は1937年の年末前に潰れ、戦いを止めるであろう、とされていたことが想起されよう。これが、日本軍の連戦連勝と相俟って、日本の大衆が中国の事態に関心が欠けているように見える大きな理由であることは疑いない。最近になってようやく彼らの目が事態の重大性に開かれるようになったのは、中国戦線の将兵に対する軍需物資の円滑な供給を確保するため、政府が原料物資の消費統制を強化したからである。統制強化は、将来の非常事態に備える必要性に加えて、中国との長期戦に基づいて実施されている。予想される漢口の陥落は、蔣介石政権が単なる地方政権に落ちぶれたという事実を、これまで以上に実証するであろうが、それが日本に対する抵抗の終わりを意味するわけではない。

蔣介石軍の士気と装備が向上していることを充分に信用するとしても、蔣介石が長期の抵抗を続けているのは、第三国から直接および間接に援助を受けているからであり、また彼が対日抗戦を継続する上でこの援助に依存しつつあることは、疑いを容れない。ソ連は、軍用機、高射砲および弾薬などの軍事物資のほかに、操縦士と軍事教官も送り込んできた。国際連盟の決議は、加盟国が個々に中国に対してできるだけ多くの援助を与えるよう要請し、そのほかにも、一部の国々で表明された世論が、蔣介石政権の対日抵抗継続を励ます一因となっている。そして、対日抗戦の継続は、中国人自身の生命と財産を無益に失わせつつある。かくして、宇垣一成外務大臣が、中国における日本の立場について関係第三国との了解に向けて努力を集中しつつあるのは、蔣介石政権に対する援助を停止させ、それによって紛争の早期終結に寄与せんとするためなのである。日本が戦っているのは中国国民ではなく、現在の事態に責任を有する一部分子にほかならないことは、今や明らかなはずである。

中国の事態に関連する要因について判断を誤ることは、日本でこの事態に注目している者だけに限られない。日本の財政・経済状態は危機的状況にあるので、日本が開戦後6カ月以上も軍事作戦を続けることは不可能であろう、と世界に公言した外国の経済専門家はどうか。これこそ、日本の国家経済構造の崩壊を早めようと期待して、蔣介石が長期作戦に訴えることを助長した、もう1つの理由であった。たしかに、経済、財政、産業上、様々な統制措置が制定された。しかし、これは、上記の専門家たちがこの紛争の始まった時に、世界に信じさせようとしたこと——日本の経済システムの崩壊——を免れるため政府が実施した絶望的な行動では決してない。政府を導いているのは、国家の経済状態にできるだけ混乱をきたさぬよう、中国での作戦を長期的な基盤に据えて確実に実行せんとする、先を見据えた慎重な考慮である。ほかの国ならば、このような戦時システムを円滑に作動できるかどうか疑問であるかもしれない。だが、いかなる国家規模の問題についても政府の政策に国民全体が100パーセント協力する日本に関しては、何の疑問もない。

我が国は今後何年もの間、軍事作戦を推し進めることができよう。それに応じた用意がなされつつある。支那事変がいつ終わるかは、全くもって中国側次第である。

（戸部良一訳）

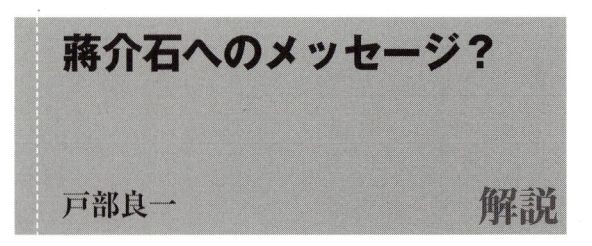

蔣介石へのメッセージ？

戸部良一　　解説

政治家への転身

この論文の著者芦田均は外交官出身の政党政治家。戦後の1948年、第47代内閣総理大臣となり、占領期の混乱した時代に約7カ月政権を担当した。

論文執筆までの略歴を簡単に紹介しておこう。芦田は1887（明治20）年、京都府に生まれ、一高を経て、1907年東京帝国大学法学部仏法科に入学、在学中に外交官試験に合格した。同期合格者には重光葵、堀内謙介などがいる。大学卒業後に外務省入

省、最初の任地ロシアに在勤中、ロシア革命に際会する。第1次世界大戦末期にフランス勤務に転じ、大戦後パリで開かれた講和会議に随員として参加、その後、国際連盟第1回総会でも随員となった。第1次世界大戦、ロシア革命、パリ講和会議と、激動の20世紀の序幕を、芦田は現地で直に体験したことになる。

1923年、本省に新設された情報部の課長に就任。1926年から約4年間、大使館一等書記官および参事官としてトルコに勤務、その勤務を生かして研究・執筆した『君府海峡通行制度史論』により、東京帝国大学から法学博士の学位を授与された。その後、ベルギーに勤務したが、1932年外務省を辞め、立憲政友会に入党して同年3月の総選挙に立候補、地元京都の選挙区で見事当選した。かつて父の鹿之助も衆議院議員を務めたことがある。

日本外交批判

芦田が政界に転じたのは、満洲事変以後、あからさまに政治・外交に介入してきた軍部の横暴に対して外交官としての無力を痛感したからだという。1933年には帝国議会における質問で満洲での陸軍の行動を批判し、1935年に発生した天皇機関説問題では、その学説が憲法違反であると非難された美濃部達吉を擁護したとされる。芦田は外交官時代から外交史・国際法を含む外交問題について数多くの著作を発表し、上述した学位論文以外にも、例えば、『巴里会議後の欧洲外交』(1923年)、『国際外交の知識』(1934年)、『バルカン』(1939年)を刊行した。また1933年から39年末まで英字紙『ジャパン・タイムズ』の社長を務めている。

政治家への転身に見られるように、芦田は満洲事変以降の日本の対外行動に批判的であったと思われるが、当時はそれをストレートに表出できる政治・社会状況ではなかった。この「誤算」と題する論文でも、盧溝橋事件以後の日本の行動に批判的な論陣を張っているわけではない。誤算の実例としては、盧溝橋事件が局地的事件で終わらずに華北一帯に拡大したこと、戦火が華北にとどまらず上海にまで飛び火したこと、中国の抗戦意志を読み誤ったこと、などが挙げられている。中国と第三国の側では、日本が経済的に弱体で長期戦に耐えられないだろうと予想した点で誤った判断を下したとされている。

このような見方は、取り立ててユニークというわけではない。中国の抗戦意志の激しさを指摘している点はやや興味深いが、この点での突っ込んだ分析が展開されているわけでもない。蔣介石政権が地方政権に没落するのは必至であるとか、日本が戦っているのは中国国民ではなく一部の頑なな抗日分子であるとか、中国が抗戦を継続するのは第三国からの援助があるからだといった論点は、当時の日本によく見られた主張であった。

書かれていないこと

ただし、この論文には、当然言及されて然るべきはずの事柄が書かれていない。そして、その書かれていない部分が、この論文で最も注目されるところなのである。書かれていないという部分は、この年(1938年)1月16日に発表された「爾後国民政府ヲ対手トセス」という政府声明にほかならない。この論文が書かれた時点で、日中戦争を扱っているのに、「対手トセス」声明に言及しないのは、かなり不自然であると思われる。たとえ、論文のテーマが「誤算」であるとは言っても。

そもそも「対手トセス」声明は、和平工作がうまく行かず長期戦に移行せざるを得なくなったときに、国民にその覚悟を促すために用意されてきた声明であった。ところが、南京陥落(1937年12月13日)のあたりから、現地軍から国民政府否認を訴える声が高くなり、「対手トセス」声明直後には議会や世論がこれを曖昧であるとして突き上げた。こうして政府首脳(近衛文麿首相、廣田弘毅外相)は、「対手トセス」とは、中国国民政府を今後一切、和平交渉や国交調整の相手としないことを意味する、と政府声明に強硬な解釈を後から加えたのである。

日本政府は、国民政府に代わる新しい中国中央政権を育成して、これと国交調整を図るという方針で進もうとした。だが、現地軍が北京や南京に擁立した政権は弱体で、新中央政権の主体になり得るとは思われなかった。ある軍人は、抗戦を続ける国民政府と現地擁立政権とを比べて、「釣鐘と提灯のようだ」と形容した。政権としての重みが比較にならないというわけである。

こうして政府も「対手トセス」の失敗を痛感するようになる。1939年5月、近衛首相は内閣改造に踏み切り、外相、蔵相、陸相という主要閣僚を交代させた。新外相に就任したのは、陸軍出身の宇垣一成である。宇垣は、「対手トセス」に拘らないことを条件として、外相を引き受けた。そして実際、宇垣外相は就任直後の6月中旬、外国人記者団との会見で、

話題の人物：日産社長の鮎川義介は満州国で、日本の産業界の興味をまとめて強力な中央組織を作り上げようとしている。
（堤寒三によるスケッチ）

中国側に重大な変化があれば、日本としても「対手トセス」を再検討する必要があるだろうと表明したのである。

「重大な変化」とは何かについて宇垣は説明を避けたが、「対手トセス」再検討を示唆した外相の言明は、対外的に大きな反響を呼んだ。中国側でも、これに注目する人々があった（ただし、日本国内の邦字紙ではこの宇垣外相の言明は報道されなかった）。やがて、これをきっかけとして、6月下旬、香港で日中間の和平接触が始まる。中国側と接触したのは、香港総領事の中村豊一（緒方貞子氏の父）である。

和平への期待

このような背景を考えると、「誤算」と題する芦田論文が、「対手トセス」に言及していないのは、なかなか意味深長である。芦田は、『ジャパン・タイムズ』の社長として、「対手トセス」再検討を匂わした宇垣外相の発言を当然知っていただろう。とすれば、「対手トセス」にあえて言及していない、言い換えればそれを無視している芦田は、この論文で宇垣の言明との連係プレーを意図していたのではないだろうか。もちろんこれは推測の域を出ない。ただ、この芦田論文が、日本の立場について関係第三国（具体的にはイギリス）の了解を求め中国に対する援助抑制のために努力している宇垣の姿を紹介している記述を見ると、実際に宇垣あるいは外務省との連絡があったかどうかはともかく、外相発言との何らかの連係を意図したという推測は、あながちまったく根拠のないこととも言えないだろう。

この論文は、最後のところで、日本には長期戦を戦う準備が充分できているので、「支那事変がいつ終わるかは、全くもって中国側次第である」と結んでいる。この部分も、中国の対応次第で、いつでも和平に応じる用意がある、と読めないこともない。なにしろ、「対手トセス」とも言わず、和平条件にも何ら言及していないのである。芦田論文が中国への和平の呼びかけという意図を含んでいたとするのは、深読みに過ぎるだろうか。

しかし結局、芦田の期待（？）は実らなかった。中村総領事を通じた和平接触は、国民政府を「対手」とはするが、そのかわり蔣介石の下野を求めるという日本の要求に中国側が応じず、中絶した。宇垣外相は、外交を除いた対中国政策を担当する機関として興亜院が内閣に設置されることに決まると、外交の一元化に反するとして外相を辞任した。宇垣の外相辞任は9月30日、芦田論文を掲載した『Japan To-day』発刊日の前日であった。

Influence de la Littérature Française sur la Littérature Japonaise

Kenzō Nakajima

La date des premiers contacts entre la civilisation européenne et le Japon est généralement assez mal connue. On situe volontiers cette date au début de Meiji, en raison de la brusque transformation des traits généraux de notre caractère lors de la Restauration de 1868, et l'on suppose que jusque là le Japon fut complètement coupé de la civilisation occidentale, ou, à tout le moins, qu'il ne la connaissait que par l'intermédiaire des commerçants hollandais fixés à Nagasaki. C'est une erreur : et que des Japonais même commettent souvent.

Sans nier les conséquences évidentes de la politique d'isolement si sévèrement pratiquée pendant trois siècles par les *Shogun* de la famille Tokugawa, il nous sera permis de rappeler ici que, dès le milieu du XVIE siècle, le Japon a connu, importés d'Europe, le mousquet et le christianisme. Le mousquet changea d'emblée la tactique de la guerre, et cette arme nouvelle, si puissante, fut fabriquée en quantité par nos forgerons, qui y excellaient, dès l'importation des premiers modèles. Quant au christianisme, les premiers missionnaires réussirent à convertir plusieurs seigneurs d'idées assez avancées, que, en fidèles sujets, leurs vassaux imitèrent pieusement. Il fut un temps où l'on comptait trois mille conversions chaque année, et, plus d'une fois, des daimyo convertis envoyèrent à Rome des ambassadeurs. Lorsque le gouvernement shogounal des Tokugawa acquit une autorité solide, le Japon put commercer librement avec les pays européens. Mais, subitement, un complot fut découvert: un chef d'administration des mines était mêlé à des intrigues portugaises. C'était alors le temps des aventures sur mer, et les navires occidentaux erraient sans cesse sur les mers d'extrême-orient en quête de terres nouvelles. Le Japon fut fermé.

Pendant les trois siècles de cette fermeture, le Japon redevient, pour la plupart des Européens, un pays de mystère. De notre côté à nous, l'Europe fut stigmatisée

p.2

pays de *Kirishitan*, ou de Chrétiens, et il fut, sous peine de mort, interdit d'établir avec elle la moindre communication.

Mais est-ce à dire que toutes communications furent vraiment coupées entre Japon et occident? Non, à coup sûr. A travers le rideau de l'interdiction, le Japon gardait toujours les yeux fixés sur l'ouest: et parmi les curieux, il y avait des administrateurs de haut rang, des savants, des médecins surtout, toujours à la recherche de thérapeutiques nouvelles, et des marchands que l'état de choses d'alors gênait profondément. La rapidité incroyable avec laquelle notre pays s'est, depuis Meiji, assimilé la civilisation occidentale s'expliquerait difficilement sans ces fréquentes communications durant la période de fermeture. Malgré les hésitations du plus grand nombre, l'intérêt de tout un peuple n'avait jamais cessé d'être tenu en éveil.

Sans doute, en très gros, il est juste de dire que la littérature européenne ne s'introduisit guère au Japon avant la Restauration de Meiji. Pourtant nous savons que les fables d'Esope furent adaptées en japonais des 1593: qu'on trouve, au début du XVIIE siècle, dans un récit populaire, des allusions à l'Odyssée, et, à la fin du même siècle, une légende en prose qui peut être rapportée à l'Enéide. Mais, sans doute, la littérature passait alors bien après les sciences, et, somme toute, l'influence de la littérature occidentale sur la littérature japonaise peut, jusqu'à Meiji, être considérée comme négligeable.

Ce n'est donc qu'après trois siècles de fermeture qu'occident et extrême-orient ont appris à se connaître l'un l'autre, et d'abord par l'intermédiaire des Etats-Unis. Au début, notre ignorance était telle que nous ne savions guère distinguer la littérature grecque de la littérature latine, ni le Moyen Age de la Renaissance, ni la Monarchie absolue de la Révolution, ni les Classiques des Romantiques. Toutes ces notions se confondaient sur nos antiques îlots japonais.

La Restauration de Meiji fournirait, touchant notre sujet, nombre d'anecdotes curieuses. On a trouvé, dans la bibliothèque de la famille Tokugawa, les œuvres complètes de Chateaubriand. En 1870, le Télémaque de Fénelon a été partiellement traduit. En 1882, un poème de Charles d'Orléans a été traduit dans un recueil dont le style nouveau devait ouvrir la voie chez nous à des formes poétiques plus libres et souples. Inversement, les bibliophiles s'arrachent une traduction de quelques poèmes du *Kokinshu*, recueil poétique de notre XE siècle, traduction faite en collaboration par le Prince Saionji, alors à Paris, et Judith Gautier, et publiée en 1884 sous le titre de Poèmes de la Libellule. Mais c'en est assez sur ces simples curiosités de bibliophilie.

Pendant les premières années de Meiji, la littérature française fut introduite au Japon non pour elle-même, mais aux fins qui servaient le mieux nos besoins : besoins scientifiques et besoins politiques. On voyait en Jules Verne un auteur scientifique, en Dumas père et V. Hugo des auteurs politiques: c'est ce qui explique leur vogue. C'est qu'alors notre littérature à nous avait ses traditions fort solidement établies, presque intangibles, et que l'esprit nouveau ne pouvait l'atteindre et la transformer que petit à petit. Peu d'esprits japonais ont saisi d'emblée le champ nouveau qui s'offrait à eux. Pourtant, l'assimilation fut relativement rapide: dès 1885, le nom de Stéphane Mallarmé se trouve cité dans un article du jeune Bin Ueda.

Enfin, vers le temps où le Japon cessa pour l'Europe d'être un pays fabuleux, nous, de notre côté, avons commencé de regarder l'Europe avec des yeux plus avertis. Nous avons appris à donner aux termes leur vraie valeur, à différencier les tendances et les courants de notre littérature japonaise d'avec celles et ceux de la littérature européenne, à porter sur les écrivains français des jugements plus justes.

Bin Ueda s'attelle avec acharnement à la traduction des Parnassiens et Symbolistes français: ses deux grandes anthologies sont de 1901 et 1905. Le succès en fut considérable, et l'on se mit chez nous à discuter des différents arts poétiques ainsi introduits: notre *Shintaishi*, ou Art poétique nouveau était à l'ordre du jour, et, un peu plus tard, on se mit à étudier sérieusement les rythmes, longtemps négligés, de nos chansons populaires.

Dans le domaine du roman, et malgré des différences de technique, l'influence des naturalistes français sur le naturalisme japonais n'est pas contestable. On s'efforça même de combiner chez nous naturalisme et symbolisme : c'est de là qu'est née chez nous notre mouvement idéaliste.

Ces derniers temps, on peut considérer comme achevée la période de transition et de renouvellement de notre littérature. Ce qu'on peut se demander maintenant, c'est où va notre littérature, après tant de changements, et une telle évolution. C'est pourquoi nous suivons de si près l'évolution de la littérature française: Valéry et Gide sont chez nous passionnément lus. En cette crise mondiale, rien ne nous est indifférent des enseignements que peut nous donner l'Europe, la France surtout. Le problème de l'avenir de la littérature est, au fond, un problème universel.

日本文学への フランス文学の影響

中島健蔵　翻訳

欧州文明と日本との最初の接触がいつのことだったかは、それほどよく知られていない。それを好んで明治の初期に設定するのは、1868年の王政復古の時期に我々の性格一般の在りようが突然に変わったからである。それまでは日本は欧州から完全に切断されており、さもなくば、せいぜい長崎に留め置かれたオランダ人経由でしか欧州のことが知られていなかった——と想定する向きが多い。およそこうした

想定は誤謬なのだが、多くの日本人もまた、しばしばこの誤謬を冒している。

　徳川家の将軍幕府によって3世紀の間かくも厳格になされた孤立政策のひきおこした明白なる帰結から目を背けることなく、ここで想起してもよいだろうことは、16世紀中葉より日本がヨーロッパより輸入されたマスケット銃やキリスト教を知った、ということである。マスケット銃はいくさの戦術を根底から変貌させた。日本の鍛冶屋は腕がよかったので、この新式の強力な武器は最初のモデルが輸入されるや大量に製造された。キリスト教に関していえば、初期の宣教師たちは先進的な考えをもった領主たちを何人も改宗させることに成功し、その忠臣たちも恭しく領主に倣った。毎年3000人にのぼる改宗者を数えた時期もあり、改宗した大名たちは、一度ならずローマに使節を派遣した。徳川幕府が実権を掌握したころは、日本は欧州諸国と自由に交易することができた。だが不意にある企みが露見した。鉱山の管理責任者がポルトガルの策謀に関与していたのだ。時は海洋に覇を競う冒険の時代だった。西洋の帆船が新天地を窺って次々に極東の海へとさまよい込んだ。日本の門戸は閉ざされたのである。

　3世紀におよぶ閉鎖の間に、大半の欧州人にとって日本は神秘の国へと逆戻りした。日本の側でも欧州は切支丹すなわちキリスト教徒の国として烙印を押され、いかなる性質のものであれ、これと通じることは死罪をもって禁じられた。

　だがそれなら日本と欧州との間で、ありとある意思伝達が現実に途絶したのであろうか。無論そんなわけではない。禁令の帳を通して日本は常に西側世界にじっと目を凝らしていた。興味を抱いていた者のうちには高級官僚や学者、とりわけ医師がおり、いつも最新療法の追跡に余念がなかった。さらには商人たちもいて、思うに任せぬ当時の状況に支障を感じていた。明治以来我が国は、かくも信じがたい迅速で西洋文明を同化したが、これは鎖国の間の頻繁な連絡がなかったならば、容易には説明がつかない事柄であろう。大方の躊躇はあったものの、国民一体の関心は、つねに覚醒状態に保たれたのである。

　きわめて大雑把には、おそらくこういって正しいだろう。明治維新までは欧州文学が日本に導入されるということはたえてなかった、と。とはいえイソップ寓話は早くも1593年には日本で翻案されていたことが知られるし、17世紀初めには民衆譚の中にオデュッセウスへの仄めかしが、同じ世紀の終わり頃にはアイネーイスに遡りうる散文伝承（語り物）が見出される。しかし、どうやら文学はその頃、科学の後塵を拝するにすぎなかったようである。結局のところ、明治以前に西洋文学が日本文学に及ぼした影響は等閑視して差し支えない。

　というわけで3世紀の封鎖の後、西洋と日本とは互いを知ることになった。それはまずアメリカ合衆国を介してのことだった。当初は日本側の無知のほどはといえば、ギリシア文学とラテン文学の違いもおよそ知らず、中世をルネサンスから区別することも、古典主義をロマン主義と見分けることもできなかった。往事の日本の島々にあっては、これらの概念は混同されていたのである。

　文学という話題に関していえば、明治の王政復古は多くの興味深い逸話を提供することだろう。徳川家の蔵書にはシャトーブリアンの全集が見つかっている。1870年にはフェヌロンの『テレマック』が一部翻訳され、1882年にはシャルル・ドルレアンの一篇の詩が、ある詩集に出版されたが、この新たな文体は、我が国において、より自由で柔軟性に富んだ詩形態への道を拓くこととなるものだった。逆に、我が国で10世紀に編まれた詩集『古今集』の抄訳は、愛書家ならば奪ってでも求めたい一品である。この翻訳は当時パリにいた西園寺公とジュディット・ゴーティエとの協力のもとになされ、1884年に『蜻蛉集』の名で刊行された。だが愛書家の好奇心については、これぐらいで十分だろう。

　明治初年、フランス文学はそれ自身のため、というよりは我々日本側の需要に最適に用立てるべく、日本に導入された。すなわち科学的な必要であり、政治的な必要である。ジュール・ヴェルヌは科学的な著述家、デュマ父やヴィクトル・ユゴーは政治的な作家と見なされた。当時我々自身の文学の伝統はすでに強固に打ち立てられており、ほとんど手の触れようもなく、新たな精神には、ここに到達してこれを変貌させることなど、ほんの徐々にしかできなかった。自分たちの前に新たな沃野が開けてきたことを一挙に把握したのは、一握りの日本人たちだけだった。だが同化はかなり迅速だった。1885年には、若き上田敏の論文にステファーヌ・マラルメの名前が引用されているのが見られる。

　欧州にとって日本がもはやお伽の国ではなくなった頃から、ようやく我々も欧州に、より注意深い目

差しを向け始めた。個々の術語がいかなる真の意味をもっているのか弁え、日本文学の諸傾向や潮流を、欧州文学のそれらと見分け、フランスの作家たちをより正しく判断することもできるようになった。

　上田敏は熱心にフランスの高踏派や象徴派の翻訳に没頭し、彼による2冊の詞華集が1901年と1905年に出版された。これらは顕著な成功を収め、このようにして導入されたさまざまな詩芸が日本でも喫緊の話題とされるようになった。我々のシンタイシ、つまり新たな詩の芸術が話題になっていた。そしてすこし後には、それまで長年蔑ろにされてきたものだが、我々の民謡の韻律が、真摯に研究されるようになった。

　小説の領域では、技術の差異にもかかわらず、フランス自然主義が日本の自然主義におよぼした影響は否定しがたい。日本では自然主義と象徴主義とを結びつけようとする努力すら傾けられた。そこからこそ我々の理想主義運動が生まれたのである。

　昨今では我らの文学の移行期と更新期はすでに完了したと考えられている。現時点で問われるべきは、これほどまでの多くの変化と進化とののちに、我々の文学はどこに向かうのか、との問いだろう。であればこそ、我々はフランス文学の進化をかくも間近かから追求しているのである。ヴァレリーやジッドは我々の間では熱狂をもって読まれている。この世界的な危機にあって、欧州が、そしてとりわけフランスが我々に与えてくれる教訓のいかなるものも、我々を無関心にしてはおかない。文学の将来という問題は、根底において一つの普遍的な問題なのである。

　　　　　　　　　　　　　　（稲賀繁美訳）

韜晦あるいは装った文人趣味？中島健蔵の文学談義

稲賀繁美　　　　　　　　　**解説**

　主題にかかわる沿革を述べた文章だが、本題に入るまでに手間取る一方、後半は目の粗いリストの抜粋程度の出来であり、また欧米文学のなかで何故フランスを取り上げたのかという主題選択・焦点絞りについても説得力のある枠組みは示されていない。総じて非政治的で中途半端な記述に、好事家的な雑情報が同居している、という水準の出来だろう。

　具体的な書名としては、フランス文学以前の西洋古典だが、まずイソップ寓話が『天草本伊曾保物語』として活版ローマ字により出版されたのは文禄2（1593）年。その天下唯一といわれる現存孤本は大英図書館にあり、新村出による訳が『岩波文庫』から1939年に出版される。またオデュッセウスの英雄叙事詩は幸若舞にもなった「百合若大臣」伝説に翻案されたとの説が、坪内逍遙や南方熊楠によって提唱されている。1884年に西園寺公望の協力を得てジュディット・ゴーティエが『古今集』から抜粋した訳詩で構成した『蜻蛉集』には山本芳翠が挿絵を施しており、イタリアの詩人ダヌンチオがそこから直に感化を得て「ウタ」を創作したことも知られる。だが中島が題名に触れる著作は以上のみ。

　つづいて中島は初期の日本におけるフランス文学蔵書と翻訳に触れるが、明治における翻訳は科学や政治を主目的としており、そうした視点からなるヴェルヌや大デュマ、ヴィクトル・ユゴーらへの関心は、文学本来の鑑賞とは別との解釈を示す。ここには国事とは無縁なる日本におけるフランス文学という立脚点に自足し、当時の「文学」の規範に沿って過去を整理する姿勢がきわめて濃厚である。政治思想として大きな影響を及ぼしたルソーと中江兆民との関係などについても、あるいは社会主義との関係を忌避したためか、言及すらなされない。もっぱら中島が取り上げるのは、世事とは無縁の詩の世界であり、マラルメをいち早く紹介し、象徴主義を理解する下地を準備した上田敏に、きわめて高い評価が下される。外山正一、矢田部良吉、井上哲治郎などが主導した新体詩についても肯定的な判断を下すが、そこにどのようにフランス文学の影響があるのかは、判然としない。

　小説の分野ではフランスの自然主義、象徴主義の日本への影響が語られるものの、具体性に欠け、両者に架橋しようとした試みの代表者の名も位置づけも示されない。没理想論争も言外に触れたい気配だが、当事者が英文学の坪内逍遙と独文学の森鷗外では、仏文学を論ずる土俵からははみ出してしまう。北村透谷や蒲原有明の名前も表面には現れない。

　文学の将来は人類史的な普遍問題との大味な結論に至る途上でヴァレリーとジッドに言及されるが、ここでも文明史的な問いかけは回避される。1935年のパリ国際作家大会にも、『人間の条件』のマルローにも、そして無論、小松清の行動主義にも触れてい

ない。

　本稿から中島の政治姿勢を窺うことは困難だが、なぜ中島が本稿で表むき非政治的な話題に終始したのか、その間の状況の変化を示唆し、本稿の裏面を補ううえで参考となる論考として、本稿より1年半ほど遡る『改造』昭和12（1937）年3月号に中島は「文学と民族性に就いて」を発表している。そこではやや回りくどい言い回しながら「自国民の利益といふ標識が外交儀礼さへ踏みにぢつて露骨に公言される」例として「フアシズムやナチス運動」を挙げ、日本の「国民主義」もその趨勢に属するものとの認識を示している。そこには「一方には文化の擁護が叫ばれ、ヒューマニズムが文化層の旗印のやうになつてゐると同時に、さういふ動きに対する反動」も発生している──との見解は、右に述べた1935年のパリ国際作家大会、さらには翌1936年ブエノス・アイレスで開かれた国際ペン・クラブの動向への遠回しな言及だろう。そのうえで中島は「日本に於ける日本趣味」流行に対して「これは言ふまでもなく過去への媚態であり、現在への挑戦である」と、批判的な言辞を辞さない。趣味とは「最も個人の選択の自由が許されるべき性質のもの」であるにも拘わらず、それはまた敏感に情勢に反応する性質をもち、結果として「自ら制約されたに等しい」束縛を生む。中島はあくまで一般論としてこうした趣味の機構を分析してみせるが、ここにはあきらかに2・26事件以降の世相への危惧が表明されている。

　ここで中島は比喩を用いる。自然科学の論文であっても民族性の差異は自ずと析出するものだが、その「科学的方法の民族性がことさらに強調され、それが流行する」といった「趣味の横行」には「警戒する必要がある」。「癖」の自然な流露ならば「民族や個性の輝き」となろうが、それが意識された「日本趣味」となるならば、「さういふ癖に安住することを避ける必要がある」。ここには中島の文学の現状にたいする危機意識が表明されている。「極端に世界主義的」であった「左翼文学の後退の置きみやげ」こそが「民族問題」であり、ここに惹起した「激しい摩擦」は、日本にあってふたつの傾向を生んだ、と中島は見る。一方は新傾向の風俗小説や歴史小説であり、「作家同盟解体当時の社会主義的レアリズムの主張」からは程遠いものの、「肉体的な民族性の確認を以つてして、一応の立場を作つた」と中島は評価する。これに対して本稿の主たる批判の矛先は、もうひとつの「一種の古典主義」だった。それは「血統という言葉によつて明確にその方向を示した」「一番若い人たち」を代表とする動きであり、具体的にはや保田與重郎、亀井勝一郎らが先鞭を付けた傾向と中島は要約する。だがその傾向を極端に誇張したものとして中島が問題視するのは「横光利一氏の渡仏以降の情勢」、端的にいえば『厨房日記』である。そこに見える「義理人情」「種族の地勢と論理の国際性」といった表現に中島は「一種異様な炎」が発しはじめたのを見て「次第に憂鬱になるほかなかつた。」2・26事件にも動ぜず、ソヴィエトでのジッドとの遭遇の有無にも左右されぬ度量を示していた筈の横光が、日本回帰という「桎梏」を自ら用意した。小説の主人公、梶は、欧州の伝統は看過する一方で、日本を極端に美化し、封建制の臭気や拝金主義ばかりか、政治思想の空転にも「公認」の「日本的」性格が荷担していることを見落としている。横光の東西比較は、「対比の標準を誤つている」。

　そのうえで中島は、河上徹太郎の知性論が横光の影響下の産物であるとする見解へ正面から異を唱える。中島は河上の論法に「個々の存在の多様性を、現実の可能性に置き換える」ことで「システムを漂白して、代数的にする」技法を認め、その「流通自在なアフォリズム的観照」のうちに「東洋的と称される行き方」との類比を認め、河上の「限定を嫌う」「知性」の「冒険」に、現段階で唯一残されたといってよい可能性を託してみせる*。

　中島健蔵は1925年に東京帝国大学文学部仏文科に無試験で入学する。同期には今日出海、小林秀雄、田邊貞之助、三好達治などがあった。戦後には日本文芸家協会の再建に尽くし理事を務めるほか、著作者組合書記長、比較文学会初代会長に納まる。55年には新日本文学会幹事長、のちに日中文化交流協会理事長。稀覯書・切手の収集家としても名をなすが、本編にもそうした学識や趣味の一端のみならず、処世の才も垣間見られる。本文が自ら書き下ろした仏文原稿を下敷きにしたものか否かは、判断する材料に欠ける。周囲にはノエル・ヌエットはじめ、手助けできるフランス人も事欠かなかったであろう。

---

* 1938年の勝本清一郎の検挙にともない、日本ペン倶楽部常任理事に就任した中島健蔵と横光との関係については、同年8月号関連論文の解説を参照のこと。

Recent Books on Japan
(The Struggle for the Pacific / The National Faith of Japan)

THE STRUGGLE FOR THE PACIFIC. By Gregory Bienstock. With maps. (George Allen and Unwin. London 1937.)

The history of mankind is on a turning point: it is now entering the new era of the Pacific civilization. The problems around this ocean are now, of all the political and economic questions of the world, probably of the greatest importance to the politicians and the statesmen of to-day; and so they will be to those of tomorrow, for the great historical events of the next hundred years may be expected to take place successively in the region of this ocean. All the political events occurring in the Pacific area are no longer isolated, but directly connected to those of the European continent.

Books treating of the Pacific struggles are legion, but Mr. Bienstock's work is distinguished among them in the point that it deals with, not the time-worn subject of hypothetical warfare between the United States and Japan for the command of the Pacific, but an actual conflict between the two Asiatic Powers— Japan and the Soviet Union—for continental supremacy, which is now being carried on by economic and political means, leading step by step to the flashing-point of an actual war. The author closely investigates the series of historical interventions that have led to a head-on collision of these two Powers and the dramatic changes which transformed, and are even now transforming, the Asiatic world with such bewildering rapidity, and finally, summing up the issues confronting Eastern Asia at the moment, examines the whole possibilities of a war.

The last part studies the strategies of a possible second Russo-Japanese war. Here, the author's views are neither new nor original: they are not even beyond the scope of commonsense. They are right so far as they are concerned with the geographical positions, but hardly so when he discusses the economic powers of the supposed belligerents. Moreover the author fails to take up, in his comparative study, the most important factor—the spiritual elements.

The author's conclusion, in this part, is that neither Power can hope for a decisive victory in an isolated war, and that, to bring Japan to her knees, the Soviet Union must get help from a strong sea Power as her ally. For, no defeat on the mainland of Asia can bring Japan to terms—Japan can only be defeated at sea. But it sounds rather absurd when the author suggests the possibility of a Russo-German block supported by Japan and warns Anglo-Saxon statesmen not to leave such a prospect completely out of their calculation.

THE NATIONAL FAITH OF JAPAN. By D. C. Holtom. Illustrated. (Kegan Paul, Trench, Truebner & Co. London 1938.)

This book treats of the modern features of *Shinto* as the source from which the Japanese derive the inspiration of their major ideals. The author indicates the existence of two separate streams of institutional life in modern *Shinto*, of which he seems to attach more importance to the so-called *Kyoha*, or sectarian, *Shinto*.

The first part of the book, an investigation of the other, State *Shinto* or Pure *Shinto*, is based on his earlier study published by The Asiatic Society of Japan in 1922 as Volume XLIX, Part II, of their transactions, under the title: THE POLITICAL PHILOSOPHY OF MODERN SHINTO, which went out of print soon after publication as the result of the great earthquake and fire of the next year. Here, in an attempt at a historical survey of the subject, the salient facts of the total situation are made accessible to the Western students. And in the second part, where his study seems to be focused, he describes the main features of religious *Shinto* as distinguished from State *Shinto* or Pure *Shinto*, considering in outline the history, teachings, and existing states of its thirteen sects. This is what W. G. Aston's noted work, SHINTO, THE WAY OF GODS, has failed to give, and in this sense the present author's study may as well be said to begin just where that of Aston ends.

The author repeatedly emphasizes the importance of knowing the nature and activities of these religious *Shinto* sects as a clue to an adequate understanding of contemporary Japan, but, from the Japanese standpoint, the idea is rather embarrassing that we are to be understood through these degenerated, even ridiculously distorted forms of Shintoism. These thirteen sects have nothing to do with the national faith of Japan. Especially *Omotokyo*, *Hito no Michi*, *Tenrikyo*, and the like—some of them were even dissolved by Government orders, the leaders being arrested on charges of *lése-majeste*. To say that these are the sources of our national faith, is not much short of slandering us. Besides, though the physical attributes of Shintoism are explained in detail, not so the metaphysical.

最近の日本論
(『太平洋を求めて』『日本の国家信仰』)

牛村　圭　　　　　　　　　　翻訳

グレゴリー・ビエンストック著『太平洋を求めて』
(ロンドン、1937年)

　人類の歴史は転換期にさしかかっている。すなわち、太平洋文明の時代に足を踏み入れつつある。太平洋周辺の諸問題は、今日の政治家にとり、世界のありとあらゆる政治や経済の問題中で、今やおそらくもっとも重要性を帯びたものになっている。また、将来の政治家にとっても然りであろう。というのも、爾後数百年の歴史上の重大事は、この太平洋地域で次々と生じることと思われるからにほかならない。太平洋地域で発生する政治上の事件は、もはやこの地域内のみのことではなくなっている。ヨーロッパ大陸での政治問題に直接関わっているのである。

　太平洋地域での闘争を扱う書物は枚挙に暇はないが、ビエンストック氏の手になる本書は、以下の理由によって他の書物と一線を画す。すなわち、太平洋の覇権をめぐっての日米両国間の仮想戦争といったこれまで多くの書物が取り扱ってきた古びたテーマではなく、日本とソビエト連邦 (the Soviet Union) というアジアの二大国が大陸での覇権をめぐるという、現実に生じている闘争を扱っているからである。この日ソ両国の争いは、現在は経済面そして政治面でくりひろげられており、現実の戦争へ一触即発の状態に少しずつ近づいている。著者は、両国が角突き合わす衝突につながる現状へと至った一連の相手国への介入、さらに戸惑うくらいの速さでアジアの世界を変革した、あるいは現在変革しつつある、劇的な変化、を詳細に検証し、そのうえで最後には現下の東アジアが直面している諸問題をまとめ、両国間の戦争のあらゆる可能性を検討する。

　本書の最後の部分では、起こりうる第２次日露戦争の戦略について考察を加えている。ここでは、著者の見解は目新しいものでも独創的なものでもない。常識の範囲をこえるものでさえない。その見解は、地理的な観点に関する限りは間違ってはいない。だが、交戦国となりうる日ソ両国の経済力を論じるさい、著者の見解は正しいとは言い難い。さらに著者は、日ソ両国を比較検討するにあたって、最も重要な要因、すなわち精神的要素、をとりあげてはいないのである。

　本書の最後の箇所における著者の結論は、以下の通りである――日ソという両大国はともに、世界の他国から隔絶された戦争で決定的勝利を収めることを望んではいない。また、日本を屈服させるためにはソビエト連邦は同盟国となる大海軍国の助けを必要とする。というのは、アジア大陸でいくら日本を負け戦に追い込んでもソ連は日本を屈服させることはかなわず、日本は、海戦で敗れてはじめて国として敗戦を喫するからである。とはいえ、著者が日本も加わる独露ブロックが生れる可能性を口にし、英米の政治家たちにかかる見込みを等閑視しないように、と警鐘を鳴らす時、その主張はかなり馬鹿馬鹿しく思えてくる。

D.C. ホールトン著『日本の国家信仰』
(ロンドン、1938年)

　本書は、日本人が主要な理想を引き出す源泉としている神道の持つ現代的な特徴を取り扱う。著者は、二つの相異なる制度化された暮らしぶりが現代神道に存在することを指摘し、この件については、いわゆる教派神道をより重要視しているように思える。

　(教派神道とは異なる) もう一方の国家神道、あるいは純粋神道 (Pure Shinto)、の検証を行なう本書の第１部は、1922年刊行の日本アジア協会〔the Asiatic Society of Japan〕会報第49巻『現代神道の政治哲学』の第２部で、以前著者が行なった研究に依拠している。この会報は、刊行年の翌年に起こった関東大震災と大火により刊行間もなく絶版となっていた。本書では、このテーマの歴史的検証を試みており、西洋の研究者が全体状況のなかでの目立った諸事実を

把握できるようになっている。ついで、著者の研究の焦点が当てられていると思われる第2部では、宗教としての神道（religious Shinto）の主要な特徴を国家神道（State Shinto）や純粋神道（Pure Shinto）とは区別されたものとして説明し、現在ある13の教派の歴史、教え、そして現状、についてざっと考察を加えている。これこそ、W.G. アストン（W.G. Aston）の名著『神道―かんながらの道』〔Shinto: The Way of Gods〕が提示できなかったことであり、またこの意味で本書の著者はアストンの研究が終わりを告げた地点から研究を開始した、というのがよかろうと思う。

著者は、現代日本を十分に理解する鍵として宗教神道の諸教派の性質や活動状況を知ることの重要性を繰り返し強調する。だが、日本側の視点に立てば、かような堕落し奇妙なほど歪曲された神道を通して我々日本人が理解されうるという考え方は、かなり困ったものだろう。この13の神道の教派は、日本の国家信仰とは何ら関わりを持ちはしない。とりわけ大本教、ひとのみち、天理教などの中には、政府により教派の解散を命じられたり不敬罪で指導者が逮捕されたりした過去を持つものもある。こういった神道教派が我が日本の国家信仰の源泉である、と口にすることは、我々を中傷するに等しい。加えて、神道の具体的諸要素は詳しく説明はされてはいるものの、形而上学的な諸要素についての説明は詳細にはなされていない。

（牛村　圭訳）

［解説は6月号「日本関係書籍の書評を概観する」（牛村）を参照］

Autumn

Seigo Shiratori

Autumn comes from across the sea. I like autumn best at the beach of Kujukuri, where the rough waves of the Pacific Ocean wash the sandy shore. In Hiroshige's pictorial album of noted sites in Japan's sixty provinces, in the section devoted to the sites of Kazusa (now Chiba) province, there is a depiction of a drag-net being drawn at this beach of Kujukuri: a score of fishermen, lined up in two rows, pull the rope, while a number of pedlar boys, each carrying on his shoulder a rod with two baskets suspended one at each end, are seen waiting for the sardines and other small fish to be caught soon. Still to-day, this scene remains exactly the same as it was depicted by Hiroshige, a century ago.

Here, there is an old, primitive fishing village. But, one part of this sandy beach has become, since last spring, a place for the soldiers' target practice with loaded shells; therefore, at certain times, the drawing of the drag-nets is prohibited. Occasionally, members of the patriotic women's league, with their white ribbon-badges hanging down from their shoulders, are seen walking in groups over the plain of the sandy beach. Such scenes have become familiar sights here since the Sino-Japanese Incident.

The sea, in autumn, gradually changes to that perfect deep blue color as on Hiroshige's prints. The white crests of the waves are seen briskly galloping like white horses, till they crumble against the promontory of Taito.

Situated on this shore of Kujukuri is the village of Torami, famous for the pears it produces; the well known fruit stores on Tokyo's fashionable Ginza street order their supplies from this village. In autumn of last year, I stopped at one of the farmhouses of that village and bought a box of pears. A young woman, little more than twenty years old, did the packing. Standing by was an old woman of about eighty, smoothing and heaping up small scraps of newspaper which had been used to wrap up the pears on the trees in the orchard, to keep the insects away from the ripening fruits. In wind and rain, the paper scraps had taken on a brownish color, but still, they were being kept carefully to be used again in the next year.

" Now, said the old woman, also the grand-children have grown up like this, and our son is working hard and earning some money, and for an old woman like myself, to smooth the paper scraps is just the right job." She chuckled and her face was beaming while she carefully removed the wrinkles from the pieces of paper and piled one upon another, and even the wrinkles on her face seemed to straighten. It all made the impression of a happy family circle.

Later, I learned that shortly after one of the grandsons was called to the colors and fell in action at Shanghai. He had been a model youth, and a very skilled *jujutsu* fighter and swordsman, but he was killed when a Japanese force landed in the face of the enemy.

Little later, also his younger brother was recruited and left for the front. At that time, his mother, a woman in her fifties, had her black hairs clipped and offered them to the village shrine. It is not rare in Japan for a woman who lost her husband, as she becomes a widow, to have her hairs cut off and thereafter never to marry again and to pledge herself to chastity for the rest of her life. But people thought it remarkable for a woman to give away her black hairs for the sake of her son. Here is what the mother herself had to say about it:

"As a woman, I have already done my duties, and therefore, I cut my hairs off, to mean that I have devoted my life to my fatherland. Now, I hope that at least the one son which has been left to me will accomplish something outstanding and I have thus entrusted his fate to the will of the Gods."

With even less than three hundred houses, this village of Torami may, however, be considered a pattern of the innumerable villages of Japan. As the stern autumn wind blows over the rice fields, the golden ears are murmuring and whispering their song, and the sea, washing the shores of remote lands and also the shores of our country, echoes the rhythm of the song of autumn.

Now, the luscious pears from that village are put before me, on the table. One species, called Twentieth Century, is of a maiden-like delicacy, while another one, called like a boy by the name Chojuro, is of an astringent, manly taste.

Once, in the early part of October, when I was heading for Kamaishi, a city reknowned for its iron works, I had to cross the Sennin pass. The season was still a bit early for the autumnal tints of the foliage; drizzling showers fell from time to time, and when the clouds broke for a while, the sun was shining. At the foot of the pass was a chestnut grove, and as a fresh breeze passed through the ravine, the trees swayed and bent under the burden of the ripe chestnuts, offering an impressive sight of autumn's riches.

Leaving the train at the terminus, I was alone to cross the pass, but rather than to take a guide, I preferred to ride in one of those palanquins which are a reknowned speciality of this mountainous district. Such a palanquin, however, is no longer of that type which, in olden times, the *daimyo* used to ride in ; it consists just of a simple seat of plaited bamboo, with a strong stick pierced through it, which is shouldered by two men, one in front and one behind. The way up is about two kilometres and a half, the way down two kilometres. During the ascent, a panoramic view of near and remote mountain ranges situated in four different provinces unfolds before the eyes of the traveler, and the foliage tinted in various shades of red and yellow, like a beautiful brocade pattern, offers a wonderful sight. The porters made me think of the *Kumosuke*, who used to carry the palanquins over the highways in the Hakone district, in olden times. Three dogs, apparently the petted friends of one of the porters, were running in front of the palanquin; their brown furs were all covered with seeds of green herbs. They seemed to enjoy it, faithfully to accompany their master even during his labor. As the rain stopped, I saw from inside of my palanquin a beautiful rainbow spanning the skies between the mountains on both sides of the horizon.

On top of the pass was a tea-house ; inside, travelers were having a rest and partaking of some *sake* brewed in the local district ; outside, they had left a grey donkey, and as the animal moved aside to let pass my palanquin, a bell attached to his neck gave a faint sound.

Was it that the bell sounded as he cleared the way for the palanquin--or was it the autumnal wind whose breath sounded the bell as it went past? I felt at this moment that autumn was at its best.

Some times, a slant rain filled the pass and my face got wet, but with the beautiful scenery all round, those autumn days up in the mountains were anything but melancholy.

After descending, I reached the starting station of the railway. The noise of a torrent was heard, and how affectionate sounded the murmur of its flow as it ran through this human habitation! In the scattered farmhouses, the *kaki* on the persimmon trees were ripe, shining against the blue skies in that superb vermilion which Kakiemon, the ceramist, found so hard to bring out on his pottery.

That I visited Lake Towada, was also during October. Fed by this lake, the Oirase torrent is said to be the most imposing torrent in this country; running swiftly through forest regions which have not been touched by a woodman's axe for times immemorial, its friendly flow goes side by side with the mountain path. Its diverting current is highly attractive, and it is not very deep, but rich in clear, limpid water which allows the bed to be seen while it runs past in a sluggish stream.

Who ever spends a while walking along this flow of water will feel his soul being purified.

Over a stretch of thirteen kilometres, between a place called Yakeyama, and Nenokuchi, situated near by the lake, the pure and limpid flow of this torrent runs through a landscape tinted in fascinating color tones: reason enough to make this area one of the finest spots under the heaven.

An unforgettable sight I saw when I was boating on Lake Towada were the flocks of mandarin ducks, swimming over the jade-green depths of the sea. They are lovely water-birds with a very beautiful plumage, and there is always a brace of them together in close harmony--we even have a song telling of "The Mandarin Ducks Inseparably Bound in Love": but this was the first time for me to see them wild. Once later, when I went to the Taishaku valley, up in the mountains near Hiroshima, I also saw a flock of several hundreds of these birds, so they must be a kind of migratory birds, too. It was a magnificent sight to watch them flying up to the skies in a swarm when the boat approached, but on Lake Towada, whose mirror reflected the shape of a mysterious rock well over a thousand feet high and covered with a gobelin of conifers and latifoliate trees—there, swimming over the depths of the lake, a brace or two of them, like beautiful sculptures, they were like an impressive mystery of autumn.

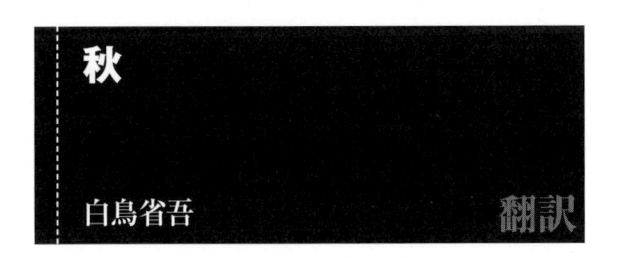

秋

白鳥省吾　　　翻訳

秋は、海を越えてやってくる。太平洋の荒波が砂浜をあらう九十九里海岸の秋が私は最も好きである。広重の「六十余州名所図会」の一枚に、上総の国（現在の千葉）の風景があり、九十九里浜の地引き網が描かれている。漁師が2列に並んでロープを引き、一方にはたくさんの行商の子どもたちが、二つの籠をつけた肩棒をかついで、鰯や小魚が取れるのを待っている。この光景は今日までも、広重が100年前に描いたのとまったく同じである。

ここは、昔ながらの素朴な漁村である。しかし、昨年の春以降、この砂浜の一部は、兵士たちが弾丸を込めて練習する演習場になり、それゆえに地引き網は禁止されてしまった。たまに愛国婦人会の人々が、白いたすきを肩にかけて、砂浜の平野地帯を歩いているのが見える。そんな光景が、日支事変以降、見なれたものになっているのである。

秋の海は、次第に、広重の版画のような深い青に変わっていく。白い波の頂点がまるで白馬のように、太東岬に砕け散るまで、足早に進んでいくように見える。

九十九里海岸には、東浪見という村があり、梨の生産で有名である。流行の先端をいく東京・銀座で最もよく知られている果物専門店でも、この村の梨が扱われている。昨年の秋、この村のある一軒の農家で、私は梨を1箱購入した。20歳を少しすぎたばかりの若い女が、梨を詰めてくれた。そばに立っている80歳ほどの老女は、果樹園で害虫から守るために熟れた梨を包んでいた新聞紙を平らにしては積み上げていた。風雨にさらされた新聞紙の切れ端は、茶色く変色していたが、それでも、来年また使うために丁寧にしまわれるのである。

年老いた女はいった。「今、孫たちもこうして成長しているんです。息子も懸命に働いてお金を稼いでいます。そして私のように年老いたら、新聞紙を平らにするという、私にちょうど良い仕事があるんです」。老女は笑った。注意深く新聞紙のしわを伸ばしては積み重ねていく老女の顔は喜びに満ちて、彼女の顔のしわも消えていくように見えた。それはまさに、幸せな家族の輪を印象づけた。

のちに知ったことだが、そのすぐあとに、孫の一人が徴兵されて上海で死んだ。彼は柔術と剣術にすぐれた模範的な青年だったのだが、日本軍が敵の眼前に上陸した際に殺された。

少しあと、彼の弟もまた、戦線に駆り出された。その時には、50代の母親が黒髪を切って、村の神社に奉納した。日本では夫を亡くした女性、つまり未亡人が、再婚しないように髪を切って余生の貞節を誓うということは珍しくはない。しかし、母親が息子のために黒髪をささげるというのは珍しいことだと思われた。その母親自身が次のようにいっていた。「女として、私はすでに自分の義務を果たしました。ですから、私が髪を切ったのは、私の人生を祖国にささげたという意味なのです。今、すくなくとも私に残されているもう一人の息子が、偉業をなし遂げてくれるように、彼の運命に神のご加護があるように願っているのです」

この東浪見村は300軒にも満たない小さな村だが、しかし、無数にある日本の村々の典型だと考えられる。厳しい秋の風が田んぼを吹きすさび、黄金の稲

九十九里海岸で地引き網をする日本の漁師　写真：日本鉄道局

穂が唄をささやく。そして、遠くの国々の海岸や日本の海岸に打ち寄せる海が、秋の唄のリズムを反響させる。

今、あの村の甘い梨が、私の前のテーブルに置かれている。「二〇世紀」という名の一つは、乙女のような優美な味で、もう一つの「長十郎」という男の子のような名前の梨は、渋みのある、男らしい味わいである。

かつて、10月初旬に、製鉄業で有名な釜石市に向かっていた時、仙人峠を越えなくてはいけなかった。季節はまだ秋の紅葉には少し早かった。時々、霧雨が降り、雲の途切れた時には日の光が差し込んだ。峠のふもとには、栗の木の林があり、新鮮な風が渓谷を通りぬけると、実った栗の重さで木々が揺れ、枝がしなっていた。豊かな秋の印象的な光景である。

終点で電車を降り、峠を越えるのは私一人であった。案内人を連れるよりも、この山地で特によく知られている駕籠に乗ったほうがよかった。かつて大名が使用したような、そんな種類の駕籠ではない。竹で編んだ簡素な座席に、二つの硬い棒が通されて、二人の男が一人は前、一人は後ろで、肩に担ぐのである。登りは約2キロ半、下りは2キロのみちのりである。上り坂では4県にまたがって連なる山脈の遠近の全景が、旅人の目の前に展開される。様々な色合いの赤や黄色に染まった木の葉が、美しい錦模様のように、素晴らしい光景を織りなす。ポーターたちは、私に「雲助」を思い起こさせた。「雲助」とは、昔、箱根の公道で駕籠かきをしていた者である。ポーターの一人が飼い慣らしている3匹の犬が、駕籠の前を走っていた。茶色の毛は、緑色の雑草の種に覆われていた。犬たちは仕事をしている飼い主に忠実に付き添うことを、楽しんでいるようだった。雨がやんだ時、私は駕籠の中から、地平線の向こうの山間の空に美しい虹がかかっているのを見た。

峠のてっぺんには茶屋がある。中では旅人たちが休憩をとったり、地元で醸造された酒を飲んだりし、外では灰色の驢馬が待っていた。驢馬が私の駕籠をよけて脇に動いた時、首につけられた鈴がかすかな音をたてた。

鈴が鳴ったのは、驢馬が駕籠の通り道を空けようとしたからなのか、それとも、秋の風が通り過ぎる時に鳴らしたものであったのか。ともかく私はこの瞬間に、秋の圧巻を感じたのだった。

時には、斜めの雨が降ってきて私の顔を濡らしたが、美しい光景に囲まれた山での秋の日々は、もの悲しさに満ちていた。

山を下りて、鉄道の始発駅にたどり着いた。急流の音が聞こえた。人々の住む村を流れる川のささやきの、その音の、なんと情感のこもっていることよ！まばらに点在する農家では柿の木の実が熟して、まさに陶工「柿右衛門」が苦心の末に作り出したあのみごとな朱色が、青空を背景に輝いていた。

私が十和田湖を訪れた時も10月だった。この湖から水をひいている奥入瀬渓谷は、我が国でも、もっとも見ごたえのある渓流といわれている。遠い昔から木こりの斧で乱されていない森林地帯を流れる渓流は、山道と並行して進んでいる。向きを変えながら流れていく渓流は非常に魅力的で、それほど深くはないのだが、清らかで豊かで、緩やかな流れの時には、底を見通せるほど透明な水である。

この流れに沿ってしばし歩いた者はみな、魂が清められたような思いをするだろう。

焼山から子ノ口までの13キロの渓流は、十和田湖のそばに位置しており、その清純で透明な流れは、魅力的な色調に色づいた風景を貫いて進む。この地域を天国の下の最も美しい地点の一つとみなすのに

332　Japan To-day 1938年10月号

十分に理にかなう。

　十和田湖を船で渡っていた時に見た忘れられない光景は、翡翠色の深い水面を泳いでわたる鴛鴦（おしどり）の一群であった。鴛鴦は非常に美しい羽をもった愛らしい水鳥で、いつも睦まじくツガイで行動する。――「鴛鴦の契り」（鴛鴦の愛の結びつき）といった言葉さえある。しかし、私が野生の鴛鴦をみたのは初めてだった。のちに、私は広島の近くの山地にある帝釈峡へ行ったが、そこでも数百羽の鴛鴦の一群を見た。きっと渡り鳥の種類に違いない。船が近づいた時に、その鳥の大群が大空に一斉に飛びあがるさまは、壮大な光景であった。しかし、十和田湖では、千フィートもの高さにそびえたち、針葉樹と広葉樹のゴブラン織に覆われた神秘的な岩の姿が、鏡のような湖面に映り――そこでは、1対か2対かの鴛鴦のツガイがまるで彫刻のように、深い湖の上を泳ぎ渡り、それはあたかも、秋の感動的な神秘であった。

（堀まどか訳）

叙情的自然美のなかにあらわれる精神

堀まどか　　　　　　　　解説

「秋」の光景

　白鳥省吾の「秋」は、彼の得意とする旅行随筆と散文詩の両方の要素が重ねられた詩的な一篇である。日本の名勝に数えられるが国外ではほとんど知名度はないであろう九十九里浜や奥入瀬渓谷などの自然の風景のなかに、秋の寂しさと凜とした美しさを捉えながら、詩人としての人間観察や洞察を織り交ぜている。

　「秋」は、九十九里海岸の砂浜と漁村の素朴な地曳網の光景からはじまる。この光景は、《寄せてくる寄せてくる荒波に／わが掴む砂は悲し。》ではじまる詩篇「砂浜―九十九里浜にて」[1]や、《真裸の漁夫たちが三十幾人、明けがたの太平洋を前にして》で始まる自由詩「漁夫」[2]などを連想させる。後者の「漁夫」は、原始的な漁業方法と《赤銅色の逞しい》全裸の男たちが《浜ぢうの空気を生動させて》いる様子を生き生きと描き、《所謂教育はこうした真裸をよく言はないだ

らうが、真裸と海との微妙な調和は、真裸こそ海に対する礼儀のやうに見えたのである。》と閉じられる詩である。さすがに、海外に発信するために英語で書かれた『Japan To-day』の「秋」の中では、野蛮ともみなされかねない「全裸」の原始的美の生の律動までは描写されていないが、浮世絵にも描かれた原始的な日本の風景として、網を引く漁夫たちの姿が印象的に示されている。

　海外向けに発信されている点として注目されるのは、この美しい九十九里浜が、日中戦争以後、陸軍の練兵部隊の砲兵練習場に様変わりさせられている点。近代的な制度の文字通りの暴力的介入によって美しい漁村が破壊されつつあることを、「秋」の空気のなかで諦観している。白鳥の視点は、浜の光景から、その九十九里浜の村で暮らす人々や家族の内部にどのような変化と悲哀をもたらしているかにうつって、丹念に地域に生きる人間の営みを描写する。現在の上総一ノ宮の東浪見（千葉県長生郡一宮町東浪見）の一軒の梨農家の家族構成とその運命についての描写がそれである。世代の循環を守って穏やかに生きている家族が、戦争によっていとも簡単に運命を変えられていく様、ごく普通の母親が戦争という非常時に世の中を驚嘆させるような行動をしていく様が描かれる。《人類の誰しもの望むものは戦争のかなたの平和であらう。勇躍征途に向う将士をうたふと共に、私は銃後の人やその家族の微妙な心境をも歌はうではないか。》[3]といった白鳥の、戦争下の人々の心境をあぶりだす方法が、ここに控えめながら使われている。

　東浪見村は、後妻・喜代の故郷であった。白鳥省吾は、『地上楽園』にも寄稿する詩人だった先妻ひでこを1934（昭和9）年6月に亡くし（享年38歳）、1936年3月に再婚していた。宮城県生まれで故郷を愛した白鳥だが、太平洋戦争がはげしくなった1944年2月には、東京小石川から東浪見村の遍照寺の庫裡に疎開して、敗戦後も10年暮らした[4]。白鳥にとって、千葉や九十九里との縁は故郷と同様に深かった。「秋」の後半に描写される十和田湖や奥入瀬渓谷は、ふるさと東北の光景である。後半では、野生の鴛鴦が大群で空をわたる壮大で力強い光景と、一対の鴛鴦の静かに孤独に湖面をゆく荘厳なイメージが描か

1　白鳥省吾「砂浜―九十九里浜にて」『地上楽園』昭和5年10月、p.2-3
2　白鳥省吾「漁夫」『地上楽園』大正15年8月、p.1
3　白鳥省吾「戦争の詩と軍歌―在来の軍歌は文学ではない」『地上楽園』昭和12年10月、p.11
4　疎開中は東浪見村の遍照寺境内の畑一反を家族とともに耕作して過ごした。敗戦後も、昭和30年12月に千葉県小仲台町の新居に移るまで、そこで過ごし、太平洋を望む上総一ノ宮を愛していた。

れ、「秋」の情緒に浸って深く物思いに沈む詩人の感性を感じとることができるのではないだろうか。

白鳥の「民衆芸術」の思想

『Japan To-day』で「秋」を執筆した1938（昭和13）年当時の白鳥省吾は、『文藝春秋』で「新民謡」のコーナーを受け持っていた。そんな白鳥は、大正末年ごろには、詩雑誌があまり振るわないことを憂いて、《純粋なる詩歌よりも、単なる暇つぶしと表面的興味でしかないゴシップ的記事や駄文雑文の満載した所謂「文藝春秋」式の雑誌を、そんなにまで好きなのか。それは芸術でなくして芸術らしき匂ひのする贋物であり、換へ玉でさへある。》[5]と、自らの創刊したばかりの詩雑誌『地上楽園』[6]の中に書いていたのだが。つまり、『文藝春秋』を大衆娯楽雑誌の典型とみなして距離を置こうとしていた白鳥が、このころには『文藝春秋』の詩部門で活躍していたのである。

民衆詩派の中核詩人として、《感動より宣伝へ、孤独より群衆へ、自分一人だけのしみじみとした感動から、広い人類的感動を表現した詩、即ち詩の庶民的傾向》[7]（『詩に徹する道』）を述べていた白鳥省吾。1930年代後半には他のほとんどの詩人たち同様に、戦時協力の枠内に収められていく形になるとはいえ、実際には厭戦的な姿勢を見え隠れさせる「社会芸術」派の詩人である。ウィリアム・モリスの社会主義的思想や「民衆芸術」の思想に強い影響をうけた白鳥は[8]、《漠然と考えられていた民衆芸術が、益々真剣味を加え、実際に社会と深い交渉を持つやうになり、人生の芸術化と言い、階級闘争の宣伝に役立つという欲求を生ずるに至つた。民衆詩は自覚的に社会主義的傾向を持つやうになつた》[9]と書いている。1919（大正8）年に雑誌『民衆』に発表された「殺戮の殿堂」は、すぐれた反戦詩・厭戦詩として有名である。1922年、『日本社会詩人集』の中の詩数篇が削除処分にあい、講演会も中止・解散の措置にあっている。彼は『詩に徹する道』の中で次のように述べている。

　芸術にはつねに『虚無』を出発とした反抗がなければならぬと共に抒情的な法悦があるべきである。いかなる国情の下にも芸術家は法悦を感ずることが出来る。社会革命家と芸術家とを画する一線は、即ち前者が反抗のみであるに反して、後者が法悦をも並有し得るからである。反抗と法悦とは新しき芸術に於て双翼のごときものでなければならない。
　たとへば、タゴールや芭蕉の芸術は、一面に於て時代の反抗児たる面影を有すると共に、無限の静寂と法悦の味ひを有してゐる。隠遁者の如くにして然も力強き響を持つ。偉大なる芸術家は、つねに如何に虐げられる国、いかに不完全なる制度の下にあつても、単に破壊をその本質とせざるは、今更例証を挙げるまでもない事だ。[10]

ここで、時代に《反抗》する詩人の代表格としてタゴールや芭蕉が挙げられていることには大いに注目せねばなるまい。白鳥の詩人としての理想は、平易な言葉で民衆を代弁しつつ、同時にどのような社会事情の下にあっても、《永遠の法悦を把握出来る自由》[11]を保有するという点にあった。《反抗と法悦》の二つの力によってのみ、個性の芸術が表現され徹底されるというのが、白鳥の考えであった。

戦争と白鳥省吾

1936（昭和11）年の『地上楽園』で、白鳥は、戦争をうたうことについて次のような覚悟をもっていることを宣言している。

　単に敵国を暴戻呼ばはりして単純に歌ひのけ

5　白鳥省吾「詩壇雑記」『地上楽園』1巻3号、大正15年8月、p.64
6　『地上楽園』は大正15年6月に創刊し、昭和10年3月号で休刊し、昭和12年9月に復刊したが、支那事変の拡大も影響して昭和13年4月に終刊した。終刊には事変の影響も確かにあろうが、詩壇不振の実情も大きいであろう。少なくとも『地上楽園』で白鳥が企画したい志向が許されなくなっていたとはいえるだろう。
7　白鳥省吾『詩に徹する道』日本評論社、大正10年12月。
8　ポーやホイットマンを愛読して象徴詩から出発した白鳥は、ホイットマンの翻訳者としても有名でその影響がいわれるが、じつは、とくに大正期後半になるとウイリアム・モリスの社会主義的思想や「民衆芸術」の思想に強く影響をうけていた。大正15年6月、ウィリアム・モリスの物語詩「地上楽園」の名に由来して、詩雑誌『地上楽園』を創刊。この雑誌は、プロレタリア詩とは異なる態度で社会や民衆の生活の姿を現実的な傾向で描き、新しい理想へ向かうことを目指していた。このころより白鳥は積極的に各地を旅行して、民謡の研究・制作をする。ラジオによって民謡の収集・普及が可能になるという時代背景があった。白鳥は昭和7年5月から約1カ月、朝鮮半島を一周し、「朝鮮の印象と詩歌」と題して京城放送局より放送もしている。ちなみに金素雲は、白鳥の雑誌『地上楽園』によって、朝鮮民謡や童謡の日本語訳に入るきっかけを与えられた（上垣外憲一「白鳥省吾『地上楽園』と金素雲『朝鮮の農民歌謡』」『一九二〇年代東アジアの文化交流』思文閣出版、2010年3月、p.101-102）。白鳥は民謡においても、民謡を型どおりのものと考えずに、民謡と詩の相関関係によって、より芸術味のあるものにするという意図をもってとらえていた。超現実主義（シュールレアリズム）的な芸術主義的、理論的な詩の方向には、強い批判を示し、あくまでも《原始藝術のあどけなさ》には人間本来の声がある、との立場である。雑誌『地上楽園』では、イェーツの詩劇やハロルド・モンローの文学論などを掲載するなど、社会改良運動や地域に根差した活動をする同時代詩人たちへのまなざしが強い。郷土舞踊と民謡の連関を考える総合的芸術的な意識もみられる。

9　白鳥省吾『現代詩の研究』新潮社、大正13年9月
10　白鳥省吾『詩に徹する道』、前掲、p.22-23
11　同上

たものは文学ではない。少なくとも、それが文学である以上、静かな観照のもとに、高所から天の眼、神の心を以て語る真実、人間の真情が出たものでなければ、深く人を動かす力がないものである。詩人としての仕事は常に深い人間性の考察、相互の立場の検討が必要で、単に簡単粗雑に大衆の御先棒となることではない。

そして、人間といふものは、いかに溟濛のなかにさまよつてゐる悲しい生物であるかを、懐疑的に反省すべきで、（中略）少くも文化人の軍歌は、野蛮人の槍の先に隣の部落の酋長の首を貫ぬいて歌ふ歌とは距離のあるキメの細かさがあつてよい。[12]

結局、戦争に伴ふて吾等の書きたいと思ふものは人間の真実に触れたものである。（中略）私は戦争を題材としてほんたうの「詩」、生きた「自由詩」を書きたいと思ふ。詩人が詩に徹することこそ愛国の精神であつて、皮相に大衆を煽動し、戦禍を是認することが決して詩人の仕事ではない。戦争を裏から表から観察し批判せよ。[13]

白鳥は、『文藝春秋』特派員の名目で、1939（昭和14）年6月10日から8月18日にかけて、単身、ソ連と満洲の国境や、北支、中支の戦線を視察している。これは《支那事変直後の生々しい戦線、殊にあまり多くの人の行かない満ソ国境の戦線》を志して、すべて白鳥自らが計画したコースであった。独力で外地を歩き切った点は、当時の海外視察に行っている多くの文人たちと比較しても稀にみる行動力と熱意と勇気といえよう。旅の成果は、『聖戦歌謡読本』（人文閣、1939年8月）や『満州開拓詩集』（大地舎、1940年3月）、『詩と随筆の旅―満支戦線』（地平社、1943年2月）の出版にみられる。『満支戦線―詩と随筆の旅』の巻末――といっても多くの紙面を割いている――には、「支那の愛国詩即ち亡国詩」は、《支那事変直前の支那の歌謡並びに民心傾向を知るべく、当時の吾が詩壇並に民心を回顧して》[14]と説明書きしているが、要するに、同時代の率直な反日抗戦の詩が集められている。

＊

以上のように、白鳥省吾とは幅広い社会的認識と強固な批判精神を備えて、人々の生活を見聞き表現しようとした詩人であったが、その著作の中の批判精神は、1938年当時にはかなり抑制的である。そうならざるをえなかったのであろう。詩人の内部においては、その社会批判的な意識を失ったわけではないだろうが、中庸的かつ傍観的な態度で、平明な言葉のなかに自然や人間の現実生活を淡々と描写するという自然詩人としての立場をとっているようにみえる。

海外向けに発信する目的で書かれた『Japan Today』の「秋」は、前半では戦争に巻き込まれる一家族に触れながらも、それに対する感情的な意見は示していないし、後半には、自然との調和のとれた世界観や、「秋」の寂寞感や虚無感をきわめて淡々と描いている。ただし、その内部には《裏から表から》の、静謐なスパイスが効いている作品とよめるだろう。

---

[12] 白鳥省吾「戦争の詩と軍歌―在来の軍歌は文学ではない」『地上楽園』昭和11年10月（第11巻10号）、p.9
[13] 同上、p.11
[14] 白鳥省吾『満支戦線―詩と随筆の旅』昭和18年2月、地平社、p.206

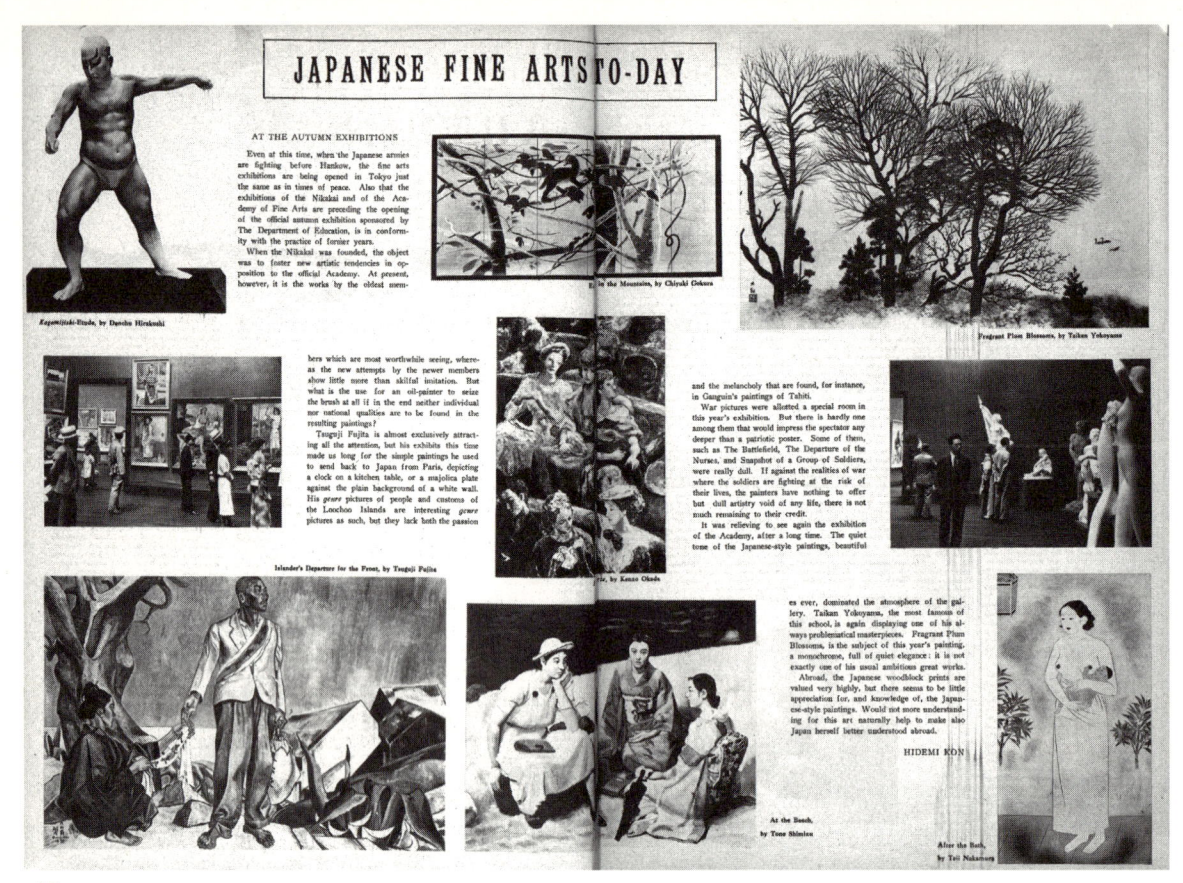

Japanese Fine Arts To-day

Hidemi Kon

AT THE AUTUMN EXHIBITIONS

Even at this time, when the Japanese armies are fighting before Hankow, the fine arts exhibitions are being opened in Tokyo just the same as in times of peace. Also that the exhibitions of the Nikakai and of the Academy of Fine Arts are preceding the opening of the official autumn exhibition sponsored by The Department of Education, is in conformity with the practice of former years.

When the Nikakai was founded, the object was to foster new artistic tendencies in opposition to the official Academy. At present, however, it is the works by the oldest members which are most worthwhile seeing, whereas the new attempts by the newer members show little more than skilful imitation. But what is the use for an oil-painter to seize the brush at all if in the end neither individual nor national qualities are to be found in the resulting paintings?

Tsuguji Fujita is almost exclusively attracting all the attention, but his exhibits this time made us long for the simple paintings he used to send back to Japan from Paris, depicting a clock on a kitchen table, or a majolica plate against the plain background of a white wall. His genre pictures of people and customs of the Loochoo Islands are interesting genre pictures as such, but they lack both the passion and the melancholy that are found, for instance, in Gauguin's paintings of Tahiti.

War pictures were allotted a special room in this year's exhibition. But there is hardly one among them that would impress the spectator any deeper than a patriotic poster. Some of them, such as The Battlefield, The Departure of the Nurses, and Snapshot of a Group of Soldiers, were really dull. If against the realities of war where the soldiers are fighting at the risk of their lives, the painters have nothing to offer but dull artistry void of any life, there is not much remaining to their credit.

It was relieving to see again the exhibition of the Academy, after a long time. The quiet tone of the Japanese-style paintings, beautiful es ever, dominated the atmosphere of the gallery. Taikan Yokoyama, the most famous of this school, is again displaying one of his always problematical masterpieces. Fragrant Plum Blossoms, is the subject of this year's painting, a monochrome, full of quiet elegance: it is not exactly one of his usual ambitious great works.

Abroad, the Japanese woodblock prints are valued very highly, but there seems to be little appreciation for, and knowledge of, the Japanese-style paintings. Would not more understanding for this art naturally help to make also Japan herself better understood abroad.

最近の日本美術
今 日出海　翻訳

秋の展覧会から

　漢口をまえに日本軍が交戦中の今この時ですら、幾つもの美術展が平和時となにかわらぬ様子で開催されている。二科会と帝展（Academy of Fine Arts）も、文部省後援による秋の公募展覧会の開会へと進んでおり、それは今までの年の例に沿ったものである。

　二科会が創設された折、その目的は、公式なアカデミーに対して、新たな芸術的傾向を涵養するにあった。しかし現時点ではもっとも鑑賞するに値するのは最長老会員たちの作品であり、それより新入りの会員による新たな試みは、器用な模倣の枠を大きく越えるものではない。だが油彩画家たちが絵筆をつかんだところで、そこから生まれた絵に個人の資質も国民的資質も見出せないのなら、いったい何の意味があるのだろう。

　藤田嗣治はほとんど過剰なまでにすべての注目を引き付けているが、今回の展覧を見ると、かつて彼がパリから日本に送り返したような単純な絵画作品をまた観たいものだ、との望みを禁じ得ない。食卓の上に置かれた時計やマジョリカの皿が白い壁の前に置かれた、ああした作品のことだ。琉球諸島の人物群像や風俗を描いた藤田の風俗画は、風俗画としては面白いが、そこにはたとえばゴーガンのタヒチの絵にみられるような情熱もなければ、憂愁もない。

　今年の展覧では、戦争画には特別な部屋が割り当てられた。だがそこには一枚の愛国的なポスターよりも観る者を深く印象づけるような作品は、およそ一点も見出しがたい。そのうち幾つか、例えば《戦場》《看護婦の出発》《兵隊たちのスナップショット》はまことに退屈だ。兵士たちが生命を賭して戦っているという戦争の現実とは裏腹に、画家たちが生命に欠けた退屈な妙技しか提供するものがないならば、あまり画家たちの名誉となる話ではあるまい。

　アカデミーの展覧会を久方ぶりにみるのは心を安からしめる経験だった。日本様式の絵画の静かな色調、かつてとかわらず美しく、〔esとあるがasの誤植〕画廊の雰囲気を支配している。横山大観は、この流派でもっとも著名だが、またしても、いつもながらの問題含みの傑作を開陳している。香り高き梅の花が今年の絵画の主題だが、これは単彩で静謐なる優雅に溢れている。これを大観日頃の野心ある偉大な作品の一つとすることは正確ではないだろう。

　外国では日本の木版画はきわめて高く評価されているが、日本画については、これが高く評価されることもなければ、よく知られているということもないようだ。この芸術がよりよく理解されるならば、おのずと日本そのものも、外国においてよりよく理解せられることへと通じるのではあるまいか。

（稲賀繁美訳）

将来の初代文化庁長官 日中戦争期の展覧会評：今日出海の場合
稲賀繁美　解説

　本稿の執筆に先立つ時期、今日出海は1937年に半年ほどパリに滞在し、その滞在記を「巴里だより」として『文藝春秋』38年の2月、7月と二度にわたり掲載しており、8月号の臨時増刊では「一等国日本を宣伝せよ!!」との記事を寄稿している。その同年10月に掲載された英文の記事が「最近の日本美術」だが、これは同年の秋の展覧会の簡略な展覧会評の体裁を取る。達者な英文と形容できようが、体系的な考察からは遠い、埋め草的な寸評である。

①平櫛田中　《鏡獅子・習作》
②藤田嗣治　《島民の前線への出発》
③郷倉千靭　《山中の夕暮れ》
④横山大観　《香る梅の花》
⑤岡田謙三　《幕間》
⑥清水刀根　《海浜にて》
⑦中村貞以　《湯浴み後》

　同年秋の文展に先だっては、「軍事絵画の展覧会出品に就て」が陸軍当局から配布されている。『美術年鑑』は二科会が第五室に「事変関係作品二四点を纏めて陳列」したことを報告し、沖縄人の出征を描いた藤田嗣治の《島の訣別》が「国民的な感動を表出した」と評している。今日出海の藤田評はこれとは対照的だが、戦争画に対する冷ややかな評価は、「同室の一般出品画は総じて低調」であったとする『年鑑』のそれと符合する。富永惣一も「第五室の事変関係作品は殆ど全面的に失敗である」（『美の国』14巻10号）と手厳しい。また佐波甫も「この室の緊張は生憎主題まけがして、芸術価値の低いものが相当多い」（『アトリエ』15巻14号）と指摘する。このような状況に照らしてみると、今日出海がとりわけ反戦的な姿勢から、本誌の英語論評で戦争画を批判したものとは言い難く、同年の大方の評価に同意したものと推定できる。今が言及する《看護婦の出発》は田村孝之介の作品、《兵たちのスナップショット》は栗原信の《小休止十五分（徐州西方追撃戦）》か？

　前年のフランス滞在中に日本の南京占領の報に接した今は、スペイン内乱の勃発ともに「一触即発の欧州の雲行きに狼狽て」か、昨年の秋から冬にかけて極東問題で日本を誹謗していた連中が「ぴったりと口を噤んでしまった」状況を実見していた。フランスでは左翼作家にも「反スタアリン派」が増えていることも報告しているが（「続巴里だより」）、これはジッドの『ソヴィエト紀行』（1936）が代表する方向転回だった。「日本の国際主義者」が振りかざす「生優しい協調主義」では欧州が収まるものではないことを見越していた今は、帰国後の「一等国日本を宣伝せよ」では、「支那事変」以降の日本の対外宣伝の拙劣さを正面から批判した。一方で「西洋では日本に就いて実に何んの正確な知識ももつてゐない」が、他方「日本が文化的に何んの宣伝もしてゐない」ことにもその一因を認めていた。これはパリで国際連盟知的協力委員会などの現場を知ればこその提言だった。おりからパリでは万国博覧会が開催されたが、ソヴィエトとドイツが強力な国家宣伝で、イエナ橋の袂に対峙したのに比べて、日本の商務省は予算不足を理由に会場の一等地を遠慮した。今は坂倉準三によるピロティ建築も「寒々としたバラック」と貶し、展示も「見栄えのせぬ」「物産市」同然で「陳列の仕方も不親切」と手厳しい。だがこの不人気ゆえに、続く39–40年のニューヨーク博覧会で、日本は神社建築を取り入れた建物を選び、山脇巌を展示設計に加え、物産展示から脱した写真展示中心の映像宣伝を目指すことになる。

　今はお役所主導の宣伝映画の失敗をその目で確かめ、「文化人の協力」の必要なことを説いている。『新しき土』が輸出用を考慮しすぎた「とんでもない」作品だったなら、『荒城の月』も作曲家の悲劇だけでは西洋人の心には響かない。「文化の諮問機関」なくしては「宣伝の実績は上がらず、日本は永久に謎の国」に留まる、というのが今日出海の見解だった。そこにはすでに敗戦後、吉田内閣の要請で文部省社会教育局文化課長、さらには芸術課初代課長を務め、追って佐藤内閣で初代文化庁長官を務めることとなる文化人の姿も彷彿とする。だがそうした今の持論に照らしてみると、欧文による対外宣伝を目指した『Japan To-day』に見られる程度の片々たる展覧会評

などは、いかにも不十分な成果しかあげていない。

　同年6月12日『読売新聞』夕刊の「宣伝とは何ぞ」で有島生馬は「支那は宣伝上手」だが「日本は宣伝下手」との昨今の支那事変を巡る世評を取り上げ、「喧嘩で勝った男が鼻高々と手柄話をするのはみっともないもの、それこそ日本武士的態度ではない」と斬り捨てていた。今日出海と有島生馬との落差には、この時点でのフランス派とイタリア派との現実認識の齟齬が浮かび上がる。そこに人民戦線派で疎外されていた小松清、戦後進歩派の顔はまだ見せず、検挙を厭ってか自重気味の中島健蔵を配すると、菊池寛周辺の人物模様にも見当が付いてくる。

Der japanische Film von Heute

Haruo Kondō

Die ersten Kinoapparaturen kamen nach Japan schon im Jahre 1896, also im selben Jahre, in dem sie in Amerika und Europa erfunden worden waren. Die Entwicklung, die seither der Film in Japan genommen hat, verlief, im Grossen und Ganzen gesehen, in der selben Linie wie in den andern Ländern: kurz und krass gesagt, es war die Entwicklung vom Kientopp zum Kino, von *katsudo-shashin* zu *eiga*, von Kitsch zu Kunst.

Die Entwicklung der japanischen Filmtechnik—das Wort in; weitesten Sinne verstanden—hatte bis zur Einführung des Tonfilms aus Amerika, im Jahre 1933, ein beträchtlich hohes Niveau filmischer Vollkommenheit erreicht. Wenn trotzdem die japanische Filmindustrie damals unter sehr erheblichen finanziellen Opfern und Risiken das neue technisch-künstlerische Mittel dee Tonfilme sofort aufgriff und sich vom stummen Film auf Tonfilmproduktion umzustellen begann, so war es der rege und interessierte Beifall des Publikum:, der ihrer Unternehmungslust den stärksten Anreiz vermittelte. Freilich hat es unsere Unerfahrenheit in der Anwendung der Tonfilmtechnik mit sich gebracht, dass das bisherige hohe künstlerische Niveau des japanischen Films zeitweise einen gewissen Niedergang erfahren musste.

Bedauerlich ist, dass die Tonfilmproduktion nach den amerikanischen R. C. A.- und Western Electrics-Systemen für die Erzielung klanglich vollkommener Tonaufnahmen noch heute auf das technische Hilfsmittel der Synchronisierung angewiesen ist—ein filmtechniseher Notstand, dem durch Verbesserung des Aufnahmeverfahrene hoffentlich bald abzuhelfen sein wird. In Japan sind bereits folgende, durchweg von Jepanern erfundene verbesserte Systeme in Gebrauch: das *Tsuchihashi*-System (das von der *Shochiku*- Produktion benutzt wird), das P(hoto). C(hemische). L(aboratorien).-System (Produktion der *Toho-Eiga* G.m.b.e.), und das *Mohara*-System (*Shinko*-Produktion).

Zahlenmässig steht die japanische Spielfilmproduktion heute nach Amerika an zweiter Stelle innerhalb der gesamten Weltproduktion; in Ziffern ausgedrückt: 556 japanische Spielfilme im Jahre 1936, 524 Spielfilme im Jahre 1937. Diese Zahlen beschreiben deutlich den weiten Umfang der japanischen Filmproduktion und zeugen zugleich vom Filmenthusiasmus des japanischem Publikums. In dem leichten zahlenmässigen Rückgang der Produktion von 1936 bis 1937 deutet sich ebenfalls die „Kiemtopp-Kino" - Entwicklung an, die vom Vorstadtkino mit drei bis vier kürzeren Filmen auf dem Abendprogramm zum grosstädtischen Filmplast mit nur einem „Grossfilm" und einer Bühnenschau führt. Bisheriger Höhepunkt dieser Entwicklung ist der zweiteilige," abendfüllende "Grossfilm der *Nikkatsu* - Produktion „*Robo no Ishi*" („Ein Stein am Strassenrand"), nach dem berühmten Roman von Yuzo Yamamoto.

Was die künstlerische und weltanschauliche Grundhaltung der Filmproduktion betrifft, so liegt, wie in den meisten Ländern, auch in Japan der Schwerpunkt auf der kleinbürgerlichen Lebensanschauung. Dementsprechend spiegelte die allgemeine Tendenz der japanischen Spielfilme in früheren Jahren ausgesprochen liberalistische Einflüsse wider, freilich ohne dabei einer einheitlichen Weltanschauung Ausdruck zu geben. Während und nach den Ereignissen um die Emanzipierung Mandschukuoa jedoch änderten sich die allgemeinen Zustände in Japan, insbesondere die sozialen Zustände, sehr wesentlich, und nach dem Niedergang der proletarischen Bewegung kam zugleich mit neuen gesellschaftlichen Strömungen eine andere Kunstrichtung auf: eine neue l'art pour l'art-Bewegung bestimmte von nun an die künstlerischen Interessen der Intelligenz und der gehobenen Mittelschichten und bereitete der Kunst den Boden einer gesunden, wenn auch einseitigen, neuen Entwicklung.

Unter den erfreulichsten Wirkungen, die diese künstlerische Reformation bei uns gezeitigt hat, ist vor allem eine beträchtliche Hebung des literarischen Publikumsgeschmacks zu nennen, die wiederum rückwirkend das künstlerische Niveau des Filmschaffens zu heben vermocht hat: die gebildeten Schichten besuchen die Kinos, um hier die Meisterwerke der Literatur im Film noch einmal auferstehen zu sehen. Heute erreichen die Spielfilme der japanischen Spitzenproduktion durchaus das filmische Niveau anderer Länder.

Auch der gegenwärtige japanisch-chinesische Konflikt hat nicht verfehlt, neue Strömungen innerhalb der japanischen Filmwelt hervorzurufen. Als wesentlichster Faktor ist das prätzedenzlos starke Publikumsinteresse für die Filmwochenschau zu nennen, das durch die militärischen Ereignisse in China in nicht dagewesenem Masse angeregt worden ist. Die unmittelbare Folge dieser Entwicklung war die Errichtung zahlloser kleiner Wochenschau-Theater, und dadurch wiederum hat die bisher bei uns wenig entwickelte Produktion von kurzen Kulturfilmen einen neuen Markt, und damit einen starken Anreiz erhalten. Während also die Zahl der japanischen Spielfilme im letzten Jahr auf 524, gegenüber 556 im Vorjahr, leicht zurückgegangen ist, stieg die Zahl der reinen Kulturfilme während der selben Zeit von 213 auf 287, und sie ist weiterhin im Steigen begriffen.

Gleichzeitig zeigt sich bei den Spielfilmen eine neue Tendenz, bei der Wahl der Stoffe kriegerische, staatspolitische und geschichtlich-nationale Themen zu bevorzugen; so sind es heute teils rein künstlerische, teils patriotische und staatepolitische Züge, die das Gesicht des japanischen Films bestimmen. Auf der anderen Seite haben finanzpolitische Erwägungen die japanische Regierung in jüngster Zeit zu Massnahmen veranlasst, die de facto einem vollständigen Verbot der Einfuhr von Filmen aus dem Ausland gleich kommen. Das nunmehrige Fehlen neuer ausländischer Filme auf dem japanischen Markt muss innerhalb der japanischen Filmindustrie den Ehrgeiz schüren, die so entstandene Lücke durch die Herstellung wirklich guter einheimischer Filme auszufüllen. Und noch eine finanzpolitisch bedingte Not ist es, die unserer Filmwelt zur Tugend gereichen und eine intensive Verbesserung des japanischen Films fördern kann und muss: die Einschränkung der Rohfilmeinfuhr, in ihrer Wirkung verschärft durch die verhältnltnismässige Rückständigkeit der an Rohstoffmangel krankenden japanischen Negafilm-produktion. Diese Schwierigkeit muss notwendig unsere Filmproduzenten veranlassen, die bisher nur allzu übliche Methode des skrupellosen Drauflosproduzierens zugunsten einer quantitativ begrenzten Produktion von Qualitätsfilmen aufzugeben.

Der Ausfuhr japanischer Filme nach dem Ausland stehen neben grundsätzlichen Schwierigkeiten vor allem Hindernisse kommerzieller Natur im Wege, wie beispielsweise das amerikanische System des block bookings, das generell für ausländische und erst recht für japanische Filme wenig Raum lässt. Nicht auf kommerzieller Basis, sondern auf kulturellem Boden nehmen wir jede Gelegenheit wahr, unsere Filme im Ausland zu zeigen. Im Jahre 1937 beteiligte sich der japanische Film zum erstenmal an der alljährlich in Venedig stattfindenden Internationalen Filmausstellung. Auch in diesem Jahr war Japan mit zwei Spielfilmen, „Kaze no naka no Kodomo" („Kinder im Winde", gedreht von der *Shochiku* G. m. b. H.) und dem mit einem zweiten Preis ausgezeichneten und bereits zur Vorführung in mehreren Ländern angenommenen *Nikkatsu*-Film „Gonin no Sekkohei" („Fünf Mann auf Patrouille"), und einer Anzahl von Kultur- filmen vertreten.

Zweifellos werden so durch den Film die freundschaftlichen Beziehungen zwischen den Ländern und das gegenseitige Verständnis für die Kulturen der Nationen untereinander gefördert. Doch während wir Japaner gerade durch den Film eine sehr lebhafte und, im besten Sinne des Wortes, bildhafte Vorstellung vom Leben der abendländischen Völker zu gewinnen vermochten, wissen umgekehrt die Europäer und Amerikaner, die fast nie japanische Filme gezeigt bekommen, leider auch nur sehr wenig von Japan und den Japanern.

Es ist meine Ueberzeugung, dass die besten Möglichkeiten, durch das Mittel des Films das internationale Verständnis von Land zu Land zu fördern, auf dem Wege der Herstellung von Grossfilmen durch die jeweilige Zusammenarbeit der Filmindustrien beider Länder liegen. Dieser, wie in andern Ländern so auch in Japan schon verschiedentlich versuchsweise beschrittene Weg verdient in Zukunft grössere Beachtung.

In einem von Tokyos grössten Lichtspielhäusern läuft gegenwärtig ein grosser Spielfilm, „Bokujo Monogatari" („Umstrittenes Weideland"), nach dem gleichnamigen Roman von Fusao Hayashi, einem bekannten japanischen Schriftsteller. Dieser Film der *Toho Eiga*-Produktion, der unter der Mitarbeit des Japanischen Zentralkulturbunds (*Nippon Bunka Chuo Renmei*) gedreht worden ist, soll die einheitliche Weltanschauung des japanischen Volkes zum Ausdruck bringen. Interessant wäre ein Vergleich mit Kriegsfilmen ähnlicher Tendenz in anderen Ländern, wie etwa dem französischen Film „*La Grande Illusion*" und dem deutschen Film „*Patrioten*". In diesem japanischen Film aber kann man vielleicht etwas Wesentliches vom japanischen Geist erfassen.

Zu betonen bleibt, dass der Film von Heute nicht nur ein wesentliches Zerstreuungs- und zugleich Bildungsmittel für das Publikum ist, sondern auch Träger und Ausdruck der Kultur seines Landes. Um die Kultur eines Landes zu betrachten, kann man sich des Spiegels seiner Filmkunst bedienen.

最近の日本映画

近藤春雄　　　　翻訳

アメリカとヨーロッパで映画装置が発明されたまさにその年〔1896年〕、映画は日本に初上陸した。それ以来、日本において映画は、総じて他の諸国と同じ方向で発展してきた。端的に述べれば、見せ物小屋から映画館へ、活動写真から映画へ、キッチュから芸術作品への発展である。

日本の映画技術――もっとも広義な意味での技術だが――の発展は、1933年アメリカからトーキー映画が導入されるまでに、その完成度はかなり高い水準に到達していた。日本の映画産業は当時大きな財政的犠牲とリスクを払って、トーキー映画という新しい技術的・芸術的手段を即刻採用し、サイレント映画からトーキー映画への製作転換を開始した。それは観客の興味旺盛な拍手喝采をもたらした。観客の進取の気性に強烈な刺激を与えたのである。もちろん、われわれのトーキー技術使用法には未熟なところがあったので、日本映画がそれまでに達成した高い芸術水準は一時的ではあるものの明確に低下した。

ＲＣＡやウェスタン・エレクトロニックのアメリカ製システムにならって音響効果の完全録音化を目指したトーキー製作では、残念ながら今日なお吹き替えの技術的な補助手段に頼らざるを得ない。その映画技術上の隘路は、録音方式の改良によって間もなく除去されることになるだろう。我が国ではすべて日本人自身によって発明改良された次のようなシステムがすでに実用化されている。松竹映画で利用される土橋式トーキー、東宝映画のＰ.Ｃ.Ｌ.（写真化学研究所）システム、新興キネマの茂原式トーキーである。

量的に見れば、日本の劇映画製作数は今日アメリカに続いて世界第２位を占めている。数字で示せば、日本製劇映画は1936年に556本、1937年に524本である。この数字は明らかに日本の映画製作の巨大な規模を示しており、同時に日本人の映画鑑賞熱の高さを証明している。1936年から1937年における製作本数のわずかな減少も、同様に「見せ物小屋から映画館へ」の発展を示唆するものである。この発展は３本から４本の短編映画を夕方に上映する都市周辺の映画小屋から、１本だけの「長編映画」を封切り上映する大都市の大劇場への変化である。こうした発展の頂点を示す作品として、山本有三の有名な小説を原作とした日活製作の「一晩がかりの」大長編映画、『路傍の石』前後編〔1938年公開、文部省推薦第１号作品〕がある。

映画製作の芸術的、世界観的な基本姿勢はどうかといえば、ほとんどの国と同様、日本においても小市民的人生観が大きな比重を占めている。それに呼応するように日本の劇映画の一般的傾向は、かつては明らかに自由主義的な影響を反映しており、もち

ろん統一的世界観を表明することはなかった。しかし、満洲国独立をめぐる諸事件を通じて、日本における全般的状況、特に社会状況は本質的に変化した。またプロレタリア運動の没落の後、新しい社会的諸潮流と同時にこれまでとは異なる芸術傾向が形成された。すなわち新しい芸術至上主義（l'art pour l'art）運動がそれ以後、知識人と中流階級上層の芸術的関心を方向付け、芸術に偏向しているとしても健全で新しい発展の土台をもたらした。

この芸術的改革がわれわれにもたらした喜ばしい影響の中でも注目すべきは、小説読者の文学的嗜好の著しい向上である。それがまた遡及効果をもたらし映画の芸術的水準を上昇させることを可能にした。つまり、教養ある階層が映画館に行くのは映画作品、文学上の傑作を映画でもう一度再現して観るためなのだ。今日、日本の大手撮影所による劇映画は諸外国とまったく遜色ない作品水準に達している。

日中事変が目下展開中であるにもかかわらず、日本の映画界に新しい流れが発生することはなかった。その主要な要因としては、観客が週刊時事映画に示すこれまでにない強い関心を挙げることができる。それは中国での軍事行動のために、未曾有の活況を呈している。こうした発展の直接的な帰結は、小さなニュース映画上映館が数え切れないほど作られたことである。このことでまた日本ではこれまであまり育っていなかった短編文化映画製作が新しい市場を獲得し、強烈な刺激となったのだ。確かに日本の短編映画数は昨年524本であり、前年の556本から少し後退しているわけだが、純粋な「文化映画」の製作数は同時期で213本から287本に上昇している。この数字は今なお上昇を続けている。

時を同じくして、劇映画は、題材の選択において好戦的、国策的、皇国史観的なテーマを好む新しい傾向を示している。すなわち、現在では、純芸術調のものと、愛国、国策調のものが日本映画を特徴付けている。他方、財政面を顧慮して、日本政府は近頃より、外国映画の事実上完全な輸入禁止といってもよいほどの措置を取っている。これから先、新しい外国映画が日本の市場から消えてしまうということは、良質な国産映画を製作してここに生じた空白を埋め合わせようという、我が国映画産業界の野心を掻き立てるであろう。さらにもうひとつの財政上の窮地が、我が国映画界の品性を高め、日本映画の大幅な改善を促すに違いない。生フィルムの輸入制限であるが、原料不足で苦しんでいる日本のネガフィルム生産の相対的な立ち遅れと相まって事態をいっそう厳しいものにしている。この苦境の必然的結果として、我が国の映画製作者はこれまで常態化していた無責任な乱造方式をやめて、高品質な映画を量的に制限して作っていくことになる。

日本映画の海外輸出には基本的な問題以外にも、ビジネス上の障碍が存在している。たとえばアメリカのブロック・ブッキング・システムであるが、一般に外国映画、とりわけ日本映画への余地はほぼ残されていない。われわれはビジネスではなく文化上のあらゆる機会を捉えて、日本映画を外国で上映するようにしている。1937年日本映画はヴェネチアで毎年開催される国際映画博覧会に初めて参加した。今年の日本映画は劇映画2作と複数の文化映画によって代表された。劇映画は松竹株式会社撮影の『風の中の子供』と日活映画『五人の斥候兵』であり、後者は第2等賞〔イタリア文化大臣賞〕を受賞し、すでに多くの国で上映が予定されている。

映画が諸国間の友好関係と各国民文化の相互理解を推進することは疑うべくもない。われわれ日本人はまさに映画によって西欧諸国民の生活をまざまざと、言葉の最良の意味で、絵のように想像することができる。だが、その反対に日本映画をほとんど観る機会のない欧米人は日本と日本人について残念ながらごく僅かしか知らないわけである。

映画を手段にして二国間の国際的理解を深める最善の可能性は、両国の映画産業が協同して大作映画を製作する過程上にある、と私は確信している。この方法は日本でも他の諸国でもすでにたびたび試みられているが、将来さらに注目する必要があるだろう。

東京最大の映画館のひとつで今、大作映画『牧場物語』が上映されている。それは日本の著名作家・林房雄の同名小説を原作としている。この東宝製作

帰郷して祖先の墓に参る兵士：東宝映画《牧場物語》

母と息子：日活映画『路傍の石』の一場面

の映画は日本文化中央連盟の協力により撮影されたものだが、日本民族の統一的世界観を表現しようと試みた作品である。フランス映画『大いなる幻影』やドイツ映画『愛国者』のような外国の類似テーマの戦争映画と比較してみると興味深いだろう。日本精神の本質的なものをこの日本映画から摑み取れるに違いない。

今日の映画は、ただ観衆の娯楽手段であると同時に教養手段であるばかりでなく、その国の文化を表象する媒体でもあることを強調しておきたい。ある国の文化を観察するためには、その国の映画芸術という鏡を利用することもできるのだ。

(佐藤卓己訳)

「一億総博知化」メディア論者の文化映画論

佐藤卓己　解説

近藤春雄「最近の日本映画」(1938年10月1日付『Japan To-day』)は、翌39年10月1日施行の映画法(同年4月5日公布)を前にして、日本映画界を概観したドイツ語論文である。

「本法ハ国民文化ノ進展ニ資スル為映画ノ質的向上ヲ促シ映画事業ノ健全ナル発達ヲ図ルコトヲ目的トス」。

この第一条からはじまる映画法はドイツ第三帝国の映画法(Lichtspielgesetz)に倣って法制化されたものであり、戦時下のメディア統制法として検閲や輸入制限の事例が言及されることが多い。しかし、「文化映画」強制上映の義務化を規定したように、日本初の文化立法としてその文化政策的意図も見落としてはならない。さらに言えば、それが模範とした第三帝国の法律もワイマール共和国初期の社会民主党政権下で1920年に制定された映画法の改正版である。そこには国内の階級的文化格差を取り除くための教育的配慮とともに、外国製映画の市場支配を退ける狙いも込められていた。そして、こうした教化目的に限っては、第三帝国における改定でむしろ強化されたと言うべきものである。本論説がドイツ語で執筆された意味を、そこに見いだすことも可能だろう。

日本の映画法における文化映画強制上映の意義については、赤上裕幸「『文化映画』の可能性　啓蒙と娯楽のメディアミックス」(2009年)が詳細に検討している。ドイツでヒトラー政権が誕生した1933年、すでに衆議院議員・岩瀬亮が第64議会で『映画国策樹立に関する建議案』を提出し、内務省警保局は『各国に於ける映画国策の概況』(1933年)をまとめている。実際、ドイツで宣伝大臣ヨーゼフ・ゲッベルスによって映画法改正が行われた1934年、日本でも内務大臣を中心とする映画統制委員会が設立され「教化映画の強制上映」の審議が始まっていた。また、本論説で近藤が言及するフィルム生産についても、1934年完全国産化を目指して富士写真フイルム株式会社が設立されている。日本の映画法体制への動きは確かにナチ第三帝国と同時代的であるが、外来ファシズムの影響というよりも内発的な動機に由来していた。

実際、映画法が制定される1939年まで、内務省、文部省、さらに外務省など関連官庁の間でもさまざまな調整が必要だった。戦時下の日本映画を分析した古川隆久は、「映画を通じた国民の質の向上といふ主張」を含む映画法を「教養主義的映画統制」と呼んでいる[1]。この論説が発表された1938年は、前年の満洲帝国における映画法制定をうけ内地での法制化を見込んで「文化映画」がブームになった時期にあたる。後述するように、近藤春雄は外務省とその外郭団体・国際映画協会で対ドイツ文化交流を担当した人物である。このテクストは、ちょうど1年後に施行された映画法の精神を外務省側から「外国向け」に解説したものと言えるだろう。

「メディア文化政策論者」近藤春雄

近藤春雄の名前はナチ文化政策の紹介者として戦

---
[1] 古川隆久『戦時下の日本映画』吉川弘文館、2003、p.82

前の著作が引用されることはあっても、メディア研究者としての戦後著作はほとんど忘却されている。その意味で、白戸健一郎の近藤春雄研究は、戦時下の文化政策と戦後のメディア論の連続性・一貫性を跡づけた貴重な労作である[2]。近藤の詳細な略歴については白戸論文を参照していただき、映画論との関係で必要な限り簡単にまとめておきたい。

近藤春雄は1908年東京に生まれ、1969年に没している。父親は政友会系の衆議院議員・近藤達児であり、叔父に満鉄副総裁・東条内閣鉄道大臣などを歴任した八田嘉明がいる。東京帝国大学法学部政治学科で蠟山政道に学び、在学中から作詩、作劇など文学実践にもかかわった。卒業と同時に1934年外務省入省、文化事業部に配属された。ドイツを中心に国際広報、文化政策を調査研究する一方、外務省の外郭団体・国際映画協会（1935年9月設立）の主事に就任した。ここで鈴木重吉や藤田嗣治が監督をつとめた文化映画『現代日本』全9編の制作を支援し、翌1936年には日本初の国際共同制作映画『新しき土』（監督・アーノルド・ファンク／伊丹萬作）の交渉に尽力している。本論説中で「二国間の国際的理解を映画を使って増進させる最善の可能性」に言及しているが、それはこの日独合作映画での体験から生まれた言葉であろう。

近藤は1937年8月ベネチアで開催される国際映画コンクール、パリの国際教育映画会議に日本代表として出席するため、同年5月からアメリカ経由で欧州各国を歴訪している。11月3日にはベルリンで日独文化映画交換協定に調印し、シベリヤ経由帰国の途についている。

1938年国際映画協会が財政難から国際文化振興会に吸収されると同時に辞職し、日本大学で「映画政策論」を講義する一方、『ナチスの文化統制』（岡倉書房、1938年）、『ナチスの青年運動』（三省堂、同年）、『ナチスの厚生文化』（三省堂、1942年）、『ドイツ健民運動』（冨山房、1943年）、『ナチズムと青年』（潮文閣、同年）など精力的な執筆活動を展開した。また、1939年2月4日には岸田国士、福田清人らと大陸開拓文芸懇談会を結成し、1941年6月には日本移動演劇連盟を立ち上げている。大陸開拓文芸懇談会の主要事業には「大陸開拓文芸作品の戯曲化、映画化」も含まれていた。戦時下の論壇では日本文芸中央会書記長、大日本文学報国会随筆評論部参事として活動し、ここに訳出した映画論との関係では『文化政策論』（三笠書房、1940年）、『芸能文化読本』（昭和書房、1941年）などを発表している。戦争末期の2年間は北京の日本大使館に勤務し、海外ラジオ放送の分析などに従事しており、映画からラジオに関心を移している。

戦後も日本大学芸術学部でマス・コミュニケーション研究室主任として講義を続け、日本新聞学会（現・日本マス・コミュニケーション学会）、国際マス・コミュニケーション学会にも参加している。内閣映画審議会委員、ユネスコ国際成人教育推進委員、東京都社会教育委員などを歴任したが、政治的活動としては鳩山一郎主宰の友愛青年同志会（現・日本友愛青年協会）の初代幹事長をつとめている。

対外的な「今日の日本映画」と対内的な「文化政策論」

近藤が数多く執筆した作品中、本テクストと同一の邦語論文は確認できない。内容においてもっとも近いのは、『文化政策論』（三笠書房、1940年）の第三章「映画芸術の高揚」である。それは以下の七節で構成されている。

第一節「映画と文学と演劇の交流」、第二節「映画企業の発展」、第三節「トーキーと文芸映画」、第四節「映画法と文化映画」、第五節「文化映画の方向」、第六節「映画芸術の新体制」、第七節「国際映画の課題」。

以下では、この二つのテクストを対比して、近藤の映画論を補足しておこう。本テクストの冒頭部分は第三節の書き出しと重複している。しかし、外国向けに書かれた本論説では日本映画界の問題点、欠陥部分はまったく書かれていないのに対して、『文化政策論』では映画事業者の旧体質、非良心的映画の氾濫などが厳しく告発されている。その上で、近藤は「映画界新秩序」を主張している。

「〔既成映画事業者とは〕別途に半官半民の映画企業を創設し、新政権樹立のそれの如く、映画界全般に亙る新秩序を建設するの他、救済の途なしと確信してゐる。」[3]

こうした新秩序の方向は、奇しくも本紙『Japan To-day』の発行者・菊池寛の歩みと重なっている。

---

2 白戸健一郎「近藤春雄におけるメディア文化政策論の展開」『教育史フォーラム』第5号（2010年）。同論文の英語版、ハングル版は、Kenichiro SHIRATO (시라토 켄이치로), The Origin of "A Well-Informed Hundred Million=Ichioku-Sou-Hakuchika (一億総博知化)":The Theory of Media Cultural Policy of Kondo Haruo (近藤春雄), 곤도 하루오(近藤春雄)의 미디어 문화정책론의 전개, in: Lifelong education and libraries,Division of Lifelong Education and Libraries, Graduate School of Education, Kyoto University,No.10（2010）.

3 近藤春雄『文化政策論』三笠書房、1940、p.142-143

映画芸術の新体制

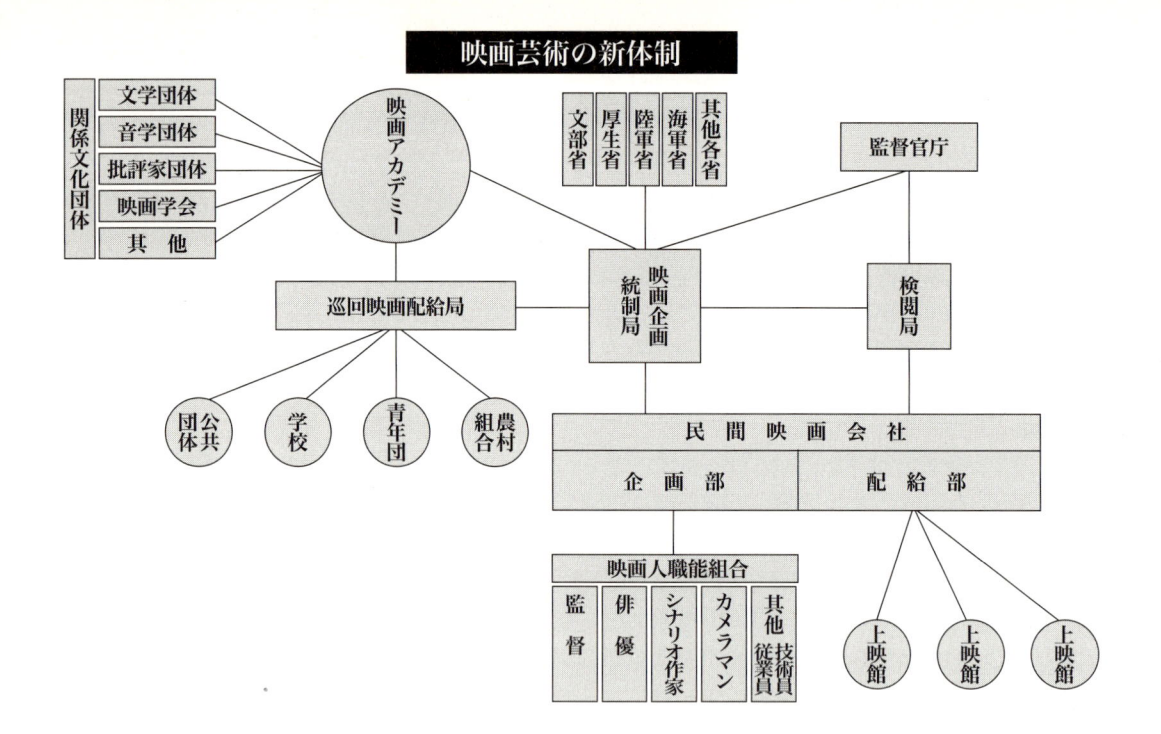

```
関係文化団体:
  文学団体
  音学団体
  批評家団体
  映画学会
  其他
  → 映画アカデミー

其他各省、文部省、厚生省、陸軍省、海軍省 → 映画企画統制局
監督官庁 → 検閲局
映画アカデミー → 巡回映画配給局、映画企画統制局
巡回映画配給局 → 公共団体、学校、青年団、農村組合
映画企画統制局 → 民間映画会社（企画部・配給部）
民間映画会社 → 映画人職能組合（監督、俳優、シナリオ作家、カメラマン、其他技術従業員）
配給部 → 上映館、上映館、上映館
```

　1942年に劇映画製作会社は統廃合され、松竹、東宝、新会社の大日本映画製作株式会社（大映）の三社体制に再編された。この大映社長に迎えられたのは、文藝春秋社長の菊池寛であった。菊池にこのポストが与えられた理由は、映画法を推進した内務省警保局長・唐沢俊樹との交流も大きいだろう。1936年4月に創刊された大日本映画協会編『日本映画』（文藝春秋社発行）の菊池寛「創刊に際して」には次の一文がある。

　「半官半民の事業で今度の事業位、お役人の連中が、充分な理解と熱心とを以て、動いてゐる仕事は、ないだらうと思ふ。僕なども、唐沢警保局長を初め、いろ〳〵なお役人と交渉したが、役人に対する考が、まるで一変してしまつた。彼等は明朗でありグッドセンスを持つて居り、いかにも話のよく分る人達である。映画に対しても、充分進歩的な考えを持つてゐるやうだ。」[4]

　第五節の「文化映画の方向」でも、対外的な本論説とは異なる議論が展開されている。「文化映画」とは、言うまでもなくドイツ語のKulturfilmの直訳である。その言葉が現実に先行して喧伝された様子を近藤は次のように述べている。

　「我が国に於て、文化映画と呼ばるゝものの、その多くは、ニュース映画以外の、劇的操作を含まない短編映画に、偶発的に、そして事後的に附せられた総称であつて、寧ろ、これは過渡期的な仮称に過ぎない。」[5]

　ドイツと比較して文化映画の理論的水準が著しく劣ることを指摘した上で、国家的な「映画研究所（フィルム・アカデミー）」の創設を主張している。

　「近代戦争が、科学戦であり、新鋭武器の創案が、かくれたる学究的所産として、戦場の勝利を決定づける様に、思想戦に於ける近代的武器である映画──殊に文化映画──の優れたる創造の蔭に、本質究明の科学的研究が不要と誰が言ひ得よう。」[6]

　本論説でも映画製作の問題はフィルム製造の下部構造から論じられているが、近藤の文化政策論のモットーは「統制は構成である」（147頁）であった。第六節の「映画芸術の新体制」でも、議論は「下部構層の整備」から始められている。近藤はドイツの帝国文化院をモデルとしつつ、上図のような「新体制」を図式化している[7]。先に述べた「映画アカデミー」（映画研究所）と並んで「映画企画統制局」が中核に於かれている。

　本論説でも「高品質な映画を量的に制限して作っていくことになる」と統制の必要を述べているが、その具体的な組織プランもここでは提示されている。

4　菊池寛「創刊に際して」、『日本映画』1936年4月号、p.19
5　近藤春雄『文化政策論』、p.143
6　同書、p.146
7　「映画芸術の新体制」、同書、p.149

「物質統制時代には、無謀なる企画を事前に抑制することは、洵に必要なる措置でもあり、更に、一面からいふならばその企画をして、文化財としての価値をより潤沢ならしめ国民により健康な建設的意図のある作品を提供せしむることは、文化の全般的向上の上からいふも極めて緊急のことかと思はれるのである。」[8]

さすがに日本移動演劇連盟の設立メンバーだけのことはあり、「新体制」図式における巡回映画配給局の位置づけも独特である。国民文化の水準向上のためには、単に経済格差の是正だけでなく、地域格差の克服も必要だったからである。

「映画が、その普遍的大衆芸術なるが故に、国民の思想生活、情報生活に及ぼす影響の甚大なことを思へば、政府は単に自由企業のみの範囲に放任し、若しくは、既成作品の事後検閲による警察的取締りに終始することなく、須らく速やかにこの種指導機関を設置して、真に国民芸術としての面目を発揮せしめなければならない。そこにこそまた万民享受の国民文化の精華が発揮せらるゝことを信じて疑はないのである。」[9]

本論説では、「日本映画の海外輸出」の根本的な障害についても十分に書かれていない。しかし、第七節「国際映画の課題」では、その矛盾と自家撞着が率直に語られている。

「例によって例の如く、フジヤマ、サクラ、ゲイシャのロマンティックな幻想詩のみを低徊せしむるわけには行かず、一応は、現実的リアリテを紹介宣揚する必要を生ずるのである。だからといつて、しかしながら、ビル風景やモダン娘は、遥かに先方の方が先輩であり本物であるを思へば、これも亦、移入文明の縮図の様で肩身の狭い感じがある。」[10]

本音としては、近藤も日本映画の海外進出に悲観的だった。以下の一文には、自ら手がけた藤田嗣治監督作品『現代の日本』や日独合作『新しき土』に要した経費が予算オーバーと批判されたことへの反発

も読み取れる。

「それを提供、若しくは交換する相手国の文化水準を規準として、夫々に適応した作品を供与すべきであつて、現在の様に、極めて制限された経費と企画では、到底円満なる発展は期待し得ないのである。」[11]

実際、映画輸出のためには、相手国の文化水準というよりも、そのイデオロギーに合わせる必要の方が大きかったはずである。

「『五人の斥候兵』の如きは、当時防共枢軸にあつた伊太利が推賞し、独逸が支持してこそ入賞の栄を克ち得たのであつて、若しもこれが仏蘭西、英吉利が決定権を有つコンクールならば、その結果ははたしてどうであつたかと思ひ合はすならば、私の述べた前提の意味も一層よく諒解されることと思ふ。」[12]

対外的な本論説の結論においては、国際交流の手段として「その国の映画芸術という鏡を利用すること」が提唱されている。しかし、対内的な文章では、自らの国際映画事業の挫折を正直に語っている。

「国際文化の宣揚といふも、結局は、国内文化の充実あつて始めて十分の結果を期待し得るといふことで、日本文化それ自体の価値はともかくとして、少くとも、かうした国際文化事業の遂行の上には、国内的組織系統の確立が先行要件であつて、これなくては、如何なる事業も、形式は兎も角、内容的脆弱性を免れぬといふことで、外交的デェスチュアを以て、我国映画界の躍進を誇張宣伝しても、実〔を〕いつて、この胸中省みて恧怩たるものを拒み得なかつたのである。」[13]

「戦前」映画論と「戦後」放送論の連続性

本論説のまとめとして、「今日の映画は、ただ観衆の娯楽手段であると同時に教養手段であるばかりでなく、その国の文化を表象する媒体でもある」と近藤は述べている。メディアを教養と娯楽の両面から見

8　同書、p.151–152
9　同書、p.152
10　同書、p.155
11　同書、p.155
12　同書、p.156
13　同書、p.156–157

つめる近藤の関心は、戦後は映画から放送に移っていった。

ちなみに、解説者はまずラジオ史研究において近藤春雄『放送文化』（新評論社、1955年）に出会い、さらにテレビ史研究において『現代人の思想と行動』（文雅堂書店、1960年）で「一億総博知化」を提唱する近藤に再会した。それは大宅壮一が1956年に民放テレビの視聴者参加番組を批判した「一億総白痴化」論を再批判する議論である。拙著『テレビ的教養』（NTT出版、2008年）の副題は「一億総博知化の系譜」だが、現代日本のメディア編制を考える上で近藤の文化政策論はいまなお示唆に富むものである。

映画芸術あるいは文化映画にこだわった近藤は、「映像ラジオ」あるいは「家庭映画館」として登場したテレビも「教養源」とみなしていた。『現代人の思考と行動』では、民主主義社会において合理的な輿論が生み出されるためには「完全ではないとしても同等の教養」を指導者から大衆まで共有する必要があり、そのためにテレビ文化が重要なのだと主張している。そのため、『思想』（岩波書店）のテレビジョン特集号（1958年）でエリート主義的なテレビ文明批判を展開した清水幾太郎に激しい批判を浴びせている。テレビ文化を「病人の流動食」扱いする清水たち知識人に、こう反問している。

「かれらがなんと言おうと、現実の数字が示している現在の産業的繁栄と経済的成長を支えているものは、中小企業からホワイト・カラーをも含めた、国民〝大衆〟の生産的エネルギーであるということと、その〝大衆〟の大多数は、病人でもなければ老廃者や不具者でもない、ぴちぴちした健康人であるということだ。」[14]

さらに近藤は「農村のテレビ視聴に対する調査」（『家の光』1960年6月号）を引いて、テレビによって農村が民主化され、人々の政治的関心がどれほど高まったかを次のように指摘する。

「いまだにデモクラシーが個人的に肉体化されていない日本の現状としては、せめてこういうマス・メディアへの接触が、そのまま大衆と政治との接触点でもあることを考えれば、〝総白痴化〟という言葉を返上して〝総博知化〟とする意味も理解されることだろう。」[15]

現在のテレビ朝日（旧・日本教育テレビ）やテレビ東京（旧・東京12チャンネル＝日本科学技術振興財団）が民間「教育専門局」として設立された背景には、こうした「一億総博知化」への期待感が存在していた。

そうしたメディア文化政策の系譜をたどると、戦前の文化映画論、その一典型として「最近の日本映画」に行き当たるといえるだろう。

【参考文献】
赤上裕幸「『文化映画』の可能性－啓蒙と娯楽のメディアミックス」『京都大学大学院教育学研究科紀要』第56号、2010
近藤春雄『文化政策論』三笠書房、1940
近藤春雄『現代人の思考と行動』上下、文雅堂書店、1960
佐藤卓己『現代メディア史』岩波書店、1998
佐藤卓己『テレビ的教養――億総博知化の系譜』NTT出版、2008
白戸健一郎「近藤春雄におけるメディア文化政策論の展開」『教育史フォーラム』第5号、2010
古川隆久『戦時下の日本映画』吉川弘文館、2003

---

14 近藤春雄『現代人の思考と行動』上下、文雅堂書店、1960、p.484

15 同書、p.486

Leading Figures of Contemporary Japanese Literature 4: Shūsei Tokuda

Seiichi Funahashi

It was in August of the 29th year of Meiji (1896) that Shusei Tokuda, after leaving his native village, and studying under Koyo Ozaki, had his YABUKOJI appear as his maiden publication, in the BUNGAKU KURABU (THE LITERARY CLUB). Nearly half a century has gone by since, and during all this time he has ever been keeping on with his activities in the literary world. Needless to say that in the meantime his literary life, even though it has been altogether quiet and unobtrusive, was not entirely free of various vicissitudes. During his earliest period, when he was under the immediate influence of Koyo Ozaki, as the very leader of the so-called *Kenyusha** school of Japanese literature, he wrote a number of domestic and contemporary-life novels: on top of this list is his novel, KUMO NO YUKUE (WHERE THE CLOUDS GO). For some time he was counted among the "Big Four" of Koyo Ozaki's school, together with Kyoka Izumi, Fuyo Oguri, and Shunyo Yanagawa. However, it appears that during this period the author did, so to speak, not really do his own work, and that he was himself far from satisfied as he acted more or less as an epigone of the *Kenyusha* school. Anyhow, that the author himself was desirous of writing in a more sincere attitude, with a nearer approach to the realities of life—this may clearly be gathered from the prefaces he wrote to various collections of his works published at that time, such as HANATABA (BUNCH OF FLOWERS) and SHOKAZOKU (LITTLE PEER). In other words, while being connected with the *Kenyusha* school, he was *au fond* a naturalist, and as such, he gradually deserted this school and, rejecting his own works one after another, step by step he advanced on his own way, independently.

---

* Kenyusha was the name of a literary association established in 1885, with Koyo Ozaki as its central figure; the writers associated with this school followed a literary art-for-art doctrine and introduced a certain type of " urban literature," at the same time keeping alive the literary traditions of the Edo period. This school practically disappeared with the rise of naturalism in Japanese literature. (Ed. J.T.-D.)

p.7

*

After a short time, when Koyo Ozaki died, a reformatory spirit seized our literary world: naturalism began to prevail in Japanese literature. For Shusei Tokuda, this new movement was of an irresistible attractiveness. And what else could he do than to plunge into this new literary movement which so well suited his own nature? Immediately, he established his rank as a naturalistic writer, publishing one after another his great novels, SHINSHOTAI (THE NEW HOUSEHOLD), ASHIATO (FOOTPRINTS), KABI (MILDEW), TADARE (INFLAMMATION), and numerous others. KABI, in particular, is a novel of historic fame as the first Japanese novel told by the author in the first person. Centring round a plain description of the erotic life of Sasamura. a literary man, and O-Gin, daughter of his old char-woman, also the fall and rise of the *Kenyusha* group as well as the scene of Koyo Ozaki's death are depicted in this novel.

*

With the beginning of the Taisho era, Shusei Tokuda's literary activities grew even more prosperous, his first novel written during this period being ARAKURE (RUGGEDNESS), the very representative one among his most representative novels, which, together with

KABI and TADARE, is forming one of the three highest summits of his whole literary production. What is most conspicuous about this novel, is the author's emancipation from that gloom usually associated with naturalism up to that time: in its place, the reader finds a bright, fresh, and strong conception. That the heroine of the novel, O-Shima, is not merely lavish in spending money, but at the same time an energetic woman, and that her carelessness in passing from one man to another is not necessarily a sign of decadence, is another good point of this story. Moreover, as in the end all shadows are cleared away and the story does not close, as most novels did before, with an affirmation of conventional ideas, this novel leaves a particularly strong and, somehow, energetic impression.

After all, whether it be O-Shima, in the novel ARAKURE, or O-Masu, in TADARE, or O-Saku, in SHINSHOTAI, or O-Gin, in KABI, all of them are just "common women"; the minute description of the common life of common women : this is one element of what is being called typical "Shusei-like realism." The reading public which had been accustomed to love-scenes between beautiful men and beautiful women, as described by the authors belonging to the *Kenyusha* school, and who felt now a bit bewildered and surprised and somewhat ennuied when reading those plain descriptions of life such as it is, could, however, not fail to recognize the value of this new literature, as being literature of a new tendency.

Apparently, ARAKURE is one of the works which Shusei Tokuda himself likes most among his own novels, and a magazine which is at present being published with the author as the central figure, also bears this name of ARAKURE. Besides, at the time when TADARE, ARAKURE, and others of his novels appeared, he also exhibited an unusual talent for writing shorter stories and also showed some renewed interest in writing novels in the more popular vein.

*

Following the publication of ARAKURE, the author entered a period of relaxation. Meanwhile, relentlessly, the literary world was being regenerated, and new authors entered the scene, one after another. Also Shusei Tokuda had grown elder. Eventually, one day he found himself being named a veteran master. Till the middle period of the Taisho era, during the same time at which Toson Shimazaki was writing his ARASHI (THE TEMPEST), he worked on his novel MOTO NO EDAE (BACK TO THE NATIVE NEST); this novel was very well received, and it was already at that time that the regeneration of the "veteran master" was being hailed by the literary world.

Thereafter, once more, a period of slack inactivity followed. Poverty threatened his existence. And with the beginning of the Showa era, for the third time, Shusei Tokuda's literary production rose to a new life. SHI NI SHITASHIMU (HOBNOBBING WITH DEATH), followed by KUNSHO (THE MEDAL), RAZO (THE NUDE), and KASOJINBUTSU (PERSON IN DISGUISE), are the successful works of this period.

Even at present, Shusei Tokuda is as assiduous a writer as ever, devoting himself to literature in an ever youthful esprit. And he is still en vogue as a master, to-day, as he was en vogue more than forty years ago. One would hardly find another author anywhere with such a long literary life.

The strongest distinctive feature of Shusei Tokuda's literary production may be briefly defined as the adequacy and preciseness of his realistic descriptions, which are entirely void of any extremes and exaggerations. This is something easy to say, but hard to accomplish in practice—a hard and tough problem whose difficulties are known to anyone who ever has written a novel himself. When reading any of Tokuda's works with close attention, one is usually overwhelmed by this superb and powerful expressiveness. Probably, the present age has no one to place beside him, when it comes to that preciseness of unexaggerated descriptions.

Yet, if we ask whether Shusei Tokuda is, in the true sense of the word, a realist, the answer must be in the negative. He usually likes to describe natural and unaffected persons, but they are always persons made of flesh and blood. The human figures carved out by the author's realism are ordinary men, shown in their natural, every-day surroundings, yet, embossed in a pattern of a very acid, very glum beauty.

Maybe Tokuda's works are not showy, gorgeous novels of the romantic type, but it is evident that they seek after that incomparable beauty which nature and men have in common. After all, it is a short-sighted distortion, to deny that Shusei Tokuda's literature is beautiful.

日本現代文学の主要作家 4：徳田秋声

舟橋聖一

翻訳

　徳田秋声が故郷を離れ、尾崎紅葉の門下に入り、処女作「藪柑子」（YABUKOJI）が『文学倶楽部』に掲載されたのは、明治29年（1896年）のことであった[1]。それから半世紀近くが経過したその間もずっと、彼は文学界において活動し続けてきた。言うまでもないが、彼の文学人生は全体的に穏やかで控え目なものであった。その最初期、尾崎の直接的な影響のもと、「硯友社」*において指導者的役割を担っていた頃は、現代生活を取り扱った小説を数多く書いていた。その代表作品が「雲のゆくへ」（KUMO NO YUKUE ／ WHERE THE CLOUDS GO）である。彼は泉鏡花、小栗風葉、柳川春葉とともに〈紅門四天王〉（the Big Four）と呼ばれていたが、その当時は自己の資質を活かした仕事ができなかったこともしばしばだった[2]。硯友社の亜流（an epigone）として[3]多かれ少なかれ行動していた彼の作品は、自らが納得できるものからは程遠く、作家としてもっと誠実な態度で、真摯なる人生の描写を試みたいと願っていた[4]。この願いは、その当時出版された『花束』（HANATABA ／ BUNCH OF FLOWERS）や『少華族』（SHOKAZOKU ／ LITTLE PEER）といった、幾つかの作品に向けて書いた序文から明らかである[5]。つまり彼は、硯友社に関わってはいたが、素質的に自然主義者であり、硯友社との距離が生じ始めるにつれ、自分の作品を否定し、一歩一歩彼自身の独自性のある素質を掘り下げていったのである[6]。

　尾崎の死後、改革的精神が日本文学界に入り込んできた。すなわち、自然主義が普及し始めたのである。徳田にとってこの新しい文学動向は、抗うことなどできない魅力的なものであった。彼の素質に合ったその新しい文学動向へ加わること以外、一体ほかに何ができたであろう。彼は直ちに自然主義作家としての地位を確立し、次々に偉大な作品を生み出していった。「新世帯」（SHINSHOTAI ／ THE NEW HOUSEHOLD）「足迹」（ASHIATO ／ FOOTPRINTS）「黴」（KABI ／ MILUEW）「爛」（TADARE ／ INFLAMMATION）のほか、数多くの作品を書き上げた。特に「黴」は、一人称（in the first person）を用いた最初の日本の小説として史的価値を得た[7]。そこには主人公である笹村という文学者と、笹村の古くからの雇婆さんの娘お銀との好色生活が平易な描写で描き出されており[8]、硯友社の消長や尾崎の死の場面も盛り込まれていた[9]。

*

　大正時代の始まりとともに、徳田の文学的活動はより豊かなものとなっていった。最初に書かれた「あらくれ」（ARAKURE ／ RUGGEDNESS）は、「黴」「爛」と合わせて最も代表的な作品となり、これらは彼の全作品の中で三大高峰をなしている[10]。「あらくれ」における最も顕著な点は、その頃まで自然主義につきものだった陰気くささから解放されていたところにある[11]。読者は明るく新鮮で、力強いものをその中に発見した[12]。女主人公お島は、ただ金遣いが荒いというのではなくて活動的な女性であった。男から男へ渡ってゆく放縦さも必ずしも頽廃的ではなく、この作品が描き出した優れたところでもある[13]。さらにいえば、しまいには全ての謎が明かされる今までの作品のように、世俗肯定的に話が閉じられることはな

---

* 硯友社とは、尾崎紅葉を中心として1885年に創設された文学結社であり、作家たちはその結社と提携し、その文学が芸術のための芸術であるとの教義に従い、「都市文学」〔urban literature〕を導入した。同時に、江戸時代の文学的伝統も保持し続けた。この結社も、日本文学における自然主義の高まりとともに消滅していった。

1　英文前半部は、舟橋聖一「徳田秋声と正宗白鳥」『国語と国文学』4月特別号「明治文豪論」1932、p.214-252）の骨子を翻訳したもの。以下、引用する。「彼が上京して愈々作家生活への堅き志を立て、紅葉の門に入つて、その処女作『藪柑子』を文藝倶楽部に掲載したのが、29年8月だつたから」（p.214）

2　「硯友社に燃つて紅門四天王の一人として作品を、文芸倶楽部・新小説・読売等に発表するに到つたが、特に取上ぐべき作品もなく、中には今日では殆ど湮滅に近いものも少なくない」（p.215）

3　「硯友社文学の末流に棹さして」（p.218）

4　「真摯なる人生の描写説明を試み得べし」（舟橋が引用した徳田の『少華族』自序）（p.216）

5　作者自身かうした作風に不満を感じてゐたのは明らかで、それが一層意識化してくると、三十七年萬朝報に連載した「少華族」の序及び短編集「花束」の序等となつてあらはれるのである。（p.216）

6　硯友社にあり乍らも、素質的には自然主義を蔵してゐて煩悶し、自分の作品を否定しつゞけて、一歩一歩進んで来た人である（p.218）。彼自身の独自性のある素質を掘り下げていく（p.220）

7　「黴」は私小説としての最初の大きな集成であつた（p.225）。私はこの「黴」を、日本で特殊に発達した私小説の濫觴として見ていいと思うのである（p.226）。とすれば「黴」はその意味で藝術価値と同時に史的価値をも持つてゐるわけである。（p.227）

8　笹村といふ文学者が、雇婆さんの娘お銀と関係を結んでしまふ（p.225）

9　硯友社文壇の消長も語られ、文豪紅葉の死の場面も叙せられてゐるうちに、（p.225）

10　「あらくれ」は、「黴」「爛」と共に三大高峰をなして居る（p.229）

11　陰気なものから明るいものへの転向を示した最初のものとする私の考えは、（p.229）

12　「あらくれ」の明るさであり力強さであつた（p.229）

13　女主人公お島が、お増やお庄やお銀のやうな従来の消費的な女性でなくて活動的であること、男から男へ渡つてゆく放縦さも必ずしも頽廃的ではなくて力を感じること（p.229）

徳田秋声（清水崑によるスケッチ）

い[14]。その点が強烈で活力的な印象を残したのである。

しかし結局、「あらくれ」のお島も、「爛」のお増も、「新世帯」のお作も、「黴」のお銀も、みな「平凡な女たち」（common women）であり、彼の作品は、平凡な女たちの、平凡な生活の一時期を表現したまでなのである[15]。これこそ典型的な「秋声的現実主義」（Shusei-like realism）と呼ばれる一要素である。硯友社に属した作家たちが描いた美男美女のラブシーンに慣れていた読者は、人生の真実を映し出した平坦な描写から、一種の戸惑いと驚き、そしてなんとなくアンニュイな感覚は受け止めていたが、新傾向文学としてのこれらの価値を理解するには至らなかった。

おそらく「あらくれ」は、徳田が自分自身の作品の中で最も気に入った作品の一つだろう。また、彼が書くことに関するただならぬ才能と、新たな興味を示した好調期が「爛」「あらくれ」などが発表された時でもあった。

*

「あらくれ」執筆後、徳田は一旦休養の状態に入った。その間、容赦なく文学界は再生され続け、新人作家たちが次々とこの世界に足を踏み入れて来た[16]。それにつれて彼も年を重ね、次第に自身が大家と目され出したことに気づいた。有力者の再興が文学界において称賛されたのは大正時代半ば、ちょうど島崎藤村が「嵐」（ARASHI／THE TEMPEST）を書き、彼が「元の枝へ」（MOTO NO EDA E／BACK TO THE NATIVE NEST）を書いていた頃である。

しかし、昭和時代の始まりとともに、三度目の徳田秋声時代が訪れた。「勲章」（KUNSHO／THE MEDAL）「裸象」（RAZO／THE NUDE）「仮装人物」（KASOJINBUTSU／PERSON IN DISGUISE）「死に親しむ」（SHI NI SHITASHIMU／HOBNOBBING WITH DEATH）が、この時期の代表作品である。[17]

徳田は、現在においても常に若々しい精神で文学に献身する、他に類をみない勤勉な作家である[18]。40年以上前に流行の最前線に立ち、今日もなお巨匠としてその立場にいるそんな息の長い作家を、この文学界において他に見つけることは困難なことであろう。この特異な作家の際立っている点は、いかなる極端さも誇張表現もない、現実的描写の精密さと妥当性にあるといえよう。このことはまさしく、いい易くして、なかなか求め難い[19]（something easy to say but hard to accomplish in practice.）ものであり、小説を書く者なら誰もが知っている解決しがたい問題である。より関心を持って徳田の作品を読む時、読者は大抵その極上かつ力強い表現に圧倒されるであろう。おそらく今現在、ありのままの表現による正確な描写という点において、彼の右に出る者はいない。

にもかかわらず、もし私たちが真の意味において、徳田が現実主義者か否かを自問するならば、答えは、否に違いない。彼はよく自然で無愛想な人物を描くことを好んだが、あくまでも生身の人間たちである。徳田の現実観により描き出された人物像は普通の人間たちで、日常を生きるごく自然なものでありながら、とても辛辣で陰気な美しさを浮き彫りにしている。彼の作品は、人目を引くような、きらびやかで浪漫的な類のものではないが、自然と人間とが一般に持ち合わせている比類なき美（incomparable beauty）を追求し、それを明白に表現したものである。つまり、徳田秋声の文学に美がないというのは、短絡的で誤った解釈ということになる。[20]

（石川　肇訳）

---

14 今までのダアクな因循な世俗肯定的なものと違つて（p.229）
15 併し結局お島も平凡な市井の女だ。そして秋声は、お島にしてもお増にしてもお作にしてもお庄にしても、皆、平凡な女を、平凡にひたすつて書いたが（p.229）
16 後半は、その後加筆して、舟橋聖一「徳田秋声論」（『文芸』1939年3月、p.192-197）として発表された。当該部分を以下引用する。
「文壇的にもこの辺で一旦休息の状態に入つていつた（p.230）。同時に自然主義は整理へ近づいた。文学運動として又文壇の派としての存在が稀薄になり、解消と移動・転換が起つてゐた」（p.230）。

17 その後大正時代には、一時沈滞を余儀なくされたが、再び昭和時代に入るや老熟の筆をかつて、文壇にカムバックし、「死に親しむ」「和解」「勲章」「仮装人物」等の傑作を産み出した。（p.192）
18 不相変、四十年を一日の如く、或点は青臭く、或点は水々しく、青年的野心と過敏な神経をふり廻しつゝ、原稿に追はれてゐる。（p.194）
19 このことは、いひ易くして、なかなか求め難いのであるが、（p.196）
20 既にいひ古されてゐるが、彼の文学には、安価なる美化がない。
■補足　「徳田秋声」には、硯友社に関する注（説明）が付されていた。

ありのままの日本人像の海外発信

石川　肇　　　　　　　　　　解説

舟橋聖一と菊池寛

　日中戦争の激化に伴い、第1次近衛内閣によって国家総動員法が制定された1938年、菊池寛編集『文藝春秋』別冊付録『Japan To-day』（4月号～10月号）が海外向きに刊行され、そのうち7月号から10月号にかけて、島崎藤村、横光利一、山本有三、徳田秋声の4人が順に、「LEADING FIGURES OF CONTEMPORARY JAPANESE LITERATURE」（日本現代文学の主要作家）として、似顔絵付きで取り上げられた。

　10月号に掲載された「徳田秋声」は、1934年10月号の『行動』に小説「ダイヴィング」を発表し、次第に強まるファシズムに抗う知識人の行動主義を主張し注目を集めた舟橋聖一の手によって書かれたものである[1]。『行動』が翌年9月に廃刊となった後は、小林秀雄の勧めにより『文学界』同人に加わった[2]。その『文学界』は1935年7月から菊池の文藝春秋社発行に切りかわるが[3]、舟橋が菊池の識を得たのは自身の著書『岩野泡鳴傳』（1938年）[4]を上梓した時である。するとすぐ設けられたばかりの菊池寛賞の審査委員に選ばれ[5]、以後、菊池との関係は戦後まで続くことになる。1945年には菊池が会長を務めていた日本文芸家協会において書記局長となり、1947年には映画化された「田之助紅」の原作料として大映から菊池愛用のダットサンを貰い受ける[6]。そして1948年5月には、3月に狭心症で急逝した菊池のために追悼公演会を開くなど、その近しさは最後まで失われなかった[7]。

---

1 『Japan-Today』10月号は、滋賀県彦根市立図書館内「舟橋聖一記念文庫」に現物（p.1-2, p.7-8）が保管されている。なお、4月号と5月号は、『文藝春秋』に添付された状態のまま、同館に保管されている。
2 森川啓、阿部知二、そして舟橋の3名は、村山知義、島木健作、河上徹太郎らとともに、1936年1月、『文学界』同人として誌面に名を連ねている。実際に舟橋が阿部と共に同人に加わったのは1935年9月。
3 『文学界』の発行は、①文化公論社（1933年10月）②文圃堂書店（1934年6月）③文学界社（1936年1月）④文藝春秋社（1936年7月）へと移り変わった。
4 舟橋聖一『岩野泡鳴伝』（青木書店、1938年6月）
5 菊池寛賞は1938年、芥川龍之介賞と直木三十五賞は1935年に設けられた。菊池寛賞は「菊池寛の提唱により、先輩作家に敬意を表し顕彰するため制定。四五歳以下の作家評論家が選考委員となり、四六歳以上の作家におくられた」『日本近代文学大事典』第六巻、1978年3月。
6 菊池は1943年5月から1946年12月まで、大映株式会社社長を務めていた。
7 文芸家協会を中心とする作家たちの間で協議され、東京と大阪で開催された。また、菊池寛賞も文芸家協会が中心の新たなものとなった。

徳田秋声と菊池寛

　本文中「徳田秋声が故郷を離れて尾崎紅葉のもとで学び始め、処女作「藪柑子」が雑誌『文芸倶楽部』に掲載されたのは、明治29年（1896年）のことであった」とあるが、尾崎紅葉は、寛一お宮で有名な「金色夜叉」を書いた、明治中後半期における最有力作家である。徳田はこの尾崎グループ〈紅葉門〉において、「泉鏡花、小栗風葉、柳川春葉とともに〈紅門四天王〉(the Big Four)」と呼ばれていたが、硯友社には他に、巌谷小波の〈小波の門〉、江見水蔭の〈水蔭の門〉、広津柳浪の〈柳浪門〉があった[8]。『文芸倶楽部』は1895年、総合雑誌『太陽』とともに博文館より創刊された、一時代を画した文芸雑誌である。高等小学校時代の菊池はこの雑誌を愛読しており、高松中学校時代には懸賞作文に、「会話や地の文には硯友社ふうな技法の模倣もみられる」[9]作文を応募し、二等に入選している。そんな菊池が新人作家への登竜門とされていた『中央公論』に「無名作家の日記」（1918年7月号）を発表し、文壇デビューを果たしたのが、本文中「『あらくれ』執筆後、徳田は一旦休養の状態に入った。その間、容赦なく文学界は再生され続け、新人作家たちが次々とこの世界に足を踏み入れて来た」とされている時期である。つまり、この「新人作家たち」の中には菊池も含まれていた。菊池は以後、作家として活動を続けながら、1923年に『文藝春秋』を創刊、編集者としても活躍し出す。それにより徳田との関わりも深まり[10]、菊池にとって徳田は「先輩として敬意を表していゝ人」[11]という存在になっていく。徳田の方も菊池に対して好意的であり、それは『仮装人物』（中央公論社、1938年）[12]で第一回の菊池寛賞を受賞した際に書いた「菊池寛賞を受けて」（1939年4月号）という文章からも窺い知ることができる。『文藝春秋』に発表した受賞の言葉ではあるが、菊池への素直な思いが表れているとみてよい[13]。

　　茲に日本文学振興会から出る菊池寛賞の意義なぞについて、その第一回の受賞者たる私が、

---

8 小浪の門では永井荷風が、水蔭の門では田山花袋が、柳浪門では中村春雨がそれぞれ師事していた。
9 小久保武『菊池寛』（清水書院、1968年12月）
10 菊池は『文藝春秋』創設以前の1921年、徳田を中心に小説家協会を創立させている。
11 菊池寛「文壇交友録」『中央公論』1925年2月号
12 1935年7月から1938年8月にかけて『経済往来』（のち『日本評論』と改称）に連載された「仮装人物」を単行本化したもの。
13 引用は『徳田秋声全集 第23巻』（八木書店、2001）によった。

彼此言ふべき筋合のものではない。私はたゞ常に特別の友情を文壇人にもち、文学仲間を公私共に愛護することを忘れない菊池君の意志から出た菊池寛賞を受けることに心からの悦びを感じるものである。詮衡委員が若い人達から成立つてゐることも心持が好いし、その態度にも感謝しないではゐられない。他にも人があるのに私の詰らない仕事を取りあげられたことについては、多少忸怩の思ひもするが貰つたことは正直やつぱり嬉しいのである。

徳田秋声と舟橋聖一

徳田が代表作の一つ「あらくれ」を書き、菊池寛賞をもらうまで20年以上もの歳月が流れている。その間に起きた最も大きな人生の浮き沈みの様子が、本文中「大家の再興が文学界において称賛されたのは大正時代半ば、ちょうど島崎藤村が「嵐」（ARASHI／THE TEMPEST）を書き、彼が「元の枝へ」（MOTO NO EDA E／BACK TO THE NATIVE NEST）を書いていた頃である。この小説は好評を博し、この当時から「ベテラン作家」の復活が文壇では歓迎された。

それ以後、再び不振の時期が続き、貧困が彼の存在を脅かし始めたと記されている。ここでいう「大家の再興が文学界において称賛された」とは、1920年から21年にかけて田山花袋と徳田、そして島崎藤村といった文壇の大家が生誕50年を迎えたことへの反響であり[14]、また、「それ以後、不振の時期が続き、貧困が彼の存在を脅かしはじめた」とは、大正後期勃興したプロレタリア文学の影響によって、失業に近い状態に追い込まれていた様子を表している。その徳田を励ますべく、1932年、その周辺の人々が集まり「あらくれ会」を結成、友好の場とする[15]。本文中「彼を中心とした雑誌が現在出版されているが、その名前も『あらくれ』の名を有している」とは、この「あらくれ会」の機関紙のことである。舟橋はその中心メンバーとなり、生涯、徳田門下として活動した。しかしながらこの頃、徳田の生活を脅かす原因となったプロレタリア文学は度重なる弾圧により衰退が進み、当時非合法政党であった日本共産党の中心を担っていた佐野学と鍋山貞親が獄中で転向声明を出し、根生いのプロレタリア文学作家であった小林多喜二が検挙・虐殺された1933年には、その傾向がいっそう強まる。そうした中で徳田ら既成作家たちが再び活動し始め、また、『文学界』『行動』など新雑誌の創刊も相次ぎ、「文芸復興」という声が起こる[16]。本文中「昭和時代の始まりとともに、三度目の徳田秋声時代が訪れた」とは、この「文芸復興」以後を指す[17]。こうした流れの中、舟橋が菊池寛賞の選考委員となり[18]、また、徳田がその第一回の受賞者となるのである。

ありのままの日本人像の海外発信

「徳田秋声」において舟橋は、徳田の作家としての真摯なあり方や特徴を、それが反映された小説を軸とし、時代の流れの中に溶かし込みながら記した。それは本文中「いかなる極端さも誇張表現もない、現実的描写の精密さと妥当性にあるといえよう」とされている徳田の特徴、すなわち「ありのままの表現による正確な描写」を強調したものとなっていた。その徳田の特徴は、本文中「特に『黴』は、一人称〔in the first person〕を用いた最初の日本の小説として史的価値を得た」とする作品評価と強く関連している。ここで言う「一人称〔in the first person〕」とは私小説のことであり、これに関しては「徳田秋声」の骨子となった舟橋の「徳田秋声と正宗白鳥」（『国語と国文学』1932年4月号）に、以下のような説明がなされている。

　　自分のものを書いたものに、既に、藤村に「春」があり、花袋に「蒲団」があり、泡鳴に「耽溺」や「放浪」があつたが、ほんとうの意味での私小説ではなかつた。泡鳴などが最も私小説に近かつたが、それでも主人公の気持を通して表さうとする作者の主観・主題・抱負があつた。花袋にも藤村にも、それがあつた。秋声の「黴」に来て、はじめて無主観・無主題の客観的、私小説に到達したといっていい[19]。

主観を排し得た徳田が描き出した平凡な日常に生きる平凡な人々の姿。「徳田秋声」は徳田を紹介しつつ、こうした姿こそが現実の日本人であるというこ

14　1920年11月に田山花袋と徳田の、1921年2月に島崎藤村の生誕五十年祝賀会が全文壇をあげて行われた。
15　立ち上げ時のメンバーとして阿部知二、井伏鱒二、岡田三郎、尾崎士郎、榊山潤、中村武羅夫、樟崎勤、舟橋聖一、室生犀星らがおり、「あらくれ」創刊号には島崎藤村や近松秋江、2号には正宗白鳥や上司小剣ら友人も寄稿している。
16　菊池が司会となり、徳田も参加した「文芸復興座談会」（『文藝春秋』1933年11月号）が開かれた。
17　本文中でこの時期の代表作の一つとしてあげられている「勲章」は『中央公論』（1935年10月号）に発表されたもので、その後、舟橋が脚色した『文学界』（1936年10月号）に戯曲として掲載された。
18　第一回の菊池寛賞選考委員は、石川達三、尾崎士郎、河上徹太郎、川端康成、窪川いね子、小林秀雄、斎藤龍太郎、島木健作、武田麟太郎、富沢有為男、永井龍男、中島健蔵、林房雄、深田久弥、舟橋聖一、堀辰雄、横光利一ら17名。
19　藤村・花袋・泡鳴とは、島崎藤村・田山花袋・岩野泡鳴のこと。

と(＝ありのままの日本人像)を海外へ発信する役割をも担っていた。そして、そのありのままの日本人像には、本文中「彼の作品は、人目を引くような、きらびやかで浪漫的な類のものではないが、自然と人間とが一般に持ち合わせている比類なき美(incomparable beauty)を追求し、それを明白に表現したものである」とあるように、美の要素も含まれていた。この美に関しては、その後舟橋が書いた二つの徳田論の中でも言及されているが、そのトーンが多少異なるので、次にあげておく。「徳田秋声」の5カ月後に発表した「徳田秋声論」(『文芸』1939年3月号)では、徳田の文学には「安価なる美化がない」ために通俗小説には向かないというように、また5年後、徳田が逝った際に書いた「徳田秋声氏を憶ふ」(『帝國大学新聞』1943年11月29日)では、徳田の文学を「写実の徹底に非ずして、寧ろ現実の美化であり、が、之もその方法が、安つぽく歯の浮くやうな美化ではなく、渋い、こくのある底光りの美味である所である所に真価が存する」というように、その論旨に沿った表現となっていた[20]。

---

20 舟橋には「徳田秋声と正宗白鳥」(『国語と国文学』4月特別号「明治文豪論」1932年4月号)を材料として新たに書き下ろした『徳田秋声』(弘文堂、1941年4月号)という単行本もある。これには附録論文が二本付されており、一本目は「徳田秋声論」(『文芸』1939年3月号)であり、二本目は「秋声論の一端 ―徳田秋声「仮装人物」(中央公論社)―」(『文学界』1939年2月号)である。

Correspondence

通信「日本への共感」

翻訳

SYMPATHY WITH JAPAN

To the Editor:

I have just received your most interesting magazine, JAPAN TO-DAY, and I am grateful to you. I will be glad to show this to all my many American and foreign friends, as I am very sympathetic with Japan.

Although there is a great deal of anti-Japanese propaganda going on here, I do all I can to counteract it, and to present Japan's side, as I introduce Japanese music to the world.

Please continue to send me any news and if I can help you in any way, please advise me. I know hundreds of people in sympathy with Japan. Also I am hoping to come back sometime.

New York, Aug. 8, 1938.

CLAUDE LAPHAM

EXPONENTS OF JAPANESE CULTURE

To the Editor:

With thanks I acknowledge receipt of the copies of the Bungeishunju Oversea Supplement, JAPAN TO-DAY. Both, the Japanese edition of the periodical, BUNGEI-SHUNJU, as well as the editor, Kan Kikuchi, are well known in this country as significant exponents of the cultural life of Japan. Therefore, your periodical will be met with great interest by the reading public here. I should thank you for sending to this library also all the following issues.

Berlin, July 11, 1938.

The Director of the Oriental Department
PRUSSIAN STATE LIBRARY

「日本への共感」

編集者へ

　非常に興味深い雑誌、『ジャパン・トゥデイ』を拝受しました。御礼申し上げます。私は、日本に共感を寄せていますので、これを多くのアメリカ人や外国の友人たちに是非とも見せたいと思います。

　ここでは、反日のプロパガンダが非常に勢力をもってはおりますが、私はそれに歯止めをかけるためにできるだけのことをしますし、日本の音楽を世界に紹介することで、日本のことを伝えたいと思います。

　どうか、日本のニュースを継続してお送りください、そして、何かお役に立てることがあれば教えてください。非常に多くの者が、日本に共感を寄せています。いずれ日本に戻れればと思っております。

1938年8月8日

ニューヨーク在住　クロード・ラップハム

編集者へ

　『文藝春秋』の海外向け付録『ジャパン・トゥデイ』をお送りいただき、御礼申し上げます。雑誌『文藝春秋』の日本語版は、編集者・菊池寛の名前とともに、日本の文化生活を解説するものとして、この国ではよく知られています。それゆえに、この定期刊行物は、ここの読者の大きな関心を呼ぶでしょう。引き続きわが図書館にお送りいただきますようお願い申し上げます。

1938年7月11日

ベルリン、プロイセン州図書館東洋部門責任者

（堀まどか訳）

『Japan To-day』の海外での反響

堀まどか　　　　　　　　解説

　海外からの反応として、2点の書簡が紹介されている。

　ひとつはクロード・ラップハムからの書簡。ラップハムは1890年にアメリカ・カンザス州に生まれ、ワシントン大学に学んだ音楽家・指揮者。1933年夏にオペラ「サクラ」を作曲し、ハリウッド野外劇場で2000人の役者によって上演され、2万人の観客に披露した。外国人による日本語での初のオペラであった。1935年夏から約1カ月間東京に滞在し、コロムビア専属となる。ピアノ協奏曲「日本」や交響曲「三原山」、変奏曲「日本」、「武士道」などを作曲。帰国後も、ハリウッドやニューヨークで作品を発表披露していた。1935年末にはロンドンの日本人会でも公演して好評を博した。ピアノ協奏曲「日本」は、アメリカ（キャムデン：ニュージャージー州）のヴィクター本社でレコードに吹き込まれているし、ロンドンの出版社からはピアノ組曲「虫の唄」【赤蜻蛉、蝗、螢、鈴虫、蟬、蝶蝶】の楽譜が漢字入りで出版された。このピアノ協奏曲「日本」は、長唄、囃子、琴、三曲、音頭などのリズムや旋律を巧みに取り入れた、日本的な情緒あふれる作品。1936年1月31日には、アメリカのコロンビア放送の要請により、日本情緒ゆたかな曲として、「いろは唄」と「ピアノ協奏曲」がラジオで放送された。「いろは唄」は、信時潔（当時、東京音楽学校教授）作曲・指揮で、東京音楽学校の学生によるコーラス、「ピアノ協奏曲」はラップハムが日本に滞在中に作曲した日本的なコンチェルトで、宮内静代がピアノを演奏した。これは、ルーズヴェルト大統領の54歳の誕生日にあたり、日本からのお祝いの意味も含められていた。

　日本に心酔していたラップハムは、日本滞在中はほとんど羽織袴で過ごし、日本語も話し、漢字もたくさん覚えていたという。オペラ「サクラ」に主演して1935年に帰朝した杉町みよし夫人によれば、「気味が悪いほど」の日本通であったと、『東京朝日新聞』（1936年2月22日）に書かれている。

　この『Japan To-day』に掲載されたごく短い手紙が、本当にラップハムからの書簡にもとづいていたかどうかは知るよしもないが、ラップハムが作品や演奏会によって、1930年代の英米で日本を紹介しようと尽力していた稀有なアメリカ人であったことは事実である。

　もう一点の書簡は、ベルリンの図書館からの御礼。こちらもそれほど大きな反響のようには見受けられない。1938年当時は、ドイツとの文化交流が盛んにおこなわれようとしており、他にもドイツの図書館に囲碁の研究雑誌などが日本側から贈呈されたりしていた。『Japan To-day』の送付に対して、公的な礼状が届いたとしても、まったく不思議はない。

To-day's Topics in Pictures

(1) A party of twenty-two members of the Japanese Writers' Association, including several of the nation's best-known authors and authoresses, were given a brilliant farewell party at the Rainbow-Grill, Tokyo, before leaving for Central China to view the imminent fall of Hankow, in order to lay down their impressions of this historic event in their literary productions. On the picture are seen some of the participants in the expedition (with white badge in the buttonhole) conversing with other guests of the party. *Left to right*: Haruo Sato, novelist and poet; Kan Kikuchi ; Mr. Takejiro Otani, president of the Shochiku theatrical and cinematografical chain; Uio Tomizawa, novelist ; Shusei Tokuda, and Masajiro Kojima, novelist. (2) Three young Imperial Princes, T.I.H. Prince Harunori Kaya, Prince Akinori Kaya, and Prince Toshihiko Higashikuni, joined about 170 students of the Primary department of the Peers' School in one day voluntary labor service during the summer vacations (Foto by Courtesy of THE TOKYO NICHI-NICHI. (3) Enthusiastic crowds viewed the all-Japanese intermiddle school baseball tournaments held recently at the Koshien Stadium, near Kobe. (4) A delegation from the German Hitler Jugend who visited Japan on a goodwill mission, were given a rousing reception upon their arrival in front of Tokyo Station.

写真版今日のトピックス

翻訳

（１）陥落の迫る漢口を視察し、歴史的な事件の印象を文学作品に刻むため、中支に向かう、日本で最も著名な作家たちを含む22名の日本文芸家協会一行の壮行会が、東京のレインボー・グリルで行われた。パーティーのほかの参加者とともに遠征に出る数名（ボタンホールに白いバッジ）が写っている。（左から右に）佐藤春夫（小説家、詩人）、菊池寛、大谷竹次郎（松竹劇場、松竹映画会長）、富沢有為男（作家）、徳田秋声、小島政二郎（作家）。（２）夏休みに、皇族小学校の生徒170名と一緒に、一日勤労奉仕を行う３人の若い皇族。賀陽宮治憲王子、賀陽宮章憲王子、東久邇宮俊彦王子。（東京日日新聞提供）（３）甲子園球場で開催された全日本中学野球大会を観戦した熱狂的観客。（４）東京駅頭に到着し、歓迎を受けるドイツ・ヒトラー・ユーゲントの訪日派遣団。

（鈴木貞美訳）

写真版今日のトピックス

鈴木貞美　　解説

（１）　1938年８月、文芸家協会会長、菊池寛は、次の攻略目標である漢口（南京を追われたあとの蒋介石国民党政府軍の拠点地。現・武漢市の一部）を見学に行くように内閣情報部より懇請を受け、自ら行くことを決意、親しい人びとに声をかけた。吉川英治、小島政二郎、久米正雄、佐藤春夫、尾崎士郎、滝井

孝作、長谷川伸、丹羽文雄、劇作家の岸田国士、詩人の佐藤惣之助、女性作家は吉屋信子が加わり、総勢22名の「文士部隊」が編成された。いわゆる「ペン部隊」の最初にあたる。レインボー・グリルは、文藝春秋社のあった麴町、大阪ビルで、催し物の会場としてしばしば使用されたホール。大谷竹次郎は、兄・白井松次郎とともに松竹を創業、演劇、映画に進出し、小林一三の東宝と２大勢力に発展させた。当時は社長、白井松次郎は会長。富沢有為男は、「地中海」(1936) が石川淳「普賢」(1936) とともに1937年２月、第４回芥川賞を受賞した新進作家。小島政二郎は、菊池寛と古くからつきあいのあった作家で、幅広く文筆に活躍、佳品も多い。

（２）　皇族小学校は学習院初等科のこと。国民総動員法の時期、小学生も「お国のために役立とう」という精神を吹き込むために行なわれた勤労奉仕に、学習院も率先して範を垂れた。加陽宮は、明治中期に久邇宮朝彦親王の第２王子、邦憲が明治中期に新しく創設した宮家。写真の二児は、第２代恒憲王（つねのりおう）の次男と三男。俊彦王子は、東久邇宮稔彦と明治天皇の第９皇女泰宮聡子（としこ）とのあいだの四男。

（３）　夏の甲子園、「中学野球大会」の写真は、日本国内が平常通り、健全に営まれていることを海外に向けて発信する意図によるものだろう。まだ野球にも、他のスポーツと同様、団結力や精神力の養成というタテマエが強調されていた時期である。「甲子園」は、のち、アメリカと対峙する関係がより明確になった1941年に「敵国のスポーツ」という声に圧された文部省の通達により、突如中止に追い込まれるが、翌1942年には、陸軍大臣、東条英機を会長として発足した「大日本体育会」の一貫として運営方針を変えて開催された。青少年の体育にも指導層がジグザグした経緯が明らかである。

（４）　ヒトラー・ユーゲントは、1936年12月に「ヒトラー・ユーゲント法」によって成立した国家の公式な唯一の青少年団体。10歳から18歳の青少年の加入が義務づけられていた。1936年の日独防共協定締結により、青少年相互訪問が企画され、来日して親独気運の醸成に寄与した。「少国民」は、ヒトラー・ユーゲントの訳語として成立したとされる。

Japan To-day
NOTES ON CONTRIBUTORS

> **EDITORIAL NOTES:**
> TOSON SHIMAZAKI, the author of the article on page 2, is a noted poet and novelist and president of the Japanese Pen Club.
> ITARU NII, the author of the article on page 3, is a literary critic; he is editing the complete edition of Pearl Buck's works in Japanese.
> TSUGUJI FUJITA, the author of the letter on page 7, is one of the foremost exponents of the Western, especially French, school of painting in Japan.
> KAINAN SHIMOMURA, the author of the article reprinted in the neighbouring column, is a member of the House of Peers and vice-president of the Olympic Organizing Committee.

> **OJI SEISHI KABUSHIKI KAISHA**
> The Largest Paper Manufacturing Co. in Japan
> President: GINJIRO FUJIWARA
> Head Office: Ojimachi, Oji-ku, Tokyo
> Sales Office: Sanshin Bld., Yurakucho, Kojimachiku, Tokyo
> Capital: ¥ 300,000,000
> Factories: 36 all over the country

> **NOTES ON CONTRIBUTORS:**
> MASAMICHI ROYAMA is a professor of political sciences at Tokyo Imperial University.
> GINJI YAMANE is a noted Japanese musical critic; he founded and for many years edited the "Ongaku Hyoron," a leading musical monthly.
> Prince FUMIMARO KONOE is the present Prime Minister of Japan; he formerly presided over the House of Peers.
> YASO SAIJO is a popular Japanese poet.
> AKIO KASAMA, former Japanese Minister to Portugal, is a noted authority on European political affairs.

> **NOTES ON CONTRIBUTORS:**
> Professor KOTARO TANAKA is the head of the Legal Faculty of Tokyo Imperial University.
> ICHIZO KOBAYASHI, besides being one of Japan's foremost industrial leaders, is the founder and director of The Takarazuka Opera and Music School and the president of the Takarazuka Theatre Chain.
> KLAUS PRINGSHEIM, the composer and conductor, was the musical director of The Tokyo Imperial Academy of Music, from 1931 till 1937; he is presently connected with The Department of Fine Arts, Bangkok, as a musical advisor.
> Professor TARI MORIGUCHI is noted among Japanese art critics; he lectures on History of Fine Arts at Waseda University, Tokyo.
> H.G. BREWSTER-GOW was connected for more than twenty years with the Shanghai Municipal Council and retired only recently from his post as Chief Senior Superintendent of Health. He is known as a champion of Anglo-Japanese friendship.

> **NOTES ON CONTRIBUTORS:**
> NYOZEKAN HASEGAWA, veteran Japanese writer and journalist, is widely known for his critical essays appearing in numerous revues and magazines.
> Professor MARCEL ROBERT, for many years a resident of Tokyo, has been prominently active in promoting Franco-Japanese cultural relations.
> H. VERE REDMAN is Tokyo correspondent of The Daily Mail, London; The Baltimore Sun; Oriental Affairs, Shanghai; Acting Correspondent of The Times, London, and editorial associate of Contemporary Japan and The Japan Advertiser, Tokyo.
> SONOSUKE SATO and KEI MORIYAMA are both popular Japanese poets; the latter is also a literary critic.

『Japan To-day』
執筆者紹介

4月号
島崎藤村　2ページの記事を執筆。著名な詩人、小説家で日本ペン倶楽部会長。
新居格　3ページの記事を執筆。文芸評論家で、パール・バック『大地』の全訳版を編集。
藤田嗣治　7ページの手紙を執筆。最初にヨーロッパ、特にフランスで絵画の日本派を主唱した一人。
下村海南　左（8ページ）に掲載されたコラムを執筆。貴族院議員で、オリンピック組織委員会の副会長。

王子製紙株式会社
日本最大の製紙会社
藤原銀次郎社長
本社：東京都王子区王子町
営業所：東京都麹町区有楽町　三信ビル
資本金：3億円
全国に36工場

5月号
蠟山政道　東京帝国大学法学部教授
山根銀二　日本の著名な音楽評論家で、代表的音楽月刊誌「音楽評論」を創刊し、長年編集に携わる。
近衛文麿　現職の内閣総理大臣で、元貴族院議長。
西條八十　日本の著名な詩人。
笠間杲雄　元ポルトガル公使で、欧州の政治事情に精通している。

6月号
田中耕太郎　東京帝国大学法学部学長
小林一三　日本を代表する実業家でありながら、宝塚歌劇団を創立し、宝塚劇場チェーンの社長を務める。
クラウス・プリングスハイム　作曲家・指揮者。1931年から1937年まで東京音楽学校の音楽ディレクター。現在はバンコクの芸術院で音楽顧問を務める。
森口多里　日本の美術評論家として著名。東京の早稲田大学で美術史を講義する。
H.G. ブルースター＝ガオ　上海市市議会で20年近く働き、保健局の主任上級本部長を最後につい最近引退した。日英友好推進派として知られる。

7月号
長谷川如是閑　ベテランの日本人作家でジャーナリスト。数多くの雑誌に掲載された批評文で有名。
マルセル・ロベール　長年東京に住み、日仏文化交流の促進で力を注ぐ。
H. ヴィア・レッドマン　ロンドンのデーリー・メール紙、ボルティモア・サン紙、上海のオリエンタル・アフェアス紙の東京特派員、ロンドンのタイムズ紙の東京臨時特派員で、コンテンポラリー・ジャパンとジャパン・アドヴァタイザーの編集に携わる。
佐藤惣之助と森山啓　有名な日本の詩人で後者は文芸評論家でもある。

NOTES ON CONTRIBUTORS:

KOJIRO SUGIMORI, professor of the philosophical faculty of Waseda University, Tokyo, is known in particular as a journalist writing chiefly on politics, international affairs, and political ideologies.

SHOSHO CHINO, professor of German Literature at Keio University, Tokyo, is one of Japan's foremost authorities on Goethe. Also a poet himself, he has translated several of Goethe's works and has published numerous essays of which his GOETHE-KENKYU, issued on the occasion of the hundredth anniversary of Goethes death, in 1932, is considered the most significant.

BUNZABURO BANNO, former Paris correspondent of The Tokyo Nichi-Nichi and The Osaka Mainichi, is at present connected with the Maison Franco-Japonaise of Tokyo.

KENZO NAKAJIMA, recently appointed general director of The Japan P.E.N. Club, is lecturing on French literature at Tokyo Imperial University; he is also active as a literary critic, and is editorial associate of BUNGAKUKAI, literary review published monthly by The Bungeishunjusha.

NOTES ON CONTRIBUTORS:

KIYOSHI MIKI, formerly a professor of the Hosei University, Tokyo, is the most representative figure among Japanese philosophers of the younger school.

Prof. Dr. HIDETO KISHIDA, architect and doctor of engineering, is lecturing on building construction at the Imperial University, Tokyo.

IKUMA ARISHIMA, painter and writer, was graduated from the Royal Academy of Fine Arts, Rome, and later studied in France. He is a member of the Tokyo Imperial Academy of Fine Arts.

YOSHIO NAGAYO, novelist and playwright, has been associated with the so-called White Birch school of Japanese literature, whose defenders attempt to picture life with humanitarian idealism.

TOMOJI ABE, novelist and literary critic, lectures on English literature at the Meiji University, Tokyo. He is also an editorial associate of BUNGAKUKAI, monthly literary review of The Bungeishunjusha.

NOTES ON CONTRIBUTORS:

Dr. HITOSHI ASHIDA, M.P., president of THE JAPAN TIMES AND MAIL, Tokyo, has frequently attended international conferences abroad, as a Japanese delegate.

KENZO NAKAJIMA, who wrote on Riichi Yokomitsu in the August issue of this periodical, has translated into Japanese numerous works of French literature, in particular works by Gide and Valérie.

SEIGO SHIROTORI, poet and essayist, has made the Japanese reading public familiar with the writings of Walt Whitman.

HARUO KONDO, former director of The International Cinema Association of Japan, was Japan's delegate to the International Cinematographic Exposition held at Venice in 1937.

SEIICHI FUNAHASHI is known both as a novelist and a literary critic; he is also an editorial associate of the monthly literary review, BUNGAKUKAI.

8月号
杉森孝次郎　東京の早稲田大学哲学科の教授。政治、国際情勢、政治イデオロギーについて執筆するジャーナリストとして有名。
茅野蕭々　東京の慶應大学のドイツ文学教授。ゲーテ研究の第一人者。詩人でもあり、ゲーテの作品の翻訳も手がける。ゲーテの死後100年にあたる1932年に発表された『ゲョエテ研究』は傑作の呼び声も高い。
伴野文三郎　東京日日と大阪毎日の元パリ特派員。現在は東京で日仏会館の仕事に関わる。
中島健蔵　最近、日本ペン倶楽部の事務局長に任命された。東京帝国大学でフランス文学を教える。文芸評論家としても活躍し、文藝春秋社出版の文芸評論誌『文学界』の編集にも携わる。

9月号
三木清　東京の法政大学の元教授で、現在は日本の若手哲学者たちの代表的存在。
岸田日出刀　建築家で工学博士。東京帝国大学で建築構造を教える。
有島生馬　画家で作家。ローマの王立芸術学院を卒業し、後にフランスに学ぶ。現在は帝国美術院会員。
長与善郎　小説家で劇作家。人道的理想主義で人生を描く、いわゆる日本文学の白樺派に属す。
阿部知二　小説家で文芸評論家。東京の明治大学で英文学を教える。文藝春秋社発行の文芸誌『文学界』の編集にも携わる。

10月号
芦田均　衆議院議員で、ジャパン・タイムズ・アンド・メールの社長。日本代表団として頻繁に国際会議に出席している。
中島健蔵　本誌8月号で横光利一論を執筆。フランス文学、特にジイド、ヴァレリーを数多く翻訳している。
白鳥省吾　詩人で随筆家。ウォルト・ホイットマンを日本に紹介したことで知られる。
近藤春雄　日本国際映画協会の元理事で、1937年ヴェネツィア映画祭の日本代表団の一員だった。
舟橋聖一　小説家で文芸評論家。月刊文芸誌『文学界』の編集にも携わる。

あとがき

　『文藝春秋』欧文付録『Japan To-day』(1938年4月～10月)の全容を入手したのは、2010年春のことである。『文学界』グループをふくめ、『文藝春秋』とその周辺について一書にまとめるために、この数年、準備を進めていたが、『Japan To-day』は名ばかり知られていて、一向に正体がつかめなかった。国際日本文化研究センター(日文研)の資料課、江上敏哲氏に依頼したところ、国内の図書館から4月号と6月号を入手しえた。ここまでか、と観念したが、江上氏が北米の図書館のネットワークから全冊を目録に載せているところを見つけてくれ、ハーバード大学から簡易コピーを取り寄せ、ようやく全てに目を通すことができた。かなり興味深い記事が多く、初出の調査にかかったが、記事の内容、執筆者が多岐にわたり、全容の解明は、一人の手には余るものだということがわかった。

　幸い関心をもってくれる人が多く、日文研の専任教員、共同研究員を中心に協力者を募り、欧文各記事を翻刻し、原典が見つかった場合は原典を翻刻、見つからなかった場合には日本語に翻訳し、それぞれにコメントを付すかたちの書物を計画した。2010年9月19日に、打ち合わせ会を予定したが、あいにくのことに、急遽、上海の大学出版社から重要な打ち合わせの呼び出しがかかり、わたしは、その会に参加することができなかった。日文研教授の稲賀繁美氏にとりまとめをお願いし、無事に打ち合わせ会をもつことができた。

　2010年秋に発足した人間文化研究機構による日本関連在外資料調査研究プロジェクトの一環として取り組むことを認めてもらい、資金を確保し、翻訳を担当した諸氏の訳文のチェック、翻訳の引き受け手の見つからない記事の翻訳、著作権交渉などをK&K事務所に依頼して原稿を整えた。欧文本文の翻刻は、日文研情報課、本郷隆之氏に、チェックはルイーズ・ローゼンバウムさん、楊爽さんにお願いし、その間の煩瑣な事務を日文研機関研究員の堀まどかさん、プロジェクト研究員の石川肇さんに担当してもらった。書物としての編集は作品社に依頼した。

　なお、紙面の写真、記事には、ニューヨーク公立図書館所蔵のものを用いた。

　『Japan To-day』全容入手から、ほぼ1年で、充実した学術書を日文研叢書の一冊として刊行しうるに至ったのは、ひとえに各記事の翻訳および解説の執筆を引き受けてくださった諸氏、および上記した関係各位のおかげである。深く感謝する。

2011年2月8日
鈴木貞美

人名索引

■外国人

【ア】

アウレリウス，マルクス　Aurelius, Marcus(121－180)…289
アショカ王　Asoka(前263－226頃)…254
アストン　W.G.Aston, William George(1841－1911)…161, 163, 328
イェーツ，ウィリアム・バトラー　Yeats, William Butler(1865－1939)…334
イェンセン，ギュスターブ　Jensen, Gustav(―)…161, 310
イクタッフ　郁達夫　Yu Da-Fu(1896－1945)…302
イソップ　Aesop(前6世紀ごろ)…323, 324
イプセン，ヘンリク　Ibsen, Henrik(1828－1906)…22, 25
ウェーバー，マックス　Weber, Max(1864－1920)…79
ウヘルペニヒ夫妻(ヘルマン＆イルマ)…77
ヴァレリー，ポール　Valery, Paul(1871－1945)…37, 199, 200, 324
ヴィトコウスキー，ゲオルグ　Witkowski, Georg(1863－1939)…234
ヴェルクマイスター，ハインリヒ　Werkmeister, Heinrich(1645－1706)…77
ヴェルヌ，ジュール　ules Vernes(1828－1905)…323, 324
ヴォルテール　Voltaire(1694－1778)…290
エーブナー＝エッシェンバッハ，マリー・フォン　Marie von Ebner-Eschenbach(1830－1916)…235
エッカーマン，ヨハン・ペーター　Eckermann, Johann Peter(1792－1854)…234
エッシェンバッハ，ヴォルフラム・フォン　Eschenbach, Wolfram von(1160頃－1220頃)…235
エノウ　慧能(大鑑禅師)(638－713)…180
エルマン，ミッシャ　Elman, Mikhail Saulovich Mischa(1891－1967)…77
エン，セイガイ　袁世凱　Yuan Shih-kai(1859－1916)…87, 108
オウ，チョウメイ　汪兆銘　Wang Zhaoming(1883－1944)…15, 16, 90, 107, 110, 157, 271, 301
オウ，コクビン　王克敏　Wang Kemin(1873－1945)…12, 15, 16, 90, 154, 156, 157, 271, 301
オウ，セイエイ　汪精衛(→汪兆銘)
オックス，ベッセル A.(―)…35

【カ】

カ，オウキン　何応欽　Ho Ying-chin(1889－1987)…109
カー，エドワード・ハレット　Carr, Edward Hallett(1892－1982)…189
カーター，ボーク　Carter, Boake(1899－1944)…159, 161
カク，マツジャク　郭沫若　Guō Mòruǒ(1892－1978)…299, 301, 302
カロッサ，ハンス　Carossa, Hans(1878－1966)…270
カント，インマヌエル　Kant, Immanuel(1724－1804)…178, 180

ガリ＝クルチ，アメリタ　Galli－Curch, Amelita(1882－1963)…77
キム，ソウン　金素雲(1908－1981)…334
キューネマン，オイゲン　Kühnemann, Eugen(1868－1946)…234
クーベルタン，ピエール・ドゥ　Coubertin, Pierre de(1863－1937)…63
クライスラー，フリッツ　Kreisler, Fritz(1875－1962)…77
クラウス－ブラントシュテッター，ヴォルフガング　Krause－Brandstetter, Wolfgang…309
クラウス＝ブラントスタッター，ウォルフガング(―)…310
クレマンソー，ジョルジュ　Clemenceau, Georges(1841－1929)…255
クロイツァー，レオニード　Kreutzer, Leonid(1884－1953)…77
グンドルフ，フリードリヒ　Gundolf, Friedrich(1880－1931)…234
ケーベル，ラッフェル　Koeber, Raphael(1848－1923)…77, 85, 88
ケルゼン，ハンス　Kelsen, Hans(1881－1973)…125, 126
ケロッグ，フランク　Kellogg, Frank(1856－1937)…159
ケンプ，ヴィルヘルム　Kempff, Wilhelm(1895－1991)…77
ケンリュウ，テイ　乾隆帝(1711－1799)…289, 290
ゲーテ，ヨハン・ヴォルフガング・フォン　Goethe, Johann Wolfgang von(1749－1832)…22, 233-238
ゲーリー，チャールズ・B．　Gary, Charles B.(1898－?)…161, 264
ゲッベルス，ヨーゼフ　Goebbels, Paul Joseph(1897－1945)…344
コウ，ショウキ　孔祥熙(1880－1967)…151
コウ，ユウイ　康有為　Kang You-wei(1858－1927)…87
コウキ，テイ　康熙帝(1654－1722)…289
コウシ　孔子(前552－前479)…243, 283
コクトー，ジャン　Cocteau, Jean(1889－1963)…55, 56
コハンスキー，レオニード　Kochanski, Leonid(1893－1980)…77
コルフ，ヘルマン・アウグスト　Korff, Hermann August(1882－1963)…234
コンドル，ジョサイア　Conder, Josiah(1852－1920)…101
ゴ，ハイフ　呉佩孚(1874－1939)…156
ゴーガン，ポール　Gauguin, Eugène Henri Paul(1848－1903)…337
ゴーティエ，ジュディット　Gautier, Judith(1845－1917)…323, 324
ゴールズワージー，ジョン　Galsworthy, John(1867－1933)…20
ゴールドベルク，シモン　Goldberg, Szymon(1909－1993)…77
ゴドフスキー，レオポルト　Godowsky, Leopold(1870－1938)…77

【サ】

ザッキン　Zadkine, Ossip(1890－1967)…57
ザングウィル，イズレイル　Zangwill, Israel(1864－1926)…20, 22

シェーンベルグ　Schönberg, Arnold（1874－1951）…75
シェリング, フリードリヒ・ヴィルヘルム・ヨーゼフ・フォン　Schelling, Friedrich Wilhelm Joseph von（1775－1854）…88
シゲティ, ヨーゼフ　Szigeti, Joseph（1892－1973）…77
シチュールポフ, ミハエル, Shchurupov, Michael A.（—）…101
シフェルブラット, ニコライ　Schiferblatt, Nicora（1887－1936）…77
シャトーブリアン　Rene de Chateaubriand（1768－1848）…323
シャリアピン, フョードル　Xhaliapin, Fyodor, Ivanovich（1873－1938）…77
シューベルト　Schubert, Franz Peter（1797－1828）…78
シューマン　Schumann, Robert Alexander（1810－1856）…138
シュチルネル（→シュティルナー）
シュティルナー, マックス　Stirners, Max（1806－1856）…122
シュテルンベルク, テオドール　Sternberg, Theodor（1878－1950）…124
シュトラウス, リヒャルト　Richard Georg Strauss（1864－1949）…78, 138, 139
シュトルム, ハンス・テオドーア・ヴォルドゼン　Storm, Hans Theodor Woldsen（1817－1888）…235
シユニッツラア（→シュニッツラー）
シュニッツラー, アルトゥール　Schnitzler, Arthur（1862－1931）…22, 89, 235
シュペーア, アルベルト　Speer, Albert（1905－1981）…47
シュペングラー, オズワルト　Spengler, Oswald（1880－1936）…270
シュミットボン, ヴィルヘルム　Schmidtbonn, Wilhelm August（1876－1952）…235
ショウ（→ショー）
ショー, バーナード　Shaw, George Bernard（1856－1950）…22, 23
ショーペンハウアー, アルトゥル　Schopenhauer, Arthur（1788－1860）…88
ショウ, カイセキ　蔣介石（1887－1945）…11, 14, 90, 107, 108, 114, 150-152, 155, 222, 246, 271, 299, 302, 318-320, 358
ショスタコヴィチ, ドミトリー　Shostakovich, Dmitriy Dmitrievich（1906－1975）…78
ショルツ, パウル　Sxholz, Poul（1889－1944）…77
シラー, ヨハン・クリストフ・フリードリヒ・フォン　Schiller, Johann Christoph Friedrich von（1759－1805）…235
シラー　Schiller, Ferdinand Canning Scott（1864－1937）…235
シロタ, レオ　Sirota, Leo（1885－1965）…77
シンクレヤー, アプトン　Sinclair, Upton（1878－1968）…22
ジド（ジッド）, アンドレ　Gide, Andre（1869－1951）…22, 37, 324, 325, 338, 361
ジョイス, ジェイムズ　Joyce, James Augustine Aloysius（1882－1941）…22
ジョッフル　Joffre, Joseph Jacques Césaire（1852－1931）…282
ジンメル, ゲオルク　Simmel, Georg（1858－1918）…234
スキャタグッド=カークハム　Scattergood-Kirkham, E.（—）…23, 217, 222, 260
スターリン　Stalin, Iosif Vissarionovich（1879－1953）…338
スタインベック, ジョン・アーンスト　Steinbeck, John Ernst（1902－1968）…38
ストラヴィンスキー　Stravinsky, Igor（1882－1971）…78, 139
ストリンドベリ, ヨハン アウグスト　Strindberg, Johan August（1849－1912）…22, 235
ストローク, A　Strok, A（—）…77
スパルゴー, ジョン　Spargo, John（1876－1966）…85, 89
スペンサー, ハーバード　Spencer, Herbert（1820－1903）…200, 201
スムーラ, アルフレッド　Smoular, Alfred（1911－1994）…57
セザンヌ, ポール　Cézanne, Paul（1839－1906）…29, 146, 284
ソウ, ジョリン　曹汝霖（1877－1966）…156
ソウ, ビレイ　宋美齢（1897－2003）…150, 151
ソクラテス　Socrates（前470－前399）…122
ゾラ, エミール　Zola, Emile（1840－1902）…22, 25

【タ】
タウト, ハインリヒ　Taut, Heinrich（?－1995）…280
タウト, ブルーノ　Taut, Bruno（1880－1938）…101, 276, 277, 279, 280
タウト, マックス　Taut, Max（1884－1967）…280
タゴール（タクル）, ラビンドラナト　Tagore, Rabindranath（1861－1941）…180, 284, 334
ダヌンツィオ　D'Annunzio, Gabriele（1863－1938）…324
ダルマ　達磨（378?－528?）…180
チェーホフ, アントン　Chekhov, Anton Pavlovich（1860－1904）…22
チェンバレン, ウィリアム・ヘンリー　Chamberlin, William Henry（1897－1969）…159, 161
チェンバレン, バジル・ホール　Chamberlain, Basil Hall（1850－1935）…199, 200
チャイコフスキー　Chaykovskiy, Pyotr Il'ich（1840－1893）…78
チョウ, シドウ　張之洞 Jhang Jhihdong（1837－1909）…87
ツルゲーネフ　Turgenev, Ivan Sergeevich（1818－1883）…22
ティボー, ジャック　Thibaud, Jacques（1880－1953）…77
ディーフェンバッハ, ロレンツ　Dietenbach, Lorenz（1806－1883）…47
ディルタイ, ヴィルヘルム・クリスティアン・ルートヴィヒ　Dilthey, Wilhelm Christian Ludwig（1833－1911）…234
デュマ父　Alexandre Dumas pere（1802－1870）…323
デンリンジャー, サザランド　Denlinger, Sutherland（1900－?）…161, 264
トゥイレ, ルートヴィヒ・ヴィルヘルム・アンドレアス・マリア　Thuille, Ludwig Wilhelm Andreas Maria（1861－1907）…138
トウ, コウ　董康（1867－1947）…156
トウ, ジワ　湯爾和（1878－1940）…156, 243
トウ, セイチ　唐生智（1889－1970）…155
トウ, ユウジン　唐有壬 Tang You-ren（1893－1935）…107, 110
トウ, ユウジン　唐有壬（1897－1935）…107, 110
トクオウ（デムチュクドンロブ）　徳王 Te Wang（Demchigdonrov）（1902－1966）…133
トル, マリア　Toll, Maria（1889－?）…77
トルストイ　Tolstoy, Lev Nikolaevich（1828－1910）…22, 218,

219

ドーソン, クリストファー　Dawsn, Christopher Henry (1889–1970)…270

ドゥンカー, シュナイダー　Schneider, Duncker (1878–1956)…136

ドストエフスキイ (→ドストエフスキー)

ドストエフスキー　Dostoevskii, Fedor Mikhailovich (1821–1881)…22, 25

ドビュッシー　Debussy, Claude Achille (1862–1918)…78

ドライザー　Dreiser, Theodore Herman Albert (1871–1945)…22

ドラクロワ　Delacroix, Eugène (1798–1863)…29

ドラン　Derain, Andre (1880–1954)…57

ドルレアン, シャルル　d'Orelean, Charles (1391–1465)…323

ドレ, マルセル　Doret, Louis Marcel Germain (1896–1955)…203

【ナ】

ニコライ, カサートキン　Nikolay, Ioan Dimitrovch Kasatkin (1836–1912)…97, 98, 101

ニュートン, アイザック　Newton, Isaac (1642–1727)…198, 199

ヌエット, ノエル　Nouet, Noël (1885–1969)…325

ネトケ゠レーヴェ, マルガレーテ　Netke-Loewe, Margarete (1884–1971)…77

ノエル, パーシー　Noel, Percy (–)…161, 325

ノヴィコフ゠プリボイ, アレクセイ・シールィチ　Novikov-Priboi, Aleksei Silych (–)…301

【ハ】

ハーン, ラフカディオ　Hearn, Lafcadio (1850–1904)…198, 200, 201

ハイネマン, カール　Heinemann, Karl (1857–1927)…234

ハウプトマン　Hauptmann, Gerhart (1862〜1946)…22

ハルトマン, エドゥアルト・フォン　Hartmann, Karl Robert Eduard von (1842–1906)…88

バイエ゠ラトゥール, アンリ・ド　Baillet-Latour, Henri de (1876–1942)…64

バック, ジョン・ロッシング　Back, John Lossing (–)…38

バック, パール・サイデンストリッカー　Buck, Pearl Sydenstricker (1892–1973)…10, 30, 35-38, 58, 360

バチェラー, ジョン　Batchelor, John (1854–1944)…170, 171

バッハ　Bach, Johann Sebastian (1685–1750)…77, 78, 139, 235, 236

バラード, C.B.　Ballard, C.B. (–)…310

バルダス, ヴィリー　Bardas, Willy (1887–1924)…77

バルトーク　Bartok, Bela (1881–1945)…78

パーマー, ハロルド・E　Palmer, Harold E (1877–1949)…188

パウルッチ　Giacomo Paolucci de Calboli Barone (1897–1961)…117, 118

パスキン　Pascin, Jules (1885–1930)…57

ヒーリー, トーマス・H　Healy, Thomas H. (–)…159, 161

ヒール, コンスタンチン　Hierl, Konstantin (1875–1944)…48

ヒットラー (→ヒトラー)

ヒトラー, アドルフ　Hitler, Adolf (1889–1945)…49, 50, 63, 89, 133, 227, 293, 344, 358, 359

ヒンデミット, パウル　Hindermithk, Paul (1895–1963)…78, 139, 140

ビールショウスキー, アルベルト　Bielschowsky, Albert (1847–1902)…234, 236

ビエンストック, グレゴリー　Bienstock, Gregory (–)…161, 163, 327

ビヨルンソン　Bjørnson, Bjørnstjerne (1832–1910)…22

ピアティゴルスキー, グレゴール　Piatigorsky, Gregor (1903–1976)…77

ピカソ, パブロ　Picasso, Pablo (1881–1973)…12, 54, 56-59

ピョートル大帝　Peter the Great (1672–1725)…289

ピラト　Pilatos, Pontios? (? – 38ころ)…125, 126

ファレール, クロード　Farrere, Claude (1876–1957)…54, 56

ファンク, アーノルド　Fanck, Arnold (1889–1974)…345

フィッシャー, クーノ　Fischer, Ernst Kuno Berthold (1824–1907)…234, 236

フェネロン　Fénelon, François de Salignac de la Mothe (1651–1715)…322

フォーレ, ガブリエル　Fauré, Gabriel Urbain (1845–1924)…77

フォイアーマン, エマヌエル　Feuermann, Emanuel (1902–1942)…77

フォスベリー, ディック　Fosbury, Dick (1947–)…104

フォルケルト, ヨハネス　Volkelt, Johannes (1848–1930)…25

フライ, ウィリー　Frey, Willy (1907–?)…77

フランケ, オットー　Franke, Otto (–)…310

フリードマン, イグナツ　Friedman, Ignaz (1882–1948)…77

フローベール, ギュスタフ　Gustave Flaubert (1821–80)…22, 24

フローレンツ, カール　Florenz, Karl (1865–1939)…236

フロイス, ルイス　Frois, Luis (1532–1597)…284

ブラームス　Brahms, Johannes (1833–1897)…77, 78

ブライロフスキー, アレクサンダー　Brailowsky, Alexander (1896–1976)…77

ブラウン, アーサー　Brown, Arthur J. (–)…310

ブランデージ, アベリー　Brundage, Avery (1887–1975)…64

ブランデス, ゲオルク　Brandes, Georg Morris Cohen (1842–1927)…25, 64, 78, 113, 235

ブリアン, アリスティード　Briand, Aristid (1862–1932)…159

ブルースター゠ガオ, H.G.　Brewster-Gow, H.G. (–)…150, 360

ブルダハ, コンラード　Burdach, Konrad (1859–1936)…234

ブルックナー　Bruckner, Josef Anton (1824–1896)…139

ブレナン　Brenan, Byron (–)…108

ブレイク, ウィリアム　Blake, William (1757–1827)…180

プッチーニ　Puccini Giacomo (1858–1924)…117

プライス, ウィラード　Price, Willard (1887–1983)…161-163, 264

プラトー (→プラトン)

プラトン　Platon (前427–前347)…84, 122

プリングスハイム, アルフレート　Alfred Israel Pringsheim (1850–1941)…138

プリングスハイム, クラウス　Pringsheim, Klaus (1883–1972)…78, 79, 136, 138, 139, 160, 360

プリングスハイム, ハンス・エリック　Pringsheim, Hans Erik (1915–1995)…160, 310
プリングスハイム, ルドルフ　Pringsheim, Rudolf(1821–1901)…138
プロコフィエフ, セルゲイ　Prokofiev, Sergei Sergeevich(1891–1953)…78
プロタゴラス　Protagoras(前490–前420)…122
ヘッセ, ヘルマン　Hesse, Hermann (1877–1962)…270
ベートーベン, ルートヴィヒ　Beethoven, Ludwig van(1770–1827)…77-81
ベルク, アルバン　Berg, Alban Maria Johannes(1885–1935)…78, 124
ペイン, トーマス　Paine, Thomas(1737–1809)…162
ペッツォルド, ハンカ　Pezzold, Hanka(1862–1937)…77
ペリー, マシュー・カルブレイス　Perry, Matthew Calbraith (1794–1858)…112-114
ホールトン, D・C　Holtom, D. C.…161, 327
ホイットマン, ウォルト　Whitman, Walt(1819–1892)…334, 361
ホフマンスタール　Hofmannsthal, Hugo von(1874–1929)…22
ボース, チャンドラ　Boshu, Shubash Chandra(1897–1945)…14
ボース(ボシュ), ノンドラル　Nandalal Bose(1882–1966)…284
ボストロ, リュシアン　Bossoutrot, Lucien(1890–1958)…203
ボルグ, アーネ　Borg, Claes Arne(1901–1987)…312, 313
ポー, エドガー・アラン　Poe, Edgar Allan(1809–1849)…22, 334
ポラーク, ロベルト　Pollark, Robert(1880–1962)…77

【マ】

マーラー, グスタフ　Gustav Mahler(1860–1911)…78, 138-140
マイヤー, リヒャルト・M　Meyer, Richard M(1860–1914)…234
マティス　Matisse, Henri(1869–1954)…57, 78
マラルメ　Mallarme, Stephane(1843–1898)…323, 324
マルクス, カール　Marx, Karl Heinrich(1818–1883)…13, 14, 26, 79, 85, 89, 90, 122, 124, 125, 261, 269, 270, 289
マルロー, アンドレ　Andre, Malraux(1901–1976)…324
マレ, ロルフ・ド　Mare, Rolf de(1888–1964)…54, 56, 77
マレシャル, モーリス　Maréchal, Maurice(1892–1964)…77
マン, トーマス　Thomas Mann(1875–1955)…138, 139
マン＝プリングスハイム, カチャ・ヘトヴィヒ　Mann-Pringsheim, Katia Hedwig(1883–1980)…138
ミル, ジョン・スチュアート　Mill, John Stuart(1806–1873)…89
ムッソリーニ　Mussolini, Benito(1883–1945)…118, 134, 227
ムンロ　Munro, Neil Gordon(1863–1942)…171
メーテルリンク, モーリス　Maeterlinck, Maurice (1862–1949)…235
モーパッサン(モウパッサン)　Maupassant, Guy de (1850–1893)…22, 29

モイセイヴィッチ, ベンノ　Moiseiwitsch, Benno(1890–1963)…77
モウシ　孟子(前372–前289)…283
モギレフスキー, アレクサンダー　Mogilevsky, Alexandr(1885–1953)…77
モディリアーニ　Modigliani, Amedeo Clemente(1884–1920)…57
モリス, ウィリアム　Morris, William(1834–1896)…89, 179, 334
モンロー, ハロルド　Monro, Harold(1879–1932)…334

【ヤ】

ユゴー, ヴィクトル　Hugo, Victor(1802–1885)…29, 282, 323, 324
ユトリロ　Utrillo, Maurice(1883–1955)…57
ユンケル, アウグスト　Junker(1868–1944)…77
ヨウ, シュケイ　楊守敬(1839–1915)…284

【ラ】

ライト兄弟　Wright Brothers(兄1867–1912／弟1871–1948)…204
ラインハルト, マックス　Reinhardt, Max(1873–1943)…138
ラップハム, クロード　Lapham, Claude (1891–1957)…356, 357
リ, センイ　李宣威 Li Chuanwei(—)…154
リーヴズ, P W　Reeves, P. W.…115, 116
リスト　Liszt, Franz(1811–1886)…139
リットン　Lytton, Victor Alexander(1876–1947)…293
リュウ, コンイツ　劉坤一 Liu Kunyi (1830–1902)…87
リョウ, ケイチョウ　梁啓超 Liang Qi–chao(1873–1929)…87
リョウ, コウシ　梁鴻志(1882–1946)…156
リルケ, ライナー・マリア　Rilke, Rainer Maria (1875–1926)…235
リン, ゴドウ　林語堂 Lin Yütáng (1895–1976)…36, 38
リンドバーグ, チャールズ　Lindbergh, Charles Augustus(1902–1974)…205
ル・コルビュジェ　Le Corbusier(1887–1965)…280
ル・ブリ, ジョセフ　Joseph Le Brix(1899–1931)…203
ルービンシュタイン, アルトゥール　(1887–1982)…77
ルソー　Rousseau, Jean-Jacques(1712–1778)…324
レッシング, テオドール　Lessing Theodor (1872–1933)…272
レッドマン, ハーバート・ヴィア　Redman, Herbert Vere(1901–1972)…185, 188-191, 222, 360
ローウェル, パーシヴァル　Percival Lawrence Lowell (1855?–1916)…284
ローゼンシュトック, ヨーゼフ　Rosenstock, Joseph(1895–1985)…78
ロジン　魯迅 Lu-xun. (1881–1936)…38, 291
ロッシ, モーリス　Rossi, Maurice(—)…38, 203
ロベール(ローベル), マルセル　Robert, Marcel(—)…195, 198-201, 360
ロベール, ジャック　Robert, J(—)…199
ロラン, ロマン　Rolland, Romain(1866–1944)…270

367

ロリア，アキレ　Loria, Achille（1857-1943）…85, 89

【ワ】
ワーグナー　Wagner, Richard（1813-1883）…78, 79, 138, 139
ワイル，クルト　Kurt Weill（1900-1950）…22, 88, 89, 139
ワイルド，オスカー　Wilde, Oscar（1854-1900）…22, 88, 89
ワインガルテン，パウル　Paul Weingarten（1886-1948）…77
ワルター，ブルーノ　Walter, Bruno（1876-1962）…138

■日本人
【あ】
相武愛三　あいたけ・あいぞう（?-1941）…66
赤松克麿　あかまつ・かつまろ（1894-1955）…79
芥川龍之介　あくたがわ・りゅうのすけ（1892-1927）…25, 219, 307
芦田均　あしだ・ひとし（1887-1959）…317-320, 361
麻生豊　あそう・ゆたか（1898-1961）…222
安達謙蔵　あだち・けんぞう（1864-1948）…228
安部幸明　あべ・こうめい（1911-2006）…79, 139
阿部次郎　あべ・じろう（1883-1959）…235, 236
阿部知二　あべ・ともじ（1903-1973）…12, 218, 259, 305-307, 353, 354, 361
甘粕正彦　あまかす・まさひこ（1891-1945）…291
天津乙女　あまつ・おとめ（1905-1980）…133, 134
天野富勝　あまの・とみかつ（-）…312, 313
荒木貞夫　あらき・さだお（1877-1966）…147, 185-187, 248
荒城季夫　あらき・すえお（1894-?）…148
有島武郎　ありしま たけお（1878-1923）…22, 284
有島生馬　ありしま・いくま（1882-1974）…219, 282, 283, 339, 361
有田八郎　ありた・はちろう（1884-1965）…110
安藤（歌川）広重　あんどう（うたがわ）ひろしげ（1797-1858）…310, 331
安藤直正　あんどう・なおまさ（-）…17
飯沼正明　いいぬま・まさあき（1912-1941）…206
池田欽三郎　いけだ・きんざぶろう（-）…49, 51
池田成彬　いけだ・しげあき（1867-1950）…185-187, 190, 191
池谷信三郎　いけたに・しんざぶろう（1900-1933）…206
池内友次郎　いけのうち・ともじろう（1906-1991）…78, 81
井澤修二　いさわ・しゅうじ（1851-1917）…133
石井柏亭　いしい・はくてい（1882-1958）…145
石川淳　いしかわ・じゅん（1899-1987）…13, 359
石川達三　いしかわ・たつぞう（1905-1985）…211, 260, 354
石坂洋次郎　いしざか・ようじろう（1900-1986）…37
石田一郎　いしだ・いちろう（1909-1990）…79
石橋丑松　いしばし・うしまつ（-）…292, 295
石原莞爾　いしはら・かんじ（1889-1949）…271
石渡荘太郎　いしわた・そうたろう（1891-1950）…156
泉鏡花　いずみ・きょうか（1873-1939）…351, 353
板垣征四郎　いたがき・せいしろう（1885-1948）…185, 186, 188

板垣鷹穂　いたがき・たかお（1894-1966）…99
市浦健　いちうら・けん（1904-1981）…101
市川都志春　いちかわ・としはる（1912-1998）…139
伊丹萬作　いたみ・まんさく（1900-1941）…345
一茶（→小林一茶）
伊藤整　いとう・せい（1905-1969）…218, 306
伊藤直三　いとう・なおぞう（1926-2007）…247, 248
伊藤博文　いとう・ひろぶみ（1841-1909）…84, 86, 87, 90, 283, 284
犬養毅　いぬかい・つよし（1855-1932）…87
井上勤　いのうえ・つとむ（1850-1928）…233
井上哲次郎　いのうえ・てつじろう（1856-1944）…89, 236
伊波南哲　いば・なんてつ（1902-1976）…211
伊原宇三郎　いはら・うさぶろう（1894-1976）…57
井伏鱒二　いぶせ・ますじ（1898-1993）…259, 354
岩野泡鳴　いわの・ほうめい（1873-1920）…353, 355
岩村透　いわむら・とおる（1870-1917）…89
巌谷小波　いわや・さざなみ（1870-1933）…353
上杉慎吉　うえすぎ・しんきち（1878-1929）…165
上田敏　うえだ・びん（1874-1916）…323, 324
宇垣一成　うがき・かずしげ（1868-1956）…185, 186, 188, 222, 318, 319
内田魯庵　うちだ・ろあん（1868-1928）…32
内村鑑三　うちむら・かんぞう（1861-1930）…124
宇野浩二　うの・こうじ（1891-1961）…25, 260
梅津美治郎　うめづ・よしじろう（1882-1949）…64, 109, 156
梅原龍三郎　うめはら・りゅうざぶろう（1888-1986）…59, 145-147
栄西　えいさい（ようさい）（1141-1215）…180
江口夜詩　えぐち・よし（1903-1978）…94
江見水蔭　えみ・すいいん（1869-1934）…353
大内兵衛　おおうち・ひょうえ（1888-1980）…124, 126
大江志乃夫　おおえ・しのぶ（1928-2009）…165
大岡昇平　おおおか・しょうへい（1909-1988）…261
大木正夫　おおき・まさお（1901-1971）…81
大熊喜邦　おおくま・よしくに（1877-1952）…101
大澤壽人　おおざわ・ひさと（1906-1953）…79
大島又彦　おおしま・またひこ（-）…64
大田黒元雄　おおたぐろ・もとお（1893-1979）…79
大谷竹次郎　おおたに・たけじろう（1877-1969）…358, 359
大西克礼　おおにし・よしのり（1888-1959）…179
大森義太郎　おおもり・よしたろう（1898-1940）…13
大宅壮一　おおや・そういち（1900-1970）…347
大山郁夫　おおやま・いくお（1880-1955）…89, 228
大山柏　おおやま・かしわ（1889-1969）…86
岡倉古志郎　おかくら・こしろう（1912-2001）…255
岡倉天心（覚三）　おかくら・てんしん（1963-1913）…72, 178, 179, 255
岡崎義恵　おかざき・よしえ（1892-1982）…179
岡田謙三　おかだ・けんぞう（1902-1982）…338
緒方貞子　おがた・さだこ（1927-）…320
岡田三郎　おかだ・さぶろう（1890-1954）…144, 146, 147, 354
岡田三郎助　おかだ・さぶろうすけ（1869-1939）…144, 146, 147

368　人名索引

岡田信一郎　おかだ・しんいちろう(1883-1932)…102
尾上菊五郎(6代目)　おのえ・きくごろう(1885-1949)…117
荻原利次　おぎはら・としつぐ(1910-1992)…78, 80
奥津彦重　おくつ・ひこしげ(1895-1988)…235, 236
小倉朗　おぐら・ろう(1916-1990)…79, 81
小栗風葉　おぐり・ふうよう(1875-1926)…351, 353
尾崎紅葉　おざき・こうよう(1867-1903)…24, 26, 351, 353
尾崎士郎　おざき・しろう(1898-1964)…354
尾崎宗吉　おざき・そうきち(1915-1945)…79, 81
尾崎行雄　おざき・ゆきお(1858-1954)…186
小山内薫　おさない・かおる(1881-1928)…88, 131
小田実　おだ・まこと(1932-2007)…50
織田幹雄　おだ・みきお(1905-1998)…63
織田萬　おだ・よろず(1868-1945)…85
尾高尚忠　おたか・ひさただ(1911-1951)…139
小田切秀雄　おだぎり・ひでお(1916-2000)…262
落合直文　おちあい・なおぶみ(1861-1906)…26
小野松二　おの・まつじ(1901-1970)…260
小場恒吉　おば・つねきち(1878-1958)…255

【か】
貝原益軒　かいばら・えきけん(1630-1714)…178
賀川豊彦　かがわ・とよひこ(1888-1960)…37
筧克彦　かけい・かつひこ(1872-1961)…124
笠間杲雄　かさま・あきお(1885-1945)…108-110, 360
葛飾北斎　かつしか ほくさい(1760-1849)…181
勝本清一郎　かつもと・せいいちろう(1899-1967)…219, 259, 325
桂太郎　かつら・たろう(1848-1913)…87
加藤弘之　かとう ひろゆき(1836-1916)…271
金栗四三　かなぐり・しそう(1891-1984)…63
金子登　かねこ・のぼる(-)…139
嘉納治五郎　かのう・じごろう(1860-1938)…63, 64, 65, 172
鏑木清方　かぶらぎ・きよかた(1878-1972)…144
上司小剣　かみつかさ・しょうけん(1874-1947)…354
亀井勝一郎　かめい・かついちろう(1907-1966)…79, 220, 259, 325
亀倉雄策　かめくら・ゆうさく(1915-1997)…11
賀屋興宣　かや・おきのり(1889-1977)…156, 157, 185, 187
賀陽宮恒憲　かやのみや・つねのり(1900-1978)…359
賀陽宮邦憲　かやのみや・くにのり(1867-1909)…359
賀陽宮章憲　かやのみや・つねのり(1900-1978)…358
賀陽宮治憲　かやのみや・はるのり(1926-)…358
香山栄左衛門　かやま・えいざえもん(1821-1877)…113, 114
唐沢俊樹　からさわ・としき(1891-1967)…346
河合栄治郎　かわい・えいじろう(1891-1944)…126
河合玉堂　かわい・ぎょくどう(1873-1957)…144
河上徹太郎　かわかみ・てつたろう(1902-1980)…13, 218, 259-261, 325, 353, 354
河上肇　かわかみ・はじめ(1879-1946)…85, 86, 89
川口松太郎　かわぐち・まつたろう(1899-1985)…211, 260
川島理一郎　かわしま・りいちろう(1886-1971)…145, 147
川端康成　かわばた・やすなり(1899-1972)…218, 354

川端龍子　かわばた・りゅうし(1885-1966)…144, 147
神田乃武　かんだ・ないぶ(1857-1923)…188
蒲原有明　かんばら ありあけ(1875-1952)…25, 26, 324
菊池寛　きくち・かん(1888-1948)…10-17, 22, 24-26, 30, 32, 57-59, 66, 88, 94, 112, 114, 116, 131, 206, 218, 219, 259-261, 291, 293, 296, 299, 301, 302, 305-307, 339, 345, 346, 353, 354, 356, 358, 359
岸田国士　きしだ・くにお(1890-1954)…15, 307, 345, 359
岸田日出刀　きしだ・ひでと(1899-1966)…101, 274, 276-280, 361
喜多誠一　きた・せいいち(1886-1947)…156
北澤一郎　きたざわ・いちろう(-)…206
北畠親房　きたばたけ・ちかふさ(1923-1354)…13, 303
北原白秋　きたはら・はくしゅう(1885-1942)…50
北村透谷　きたむら・とうこく(1868-1894)…26, 216, 324
木戸幸一　きど・こういち(1889-1977)…65, 185, 205, 248
木村謹治　きむら・きんじ(1889-1948)…235, 236
木村荘八　きむら・そうはち(1893-1958)…30, 146
木村徳三　きむら・とくぞう(1911-2005)…262
木村秀政　きむら・ひでまさ(1904-1986)…205, 206
清沢洌　きよさわ・きよし(1890-1945)…300, 302
清瀬保二　きよせ・やすじ(1900-1981)…79, 80
今上天皇　きんじょうてんのう(→昭和天皇)
陸羯南　くが・かつなん(1857-1907)…87
九鬼隆一　くき・りゅいち(1850-1931)…255
日下部鳴鶴　くさかべ・めいかく(1838-1922)…284
草笛美子　くさぶえ・よしこ(1909-1977)…117
櫛田民蔵　くしだ・たみぞう(1885-1934)…89
工藤富治　くどう・とみじ(1889-1959)…205, 206
国木田独歩　くにきだ・どっぽ(1871-1908)…22, 24, 25
久邇宮朝彦　くにのみや・あさひこ(1824-1891)…359
窪川いね子　くぼかわ・いねこ(→佐多稲子)
久保田万太郎　くぼた・まんたろう(1889-1963)…218, 307
久米正雄　くめ・まさお(1891-1952)…15, 25, 88, 89, 116, 211, 293, 358
栗原信　くりはら・しん(1894-1966)…338
桑原武夫　くわばら・たけお(1904-1988)…199
呉泰次郎　ご・たいじろう(1907-1971)…81, 139
江文也　こう・ぶんや(1910-1983)…79
郷倉千靱　ごうくら・せんじん(1892-1975)…338
幸田露伴　こうだ・ろはん(1867-1947)…24, 26
河野一郎　こうの・いちろう(1898-1965)…64
河野鷹思　こうの・たかし(1906-1999)…11
古賀政男　こが・まさお(1904-1978)…211
古賀峯一　こが・みねいち(1885-1944)…156
児島喜久雄　こじま・きくお(1887-1950)…147, 284
小島政二郎　こじま・まさじろう(1894-1994)…15, 358, 359
小杉未醒(放庵)　こすぎ・みせい(ほうあん)(1881-1964)…294
後藤新平　ごとう・しんぺい(1857-1929)…101
後藤隆之助　ごとう・りゅうのすけ(1888-1984)…89
近衛篤麿　このえ・あつまろ(1863-1904)…84, 86-88
近衛貞　このえ・さだ(-)…86

近衛衍子　　このえ・さわこ(1830-1874)…86
近衛忠煇　　このえ・ただてる(1939-)…87
近衛忠熙　　このえ・ただひろ(1808-1898)…86
近衛千代子　このえ・ちよこ(1896-1980)…87
近衛直麿　　このえ・なおまろ(1900-1932)…86
近衛秀麿　　このえ・ひでまろ(1898-1973)…78
近衛文隆　　このえ・ふみたか(1915-1956)…312
近衛文麿　　このえ・ふみまろ(1891-1945)…12, 14, 15, 51, 64, 72, 84-90, 118, 134, 152, 156, 157, 186, 188, 222, 243, 246, 269, 271, 272, 305, 307, 312, 313, 319, 360
小林一三　　こばやし・いちぞう(1873-1957)…129, 131-134, 359, 360
小林一茶　　こばやし・いっさ(1763-1828)…218-220
小林古径　　こばやし・こけい(1883-1957)…144
小林多喜二　こばやし・たきじ(1903-1933)…260, 354
小林秀雄　　こばやし・ひでお(1902-1983)…26, 218, 307, 325, 353, 354
小船幸次郎　こぶね・こうじろう(1907-1982)…78, 80
小堀桂一郎　こぼり・けいいちろう(1933-)…236, 238
小松清　　　こまつ・きよし(1900-1962)…324, 339
小室翠雲　　こむろ・すいうん(1874-1945)…144, 147
小山松寿　　こやま・しょうじゅ(1876-1959)…157
後陽成天皇　ごようぜいてんのう(1571-1617)…86
今日出海　　こん・ひでみ(1903-1984)…337
近藤達児　　こんどう・たつじ(1875-1931)…345
近藤春雄　　こんどう・はるお(1908-1969)…308, 342, 344, 345, 347, 348, 361
近藤日出造　こんどう・ひでぞう(1908-1979)…108, 222

【さ】

西園寺公望　さいおんじ・きんもち(1849-1940)…14, 84, 87, 88, 90, 188, 284, 324
西行　　　　さいぎょう(1118-1190)…220
西郷隆盛　　さいごう・たかもり(1828-1877)…303
西條八十　　さいじょう・やそ(1892-1970)…12, 92, 94-96, 360
斎藤忠　　　さいとう・ちゅう(さいとう・ただし)(1908-?)…159, 160, 162, 264, 310
斉藤実　　　さいとう・まこと(1858-1936)…188
斎藤与里　　さいとう・より(1885-1959)…145
斎藤龍太郎　さいとう・りゅうたろう(1896-1970)…354
酒井隆　　　さかい・たかし(1887-1946)…109
酒井田柿右衛門　さかいだ・かきえもん(1596-1666)…332
榊山潤　　　さかきやま・じゅん(1900-1980)…354
坂倉準三　　さかくら・じゅんぞう(1904-1970)…338
桜井忠温　　さくらい・ただよし(1879-1965)…303
佐々木基一　ささき・きいち(1914-1993)…306
佐佐木信綱　ささき・のぶつな(1872-1963)…65
佐々木茂索　ささき・もさく(1894-1966)…206
佐多稲子　　さた・いねこ(1904-1998)…354
佐藤栄作　　さとう・えいさく(1901-1975)…338
佐藤功一　　さとう・こういち(1878-1941)…101
佐藤紅緑　　さとう・こうろく(1874-1949)…211
佐藤惣之助　さとう・そうのすけ(1890-1942)…12, 15, 209, 211-213, 359, 360
佐藤春夫　　さとう・はるお(1892-1964)…15, 25, 26, 116, 218, 358
里見弴　　　さとみ・とん(1888-1983)…284, 293, 307
佐野学　　　さの・まなぶ(1892-1953)…15, 89, 354
小夜福子　　さよ・ふくこ(1909-1989)…134
佐波甫　　　さわ・はじめ(1901-1971)…338
沢村栄治　　さわむら・えいじ(1917-1944)…104
志賀重昂　　しが・しげたか(1863-1927)…109
志賀直哉　　しが・なおや(1883-1971)…24, 25, 284
重光葵　　　しげみつ・まもる(1887-1957)…318
獅子文六　　しし・ぶんろく(1893-1969)…307
斯波忠三郎　しば・ちゅうざぶろう(1872-1934)…205
島木健作　　しまき・けんさく(1903-1945)…80, 218, 259, 353, 354
島崎藤村　　しまざき・とうそん(1872-1943)…10, 12, 26, 28, 30-32, 58, 59, 216-220, 259, 284, 306, 352-355, 360
島崎正樹　　しまざき・まさき(1831-1886)…216
島津保次郎　しまず・やすじろう(1897-1945)…260
清水幾太郎　しみず・いくたろう(1907-1988)…348
清水崑　　　しみず・こん(1912-1974)…222, 306, 352
清水刀根　　しみず・とね(1905-1984)…338
下村(宏)海南　しもむら・(ひろし)かいなん(1875-1957)…10, 12, 58, 62, 63, 65, 248, 360
聖武天皇　　しょうむてんのう(701-756)…252, 254
昭和天皇　　しょうわてんのう(1901-1989)…65, 87, 165
白井松次郎　しらい・まつじろう(1877?-1951)…359
白鳥省吾　　しらとり・しょうご(せいご)(1890-1973)…12, 331, 333-335, 361
新城新蔵　　しんじょう・しんぞう(1873-1938)…243
末次信正　　すえつぐ・のぶまさ(1880-1944)…185, 189
須賀田礒太郎　すがた・いそたろう(1907-1952)…139
杉森孝次郎　すぎもり・こうじろう(1881-1968)…226, 228-230, 361
杉山元　　　すぎやま・はじめ(1880-1945)…156, 157, 185
鈴木貫太郎　すずき・かんたろう(1868-1948)…65
鈴木庫三　　すずき・くらぞう(1894-1964)…59
鈴木重吉　　すずき・しげよし(1900-1976)…345
須藤五郎　　すどう・ごろう(1897-1988)…133
関根近吉　　せきね・ちかよし(-)…203
関野貞　　　せきの・ただし(1886-1935)…254
瀬戸口藤吉　せとぐち・とうきち(-)…140
芹沢光治良　せりざわ・こうじろう(1896-1993)…219, 259
千家元麿　　せんけ・もとまろ(1888-1948)…211
千利休　　　せんのりきゅう(1522-1591)…180
副島種臣　　そえじま・たねおみ(1828-1905)…283, 284
副島道正　　そえじま・みちまさ(1871-1948)…64

【た】

高崎隆治　　たかさき・りゅうじ(1925-)…11
高田三郎　　たかだ・さぶろう(1913-2000)…139
高田保馬　　たかた・やすま(1883-1972)…89
高橋健二　　たかはし・けんじ(1902-1998)…307

高橋福次郎　たかはし・ふくじろう(?-1939)…203, 204
高浜虚子　たかはま・きょし(1874-1959)…78
高松宮宣仁　たかまつのみや・のぶひと(1905-1987)…87
高村光太郎　たかむら・こうたろう(1883-1956)…25
高山樗牛　たかやま・ちょぎゅう(1871-1902)…88
瀧正雄　たき・まさお(1884-1969)…85
滝井孝作　たきい・こうさく(1894-1984)…359
瀧口修造　たきぐち・しゅうぞう(1903-1979)…59
竹内栖鳳　たけうち・せいほう(1864-1942)…144, 146, 147
竹岡信行　たけおか・のぶゆき(1907-1985)…96
武田麟太郎　たけだ・りんたろう(1904-1946)…354
竹中喜忠　たけなか・よしただ(-)…100
武野紹鷗　たけの・じょうおう(1502-1555)…180
武満徹　たけみつ・とおる(1930-1996)…81
田澤義鋪　たざわ・よしはる(1885-1944)…50, 51
田島直人　たじま・なおと(1912-1990)…63
多田駿　ただ・はやお(1882-1948)…156
辰野隆　たつの・ゆたか(1888-1964)…307
田中耕太郎　たなか・こうたろう(1890-1974)…121, 123, 124, 360
田中豊　たなか・ゆたか(1888-1964)…100
田辺貞之助　たなべ・ていのすけ(1905-1984)…325
谷川徹三　たにかわ・てつぞう(1895-1989)…307
谷口腆二　たにぐち・てんじ(1889-1961)…245
谷崎潤一郎　たにざき・じゅんいちろう(1886-1965)…25, 37, 116
田村孝之介　たむら・こうのすけ(1903-1986)…338
田山花袋　たやま・かたい(1872-1930)…22, 24, 25, 353-355
秩父宮雍仁　ちちぶのみや・やすひと(1902-1953)…248
茅野蕭々　ちの・しょうしょう(1883-1946)…233, 235, 238, 361
中條百合子　ちゅうじょう・ゆりこ(→みやもと・ゆりこ)
津嘉山一穂　つかやま・かずほ(-)…211
辻潤　つじ・じゅん(1884-1944)…37
津島壽一　つしま・じゅいち(1888-1967)…156
土田麦僊　つちだ・ばくせん(1887-1936)…144
土屋文明　つちや・ぶんめい(1890-1990)…307
堤寒三　つつみ・かんぞう(1895-1972)…222, 320
坪内士行　つぼうち・しこう(1887-1986)…133
坪内逍遥　つぼうち・しょうよう(1859-1935)…26
寺内壽一　てらうち・ひさいち(1879-1946)…156
寺内正毅　てらうち・まさたけ(1852-1919)…87
東郷平八郎　とうごう・へいはちろう(1848-1934)…248, 282
東条英機　とうじょう・ひでき(1884-1948)…359
頭山満　とうやま・みつる(1855-1944)…87, 118
土岐善麿　とき・ぜんまろ(1885-1980)…307
徳川家達　とくがわ・いえさと(1863-1940)…84, 86
徳川光圀　とくがわ・みつくに(1628-1701)…13
徳川好敏　とくがわ・よしとし(1884-1963)…204
徳川慶喜　とくがわ・よしのぶ(1837-1913)…86
徳田秋声　とくだ・しゅうせい(1872-1943)…12, 26, 116, 216, 218, 259, 260, 306, 351-355, 358
徳富蘇峰　とくとみ・そほう(1863-1957)…14, 114

徳冨蘆花　とくとみ・ろか(1868-1927)…37
戸田海市　とだ・かいいち(1872-1924)…85
富沢有為男　とみさわ・ういお(1902-1970)…354, 358, 359
富塚清　とみづか・きよし(1893-1988)…206
富永惣一　とみなが・そういち(1902-1980)…338
土門拳　どもん・けん(1909-1990)…11
外山正一　とやま・まさかず(1848-1900)…324
豊島与志雄　とよしま・よしお(1890-1955)…218, 307
豊臣秀吉　とよとみ・ひでよし(1536/37-1598)…179

【な】
直木三十五　なおき・さんじゅうご(1891-1934)…206, 218
永井荷風　ながい・かふう(1879-1959)…25, 353
永井龍男　ながい・たつお(1904-1990)…354
永井潜　ながい・ひそむ(1876-1957)…243
永井柳太郎　ながい・りゅうたろう(1881-1944)…228
中江兆民　なかえ・ちょうみん(1847-1901)…87, 324
長岡輝子　ながおか・てるこ(1908-2010)…188
長岡拡　ながおか・ひろむ(-)…188
中島健蔵　なかじま・けんぞう(1903-1979)…12, 254, 258-260, 262, 322, 325, 339, 354, 361
中島三郎助　なかじま・さぶろうすけ(1821-1869)…114
長島隆二　ながしま・りゅうじ(1878-1940)…228
中野重治　なかの・しげはる(1902-1979)…261
中野正剛　なかの・せいごう(1886-1943)…228, 229
中村研一　なかむら・けんいち(1895-1967)…147
中村春雨　なかむら・しゅんう(1877-1941)…353
中村貞以　なかむら・ていい(1900-1982)…338
中村豊一　なかむら・とよいち(1895-1971)…320
中村不折　なかむら・ふせつ(1866-1943)…284
中村光夫　なかむら・みつお(1911-1988)…259
中村武羅夫　なかむら・むらお(1886-1949)…218, 354
中山義秀　なかやま・よしひで(1900-1969)…261
中山晋平　なかやま・しんぺい(1887-1952)…94
長与又郎　ながよ・またろう(1878-1941)…293
長与善郎　ながよ・よしろう(1888-1961)…288, 291-296, 307, 361
梨本宮守正　なしもとみや・もりまさ(1874-1951)…206
那須皓　なす・しろし(1888-1984)…243
夏目漱石　なつめ・そうせき(1867-1916)…24, 84, 294
名取洋之助　なとり・ようのすけ(1910-1962)…11, 51, 101, 277
鍋山貞親　なべやま・さだちか(1901-1979)…15, 89, 354
楢崎勤　ならさき・つとむ(1901-1978)…354
南部忠平　なんぶ・ちゅうへい(1904-1997)…63
新居格　にい・いたる(1901-1978)…10, 30, 35, 37, 58, 300, 360
西竹一　にし・たけいち(1902-1945)…64
西田幾多郎　にしだ・きたろう(1870-1945)…85, 269
西村伊作　にしむら・いさく(1884-1963)…306
新渡戸稲造　にとべ・いなぞう(1862-1933)…88, 300, 302
二宮尊徳　にのみや・そんとく(1787-1856)…50
丹羽文雄　にわ・ふみお(1904-2005)…359

乃木希典　のぎ・まれすけ(1849 – 1912)…88, 282
野口米次郎　のぐち・よねじろう(1875 – 1947)…254
信時潔　のぶとき・きよし(1887 – 1965)…78, 357
野村光一　のむら・こういち(1895 – 1988)…79

【は】

萩原朔太郎　はぎわら・さくたろう(1886 – 1942)…25, 211, 212, 307
橋川文三　はしかわ・ぶんぞう(1922 – 1983)…165
橋本関雪　はしもと・かんせつ(1904 – 1965)…144
芭蕉(松尾桃青)　ばしょう(まつおとうせい)(1644 – 94)…25, 26, 78, 218-220, 334
長谷川伸　はせがわ・しん(1884 – 1963)…359
長谷川如是閑　はせがわ・にょぜかん(1875 – 1969)…12, 176, 178-181, 360
長谷川良夫　はせがわ・よしお(1907 – 1981)…139
秦豊吉　はた・とよきち(1892 – 1956)…88
波多野澄雄　はたの・すみお(1947 –)…206
蜂須賀茂韶　はちすか・もちあき(1846 – 1918)…84, 86
八田嘉明　はった・よしあき(1879 – 1964)…345
鳩山一郎　はとやま・いちろう(1883 – 1956)…345
鳩山和夫　はとやま・かずお(1856 – 1911)…124
馬場恒吾　ばば・つねご(1875 – 1956)…228
浜口雄幸　はまぐち・おさち(1870 – 1931)…188
早川雪舟　はやかわ・せっしゅう(1886 – 1973)…35
林達郎　はやし・たつお(一)…147
林銑十郎　はやし・せんじゅうろう(1876 – 1943)…14, 90
林房雄　はやし・ふさお(1903 – 1975)…211, 218, 307, 343, 354
林芙美子　はやし・ふみこ(1903 – 1951)…219
原太郎　はら・たろう(1904 – 1988)…79, 81
原田熊雄　はらだ・くまお(1888 – 1946)…291, 293,
原田妙子　はらだ・たえこ(一)…247, 248
伴野文三郎　ばんの・ぶんざぶろう(1883 – ?)…252, 361
東久邇聡子　ひがしくに・としこ(1896 – 1978)…359
東久邇俊彦　ひがしくに・としひこ(1929 –)…358, 359
東久邇稔彦　ひがしくに・なるひこ(1887 – 1990)…359
人見絹江　ひとみ・きぬえ(1907 – 1931)…248
日向千代　ひなた・ちよ(1903 – 1969)…260
日野熊蔵　ひの・くまぞう(1878 – 1946)…204
平井康三郎(保喜)　ひらい・こうざぶろう(1910 – 2002)…139
平尾貴四男　ひらお・きしお(1907 – 1953)…78, 81
平賀譲　ひらが・ゆずる(1878 – 1943)…126
平櫛田中　ひらくし・でんちゅう(1872 – 1979)…338
平田篤胤　ひらた・あつたね(1776 – 1843)…216, 217
平野国臣　ひらの・くにおみ(1828 – 1864)…300
廣田弘毅　ひろた・こうき(1878 – 1948)…118, 156, 157, 185, 319
広津和郎　ひろつ・かずお(1981 – 1968)…25, 125
広津柳浪　ひろつ・りゅうろう(1861 – 1928)…353
深井英五　ふかい・えいご(1835 – 1906)…147
深井史郎　ふかい・しろう(1907 – 1959)…79
深田久弥　ふかだ・きゅうや(1903 – 1971)…354
福沢一郎　ふくざわ・いちろう(1898 – 1992)…59

福田清人　ふくだ・きよと(1904 – 1995)…345
藤島武二　ふじしま・たけじ(1867 – 1943)…145-147, 284
藤田嗣治　ふじた・つぐはる(1886 – 1968)…10, 12, 54, 56-60, 145, 222, 337, 338, 345, 347, 360
藤田雄蔵　ふじた・ゆうぞう(1898 – 1939)…203, 204, 206
藤本四八　ふじもと・しはち(1911 – 2006)…11
藤原道長　ふじわらの・みちなが(966 – 1028)…88
双葉山定次　ふたばやま・さだじ(1912 – 1968)…104
舟橋聖一　ふなはし・せいいち(1904 – 1976)…12, 218, 259, 307, 351, 353, 354, 361
古垣鉄郎　ふるがき・てつろう(1900 – 1987)…189
細川護貞　ほそかわ　もりさだ(1912 – 2005)…87
細川護熙　ほそかわ・もりひろ(1938 –)…87
堀辰雄　ほり・たつお(1904 – 1953)…259, 354
堀内謙介　ほりうち・けんすけ(1886 – 1979)…318
堀口捨己　ほりぐち・すてみ(1895 – 1984)…100, 280
堀口大学　ほりぐち・だいがく(1892 – 1981)…219
堀野正雄　ほりの・まさお(1907 – 2000)…100, 101
堀内謙介　ほりのうち・けんすけ(1886 – 1979)…318

【ま】

前田慶寧　まえだ よしやす(1830 – 1874)…86
前田青邨　まえだ・せいそん(1885 – 1977)…144, 145, 147
真木和泉　まき・いずみ(1813 – 1864)…300
牧野伸顕　まきの・のぶあき(1861 – 1949)…188
正岡子規　まさおか・しき(1867 – 1902)…25, 26
正宗得三郎　まさむね・とくさぶろう(1883 – 1962)…145
正宗白鳥　まさむね・はくちょう(1879 – 1962)…216, 354
摩寿意善郎　ますい・よしろう(1911 – 1977)…146
益田孝　ますだ・たかし(1848 – 1938)…255
増田藤之助　ますだ・とうのすけ(1865 – 1942)…89
増田雅子　ますだ・まさこ(1880 – 1946)…235
松尾邦之助　まつお・くにのすけ(1899 – 1975)…57, 58
松尾芭蕉　まつお・ばしょう(→ばしょう)
松岡映丘　まつおか・えいきゅう(1881 – 1938)…144, 147
松岡譲　まつおか・ゆずる(1891 – 1969)…84
松田権六　まつだ・ごんろく(1898 – 1986)…255
松平頼則　まつだいら・よりつね(1907 – 2001)…79
松本重治　まつもと・しげはる(1899 – 1989)…189
松本烝治　まつもと・じょうじ(1877 – 1954)…124
真船豊　まふね・ゆたか(1902 – 1977)…259
万城目正　まんじょうめ・ただし(1905 – 1968)…96
三浦環　みうら・たまき(1884 – 1946)…117, 132
三上於菟吉　みかみ・おときち(1891 – 1944)…218
三木清　みき・きよし(1897 – 1945)…11, 12, 14, 15, 90, 267, 269-272, 361
三島通庸　みしま・みちつね(1835 – 1888)…63
三島弥彦　みしま・やひこ(1886? – 1954)…63, 104
水野亮　みずの・あきら(1902 – 1979)…307
箕作秋吉　みつくり・しゅうきち(1895 – 1971)…78-81
南方熊楠　みなかた・くまぐす(1867 – 1941)…324
蓑田胸喜　みのだ・きょうき(1894 – 1946)…124, 126
美濃部達吉　みのべ・たつきち(1873 – 1948)…165, 319

宮内静代　みやうち・しずよ（−）…357
宮川米次　みやがわ・よねじ（1885−1959）…245
三宅周太郎　みやけ・しゅうたろう（1892−1967）…307
三宅雪嶺　みやけ・せつれい（1860−1945）…88
宮崎龍介　みやさき・りゅうすけ（1892−1971）…79
宮本正清　みやもと・まさきよ（1898−1982）…200
宮本百合子　みやもと・ゆりこ（1899−1951）…261
三好達治　みよし・たつじ（1900−1964）…259, 325
三輪鄰　みわ・ちかし（−）…147
明菴　みんなん（→栄西）
向井潤吉　むかい・じゅんきち（1901−1995）…147
武者小路実篤　むしゃこうじ・さねあつ（1885−1976）…22
村田珠光　むらた・じゅこう（1422または1423−1502）…180
村山知義　むらやま・ともよし（1901−1977）…218, 259, 353
村山竜平　むらやま・りゅうへい（1850−1933）…65
室生犀星　むろう・さいせい（1889−1962）…116, 218, 354
明治天皇　めいじてんのう（1852−1912）…86, 87, 146, 171, 359
森鷗外　もり・おうがい（1862−1922）…24, 25, 233-236, 324
森口多里　もりぐち・たり（1892−1984）…143, 146-148, 360
森田草平　もりた・そうへい（1881−1949）…219
森山啓　もりやま・けい（1904−1991）…12, 216, 218, 219, 259, 353, 360
諸井三郎　もろい・さぶろう（1903−1977）…79-81

【や】
安井曾太郎　やすい・そうたろう（1888−1955）…59, 145-147, 284
安田善次郎　やすだ・ぜんじろう（1838−1921）…101
安田靫彦　やすだ・ゆきひこ（1886−1978）…144
保田與重郎　やすだ・よじゅうろう（1910−1981）…325
矢田部良吉　やたべ・りょうきち（1851−1899）…324
矢内原忠雄　やないばら・ただお（1893−1961）…13
柳川春葉　やながわ・しゅんよう（1877−1918）…351, 353
柳澤健　やなぎさわ・たけし（1889−1953）…58, 59, 123
山縣有朋　やまがた・ありとも（1838−1922）…283, 284
山川均　やまかわ・ひとし（1880−1958）…13, 90
山川登美子　やまかわ・とみこ（1879−1909）…235
山岸光宣　やまぎし・みつのぶ（1879−1943）…234, 236
山田一雄（和男）　やまだ・かずお（1912−1991）…79, 139, 140
山田耕筰　やまだ・こうさく（1886−1965）…78, 94, 133
山名文夫　やまな・あやお（1897−1980）…11
山根銀二　やまね・ぎんじ（1906−1982）…77, 79-81, 360
山本周五郎　やまもと・しゅうごろう（1903−1967）…306
やまもとじろう　やまもと・じろう（−）…46
山本滝之助　やまもと・たきのすけ（1873−1931）…50, 51
山本常朝　やまもと・つねとも（じょうちょう）（1659−1719）…302
山本芳翠　やまもと・ほうすい（1850−1906）…324
山本有一　やまもと・ゆういち（1921−1983）…307
山本有三　やまもと・ゆうぞう（1877−1974）…12, 26, 84, 88, 89, 116, 218, 259, 305-308, 342, 353
山脇巌　やまわき・いわお（1898−1987）…338
結城素明　ゆうき・そめい（1875−1957）…144

結城豊太郎　ゆうき・とよたろう（1977−1951）…156
横川毅一郎　よこかわ・きいちろう（1895−1973）…147
横光利一　よこみつ・りいち（1898−1947）…12, 26, 206, 218, 258-262, 306, 307, 325, 353, 354
横山大観　よこやま・たいかん（1868−1958）…59, 144, 146, 147, 284, 337, 338
与謝野晶子　よさの・あきこ（1878−1942）…235, 294
与謝野鉄幹　よさの・てっかん（1873−1935）…235
吉川英治　よしかわ・えいじ（1892−1962）…15, 358
吉田甲子太郎　よしだ・きねたろう（1894−1957）…307
吉田兼好　よしだ・けんこう（1283?−1352?）…280
吉田茂　よしだ・しげる（1878−1967）…338
吉田鉄郎　よしだ・てつろう（1894−1956）…101, 277, 278, 280
吉田裕　よしだ・ゆたか（1954−）…166, 167, 169, 170
吉野作造　よしの・さくぞう（1878−1933）…219
吉野信次　よしの・しんじ（1888−1971）…185, 187
吉屋信子　よしや・のぶこ（1896−1973）…15, 359
吉行エイスケ　よしゆき・えいすけ（1906−1940）…37
米内光政　よない・みつまさ（1880−1948）…156, 157
米内山庸夫　よないやま・つねお（1888−1969）…17
米川正夫　よねかわ・まさお（1891−1965）…307
米田庄太郎　よねだ・しょうたろう（1873−1945）…85

【ら】
頼山陽　らい・さんよう（1780−1832）…13
頼三樹三郎　らい・みきさぶろう（1825−1859）…300
蠟山政道　ろうやま・まさみち（1895−1980）…69, 71-73, 230
六角紫水　ろっかく・しすい（1867−1950）…255

【わ】
和田小六　わだ・ころく（1890−1952）…205
和田博文　わだ・ひろふみ（1954−　）…206
渡辺世祐　わたなべ・よすけ（1874−1957）…307
和辻哲郎　わつじ・てつろう（1889−1960）…255

本書執筆者一覧

有馬　学（ありま・まなぶ）
- 1945年　生まれ。
- 1976年　東京大学大学院人文科学研究科単位取得満期退学。
- 現　在　九州大学名誉教授。
- 専　門　近代日本政治史。
- 主　著　編著『近代日本の企業家と政治――安川敬一郎とその時代』吉川弘文館、2009年。
  『日本の歴史23 帝国の昭和』講談社学術文庫、2010年。

石川　肇（いしかわ・はじめ）
- 1970年　生まれ。
- 2006年　総合研究大学院大学文化研究科博士課程退学。
- 現　在　国際日本文化研究センター研究部プロジェクト研究員。
- 専　門　日本近現代文学、比較文学。
- 著　書　『一葉の「たけくらべ」』〔協力〕角川書店、2004年。
  『鷗外の「舞姫」』〔協力〕角川書店、2005年。

稲賀繁美（いなが・しげみ）
- 1957年　生まれ。
- 1988年　東京大学人文科学研究院比較文学比較文化専攻単位取得退学。
- 同　年　パリ第7大学博士課程終了（新課程統一博士号取得）。
- 現　在　国際日本文化研究センター教授。
- 専　門　比較文学・美術史・文化交渉史。
- 主　著　『絵画の黄昏』名古屋大学出版会、1997年。
  『絵画の東方』名古屋大学出版会、1999年。
  『伝統工藝再考・京のうちそと』（編著）思文閣出版、2007年。

牛村　圭（うしむら・けい）
- 1959年　生まれ。
- 1983年　東京大学文学部（仏語仏文学）卒業。
- 1991年　シカゴ大学大学院博士課程（歴史学）修了。
- 1993年　東京大学大学院博士課程（比較文学比較文化）単位取得退学。
- 現　在　国際日本文化研究センター教授。
- 専　門　比較文化論、文明論。
- 主　著　『「文明の裁き」をこえて』中公叢書、2001年。
  『「戦争責任」論の真実』ＰＨＰ研究所、2006年。

片山杜秀（かたやま・もりひで）
- 1963年　生まれ。
- 1992年　慶應義塾大学大学院法学研究科後期博士課程単位取得退学。
- 現　在　慶應義塾大学法学部准教授、国際日本文化研究センター客員准教授。
- 専　門　日本近代思想史。
- 主　著　『近代日本の右翼思想』講談社、2007年。
  『音盤博物誌』アルテスパブリッシング、2008年。

佐藤卓己（さとう・たくみ）
- 1960年　生まれ。
- 1989年　京都大学大学院文学研究科博士課程単位取得退学。
- 現　在　京都大学大学院教育学研究科准教授。
- 主　著　『「キング」の時代－国民大衆雑誌の公共性』岩波書店、2002年。
  『言論統制－情報官・鈴木庫三と教育の国防国家』中央公論新社、2004年。

佐藤バーバラ（さとう・ばーばら）
- 1977年　コロンビア大学大学院東アジア言語文化学科博士課程修了。
- 1983年　東京大学大学院社会学研究科博士後期課程単位取得退学。
- 1994年　コロンビア大学　Ph.D.
- 現　在　成蹊大学文学部教授。
- 専　門　近代日本女性史、文化史。
- 主　著　*The New Japanese Women:Modernity, Media. And Women in Interwar Japan*, Duke University Press, 2003.
  『日常生活の誕生－戦間期日本の文化変容』（編著）、柏書房、2007年。

John Breen（ジョン・ブリーン）
- 1956年　生まれ。
- 1979年　Cambridge 大学東洋学部卒業。
- 1992年　博士（学術）Cambridge 大学。
- 現　在　国際日本文化研究センター　准教授。
- 専　門　近世、近代日本の皇室、神社史。
- 主　著　"A new history of Shinto"（共著）Wiley-Blackwell, 2010年。
  "Yasukuni, the war dead and the struggle for Japan's past"（編）, Columbia University Press, 2008年。

鈴木貞美（すずき・さだみ）
- 1947年　生まれ。
- 1972年　東京大学文学部仏文科卒業。
- 1997年　博士（学術）総合研究大学院大学。
- 現　在　国際日本文化研究センター教授。総合研究大学院大学教授。
- 主　著　『生命観の探究―重層する危機のなかで』作品社、2007年。
  『「日本文学」の成立』作品社、2009年。

孫　江（そん・こう）
- 1963年　生まれ。
- 1999年　東京大学大学院博士課程修了、博士（学術）。
- 現　在　静岡文化芸術大学国際文化学科教授。
- 専　門　日中関係史。
- 主　著　『近代中国の革命と秘密結社――中国革命の社会史的研究(1895-1955)』（単著、汲古書院、2007年3月）。

瀧井一博（たきい・かずひろ）
　1967年　生まれ。
　1990年　京都大学法学部卒業。
　1998年　博士（法学）　京都大学。
　現　在　国際日本文化研究センター准教授、総合研究大学院大学准教授。
　専　門　比較法史、国制史。
　主　著　『文明史のなかの明治憲法――この国のかたちと西洋体験――』講談社、2003年。
　　　　　『伊藤博文――知の政治家――』中央公論新社、2010年。

戸部良一（とべ・りょういち）
　1948年　生まれ。
　1976年　京都大学大学院法学研究科博士課程単位取得退学。
　1992年　博士（法学）。
　現　在　国際日本文化研究センター教授。
　専　門　近現代日本政治外交史。
　主　著　『外務省革新派』中公新書、2010年。
　　　　　『日本陸軍と中国』講談社選書メチエ、1999年。

西村将洋（にしむら・まさひろ）
　1974年　生まれ。
　2006年　同志社大学大学院文学研究科博士後期課程修了。
　現　在　西南学院大学国際文化学部准教授。
　専　門　日本近現代文学、異文化交流史。
　主　著　『言語都市・ベルリン1861-1945』［共編］藤原書店、2006年。
　　　　　『言語都市・ロンドン1861-1945』［共編］藤原書店、2009年。

林　正子（はやし・まさこ）
　1955年　生まれ。
　1987年　神戸大学大学院文化学研究科博士課程単位修得退学。
　現　在　岐阜大学地域科学部教授。
　専　門　日本近代文学、比較文学。
　主　著　『異郷における森鷗外、その自己像獲得への試み』近代文藝社、1992年。
　　　　　『〈東海〉を読む――近代空間と文学』［日本近代文学会東海支部編］風媒社、2009年。

林　洋子（はやし・ようこ）
　1965年　生まれ。
　1991年　東京大学大学院修士課程修了。
　2006年　博士号（パリ第一大学）。
　現　在　東京都現代美術館学芸員を経て、京都造形芸術大学准教授。
　専　門　近現代美術史。
　主　著　『藤田嗣治　作品をひらく』名古屋大学出版会、2008。
　　　　　『藤田嗣治　手しごとの家』集英社新書、2009。

堀まどか（ほり・まどか）
　1974年　生まれ。
　2008年　総合研究大学院大学文化科学研究科（国際日本研究専）満期退学。
　2009年　博士（学術）総合研究大学院大学。
　現　在　国際日本文化研究センター・機関研究員。
　専　門　比較文学・比較文化、日本近代文学。
　主　著　共著『わび・さび・幽玄――「日本的なるもの」への道程』水声社、2006年。
　　　　　『講座小泉八雲1　ハーンの人と周辺』新曜社、2009年。

依岡隆児（よりおか・りゅうじ）
　1961年　生まれ。
　1989年　東京都立大学大学院人文科学研究科博士課程中途退学。
　2005年　博士（文学）東北大学。
　現　在　徳島大学大学院ソシオ・アーツ・アンド・サイエンス教授。
　専　門　ドイツ文学、比較文学・比較文化。
　主　著　『ギュンター・グラスの世界――その内省的な語りを中心に』鳥影社。
　翻　訳　ギュンター・グラス『玉ねぎの皮をむきながら』集英社、2008年。

Roman Rosenbaum（ローマン・ローゼンバウム）
　1966年　生まれ。
　1995年　法政大学交換留学生（平和中島財団奨学金受賞者）。
　2000年　早稲田大学大学院生（文部科学省奨学金受賞者）。
　2004年　博士（日本文学）シドニー大学。
　現　在　国際日本文化研究センター外国人研究員。
　専　門　日本文学・大衆文化。
　主　著　"Legacies of the Asia-Pacific War: The Yakeato Generation"（大東亜戦争の遺産：焼け跡世代）［共編］ロンドン：ラウトレッジ、2011年。
　　　　　「石川淳の『焼け跡のイエス』を巡って」『石川淳と戦後日本』ミネルヴァ書房、2010年。

Japan To-day:
Bungeishunju's European Language War-time Propaganda
Edited by Sadami Suzuki
©2011 International Research Center for Japanese Studies,
Kyoto, Japan, All rights reserved.

日文研叢書
『Japan To-day』研究
―戦時期『文藝春秋』の海外発信

2011年3月30日 初版第1刷発行

編著者　鈴木貞美
発行者　大学共同利用機関法人　人間文化研究機構
　　　　国際日本文化研究センター
　　　　〒610-1192 京都市西京区御陵大枝山町3-2
　　　　電　話　(075)335-2222(代表)

発　売　株式会社 作品社
　　　　〒102-0072 東京都千代田区飯田橋2-7-4
　　　　電　話　03-3262-9753
　　　　Ｆ Ａ Ｘ　03-3262-9757
　　　　http://www.tssplaza.co.jp/sakuhinsha/
　　　　振　替　00160-3-27183

©国際日本文化研究センター, 2011　シナノ印刷㈱
ISBN978-4-86182-328-2 C0095 Printed in Japan